Ludwig Tieck · William Lovell

Ludwig Tieck

William Lovell

Herausgegeben von
Walter Münz

Philipp Reclam jun. Stuttgart

RECLAMS UNIVERSAL-BIBLIOTHEK Nr. 8328

Bibliographisch ergänzte Ausgabe 1999
Gesamtherstellung: Reclam, Ditzingen. Printed in Germany 2008
RECLAM, UNIVERSAL-BIBLIOTHEK und
RECLAMS UNIVERSAL-BIBLIOTHEK sind eingetragene Marken
der Philipp Reclam jun. GmbH & Co., Stuttgart
ISBN 978-3-15-008328-4

www.reclam.de

William Lovell

Lxvii

William Lovell.

We make ourselves fools, to disport ourselves;
And spend our flatteries, to drink those men,
Upon whose age we void it up again,
With poisonous spite, and envy. Who lives, that's not
Depraved, or depraves? who dies, that bears
Not one spurn to their graves of their friend's gift?

SHAKSPEARE.

Erster Band.

Berlin und Leipzig,
bey Carl August Nicolai.
1795.

Vorrede

Ich will und kann hier nur wenig sagen. Diese Geschichte hat vielleicht für diejenigen Leser einiges Interesse, die in einer Erzählung die *Charaktere* und ihre bestimmte Zeichnung für die Hauptsache halten: diejenigen, die sich daran gewöhnt haben, nur abenteuerliche, unzusammenhängende Begebenheiten anziehend zu finden, werden dieses Buch verdrüßlich aus der Hand werfen. Ich wende mich hier vorzüglich an alle die Leser, die irgend einen Beruf zum Rezensieren fühlen, um sie zu ersuchen, dieser Geschichte, die in *drei Teilen* erscheinen wird, nicht bloß nach diesem ersten ein Verdammungsurteil zu sprechen.

Geschichte des Herrn William Lovell

Erstes Buch

1

Karl Wilmont an seinen Freund Mortimer in London

Bonstreet in Yorkshire
am 17. Mai . . .

Wie kömmt es denn in aller Welt, daß Du nicht schreibst? Hundert Mutmaßungen sind mir schon durch den Kopf geflogen, aber auch nicht *eine* hat eine bleibende Stelle finden können. Bald halt' ich Dich für tot, bald für verreist, bald glaub' ich Dich irgend wodurch erzürnt zu haben, bald Deine Briefe auf der Post verloren. Doch, wie gesagt, von allem kann ich nichts glauben. – Oder bist Du etwa auch ein Überläufer geworden und hast zur schwarzen Fahne der traurigen, langweiligen Ernsthaftigkeit geschworen? – Es sollte mir leid um Dich tun; aber wenn Du mir nicht launige Briefe schreiben willst, so schicke mir wenigstens ernsthafte: doch, wie gesagt, ich will es nicht von Dir hoffen, denn Du bist wie dazu geboren, aus Deinem ganzen Leben *einen* Scherz zu machen und in der Laune, wie in Deinem Elemente zu leben. Ich habe noch bei niemand diese glückliche Mischung des Temperaments gefunden, die ihn mit vollen Segeln über die tanzenden Wellen hinführt, indes ihm die zeitlichen Sorgen schwer, unbeholfen und mit zerrissenem Tauwerk nachrudern, ohne ihn jemals einzuholen. – Ich schreibe Dir diesen Brief als eine Bittschrift, oder als eine Kriegserklärung, antworte mir freundschaftlich oder ergrimmt, – nur schreib! – Sei traurig, wehmütig, großherzig, kriegerisch, lustig, ernsthaft; lobe, tadle, verachte, schimpfe mich, – nur schreib!

Nach dieser pathetischen Anrufung bleibt mir nun nichts weiter übrig, als meinen eigentlichen Brief anzufangen, der Dir also vors erste sagen mag, daß ich hier in dem angenehmen *Bonstreet* noch gesund und wohl bin, daß ich an Dich denke, daß ich Dich zu sehn wünsche, daß London nicht Bonstreet und Bonstreet nicht London ist, und daß, wenn ich diesen Brief in dieser Manier zu schreiben fortfahre, Du ihn schwerlich zu Ende lesen wirst.

Nicht wahr, Du siehst mir das langweilige Leben hier auf dem Lande schon an? – So abgetrieben war mein Witz nicht, als ich in Euren lustigen Gesellschaften in London war, wo Wein, Gesang, Tanz und Küsse von den reizendsten Lippen uns begeisterten, wo unsre Laune mit sechs muntern Pferden über die ebne Chaussee des Leichtsinns und der Vergessenheit aller Wichtigkeiten und Armseligkeiten dieses Lebens dahinrollte, – nun, wir werden uns wiedersehn! – Hier komm' ich mir vor wie eine Schnecke, die nur immer furchtsam mit halbem Leibe ihre Behausung verläßt und langsam und schwerfällig von einem Grashalme zum andern kriecht; – zwar ist die Gegend sehr schön, der Garten angenehm, auch veranstaltet uns der Himmel manchen prächtigen Sonnenuntergang, – aber was ist eine Gegend, sei sie noch so schön, ohne Freunde, die unsre Freuden mit genießen? nichts als ein Rahm ohne Gemälde: wir sehn nur die Veranlassung, die uns vergnügen könnte. So leb ich hier einen Tag fort, wie den andern, zuweilen bekommen wir Besuche und erwidern sie, – und so leben wir im ganzen nicht unangenehm. Wenn nur das ewige Einerlei nicht wäre!

Mein beständiger Gesellschafter ist *William Lovell*, der lebhafte, muntre Jüngling, den Du im vorigen Jahre einigemal in London sahst, er ist zum Besuche seines Busenfreundes *Eduard Burton* hier. William ist ein vortrefflicher junger Mann, der mir noch viel teurer sein würde, wenn er nur einmal erst neben mir festen Fuß fassen wollte; aber er gedeiht in keinem Boden. Kein Adler steht mit dem Äther und allen himmlischen Lüften in so gutem Vernehmen, als er; oft fliegt er mir so weit aus den Augen, daß ich ganz im Ernste an den armen Ikarus denke, – mit einem Wort: er ist ein Schwärmer. – Wenn ein solches Wesen einst fühlt, wie die Kraft seiner Fittige erlahmt, wie die Luft unter ihm nachgibt, der er sich vertraute, – so läßt er sich blindlings herunterfallen, seine Flügel werden zerknickt und er muß nachher in Ewigkeit *kriechen*.

Es mag an feuchten Abenden, besonders für einen Mann im Amte, recht angenehm sein, einen weiten warmen Mantel zu tragen, – aber wenn man ihn nie ablegen sollte, wenn man ihn zum Schlafrocke und zum Jagdkleide brauchen müßte, so möcht' ich dafür lieber beständig in meinem schlichten Fracke gehn. Der Trank der Hippokrene mag ein ganz gutes Wasser sein, aber sich den Magen damit zu erkälten und ein Fieber zu bekommen, kann doch so etwas besonders Angenehmes nicht sein. Es gibt aber Leute, die sich für die entgegengesetzte Meinung totschießen ließen; und unter diesen steht William wahrhaftig nicht im letzten Gliede. Wir haben sehr oft unsre kleinen Disputen darüber, und was das schlimmste ist, so werd' ich jedesmal aus dem Felde geschlagen; aber ganz natürlich, denn wenn ich etwa nur Lust habe, mit leichter Reuterei zu scharmutzieren, so schießt er mir mit Vierundzwanzigpfündern unter meine besten Truppen: wenn sich zuweilen nur ein paar Husaren von witzigen Einfällen an ihn machen wollen, so schleppt er mit einemmale einen ganzen Train schwerer Allgemeinsätze herbei, als: Lachen sei nicht der Zweck des Lebens, unaufhörliche Lustigkeit setze einen Mangel aller feinern Empfindung voraus, u. s. w. Oder er zieht sich unter die Kanonen seiner Festung, seufzt und antwortet gar nicht.

Du wirst gewiß fragen: was den unbefangenen, leichtherzigen William zu einem so schwermütigen Träumer gemacht habe? – Ich will Dir die Ursache entdecken, ob er gleich gegen sich selbst geheim damit tut, – er ist verliebt! – Liebe, die den

Menschen, froher, glücklicher machen, die seinen Ellenbogen einen Zentner Kraft zusetzen sollte, um alle Sorgen aus dem Wege auf die Seite zu stoßen: – die Liebe, – o Himmel! was hat die Liebe nicht schon in der Welt Böses getan?

Wenn noch irgend ein Stück von dem ehemaligen Mortimer an Dir ist, so wett' ich, Du wirst wissen wollen, wer denn die allmächtige Sonne sei, die mit ihren brennenden Strahlen das Herz des armen William, – niemand anders, als *meine Schwester*. – Sie hat gewiß seine Liebe bemerkt, aber er scheint es nicht bemerkt zu haben, daß ihr diese Bemerkung nicht mißfallen hat, denn es fehlt nur wenig, so liebt sie ihn wieder. Es gibt die lächerlichsten Szenen, wie er ihr oft im Garten ausweicht und sie emsig in der nächsten Allee wieder sucht, wie sie Stunden lang miteinander zubringen, ohne fast nur eine Sylbe zu sprechen; wie er seufzt und sich wunder wie unglücklich fühlt, daß sie sich ihm nicht freiwillig in die Arme wirft; um kurz zu sein: er ist unglücklich, weil er glücklich ist, – aber auch wieder glücklich, weil er an Unglück Überfluß hat, denn glaube mir nur, er würde seine poetischen Leiden um vieles Geld nicht verkaufen.

Plötzlich kam die Nachricht: meine Schwester solle von hier abreisen. Ihr Besuch bei mir und beim alten *Burton* war so immer schon von einer Woche zur andern verlängert; – der Barometer stieg um viele Grade und immer mehr, je näher es dem Tage der Abreise kam. Fast jedermann bemerkte seine Schwermut, er behauptete aber jedem mit einer kecken verdrossenen Traurigkeit ins Gesicht: er wäre noch nie so aufgeräumt gewesen. Er machte sich itzt zuweilen an mich und ging auf den Spaziergängen lange neben mir auf und ab; ich fürchtete immer, plötzlich in die Rolle eines Vertrauten geworfen zu werden, und unter Bedrohung des Totschlages, des Untergangs der Welt, oder einer ähnlichen Kleinigkeit, ein öffentliches Geheimnis zu erfahren; aber nein, ich hatte geirrt, dazu hätt' ich wenigstens vorher mein Probestück in Seufzen und Weinen ablegen müssen. – Mit einer so erzwungenen Kälte, daß ihm fast die Tränen in den Augen standen, fragte er mich: ob ich meine Schwester nicht zu Pferde begleiten würde? – nun merkte ich, wo er hinaus wollte. – Er wünschte, ich möchte meine Schwester einige Meilen begleiten, damit er einen Vorwand haben könnte, mitzureiten. Es hat mich wirklich gerührt, daß ihm an dieser Kleinigkeit so viel lag, er ist ein sehr guter Junge, – ich sagte sogleich ja, und bat ihn selbst um seine Gesellschaft. – Morgen reiten wir also. –

Sind die Menschen nicht närrische Geschöpfe? Wie manches Unglück in der Welt würde sich nicht ganz aus dem Staube machen und sein Monument bis auf die letzte Spur vertilgt werden, – wenn nicht jeder sorgsam selbst ein Steinchen oder einen Stein auf die große Felsenmasse würfe, – bloß um sagen zu können: er sei doch auch nicht müßig gewesen, er habe doch das Seinige auch dazu beigetragen? Gingen wir stets mit uns selbst gerade und ehrlich zu Werke, ließen wir uns nicht so gern von kränklichen Einbildungen hintergehn, glaube mir, die Welt wäre viel glücklicher und ihre Bewohner viel besser. – Aber denkst Du, daß ich es wage, ihm so etwas zu sagen? – Nie. – Sonderbar, daß ein Mensch vorsätzlich einschlafen kann und sich nachher nicht aus seinen Träumen will wecken lassen, weil er sich schon wachend glaubt, – und ihn mit kaltem Wasser zu begießen, halte ich für grausam.

Du siehst, wie mir die Landluft bekömmt, ich, *ich* fange an zu moralisieren, – doch, auch das gehört unter die menschlichen Schwächen und irgend *eine* Abgabe zur allgemeinen Kasse der Menschlichkeit muß doch jeder brave Erdbürger einreichen.

Gott schenke Dir ein recht langes Leben, damit ich mir keinen Vorwurf daraus zu machen brauche, daß ich Dir durch einen langen Brief so viel von Deiner Zeit genommen habe; doch willst Du mein Freund bleiben, so soll es mich eben nicht sehr gereuen, noch hinzuzusetzen, daß ich bin

der Deinige.

Nachschrift. Soeben lese ich meinen Brief noch einmal durch und bemerke mit Schrecken, daß ich Dir einen Bündel Stroh schicke, in welchem Du, mit Shakespeare zu reden, auch nicht ein einziges Korn finden wirst. Ich setzte mich nämlich nieder, Dir zu schreiben, daß meine Schwester nach *London* zurückgeht und daß Du sie nun also kannst kennen lernen; daß ich nicht nach London reise, weil es der alte Burton ebenso ungern als sein Sohn sehen würde, – der alte Mann scheint an meiner Gesellschaft Geschmack zu finden, – und wer weiß, ob ich es auch außerdem getan haben würde.

Wieso? hör' ich dich fragen. – Könnt' ich nun den Brief nicht schließen und Dich mit Deiner Frage im offnen Munde stehn lassen und das Petschaft besehn? – Hättest Du nicht Gelegenheit, in einem Briefe an mich Deinen Scharfsinn zu zeigen und mir tausend Erklärungen zu schicken, ohne auch nur der wahren mit einer Sylbe zu erwähnen? – –

Der junge Burton, – (der wirklich ein vortrefflicher Jüngling ist; schade, daß ich zeitlebens nicht so sein werde) – der junge Burton also hat eine Schwester, die zugleich die Tochter des Alten ist –

Sei nur ruhig, ich werde nie in die Grube fallen, die sich Lovell gegraben hat!

Ich habe mir ernsthaft vorgenommen, daß es keine *Liebe* werden soll, – denn, – sieh, wie schön das zusammenhängt! – denn mein Vermögen ist gegen das ihrige viel zu geringe. –

Du lachst? – Und würde die Welt nicht über Dich lachen, wenn Du den Zusammenhang hier vermißtest? –

Auch William Lovell kömmt nächstens nach London, und darum bilde Dir ein, daß ich soviel von ihm geschrieben haben könnte. –

Ich bin noch einmal, – (denn so etwas kann man nicht zu oft sein) – Dein zärtlichster Freund.

Karl Wilmont.

2

William Lovell an Eduard Burton

am 18ten Mai –

Ich schreibe Dir, Eduard, aus einem Wirtshause hinter *York*, es ist Nacht und Karl schläft im Nebenzimmer, – alles umher ist feierlich und still, die Klocke eines entfernten Dorfes tönt manchmal wie Grabgeläute zu mir herüber. –

Einsam sitz' ich hier, wie ein Elender, der aus einem goldenen Traume in seiner engen Hütte erwacht. – Die schmelzenden Akkorde der Symphonie sind geschlossen, das Theater ist zugefallen, ein Licht nach dem andern verlöscht. – In diesem Gefühle schreib' ich Dir, Freund, Bruder, meine Seele sucht Teilnahme und findet sie bei Dir am reinsten und wärmsten.

Ich bin nie so aufmerksam als in diesen Augenblicken darauf gewesen, wie von einem kleinen Zufalle, von einer unbedeutenden Kleinigkeit oft die Wendung unsers Charakters abhängt. Ein unmerklicher Schlag richtet und formt unsern Geist oft anders; wer kennt die Regeln, nach denen unser schützender Genius umgewechselt wird? – Eduard, eine dunkle, ungewisse Ahndung hat mich befallen, als sei hier, in diesen Momenten eine der Epochen meines Lebens, mir ist, als säh' ich meinen guten Engel weinend von mir Abschied nehmen, der mich nun unbewacht dem Spiel des Verhängnisses überläßt, – als sei ich in eine dunkle Wüste hinausgestoßen, wo ich unter den dämmernden Schatten halb ungewisse feindselige Dämonen entdecke.

Ja Eduard, spotte nicht meiner Schwäche, ich bin in diesen Augenblicken abergläubig wie ein Kind, Nacht und Einsamkeit haben meine Phantasie gespannt, ich blicke wie ein Seher in den tiefen Brunnen der Zukunft hinab, ich nehme Gestalten wahr, die zu mir emporsteigen, freundliche und ernste, aber ein ganzes Heer furchtbarer Gebilde. Der ebne Faden meines Lebens fängt an, sich in unauflösliche Knoten zu verschlingen, über deren Auflösung ich vielleicht vergebens meine Existenz verliere.

Bis itzt ist mein Leben ein ununterbrochener Freudentanz gewesen, kindlich habe ich meine Jahre verscherzt und mich lachend der flüchtigen Zeit überlassen, in der hellen Gegenwart genoß ich und weidete mich an Träumen einer goldenen Zukunft, in der glücklichsten Beschränktheit liebt' ich Gott wie einen Vater, die Menschen wie Brüder und mich selbst als den Mittelpunkt der Schöpfung, auf den die Natur mit allen ihren Wohltaten ziele. Itzt steh' ich vielleicht auf der Stufe, von wo ich in die Schule des Elends mit ernster Grausamkeit verwiesen werde, um mich vom Kinde zum Manne zu bilden, – und werd' ich glücklicher sein, als ich war, wenn ich vom harten Unterrichte zurückkehre?

Und hab' ich denn ein Recht über mein Unglück zu klagen? und bin ich wirklich unglücklich? – Liebt mich denn Amalie, ist sie *mein*, daß mich ihre Entfernung traurig machen darf? Bin ich nicht der Sohn eines zärtlichen Vaters, der Freund eines edlen Freundes? und ich spreche von Elend? – Wozu dieser Eigensinn, daß ich mir einbilde, nur *sie* sei meine Seligkeit? Ja, Eduard, ich will meiner Schwäche widerstehn, aber Sehnsucht und Wünsche sind nicht Verbrechen. Ich will nicht mit dem Schicksal rechten, aber Klagen sind der Schwäche des Menschen vergönnt; wer noch nie seufzte, hat noch nie verloren.

Wie ein Gewicht drückt eine ängstliche Beklemmung meine Brust, wenn ich an die wenigen glücklichen Tage in Bonstreet zurückdenke und damit die lange, lange freudenleere Zukunft vergleiche. Die Liebe zog mich ans Licht, das Morgenrot schwang durch den Himmel seine purpurrote Fahne, alle Berge umher glühten und flammten im freudenreichen Scheine, – itzt ist die Sonne wieder untergesunken, eine öde Nacht umfängt mich. Ich habe meinen lieben Gefährten verloren und rufe durch den dunkeln Wald vergeblich seinen Namen, ein hohles Echo wirft mir ihn ohne Trost zurück, die weite einsame Leere kümmert sich nicht um meinen Jammer. Ein schneidender Wind bläst schadenfroh über mein Haupt dahin und schüttelt das letzte Laub von den Bäumen.

Schwarz war die Nacht und dunkle Sterne brannten
  Durch Wolkenschleier matt und bleich,
  Die Flur durchstrich das Geisterreich,
Als feindlich sich die Parzen abwärts wandten
Und zorn'ge Götter mich ins Leben sandten.

Die Eule sang mir grause Wiegenlieder
  Und schrie mir durch die stille Ruh
  Ein gräßliches: Willkommen! zu.
Der bleiche Gram und Jammer sanken nieder
Und grüßten mich als längst gekannte Brüder.

Da sprach der Gram in banger Geisterstunde:
  Du bist zu Qualen eingeweiht,
  Ein Ziel des Schicksals Grausamkeit,
Die Bogen sind gespannt und jede Stunde
Schlägt grausam dir stets eine neue Wunde.

Dich werden alle Menschenfreuden fliehen,
  Dich spricht kein Wesen freundlich an,
  Du gehst die wüste Felsenbahn,
Wo Klippen drohn, wo keine Blumen blühen,
Und nimmer matt der Sonne Strahlen glühen.

Die Liebe, die in allen Wesen klingt,
  Des Erdenglückes schönste Freuden,
  Die Götter selbst dem Menschen neiden,
Durch die er sich zum höchsten Äther schwingt,
Vermessen mit dem Glück des Himmels ringt –

Die Liebe sei auf ewig dir versagt.
  Das Tor ist hinter dir geschlossen,
  Auf der Verzweiflung wilden Rossen

Wirst du durchs öde Leben hingejagt,
Wo keine Freude dir zu folgen wagt.

Dann sinkst du in die ew'ge Nacht zurück,
  Sieh tausend Elend auf dich zielen,
  Im Schmerz dein Dasein nur zu fühlen!
Nur erst im ausgelöschten Todesblick
Begrüßt voll Mitleid dich das erste Glück. –

Ich komme mir in vielen Momenten wie ein Kind vor, welches jammert, ohne selbst zu wissen, worüber. Ich komme soeben von einem kleinen Spaziergange aus dem Felde zurück: der Mond zittert in wunderbaren Gestalten durch die Bäume, der Schatten flieht über das Feld und jagt sich hin und her mit dem Scheine des Mondes; die nächtliche Einsamkeit hat meine Gefühle in Ruhe gewiegt, ich sehe mich und die Welt gemäßigter an und kann itzt mein Unglück nur in mir selber finden. Ich ahnde eine Zeit, in welcher mir meine jetzigen Empfindungen wie leere kindische Träume vorschweben werden, wo ich mitleidig über diesen Drang des Herzens lächle, der itzt meine Qual und Seligkeit ist, – und soll ich es Dir gestehn, Eduard? – Diese Ahndung macht mich traurig. – Wenn dieses glühende Herz nach und nach erkaltet, dieser Funke der Gottheit in mir zur Asche ausbrennt und die Welt mich vielleicht verständiger nennt, – was wird mir die innige Liebe ersetzen, mit der ich die Welt umfangen möchte? – Die Vernunft wird die Schönheiten anatomieren, deren holder Einklang mich itzt berauscht: ich werde die Welt und die Menschen mehr kennen, aber ich werde sie weniger lieben, – sobald man die Auflösung zum sinnreichsten Rätsel gefunden hat, erscheint es abgeschmackt.

Mein Brief scheint mir itzt übertrieben, ich möchte ihn zerreißen, ich bin unwillig auf mich selbst, – aber nein, ich will mir meine Beschämung vor Dir nicht ersparen. Ich will Dir daher auch gestehen, daß, indem ich schrieb, eine Art von Trost für mich in dem Bewußtsein lag, daß ich auch Dich nun bald verlassen müsse; dadurch schien mir meine Bitterkeit gegen mein Schicksal gerechtfertigt. – Doch itzt sind alle diese Träume verschwunden, itzt fühl' ich es innig, daß Du meiner Existenz unentbehrlich bist, aber ebenso tief empfind' ich es auch, daß mir das Andenken an Amalien nie wie ein trüber Traum erscheinen wird, in *einem* Momente nur konnte mich diese Ahndung hintergehn, – ihre Gegenliebe würde mich zum Gott machen! Nie werde ich den Blick vergessen, mit dem sie mich so oft betrachtet hat, die holdselige Güte, mit der sie zu mir sprach, alles, alles hat sich so in alle meine Empfindungen verflochten, so innig bis an meine frühsten Erinnerungen gereiht, daß ich nichts davon verlieren kann, ohne an Glück zu verlieren. – Ach, Eduard, – wenn sie mich liebte! – Mein volles Herz will vor Wehmut bei dem Gedanken zerspringen, – wenn sie mich liebte, – warum bin ich *dann* nicht an ihren Busen gesunken, – warum sitz' ich dann hier und schreibe nieder, was ich empfinde und empfinden könnte? – Als der freie Platz im Walde kam, wo wir Abschied nehmen wollten, – alle Bäume und Hügel schwankten um mich her, – eine unbeschreibliche Angst drängte und wühlte in meinem Busen, – der Wagen wollte halten, ich ließ ihn weiterfahren und so immer in Gedanken von einem Baume zum andern fort, – immer noch eine kurze Frist gewonnen, in der ich sie sah, in der ich den Klang ihrer Stimme hörte, – endlich stand der Wagen. – Wir stiegen ab. – Sie umarmte ihren Bruder lange Zeit, – ich nahte mich zitternd, – ich wünschte diesen Augenblick im Innersten meines Herzens vorüber, – sie neigte sich mir entgegen, – ich schwankte und sahe sie an, – ich war im Begriffe in ihre Arme zu stürzen, – – ich bog mich ihr entgegen und küßte ihre Wange, – eine eisige Kälte überflog mich, – der Wagen rollte fort.

Bei einer Waldecke sah sie noch einmal mit dem holden göttlichen Blicke zurück, – o mir war's, als würd' ich in ein tiefes unterirdisches Gefängnis geschleppt. –

Warum hab' ich ihr nicht gesagt, wie viel sie meiner Seele sei? – Wenn ich ihren letzten Blick nicht mißverstand, – war es nicht Schmerz, Traurigkeit, die daraus sprachen? – aber vielleicht für ihren Bruder? – Aber die Innigkeit, mit der sie mich betrachtete? – O, eine schreckliche Unruhe jagt das Blut ungestümer durch meine Adern!

Itzt schläft sie vielleicht. Ich muß ihr im Traume erscheinen, da ich so innig nur sie, nur sie einzig und allein denken kann. – Bald kömmt sie nun in London an, macht Bekanntschaften und erneuert alte, man schwatzt, man lobt, man vergöttert sie, schmeichlerische Lügner schleichen sich in ihr Herz – und ich bin vergessen! – Kein freundlicher Blick wendet sich zu mir in der nüchternen Einsamkeit zurück, ich stehe dann da in der freudenleeren Welt, einer Uhr gleich, auf welcher der Schmerz unaufhörlich denselben langsamen einförmigen Kreis beschreibt.

Karl lächelte als wir zurückritten. Ich hätte weinen mögen. – O, warum müssen denn Menschen so gern über die Schmerzen ihrer Brüder spotten? – Wenn es nun auch Leiden sind, von denen sie keine Vorstellung haben, oder die sie für unvernünftig halten, – o sie drücken darum das Herz nicht minder schwer. – Ich bedurfte Mitleid, ein empfindendes Herz, – und ein spottendes Lächeln, eine kalte Verachtung, – – o Eduard, mir war als klopft' ich im Walde verirrt an eine Hütte und nichts anwortete mir aus dem verlassenen Hause, als ein leiser, öder Widerhall. –

Lebe wohl. Ich will itzt gleich auf einige Tage meine Tante *Buttler* in *Waterhall* besuchen, – grüße Deine liebe Schwester und verzeih mir meine Schwäche; doch ich kenne ja Dein Herz, das alle Leiden der Menschheit mitempfindet, über nichts spottet, was den Mut des schwächern Bruders erschüttert, der sich mit den Fröhlichen freut und mit den Weinenden weint. – Lebe wohl.

3

Der alte Willy an seinen Bruder Thomas, Gärtner in Waterhall

Bonstreet.

So wie ich's vernommen, so hält sich ja jetzt mein lieber junger Herr auf Deinem Gute auf. – Bewirte ihn recht ordentlich und ich will es ansehen, als wäre es dem alten Willy geschehn. – Er ist also, wie gesagt, entweder schon da, oder er wird noch hinkommen, zu Pferde saß er wenigstens schon vorgestern und das so hübsch und geschickt, als nur ein Mensch in den drei Königreichen zu Pferde sitzen kann, der ein Frauenzimmer begleiten will, die in einer Chaise nach London fuhr. – Wie gesagt, Fräulein Malchen ist vorgestern also auch abgereist. So wird's nun nach und nach bei uns leer, aber der lustige Herr Wilmont ist gestern schon mit seinem Schimmel zurückgekommen, er war ordentlich etwas müde und hatte nebenher ein Eisen verloren.

Der alte Toby hier im Dorfe ist nun endlich wirklich gestorben, von dem wir es immer schon vor 20 Jahren zusammen prophezeiten, – und ich dachte dabei an Dich, guter Tom, denn Du bist fast ebenso alt, als er nun gewesen ist, – aber ich hoffe, Gott wird Dir noch einmal einen kleinen Vorschuß tun, wie vor zehn Jahren, als Du die große Krankheit hattest, und ich immer des Nachts so viel für Dich beten mußte. – Dafür rechne ich nun aber auch auf Dich, was das Beten anbetrifft, vollends da ich nun bald in fremde Länder komme, wo man meine Sprache nicht mehr versteht.

Ja, lieber Tom, – Du kannst Dich immer wundern, ging es mir doch um kein Haar besser und ich hatt' es doch schon vorher gewußt. – Ich soll mit meinen alten Augen noch fremde Länder sehn, – Italien, Frankreich, – je nun, wenn's nur nicht in die Türkei ist, solange ich noch Religionsverwandte antreffe, denk' ich immer noch unter guten Freunden zu sein, wo aber die Türken angehn, da ist es mit der Freundschaft aus, – denn wer nicht meinen Gott liebt, der kann auch mich nicht lieben, sie sollen a part einen Gott ganz für sich haben, und des Brot ich esse, des Lied ich singe.

Wenn ich aber meinen lieben Bruder nicht wiedersehen sollte? Denn der Herr William sprach da so etwas von ein paar Jahren, die die Reise kosten würde; (das Geld abgerechnet) – Ja, wollt' ich nur sagen, wenn ich nun so wiederkäme und hätte die ganze Welt gesehn, – was hälf' es mir, wenn ich meinen Bruder Tom nicht mehr sehen könnte? – Mir war schon immer, als säh' ich ein schwarzes Kreuz auf einem grünen Hügelchen da in der Ecke des Kirchhofs stehn, wo der große Nußbaum gewachsen ist, – und Deinen Namen *Thomas*, mit großen Buchstaben darauf, so recht als mir zur Kränkung; o lieber Bruder, ich würde lieber wünschen mit Dir hinterm Ofen gesessen zu haben, um uns vom Schottischen Kriege zu erzählen. – Darum besuche mich, ich hätte gestern fast geweint, und das schickt sich doch nicht, Thomas, für so einen alten Mann. Nicht wahr, darin gibst Du mir recht?

Vom Gelde sprich nicht wieder. Du bist ja mein Bruder, wir sind ja alte Männer; könnt' ich Dir mit aller meiner Armseligkeit noch Leben ankaufen, frage nicht, ob ich's täte. – Komm nach Bonstreet, oder laß Dich herfahren, denn Deine Füße sind in dem Alter nicht mehr zum Gehn geboren. – Das Geld ist Dein, Du bist lange krank gewesen, und mein Herr gibt mir immer mehr als ich brauche. – Wie kann ein Bruder dem andern etwas schuldig sein? Gott sind wir alles schuldig, und der behüte Dich deswegen.

Willy, Dein Bruder bis ewig.

4

Eduard Burton an William Lovell

Bonstreet.

Ich vermute, daß Du einige Tage in Waterhall bleiben wirst und darum schick' ich Dir diesen Brief, der gestern angekommen ist. – Sei mein Freund, mehr kann ich Dir nicht sagen, und wenn Du es bist, so sei heitrer, kälter. – Ich füge nichts mehr hinzu, denn Du bist in einer Lage, in der Du mich fast mißverstehen mußt; könntest Du mich ganz verstehen, so wäre überdies alles überflüssig, was ich Dir sagen könnte. – Vergiß aber nie, daß Dein Wohl meinem Herzen näher liegt, als mein eigenes.

Eduard Burton.

5

Der alte Lovell an seinen Sohn

Einlage des vorigen

London.

Du hast lange nicht geschrieben, lieber William, und daraus schließe ich und Deine Mutter, daß es Dir noch immer in den Armen Deines Freundes und der schönen Natur gefalle. – Diese Jahre, in denen Du lebst, sind die Jahre des reizendsten Genusses, darum genieße, wenn Du auch etwas von dem vergessen solltest, was Du ehemals wußtest: wenn Dein Verstand in der stillen Betrachtung der Natur und ihrer Schätze bereichert wird, so kannst Du gewisse Gedächtnissachen indes als ein Kapital irgendwo unterbringen und Du bekömmst sie nachher mit reichen Zinsen zurück. Vielleicht wird dadurch auch Deine Gesundheit so sehr befestigt, daß Du nicht, wie ich, von tausend Unfällen zu leiden hast, ungehindert können dann alle Deine Kräfte in der glücklichsten Tätigkeit wirken, wenn der Schwächere erst von tausend umgebenden Kleinigkeiten die Erlaubnis dazu erbitten muß.

Seit einigen Tagen bewohne ich ein Landhaus, ganz nahe bei London, dasselbe, von dem ich Dir schon mehrmals geschrieben habe, daß ich es vielleicht kaufen würde. Es liegt ziemlich angenehm, im Garten hat man eine schöne Aussicht, das Haus ist gut gebaut, simpel, aber mit Geschmack, alles ohne Pracht, aber auch ohne unbequeme bäurische Einfalt. – Meine Unpäßlichkeiten scheinen zurückgeblieben zu sein, ich halte die Luft hier in der Ebene für reiner und gesunder, als dort auf den Bergen. – Meine neuliche Krankheit hat mich aber wieder auf die Zerbrechlichkeit des Lebens aufmerksam gemacht, ich komme in ein Alter, in welchem man sich mehr von der Welt zurückzuziehn wünscht, und einen kleinen lieben Zirkel zu bilden, in dem ein jeder Gedanke und jedes Gefühl bekannt ist, – o lieber William, ich hab' es mir so schön ausgemalt, was für ein Leben ich führen will, wenn Du nun als gebildeter Mann von Deinen Reisen zurückgekehrt sein wirst, wie ich dann meine letzten Tage in vollem frohen unbefangenen Genuß verleben will; dann will ich von allen Stürmen ausruhn, die so oft den Horizont meines Lebens trübten, – nur muß ich mich hüten, diesen Genuß zu weit hinauszuschieben, ich muß anfangen mit meinen Stunden zu sparen, ein Jahr ist schon eine sehr große Summe für mich, das der verschwendende, im Überflusse frohlockende Jüngling oft so gleichgültig ansieht. Ich sah von ohngefähr in den Spiegel, meine Haare fangen wirklich schon an grau zu werden, darum wünscht' ich sehnlich, daß Du Deine Reise so bald als möglich antreten mögest, noch früher, als wir neulich ausgemacht hatten, – antworte mir doch hierauf sogleich, oder besuche uns lieber selbst. Für einen ältern Freund zu Deiner Begleitung will ich indessen Sorge tragen. – Lebe wohl, bis ich Dich wieder an mein Herz drücken kann.

Dein Vater, *Walter Lovell.*

6

William Lovell an seinen Freund Eduard Burton

Waterhall.

In einigen Tagen komme ich zu Dir zurück, um auf lange Abschied zu nehmen. Mein Vater wünscht meine Abreise aus England früher, er ist fast immer krank und ich fürchte wirklich viel für ihn. Es ist also Kindespflicht, es ist die Pflicht des Menschen, daß ich jedem seiner Wünsche zuvorkomme, es könnte sonst eine Zeit kommen, wo es mich sehr reuen würde, nicht ganz seine Zärtlichkeit gegen mich erwidert zu haben. – Mein Vater wohnt itzt nahe bei London – und Eduard, ich werde sie wiedersehn! – Meine traurigen Ahndungen sind itzt nichts als Träume gewesen, über deren Schrecken man beim Aufgange der Sonne lacht. Hoffnungen wachen in meinem Busen auf, ich vertraue der Liebe meines Vaters; wenn ich es nun wagte, ihm ein Gemälde von dem Glücke zu entwerfen, wie ich es in ihren Armen genießen werde, wenn ich ihn in das innerste Heiligtum meines Herzens führte und ihm jenes reine und ewige Feuer zeigte, welches der holden Gottheit lodert? Würde er so hart sein, mich von dem Bilde zurückzureißen, mir meine schönsten Empfindungen zu nehmen, die Hallen des Tempels zu schleifen, um von den Ruinen eine armselige Hütte zu erbauen? – Aber ich fürchte, mein Vater betrachtet mein Glück aus einem ganz verschiedenen Standpunkte, er ist älter und jenes schöne Morgenrot der Phantasie ist von der Gegend verflogen, er mißt mit dem Maßstabe der Vernunft die Verhältnisse des Palastes, wo der jüngere Enthusiast in einer trunkenen Begeisterung anstaunt, – ach Eduard, er *berechnet* vielleicht mein Glück, indem ich wünsche daß er es *fühlen* möchte, er sucht mir vielleicht eine frohe Zukunft vorzubereiten und schiebt *mir seine* Empfindungen unter; er knüpft Verbindungen, um mir Ansehn zu verschaffen, um mich in der großen Welt emporzuheben, ohne daran zu denken, daß ich den ländlichen Schatten des

Waldes vorziehe und in jener großen Welt nur ein unendliches Chaos von Armseligkeiten erblicke.

Ich habe hier einige Tage in einer süßen Schwermut verlebt, mir selbst und meinen mannichfaltigen Empfindungen überlassen, ich behorchte in mir leise die wehmütige Melodie meiner wechselnden Gefühle, man entdeckt in der Einsamkeit eine Menge von Ideen und Empfindungen in sich selbst, die man vorher nicht wahrgenommen hat, man schließt mit seiner Seele eine vertrautere Bekanntschaft: – und man ist auch nicht ganz einsam, es gibt in der Natur keine tote Wüste, alles umher sprach zu mir und meinem Schmerze. – Der Wald sprach mir mit seinem ernsten Rauschen freundlichen Trost zu, die Quellen weinten mit mir. Man kann nirgend verlassen wandeln; solange man kein Bösewicht ist, tritt dem leidenden Herzen die Natur mütterlich nah, Liebe und Wohlwollen spricht uns in jedem Klange an, Freundschaft streckt uns aus jedem Zweige einen Arm entgegen.

Itzt lacht der Himmel mit mir in seinem hellsten Sonnenscheine, die Blumen und Bäume stehn frischer und lieblicher da, das Gras nickt mir am See freundlich entgegen, die Wellen tanzen ans Ufer zu mir heran: – ich zweifle itzt, ob mich je eine Empfindung bis zur Verzweiflung führen könnte, ich glaube, daß dieser tiefe Schmerz eine unedle Selbstliebe voraussetzt, die jede Freundschaft, jede entgegenkommende Liebe zurückstößt. Ein edler Geist trägt die schwere Bürde stets mit Anstand und ohne jene wilden Verzuckungen, die ihn sich selber unähnlich machen.

Lebe wohl, ich sehe Dich bald.

Lovell.

7

Eduard Burton an seinen Freund William Lovell

Bonstreet.

Ich freue mich innig, daß Du heitrer bist, ich habe Deinen zweiten Brief mit Vergnügen gelesen, komm bald nach Bonstreet und ich will noch einige frohe Tage mit Dir genießen: dann gehst Du einer Menge von interessanten Gegenständen entgegen, Du betrittst die heiligen Gegenden, die die Heimat meiner lieblichsten Träume sind, Du wirst in den hohen Geist der Künste eingeweiht, Du wirst zu jenem Tempel des Genies hinzugelassen, den ich nur aus der Ferne anbeten darf.

O könnt' ich doch Dein Begleiter sein! Dürft' ich mit Dir zugleich in jene Heiligtümer treten, jene Schönheiten der Natur durchwandeln! Aber ich habe diese, einst meine liebste Hoffnung, schon seit lange aufgegeben, mein Vater würde die Zeit, die ich auf diese Art anwendete, für verloren ansehn, *abtrotzen* möchte ich ihm seine Einwilligung nicht. Er haßt die Begeisterung, mit der ich zuweilen von den Heroen des Altertums, oder der Göttlichkeit eines Künstlers sprach, er sieht mit Verachtung auf diese kindischen Aufwallungen des Bluts hinab, wie er jeden Enthusiasmus nennt, daher hat ihm auch stets mein Umgang mit Dir mißfallen. Er liebt Menschen, die sich nie aus den Gegenständen von denen sie umgeben werden, verlieren können, er spottet über alles, was man Erhabenheit der Gedanken und Gefühle nennt. Es gibt vielleicht wenig Menschen, die Vorurteile und Begriffe der Konvention so tief in ihr ganzes Dasein haben verwachsen lassen, – auch ich mißfalle ihm sehr, er nennt mich zuweilen einen jugendlichen Schwärmer, der die Welt nicht kennt und sie aus armseligen Büchern beurteilen will. Ist dies Menschenkenntnis, die aus ihm spricht, o so beneide ich sie ihm nicht, aber er muß sie teuer erkauft haben, da er sie für so richtig hält. – Kann es nicht aber auch das enge egoistische Gefühl seines eigenen Herzens sein? Ist dieser Glaube nicht auch vielleicht bloß aus Studium seiner selbst entstanden? – Wir glauben so oft einen Blick in die Seele andrer getan zu haben, wenn wir bloß das Flüstern unsers eignen Geistes vernommen hatten.

Er verzeihe mir die kleine Bitterkeit, die zuweilen und itzt eben in mir aufsteigt, aber ich muß oft von seiner Kälte leiden. Er ist älter als ich, er kann oft betrogen sein, die schönsten Gefühle sind vielleicht an ihm meineidig geworden, er hat vielleicht mit Mühe alles aus seinem Busen vertilgt, was ehemals so schön und herrlich blühte; – aber er wird nie verlangen, daß ich seinen Erfahrungen ungeprüft glaube, oder wenn ich sie bestätigt finde, daß ich darum ein Hartherziger werde und den Glauben an jeden harmonischen Klang verliere, weil alle Tangenten die ich anschlage auf zersprungene Saiten treffen, – nein, er soll in mir einen Sohn erziehen, der einst die Schuld bezahlt, die er mir zum Erbteile läßt, – es tut mir weh, denn er ist mein Vater – aber glaube mir, William, ich werde manchen Armen zu trösten und mancher Waise zu erstatten haben.

Zu Dir und zu niemand anders darf ich also sprechen. – Wie beneid' ich Dich Glücklichen! Du wirst neue Gegenden und neue Menschen sehn! – Du wirst das Grabmal Virgils besuchen und den Ort, wo Brutus den Dolch der Freiheit schwang, – indes ich eingekerkert hier in Bonstreet sitze und mir in der Phantasie die schönen Szenen male, auf denen Du voll hohen Enthusiasmus wandelst. – Ich darf mir den traurigen Gedanken nicht weiter ausdenken. – Lebe wohl.

8

Amalie Wilmont an ihren Bruder Karl Wilmont

London.

Ich bin gestern in London angekommen, das Gewühl der Stadt, das Geräusch der Wagen und die lärmende Munterkeit kontrastierte sehr mit der Ruhe des Landes, die ich soeben verließ. – Es war traurig, wieder in die Straßen hineinzufahren, die ich so freudig verlassen hatte, mir war es, als wären es die Mauern eines großen Gefängnisses.

Seitdem hab' ich oft an Dich und an meinen schönen Aufenthalt in Bonstreet gedacht. Die Gegend war doch sehr angenehm, die kleine Gesellschaft so zutraulich, man war mit jedem Gefühle und Gedanken des andern vertraut, alle machten gleichsam nur *eine* Seele, – und alles das im Glanze der Frühlingssonne, die so lieblich auf uns herabschien, – ach, ich bin vielleicht in sehr langer Zeit nicht wieder so vergnügt.

Grüße Lovell und danke ihm für seine freundliche Begleitung, – suche ihn doch fröhlicher zu machen, er schien immer so traurig.

London kömmt mir, ohngeachtet der vielen Menschen, sehr einsam vor, meine Zimmer sind mir ganz fremd geworden, alles ist so eng und düster, man sieht kein Feld, keinen Baum, – wenn ich dagegen an den reizenden Wald denke, an den kleinen Wasserfall neben der Wiese, an den grünen Hügel, von wo man die romantische Aussicht über den Fluß und die Felsenwände hat; – wie schön war es doch, wenn die Sonne hinter den Felsen unterging und der krummgewordene Strom in einen roten Glanz erglühte, – und dann jene Allee, wo die Nachtigall am Morgen im Lindenbaume sang, wo *Lovell* mir oft den Ossian vorlas, – ich war nur so kurze Zeit von hier entfernt, aber ich habe mich schon ganz verwöhnt.

Meine Eltern sind wohl, sie freuten sich recht herzlich, mich wiederzusehn, ich wollte, ich hätte mich ganz so freuen können, wie sie, – sie hatten aber auch unterdes London nicht verlassen.

Lieber Bruder, weiter hätt' ich Dir nun nichts mehr zu sagen, außer daß Du Lovell grüßen sollst, – doch das hab' ich ja schon einmal gesagt, das fatale Lärmen auf den Straßen hat mich schon ganz verwirrt gemacht. – Ich bin u. s. w.

9

Mortimer an seinen Freund Karl Wilmont

London.

Warum ich Dir so lange nicht geschrieben habe, willst Du wissen? Du solltest Dich doch schon daran gewöhnt haben, daß es in dieser Sterblichkeit eine Menge von Vorfällen, Wirkungen, Handlungen, Unterlassungen ohne Ursache gibt, andre die, wenn sie Ursachen haben, oft schlimmer als gar keine Ursachen sind. – Es gibt Leute, die bei einem Allegro weinen können, oder die beim schmelzendsten Adagio einen unwiderstehlichen Beruf zum Tanzen fühlen, – wer wird hier nach den Ursachen fragen? Diese Leute sind nun einmal so und nicht anders. Ebenso habe ich zu gewissen Zeiten Perioden von Trägheit, wo mir jede Feder zuwider ist, wo mich ein Billet, was ich schreiben soll, in Schrecken setzen kann, ich bin aber noch nie darauf gefallen, tiefsinnige philosophische Betrachtungen darüber anzustellen, ob die Seele oder der Körper daran schuld sei, von welchen Mittelideen und Kombinationen die ganze Erscheinung abhänge.

Wir wollen also ganz davon abbrechen, erwarte keine Entschuldigungen, denn ich habe keine, ich kann Dich auch nicht um Verzeihung bitten, denn ich weiß, Du hast es nicht übel genommen; nur soviel will ich Dir zur Entschädigung sagen, daß diese Trägheit mit zu jenen Eigenschaften gehört, die ich mir mit der Zeit abgewöhnen will.

Deine Mutmaßung ist übrigens nicht ganz unrichtig, daß ich, wenn Du es durchaus so nennen willst, *ernsthafter* geworden bin. Mit Dir verließ uns der Geist unsrer lustigen Gesellschaften, und man darf nur etwas aufrichtig gegen sich selbst sein, so liegt so etwas Oberflächliches in dieser sogenannten *genußreichen* Art zu leben, eine Nüchternheit, in der ich mir oft die Langeweile des Tantalus recht lebhaft habe denken können. – Ich habe mich itzt darum aus dieser Gesellschaft mehr zurückgezogen, ich bin mehr allein und – Du wirst vielleicht lachen, – ich habe oft wieder angefangen zu studieren und mich dessen zu erinnern, was ich auf meinen Reisen gelernt habe.

Halte mich aber nicht für einen so schwachen Menschen, der aus einer Anwandlung von Langeweile sich gleich über Hals und Kopf in eine so steinharte Ernsthaftigkeit wirft, daß ihn die Hunde auf der Straße anbellen; denke nur etwa nicht, daß ich itzt mit einem essigherben Gesichte dasitze und wunder wie sehr meinen Geist zu beschäftigen glaube, indem mir die Kinnbacken vor Gähnen zerspringen möchten; halte mich nicht für ein Wesen, das sich seine Zeit verdirbt, indem es sich tausend unnütze Geschäfte macht und sich selbst zur Bewunderung über die Menge seiner Arbeiten zwingt, – nein Karl, ich bin noch immer der simple, unbefangene Mortimer, der noch ebenso gern lacht, als zuvor, und der nichts sehnlicher wünscht, als einmal mit Dir ein herzliches Duett lachen zu können. O ich möchte meine Dinte in schwarze Klagelieder ergießen, oder die erste beste Stelle aus Youngs Nachtgedanken abschreiben, um es Dir recht fühlbar zu machen, wie sehr Du mir fehlst.

Wenn das alles wahr ist, was Du mir von William Lovell schreibst, so steht es schlimm mit ihm, sehr schlimm, es tut mir jedesmal weh, wenn ich einen jungen Menschen sehe, der sich selbst um die Freuden seines Daseins bringt. – Gibt es etwas Abgeschmackters, als zu seufzen, zu weinen und alle Freuden der Welt aus einer Metapher in die andre zu jagen, – und zwar, wie äußerst sinnreich und vernünftig! – weil ein andres Wesen nicht auch jammert und klagt – und zwar darüber, weil *ich* es tue. – Denn wahrlich, ich habe schon Liebhaber gesehn, die so geliebt wurden, daß nur noch ein Gran gefehlt hätte und es wäre ihnen selber zur Last gefallen, – die aber beständig die unglücklichsten Geschöpfe in der Welt waren; denn ihr Mädchen war ihnen lachend entgegengekommen und sie hatten sie sich gerade weinend gedacht, weil sie einen Abschied auf zwei ewig lange Stunden nehmen sollten, um eine große Reise in die nächste Gasse zu ihrem Onkel zu tun, der ihnen einen Wechsel auszahlen wollte. – Es sind Schauspieler, die sich einen ellenhohen Kothurn angeschnallt haben, der nur dazu dient, sie in jedem Augenblicke fallen zu machen; sie sind unendlich über alle fade Sinnlichkeit erhaben und sitzen da und können sich tagelang von ihrer Geliebten über die Farbe eines Bandes unterrichten lassen; der Schoßhund ihres Mädchens ist ihnen mehr wert, als ein halbes Menschengeschlecht, sie schwärmen in allen Regionen der Phantasie umher, um endlich doch dahin zurückzukommen, wo sie sich wieder in die Reihe der übrigen sterblichen Menschen finden; denn, ich hoff' es zur Ehre der Menschheit, daß von diesen Mondsüchtigen noch keiner die Ansprüche gemacht hat, seine Geliebte ohne Augen zu sehn und ohne Ohren zu hören, wenn sie auch vergessen haben, daß die Sinnlichkeit zu dem Hause das sie bewohnen die erste Etage ist, – am Ende sind sie eben dem Winde ausgesetzt, und sie ziehen wieder herunter.

Merkutio hat recht, wenn er sagt, das fadeste Gespräch hätte mehr Sinn, als das Selbstpeinigen dieser verlornen Söhne der Natur, die sich von Trebern nähren und diese in einem beklagenswürdigen Wahnsinne für Ambrosia halten.

Deine Schwester hab' ich heut schon besucht, sie ist schön und scheint ebenso verständig, außer – daß sie traurig war und gewiß um Lovell, – es tut mir leid um sie. –

Es wäre übrigens wohl möglich, daß Du Dich in Deiner Einsamkeit ganz ernsthaft verliebtest. Dein Auge sieht keinen andern Gegenstand der Dich zerstreuen könnte, und die

Gewohnheit ist auch hierin die zweite Natur. Diese allmächtige Gottheit macht ja sogar, daß so mancher mit seiner Frau zufrieden ist, die er außerdem gegen einen Star austauschen würde. Die müßige Phantasie nährt sich mit jeder reizenden Form; Regentropfen machen einen Stein hohl, und es wäre nicht das erste Beispiel, daß der größte Antiplatoniker zum regenbogenhinanfliegendem Schwärmer geworden wäre.

Ich erwarte also nächstens einen Brief voller Seufzer und mit einer Träne gesiegelt; bis dahin bin ich Dein treuer Freund

Mortimer.

10

William Lovell an Eduard Burton

London.

Ich bin auf dem Landhause meines Vaters, nahe bei London, ich sehe die Türme der Stadt, die Amalie bewohnt, ich höre ihre Klocken aus der Ferne, – o das Herz schlägt mir ängstlich und ungestüm daß ich sie so nahe bei mir weiß und sie noch nicht gesehen habe, – ja, ich muß sie heut noch sehn.

Mein Vater war ungemein fröhlich, da er mich wiedersah, seine Freude hatte einen Anstrich von Melancholie, die mich gerührt hat, er sah bleich und krank aus, er umarmte mich mit einer Herzlichkeit, in der ich ihn noch nie gesehn habe, er findet überhaupt sein Glück in dem meinigen und in der Zukunft die er mir ebnen will, er sprach so manches von Verbindungen, die er meinetwegen suchen würde, er schien mir ankündigen zu wollen, wie sehr er einst meine Verheiratung mit der Tochter der Lady B*** wünschen würde, – wer weiß, wie viel Unglück mir noch die trübe Zukunft aufbewahrt. – Ich überlasse mich zuweilen mit einer unbegreiflichen Trägheit der Zeit, um den Knäuel auseinanderzuwickeln, der mir zu verworren scheint.

Von Dir hab' ich also nun auf lange Abschied genommen? – Bald werden sich Städte und Meere zwischen uns werfen, bald wird ein Brief von Dir zu mir Wochen auf seiner Reise brauchen. – Den Abend vor meiner Abreise von Bonstreet ging ich noch einmal durch die mir so bekannten Gärten, ich nahm von jedem Orte Abschied, der mir durch die Zeit, oder irgend eine Erinnerung wert geworden war, von der Linde, in die Amalie ihren Namen geschnitten hat und ich den meinigen so dicht daneben eingrub, daß auch nicht der kleinste Zug eines feindlichen andern Namens Raum zwischen uns findet. Ich stand lange und betrachtete die Charaktere, – dann zu der Allee, wo wir so oft den Ossian lasen, – ach Eduard, manche Stellen daraus werd' ich nie, nie vergessen, die Seele des großen Barden sprach oft so innig mit der meinigen und eine wehmütige Freude zuckte durch alle Nerven, wie der erinnernde Anhauch einer frühern Bekanntschaft. – Aus den Wipfeln fiel eine schwere Ahndung auf mich herab, daß ich nie dort wieder wandeln würde, oder im Verluste aller dieser großen Gefühle, die den Geist in die Unendlichkeit drängen und uns aus unsrer eigenen Natur herausheben.

Wenn ich nun einst wiederkehrte, den Busen mit den schönsten Gefühlen angefüllt, mein Geist genährt mit den Erfahrungen der Vorwelt und eigenen Beobachtungen, – wenn ich nun bemüht gewesen wäre, die Schönheiten der ganzen Natur in mich zu saugen, – um dann ein fades, alltägliches Leben zu führen, von der Langenweile gequält, von allen meinen großen Ahndungen verlassen: – wie ein Gefangener der seinen Ketten entspringt, im hohen Taumel durch den sonnbeglänzten Wald schwärmt, – und dann zurückgeführt, von neuem an die kalte gefühllose Mauer geschmiedet wird. –

Doch, ich sehe Dich lächeln, – nun wohl, ich gebiete meiner Phantasie, sie winkt mit ihrem Zauberstabe, und diese schwarzen Gestalten sinken mit ihrem nächtlichen Dunkel vom Tuche herab, und ein liebliches Morgenrot dämmert empor, – da hebt sich nun die ganze Landschaft majestätisch und schön aus dem chaotischen Nebel empor, wie von der Hand eines Gottes angerührt steht die Natur in ihrer reizendsten Schöne da und die Phantasie verliert sich in den Gebirgen, den Grenzen des Horizontes. – Schon ist die Natur geschäftig, in fernen Landen alle meine Ideale zu realisieren, schon seh' ich jede Landschaft wirklich, die ich einst als Gemälde bewunderte oder von der ich in einer Beschreibung entzückt ward, die Kunstwerke des großen Menschenalters stehn vor mir, die die grausame Hand der unerbittlichen Zeit selbst nicht zu zernichten wagte, um nicht die glänzendste Periode der Weltgeschichte auszulöschen, – die heiligen Haine, in denen die Nymphen und Dryaden wohnten, – meine Phantasie schwärmt schon in den ehrwürdigen Gebieten Griechenlands umher und wandelt mit heiligem Schauer unter den Trümmern, die uns freundlich ernst daran erinnern, was sie vordem waren. Ich muß auf der Stelle stehen, wo Leonidas fiel, wo Miltiades die Feinde schlug, – und freilich, wo Alexander mit einer kindischen Zerstörungssucht die Blüte vom Baume herabschlug, ehe sie zur Frucht gereift war. –

Meine Aussicht wird heiterer, – Italien und Griechenland liegen perspektivisch vor mir, – hundert frohe Erwartungen erwärmen mein Herz, – wenn Amalie mich liebte! – Eduard, ja, ich werde sie heut noch sehn!

11

William Lovell an Eduard Burton

London.

Eduard, o freue Dich mit mir, Freund mit Deiner brüderlichen Seele, alle Zweifel sind gehoben, alle Rätsel aufgelöst, – Amalie liebt mich! – Dieses neue Bewußtsein hat mich aus allen kleinen armseligen Gefühlen zum hohen Genusse eines

Gottes emporgerissen, ich bin zu Empfindungen gereift, von denen mir auch keine Ahndung etwas sagte, ich stehe in einer Welt, wo der gütige Schöpfer Freude und Wonne an jeden Zweig gehängt und über jeden Hügel hingegossen hat, – alles was ich sehe, was ich höre, – alles was lebt ist vom Hauche der Liebe, – vom Hauche Gottes beseelt.

Wie unter mir alles zusammenschrumpft, was ich einst für groß und wichtig hielt! – Ich nehme es mit der Zukunft und allen ihren Begebenheiten auf, ein Ätherglanz ist auf mich herabgefallen, ein Gott hat meine Seele angerührt.

Wie gleichgültig und öde kam noch gestern die ganze Welt meinem Blicke entgegen, alles ist heut mein Freund, alles lächelt mich liebevoll an. – Eduard, – wie soll ich Dir die Empfindung beschreiben, als ich nun die Straße betrat, in der sie wohnt, – als ich vor ihrem Hause stand, – es war schon Abend, ein blasser Schimmer des Mondes brach sich durch graue Wolken, – mein Herz klopfte hörbar, als ich dem Bedienten meinen Namen sagte und die Treppen hinaufging. – Sie war allein, ich trat in das Zimmer. – Himmel! war es nicht, als käme mir ein Engel entgegen, um mich im Paradiese zu bewillkommen, wie ein heiliger Duft wehte mich die Luft an, in der sie atmete, – ich weiß nicht, was ich ihr sagte, ich weiß nicht was sie antwortete, aber meinen Namen sprach sie einigemal mit einer unaussprechlichen Süßigkeit. – Wir setzten uns, ich war in einer wehmütigen freudigen Stimmung, – sie sprach von der glücklichen Aussicht einer so schönen Reise, – mir war, als hätt' ich Mühe, meine Tränen zurückzuhalten, – o Himmel, wie gütig sie zu mir sprach, wie jeder Ton im Innersten meiner Seele widerklang, jede Silbe foderte mich auf, mich dieser holdseligen Güte zu entdecken, – ich sank an ihren Busen und stammelte ihr das Bekenntnis meiner Liebe.

Ich war auf alles gefaßt, auf Zorn und Verachtung, auf Verlegenheit und Scham in ihrem Gesichte, auf die Bitte, sie nie wiederzusehn, – aber Eduard, nicht auf diese Milde eines glänzenden Engels, mit der sie mich schweigend noch fester an ihren Busen drückte. – Ich zweifelte in diesem Augenblicke an meinem Dasein, an meinem Bewußtsein, – an allem. Meine Freude hatte mich einer Ohnmacht nahe gebracht.

Unsre Lippen begegneten sich, ihr Mund brannte auf dem meinigen, – mein Herz ging auf vom ersten Sonnenstrahle getroffen, – wie Blumen taten sich alle meine Sinne auf, den Glanz in sich zu saugen, der so freundlich auf sie herabstrahlte. Ich drückte sie inniger an meine Brust, ich fühlte das Klopfen ihres Herzens.

Eduard! ich soll ihr schreiben, sie will mir antworten! – O, sie ist ein Engel! Sie würde ihr Leben opfern, mich glücklich zu machen!

Was soll ich Dir noch sagen? Du verstehst mein Herz. – O Freund, welche Seligkeiten bereitet uns dies Leben, welche Wonnen blühen in der Liebe! – ich beneide Dir Deine Kälte nicht mehr.

Ich bleibe noch länger als eine Woche bei meinen Eltern, o ich werde sie noch oft sehn, mir ist seit gestern, als dürfte nur dies das Geschäft meines Lebens sein. – Ich habe schon den Mann kennen lernen, der mich auf meinen Reisen begleiten soll, er heißt *Mortimer*. – Mein Freund wird er schwerlich werden können, er hat eine gewisse kalte beißende Laune, die mich von ihm gestoßen hat. – Er soll viel wissen, besonders Altertumskenner sein, – er hat diese ganze Reise schon einmal gemacht, er ist älter als ich; alles dies zusammengenommen hat meinen Vater bewogen, ihn zu meinem Begleiter auszuwählen. – Er scheint sehr unterhaltend zu sein, – aber ich liebe nicht diese Art von Charakteren, – das Satyrische in ihm gefällt mir nicht, diese Erhebung über die andern Menschen, diese Bitterkeit führt sehr leicht zur Menschenfeindschaft, – ich liebe die meisten, möchte sie gern alle lieben und mag über keinen spotten, – jeder bewache seine eigne Schwäche.

Dein *William*.

12

Mortimer an seinen Freund Karl Wilmont

London am 4ten Junii.

Wenn ich gerade aufgelegt wäre, über die wunderbaren Wege der Vorsehung Betrachtungen anzustellen, so hätt' ich heut dazu die schönste Gelegenheit. Denn wahrlich, nichts ist so seltsam, keine Linie läuft in den wunderbarsten Verschränkungen so schief und krumm, um in sich selbst zurückzukehren, – als es so oft die Begebenheiten und Vorfälle in dieser Welt tun. – Den Schilling, den ich heut meinem Bedienten gebe, erhalt' ich morgen vielleicht vom Lord Parton zurück um ihn einem Bettler zu schenken. Wie weit könnte man diese Idee bis ganz jenseit der Ideenwelt verfolgen! – Du bist begierig, welch Resultat endlich aus diesem Wirrwarr folgen soll; nun so höre denn und erstaune. – (Erstaunst Du nicht, so gesteh' ich, daß Du selbst ein erstaunenswürdiges Wesen bist.)

Wer hätte Dir wohl damals ins Ohr geraunt, als Du Deinen neulichen Brief an mich schriebest, in welchem von William Lovell die Rede war, daß Du an den achtbaren *Gouverneur* dieses hoffnungsvollen *Eleven* schriebest? – Und dennoch hat es dem Wesen gefallen, welches seine Sonne über Hofmeister und Zöglinge, über Mortimers und Lovells scheinen läßt, mich dazu zu machen. Um ernsthaft zu sprechen: ich reise mit William nach Italien und Frankreich und kehre dann als ein zweimal gereister Mann in mein sehnsuchtvolles Vaterland zurück, um auch hier mein Licht glänzen zu lassen. – Ich sehe die Gegenden noch einmal, die mich schon einst so entzückten. William ist noch so ziemlich ein erträglicher Mensch, und darum hab' ich das Anerbieten des alten Lovell angenommen.

William ist, soviel ich gleich bei unsrer ersten Zusammenkunft bemerken konnte, nicht ganz mit mir zufrieden, ich bin ihm zu froh, zu wenig das, was er ernsthaft nennt. Wer von uns beiden nun den andern aus seinen Verschanzungen zuerst treiben wird, ist die große Frage. In einer Woche ohngefähr reisen wir. Ich will mir alle mögliche Mühe geben, meinen Freund aus ihm zu machen.

Mein alter Onkel hätte beinahe geweint, als ich ihm die Nachricht meiner Abreise brachte; er ist mir mehr gewogen, als ich dachte, er hat es mir so gut wie versprochen, mich zum Erben einzusetzen, wenn er während meiner Abwesenheit sterben sollte, – wie der Himmel will! Einmal muß er doch sterben, so sehr ich ihn auch wirklich liebe. –

Könnt' ich über Bonstreet reisen, so würde die Reise noch eine Annehmlichkeit mehr für mich haben, aber einige Leute, die Fait von der Geographie machen, wollen behaupten, es läge ganz auf der entgegengesetzten Seite; und man muß ihnen doch wohl hierin glauben.

Deine Schwester ist allerdings ein vortreffliches Mädchen, ausgenommen darin, daß sie gewiß Lovell liebt, – doch vielleicht wird er unter der Anführung eines gescheuten Mannes anders, das heißt, nach *meiner* Überzeugung: *besser.*

Worüber ich mich verwundre, ist, daß man mich für so gelehrt hält um mit Nutzen der Begleiter eines jungen Mannes zu sein, der nicht ohne Kenntnisse ist, – der alte Lovell aber ist ein vernünftiger Mann, der weiß, was meistenteils hinter der gewöhnlichen Ernsthaftigkeit steckt; vielleicht hat auch eben meine Heiterkeit seine Wahl auf mich fallen lassen, da er mit der zu reizbaren Empfindsamkeit und Schwärmerei seines Sohnes nicht ganz zufrieden ist. –

Und wenn nun auch bald viele Meilen zwischen uns liegen, so bin ich auch im wärmeren Klima, zwar nicht wärmer, aber ebenso warm als itzt, Dein Freund, und wenn ich nicht auf dem Kanal untergehe, so erhältst Du aus *Frankreich* einen Brief von

Deinem *Mortimer.*

13
Der alte Willy an seinen Bruder Thomas in Waterhall

Weiß nicht, lieber Bruder, von wo aus ich Dir schreiben soll, aber ohne daß die Schuld davon an mir liegt: denn ich bin hier ganz nahe bei London, aber doch nicht in London, so daß ich lieber gar kein Datum dabei schreiben will, um Dich nicht konfus zu machen, weil ich weiß, daß Du Dich nicht gut aus den Ortschaften und Ländereien herausfinden kannst, wenn sie eine Meile von dem Garten in Waterhall liegen, – und London, oder das Landhaus hier nahe bei London, ist nicht so nahe an Waterhall, als Du glaubst, ob es freilich wohl ganz nahe an London liegt, so daß man die Klocken kann schlagen hören, wenn sie gerade nicht unrichtig gehn, wie denn das wohl in so einer großen Stadt bisweilen der Fall ist, wo selten alles ganz richtig geht; es macht die Menge.

Der Herr William ist so ein guter Herr, als nur ein Bedienter verlangen kann, wenn er nicht selbst der Herr werden will. – Er sagte, er hätte mich mehr aus alter Freundschaft mitgenommen, als wie einen Bedienten, nun ist er freilich nicht ganz so alt, als ich, aber so alt er auch immer sein mag, so bin ich doch würklich von der Geburt an sein Freund gewesen. Du weißt, Tom, was ich meinen will, daß ich ihn nämlich schon vor der Geburt gekannt habe, als ich schon lange vorher beim alten Herrn Lovell als ein Bedienter gestanden habe.

Du glaubst übrigens nicht, Thomas, wie viel Menschen es auf der Welt gibt, den Mann wollt' ich sehn, der die Leute so zählen könnte, die ich unterwegs alle Augenblicke gefunden habe. – Der Vikar *Winter* hat doch recht, so wie in allen Sachen, die er in der Kirche ausruft, es sind viele Menschen auf der Welt. Dafür ist die Welt aber auch so ziemlich groß, das hab' ich nun auch gesehn, denn wie wollten sie sonst auch alle Platz darauf finden, wenn nicht neue Einrichtungen gemacht würden. Bis dahin bin ich

Dein getreuer Bruder. *Willy.*

Weil sich hier gerade das so vortrefflich paßte: bis dahin bin ich u. s. w. so hatte ich mich dadurch verführen lassen, daß der Brief hier aufhören sollte, ich hatte Dir aber noch manches sagen wollen, unter andern, daß wir nächstens abreisen; es komme, wie es geh', ich schreibe Dir manchmal, der gute Herr William hat mir erlaubt, so oft ich Dir etwas zu sagen habe, meine Sachen in seinen Brief mit einzulegen; so kostet es mir und Dir nichts und ich habe nicht die Mühe, Deine Aufschrift zu machen und Du brauchst sie auch nicht zu lesen, sondern Du weißt denn gleich auswendig, daß jeder Brief, den Du von mir geschickt kriegst, an Dich gerichtet ist. – Ferner Dein ewiger Bruder.

Willy.

14

William Lovell an Eduard Burton

Dover.

London liegt hinter mir mit allem seinem Glücke, Frankreich vor mir! – Ich komme soeben von den erhabenen Klippen zurück, deren Schilderung wir beide so oft in dem gigantesken Werke des unsterblichen Shakespeare bewundert haben. – Die Natur wirkt wunderbar auf die Seele, mir war's, als könnt' ich in die Zukunft hineinsehn, als wären die Schleier eben im Begriffe herunterzufallen, die sonst vor diesem Schauplatze hängen, – die See rauschte tief unter mir und wogte und schlug ohnmächtig an die unerschütterlichen Klippengestade, Wolken standen aus dem Meere auf und schritten durch das ruhige Blau der unübersehbaren Wölbung, – ohne fröhlich zu sein, ohne Traurigkeit sah ich in die unendliche Natur hinaus, – der Wind blies über die See hin, die Dornblumen am Felsen zitterten, ich stand ruhig. Das Wogen der Flut rauschte leise herauf, – tausend Sonnen tanzten in dem wiegenden Meeresspiegel, – ja Freund, der Mensch hält gewiß selbst die Zügel seines Schicksals, er regiere sie weise und er ist glücklich; läßt er sie aber mutlos fahren, so ergreift sie ein ergrimmter Dämon und jagt ihn wutfrohlockend in das furchtbare, schwarze Tal, wo das Elend wohnt. – Darum wollen wir Männer sein, Eduard, und kalt und ohne Zagen unser Schicksal regieren, auch wenn tausendfaches Unglück den Wagen in den Abgrund zu schleudern droht.

15

William Lovell an Amalie Wilmont

Dover.

Mit Tränen sieht mein Auge rückwärts, das Ihrige blickt mir weinend nach. – Aber nein, kein Zweifel, kein Zagen soll in unsrer Brust entstehn, ich will mutig hoffen. – O ja, Amalie, Ordnung, Harmonie ist das große Grundgesetz aller unendlichen Naturen, sie ist das Wesen, der Urstoff des Glücks, die erste bewegende Kraft, – auch wir werden von den Speichen des großen Rades ergriffen, wir sind Kinder der Natur und haben Anspruch an ihre Gesetze – und gäb' es für mich ein Glück ohne Amalien? – Leben Sie wohl, die Segel schwellen, die Winde rufen zur Abfahrt, leben Sie wohl. – Ihr Bild soll der Schutzgeist sein, der mich begleitet, in dem Augenblicke da Sie mich vergessen, bin ich allen Gefahren preisgegeben, bis dahin fühle ich die Stärke eines Gottes in meinem Herzen.

William Lovell

Zweites Buch

1

Mortimer an seinen Freund Karl Wilmont

Paris.

Ich bin nun wieder in der Stadt, die die Franzosen die Hauptstadt von Europa nennen, wo man in einer beständigen Verwirrung von Besuchen und Vergnügungen lebt, wo man sehr lange leben kann, ohne zu sich selbst zu kommen und wo man sich, wie William Lovell täglich behauptet, zu Tode langeweilt und ärgert, wenn die gesunde Vernunft nur auf einen einzigen Tag aus ihrer Betäubung erwacht. – Sonst sind wir alle wohl und gesund, und die Reise hieher war recht angenehm; auch William gewöhnt sich an meine Gesellschaft, wir kommen uns näher, so wie ich es vorhergesehn habe, ich muß mich nur hüten, daß ich nicht auf einen gewissen Eigensinn gerate, ihm zuviel zu widersprechen, so paradox er auch manchmal aus seinen dunkeln Gefühlen philosophieren will, dies würde uns von neuem entfernen und bei ihm die Sucht veranlassen, mir in keiner meiner Behauptungen recht zu geben: so würden alle unsre Gespräche Gezänke werden und dies führt zu einer Bitterkeit, die am Ende in eine völlige Unverträglichkeit ausartet. –

Ich will Dir mit keinen politisch statistischen Nachrichten Langeweile machen, soviel ich bis itzt habe sehn können, ist alles hier beim alten geblieben und hoffentlich wird es dabei noch eine geraume Zeit bleiben. So lange bitt' ich Dich, die erste beste Geographie von Frankreich aufzuschlagen, wenn Dir hin und wieder einige Zweifel aufstoßen sollten. –

William lebt und träumt und ras't in der vollen Begeisterung seiner ersten Liebe. – O Karl, es ist doch ein Genuß, den wir niemals empfinden werden, – sein Blick, mit dem er die schöne Natur betrachtet, – die Heftigkeit, mit der sein Herz für alles Schöne schlägt, – in der ganzen Welt, in allem, was er denkt und empfindet, kömmt ihm ihre Gestalt verschleiert entgegen. – Mit Enthusiasmus kletterte er auf die Klippen bei Dover und las dort eine Stelle Shakespeares, – o vergib mir meinen Alexanderstolz, – wenn ich nicht Mortimer wäre, möcht' ich wohl William Lovell sein. – Es tut mir aber dennoch weh, ihn oft so tief in Träumen verloren zu sehn, – er segelt über einen Strom, wo er eine göttliche Aussicht hat, er fühlt sich selig, indem er sein Auge an der Schönheit der Landschaft weidet; aber das Fährgeld hinüber ist zu teuer und er wird es gewiß selbst bemerken, wenn die Fahrt geendigt ist und er den Fuß ans Ufer setzt. – Er schreibt ihr, soviel ich bemerkt habe, und ich möchte mit mir selber zanken, daß ich zuweilen eine Art von Eifersucht empfinde.

Der alte Willy ist gegen ihn der seltsamste Kontrast, er ist schon itzt mehr unser Freund, als Diener, und William hat ihn selbst aus einer gewissen Vorliebe mitgenommen. – Es ist eins von den geliebten Wesen Rousseaus, von keinen Wissenschaften veredelt und verdorben, von keiner Gelehrsamkeit klüger und dummer gemacht, von Schüchternheit und Prätension gleich weit entfernt: ein Wesen, so natürlich und ungekünstelt, als wenn es die mütterliche Natur nur so eben hätte in die Welt hineinlaufen lassen. Er gafft und staunt alles an und teilt mir dann oft in langen Gesprächen seine Bemerkungen mit.

William will sich mit dem Eigensinne seiner Empfindung gar nicht in den reizenden, schnell wandelbaren Charakter des liebenswürdigsten Volkes finden, auf den Gassen ist er betäubt, in Gesellschaft wird er zu Tode geschwatzt, im Trauerspiel ärgert er sich, im Lustspiel gähnt er, in der Oper, – hat er einigemal sogar geschlafen. – Er ist unvorsichtig genug, seine Bemerkungen oft Franzosen mitzuteilen und diese finden dann, daß er den Sonderling spielt, daß sein Geschmack noch nicht gebildet ist, – mit einem Worte: daß er kein Franzose ist. Diese Disputen sind mir immer sehr langweilig, ein jeder hält die Gründe des andern für trivial und keiner versteht den andern ganz, und beide haben recht und beide unrecht. – Mit einem Baron hat er sich hier ganz ernsthaft entzweit, weil er den *Corneille* für keinen erhabenen Dichter hielt, und ich seh' es voraus, daß er auch nächstens mit einem Marquis brechen wird, weil er die Oper nicht magnifique, superbe und divine findet. – Ach, der arme William findet itzt nichts als sein Mädchen divine; wenn das die Leute wüßten, sie würden ihn gewiß in Ruhe lassen.

Unter der Menge von Bekanntschaften haben wir einige sehr interessante gemacht, einige habe ich von meiner vorigen Reise aufgefrischt. – Es ist oft unendlich leichter, in einer ganz fremden Familie zu einer Art von Vertraulichkeit zu kommen, als in einem Zirkel, in welchem man ehemals sehr bekannt war, wo aber die Zeit die Erinnerung ganz ausgebleicht hat. Alles ist verwittert, die neu aufgetragenen Farben wollen nicht stehn, nichts ist in einem gewissen notwendigen Gleichmaß: man fürchtet in jedem Augenblicke zu sehr den Vertrauten, oder den kalt gewordenen Fremden zu spielen, man hat die Fugen der Seele indes vergessen und greift auf dem Instrumente unaufhörlich falsch. – Den alten Grafen *Melun* hab' ich wieder aufgesucht, seine Nichte, die damals ein hübsches Kind war, ist ein sehr schönes Weib geworden, ihr Verstand hat sich nicht weniger ausgebildet. Sie hat im vorigen Jahre einen gewissen Grafen *Blainville* geheiratet, der itzt seit einigen Monaten gestorben ist, sie hat als Witwe das Ansehn des liebenswürdigsten Mädchens und sie würde noch gefährlicher sein, wenn sich die Kokette in ihr nicht bald verriete. – Der alte Graf ist noch ganz der Mann, der er ehedem war, er gehört zu denen Leuten, die wenn sie sich ändern sollen, notwendig *verlieren* müssen, das heißt: sie sind auf einen gewissen Punkt der Ausbildung gekommen, über den sie ihre ganze Lebenszeit hindurch nicht wegschreiten, sie sind mit ihrem Verstande und allen ihren Begriffen glücklich in den Hafen eingelaufen und wagen nun um alles keine zweite Fahrt. Sein Haus ist noch immer so angenehm, wie vormals, er versammelt gern witzige Köpfe, schöne Geister, Gelehrte und Politiker um sich her; aus mehreren Strahlen wird doch endlich ein Schein und dadurch würde ihn mancher von unsern Doktoren auf ein ganzes Vierteljahr für einen sehr gescheiten Mann halten. – Dort hab' ich auch einen Italiäner *Rosa* kennen lernen, dessen genauere Bekanntschaft ich suchen werde. Ich kenne wenige so feine Gesichter; ein sprechendes Auge, das jede seiner Behauptungen begleitet und sie gleichsam deutlicher macht; einen Mund, gleich schnell sich in das freundlichste Lächeln und die Falten des bittersten Spotts zu legen, – ich habe nur noch wenig mit ihm gesprochen, aber alles, was er sagte, hat mich zu ihm gezogen, ohne es zu wollen hat er meine Aufmerksamkeit ganz auf sich geheftet; er ist kein Enthusiast, aber auch kein kalter, verschlossener Mensch, er ist sehr empfindlich für das Schöne, ohne zum Deklamator zu werden. Es freut mich, daß er sich an William schließt, von solchen Menschen kann dieser viel lernen, wenn er erst den geheimen Haß abgelegt hat, den er gegen Wesen fühlt, die ihm überlegen sind.

Wir sind mit einem jungen, aufbrausenden, sonderbaren Deutschen bekannt geworden, dem sich William ganz und gar hingibt; er heißt *Balder* und ist auch nur seit kurzem in Paris. Zwei harmonierende Töne können nicht so leicht ineinanderschmelzen, als diese beiden Seelen: beide sind Enthusiasten, beide poetisch gestimmt, beide begegnen sich mit gleicher Liebe. – Ich mag noch itzt nichts davon merken lassen, daß eine solche Freundschaft, von zweien so ganz gleichgestimmten Wesen geschlossen, sich selbst bald aufzehren muß: es ist ein schnelles auflodерndes Feuer, das aber keine Hitze hat und ohne Dauer ist, denn wo man nicht fremde Fehler und fremde Vorzüge entdeckt, da kann man nicht verehren und nicht lieben; – aber William würde mir doch davon nichts glauben und darum schweig' ich lieber, und wenn er selbst mit der Zeit diese Erfahrung macht, so bietet er gewiß seinem eigenen Gefühle Trotz, um sich diese unvermutete Erscheinung abzuleugnen.

Wenn Dir dieser Brief große Langeweile macht, so hast Du die deutlichste Vorstellung davon, wie William hier lebt; – übrigens antworte mir, – ich bin müde, es ist schon spät, lebe wohl, und solltest Du gerade so schläfrig sein, wie ich, so wünscht Dir eine angenehme Ruhe

Dein Freund *Mortimer.*

2

William Lovell an seinen Freund Eduard Burton

Paris.

Paris, liebster Freund, mißfällt mir höchlich; ich denke oft an Dich und an das einsame Bonstreet zurück, wenn ich mich hier in den glänzenden Zirkeln herumtreibe; dort war meine Seele in einer steten lieblichen Schwingung, hier bin ich verlassen in Felsenmauern eingekerkert, ein wüster Müßiggang ist mein Geschäft, vom Geschwätze betäubt, von keiner Seele verstanden. – Doch nein, ich will mich nicht an dem Schicksal versündigen, ich habe hier einen Menschen gefunden, wie ihn mein Herz bedarf, ich habe auch hier einen Freund, der mich für so viele verlorne Stunden entschädigt. Ich habe die Bekanntschaft eines jungen Deutschen gemacht, er heißt *Balder*, ein Jüngling, dessen Seele fast allen Forderungen entspricht, die meine übertreibende Empfindung an einen Freund macht; er ist sanft und gefühlvoll, sein Herz wird leicht von der Schönheit und Erhabenheit erwärmt, fast allenthalben treffen sich unsre verwandten Geister in einem Mittelpunkte, ohne daß doch unsrer Natur jene Nuancen mangeln, die, wie man behauptet, in der Freundschaft und Liebe unentbehrlich sind, um beide dauerhaft zu machen. –

Ich habe nicht, wie er, diesen tiefen Hang zur düstern Schwärmerei, diese Kindlichkeit, mit der er sich an jeden Charakter schmiegt, den er liebt; ich bin kälter und zurückgezogener, meine Phantasie ist mehr in süßen, lieblichen Träumen zu Hause, er wohnt oft unter Miltonschen Schatten und in der Unterwelt Dantes; alles macht auf ihn einen tiefen bleibenden Eindruck, sobald er nur eine schwermütige Seite auffinden kann, die Freude kann ihn nur aus der Ferne beleuchten, wie ein sanfter untergehender Abendschimmer. Sein Äußeres hat daher beim ersten Anblicke etwas Zurückscheuchendes, aber kaum kam ich ihm einen Schritt entgegen, als er sogleich die ganze zwischenstehende Wand niederwarf, die so oft auch die innigsten Freunde noch in manchen Stunden trennt. – Aber so sehr er auch mein Freund ist, so kann ich ihn doch nicht mit der Liebe umfangen, mit der ich Dich liebe, Dein Bildnis hängt im Vordergrunde meiner Seele, wo sich die hellsten Strahlen versammeln; auch in Balders Gesellschaft fehlst *Du* mir, – könntest Du doch bei mir sein, Du würdest ihn gewiß lieben, dann reisten wir, drei Freunde mit Einem Herzen durch die schöne Welt, – o Eduard, ich möchte weinen, wenn ich mir diese Seligkeit lebhaft träume, – und dann neben dem spottenden, fröhlichen *Mortimer* erwache, der nur Gesellschaft und Menschengesichter sucht, um sich die langweiligen Stunden hinwegzuschwatzen. – Er kann kein feinempfindendes Herz haben, er lacht beständig, oder lächelt in seiner Kälte über meinen Enthusiasmus, auch *Balder* scheint ihm nicht zu gefallen. Ich zweifle nicht an seinem Edelmute, er spricht, so scheint es mir, oft mit vielem Verstande, er ist älter als ich und kennt die Welt mehr, – aber ich zweifle, daß er den holden Einklang jener zarten Gefühle versteht, die sich nur den feinern Seelen offenbaren. – Zuweilen quält er mich wirklich, wenn ich eben unter goldenen Träumen der Zukunft und Vergangenheit wandle, von Deinem Bilde, und der holdseligen Gestalt *Amaliens* angelächelt; mit ihm zugleich ein andres feindseliges Wesen, das sich zu mir hinandrängt, ein Italiäner, ein sogenannter feiner und ausgebildeter Mann, – mein Herz kann ihm nicht vertraulich entgegenschlagen, mir ist in seiner Gegenwart ängstlich und beklemmt; ich mag lieber viele Stunden mit dem alten ehrlichen *Willy* zubringen, sein gutmütiges Geschwätz kömmt aus seinem Herzen, ich weiß, daß er nicht über mich spottet, daß er mich nicht studiert, um seine Menschenkenntnis zu vermehren. –

Du wirst mir vielleicht wieder Bitterkeit und Übertreibung vorwerfen, mag's, – aber ich wünsche nichts so sehnlich, als den Tag an welchem ich *Paris* verlasse. Ich finde hier nichts von allem, was mich interessiert; die Stadt ist ein wüster, unregelmäßiger Steinhaufen, in ganz *Paris* hat man das Gefühl eines Gefängnisses, die Pracht des Hofes und der Vornehmen kontrastiert auf eine widrige Art mit der Armseligkeit der gemeineren Klassen; alles erinnert an Sklaverei und Unterdrückung. – Die Gebäude sind mit kleinlichen Zieraten überladen, man stößt auf kein Kunstwerk, in welchem sich ein erhabener Geist abspiegelte, die Göttin der Laune und des lachenden Witzes hat alles Große zum Reizenden herabgewürdigt und so sind aus den männlichen, kraftvollen Urbildern Roms und Griechenlands gezierte und unnatürliche Hermaphroditen geworden. Von dem großen Zwecke, von der erhabenen Bestimmung der Künste, von jenem Gefühle, aus welchem die Griechen ihren *Homer* und *Phidias* an die Halbgötter richten, – davon ist auch hier die letzte Ahndung verloren gegangen, man lacht, man tanzt – und hat gelebt. – Ach, die goldenen Zeiten der Musen sind überhaupt auf ewig verschwunden! Als sich noch die Götter voll Milde auf die Erde herabließen, als die Schönheit und Furchtbarkeit noch in gleichgefälligen Gewändern auf den bunten Wiesen verschlungen tanzten, als die Horen noch mit goldenem Schlüssel Auroren ihre Bahn aufschlossen und segnende Gottheiten mit dem wohltätigen Füllhorne durch ihre lachende Schöpfung wandelten, – ach damals war die Zeit, in der die Menschheit in ihrer Blüte stand. Versinnlicht stand die erhabene Weisheit unter den fühlenden Menschenkindern, an mitfühlende Götterherzen gelangte das Gebet des Flehenden, Götter hielten Wacht an dem Lager des schlafenden Elenden, – keine Wüste war unbewohnt, seine Götter landeten mit dem Verirrten an fremde Gestade, Sturmwinde und Quellen sprachen in verständlichen Tönen, in der schönen Natur stand der Mensch unbefangen da, wie ein geliebtes Kind im Kreise seiner zärtlichen Familie, – aber itzt, o Eduard, schon oft hab' ich es gewünscht und ich sag' es Dir ungescheut, – ich bedaure es, daß man den entzückten Menschen so nahe an das schöne Gemälde geführt hat, daß die täuschenden Perspektive verfliegen: wir lachen itzt über die, die sich einst von diesen grobaufgetragenen Farben, von diesen verwirrten Strichen und Schatten hintergehn ließen und Leben auf der toten Leinwand fanden, – wir haben den Betrug mit Einem dreisten Schritte enträtselt, aber was haben wir damit gewonnen? Die Gestalten sind verschwunden, aber unser Blick dringt doch nicht durch den Vorhang, – und wenn er es könnte, würden wir mit diesen körperlichen Augen etwas wahrnehmen? Ist der Mensch nicht zur Täuschung mit seinen Sinnen geschaffen, – wie ist es möglich, daß sie jemals aufhöre? –

Vergib mir meine Ausschweifung, aber ich liebe den Regenbogen, wenn man mir gleich beweist, daß er nur in meinem Auge existiere, – ist mein Auge nicht ein wirkliches Wesen und darum für mich auch die Erscheinung wirklich? – Ich hasse die Menschen, die mit ihrer nachgemachten kleinen Sonne in jede trauliche Dämmerung hineinleuchten und die lieblichen Schattenphantome verjagen, die so sicher unter der gewölbten Laube wohnten. In unserm Zeitalter ist es vielleicht Tag geworden, aber das romantische Mondlicht war schöner, als dieses graue Licht des wolkigen Himmels; den Durchbruch der Sonne und das reine Ätherblau müssen wir erst von der Zukunft erwarten. –

Wie mich alles hier anekelt! – Man spricht und schwatzt ganze Tage, ohne auch nur ein einzigmal zu sagen, was man denkt; man geht ins Konzert, ohne die Absicht zu haben, Musik zu hören; man umarmt und küßt sich, und wünscht diese Küsse vergiftet. Es ist eine Welt voller Schauspieler und wo man überdies noch die meisten Rollen armselig darstellen sieht, wo man die fremdartigen Maschinerien der Eitelkeit, Nachahmungssucht oder des Neides so deutlich durchblikken läßt, daß bei manchen keine Täuschung möglich ist. –

Ich bin aus Langeweile einigemal ins Theater gegangen. Tragödien voller Epigrammen, ohne Handlung und Empfindung, Tiraden, die mir gerade so vorkommen, wie auf alten Gemälden Worte den Personen aus dem Munde gehn, um sich deutlich zu machen, – diese hertragiert, auf eine Art, daß man oft in Versuchung kömmt zu lachen; je mehr sich der Schauspieler von der Natur entfernt, je mehr wird er für einen großen Künstler gehalten, Könige und Königinnen, Helden und Liebhaber sind mir noch nie in einem so armseligen Lichte erschienen, als auf der Pariser Bühne, – kein Herz wird gerührt, keine Empfindung angeschlagen, genug, man hört Reime klingeln und der Vorhang sagt einem am Ende doch, daß nun das Stück geschlossen sei, und so hat man, ohne zu wissen wie, ein chef d'œuvre des größten tragischen Genies gesehn. – O *Sophokles*! und göttlicher *Shakespeare*! – Wenn man den Busen mit euren Empfindungen gefüllt, von eurem Geiste angeweht diese Marionettenschauspiele betrachtet!

Und dann die frostigen langweiligen Lustspiele! wo ein sogenannter witziger Einfall das ganze Parterre wie mit einem elektrischen Schlage trifft, wo nicht Menschen, sondern ausgehöhlte Bilder auftreten, in welche sich der Dichter mit seinem Witze verkriecht! – Ein schales, leeres Wortgeschwätz, alles *Ein* Wesen, alles *Eine* wiederkehrende, alltägliche Idee; doch ist für diese Possen das Schellengeklingel ihrer Reime etwas angemessener. –

In der großen, weltberühmten Pariser Oper bin ich eingeschlafen. – Arme und Füße eines Giganten an den Körper eines Zwerges gesetzt, machen doch wirklich ein vortreffliches Ganzes aus! Musiker, Maler, Tänzer, Dichter arbeiten sich außer Atem, um ein armseliges Ungeheuer zustande zu bringen, das nicht einmal das Verdienst der Unterhaltung hat.

Doch hinweg von diesen Kleinigkeiten! Seit ich Frankreich kennen lerne, fang' ich an, mein Vaterland um so höher zu achten, – dort wohnen Freundschaft und Liebe, dort schämen sich die Menschen nicht, ein Herz zu haben und ihre Gefühle zu bekennen, – o *Amalie*! unaufhörlich denk' ich an dich! Ich erwarte nun bald einen Brief von ihr, ich habe ihr schon geschrieben. – An diesen Namen knüpfen sich tausend süße und bittre, schwermütige und frohe Empfindungen: diese Hoffnung ist eine Sonne, die meine neblichten Tage vergoldet, in Amaliens Busen liegt der Schatz, der mich einst glücklich machen muß. – Ohne ihre Liebe hab' ich keinen Begriff von Glück, und daß ich sie einst weniger lieben könnte, ist mir undenkbar. –

Ich habe indes schon manche schönere Gestalt gesehn, als *Amalie* ist, aber ich habe immer selbst in meinem Herzen darüber triumphiert, wie sie in meiner Phantasie über alle übrigen hinwegragt. Sie gehört nicht zu jenen Schönheiten, die das Auge augenblicklich fesseln und die Seele kalt und erstorben lassen; so ist die Nichte eines Grafen *Melun* hier vielleicht das reizendste weibliche Geschöpf, das ich je gesehen habe, aber das Imponierende ihrer feurigen Lebhaftigkeit ist sehr von jener holdseligen Herrschaft verschieden, die aus *Amaliens* Augen über die Seele gebietet. – Alle Vergleichungen, die meine Gedanken vornehmen, dienen nur, sie mit neuen unwiderstehlichern Reizen als Siegerin in meine Arme zu führen. –

Schreibe mir bald, sehr bald, ich bin

Dein ewiger Freund.
William Lovell.

3

Willy an seinen Bruder Thomas

Paris.

Da ich Dir nun einmal schreibe, so weiß ich doch wahrhaftig nicht, wo ich anfangen soll, so voll ist mir der Kopf von merkwürdigen Schreibereien und ich möchte die Feder in beide Hände nehmen, um Dich nur recht viel erfahren zu lassen, – aber besonders viel würde es nicht helfen. – Daß der Herr *William* ein guter Mann ist, das wirst Du Dir wohl schon mit Deinem bißchen Verstande zusammenreimen können, aber daß er so gut mit mir umgeht, wie ein Vater mit seinem Kinde, das die Pocken hat, das wirst du vielleicht nimmermehr glauben wollen; aber da kann ich Dir nun nicht helfen, denn es ist wahr, und der Wahrheit muß man die Ehre geben.

Hast Du wohl schon ein ordentliches Puppenspiel mit lebendigen Personen gesehn? Solche sind hier viele und man hat besondre Häuser dazu für die Leute gebaut, die es auch mit ansehn wollen. Man sollte nicht glauben, daß so viele Leute eine solche Neugier in sich hätten. Es ist immer sehr hell bei solchen Gelegenheiten, von den vielen Lichtern nämlich, Thomas, mußt Du verstehn, die ringsum in dem ganzen Hause brennen, denn sonst würden die Leute, die es gern sehn wollen, wenig sehn, und bei Tage müssen sich doch wohl die Komödiantentruppen schämen, ihre Sachen vorzuspielen, ich wenigstens würde auch ebenfalls am Abende nicht mitspielen, und wenn sie mir auch die vornehmste Rolle geben wollten. – Eine Art von Stücke gibt es, wo man immer weinen muß, ich habe es aber, bei aller Mühe, noch nicht dahin bringen können; die vornehmen Damen sind darin mehr geübt, aber der gute Herr William nimmt mich manchmal doch wieder mit: er hat auch noch kein einzigesmal darin geweint, ich denke, es macht, weil wir hier nur Fremde sind. –

In einem andern großen Hause lachen die Leute immer aus vollem Halse, es ist doch wirklich viel, daß das die Komödiantenleute nicht übel nehmen, denn ich wenigstens, so ein alter Mann ich auch sonst bin, ich würde grausamlich anfangen zu schimpfen und zu fluchen. Ich kann darum hier den jungen Italiäner nicht leiden, der meinen Herrn manchmal besucht, er hat ein paarmal angefangen zu lachen, als ich mit meinem Herrn William eine ernsthafte Rede anfing; das Auslachen kann ich gar nicht leiden, Thomas, Du weißt noch, daß wir uns schon in einigen der ehemaligen Jugendjahre tüchtig ausschlugen, weil Du mich etlichemal hattest auslachen wollen, doch, das ist itzt vorbei und ich hab' es Dir vergeben. –

Wie ich Dir sagen wollte, so gefällt mir das Ding am besten, was sie hierzulande die Oper nennen, da braucht man nicht zu tun, als wenn man es verstünde, denn da wird einem jeden alles weitläuftig vorgesungen und es ist ein recht vernünftiger Gedanke, daß wenn sie überdrüssig sind zu singen, so springen sie etliche Sätze herum, nur würde ich diese Tänze nicht mitmachen können, es ist mir zu künstlich. Aber sonst gefällt mir die ganze Sache so ziemlich, die Musik ist Dir immer unter sehr viel Instrumente abgeteilt, damit der Lärmen desto größer wird und die Komödiantensänger nicht die Herzhaftigkeit verlieren, denn das ist nicht ein schlechter Spaß, wenn auf etliche darunter immer geschossen wird, oder manchmal werden sie auch ordentlich gestochen und sterben, – so einen Mann möchte ich wenigstens nicht vorstellen. Herrlich sind dabei die Bilder, welche Häuser, oder Gärten, oder so etwas vorstellen, man möchte manchmal hineingehn, so natürlich scheint es in der Ferne auszusehn. Neulich war eine große Prügelei hier, ich glaube, es war eine Schlacht, die der berühmte Alexander machte. Sie war gut.

Es gibt in Paris erstaunlich viele Menschen, der König muß doch einen großen Kopf haben, der so das ganze Volk regiert. In Paris gibt es auch sehr viel arme Leute; ach Thomas, ich denke doch immer, daß die armen Franzosen auch meine

Brüder sind, wenn ich auch im Grunde ein Engländer bin, ich habe manchem schon etwas von meinem Überflusse gegeben und die bedanken sich denn immer so sehr, als wenn ich wunder was! getan hätte, – manche sagen immer, daß sie so sehr hungern. – Wozu doch der liebe Gott wohl die so ganz armen Menschen in der Welt geschaffen haben mag? – Wenn ich erst einem etwas gebe, so kommen gleich eine Menge um mich herum, die mich so mit barmherzigen Augen ansehn, daß ich es gar nicht lassen kann, ihnen auch was zu geben; der eine drückt mir dann die Hand, der andre sieht nach dem Himmel, der dritte weint, – o da hab' ich oft mitgeweint und mich nicht dazu gezwungen, es kamen mir die Tränen ganz unverhofft, – ach, es sind recht gute Leute, wenn sie nur ihr gehöriges Brot in der Welt hätten.

Die vornehmen Leute fahren hier in der Stadt sehr geschwinde, viel zu geschwinde, wie ein Jagdpferd. Es werden oft Leute übergefahren und da machen sie sich nicht viel draus, sie fahren über die Menschen ganz geruhig weg, – Thomas, auch darüber hab' ich neulich geweint, wie sie so einen armen alten Mann übergefahren hatten, der eben seinen Kindern Brot eingekauft hatte, es war gerade ein Fest und er hatte sich weiß Brot gekauft, um sich doch auch eine Freude zu machen, und nun fuhren sie ihn gerade so unbarmherzig über, daß er schon am Abende starb. – Es ist nicht recht, Thomas, ich könnte nicht wieder recht ruhig schlafen, aber das ist hier nicht anders, – wir zwar beide haben noch niemand übergefahren, denn wir sind immer zu Fuße gegangen, außer seit ich mit meinem Herrn auf Reisen bin, da würd' ich nicht sehr gut mitkommen. – Übrigens bleibe mein Bruder, so wie ich bin

Dein guter Bruder. *Willy.*

4

Thomas an seinen Bruder Willy

Bonstreet.

Ich habe Deinen Brief bekommen, Willy, und es freut mich, daß Du auch immer noch in der großen weiten Welt an Deinen Bruder denkst, das ist sehr brav von Dir. – Ich habe schon von solchem närrischen Zeuge und auch von solchen Greueltaten gehört, wie Du mir da schreiben willst, es ist in der Welt einmal nicht anders. Ich weiß nicht, ob Du schon davon gehört hast, daß ich itzt in Bonstreet wohne und in Diensten beim alten Lord *Burton* bin. Die Lady *Buttler* ist gestorben und da bin ich nun hierhergekommen. – Der alte Lord ist bei weitem nicht der Mann, der er sein könnte, wenn er ein recht guter Christ wäre, – nun, Du wirst ihn ja kennen, aber der junge Herr ist auch ein desto lieberer Herr, wenn der erst einmal die Herrschaft kriegen wird, da werden sich die Untertanen recht freuen, zu denen ich doch itzt auch gehöre. Ich wünschte wohl, daß ich's noch erlebte, und daß Du, Willy, mich dann in Bonstreet besuchtest, oder gar hier bliebest, der junge Herr Burton nähme Dich gewiß gleich in Dienste, dann wollten wir unsre letzten Tage noch recht vergnügt zusammen leben. – Grüße doch Deinen Herrn von mir und sage ihm, er möchte mein guter Freund bleiben, so wie ich

der Seinige. *Thomas.*

Nachschrift. Schreibe mir so oft Du kannst, Willy, nur muß ich Dir noch sagen, daß Deine Art zu schreiben gerade nicht die schönste ist, alles ist immer so dunkel, wenn man nicht selbst etwas Verstand hätte, so würde man Dich nimmermehr verstehn. – Demohnerachtet bin ich

Dein zärtlicher Bruder, *Thomas.*

5

Eduard Burton an William Lovell

Bonstreet.

Es tut mir sehr leid, William, Dich in einer so menschenfeindlichen Stimmung zu wissen, denn von dieser zeugt Dein ganzer neulicher Brief. – Ich mag Dir es nicht auseinandersetzen, wie ich glaube, daß Du die Sachen ansehn müßtest, Du würdest mich zum Teil nicht recht verstehn und teils würdest Du das an Deinem Freunde für Kälte halten, was gerade die wärmste Freundschaft aus ihm spräche: darum schweig' ich und tröste mich mit dem Gedanken, daß Deine Empfindung selbst, die Dich itzt noch in so vielen Stücken unglücklich macht, Dich endlich zu jenem Standpunkte führen wird, von wo Du jede Gestalt in ihrem wahren Verhältnisse zum Ganzen siehst. – Wär' ich doch bei Dir! von den Lippen des Freundes faßt man jede Idee leichter und williger, alles sieht dann freundlich aus, was in der Ferne kalt und verdrüßlich scheint. –

In Deiner Anwandelung von Schwermut klagst Du über die Verschwindung jener lieblichen Phantome, an die einst die Menschheit so fest hing, Du glaubst, die ganze Menschheit habe soviel dadurch verloren, als Du in einer elegischen Stimmung zu verlieren glaubst. – Sollten aber die Menschen seit so vielen Jahrhunderten gar nichts gewonnen haben? – Sie sind aus süßen Träumen geweckt und die ersten Empfindungen des Erwachens können freilich nüchtern und unangenehm sein, – aber willst Du Dir darum einen Schlaf zurückwünschen, der doch nur Schlaf, nur Mittel war, Dich zur Tätigkeit vorzubereiten? Im Kindesalter der Welt unterwiesen Weisere spielend die Menschheit, mit der Phantasie im Bunde traten auf ihr Geheiß neugeschaffene Traumwelten hervor, Dichter und Künstler bauten das Gebäude aus und verschönerten es mit verehrender Liebe. – Das Kind aber ward zum Jünglinge, der Jüngling näherte sich dem Manne, die Zeit stürzte die Grundfesten des schönen Palastes, dessen Trümmern Du bedauerst: man dachte ohne Bilder, man liebte die Tugend ohne Furcht der Strafe, ohne Hoffnung der Belohnung; wären die Jahrhunderte seitdem gleichmäßig fortgeschritten, o so könnten wir freilich jenem glänzenden Ziele schon ungleich näher sein, das uns nur noch an der Grenze des Horizontes schimmert und dessen Dasein daher der Kurzsichtige leugnet.

Und glaubst Du denn nicht, daß uns jene Trümmern nicht vielleicht einen schönern Tempel versprechen, als wirklich auf jener Stelle stand? Es ist schwer die Vergangenheit *nicht* in einem falschen Lichte zu sehn, denn die Phantasie hat zum Idealisieren ganz freien Spielraum, unsre Lieblingsträume pflanzen wir in Zeiten, bei denen wir eine Vorliebe empfinden und so blüht nach und nach ein Garten auf, der die häßlichen Teile der Landschaft mit seinen angenehmen Schatten verdeckt, – aber laß Dir die Wahrheit lieber sein, als diesen magischen Betrug. – Es gab in allen Zeiten große Menschen, es gab von jeher verächtliche Wesen: die Schlange saugt auch aus Blumen Gift; einige Menschen verstehn ewig nicht die Größe ihrer Bestimmung, diese kriechen stets im Staube, sie kennen die Sonnenstrahlen nicht. Laß die Menschheit nicht die Verächtlichkeit *dieser* büßen, oder Du bist in Deinem Eifer ungerecht.

Aber Du magst selbst recht behalten; mag selbst der Frühlingsgeist entwichen sein, der jene früheren Jahre beseelte, laß die Welt in eine trübe Dumpfheit gesunken sein, den Himmel mit Wolken verhüllt, die uns den Verlust des Morgenrotes bereuen lassen, – aber Du wirst nicht leugnen wollen, daß *schönere* Jahre kommen werden, daß sie kommen müssen, daß sie nicht mehr so fern sind, als uns itzt jenes Zeitalter holder Träume entfernt liegt, – scheust Du Dich in dieser Überzeugung der höheren Veredlung ein kleines Opfer zu bringen? Laß es auch die schönsten Blumen der Flur sein, sie werden der schönsten Gottheit gebracht. –

Was kümmern Dich auch die Wesen umher? Fühlst Du in Deinen Adern die Kraft des Alciden, o so besteige kühn den Felsen, der Dir der höchste scheint. Spürst Du in Deinem Busen Raum für Göttergefühle, sammle sie sorgfältig ein, verbinde im Wachstume Deiner Seele alles, was Du schön und edel nennst und laß es blühen und reifen. Gegrüßt seist Du mir dann mit diesen Schätzen, mit neuer Liebe will ich Dich dann an meinen Busen drücken und demütig den Geist in Dir verehren, der hoch erhaben über dem meinigen flammt. –

Vielleicht sind die Schatten dieser Melancholie indes schon vorübergezogen und ein heiterer Brief von Dir ist auf dem Wege hierher: auch in diesem Falle wird mein William seinem Eduard verzeihen. – Ich glaube aber, daß Du dem guten *Mortimer* sehr unrecht tust, ein falscher Blick in die Seele eines Menschen bei der ersten Bekanntschaft kann uns ihn auf lange unverständlich machen, und ich glaube, daß dies hier der Fall ist, ich habe ihn von Leuten, die ich sehr schätze, loben hören, auch Dein Vater achtet ihn sehr.

Träume, lieber William, und berausche Dich in Enthusiasmus und Begeisterung, – nur glaube mir, daß zum Handeln eine Art von Kälte notwendig ist, glaube mir, daß jener Taumel sehr leicht zur Erschlaffung führt. Ich fürchte, daß Dein neuer Freund Dir schon itzt seine finstre Laune mitgeteilt hat, die ebenso gut, wie die Heiterkeit, ansteckend ist, vorzüglich bei Deinen reizbaren Empfindungen, bei Deiner feurigen Phantasie. – Zürne aber nicht auf mich, wenn ich so oft den Philosophen spiele, wär' ich weniger Dein Freund, so würd' ich mehr schüchtern sein.

Ich lebe hier im einsamen Bonstreet in einer Untätigkeit, die mich unglücklich macht. Mir fehlt alles, denn mir fehlt ein Freund. – Auch mein Vater macht mich oft betrübt, ich kann mich oft nur gezwungen mit dem Gedanken trösten, das wieder aufzubauen, was er täglich einreißt, – ich mag es mir nicht lebhaft denken, daß er ein *schlechter* Mensch sei, ich kann es nicht glauben, so allgemein und fest es auch die ganze Welt glaubt, – er ist *schwach*, er handelt nach Prinzipien, die gewiß falsch sind, er ist durch einseitige und traurige Menschenkenntnis gegen Mitleid und Teilnahme abgehärtet, – aber er macht mir vielen Kummer, und wenn er auch mit mir väterlicher umginge, ich würde doch seinetwegen trauern.

Deine Tante in *Waterhall* ist gestorben, ihr Gut ist an Dich gefallen, – William, – darf ich mir eine schöne Zukunft denken, in welcher Du dort wohnst, so nahe bei mir, wo wir uns dann oft die Hand drücken und in die Arme schließen können? Ich verweise alle meine Wünsche in jene Zeit, aber eine boshafte Ahndung will es mir manchmal ableugnen, daß sie sich je dort erfüllen werden. – Nicht wahr, William, diese Ahndung hat unrecht? Sie entsteht gewiß nur aus dem Gefühle meiner itzigen Einsamkeit.

Ich bemerke eben, daß mein Brief nun selbst melancholisch geworden ist, indem ich noch dem Deinigen einen Vorwurf daraus machte. Du siehst, wie viel leichter es ist, zu tadeln, als besser zu machen; doch laß Dich auch diese Wahrheit nicht abhalten, einen recht frohen Brief zu schicken Deinem zärtlichen

Eduard.

6

William Lovell an Amalie Wilmont

Paris.

O Amalie, dürft' ich mit diesem Briefe zugleich nach meinem Vaterlande eilen, in Ihre Arme fliegen, o könnt' ich Tage zurückzaubern und alle Seligkeiten von der Vergangenheit wieder fodern! – Ich sitze nun hier und wünsche und sinne, und fühle so innig die Schmerzen der Trennung, – o wie dank' ich dir, glücklicher Genius, der du zuerst das Mittel erfandest, Gedanken und Gefühle einer toten Masse mitzuteilen und so bis in ferne Länder zu sprechen, – o Amalie! gewiß war es ein Liebender, ein Geliebter, der zuerst diese künstlichen Zeichen zusammensetzte und so die Trennung hinterging. Aber doch, was kann ich Ihnen sagen? daß nur Sie mein Gedanke im Wachen, meine Traumgestalt im Schlafe sind? Daß sich meine Phantasie oft so sehr täuscht, daß ich Sie in fremden Gestalten wahrzunehmen glaube? daß ich zittre, wenn auch das fremdeste Wesen von ohngefähr den Namen: »*Amalie*«, nennt? – Mit welchen Worten soll ich die Gefühle ausdrücken, die mein Herz erweitern und zusammenziehn? Kein Zeichen entspricht der lebendigen Glut in meinem Innern, o der hat nur halb empfunden, der noch Worte suchte und Worte fand, – ich kann, ich mag Ihnen nichts vorschwatzen, – nur *ein* Wunsch, nur *eine* Bitte, vergessen Sie nicht Ihren aufrichtigen, zärtlichen William, der Sie ewig nicht vergessen kann.

7

Amalie Wilmont an William Lovell

London.

Mit einer innigen Wehmut setz' ich mich nieder, um Ihnen zu schreiben; ich hätte Ihnen so manches zu sagen, so manche Antwort von Ihnen zu erbitten und doch bin ich in Verlegenheit, wie ich es Ihnen sagen soll. So unerwartet ich Sie in London wiedersah, ebenso plötzlich sind Sie nun wieder abgereist, alle meine Empfindungen, frohe und traurige, wiegen mich in einen Traum, in welchem ich keinen Begriff, kein Gefühl fesseln, nachdenken und empfinden kann. Ach William, in der kurzen Zeit, in welcher ich Sie kannte, hatt' ich mich so frei, so kühn, und (ich weiß nicht, wie ich es nennen soll) so *groß* gefühlt, daß ich der Zukunft froh und ohne Scheu entgegensah, – aber itzt beklemmt eine unnennbare Bangigkeit meine Brust, mein Mut verläßt mich, ich fühle mich einsam und verlassen, ich bin wieder ein Kind, wie ich vorher war. – Ach, ich weiß selbst nicht, was ich von mir will, die Zukunft und die ganze Welt liegt in einer finstern Ausdehnung vor mir, ich ahnde, daß die Freuden dieses Lebens vielleicht die zartesten Blumen sind; wehe dem Herzen, in welchem der Frühling zu früh aufgeht, ein einziger wiederkehrender Wintertag läßt alle Blüten ersterben, dann ruft sie kein Sonnenschein ins Leben zurück, keine herabfallende Träne erquickt sie wieder. William, wenn dieser ewige Winter meiner wartete? – Doch, lassen Sie uns abbrechen, wir können dem Schicksale nicht gebieten, aber Wünsche sind doch verzeihlich.

Ihr Vater ist von neuem unpäßlich geworden, er sieht sehr bleich aus, ich habe ihn neulich in London gesehn; doch sein Sie nicht betrübt darüber, etwas ist er indes schon besser geworden. Mit welcher Freude sprach er von Ihnen! – O wie liebt' ich ihn um dieser Liebe willen! Ich fühlte mich in Ihrem Lobe so geehrt, – und, – ich weiß nicht, ob ich weiterschreiben soll, – ach William, – und da sprach er von seinen Planen mit Ihnen, von gewissen Verbindungen, die so gut wie geschlossen wären, er nannte mehrmals den Namen der Lady B***, – ich konnt' ihn nicht mehr lieben, alle Freundlichkeit seines Gesichts ward für mich plötzlich ein furchtbarer Ernst.

Leben Sie wohl. Welches Recht hab' ich denn auch, Ihr Glück, das Glück Ihrer Familie *nicht* zu wünschen? – Leben Sie wohl.

Amalie Wilmont.

8

Der alte Lovell an seinen Sohn William

London.

Ich schreibe Dir, indem ich mich eben von einer neuen Krankheit erholt habe, die nicht ohne Gefahren war. Itzt ist mir besser, nur leid' ich von einer Art von Schwermut, in welcher ich oft den trüben Gedanken nicht loswerden kann, daß ich Dich bei Deiner Abreise zum letztenmale gesehen habe. Ich rufe mir dann lebhaft Dein Bild zurück und gäbe alles hin, um Dich in einem solchen Augenblicke zu sehn, ich bin schon oft im Begriffe gewesen, Dir zu schreiben, daß Du in der möglichsten Eile zurückkommen möchtest; aber nein, bleibe dort, wo Du Dich vergnügst und unterrichtest, lerne Menschen kennen und bilde Deinen Verstand aus, ich will meine ganze Kraft aufbieten, dem Tode zu trotzen, dann will ich den geliebten Sohn desto inniger an mein Herz drücken, dann will ich mich am Anblicke seines Glückes laben und ruhig sterben. – Alle Freuden sind mir abtrünnig geworden, aber die Vaterfreuden werden bei mir aushalten. Dein Glück ist itzt die einzige Hoffnung, die mich an diese Welt fesselt, in ihrer Erfüllung will ich am Abende meiner Tage von allen Beschwerden und Mühseligkeiten der Reise ruhen. – Ich habe viel erlitten, o William; lerne die Menschen kennen, wenn sie Dich nicht elend machen sollen: begegne nicht jedem mit Deiner heißesten Liebe, um nicht einst das ganze Geschlecht zu hassen; sei sparsam mit Deinem Vertrauen, um nicht einst in einem ewigen Mißtrauen zu verschmachten. Solltest Du in der itzigen Glut Deiner Phantasie die Erfahrungen machen, die ich aushalten mußte, – wo wolltest Du itzt die Stärke hernehmen, um Deine Moralität, Deine Menschheit nicht untergehn zu lassen? Das Auflodernde in Deinen Gefühlen hat mich oft um Dich besorgt gemacht; ohne zu untersuchen, traust Du jedem Wesen, das Dir nicht mißfällt, alle Deine Gefühle zu und findest sie auch in fremden Seelen wieder;

aber wenn Du Dich nun in drei Freunden irrst, so wirst Du allen Glauben an Freundschaft verlieren; den edelsten Menschen kannst Du leicht mißverstehn, wenn jene aufleuchtende Flamme, an welcher Du itzt den fühlenden Menschen vom kalten, den Guten vom Unwürdigen unterscheiden willst, zu einer stillen innern Glut zurückgesunken ist: unbesonnen vertraust Du Dich dem nichtigen Enthusiasmus eines andern, und findest Dich endlich in einer dunkeln, einsamen Gruft verirrt, in der Du ängstlich nach der Öffnung tappst. Charaktere wie Du können am leichtesten um die Freuden ihres Lebens betrogen werden, sie sind Maschinen in der Hand eines jeden Menschenkenners. – In meiner Krankheit hab' ich mich in manche Szenen meines Lebens zurückgeträumt; vielleicht schick' ich Dir nächstens kleine Bruchstücke aus meiner Geschichte, vielleicht lernst Du aus Beispielen mehr, als aus den bloß hingestellten Resultaten meiner teuer erkauften Erfahrungen. Ich war oft einem allgemeinen Menschenhasse nahe, allenthalben ward meine Liebe verraten; Menschen, die ich für *Pythias* und *Euryalus* gehalten hatte, eröffneten mir plötzlich einen Blick in ihr Innres, und ich sahe mit Schrecken elenden, verächtlichen Eigennutz auf demselben Throne sitzen, auf welchem ich Wohlwollen und Liebe erwartete: ich war schon im Begriffe, an meinem eignen Werte zu verzweifeln, aber ich rettete noch die Verehrung der Menschheit und die Achtung meiner selbst. –

Was mir itzt noch mehr als meine Krankheit unangenehm wird, ist, daß ich in einen weitläuftigen Prozeß mit dem Lord *Burton* geraten werde. Du weißt, daß einer meiner Vorfahren die Güter von einem Ahnen Burtons kaufte, er zweifelt itzt, daß die Summen ausgezahlt und die Kontrakte vollzogen sind, so wie sie damals geschlossen wurden; der Prozeß ist schon eingeleitet und er wird mir vielleicht viele Sorge, wenigstens viele Mühe machen. Ich habe schon Advokaten angenommen, welche behaupten, kein vernünftiger Mensch könne an der Rechtmäßigkeit meiner Sache zweifeln; ich bin itzt noch unbekümmert darüber, denn es wird Burton unmöglich fallen, seine Ansprüche zu beweisen. Es tut mir aber weh, mich auch noch itzt von ihm verfolgt zu sehn, da er einst, in den glücklichsten Tagen meiner Jugend, mein Freund war; es ist eine traurige Erinnerung, wenn ich mit meinem Gedächtnisse jene Zeiten zurückrufe, und sie mit den gegenwärtigen vergleiche. Die Aussicht Deiner künftigen, gewiß festen Freundschaft mit Eduard Burton tröstet mich etwas. Eduard ist ein edler Jüngling, er hängt fest an Dir, ihm darfst Du Dich ungescheut vertrauen, oder ich kenne auch noch itzt die Menschen nicht. – Lebe wohl und antworte mir bald.

9

Louise Blainville an Rosa

Paris.

Welche Ursache in der Welt kann es geben, daß ich Sie so lange nicht gesehn habe? – Sie fangen ja an, so kalt gegen mich zu werden, wie es sich mein verstorbener Mann kaum erlaubte; wenn ich nun zur Strafe meine Neigung auf den jungen reizenden Engländer würfe und Sie völlig verabschiedete? – oder sind Sie vielleicht gar schon eifersüchtig auf ihn? – Wenn dies der Fall wäre, so würden Sie sich unnötige Mühe machen, denn es scheint mir, als hielte eine langweilige Duegna von erster Liebe unerbittliche Wache vor seinem Herzen.

Der alte Graf *Melun* scheint irgend einen Anschlag im Schilde zu führen, er hat vielleicht gar die Idee, mich von neuem zu einer Heirat zu bereden, – und zwar, – so glaub' ich wenigstens, und Sie werden gewiß mit mir lachen, – zu einer Verbindung mit ihm selbst! – Doch davon mündlich, nur machen Sie, daß ich Sie bald sehe, sonst sollen Sie zur Strafe von diesen Vorfällen nichts erfahren. – Adieu. –

10

Rosa an die Comtesse Blainville

Paris.

Wenn ich einen Hang zur Eifersucht hätte, so würde ihn Ihr Brief wahrlich nicht vermindern; ich bemerkte schon neulich, daß Ihnen *Lovell* nicht mißfiel. Doch, – warum ich Sie so lange nicht besucht habe? – Eine Unpäßlichkeit, – eine angenehmere Bekanntschaft, – sehn Sie, wie ich mich zu rächen verstehe, – doch, auch davon mündlich.

Wenn Sie den seltsamen *Lovell* bekehren können, so wünsch' ich Ihnen und ihm Glück; mir scheint es fast unmöglich, denn seine Vorurteile sind so tief mit ihm verwachsen, – doch, was ist den Weibern unmöglich? Sie lösen die schwersten Probleme, und auf die leichteste und einfachste Art von der Welt. – Ich werde mich freuen, mit dem jungen Engländer an *einem* Siegeswagen zu ziehen; dulden Sie es nicht, daß er ein so schwerer Verbrecher an Ihrer Schönheit wird, strafen Sie seine Kälte, sie mag nun erzwungen oder natürlich sein, auf eine exemplarische Art, und ich werde noch mehr sein

Der innige Verehrer Ihres Verstandes und
Ihrer Reize.

Rosa.

11

William Lovell an Eduard Burton

Paris.

Ja Eduard, auch in meiner Seele haben sich nun schon so manche Träume entwickelt, wie ich einst glücklich, mit Dir glücklich leben will. – Meine Tante Buttler ist also tot? – Wenn ich einst in Waterhall wohnen werde, – so nahe bei

Dir, – vielleicht an Amaliens Seite, im Schoße einer ländlichen Einsamkeit, – ich verliere mich seit Deinem lieben Briefe so oft in diesen Traum und tausend Vorsätze und Ideen spinnen sich dann leise in meiner Seele aus. – Mit einem kindischen Wohlbehagen verweil' ich oft bei meinen Planen und wünsche die Zukunft schon herbei, um sie wirklich zu machen.

Es ängstigt mich, Eduard, mein Vater ist krank und hat mir einen sehr melancholischen Brief geschrieben, er liebt mich gewiß mit der innigsten Zärtlichkeit, aber ich kann nicht an Amalien denken, ohne mich mit Wehmut meines Vaters zu erinnern: so oft mir sein Bild vorüberschwebt, werf' ich einen schwermütigen Blick auf Amaliens schnell nachfolgendes; diese nebeneinandergestellten Ideen zerschneiden meine Seele. Ich hasse mich, Eduard, wenn ich daran denke, daß mich durch Amaliens Besitz meines Vaters Tod weniger schmerzen könnte, – aber ich schwöre Dir, es soll, es wird nicht sein. Zu diesem unedlen Eigennutze wird Dein Freund nie hinabsinken. –

Ein böser Dämon verfolgt mich in der Gestalt eines Engels, um Amaliens Bild aus meinem Herzen zu reißen; aber dieser Versuch wird in Ewigkeit nicht gelingen, ich bleibe ihr und meinen ersten, meinen schönern Gefühlen treu. – Ich spreche von der Comtesse Blainville, der Nichte des Grafen *Melun*; sie ist das Modell einer griechischen Grazie, ein Zauberreiz begleitet jede ihrer Bewegungen, sie darf nur lächeln, um die Göttin der Liebe zu sein, – ein sanfter Blick ihres Auges, – und sie ist das schönste Bild der Schwermut. – Ich kann sie nicht betrachten, ohne zu erröten und so oft ihr Blick dem meinigen begegnet, schlägt sie ihn sogleich furchtsam nieder, sie sucht meine Gesellschaft und scheint sie doch vermeiden zu wollen; so viel Herzensgüte, Sanftmut und Verstand hab' ich noch bei keinem Mädchen gefunden. Sie ist vielleicht klüger und wirklich schöner als Amalie, – aber sie soll nicht jenes Bild verdunkeln, welches bis itzt immer so hell in meiner Seele gestanden hat. Aber darum kann ich mir ja doch gestehn, daß sie liebenswürdig ist, daß sie zu den Ersten ihres Geschlechts gehört; warum sollt' ich *ihr* Unrecht tun, bloß um gegen Amalien gerecht zu sein? – Und sie empfindet wirklich tief, ihre zarte Seele ist nicht durch jenen witzigen Weltton der Franzosen verdorben, sie ist ein einfaches Kind der Natur, ohne alle Prätension und Verstellung, ich habe sie beim Anblicke des Elends gerührt gesehn, – sie ist ein himmlisches Geschöpf!

Ich schäme mich meiner Begeisterung; doch mag ich Dir auch den leisesten Klang meiner Seele nicht verheimlichen, und eben darum will ich Dir auch gestehn, daß mich Deine Gedanken in Deinem letzten Briefe nicht ganz befriedigen. – Der Verstand kann gewiß an jedem Dinge eine Menge von Seiten auffinden, die in den verschiedenen Gesichtspunkten der Sache selbst eine ganz andre Gestalt geben, – wie leicht kann man aber dadurch verleitet werden, gerade die unnatürlichere Ansicht für die bessere zu halten, weil es dem Geiste größere Mühe kostete, zu dieser zu gelangen? Führt das Gefühl hier nicht vielleicht auf einem kürzern und richtigern Wege zum Ziele? Ich habe oft darüber gedacht, ob dieser Hang des Geistes, den Du zu den ersten Vorzügen des Menschen rechnest, nicht im Grunde an jenen unglücklichen Hang der griechischen Sophisten grenze, ob er nicht mit diesem fast zusammenfalle. – Es ist so leicht und wieder so schwierig, seinen Charakter durch Grundsätze zu bilden; es gibt eine Menge kalter Toren, die eben dadurch lächerliche Pedanten geworden sind; das *Gefühl* wohnt in jeder Brust, dieser Wegweiser verläßt den Menschen nie, mir scheint es natürlicher, ihm zu folgen. –

Ich schließe; Mortimer bringt mir soeben einen Brief. – O Eduard, er ist von Amalien! – Nein, ich bin ein Elender, wenn ich sie vergessen könnte! – Welche Freude hat dann noch der Garten aufzuweisen, wenn dieser schönste Baum in mir verdorrt? – Ich bleibe ewig der Ihrige, so wie der Deinige.

William Lovell.

12

Karl Wilmont an Mortimer

Bonstreet.

Ich muß Dir endlich schreiben und sollte auch mein ganzer Brief nichts als die Wiederholung der Phrase enthalten, daß ich Dir nichts zu schreiben wüßte; ein Kunstgriff, der zuweilen von den gelehrten Altertumsforschern auf die glücklichste Art benutzt wird. – Ich schäme mich meiner Nachlässigkeit und meine ungelenkigen Finger haben das Schreiben indes verlernt; oratorische Wendungen, Tropen, Metaphern und alle Arten von Figuren hab' ich rein vergessen, und ich selber spiele hier an meinem Schreibpulte eine höchst armselige Figur, indem ich die Feder beiße und mir mit der linken Hand in den Kopf kratze, um mich zu besinnen, was ich Dir wohl zu sagen haben könnte. Ich möchte den Brief gar gern ins Feuer werfen, aber es reut mich dann, daß ich ihn einmal angefangen habe, und einen Brief mußt Du doch irgend einmal von mir bekommen, daher will ich nur einen dreisten Trott fortreiten, ohne mich um die Künste eines Schulpferdes zu bekümmern; ich will Zeug durcheinanderschwatzen, daß Du glauben sollst, ein Fragment aus einem unsrer neusten Romane zu lesen. Wenn es nur Worte sind, so hab' ich die Rechnung bezahlt, und ich habe mir einmal vorgenommen, daß das, was ich hier angefangen habe, ein Brief werden soll, und nun soll er auch wahrhaftig zustande kommen, und sollt' ich mich genötigt sehn, einige rührende Betrachtungen über die Entfernung zweier Freunde mit einfließen zu lassen.

Ich fange an, mir hier in Bonstreet zum Teile weniger, zum Teile besser als ehedem zu gefallen. Der gänzliche Müßiggang behagt mir nicht recht, und doch würd' es mir schwer werden, ihn aufzugeben. Der Mensch ist ein wahres Kind, er weiß nie recht, was er eigentlich will, er schreit und heult, und eine blecherne Klapper kann ihn zufrieden und glücklich machen; im folgenden Augenblicke wird sie wieder weggeworfen, und er sieht sich um, was er denn nun wohl wünschen könne. Glücklich ist dabei noch immer der, der einer Klapper oder einer Rosine habhaft werden kann: mischt sich aber die liebe Langeweile ins Spiel und ein gewisses nüchternes Gefühl, das einem im Leben so oft zur Last fällt, kann man keine Hoffnung und keinen Wunsch in seinem Gedächtnisse auftreiben; ist das Steckenpferd lahm, oder gar zu Tode geritten, – o wehe dir dann, armer Sterblicher! entweder mußt du dann ein Philosoph werden, oder dich aufhängen. Diese Langeweile hat schon mehr Unglück in die Welt gebracht, als alle Leidenschaften zusammengenommen. Die Seele schrumpft dabei wie eine gedörrte Pflaume zusammen, der Verstand wächst nach und nach zu und ist so unbrauchbar wie eine vernagelte Kanone, alles Spirituöse verfliegt, – da sitzt man denn nun hinter dem Ofen und zählt an den Fingern ab, wenn das Abendessen erscheinen wird; die Stunden sind einem solchen Manne länger, als dem, den man am Pranger mit Äpfeln wirft; man mag nichts denken, denn man weiß vorher, daß nur dummes Zeug daraus wird, man mag nicht aufstehn, man weiß, daß man sich gleich wieder niedersetzt, das drückende Gefühl geht mit, wie das Haus mit der Schnecke. – O Mortimer, Linsen durch ein Nadelöhr zu werfen, ist dagegen eine geistreiche Beschäftigung – und wie viele Menschen vergähnen auf dieser Erde nicht so ihr Leben? – Die magnetische Anziehungskraft erlahmt ohne Übung, ungeschlagen springt kein Funken aus dem Stahle, ungerieben zeigt sich keine Elektrizität an der Glasscheibe, kein Verstand, kein Gefühl am Menschen ohne Tätigkeit, Mitteilung und Freunde. Diese sind der Konduktor, welche einen Funken nach dem andern in die Flasche leiten, bis dann endlich ein großer leuchtender Funken schreiend herausspringt, – dann kommt eine Ilias oder ein verlornes Paradies zum Vorschein, u. s. w. ad libitum.

Weil ich aber in so kläglichen Tönen wimmere, so glaube darum von mir noch nicht, daß ich schmachtend und hungernd in einer solchen Löwengrube sitze, oder daß ich ganz und gar an Freunden bankerott gemacht habe, – daß ich zu jenen dumm unbefangenen Menschen gehöre, die es selber nicht ergründen können, wie ihnen zumute ist, oder die so über und über mit einer bleiernen Unbehaglichkeit behangen sind, daß man sie auf den ersten Blick nicht vom Rhinozeros unterscheiden kann; die sich mit dem kältesten Blute ersäufen könnten, weil es gerade *Donnerstag* ist: – nein, lieber Mortimer, halt mich meines Geschwätzes ohngeachtet immer noch für einen Kerl, der seine fünf Sinne, im Ganzen genommen, behalten hat; der zur Not, wenn ihn die Langeweile plagt, auf die Jagd geht, oder nach der nächsten Stadt reitet, oder Whist spielt oder Romane liest, oder Dir einen Brief schreibt, wie das zum Beispiele itzt eben der Fall ist; denn freilich bin ich etwas verdrüßlich und übelgelaunt.

Ach, lieber Freund, was für herrliche Sachen ließen sich nicht über die Allmacht der Liebe sagen, über jenen kleinen Jungen, der mit verbundenen Augen durch die Welt stolpert und mit seinen goldenen Pfeilen alle Leute wie Hasen zusammenschießt. – Ja Freund, hier oder nirgends in meinem Leben ist es angebracht, Dir zu zeigen, daß ich meinen *Ovid* und *Horaz* mit Nutzen gelesen habe; hier wär' es die schönste Gelegenheit, mich durch ein hoch lyrisches Gedicht bei Dir in eine Art von Achtung zu setzen. – Aber, Mortimer, genau betrachtet würde nichts weiter herauskommen, als daß ich ein Narr bin, und da ich Dir das in Prosa fast ebenso deutlich machen kann, so wollen wir's auch dabei nur bewenden lassen.

Du lachst schon im voraus. Du freust Dich, daß Deine neuliche Prophezeiung so genau eingetroffen ist; – aber doch nicht so sehr, als Du nun vielleicht glaubst. Ja, die Einsamkeit, der Mangel an Beschäftigung, o hundert Ursachen, nach denen man gar nicht fragen sollte, denn die Erscheinung ist so natürlich, als der Tag wenn die Sonne am Himmel steht, – alle diese machen es, daß ich itzt nach und nach verliebt werde. – Ich bemerke es recht gut, und das eben kränkt mich, – und doch kann ich's nicht ändern. Meine Lustigkeit hat abgenommen und steht itzt sogar im letzten Viertel; ich fange an so gesetzt zu werden, wie ein Mann, der zum Parlamentsgliede gewählt ist; ich werde so empfindsam, wie ein Mädchen das den ersten Roman mit Verstand liest. – Wenn man nun alle diese herrlichen Progressen an sich selber bemerkt, sollen einem da nicht die Haare zu Berge stehn? Doch, man muß sich in den Willen des Schicksals ergeben, und ich bin itzt überzeugt, daß man das Verlieben mit vollem Rechte ineluctabile fatum nennen kann.

Ich muß ihr oft vorlesen (nämlich der *Emilie Burton*, das ist unter uns Liebhabern nun einmal Sprachgebrauch, daß wir die Namen weglassen) und das Vorlesen, besonders empfindsamer und rührender Sachen, ist gewiß die gefährlichste Angel, die nach einem Menschen ausgeworfen werden kann. – Ich habe dabei einigemal mit einem Pathos deklamiert, daß ich nachher selber erschrocken bin. – Daß ich aber zur Fahne jener seufzeraushauchender und träneneintrinkender Toren schwören werde, die nur zu leben scheinen, um über ihr Leben zu klagen, – das wirst Du nicht von mir glauben. – Ich werde mich nie auf lange aus dem gemäßigten Klima entfernen. – Emilie selbst ist ein liebes, sanftes Geschöpf, die mit ungekünsteltem Gefühle sich freut und trauert, so wie es gerade die Umstände fordern; ich mag weder eine Arria, noch eine Ninon, noch eine Clementine lieben. – Doch, damit ich Dir nicht ein Gemälde von ihr entwerfe, muß ich nur von etwas anderm sprechen; denn ich merke, daß ich eben in Versuchung war, Dir damit Langeweile zu machen.

Ich werde also vielleicht meine Liebe bald aufgeben müssen; *hintergehn* mag ich den Vater nicht; sie von ihm *geschenkt* haben, ebenso wenig, – ja, ich würde mich selbst bedenken, sie von ihm auf irgend eine Art zu *verdienen*. Er ist ein gemeiner Mensch. – Ich mache mir oft einen Vorwurf daraus, daß ich noch hier und noch so oft in seiner Gesellschaft bin. – Manche Menschen, die alles entweder aus einem guten oder schlechten Gesichtspunkte ansehn müssen, könnten es gar für die niedrigste, schleichendste Art von Schmeichelei halten; doch, diese Insekten müssen einen im Leben nie viel bekümmern, am wenigsten muß man sich ihrentwegen genieren. Der Sohn, der der edelste junge Mann ist, kennt mich, er ist mein inniger Freund geworden und er ist itzt die größte von allen Ursachen, die mich noch hier in Bonstreet zurückhalten. Ich glaube, daß Emilie mich nicht haßt, – wenn einst nach dem Tode – doch pfui! wie leicht man doch in der Schwäche von unedeln Gedanken überrascht wird! – Genug, ich traue mir Stärke genug zu, meine Leidenschaft aufzugeben, wenn es nötig sein sollte. –

Du wirst vielleicht schon wissen, daß der alte Lord Burton auch mit dem Vater Deines jungen Freundes einen Prozeß angefangen hat; es tut mir weh, die Sachen scheinen nicht zum besten zu stehn. Sein Sohn ist selbst darüber sehr betrübt. –

In Ansehung Deines alten Onkels wünsch' ich Dir Glück. – Er liebt Dich also wirklich? Man kann doch oft gar nicht wissen, was in solchen alten Leuten steckt, sie lassen manchmal von ihrem eigentlichen Wesen gar nichts merken. – Itzt lebe wohl, denn in der Eil wüßt' ich Dir nun nichts mehr zu sagen, so wenig ich Dir auch überhaupt gesagt haben mag. –

13

William Lovell an seinen Vater

Paris.

Ihr Brief hat mich sehr betrübt, zärtlichster Vater – o ich möchte zurückeilen, um Sie zu sehn, wenn ich nicht Ihr Verbot und Ihren Unwillen fürchtete. Sie sind krank, und ich soll Sie nicht verpflegen? Traurig, und ich soll Sie nicht trösten? – Sie selbst verlangen, daß ich die Pflichten des Sohnes nicht erfüllen soll? Sie wünschen mir Glück, und ich kann mir itzt kein anderes Glück denken. Sie in Gefahr und ich fern von Ihnen! o jedes Vergnügen, das sich mir darbietet, wird mich wie eine Gewissensangst drücken, ich werde bei den Schönheiten der Natur nicht zu lächeln wagen, denn einen jeden Augenblick, in welchem ich Sie itzt vergessen könnte, würd' ich mir als ein Verbrechen anrechnen. O sprechen Sie wenigstens bald wieder in einem Briefe zu mir, da ich Sie nicht selber sehen kann.

Neuigkeiten werden Sie von mir nicht erwarten; ich bin wohl, soweit man es beim Bewußtsein sein kann, daß ein geliebter Vater leidet. In einigen Wochen werd' ich Paris verlassen; sollt' ich bis dahin keine Briefe von Ihnen erhalten, so treffen mich diese in *Lyon*. – Ich habe hier einen Freund gefunden, einen Jüngling von vortrefflichem Herzen, *Balder*, einen Deutschen. Er wird mit mir die Reise nach Italien machen. Sein Sie unbesorgt, diesem darf ich trauen, auch Mortimer schätzt ihn. – Ein Italiäner, *Rosa*, wird uns auch begleiten; seine Bekanntschaft wird mir in Italien manche Vorteile verschaffen, er hat viel Verstand und feine Welt, aber mein Freund wird er nicht leicht werden können. – Ich hoffe in Ihrem nächsten Briefe zu erfahren, daß Sie gänzlich wiederhergestellt sind; bis dahin werd' ich in beständiger Furcht leben.

Nachschrift. Der alte Willy ist über Ihre Krankheit sehr traurig, er hat durchaus ein Blatt an Sie einlegen wollen und ich hab' es dem ehrlichen alten Manne nicht abschlagen mögen.

14

Willy an den Herrn Walter Lovell

Paris.

Daß Sie noch auf Ihre alten Tage Krankheiten auszustehn haben, hat mich wahrlich herzlich gejammert; doch freilich kommen sie dann am liebsten, denn dann hat der Mensch nicht mehr so viele Kräfte sich gesund zu machen. Ich möchte Sie gar gerne trösten und Ihnen noch viel lieber helfen; aber wenn Gott bei solchen Gelegenheiten nicht das Beste tut, so will die menschliche Hülfe wenig sagen. Es ist aber schade, daß ein so guter christlicher Herr, wie Ihre Gnaden doch in dem vollsten Maße sind, was auch Ihre Feinde nicht von Ihnen ableugnen können, so viel Unglück und Leiden in dieser Welt erdulden soll; wenn das nicht nachher, wenn das Leben hier ausgegangen ist, wieder gut gemacht wird, so ist das nicht ganz recht und billig. Ich wollte, ich könnte Ihnen nur etwas von meiner überflüssigen Gesundheit abgeben, denn ich bin hier immer, seit ich auf die Reisen gehe, ganz frisch und gesund, und das ist mein Herr *William*, Ihren Sohn mein' ich, auch immer. – Trösten Sie sich aber nur, es wird gewiß bald besser werden; so alt ich bin, so möcht' ich doch zu Fuße bis nach London gehn um sie einmal wieder zu sehn; nur sind mir die Füße schwach, und es ist der See dazwischen, den die Franzosen aus Spaß, (wie sie denn bei allen Sachen dummes Zeug machen) einen Kanal nennen; wenn viel solche Kanäle bei uns in England wären, so würde von dem Lande eben nicht außerordentlich viel übrig bleiben. – Bleiben Sie ja gesund, mein liebster gnädiger Herr, daß ich Sie mit meinen alten schwachen Augen noch einmal wiedersehn kann. Ich würde viel weinen, wenn ich einmal wieder die Türme von London sähe und Sie wären dann in der ganzen weiten Gegend umher nicht zu finden, als auf dem Kirchhofe und auch da nur tot, – es wäre ein Jammer für mich und jeden andern ehrlichen Mann, besonders aber auch außerdem für meinen Herrn; wenn Sie können, so bleiben Sie gesund, wie ich.

Ihr *Willy*.

15

Die Comtesse Blainville an Rosa

Paris.

Da Sie mich itzt nur so selten besuchen, so seh' ich mich genötigt, mich schriftlich mit Ihnen zu unterhalten, so ungern ich es auch tue, denn ganz Ihrem Umgange zu entsagen, wäre eine zu harte Buße für mich.

Seit Ihrem neulichen Besuche haben sich einige nicht unwichtige Vorfälle ereignet. Der Graf wird immer freundlicher und höflicher, er ist schon zehnmal im Begriffe gewesen, mir durch Umwege einen Heiratsvorschlag zu tun, aber immer ist ihm noch sein böser Genius wieder in den Zügel gefallen. Solche Leute werden sehr langweilig, wenn sie nachher in einer Art von Verlegenheit einen andern Weg einlenken; sie sind gestolpert und haben im Schrecke die Steigbügel verloren.

Doch Sie kennen ja den Grafen, daß er sich pikiert, gerade dann am geistreichsten zu sein, wenn er die Gegenwart des Geistes am meisten vermißt. Ein Hinkender wird aber erst am meisten lächerlich, wenn er seinen Fehler verbergen will; dies Stottern, dies Jagen nach Wortspielen und Verdrehungen des Sinnes, – o es gibt nichts Häßlichers, wenn man soeben etwas Vernünftiges gesprochen hat.

Lovell ist mit seiner Naivität allerliebst, der Galimathias, den er zuweilen spricht, kleidet ihn recht gut, und ich habe itzt die Manier gefunden, ihn zu attachieren. Er ist eigensinnig genug, nicht durch gewöhnliche Aufmerksamkeit gefesselt zu werden; ein Franzose würde über die Art der Rolle lachen, die ich itzt spiele. Freilich sind die Frauenzimmer verdammt immer nur Rollen auswendig herzusagen, vielleicht auch viele Männer; aber meine itzige liegt mir so entfernt, daß ich auf meine Merkworte sehr aufmerksam sein muß, wenn ich nicht zuweilen das ganze Stück verderben will. Ich bin so empfindsam, wie Rousseaus Julie, ein wenig melancholisch, eine kleine Teinture aus Young und eine so langweilige Vernunft- und Moralschwätzerin, als die Heldinnen der englischen Romane. Sie würden mich hassen, wenn Sie mich in dieser Tragödienlaune sähen; aber Lovell ist davon bezaubert; er hält mich in Gedanken für ein Ideal Richardsons, für ein himmlisches und überirdisches Geschöpf. Wir empfinden so sehr ins Feine hinein, daß mir schon oft ein Gähnen angewandelt ist, das ich nur mit Mühe verbissen habe; durch hundert Vorfälle ist es nun endlich dahin gekommen, daß er wirklich verliebt ist; er will sich zwar dies Gefühl selbst nicht gestehn, aber ich mache mich jeden Tag auf eine sehr pathetische Erklärung gefaßt; er ist schon oft auf dem Wege gewesen, aber jedesmal muß ihn noch das Bild seiner Geliebten zurückgehalten haben. –

Gestern ging er melancholisch im Garten auf und nieder, ich begegnete ihm, wie von ohngefähr. Er freute sich und erschrak zu gleicher Zeit, meine Gegenwart war ihm lieb, aber es war ihm unangenehm, selbst durch mich in seinen Träumen gestört zu werden; er geriet in eine Art von Verlegenheit. Es war ein schöner Abend, wir waren von ohngefähr allein, ich hörte wenig von dem was er sagte, seine Bildung, sein schöner Wuchs, sein feuriges Auge zerstreuten meine Aufmerksamkeit: er ist einer der schönsten Männer, die ich bis itzt gesehen habe. Wir kamen zu einer Laube und setzten uns. Der Abend und die Einsamkeit luden zu mancherlei Träumen ein; ich sah' es, wie Lovell schwer seufzte und ein Geheimnis auf dem Herzen hatte.

»An diese Abende«, fing er endlich an, »ich ahnde es itzt, werd' ich in der Zukunft oft mit Schmerzen zurückdenken.«

Mit Schmerzen? – Sie verlassen uns also ungern?

»Und Sie können noch fragen?«

Sie werden neue Freunde und schönere Gegenden finden, und über die letztern die erstern vergessen.

»Sie quälen mich!« rief er nach einer kleinen Pause etwas unwillig.

Ich habe Ursache zu klagen; fuhr ich leise fort, um nicht in eine Art von Zank zu fallen, der so leicht langweilig und widrig, selbst für beide Parteien, werden kann, wenn man einer sehr zärtlichen Aussöhnung nicht äußerst gewiß ist; und dies war hier nicht der Fall: – *Ich* habe Ursache zu klagen, sagt' ich, denn ich bleibe hier in dieser öden langweiligen Welt zurück, ich verliere einen Freund, der mir in so kurzer Zeit sehr viel wert geworden ist.

Er küßte mir sehr feurig die Hand. – »Comtesse!« rief er aus, – »wollten Sie mich nicht vergessen!«

Vergessen? seufzt' ich ganz leise. – Meine Rolle ward mir hier äußerst natürlich und ich spielte sie mit einer täuschenden Leichtigkeit. Er rührte mich etwas, denn er liebt mich wirklich. – Meine Hand lag von ohngefähr in der seinigen, ich drückte sie ganz leise, er erwiderte es mit Heftigkeit, unsre Lippen begegneten sich. –

Ich stand auf wie erzürnt, er suchte mich zu versöhnen. – Wir fingen bald wieder ein melancholisch empfindsames Gespräch an, und so ward der Streit darüber vergessen. – Als wir zur Gesellschaft zurückkamen, stand er oft in Gedanken. – Beim Abschiede drückte er auf meine Hand einen sehr feurigen Kuß. Itzt ist in seinem Herzen die entscheidende Epoche; indes versprech' ich mir über meine unbekannte Nebenbuhlerin den Sieg. –

Leben Sie wohl.

16

William Lovell an Balder

Paris.

Ich bin die ganze Stadt durchstrichen, ohne Dich zu finden, der Abend ist so göttlich, ich hätte Dir so gern alles gesagt, was ich auf dem Herzen habe; ich schreibe Dir daher, weil ich Dich doch wahrscheinlich heut nicht mehr sehn werde. Antworte mir noch heut, wenigstens morgen früh, wenn Du mich nicht selbst besuchen solltest.

O Balder, könnte doch meine Seele ohne Worte zu der Deinigen reden, – und so alles, alles Dir ganz glühend hingeben, was in meinem Busen brennt und mich mit Martern und Seligkeiten quält.

Ja Freund, itzt fühl' ich es, wie sehr Rosa recht behält, wenn er sagt: der Busen des fühlenden Menschen hat für tausend Empfindungen Raum, warum will der Mensch seiner eigenen Wonne zu enge Schranken setzen? Des Toren, der da schwört, daß er nie wieder lieben wolle! Kann er seine Seele zurücklassen?

Du kennst Amalien, ich habe Dir so oft von ihr gesprochen: ich bin ihr treulos, meineidig, nenne *Du* es, wie Du willst, *ich* brauche keinen Namen dafür, denn ich habe nicht nötig, mir es zur Tugend, oder zum Verbrechen anzurechnen, ich kann der Allmacht meiner Gefühle nicht widerstehn. – Louise Blainville ist ein Engel, sie nicht lieben, heißt die Liebe selbst verhöhnen; ich würde Amalien nie geliebt haben, wenn ich sie nicht lieben müßte; ich wäre taub und blind für so viel Schönheit und Edelmut; kein fühlendes Geschöpf darf sich ihr nähern, ohne der freundlichen Gottheit zu huldigen, die aus jedem Blicke, aus jeder Gebärde spricht.

Es war ein schöner Abend, ich war mit ihr im Garten des Grafen Melun, wir gingen lange einsam auf und ab. Balder, sie ist das edelste weibliche Geschöpf, das ich bis itzt gekannt habe! so viel Natur und Herzensgüte! Ich saß im stummen

Entzücken in einer dämmernden Laube neben ihr; die Blumen dufteten Liebe, die Vögel sangen der Göttin Lieder, sie wandelte im Hauche des Zephyrs durch den Garten und gaukelte in den Lindenblüten: mir war's, als könnt' ich unter den goldenen Schimmern des Firmaments den rosengekränzten Engel sehn, der den tausendfachen Segen über die Natur ausgießt; wie sich die ganze lebende und leblose Natur kindlich zu ihm drängt um zu empfangen und sich zu freuen, – o es war eine der wonnevollsten Stunden meines Lebens.

Ich war hundertmal im Begriffe, ihr meine Empfindungen zu gestehn, sie in einer blinden Begeisterung an mein Herz zu drücken, mich kühn zu ihrer Hoheit emporzureißen, – aber Amaliens Andenken hielt mich grausam ernst zurück. – Aber ich will, ich muß ihr gestehn, was ich empfinde, ohne Mitteilung zersprengt dies Gefühl meinen Busen.

Begeh' ich dadurch eine Sünde an Amalien? – Antworte mir hierauf, *ich* glaub' es nicht, ich liebe sie, ich werde sie lieben, aber soll mir diese Liebe ein Gesetz sein, gegen jede Vortrefflichkeit unempfindlich zu sein? – Liebe erhöht die Empfindungen, veredelt sie, sonst würd' ich wünschen, nie geliebt zu haben. – Antworte mir, oder komm zu

Deinem *William.*

17

Balder an William Lovell

Paris.

William, ich möchte Dir so gern *nicht* antworten, – da komm' ich mit hundert schwermütigen Träumen, mit tausend lästigen Gefühlen aus der nüchternen Welt nach Hause, – und finde nun noch Dein Billet; – ich will *noch* einige Zeit anwenden, Dir zu antworten, besuchen mag ich Dich in meiner itzigen Stimmung nicht, wir würden nur disputieren und morgen hab' ich eine Menge lästiger Geschäfte: kurz, ich will Dir schreiben, nur laß mich nachher nicht öfter darüber sprechen, denn wir werden nie einig werden.

Die ganze Welt erscheint mir oft als ein nichtswürdiges, fades Marionettenspiel, der Haufe täuscht sich beim anscheinenden Leben und freut sich; sieht man aber den Draht, der die hölzernen Figuren in Bewegung setzt, so wird man oft so betrübt, daß man über die Menge, die hintergangen wird und sich gern hintergehn läßt, weinen möchte. Wir adeln aus einem törichten Stolze alle unsre Gefühle, wir bewundern die Seele und den erhabenen Geist unsrer Empfindungen und wollen durchaus nicht hinter den Vorhang sehn, wo uns ein flüchtiger Blick das verächtliche Spiel der Maschinen enträtseln würde. – Ich sehe in Deiner neuen Liebe nichts, als eine feinere Sinnlichkeit, Deine Phantasie bedarf beständig eines reizenden Spiels und Du wirst es auch allenthalben sehr bald finden; jenes hohe einzige Gefühl der Liebe, das sich weder beschreiben noch zum zweitenmale empfinden läßt, hat Deine irdische Brust nie besucht, bei Dir stirbt die Liebe mit der Gegenwart der Geliebten. –

Ich erinnere mich lebhaft aus den wenigen goldenen Tagen meines Lebens, wie meine ganze Seele nur ein einziges Gefühl der Liebe ward, wie jeder andre Gedanke, jede andre Empfindung für mich in der Welt abgestorben war; in die finstern Gewölbe eines romantischen Haines war ich so tief verirrt, daß nur noch Dämmrung mich umschwebte, daß kein Ton der übrigen Welt an mein Ohr gelangte. Die ganze Natur wies auf meine Liebe hin, aus jedem Klange sprang mir der Geliebten holder Gruß entgegen. Sie starb, – und wie Meteore gingen alle meine Seligkeiten auf ewig unter, sie versanken wie hinter einem finstern fernen Walde, kein Schimmer aus jener Zeit hat mir seitdem zurückgeleuchtet.

Und auch nie wird ein Strahl zu mir zurückkehren! Ich sitze auf dem Grabmale meiner Freuden und mag selbst kein Almosen aus der Hand des Vorübergehenden nehmen, mein Elend ist mein Trost. –

Ich fürchte, William, Du verstehst mich nicht, unser Gefühl widerspricht sich hier. Aber wenn Amalie Dich liebt, so ist sie durch Deine Liebe elend, denn Du wirst ihr dann nie zurückgeben, was sie Dir im vollen Maße ihrer Empfindungen schenkt. Sie seufzt um Dich und Du vergissest sie, sie leidet, und Dich bewillkommen neue Freuden, – taufe Deine Sinnlichkeit nicht mit dem Namen Liebe, Du beleidigst diese hohe Gottheit: denn ist nicht Liebe eben *dadurch* Liebe, daß sie *gänzlich* unsern Busen füllt? Unsre Seele ist zu eng, um zwei Wesen mit einem Gefühle zu umfangen, und wer es kann, der ist am Herzensgefühl arm geworden.

Hätt' ich doch Deinen Brief zerrissen, eh' ich ihn las. Schwachheit an jedem Menschen macht uns traurig, am Freunde schmerzt sie doppelt. Warum versiegelt der Mensch seine Treue durch Schwüre? Beim Feuer der ersten Sonne schmilzt das Wachs und er wird zum Verräter an seinem Versprechen; ich will um Amaliens Glück hoffen, daß sie Dich ebenso wenig ernsthaft liebt. –
Ertrage übrigens die Launen des Freundes, so wie ich die Deinigen ertragen will und gewiß noch oft ertragen werde. – Lebe wohl.

18

Die Comtesse Blainville an Rosa

Paris.

Seit meinem neulichen Briefe hat sich manche sehr wichtige Begebenheit ereignet, und gestern hielt mich Lovell so belagert, daß ich Ihnen unmöglich etwas davon sagen konnte, ich muß daher wieder zum Schreiben meine Zuflucht nehmen.

Mit meinem teuersten Onkel bin ich so gut wie versprochen, endlich ist das Geständnis über seine Lippen gekommen.

Der Graf besuchte mich neulich, so wie er oft tut. Ich war gerade mit einer Stickerei beschäftigt. Natürlich bewunderte er, was gar nicht zu bewundern war, und lobte, wo nur irgend ein Faden lag; man wird an so etwas gewöhnt und ich gab daher gar nicht besonders darauf acht. Das Kammermädchen ging von ohngefähr hinaus und nun nahm das Gespräch eine andere Wendung.

»Sie sind so oft allein, liebe Nichte, wird Ihnen denn nicht zuweilen die Zeit lang?«

Nie, – da Sie mir überdies den Gebrauch Ihrer Bibliothek erlaubt haben.

Er nahm einige Visitenkarten in die Hand, die auf dem Tische lagen und sah sie ganz gleichgültig durch. –

»*Rosa?*« fing er an, – »wie kömmt's daß ich ihn so lange nicht gesehn habe?«

Ich weiß nicht, welche Geschäfte ihn abhalten müssen –

»Wenn er seine Unart nicht wieder gut macht, so wird er sich Ihren Unwillen zuziehn.«

Er hat über seine Zeit zu gebieten.

»Ich glaube gar, Sie sind schon itzt böse auf ihn«, fuhr er lachend fort. –

Wie kommen Sie zu dieser Meinung?

»Je nun«, – er legte die Karten wieder auf den Tisch und tat als betrachtete er die Stickerei, indem er mich verstohlen aufmerksam und fest beobachtete. – »Sie haben ihn von je ausgezeichnet und er erwidert Ihre Höflichkeit mit Undank –«

Ausgezeichnet? indem ich mit der größten Kälte etwas ausbesserte. Sie wollen sagen, daß er mich oft auszuzeichnen schien und oft zu meinem größten Verdruß.

»Verdruß?«

Bin ich denn nicht seitdem auf einem hohen Tone mit meiner kleinen Freundin Cäcilie? hat denn der närrische Belfort nicht seitdem gänzlich mit mir gebrochen, der mich so oft zu lachen machte? – Ich bin froh, daß dieser Rosa mir nicht mehr so viel Langeweile macht. –

»Wenn Rosa Ihnen Langeweile macht, so muß dies mit Ihren übrigen Gesellschaftern noch mehr der Fall sein.«

Leider!

»Und Sie nehmen gar keinen aus?« – Er sah mich mit einem leichten Lächeln an.

Ein Besuch ist mir jederzeit angenehm.

Ein plötzlicher Schreck zuckte wie ein Blitz durch seine lächelnden Lippen, er sah mit einemmale sehr ernsthaft aus. – »Und dieser eine?« fragte er, indem er sich in ein Lachen aufs Geratewohl hineinwarf, das noch so ziemlich natürlich ward, – »darf ich ihn nicht wissen?« –

O ja, antwortete ich ihm munter. Sollten Sie im Ernste nicht gemerkt haben, daß ich *Sie* meine?

»Mich? auf dieses Kompliment war ich freilich nicht vorbereitet.«

Es soll auch kein Kompliment sein, –

»Also Ernst?«

Was sonst?

»Sie würden diese Versicherung vielleicht bald bereuen, wenn ich in Versuchung käme, Sie *öfter* zu sehn?«

Sie werden sehn, wie groß mein Vergnügen sein wird.

»Wenn ich Ihnen *ganz* glauben dürfte?«

Und warum wollen Sie zweifeln?

»Louise, liegt Ihnen wirklich nichts an jenen jungen, witzigen, artigen Gesellschaftern?«

Sie sind mir lästig.

»Sie lieben überhaupt nicht die große Welt und ihre Freuden.« –

Sie macht mir Langeweile.

»Sie sind für ein stilles, häusliches Glück geboren.«

Ich wünsche mir kein andres und werde nichts darin entbehren.

»Glücklich ist der Mann, den Sie einst Ihren Gatten nennen.« – Er stand auf und ging schweigend auf und ab, ich war stumm und arbeitete an der Stickerei weiter.

»Man gewinnt nichts in jener sogenannten großen Welt«, fuhr er endlich ernsthaft fort, »man verliert sein Leben in einem langweiligen Spiele, man lernt keine Freude des Herzens kennen, man findet im Entbehren seinen Stolz und ein eingebildetes konventionelles Glück. Ich habe nun lange in dieser Welt gelebt, Louise, und kein Glück gekannt.«

Weil Sie es vielleicht nicht suchten.

»Eine elende Eitelkeit hintergeht uns mit betrügerischen Versprechungen, wir schämen uns täglich, besser als andre zu sein; wir vergehn alle in Einer Langenweile, weil es die strenge Mode so fordert, – aber ich will mich itzt von diesem Vorurteile losmachen. – Wenn ich ein Herz fände, das *so* wie das meinige fühlte, das eine Ahndung vom wahren Glücke hätte und an einem langweiligen Traume nichts verlöre –«

Sollten diese Herzen so selten sein?

»Sie sind es, Louise. Man wagt es nicht, der Natur und ihrer Lockung zu folgen, – wenn ich eine Seele fände, die mich liebte, der es nicht schwer würde, fade Vorurteile von sich zurückzuweisen, – o Louise, wenn Sie diese wären!«

Ich konnte nicht antworten.

»Wenn Sie diese wären!« fuhr er feuriger, aber immer sehr ernsthaft fort. – »Antworten Sie mir.«

Und wenn –

»Ich will Sie nicht übereilen, ich will Sie nicht überreden, fragen Sie Ihr Herz und antworten Sie mir nach einigen Tagen. – Ich bin der Art zu leben überdrüssig. Ich habe Sie erzogen, ich kenne Sie, Sie haben mir schon viele Freuden gewährt, meine Vorsorge hat die schönsten Früchte hervorgebracht, ich gefalle mir in Ihnen, wie in einem verschönernden Spiegel.« – –

So weit schreib' ich Ihnen ungescheut alle diese Lobeserhebungen, weil mehr als die Hälfte auf ihn selber zurückfiel, aber die übrigen verschweig' ich, weil sie mich nur allein trafen. – Er verließ mich endlich.

Soll ich Ihnen gestehn, Rosa, daß ich in einer Art von sonderbarer Stimmung war, als er mich verlassen hatte? Er war so ernsthaft gewesen, wie ich ihn noch nie gesehen hatte, er hatte mit Rührung gesprochen. – Sein itziges ganzes Leben ist ihm flach und uninteressant erschienen, ein Herbstwind hat die Blätter von den Bäumen geschüttelt, die Gegend ist dürr und öde geworden und er übersieht mit *einem* Durchblicke die lichten Stellen des Gartens, wo einst die versteckten Partien den höchsten Reiz ausmachten. – Er will ein genußreicheres Dasein suchen, er appelliert an mein Herz und will sich von mir eine neue, freudenreichere Existenz erkaufen, – und soll ich ihn hintergehn? –

Ich war wirklich weichherzig geworden, meine Schwäche hatte mich so sehr überrascht, daß ich mir vornahm, (Rosa, ich schäme mich, es niederzuschreiben,) zu jenen kindischen Gefühlen und Ideen meiner frühsten Jahre meine Zuflucht zu nehmen, mir selbst alle meine Erfahrungen und reiferen Gedanken abzuleugnen und sie Lügner zu schelten. – Kurz, ich war auf dem Wege, eine vortreffliche Matrone aus der Provinz zu werden, die ihren Töchtern einen gründlichen Unterricht im Katechismus gibt oder über eine Stelle in der Bibel ihre frommen Tränen vergießt; – o die Schwachheit ist der weiblichen Natur so eigen, daß wir ohne diese vielleicht aufhören würden, Weiber zu sein: – der eine Liebhaber rührt uns durch seine Schönheit, der andre durch Geschenke, der dritte durch Zärtlichkeit, ein vierter durch Aufwand von moralischen Maximen und beweglichen Bitten, und sollt' er selbst unser Onkel sein. –

Ich kam wieder aus meiner Zerstreuung zurück, meine Eitelkeit, mein Stolz erwachte; ich schämte mich vor mir selber. So leicht, sagt' ich zu mir, bin ich also zu bewegen, dem angenehmsten Liebhaber den unangenehmern vorzuziehn? Wie wenig Wert muß mein Verstand haben, da es so wenig kostet, mich dahin zu bringen, die Gedanken eines glänzenden Lebens so leicht aufzuopfern? – Es fiel mir ein, wie es vielleicht mehr Eitelkeit als Liebe sei, die den Grafen zu diesem Schritte triebe.

Der letzte Gedanke tat meiner eigenen Eitelkeit wehe, es schien mir am Ende doch, daß er mich wirklich liebe. Ich würde vielleicht noch einmal den Kampf mit mir selber angefangen haben, als sich *Mortimer* und *Lovell* melden ließen: da ich also jetzt keine Zeit hatte, schob ich mein Nachdenken und alle Empfindungen darüber bis zu einer bequemern Zeit auf.

Lovell war sehr ernsthaft und zurückhaltend, ich weiß nicht welche Gedanken ihn mit ganz neuer Kraft überrascht haben mußten, er war still und selbst kalt. Wir waren auf einige Augenblicke allein, und diese benutzte ich so, daß ich ihn aus allen seinen Verschanzungen trieb; er wurde verwirrt, wollte sprechen und konnte nicht, bald nachher verließ er mich sehr unruhig.

Schon gestern am Morgen ließ er sich anmelden; gleich beim Eintritte bemerkt' ich, daß er heut einen großen Coup machen wolle, und ich hatte mich nicht geirrt. Er war in einer beständigen Verlegenheit, er hatte mir immer etwas zu sagen und wagte es doch nicht, er ward rot und blaß.

Endlich als er mich verließ, faßte er den großen Entschluß, er küßte mir außerordentlich feurig die Hand, gab mir ein Papier und eilte aus dem Zimmer. – Dieses Blatt will ich Ihnen beilegen.

Zwei solche aufeinanderfolgende Triumphe müssen meiner Eitelkeit schmeicheln, nicht wahr? – –

Ich sehe daß mein Brief sehr lang geworden ist, das Schreiben fängt an mich zu ennuyieren; leben Sie wohl.

19

William Lovell an die Comtesse Blainville

Einlage

Ich kann den Kampf meiner Seele nicht länger ertragen, ohne zu vergehen, – ich wage auf jede Gefahr das Geständnis: daß ich Sie liebe! Eine unerbittliche Notwendigkeit zwingt mich, vor dieser Gottheit niederzuknien, mag der Erfolg sein, welcher er will, ich kann mich nicht dagegen sträuben. Aber weiß ich nicht, zu wem ich spreche? Ich kenne ja diese Herzensgüte, die allenthalben Mitleiden empfindet, die von jedem Elende gerührt wird, sie wird ja gegen mich allein nicht Grausamkeit werden. Itzt entscheiden Sie über mich, ich habe den Richterspruch ganz Ihren Händen übergeben, machen Sie mich zum Unglücklichsten, oder erheben Sie mich zu unaussprechlicher Wonne; aber nie werden Sie mir verbieten können, daß ich Sie ewig, ewig liebe.

20

Andrea Cosimo an Rosa

Rom.

Wie kömmt es, daß Du uns gar keine Nachrichten von Dir und Deinem Auftrage gibst? – Hast Du mich und Deine übrigen Freunde vergessen? – Lege unsern Entwürfen nicht selbst durch Verzögerung Hindernisse in den Weg und vergiß nie, daß bei uns vom Argwohne zur Verfolgung und Strafe nur Ein Schritt ist. –

21

Willy an seinen Bruder Thomas

Paris.

Ich glaube Dir darin, lieber Bruder, was Du mir von wegen meiner Briefe sagst, ich weiß es auch, daß sie bei weitem nicht die schönsten sind, die einem der Briefträger bringen kann; aber das kannst Du mir doch auf mein Wort glauben, daß sie aus dem allerbesten Herzen kommen. Und dann weiß ich ja auch, daß Du Deinen guten redlichen Verstand hast, der immer gleich weiß, was man sagen will, sonst würd' ich wahrhaftig mit meinem Briefschreiben übel ankommen; aber einem Gelehrten ist gut predigen. Was ich Dir in dem nächsten Briefe geschrieben hatte, ist hier immer noch wahr und ich kann Dir keine andern besondern Neuigkeiten schreiben, außer daß wir nun bald von Paris abreisen werden. Der Italiäner, von dem ich Dir neulich ein paar Worte schrieb, reist mit uns, und das ist mir gar nicht ganz lieb, der Mann ist mir sehr fatal, aber ich weiß selber nicht, warum. Du wirst es auch wohl wissen, Thomas, daß einem manchmal Menschen zuwider sind, aber man kann es nicht herauskriegen, wie es in aller Welt zugeht; so geht es mir mit dem Herrn Rose, der aus Italien gebürtig ist. Wir haben noch eine neue Gesellschaft an dem Herrn *Balder*, der aus der Gegend von Deutschland ist, den mag ich viel lieber leiden: wenn er auch oft etwas verdrüßlich aussieht, so ist ihm doch immer recht freundschaftlich zumute, er ist ein sehr guter Freund von meinem Herrn William, der Dich auch bei der Gelegenheit herzlich wieder grüßen läßt. Wir bedauern beide die gute Tante, die in Waterhall gestorben ist, aus allen Kräften, aber es kann ihr doch nichts mehr helfen; allein es ist unsre Schuldigkeit und Deine auch, Thomas, und ich traue Dir auch so viel christliche Nächstenliebe zu, daß Du im stillen dies Bedauern für Dich treibst, wenn Du mir auch in Deinem Briefe nichts davon geschrieben hast.

Was mich wundern soll, ist, wie das Italien aussehn wird, die Landkarte davon kommt mir närrisch genug vor, an einigen Orten ist es so enge, daß sich schwerlich zwei Wagen ausweichen können; ich will Dir doch manches darüber schreiben, so weißt Du es doch von einem Manne, der alles mit Augen gesehn hat und noch dazu von einem Bruder, der Dir also nichts vorlügen wird. Viel Künste sollen sie in Italien können, aber ich glaube doch, daß nichts über das englische Wettrennen geht, wenigstens hab' ich bis jetzt gar nichts Schöneres gefunden.

Mir ist hier in Paris die Zeit oft herzlich lang geworden; die Leute, die Pariser, und die Franzosen überhaupt, wollen mir nicht ganz gefallen, sie könnten besser sein. In England sehn die Leute viel gesunder und stärker aus; wir haben auch Krüppel, die sich gewiß gegen jeden französischen dürfen sehen lassen, aber sie sind nicht so ausgehungert und demütig. –

Antworte mir, wenn Du Zeit hast;
wenigstens bleibe
mein treuer Bruder.

Willy.

22

Die Comtesse Blainville an Rosa

Paris.

Sie zweifelten neulich an meinem Siege, ich schreibe Ihnen, nachdem er errungen ist.

Ich hatte Lovell gestern abends zu einem Tête-à-tête zu mir bestellt. Er stellte sich pünktlich ein, der Graf ist auf mehrere Tage verreist, mein Kammermädchen hatte ihre gemessene Ordre. Sein Gesicht hatte sehr etwas anziehend Schwermütiges, worunter eine sanfte Freude hervorleuchtete, er hatte mir so viel zu sagen, aber wir sprachen nur wenig, Küsse, Umarmungen, zärtliche Seufzer ersetzten die Sprache. Ich mußte ihm mehrere Sachen auf dem Fortepiano spielen, der Mond goß durch die roten Vorhänge ein romantisches Licht um uns her, die Töne zerschmolzen im Zimmer in leisen Akzenten. – Sie kennen ja das Gefühl, wo die hochgespannte Empfindung uns in ätherische und überirdische Entzückungen versetzt, die doch so nahe mit der Sinnlichkeit verwandt sind; der erhabenste Mensch glaubt sich zu veredeln, indem er sinkt, und knieet wonnetrunken vor dem Altare der irdischen Venus nieder. – Durch alle jene geheimen Nuancen der Wollust ging Lovell; auf jenem Ruhebette, das Sie kennen, schwur er endlich in meinen Armen seine Kälte und Unempfindlichkeit ab; ich freue mich, ihn bekehrt zu haben.

Leben sie wohl, ich bin müde und schläfrig. –

Louise Blainville.

Nachschrift. Apropos! Was macht die kleine Blondine, von der Sie mir neulich erzählten? Sind Sie noch gesonnen, sie als Jockey mit auf die Reise zu nehmen?

23

William Lovell an Balder

Paris.

Balder, ich schreibe Dir noch einmal, ich darf Dir schreiben, denn Du selber wirst meinen Gefühlen recht geben. O Freund, ich bin aus einer düstern Grabnacht entstanden, ein flammendes Morgenrot zieht am Himmel herauf und spiegelt mir feurig ins Angesicht. Louise ist mein, ewig mein, sie hat sich mir mit dem heißesten Kusse der Liebe versichert. Ich trotze Deiner Verachtung, der Verachtung einer Welt; unauflöslich mit glänzenden Fesseln an die Liebe gekettet, wagt sich kein kleinliches Gefühl der Sterblichkeit in den Umkreis meines Paradieses; mit einem flammenden Schwerte steht mein Schutzgeist an der Grenze und geißelt jede unheilige Empfindung hinweg; der siegjauchzende Gesang der Liebe übertönt im hohen Rauschen des Triumphs jeden Klang des irdischen Getümmels.

Ich fürchte, daß ich Dir Wahnsinn spreche, aber ich muß mein Gefühl mitteilen; sei bloßer Freund, wenn Du mir zuhörst, – nachher magst Du mich tadeln: aber ich bedaure den, der mich tadelt, ohne mich zu beneiden. Ich bedaure die Toren, die ewig von der Verächtlichkeit der Sinnlichkeit schwatzen; in einer kläglichen Blindheit opfern sie einer ohnmächtigen Gottheit, deren Gaben kein Herz befriedigen; sie klettern mühsam über dürre Felsen, um Blumen zu suchen und gehen betört der blühenden Wiese vorüber. Nein, ich habe zum Dienste jener höheren Gottheit geschworen, vor der sich ehrerbietig die ganze lebende Natur neigt, die in sich jene abgesonderte Empfindung des Herzens vereinigt, die alles ist, Wollust, Liebe, für die die Sprache keine Worte, die Zunge keine Töne findet. – – Erst in Louisens Armen hab' ich die Liebe kennen lernen, die Erinnerung an Amalien erscheint mir wie in einer nächtlichen neblichten Ferne; ich habe sie nie geliebt.

Ich hatt' ihr Liebe zugeschworen,
  Ich Tor, mit Liebe unbekannt!
Zu keiner Seligkeit erkoren,
In ird'scher Nichtigkeit verloren,
  Am schwarzgebrannten Felsenstrand.

In schwerer Dumpfheit tief versunken
  Lag um mich her die leere Nacht:
Da grüßte mich ein goldner Funken, –
Ha! rief ich töricht wonnetrunken,
  Dort flammt mir Phöbus Götterpracht!

Doch alle Ketten sind gesprungen, –
Aus Osten sprüht ein Feuerglanz.
Der große Kampf ist ausgerungen,
Mir ist der größte Sieg gelungen, –
Herakles trägt den Götterkranz! –

Ha, mögen nun mit Feuerschwingen
Sich Blitze dicht an Blitze reihn,
Mag Donner hinter Donner springen,
Ich will mit Tod und Schicksal ringen,
Bleibt sie, bleibt *sie* nur ewig mein! –

Am folgenden Morgen

Ich erwache, – und erschrecke, Balder, indem ich dies noch einmal überlese. – Wie ein Schwindel befällt mich die Erinnerung an gestern, – Amaliens Andenken kömmt in der ganzen Heiligkeit der Unschuld auf mich zu, mit herzdurchschneidender Wehmut, – o Balder, ich möchte vor mir selber entfliehen. – Was ist die Stärke des Menschen? – Ich bin ein Elender. – Tröste mich, wenn Du kannst. –

O ich muß fort, fort von Paris, – ich muß! – Mir ist, als wollten die Häuser über mich zusammenstürzen, der Himmel hängt tief und trübe auf mich herab. – Wir wollen aufbrechen und nicht mehr säumen. – O Balder, Du hast recht, ich bin ein Nichtswürdiger, mein Herz ist zu klein für jene Götterempfindungen, – verachte, verlaß mich nicht, – und zerreiß dies Papier nicht, bewahr es und wenn Du mich im Begriffe siehst, Amalien und meine Schwüre zu vergessen, dann reiche mir es heimlich und schweigend, und mir wird sein, als wenn ein Donnerkeil vor mir niederfiele. –

24

Amalie Wilmont an William Lovell

London.

Warum hab' ich seit so langer Zeit keinen Brief von Ihnen erhalten? – Ich bin darin wie ein Kind, daß mir immer gleich tausend Übel beifallen, die Ihnen zugestoßen sein könnten; reißen Sie mich bald aus meiner Unruhe. – Ich bin oft einsam und beschäftige mich in meinen Träumereien mit Ihrem Andenken, oft durchbohrt der Gedanke mein Herz: er hat dich vielleicht schon vergessen! und dann wein' ich und jammere, – und werfe mir dann wieder das Unrecht vor, das ich Ihnen tue, und bitte Ihrem kleinen Gemälde, das Sie mir hiergelassen haben, meine Übereilung ab. – O schreiben Sie mir, selbst wenn Sie krank sein sollten; seitdem ich keinen Brief von Ihnen erhalten habe, seh' ich nichts als Räuber und Banditen, die Sie überfallen und ermorden, ich sehe Sie ohnmächtig gegen die Wellen kämpfen, – oder höre Sie in einem brennenden Hause vergebens nach Rettung rufen, – o schreiben Sie mir ja sogleich, mir treten oft kalte Tränen des Entsetzens in die Augen. – Ihr Vater ist itzt wieder besser, aber er ist mit dem Lord Burton in einen Prozeß verwickelt, der ihm viel Zeit und Verdruß kostet. Es tut mir sehr weh, daß ich Burton von einer solchen Seite kennen lerne, mein kindisches Herz ist bis itzt noch wenig argwöhnisch gewesen, ich hielt alle Leute für so gut, wie ich selbst zu sein glaubte; ich war oft zu Burton so zutraulich, wie zu einem Vater, und itzt muß ich ihn hassen. Ich fürchte, es gibt mehr Bosheit in der Welt, als ich je werde glauben können, – es ist sehr betrübt, wenn man so gern alle Menschen lieben möchte. – Leben Sie wohl und antworten Sie mir, so bald als möglich.

25

William Lovell an Amalie Wilmont

Paris.

Wie wohl und wehe Ihre zärtlichen Besorgnisse meinem Herzen tun! – ich sollte Sie vergessen? – Nimmermehr! – Nein, halten Sie mein Herz nicht für so armselig, daß es je die Gefühle verlieren könnte, die es Ihnen zu danken hat; nein, im Innersten meiner Seele liegen sie aufbewahrt, als ein Unterpfand meines Wertes. O Amalie, ich hoffe mit Sehnsucht auf die Zeit meiner Rückkehr, mit Sehnsucht auf den Augenblick, in dem ich Sie wiedersehe; dies Glück nach einer so langen Trennung wird mich berauschen, der lange leere Zwischenraum wird mich dann diese Freude desto lebhafter empfinden lassen. – Ich denke oft mit Traurigkeit an meinen grausam zärtlichen Vater, – o, die Liebe mag mir diesen Frevel verzeihen, – Ihrentwegen wünsch' ich oft, daß er mich weniger liebte, dann hätt' ich ein größeres Recht, ein ungehorsamer Sohn zu sein. – Aber itzt! – doch wer weiß, welche Freuden mir noch die karge Zukunft aufbewahrt, um mich durch ihre allmähligen Wohltaten glücklich zu machen! Die *Hoffnung* soll meine Freundin sein, eben die Liebe meines Vaters ist mein Trost, er gönnt mir jede Freude des Lebens, er wird mir die nicht mißgönnen, die die Grundlage meiner Existenz ist, an die sich jedes andre Glück nur reihen kann; sehn Sie, wie ich mir aus meinen Leiden selbst eine Freude heraussuche, denn bei der Gewißheit meines Glücks, ohne diese Hoffnung, würde mich die Trennung noch länger dünken. – Sein Sie heiter, auch ich will es sein, verzeihen Sie dem Freunde eine Nachlässigkeit, durch die er Ihren Zorn verdient hat, ich wollte stets meine schönsten Stunden wählen, Ihnen zu schreiben, bald machte mir diese, bald eine andre Ursache böse Laune und so ward das Ganze aufgeschoben. – O teuerste, teuerste Amalie, – es gereuen mich die Worte, die ich niedergeschrieben habe; tote Zeichen können nie die

Empfindungen meines Herzens ausdrücken, alles ist kalt und ohne Sinn, lassen Sie die Liebe diesen Brief lesen, lesen Sie ihn mit der Sehnsucht, mit der trüben fröhlichen Melancholie, mit der ich ihn schrieb, dann werden Sie fühlen, wie Ihr Herz klopft, wie eine unerklärbare Bangigkeit Ihren Busen zusammenpreßt, wie die Pulse rascher schlagen, wie der Geist die Hülle des Körpers zu durchbrechen strebt, um in die Umarmung des verwandten Genius zu fliegen, – o dann werden Sie empfinden, wie ich, – dann zerreißen Sie das Papier und unsre Geister besprechen sich unmittelbar in einer hohen entzükkenden Begeisterung.

26

William Lovell an Eduard Burton

Lyon.

Wir haben endlich Paris verlassen und mir ist besser. Die Reise hieher hat mich wieder heiter gemacht, die schöne Natur hat die finstern Phantasien verscheucht, die mich marterten, ich denke wieder freudig an Dich und an Amalien, ich habe mit meiner Seele einen Frieden geschlossen. – Ach, Eduard, es ist eine traurige Bemerkung für mich, daß die gepriesene Stärke des Menschen so wenig Konsistenz hat; ohne Versuchung traut man sich die Kräfte eines Herkules zu, – aber wie bald erliegt der Held im Kampfe. – In Louisens Armen vergaß ich Dich und Amalien; errötend schreibt es der Freund dem Freunde nieder, ja ich schämte mich des Andenkens an euch, weil es mich peinigte, ich suchte ihm zu entfliehen; – aber vergebens. – Doch kamen meine schönern Gefühle bald zu mir zurück, ich söhnte mich bald mit meinen teuersten Schätzen aus, der Rausch der Sinnlichkeit sank itzt zu jener Verächtlichkeit hinab, in welche er meine reinern Empfindungen des Herzens warf. – Und so, Eduard, reich'

ich Dir nun, wie zu einem neuen Bunde, die Hand; vergib mir, vergiß meine Schwäche, itzt soll mich der äußere Schein und eine elende Heuchelei nicht wieder so leicht hintergehn; in Louise Blainville hab' ich mich geirrt, aber mir wird kein zweiter Irrtum begegnen, es lebt nur eine Amalie, es gibt nur ein Glück für mich. – Ich muß der Außenseite der Menschen weniger trauen, ihr Betrug wird ihnen sonst zu leicht gemacht, ich will Vorsicht lernen, ohne sie wieder zu erkaufen.

Balder und Rosa, von denen ich Dir geschrieben habe, begleiten mich nach Italien. Rosa ist mir itzt schon viel lieber als vorher, man muß manche Menschen nur erst so genau kennen lernen, daß das Fremde bei ihnen verschwindet, und man findet sie ganz anders, als anfangs; eben diese Erfahrung hab' ich auch bei Mortimer gemacht, dessen Laune mich itzt sehr oft unterhält. – Ja, Eduard, ich verspreche Dir klüger zu werden, mich nicht so oft von dunkeln Gefühlen überraschen zu lassen, sondern mehr zu denken und mit freiem Willen zu handeln. – Balder ist ein sehr liebenswürdiger Jüngling; nur macht ihn seine Melancholie sehr unglücklich. – Lebe wohl, Du erhältst nächstens noch einen Brief von mir, ehe ich von Dir eine Antwort haben kann.

27

Rosa an Andrea Cosimo

Lyon.

Dein Mißtrauen, Deine Beschuldigung der Nachlässigkeit ist ungerecht, ich habe meinen Auftrag unterdes nicht vergessen. Das Unternehmen gehört freilich nicht zu den schwersten, aber es ist auch nicht ganz so leicht, als Du zu glauben scheinst. Rezidive sind hier mehr zu fürchten, als irgendwo. Wir haben Paris verlassen und werden uns auch in Lyon nicht lange aufhalten; ich hoffe, Dich bald in Rom wiederzusehn, da magst Du dann selbst beurteilen, wie wenig, oder wie viel ich getan habe. – Lebe wohl.

28

Fragmore an seinen Neffen Mortimer

London.

Ich fange diesen Brief mit zitternder Hand an, kaum in der Hoffnung, ihn zu vollenden, so sehr haben plötzlich ein Fieber, und alle Anfälle des Alters meine Kräfte erschöpft. – Alle angenehmen Empfindungen haben schon von mir Abschied genommen und unaufhörliche Schmerzen machen mir mein Grab wünschenswert. Die einzige Freude, die mir noch nicht gleichgültig geworden ist, wäre, *Dich* noch einmal zu sehn: doch ich will es nicht hoffen, denn es ist fast unmöglich; wünschest Du aber, lieber Mortimer, mich noch vor meinem Tode zu sehn, so eile. Itzt auf meinem Bette wünsche ich, daß die französischen Chausseen noch besser wären, als sie sind; ich habe eine so innige Sehnsucht, das Wesen noch einmal zu sehn, welches ich einzig liebe, daß ich mich oft ärgre, daß Du nicht schon vor mir stehst, daß Du überhaupt aus England gereiset bist und daß ich Dich so in die Welt habe hineinreisen lassen. Ich wünschte überhaupt, daß Du kämest, nicht allein meinetwegen, sondern noch mehr zu Deinem Besten, denn ich fürchte fast, daß meine Anverwandten Dir manche Schwierigkeiten in Ansehung der Erbschaft machen werden. – Lebe wohl, meine Schwachheit nimmt zu, ich bin so abergläubig, daß ich manchmal glaube, ich würde wieder gesund werden, wenn ich Dich noch einmal sähe; eile daher, Deinen alten Onkel noch lebendig zu finden, der es von jeher so gut mit Dir gemeint hat.

Fragmore.

29

Walter Lovell an seinen Sohn William

London.

Der Onkel Deines Freundes Mortimer liegt auf dem Sterbebette und wünscht nichts sehnlicher, als seinen Neffen vor seinem Tode zu sehn: Du wirst Dich also wahrscheinlich von ihm trennen müssen und Deine Reise ohne ihn fortsetzen. – Ich weiß, daß Du keinen Aufseher brauchst, und da Dich zwei andere Freunde nach Italien begleiten werden, so wirst Du ihn weniger vermissen. Ich wünsche nicht, daß er sich durch Gewissenhaftigkeit, oder eine Idee von Verbindlichkeit gegen Dich zurückhalten ließe, denn ihn scheint hier in London ein Prozeß zu erwarten, der ihm vielleicht, wenn er nicht selbst gegenwärtig wäre, in Ansehung der Erbschaft manche Schwierigkeit machen könnte; darum sage ihm nur, daß er sich selbst keine eingebildeten Hindernisse in den Weg legen soll, abzureisen. –

Meine Gesundheit scheint itzt fester zu stehn, als jemals, aber mein Prozeß mit Lord *Burton* macht mir viele Unruhe. Er leugnet, daß die Summe für die beiden Güter *Orfield* und *Bosworth* jemals bezahlt sei, er produziert Schriften seines Großvaters, die es zu beweisen scheinen: mein unglückliches Gedächtnis, die Reise hierher und meine neuen Einrichtungen machen, daß ich jene Dokumente nicht finden kann, die ihn des Gegenteils überführen würden; sein Advokat ist der verschlagenste in London. – Ich hoffe aber, daß ich dennoch die Sache gut durchführen werde, denn viele Umstände vereinigen sich gegen Burton.

Um alle Bedenklichkeiten Mortimers zu heben, hab' ich diesen Brief an ihn beigelegt. – Lebe wohl.

30

Walter Lovell an Mortimer

Einlage des vorigen

London.

Ihr sterbender Onkel hat sich auch an mich gewandt, um seine Bitten zu unterstützen, daß Sie nach England zurückkommen möchten, ich erfülle sein Ersuchen itzt, indem ich Ihnen Ihr Versprechen, meinen Sohn nach Italien und zurück zu begleiten, völlig erlasse. – Nicht allein Ihr Onkel wünscht Ihre Gegenwart, sondern die Umstände scheinen sie notwendig zu machen, denn eine Menge von Verwandten erwarten nur den Augenblick, in welchem das Testament Fragmores eröffnet wird, um einen Prozeß anzufangen, da sie sein Vermögen schon immer als ihr Eigentum betrachtet haben. – Ich fürchte nicht, daß für meinen Sohn etwas zu besorgen sei, wenn er sich allein überlassen bleibt, in Ihrer Gesellschaft wird er gewiß schon besser gelernt haben, Menschen zu beurteilen, da er überdies von *Rosa* begleitet wird, den Sie selber für einen der ausgebildetesten und verständigsten Männer erklären.

Ich hoffe Sie also nächstens in London zu sehn, um Ihnen mündlich sagen zu können, wie viel Dank ich Ihnen in Ansehung meines Sohnes schuldig bin.

31

Mortimer an Karl Wilmont

Lyon.

Mein Onkel will durchaus sterben und ich soll durchaus nach England zurückkommen. – Der arme alte Mann hat mich in einem Briefe sehr gerührt, er wünscht mich noch zu sehen, er kann durchaus nicht eher ruhig sein. Itzt reut mich der Leichtsinn sehr, mit welchem ich ihn oft behandelt habe, er ließ mir aber auch nie von seiner Liebe gegen mich etwas merken, wenigstens nicht mehr, als man von jedem, nur mittelmäßigem Onkel mit Recht verlangen kann. – Ich grüße also bald wieder meinen vaterländischen Boden, und dann, Karl, will ich ganz das wilde, unstete Leben aufgeben, das ich bis itzt geführt habe. Ich habe mir schon einen sehr schönen Plan ausgedacht, ich will mich in einer reizenden Gegend anbauen, da mir selber und meiner Phantasie leben, Du bleibst dann bei mir, so lange es Dir in meiner Gesellschaft gefällt; wir lesen, schwatzen, reiten, jagen miteinander. – Die Einsamkeit hat sehr viel Reizendes, wenn man vorher die Welt gesehn und genossen hat, man zieht sich dann einen engen Kreis um die Existenz, den man immer ganz mit Einem Blicke übersehn kann, man lernt alles umher in seinen genausten Verhältnissen kennen. – Um mich in dieser Lebensart einzurichten, muß ich aber erst vorher ein Mädchen finden, das diesen Genuß mit mir teilen will. Ob ich sie finden werde, ist die große Frage, denn bis itzt hab' ich noch keine kennen lernen, bei der mir nicht jeder Gedanke an Verheiratung einen Schrecken verursacht hätte.

Suche es doch so zu veranstalten, daß ich Dich in London treffe, auch Deine Eltern würden sich sehr freuen, Dich wiederzusehn. Wenn Dich also nicht Burtons Schwester zurückhält, so eile nach London; bist Du aber verliebt, so will ich Dich nicht einladen, denn das hieße einen Kirchenraub begehn.

William Lovell lasse ich nun in der Gesellschaft Rosas und Balders weiterreisen. Er ist weit munterer und menschlicher als ehedem, er fängt etwas mehr an, aus den unnatürlichen Regionen der Phantasie herauszutreten und sich zu den Menschen herabzulassen, ich hoffe ihn einst als einen recht gescheuten Mann in England wiederzusehn, und Rosa ist gerade der Gesellschafter, der ihn dazu machen kann.

Der alte Willy ist sehr betrübt darüber, daß ich abreise; woran dieser alte Mann sich hängt, das liebt er wie ein Kind, er hat beinahe geweint und hat mir einen großen Brief gegeben, den ich an seinen Bruder Thomas nach Bonstreet schikken soll; er ist unzufrieden mit mir, daß ich William nicht weiter begleiten will; er hat mir aus einem Traume beweisen wollen, daß es für mich und Lovell ein Unglück sein würde.

Lebe wohl, entweder ich sehe Dich in London, oder Du erhältst von dort einen Brief von mir.

Mortimer.

32

Andrea Cosimo an Rosa

Rom.

Ich erwarte den Augenblick sehnlichst, in welchem Du wieder in Rom sein wirst; ich habe Dir soviel zu sagen, so manches von Dir zu hören; zögre also auf Deiner Reise nicht unnötig und vergiß nicht unsre Plane. – Die Rache flüstert mir ins Ohr und macht mich oft ungeduldig, daß ich dann auf Deine Langsamkeit schelte: aber ich weiß, ich tue Dir unrecht. Die Uhr muß endlich zu Ende laufen, und die Zeit kommen, auf die ich warte; mit diesem Gedanken beruhige ich mich, bis ich Dich wiedersehe. – Lebe wohl.

33

William Lovell an Eduard Burton

Chambery.

Ich gehe itzt schon den Örtern entgegen, wo ich so hohe Entzückungen erwarte. – Mortimer hat mich in Lyon verlassen und ist nach England zurückgegangen, sein Onkel ruft ihn dahin, Rosa und Balder sind meine Gefährten. So ungleich sich auch ihre Charaktere sind, so liebe ich sie doch itzt beide fast gleich stark; ich fange an, mich mit Empfindungen und ihren Äußerungen zu versöhnen, die ich sonst haßte, ich schätze am Menschen die Talente, ohne seine Fehler zu übersehn, es überrascht mich nur selten mein ehemaliges Vorurteil, daß ein einziger Fehler mir einen Menschen durchaus verhaßt macht.

Die Reise bis hieher hat mir außerordentlich viel Vergnügen gemacht, so viele frohe Gesichter, so viele Feste in den Dörfern, ich habe mit Innigkeit an die Jahre meiner Kindheit bei manchen ländlichen Spielen der Dorfjugend zurückgedacht. – Allenthalben die schönste Natur, die keine trübe oder menschenfeindliche Empfindung duldet; schönes Klima, Sonnenschein, – alles hatte mich in eine wollüstige Trunkenheit versetzt, in der ich mich oft ganz vergaß und wie ein Kind der Natur bloß die frohe Empfindung eines erquikkenden Daseins fühlte.

Wie oft hab' ich Dich an meine Seite gewünscht! Allein zu genießen und einsam zu trauern ist gleich lästig; Balder ist zu melancholisch, zu stumpf für den Eindruck der Freude, Rosas Empfindung zu flüchtig und keiner eigentlichen Begeisterung fähig; – o Eduard, Du fehlst mir noch sehr oft, diese brüderliche Seele hat mich noch nirgends wieder begrüßt, ich werde sie vergebens suchen. – Könnt' ich doch Dich und Amalien an mein schlagendes Herz drücken; in einer unaufhörlichen Erinnerung an eure Liebe habe ich mein Verbrechen gegen Amalien abgebüßt, ich bin itzt wieder ihrer würdig.

Dein nächster Brief wird mich in *Genua* treffen. Lebe wohl.

William Lovell

Drittes Buch

1

Mortimer an Karl Wilmont

London.

Ich habe Dich nicht in London getroffen, ich schließe daraus, daß Du noch in Bonstreet bist.

Ich bin so schnell hiehergereist, als es nur möglich war, aber dennoch vergebens, – er war schon tot, schon begraben als ich in das Haus trat. Ich habe nur sein Grab besuchen können. – Bis itzt hat mich noch kein Vorfall in meinem Leben so tief geschmerzt, als daß ich dem guten Manne nicht seine letzte Freude, seine letzte Hoffnung habe erfüllen können; er hat vielleicht in seinem Bette so oft nach mir geseufzt, so oft nach der Türe gesehn, in die ich hereintreten sollte, und immer ist sein Erwarten umsonst gewesen. – Karl, wir fühlen es nie so lebhaft, wie viel uns ein Mensch ist, als von dem Augenblicke seines Todes an. Wenn wir auch ein Wesen nicht ganz mit unsrer innigsten Liebe umfangen, so erregt doch der Gedanke nach seinem Tode, er *war* und *ist* nicht mehr, einen bangen Schauder in unsrer Seele, eine seltsame trübe Empfindung, die unser Herz zusammenzieht.

Doch, genug davon, so viel ich Dir auch noch über dieses Thema sagen könnte, nur hat mir dieser Tod auf einige Wochen alle Freuden verbittert. Ich hätte gegen Fragmore von Jugend auf dankbarer sein können, erst itzt fallen mir die mannichfaltigen Beweise seiner Liebe gegen mich ein, ich nahm seine mürrische Laune stets von einer zu ernsthaften Seite, mit einer kindischen Empfindlichkeit sucht' ich oft mühsam manchen seiner Äußerungen die schlimmste Bedeutung zu geben: – ach Karl, der Mensch ist ein schwaches Geschöpf, wie manche Streiche spielt ihm seine Eitelkeit und seine Selbstliebe, trotz allen philosophischen Vorsätzen! –

Meine und Fragmores Verwandten scheinen durch meine Ankunft in eine Art von Schrecken versetzt, wir stehn auf einem fast freundschaftlichen Fuße miteinander; und da er ihnen gewiß Legate ausgesetzt hat, so hoff' ich, daß sich bei der Eröffnung des Testamentes alles ohne Prozeß entwickeln werde.

Wenn meine Bitten etwas über Dich vermögen, so komm nach London und leiste mir wenigstens einige Wochen über Gesellschaft. Ich bin so trübsinnig, daß Du mich kaum wiedererkennen wirst, meine gute Laune kann nur durch einen Freund wieder geweckt werden, der mich so genau kennt, wie Du. – Verlaß einmal Bonstreet und erbarme Dich einer armen, verlassenen Seele die Deiner so sehr bedarf, ich möchte oft zu Lovell zurückreisen, um mich in Italien zu zerstreuen: aber ich bin auch des Herumwanderns so müde, daß es mir ordentlich wohl tut, die Türme und Häuser meiner Geburtsstadt einmal wieder so dicht vor mir zu haben.

Der alte *Lovell*, den ich itzt mehrmals besucht habe, gehört zu den schätzbarsten Leuten, die ich je habe kennen lernen. Ohne die Prätension, die bei vielen Gelehrten von Profession ebenso lästig als lächerlich ist, verbindet er eine große Menge von Kenntnissen mit ebenso vielen Erfahrungen und einem sehr ausgebildeten Verstande. Er empfindet ebenso fein als tief und steht von den kalten Menschen ebenso weit als von denen mit glühenden Gefühlen entfernt, er verehrt die Philosophie und liebt die Künste, ohne an ihnen mit Enthusiasmus zu hangen: aber vorzüglich wert ist er mir durch diese innige Menschenliebe geworden, mit der er jedem Unglücklichen entgegenkommt, durch diese Bereitwilligkeit, mit der sein Mitleid so schnell als seine Hülfe dem Elenden zugesichert wird. – Für sich selbst empfindet er weniger, als für andre, denn er verbirgt gänzlich den Gram, den ihm der Prozeß mit dem Lord Burton notwendig machen muß, besonders da die Umstände für ihn nichts weniger als günstig sein sollen. Ich nehme, seit ich ihn mehr kenne, den wärmsten Anteil an allem, was ihn betrifft: so wie ich, sind alle seine Bekannte seine Freunde. –

Auch Deine Schwester habe ich mehrmals gesehn, sie grämt sich über Lovells Abwesenheit, der sie wahrscheinlich öfter vergißt, als sie ihn, wie es denn überhaupt wohl gewiß ist, daß das Herz eines zarten weiblichen Geschöpfs fester und inniger an dem Gegenstande ihrer Liebe hängt, ihm mit weit schönern und bleibendern Gefühlen entgegenkömmt, als ihr der Mann jemals zurückgeben kann. Er ist mir hundertmal ihr gegenüber eingefallen, daß ich glücklich sein würde, wenn sie diese Anhänglichkeit und Liebe zu mir herübertragen könnte; ich habe oft lange und aufmerksam die zarte und geistreiche Bildung ihres Gesichtes studiert. – Die Physiognomie Deiner Schwester gehört zu den interessantesten, zu denen, die im flüchtigen Vorüberstreifen das Auge nicht fesseln, die aber im stillen den Blick auf sich locken, unvermerkt das Herz in Bewegung setzen und ein bleibendes Bild in der Phantasie zurücklassen. Ich habe hundertmal geträumt – doch, lebe wohl, wer wird alle seine Träume erzählen? Ich bin jedesmal aufgewacht, und wenn ich auch niemals Dein Schwager sein werde, so sei doch überzeugt, daß ich unaufhörlich bleibe

Dein Freund *Mortimer.*

2

Karl Wilmont an Mortimer

Bonstreet.

Ja Freund, bald, vielleicht in wenigen Tagen seh' ich Dich wieder, es ist endlich Zeit, daß ich Bonstreet verlasse. Oder ich hätte es vielmehr früher verlassen sollen, denn um meine ganze Ruhe wieder mitzubringen, ist es itzt zu spät. – Wie viele Lächerlichkeiten und Widersprüche im menschlichen Leben! – Seit Monaten trag' ich mich nun mit einer Wunde herum, deren Verschlimmerung ich recht gut wahrnahm, die ich aber nicht zu heilen suchte, außer itzt, wo sie vielleicht unheilbar ist. Manche Moralisten mögen dagegen sagen, was sie wollen, *ich* wenigstens finde gerade darin einen Trost, daß ich an meinem Schaden selber schuld bin, ich weiß, wie er nach und nach durch meine eigene Nachlässigkeit entstanden ist, und indem ich der Geschichte dieser Entstehung nachgehe, und für jede Wirkung eine hinreichende Ursache entdecke, falle ich unvermerkt in eine Art von Philosophie, und gebe mich so über das Unabänderliche zufrieden. – Ein Unglück würde mich im Gegenteile toll machen können, das so mit einemmale, wie aus den Wolken auf mich herabfiele, wo unser Verstand sich lahm räsoniert, die Ursache davon aufzufinden, – ein Rippenstoß den mir eine unsichtbare Hand beibringt: – nein, diese Ergebung in das Schicksal, Vorsehung, Zufall, oder Notwendigkeit, wie man es nennen mag, ist mir völlig undenkbar. Ich fühle gar keine Anlage in mir zu dieser Art von christlicher Geduld. Der Himmel gebe daher nur, daß ich so, wie bis itzt geschehn ist, an allem, was ich leide, selber schuld sein möge, weil ich sonst wahrscheinlich ein großes Lärmen und Geschrei anfangen würde, um mich wenigstens selbst zu betäuben.

Ich weiß nicht, ob ich es ein Glück oder Unglück nennen soll, daß *Emilie* gegen meine Liebe (denn ich will das Ding nur ungescheut bei seinem rechten Namen nennen) nicht gleichgültig ist. Mich wundert, daß noch kein Franzose diese Idee zum Sujet einer Tragödie gewählt hat, denn sie ist wirklich so tragisch, als nur irgend eine in einem französischen Trauerspiele sein kann. Es ist eine Tantalusqual, die zu den ausgesuchtesten und raffiniertesten gehört, etwas recht lebhaft zu wünschen, und doch die Erfüllung seines Wunsches nicht gern sehn zu dürfen. Denn wenn Emilie mich liebt, muß sie sich notwendig unglücklich fühlen, ich reise bald fort, ihr

Vater projektiert wahrscheinlich eine reiche Heirat, – ach, was weiß ich alles, wie viele hundert Umstände sich miteinander verschwören können, um einem guten frohen Menschen die Freuden seines Lebens zu verbittern? – Ich mag gar nicht lebhaft daran denken, so wenig wie an meine Abreise; und doch hab' ich sie in wenigen Tagen festgesetzt.

Wenn man etwas mit sich selber vertraut ist, so muß man sehr oft über sich lächeln. Man nimmt sich manchmal sehr ernsthaft zusammen; mit aller Gravität setzt sich der Verstand in seinen Großvaterstuhl und versammelt alle Leidenschaften und Launen um sich her und hält ihnen eine gesetzte und ernsthafte Rede alsdenn folgendermaßen: – »Hört, meine Kinder, ihr werdet es wahrscheinlich alle wissen, wie das Wesen, welches Mensch heißt, von uns in Gesellschaft bewohnt und abwechselnd regiert wird: ihr werdet es ebenfalls wissen, (oder wenn es nicht der Fall sein sollte, so bitt' ich euch inständig, diesen Umstand wohl in Überlegung zu ziehn,) wie mir, als dem gescheitesten unter euch allen, die Oberherrschaft unter euch anvertraut worden ist. Einige unter euch aber sind widerspenstig und ungehorsam, du zum Beispiele« (er wendet sich hier an einen von ihnen, an die Liebe, oder den Zorn, oder die Eifersucht, u. s. w.) »drohst mir beständig über den Kopf zu wachsen. Aber lieben Freunde, alles dies erzeugt nichts als innerliche Zerrüttung und Verderben, bedenkt, daß ihr den sogenannten Menschen dadurch ins Unglück stürzt, der euch am Ende selbst deswegen verwünschen wird, wie man denn davon mehrere Beispiele hat. Um das innere Glück und die Ruhe zu erhalten, müßt ihr also notwendig meine Oberherrschaft anerkennen und euch willig unter meinem Szepter schmiegen, denn sonst scheine ich hier ganz entbehrlich zu sein. Wir wollen darum von nun an ein neues Regiment anfangen, und ich lebe der Zuversicht, daß ihr in Zukunft artiger und bescheidener sein werdet. – Nicht wahr?« – Dann neigen sich alle, und sagen ein demütiges *»Ja«*, obgleich einige heimlich unter der Hand lachen, oder nur etwas in den Bart brummen, was ebenso gut

»Nein«, als *»Ja«* heißen kann. – Sie treten nun in aller Demut ab, und der Verstand fängt an in seinem Großvaterstuhle zu überlegen, was er doch eigentlich für ein herrlicher Mann sei, der alles so hübsch unter dem Pantoffel halte; er macht Entwürfe, wie er künftig immer mehr seine Herrschaft ausbreiten wolle, daß auch am Ende nicht die kleinste Neigung, der leiseste Wunsch, ohne seine Einwilligung aus ihren Schlupfwinkeln hervortreten sollten. Seine großen Plane wiegen ihn nach und nach in einen süßen Mittagsschlummer, bis ihn ein taubes Gelärme, Getobe, Gekreische, gar unsanft wieder erweckt? – »Was ist denn schon wieder vorgefallen?« fährt er auf. – »Ach! da hat die verdammte Liebe wieder tausend Streiche gemacht, – da hat sich die Eifersucht den Kopf blutig gestoßen und in drei andre Köpfe gar Löcher geschlagen, – da ist der Zorn mit einem durchgegangen, – ach, es läßt sich nicht erzählen, wie viele Unglücksfälle sich indes ereignet haben.« – Der Verstand schlägt die Hände über den Kopf zusammen und muß nun mühsam wieder alles ins Geleise bringen; oft aber legt er, wie ein Regent, der kein Mittel sich zu helfen sieht, plötzlich die Regierung nieder, entwischt aus seinem eigenen Lande – und dann ist alles verloren, in einer ewigen Anarchie zerrüttet sich der Staat selbst. – Der letzte Fall wird hoffentlich nie bei mir eintreten, aber der erste wahrscheinlich noch oft.

So hatt' ich mir gestern fest vorgenommen, gegen Emilien kälter und zurückgezogener zu sein, ich hatte mir alle Gründe dazu so dicht vor die Augen gestellt, daß es mir nicht anders möglich war, sie *nicht* zu sehn, als geradezu die Augen dicht zuzudrücken. Ich hatte mir ein ordentliches Schema gemacht, wonach ich handeln wollte, und mir bestimmt alle Linien vorgezeichnet, um in keinem Umstande zu fehlen. – Aber mir geht es oft wie einem ungeschickten Billardspieler, der der Kugel seines Gegners eine ganz andre Richtung gibt, als er wollte, oder sich gar selber verläuft. Denn kaum hatte ich meinem festen, unwandelbaren Vorsatze noch die letzte Kraft gegeben, als mir Emilie im Garten, als geschähe es mir zum Possen, begegnete. – Nun hast Du ja die schönste Gelegenheit, dacht' ich bei mir, zu zeigen, wie viel deine Vernunft über Dich vermag, widerstehe der Versuchung wie ein Mann. – Ich wich ihr daher nicht aus, sondern wir gingen unter gleichgültigen Gesprächen auf und ab. Meine Kälte schien Emilien selbst zu befremden, sie äußerte dies einigemal im Gespräche; aber ich hielt mich standhaft und freute mich ordentlich innerlich über meine wundergroße Seelenstärke. – Von ohngefähr gingen wir an einem Rosenstrauche vorbei und Emilie brach mit der unnachahmlichen liebenswürdigen Unschuld eine Knospe ab, die soeben ihren Busen entfaltet hatte und reichte sie mir mit jener zärtlichen Unbefangenheit, die sich durch keine Worte ausdrücken läßt. Ich kam mir in diesem Augenblicke mit meinen Vorsätzen so albern und abgeschmackt vor, so nüchtern und armselig, daß – daß ich ihr hätte zu Füßen sinken und Abbitte tun mögen. – Ich weiß nicht, wie es geschah, aber plötzlich kam der Geist Lovells über mich, – ich drückte mit Entzücken die Rose an meine Lippen. – Unser Gespräch nahm itzt eine andre und empfindsamere Wendung, ich hatte Abreise und alles vergessen und sprach mich mit der größten Unbesonnenheit in eine Wärme und Vertraulichkeit hinein, die sich nachher mit einer völligen Erklärung meiner Liebe endigte.

Emilie stand verwirrt, erfreut und betrübt zugleich, wie mir es schien, sie wagte es nicht, mir zu antworten, sie hatte meine Hand gefaßt und drückte sie schweigend, aber herzlich, – o lieber Mortimer, ich hätte einige Jahre meines Lebens darum gegeben, wenn ich diesen Moment der Seligkeit hätte fesseln, und nur auf einige Stunden festhalten können. – Bedaure meine Umwandelung, denn aus diesem einzigen Zuge kannst Du sehen, wie weit es mit mir gekommen ist. – Der Vater traf uns in dieser Stellung; wir waren beide etwas verlegen und *Burton* warf einen Blick auf mich, – o könnt' ich Dir doch diese tötende Kälte, diesen Argwohn, Menschenhaß und diese Bitterkeit beschreiben, die in diesem einzigen streifenden Blicke lagen. – Dies hat mich vollends bestimmt; ich reise, ich komme zu Dir.

Emilie ist indes in meiner Gegenwart in einer beständigen liebenswürdigen Verwirrung gewesen, so heimlich vertraulich und dann wieder so plötzlich zurückgezogen, so entgegenkommend und freundlich, – aber ich reise dennoch, ich reise eben deswegen. Arme Emilie! und armer Karl!

Doch, was helfen alle Klagen? Die Welt wird darum doch nicht anders, unsre Verhältnisse werden von dem Wehen unsrer Seufzer nicht umgeworfen. So wenig Laune mir auch übrig geblieben sein mag, so wollen wir doch beide versuchen, uns gegenseitig zu trösten; die Freundschaft hat über das Gemüt eine sehr große Gewalt, in Gesprächen, in hundert kleinen Zerstreuungen verlieren sich endlich jene trüben Empfindungen, eine Freude wäscht nach der andern den Gram aus unserm Herzen, – ja, wir wollen dennoch froh miteinander sein. Man kann sich gegenseitig tausendfaches Vergnügen erschaffen und die gewöhnlichen Freuden erhöhen; in des Freundes Gesellschaft sprießen auch Blumen aus dem dürrsten Boden, man lacht und freut sich über tausend Kleinigkeiten, die man in der Einsamkeit kaum bemerken würde. – O, ich fange wieder an, aufzuleben, wenn ich mir alles dies in einem schönen Lichte und recht lebendig denke. – Vielleicht machen wir auch beide eine kleine Reise nach Schottland, ein Verwandter hat mich schon seit langer Zeit dorthin eingeladen. –

Ich wundre mich, daß ich mir die Mühe gebe, Dir so vieles zu schreiben, da wir uns nun bald mündlich sprechen können, – darum werfe ich die langsame und langweilige Feder aus der Hand und drücke Dich dafür um einige Minuten eher in meine Arme. – Lebe wohl.

3

Karl Wilmont an Eduard Burton

London.

Gott weiß, wie ungern ich Sie verlassen habe, um London wiederzusehn; zwar hab' ich hier meine Eltern, meine Schwester und meinen Freund Mortimer gefunden, aber Ihre Gesellschaft und die schöne Gegend bei Bonstreet fehlt mir doch in jeder Stunde. Aber wie wenig Augenblicke gibt es auch im Leben, wo man nicht irgend etwas zu entbehren glaubt? ich will mich also trösten, so gut ich kann.

In London steht alles noch ziemlich so, wie ich es verließ, ob ich gleich nach meiner ziemlich langen Abwesenheit tausend Dinge anders zu finden glaubte. Aber man beklatscht noch die elenden Stücke und schläft bei den guten ein, man glaubt noch ebenso gern jede erdichtete Neuigkeit, man leidet noch ebenso viel von der Langenweile, als ehedem.

Ich habe große Lust eine Reise nach Schottland zu machen; man hat mich sehr freundschaftlich dorthin eingeladen, und in London wird mir die Zeit etwas lang, ich weiß selbst nicht, woran es liegt, aber jeder Tag gähnt mich hier an, ich wünsche Veränderung, neue Gegenstände, – Mortimer ist zwar mit diesem Vorsatze sehr unzufrieden, allein er wird sich doch am Ende darin finden müssen. – Wie leben Sie itzt und Ihre liebenswürdige Schwester in Bonstreet? – Aber warum frag' ich denn? Notwendig angenehm, da es vielleicht nur wenig Menschen so wie Sie verstehn, allenthalben Genuß und Freude um sich anzupflanzen, Sie können auf keine öde Stelle in Ihrem Lebenslaufe treffen, ohne sie urbar zu machen. Glücklich, wer so wenig von den Dingen außer sich abzuhängen braucht!

Mortimer fängt an, sich für meine Schwester sehr zu interessieren, und mir selber kömmt sie klüger vor, als jemals; aber mich wundert es dennoch, wie sie der verständige Mortimer so überaus liebenswürdig finden kann; vielleicht rührt mein

Erstaunen aber auch nur daher, daß ich indes eine *Emilie* näher habe kennen lernen.

Glauben Sie um alles in der Welt nicht, daß ich die Absicht habe, zu schmeicheln, ich hasse nichts mehr als jene leeren Komplimente, womit sich manche Leute die Zeit vertreiben; ich wünsche nichts mehr, als daß es einmal wieder in der Welt Mode würde, so zu reden, wie man denkt; darum glauben Sie mir auch, wenn ich Ihnen endlich noch sage, daß ich mit inniger Hochachtung bin

Ihr aufrichtiger Freund.
Karl Wilmont.

4

Der Lord Burton an den Advokaten Jackson

Bonstreet.

Sie werden sich vielleicht wundern, hochgelehrter Herr, von einem Manne einen Brief zu erhalten, gegen den Sie itzt für Mylord Lovell arbeiten. Da mir Ihre Gelehrsamkeit und glückliche Praxis schon seit lange bekannt war, so hatt' ich den Entschluß gefaßt, Sie um Ihre Bemühungen zu meinem Besten zu ersuchen: als mir Lovell hierin zu meiner größten Unzufriedenheit zuvorkam. Ich bin überzeugt, daß er durch diesen einzigen Schritt den größten Vorteil über mich gewonnen hat, da es mir zu gleicher Zeit leid tut, die Summen, die ich Ihnen bestimmt hatte, an geringere Talente zu verschleudern, und ich überdies weiß, daß Mylord Lovell nie Ihren Fleiß und Ihre Verdienste hoch genug anschlagen wird. Da Sie Ihr Genie nun gar für eine ungerechte Sache aufwenden, so geht Ihre Bemühung in jeder Rücksicht verloren. – Da Sie mir selbst nun zwar nicht mehr dienen können, wollte ich Sie wenigstens darum bitten, sich von Ihrem Eifer nicht zu einer eigentlichen *Erbitterung* gegen mich verleiten zu lassen.

Indem Sie auf die Seite der einen Partei treten, müssen Sie zwar der Widersacher, aber darum doch nicht der Feind der andern werden; diese Erinnerung entsteht bloß aus der Achtung, die ich für Ihre überwiegenden Fähigkeiten habe, die selbst einer ungerechten Sache den Schein des Rechts geben könnten. – Sie würden mich sehr verbinden, wenn Sie mir in einer kleinen Antwort deutlich machten, wie wenig meine Besorgnisse gegründet oder ungegründet sind.

5

Der Advokat Jackson an den Lord Burton

London.

Hochgeborner Herr,

Meine Bemühungen gegen Ew. Gnaden aufzuwenden, ward mir schon seit einigen Wochen eine unangenehme Pflicht, da ich von der Rechtmäßigkeit der Sache, für die ich streite, nicht überzeugt werden kann; seit ich aber durch Ew. Gnaden Neuliches mit der Vortrefflichkeit und dem Edelmute der Gesinnungen meines hochgebornen Herrn bekannt bin, so fühlt Ihr untertänigster Diener seitdem die Last seines Geschäftes doppelt. Es wird daher stets unmöglich sein, niedrig genug zu denken, gegen eine nicht unrechtmäßige Sache mit Erbitterung zu streiten, oder einen Herrn zu beleidigen, für den ich die tiefste und innigste Verehrung empfinde, und Ew. Gnaden können versichert sein, daß ich nichts eifriger wünsche, als daß meine itzigen Verhältnisse mich nicht zurückhielten, um ganz zu zeigen, wie sehr ich bin

Meines Hochgebornen Herrn
Ergebenster und untertänigster Knecht.
Jackson.

6

Burton an den Advokaten Jackson

Bonstreet.

Ihre Antwort hat mir viele Freude gemacht, denn ich sehe daraus, daß ich nun vielleicht etwas ruhiger sein kann. Ich wünschte nur, daß Sie zu meiner Freundschaft ein ebenso großes Vertrauen hätten, als ich zu Ihren Talenten habe, dann könnte ich noch um vieles unbesorgter sein; dann könnte ich glauben, daß die Absicht meiner Feinde gewiß nicht gelingen werde. Ich kann und darf Sie itzt auf keine Weise überreden, Lovell zu verlassen und auf meine Seite überzutreten; aber da Sie von der Unrechtmäßigkeit der Sache, für die Sie streiten, überzeugt zu sein scheinen, und da ich sehe, daß ich mit einem braven und verständigen Manne spreche, so hätte ich Ihnen vielleicht einen andern Vorschlag zu tun. – Wenn es unsre Pflicht ist, nach unsrer Überzeugung zu handeln, und das Gute zu befördern, so viel wir können: warum wollen wir uns denn ängstlich an die äußere Form der Sache halten und nicht mehr auf unsern Endzweck selber sehn? Wer kann es mir verbieten, Ihre Talente und Ihre Freundschaft für mich auf das reichlichste zu belohnen, selbst wenn sie auch in einem Prozesse mein Gegner sind, und welche vernünftige Ursache kann Sie zurückhalten, zu meinem Vorteile zu handeln, da dieser mit Ihrer Überzeugung zusammentrifft? Warum sollte man hier den günstigen Zufall unbenutzt lassen, der Sie gerade an einen Ort gestellt hat, wo sie mehr für mich tun können, als mein eigner Advokat? Etwa darum, weil es nur *Zufall* ist? Als wenn der Lebenslauf des Weisen und des Toren sich nicht eben dadurch am meisten unterschiede, daß dieser hin und her schweift, hier die günstige Gelegenheit rechts, dort eine andre links liegen läßt; der Verständigere aber jede Kleinigkeit in seinen Plan und Nutzen verbindet und es eben dadurch bewirkt, daß es für ihn keinen

Zufall gibt! – Ich bin überzeugt, daß ein so vernünftiger Mann, wie Sie, hier nicht lange voller unnützen Zweifel wählen wird. In dieser Hoffnung bin ich

Ihr Freund und Beschützer.
Lord Burton.

Nachschrift. Ich mache es, weil dies allenthalben meine Gewohnheit ist, zur Bedingung unsrer Korrespondenz, daß Sie mir diesen, wie meinen ersten Brief und alle etwanigen künftigen Briefe zurückschicken; wenn Sie es verlangen, will ich mit den Ihrigen ebenso verfahren.

7
Willy an seinen Bruder Thomas

Florenz.

Wir sind nun, lieber Bruder, schon mitten in dem sogenannten Italien, wo mir alles hier herum so ziemlich gut gefällt. Was mir immer närrisch vorkömmt, ist, daß in jedem Lande so eine eigne Sprache Mode ist, so daß mein gutes Englisch hier kein Mensch versteht, und ich verstehe wieder oft gar nicht, was die Leute von mir wollen. Wir sind über Sawogen und Genua gereist, aber allenthalben wird Italiänisch gesprochen, ob wohl gleich die närrischen Sawegarden nicht zu gut dazu wären, auch einmal Englisch zu reden; aber es ist, als wenn sich alle Leute hier meiner Muttersprache schämten.

Wir sind über hohe Gebirggegenden einigemal weggegangen; wie einem doch von da Gottes Welt so groß und herrlich aussieht! Ich kann Dir nicht sagen, Thomas, wie sehr ich mich manchmal gefreut habe, aber die Tränen traten mir doch oft in die Augen, wie ich denn überhaupt manchmal etwas wie ein altes Weib bin, wie Du wohl auch ehemals zu sagen pflegtest. Aber ich kann's nicht ändern, wenn sich mir das Herz umkehrt, wenn ich so von einem Steinfelsenberge so viele Meilen ins Land hineinsehe, Äcker, Wiesen und Flüsse und Berge gegenüber und die Sonne mit den roten Strahlen dazwischen, – und dabei gesund und froh! O Thomas, es ist ums Reisen eine herrliche Sache, ich wollt' es Dir zeitlebens nicht abraten, wenn Du jemals zu einer Reise Gelegenheit hast. – Was mir ganz ein Rätsel werden könnte, ist, wie man unter Gottes schönem Himmel so betrübt und verdrüßlich sein könnte, als mir der Herr *Balder* zu sein scheint. Er tut wahrhaftig unrecht daran. Aber er sieht manchmal aus, wie ein armer Sünder, der am folgenden Morgen gehängt werden soll, so verloren und kümmerlich; dem guten Manne muß doch irgend etwas fehlen, denn sonst, Thomas, würde ich ihn für eine Art von Narren halten, wie es wohl zuweilen etliche bei uns in England gibt, die sich freventlich und vorwissentlich totschießen können, ohne daß sie selber eigentlich wissen, was sie wollen. – Beim Totschießen fällt mir doch auch etwas ein, was ich Dir noch zu erzählen vergessen hatte, denn das Gedächtnis fängt bei mir an in Verfall zu geraten und man sieht und erlebt so viele Dinge und mancherlei, Bruder, daß mir manchmal ist, als wenn ich in einem Traume läge und alle Sachen umher gar nicht da wären. – Wir fuhren einmal sehr langsam einen steilen Berg herunter, mein Herr William aber ritt zu Pferde, um die Gegend etwas genauer sehn zu können und neben ihm ritt ein gewisser kleiner Bedienter des Herrn Rose, den er sich noch aus Frankreich mitgenommen hat, weil er ihn so gern leiden mag, wie es denn auch wirklich ein sehr artiger und flinker junger Bursche ist. Wir alle bekümmerten uns nicht viel um den Herrn William und er blieb eine gute Strecke hinter uns zurück, dieser *Ferdinand*, von dem ich eben geredet habe, ritt auch zu Pferde neben ihm her. Mit einemmale hörten wir hinter uns etliche Schüsse, – und nun, Thomas, hättest Du sehen sollen, wie alles so geschwind aus dem Wagen sprang und wie schnell ich von meinem Bocke herunter war, – es war, als hätten wir alle auf Pulver gesessen, das eben anbrennen wollte. – Wer geschossen hatte, das war niemand anders als mein Herr William, fünf Spitzbuben und der junge Ferdinand gewesen; einer lag schon davon tot auf dem Boden, das war aber zum Glücke nichts weiter, als einer von den Spitzbuben. Der Herr William sagte uns, er wäre in großer Gefahr gewesen, aber Ferdinand hätte ihm meistenteils durch seine Courage sein Leben errettet, worüber wir uns denn alle gar gewaltig wunderten, besonders aber der Herr Rose, denn man sieht es wirklich dem jungen Burschen gar nicht an; aber so geht es oft in der Welt, Thomas, der Schein betrügt und aus einem Kalbe kann mit Gottes Hülfe bald ein Ochs werden, und darauf hoffen wir auch alle itzt bei dem jungen Ferdinand, aus dem gewiß noch mit der Zeit ein ganzer Kerl wird, da er schon so früh anfängt, sich tapfer zu halten. – Er eben hatte den einen Spitzbuben totgeschossen und war einem andern mit seinem Hirschfänger nachgejagt, als sich mein Herr indes mit den andern beiden herumbalgte. So waren sie endlich Sieger geworden. Mit tut es leid, daß ich dabei nichts weiter habe tun können, als zusehn, und auch das nicht einmal recht, denn wir kamen erst hin, als alles schon vorbei war. Ich hätte mich mit Herzenslust auf meine alten Tage noch gern einmal mit jemand durchgeschlagen und wär's auch nur ein Spitzbube gewesen, denn sie sind im Grunde doch auch Menschen, und wenn sie anfangen zu schießen und zu stechen, so treffen ihre Kugeln oft besser, als die von ehrlichen Leuten; wie denn die ehrlichen Leute überhaupt selten so viel Glück haben, als die Spitzbuben; ich denke immer, daß es eine kleine Genugtuung für sie sein soll, daß sie nicht ehrlich sind; – doch, das weiß Gott allein am besten, und darum will ich mir den Kopf darüber nicht zerbrechen.

Wir sind itzt in *Florenz*, aber schade, daß wir etwas zu spät angekommen sind. Da hab' ich nämlich mit Wunder und Erstaunen gehört, wie hier mitten im Sommer viele Pferde ein großes Wettrennen halten müssen, ganz allein nämlich und nach ihrem eignen Kopfe; ich meine nämlich, daß keiner darauf reitet. Das muß herrlich anzusehen sein, und es sollen auch dann immer eine große Menge von Menschen hieherkommen, um es zu sehn. Das ist nun auch gewiß der Mühe wert. – Was das lustigste dabei ist, ist, daß den Pferden bei der Gelegenheit eiserne Kugeln mit Sporen über den Buckel gelegt werden, wenn sie nun anfangen zu laufen, so stechen sie sich damit selbst und ganz freiwillig, weil die Kugeln immer hin und hergehn. Wenn die Pferde nur etwas mehr Verstand hätten, so könnte man sie so auf die herrlichste Art ganz allein Kurier reiten lassen, aber dazu fehlt ihnen noch bis jetzt die Einsicht; ob ich freilich wohl in England ein Paar Pferde gesehn habe, die so viele Kunststücke machten, daß sie gewiß mehr Verstand haben müssen, als etliche von meinen besten Freunden; ja manches darunter hätte ich selber nicht nachmachen können. Aber die Gaben sind oft wunderlich verteilt.

Von den Gemälden, und vielen andern Sachen, die wir hier alle Tage besehen, kann ich nicht viel halten, ich weiß freilich nicht warum, aber sie gefallen mir doch nicht recht. Mitunter sind einige freilich wohl recht schön, manchmal ist das Obst so natürlich, daß man es essen möchte, von diesen hält mein Herr und Herr Rose aber gar nicht viel. Aber wenn ein Gemälde gut sein soll, so muß es doch die Sache, die es nachmachen will, so natürlich nachmachen, daß man sie selber zu sehn glaubt; aber das ist bei den übrigen großen Gemälden gar nicht möglich. So glaub' ich immer, daß die Maler aus der römischen Schule, (so heißen die Gemälde die mir nicht gefallen wollen) keinen recht guten Schulmeister gehabt haben, der nicht strenge genug mit ihnen umgegangen ist, oder er hat selber seine Sachen nicht recht verstanden, denn sonst würden sie wohl vieles besser und natürlicher gemacht haben. – Herr William hält aber diese Gemälde gerade für die schönsten, ich glaube aber, daß Herr Rose daran schuld ist, weil der aus Rom gebürtig ist.

An den Statüen finde ich auch nichts besonders; die, welche sich als Antiken ausgeben, wollen mir gar nicht gefallen, diese sollen viele tausend Jahre alt sein, aber das Alter ist vielleicht das beste an ihnen; manche sehn auch schon ganz verfallen und ungesund aus. An allen diesen Arten von Künsten ist nicht viel, es sind mit einem Worte brotlose Künste.

Lebe wohl, lieber Bruder Thomas, und denke oft an mich; ich denke sehr oft an Dich, und wünsche Dich oft her, besonders wenn mir die Zeit lang wird, und das ist doch manchmal der Fall. Bleibe mein Freund, wie ich

Dein Bruder.

Willy.

8

William Lovell an Eduard Burton

Florenz.

Ich schreibe Dir, mein Eduard, in einer großen Begeisterung, in die mich die Reise, die schöne Natur umher, versetzt. – So bin ich denn nun in dem Lande, nach welchem schon in meiner Kindheit alle meine Wünsche flogen, wo meine Phantasie sich anbaute und einheimisch ward? Es macht mir ein seltsames Gefühl, wenn ich daran denke, daß ich die Gegenden, die Dinge nun *wirklich* vor mir sehe, nach denen mein Auge so lange schmachtete, die ich nur im Traume sah. Vieles entspricht meinen Erwartungen, vieles übertrifft sie, aber so manches bleibt auch hinter ihnen zurück, wie es denn natürlich bei solchen Gegenständen immer der Fall sein muß, die wir seit Jahren mit unsrer erhitzten Phantasie besuchen, und alles ausschmücken und in das reizendste Licht stellen. Die Kunstwerke der größten Genies sind um mich her versammelt, ich bespreche mich im stillen Anschaun mit den erhabenen Geistern der Künstler, die Natur erquickt meine Seele mit ihren unendlichen Schönheiten. Ich fühle mein Herz oft hoch anschwellen, wenn mich die tausendfältigen Reize der

Natur und Kunst begeistern; o wie sehr wünsche ich Dich dann an meine Seite, um mit Dir zu genießen, um in Deinen trunkenen Augen den Spiegel meiner eigenen Freude zu sehn. Ich vermisse Dich so oft und gerade dann am meisten, wenn ich die übrige Welt umher vergesse; dieser Wunsch erreicht oft einen so hohen Grad der Sehnsucht, daß ich deswegen meine Rückreise wünsche, meinen ruhigen Aufenthalt in England, an einem eingeschränkten, kleinen Platze, völlig eingerichtet, in einer stillen Häuslichkeit, mit Dir und Amalien die einheimischen Freuden genießend. – Der Mensch ist ein seltsames Wesen; im folgenden Moment fühle ich dann wieder so ganz voll und innig das Glück einer unaufhörlichen Veränderung, wo ein neuer Gegenstand den andern drängt, wo mir die unendlichen Schönheiten der reizendsten Natur vorübergehn. Mein Geist schwelgt in der Menge von Genüssen, unaufhaltsam drängt sich meine Phantasie zu tausend Schönheiten, um alle Bilder aufzufassen und sie festzuhalten: So ist meine Reise eine ununterbrochene Trunkenheit, alle meine Sinne sind beständig berauscht, – o dies rasche Wandeln durch die schöne Welt gewährt einen hohen Genuß, man lebt hier in einem Tage oft mehr als in der engen, häuslichen Eingeschränktheit in einem Monate. Schon als Kind, wenn ich vor dem Landhause meines Vaters stand und über die fernen Berge hinwegsah und ganz am Ende des blauen Horizontes eine Windmühle entdeckte: so war mir's, als wenn sie mich mit ihrer Bewegung zu sich winkte, das Blut strömte mir schneller zum Herzen, mein Geist flog zur fernen Gegend hin, eine fremde Sehnsucht füllte oft mein Auge mit Tränen. – Wie schlug mir dann das Herz, wenn ein Posthorn über den Wald ertönte und ein Wagen vom Abhange des Berges fuhr! – Am Abend ging ich traurig und mit trüber Seele in mein Zimmer zurück; meine Gedanken kehrten ungern aus den fernen, fremden Gegenden wieder, die bekannte Heimat umher drückte meinen Geist zu Boden. Wenn ich an jene Empfindungen meiner Kindheit zurückdenke, so empfind' ich meine itzige glückliche Lage um so lebhafter; ich muß oft lachen, wenn ich mich jener Erwartungen erinnere, die ich von einem so fernen Lande, wie Italien, hatte; wie ich damals alles hier von einer fremdartigen Natur verlangte, gleichsam aus einem andern Stoffe zusammengesetzt; welche Vorstellungen ich von manchen Gegenden, so wie von manchen Kunstwerken hatte, – doch verzeih mir mein Geschwätz, was Dich nur wenig interessieren kann, so natürlich mir auch diese Rückerinnerungen sind.

Ich will Dir dafür einen kleinen Vorfall erzählen, der wenigstens in meiner Reise, die bisher an Begebenheiten so leer gewesen ist, einem Abenteuer noch am meisten ähnlich sieht. *Rosa* hat aus Paris einen kleinen Bedienten mitgenommen, einen jungen Burschen, der sich fast vom ersten Tage unsrer Reise an mich vorzüglich attachiert hat; er ist sehr freundlich, willig und gutgeartet, so daß ich ihn sehr gern um mich leiden mag. Von *Chambery* habe ich den größten Teil der Reise zu Pferde gemacht und der muntere *Ferdinand* war sehr oft mein Begleiter, vorzüglich, als wir die piemontesischen Alpen passierten, wo ihm die rauhe Gegend, und die so plötzlich abwechselnden Aussichten ebenso sehr als mir gefielen. Wir verließen an einem trüben neblichten Morgen ein Dorf, das tief im Grunde lag, Rosa und Balder fuhren langsam die Anhöhe hinauf, und ich und Ferdinand folgten zu Pferde. Oben auf dem Berge gab uns die Natur einen wunderbaren Anblick. Wie ein Chaos lag die Gegend, so weit wir sie erkennen konnten, vor uns, ein dichter Nebel hatte sich um die Berge gewickelt, und durch die Täler schlich ein finstrer Dampf; Wolken und Felsen, die das Auge nicht voneinander unterscheiden konnte, standen in verworrenen Haufen durcheinander; ein finstrer Himmel brütete über den grauen, ineinanderfließenden Gestalten. Itzt brach vom Morgen her durch die dämmernde Verwirrung ein schräger, roter Strahl, hundertfarbige Scheine zuckten durch die Nebel und flimmerten in mannigfaltigen Regenbogen, die Berge erhielten Umrisse und wie Feuerkugeln standen ihre Gipfel über dem sinkenden Nebel. – Ich hielt und betrachtete lange die wunderbaren Veränderungen der Natur, die hier schnell aufeinander folgten; ich hatte es nicht bemerkt, daß der Wagen indes vorangefahren war: als ich wieder aufsahe, erblickte ich fünf Menschen, die aus dem nahen Walde auf uns zueilten. Ferdinand machte mich zuerst auf ihr zweideutiges Äußeres, aufmerksam, und als wir noch darüber sprachen und eben im Begriffe waren, unsre Freunde wieder einzuholen, ergriff der eine von diesen Kerln plötzlich den Zügel meines Pferdes, indem ein andrer in eben dem Augenblicke nach Ferdinand schoß, ihn aber glücklicherweise verfehlte. – Ich fühlte mich kalt und wenig verlegen, aber meine beiden Pistolen versagten; Ferdinand aber erschoß sogleich den einen dieser Räuber und stürzte auf die beiden andern mit einem Mute mit seinem Hirschfänger zu, den ich ihm nie zugetraut hätte. Ich verwundete itzt einen zweiten, der sogleich die Flucht ergriff; kaum sahen die beiden übrigen, daß die Kämpfenden nun gleich und wir ihnen zu Pferde selbst überlegen waren, als sie sich auch sehr schnell in den Wald zurückzogen. Rosa und Balder, die die Schüsse hatten fallen hören, kamen itzt herbeigeeilt und bewunderten den Mut Ferdinands, vorzüglich Rosa; Ferdinand schien sich darin sehr glücklich zu fühlen, daß er mich gerettet habe; er sagte, für sich selbst sei er gar nicht besorgt gewesen, aber die Gefahr, in welcher er mich gesehn hätte, habe ihn anfangs sehr erschreckt. Auch der alte *Willy* keuchte itzt den Berg wieder herauf und bedauerte nichts herzlicher, als daß die Spitzbuben schon davongelaufen wären, er hätte sich sonst mit ihnen herumschlagen wollen. – Der Tote ward in das Dorf geschafft, das wir erst kürzlich verlassen hatten; und so endigte sich dieser Unfall mit einer allgemeinen Freude über unsre Rettung.

Der fruchtbare und heitre Herbst gibt den Gegenden hier eine eigentümliche Schönheit; die üppige Natur prangt in diesen Ebenen mit allen ihren Schätzen; das frische Grün, der blaue Himmel über den lachenden Wiesen, erquicken das Auge und die Seele, – und dann am Abend die purpurne Glut über dies Paradies hinschweben zu sehn, das Feuer das in dem geschlängelten Strome noch schöner widerglänzt, – o Eduard, welche Seele, wenn sie nicht von Verbrechen gedrückt wird, fühlt sich in der schönen Natur nicht glücklich, groß und erhaben?

Aber was ist es, (o könntest Du es mir erklären!) daß ein Genuß nie unser Herz ganz ausfüllt? – Welche unnennbare, wehmütige Sehnsucht ist es, die mich zu neuen ungekannten Freuden drängt? – Im vollen Gefühle meines Glücks, auf der höchsten Stufe meiner Begeisterung ergreift mich kalt und gewaltsam eine Nüchternheit, eine dunkle Ahndung, – wie soll ich es Dir beschreiben? Wie ein feuchter nüchterner Morgenwind auf der Spitze des Berges nach einer durchwachten Nacht, wie das Auffahren aus einem schönen Traume in einem engen trüben Zimmer. – Ehedem glaubt' ich, dieses beklemmende Gefühl sei Sehnsucht nach Liebe, Drang der Seele, sich in Gegenliebe zu verjüngen, – aber es ist nicht das, auch neben *Amalien* quält mich diese tyrannische Empfindung, die, wenn sie Herrscherin in meiner Seele würde, mich in einer ewigen Herzensleerheit von Pol zu Pol jagen könnte. Ein solches Wesen müßte das elendeste unter Gottes Himmel sein: jede Freude flieht heimtückisch zurück indem er darnach greift, er steht, wie ein vom Schicksale verhöhnter Tantalus in der Natur da, wie Ixion wird er in einem unaufhörlichen martervollen Wirbel herumgejagt: auf einen solchen kann man den orientalischen Ausdruck anwenden, daß er vom bösen Feinde verfolgt wird. – Man fühlt sich gewissermaßen in eine solche Lage versetzt, wenn man seiner Phantasie erlaubt, zu weit auszuschweifen, wenn man alle Regionen der schwärmenden Begeisterung durchfliegt, – wir geraten endlich in ein Gebiet so exzentrischer Gefühle, – indem wir gleichsam an die letzte Grenze alles Empfindbaren gekommen sind, und die Phantasie sich durch hundertmalige Exaltationen erschöpft hat, – daß die Seele endlich ermüdet zurückfällt: alles umher erscheint uns nun in einer schalen Trübheit, unsre schönsten Hoffnungen und Wünsche stehn da, von einem Nebel dunkel und verworren gemacht, wir suchen mißvergnügt den Rückweg nach jenen Extremen, aber die Bahn ist zugefallen, und so befällt uns endlich jene Leerheit der Seele, jene dumpfe Trägheit, die alle Federn unsers Wesens lahm macht. Man hüte sich daher vor jener Trunkenheit des Geistes, die uns zu lange von der Erde entrückt; wir kommen endlich als Fremdlinge wieder herab, die sich in eine unbekannte Welt versetzt glauben, und die doch die Schwingkraft verloren haben, sich wieder über die Wolken hinauszuheben. Auch bei den poetischen Genüssen scheint mir eine gewisse Häuslichkeit notwendig; man muß nicht verschwenden, um nachher nicht zu darben, – sonderbar! daß ich alles dies vor wenigen Monaten von Mortimer schon hörte und es doch damals nicht glauben wollte! Seit ich es aber selbst erfunden zu haben glaube, bin ich vollkommen davon überzeugt. – Ist dies nicht ein ziemlich kleinlicher Eigensinn?

Doch ich vermeide itzt jene hohen Spannungen der Einbildungskraft, und sie sind auch nicht immer die Ursache, die jenes niederschlagende Gefühl in mir erzeugen, das mich zuweilen wider meinen Willen verfolgt. Keiner, als Du Eduard, kennt so gut den seltsamen Hang meiner Seele, bei fröhlichen Gegenständen irgend einen traurigen, melancholischen Zug aufzusuchen und ihn unvermerkt in das lachende Gemälde zu schieben; dies würzt die Wollust durch den Kontrast noch feiner, die Freude wird gemildert, aber ihre Wärme durchdringt uns um so inniger; es sind die Ruinen, die der Maler in seine muntre Landschaft wirft, um den Effekt zu erhöhen. Dieser Art von feinstem Epikuräismus habe ich manche Stunden zu danken, die zu den schönsten meines Lebens gehören, – aber itzt gewinnen die traurigen Vorstellungen zuweilen so sehr die Übermacht in meiner Seele, daß sich ein düstrer Flor über alle andere Gegenstände verbreitet. Die Reise von Lyon durch Frankreich war die reizendste, allenthalben frohe und singende Winzer, die ihre Schätze einsammelten, – aber viele Meilen beschäftigte meine Phantasie ein weinender Bettler, den ich am Wege hatte sitzen sehn und dem ich im schnellen Vorüberfahren nichts hatte geben können. Mit welchen Gefühlen muß er den Frohsinn seiner glücklichen Brüder angesehn haben, da er gerade sein Elend so tief empfand! Mit welchem Herzen muß er dem schnellen rollenden Wagen nachgeseufzt haben! – Dann so manche kleine Szenen der Feindschaft und Verfolgung, einer kläglichen Eitelkeit, in der so viele Menschen den kleinen Winkel, in dem sie vegetieren, für den Mittelpunkt der Welt halten, – ach, hundert so unbedeutende Sachen, die den meisten Reisenden gar nicht in die Augen fallen, haben mir in sehr vielen Stunden meine frohe Laune geraubt.

Ich gebe Dir recht, wenn Du behauptest, dies sei nichts als eine übertriebene Reizbarkeit der Empfindung, ein Gefühl, das im Grunde eine Art von Hypochondrie sei, – aber diese Art zu fühlen hat mir von je so nahe gelegen und bemeistert sich itzt meiner zuweilen so sehr, daß ich ihr notwendig nachgeben muß. Ich kann mir itzt einen Charakter recht lebhaft denken, der *alles* traurig und melancholisch empfindet, und fühle es innig, wie elend er sein muß. Dieser Gedanke und eine seltsame Art von Schwärmerei haben mich fast auf der ganzen Reise begleitet. Es war mir nämlich oft, als hätte ich eine Gegend oder eine Stadt schon einmal und zwar mit ganz andern Empfindungen und unter ganz verschiedenen Umständen gesehn; ich überließ mich dann dieser närrischen Träumerei und suchte die Erinnerungen deutlicher und haltbarer zu machen und mir jene Gefühle zurückzurufen, die ich ehemals in denselben Gegenden gehabt hätte. So reiht sich dann ein Traum an den andern, ein Spielwerk der Phantasie drängt das andere und man ist endlich ganz aus der Gegenwart herausgerissen. – Oft wehte mich dann aus einem stillen Walde, oder aus einem Tale herauf das schreckliche Gefühl an: »daß ich eben hier wieder wandeln würde, aber elend und von der ganzen Welt verlassen, das Abendrot würde über die Berge ziehn, ohne daß ich auf die Umarmung eines Freundes hoffen dürfte, – das Morgenrot würde wieder aufdämmern, ohne daß meine Tränen getrocknet würden.« Ich betrachtete dann die Gegend genauer, um sie in diesem unglücklichen

Zustande wiederzuerkennen und oft trat mir unwillkürlich eine Zähre ins Auge. –

Aber wie komme ich zu diesen kindischen Vorstellungen? Unvermerkt ist mein froher Brief auf die seltsamste Art traurig und abenteuerlich geworden. Du hast recht, die Melancholie ist ein ansteckendes Übel und ich glaube, daß sie bei mir nur eine fremdartige Krankheit sei, die mir *Balder* mitgeteilt hat. Er macht mich itzt sehr besorgt, denn er ist verschlossener und trauriger als je; zuweilen begegne ich einem seiner verirrten Blicke und ich erschrecke vor ihm. Ich habe schon einigemal in ihn gedrungen, mir deutlicher von der Ursache seines tiefen Grams zu sprechen, aber vergebens. Sollte die Freundschaft keinen Trost für seine Leiden haben? – Ich ängstige mich seinetwegen und wünsche sehnlich, ihm helfen zu können. –

Lebe wohl, Du erhältst schon meinen nächsten Brief aus Rom. –

9

William Lovell an Eduard Burton

Rom.

Lieber Eduard, ich bin heut noch zu voll von den mannichfaltigen Eindrücken, die alles umher auf mich macht, um Dir einen langen Brief schreiben zu können. Die Asche eines Heldenalters liegt unter meinen Füßen, mit ernster Größe sprechen mich die erhabenen Ruinen der Vorzeit an, die Kunstwerke der neuern Welt erzwingen meine Anbetung. Ich lebe hier wie in einem unendlich großen Tempel, der heilige Schauer auf mich herabgießt; bei jedem Schritte betret' ich eine Stelle, wo einst ein verehrungswürdiger Römer ging, oder wo eine große Handlung vorfiel. Ein Drang zu Taten weht mich aus jeder Bildsäule an, begeisternde Schauder wohnen in den Trümmern aus der großen Heroenzeit, in der

Abenddämmerung denk' ich oft auf den einsamen Plätzen hinter einer eingefallenen Mauer den Geist eines alten Römers zu sehn und fahre dann vor meinem eigenen Gedanken zurück.

Als ich ins Tor hineinfuhr, – o wie mich tausend erhabene Gedanken und Gefühle empfingen! – Und dann die zerlumpten Bettler auf den Straßen, – die Menge der nichtssagenden Mönchsgesichter – o ich hätte weinen mögen, daß von dem Römergeiste nicht *mehr* übrig ist. – Wie ist die Menschheit hier gesunken!

Wie kann man sich in Rom allen seinen trüben und kränkelnden Empfindungen so überlassen, wie *Balder* tut? – Wie ist es möglich, daß nicht ein verzehrend Feuer durch alle Adern brennt und den Lebensgeistern zehnfache Kraft gibt? *Rosa* ist ein vortrefflicher Mensch, er ist ein geborner Römer und stolz auf seine Vaterstadt; erst seit wir hier sind, fängt sich an, seine Seele in ihrer ganzen Herrlichkeit zu entwikkeln, er ist hier wie neubelebt, ich entdecke in ihm täglich neue Vorzüge und Talente, die ich vorher nicht erwartet hatte. Er scheint mir ganz ein Muster zu sein, nach dem man sich bilden kann; dieser allesumfangende Geist mit diesem zarten Gefühle und diesem richtigen Verstande, verbunden mit einem großen Reichtume von Kenntnissen, – alles dies kann gewiß nur das Eigentum einer großen Seele werden. – *Ferdinand*, von dem ich Dir neulich schrieb, scheint mir gewogener, als seinem Herrn, ich würde auch Rosa ersuchen, ihn mir ganz zu überlassen, wenn ich nicht schon bemerkt hätte, daß ihm ein solcher Antrag unangenehm sein würde.

Lebe wohl, die Sonne geht unter, ich will ins Freie, um den majestätischen Anblick in seiner ganzen Erhabenheit zu genießen.

10

Walter Lovell an seinen Sohn William

London.

Meine Zeit wird itzt durch mancherlei Geschäfte, besonders durch den unangenehmen Prozeß mit *Burton* beschränkt, ich kann Dir daher nicht so oft schreiben, als ich wünsche. – Deine Briefe sind ein Beweis, daß Du froh und glücklich lebst, ich bin also Deinetwegen nur wenig besorgt, vorzüglich, da ich weiß, welchen Gefährten Du an *Rosa* hast. *Mortimer* besucht mich oft und wir sprechen jedesmal von Dir; ich hoffe schon mit Sehnsucht auf Deine Rückkehr. – Die Glut Deiner jugendlichen Phantasie kühlt sich itzt vielleicht etwas ab, Deine Sucht zu übertreiben verliert sich vielleicht, es ist mir wahrscheinlich, daß sich Deine Menschenkenntnis erweitert und Du itzt über Charaktere, die Dir aufstoßen, ein richtigeres Urteil fällst; aber ich will darum doch, soviel es meine Zeit erlaubt, ein Versprechen erfüllen, das ich Dir in einem neulichen Briefe tat, Dir nämlich kurz einige Szenen meines Lebens zu erzählen, wo meine Standhaftigkeit auf eine harte Probe gesetzt ward und wo ich Mißtrauen und Menschenkenntnis zu einem ziemlich hohen Preise einkaufen mußte.

Mein Vater wohnte in *Yorkshire*; sein Landgut lag in der Nähe von *Bonstreet*. Ich war sein einziger Sohn, nachdem ihm zwei Töchter und ein Knabe gestorben waren und er erzog mich daher mit der zärtlichsten Sorgfalt; er versäumte nichts in der Ausbildung meiner Fähigkeiten und suchte mir schon früh ein zartes und bleibendes Gefühl für alles Edle und Schöne einzupflanzen. Da er aber einen übertriebenen Hang für die ländliche Einsamkeit hatte, so waren wir beide selten in Gesellschaft andrer Menschen; Bonstreet ward von uns noch am häufigsten besucht. So wuchs ich gleichsam in seinen Armen auf und lernte nur aus einigen meiner Lieblingsschriftsteller die Welt und die Menschen kennen, ich war mehr in der kindlichen, unbefangenen Zeit Homers zu Hause, als in der gegenwärtigen; alle Menschen maß ich nach meinen eigenen Empfindungen, alles was außer mir lag, war mir ein unbekanntes Land. Auf diese Art war es äußerst natürlich, daß tausend Vorurteile in mir aufwuchsen und feste Wurzel schlugen, die ganze Welt umher war nur ein Spiegel, in dem ich meine eigene Gestalt wiederfand. Unter allen meinen Bekannten zog mich keiner so an, als der junge *Burton*, der damals zwanzig Jahr alt war, nur wenig älter als ich selbst, unsre Bekanntschaft ward bald die vertrauteste Freundschaft: eine Freundschaft, wie gewöhnlich die erste unter fühlenden Jünglingen geknüpft zu werden pflegt, nach meiner Meinung für die Ewigkeit. Damon und Pylades waren mir noch zu geringe Ideale, meine erhitzte Phantasie versprach für den Freund alles zu tun, so wie sie jedes Opfer von ihm verlangte. In diesen Jahren gibt man sich nicht die Mühe, den Charakter des Freundes zu beobachten, oder man hat vielmehr nicht die Fähigkeit, dies zu tun; man glaubt sich selbst zu kennen und folglich auch den Freund, man trägt alles aus sich in ihn hinüber und das geblendete Auge findet auch in den beiden Charakteren die täuschendste Ähnlichkeit. – Eine solche Freundschaft dauert selten über die ersten Jünglingsjahre hinaus; es kommt bei den meisten Menschen doch bald eine Zeit, wo sie durch tausend Umstände gezwungen werden, aus ihrem poetischen Traume zu erwachen, dann finden sich beide, wenigstens einer von ihnen getäuscht; dieser Moment, wo die rosichte Dämmerung der betrogenen Phantasie nach und nach verschwindet, gehört zu den unglücklichsten des Lebens.

Mein Vater, so wie jeder andere Unbefangene sah auf den ersten Augenblick, daß Burton mir völlig unähnlich sei; er war kalt und verschlossen, verschlagen und listig: ich offenherzig, mit einer erhitzten Phantasie, mit einer übertriebenen Empfindsamkeit kam ich ihm entgegen. – Aber ich glaubte, Burton besser zu kennen, als ihn jeder andre kannte, ich war überzeugt, daß die Augen der übrigen Menschen für seine

Vorzüge blind wären und so hielt ich meine Menschenkenntnis für richtiger und über der meines Vaters erhaben. – So wie der Barbar einen sinnlich dargestellten Gott braucht, und sich irgend einen Klotz dazu behaut, so braucht der schwärmende Jüngling ein Wesen, dem er sich mitteilt; er drückt das erste das ihm begegnet an seine Brust, unbekümmert, ob ihn jener willkommen heiße, oder nicht.

So lebt' ich manches Jahr hindurch, ohne daß mein Geist eine andere Wendung nahm; die fast ununterbrochene Einsamkeit mochte wohl die vorzüglichste Ursache davon sein. Als ich kaum mündig geworden war, starb mein Vater und ich war mir nun ganz selber überlassen, mein Schmerz über meines Vaters Verlust war heftig und anhaltend, aber Burtons Liebe tröstete mich. – Um diese Zeit lernt' ich in der Nachbarschaft ein Mädchen kennen, die mich anfangs interessierte, und nach und nach mein ganzes Herz gewann, bis ich endlich von ihr bezaubert die Bedeutung des Wortes Liebe in seinem vollesten Umfange verstand: da ich bis jetzt in der Hitze meiner Freundschaft die Liebe nur für eine Erfindung der Romandichter gehalten hatte. *Maria Milford* war aus der reichsten Familie in der Nachbarschaft, und obgleich mein Vermögen selbst sehr ansehnlich war, so war ich doch zu furchtsam, ihrem rauhen Vater einen Antrag zu tun; meine Erziehung hatte mir eine Menschenscheu eingeflößt, die ich nur erst sehr spät abgelegt habe, ich wollte überdies erst ihre persönliche Neigung zu gewinnen suchen; ein Unternehmen, das mir auch in kurzer Zeit gelang. Burton ward bald der Vertraute meiner Liebe, er wußte um jeden Schritt, den ich in der Bekanntschaft und Zuneigung der Lady Milford weiter tat, er war mein Ratgeber und zuweilen auch der Teilnehmer meines Kummers. Ich zögerte noch immer mich dem Vater meiner Geliebten zu entdecken, als ein Oheim meines Freundes, *Waterloo*, von seinen Reisen aus Italien zurückkam. Er war ein Mann von ohngefähr vierzig Jahren, seine Reisen hatten seinen Verstand ausgebildet und seine Sitten verfeinert, er war höflich und zuvorkommend ohne fade, und gegen jedermann freundschaftlich, ohne abgeschmackt zu sein; sein Gesicht und vorzüglich sein Blick hatten etwas Imponierendes, das anfangs zurückschreckte, bei einer nähern Bekanntschaft sich aber in Liebenswürdigkeit verwandelte, kurz, er schien mir das vollendete Ideal eines Mannes, der mich bald völlig bezauberte. Er interessierte sich vorzüglich für mich und ich übergab mich ihm bald gänzlich mit einer vollkommen kindlichen Resignation, ich glaubte in ihm einen zweiten Vater gewonnen zu haben, er leitete alle meine Schritte, er ward bald der Mitwisser aller meiner Geheimnisse, der Vertraute meiner Liebe, die ich ganz seiner Leitung überließ.

Waterloos Witz, so wie seine übrigen Talente machten ihn nach kurzer Zeit zu einem gesuchten Gesellschafter in der Nachbarschaft umher, er ward allenthalben eingeladen und war nach dem ersten Besuche jedermanns Freund; so gewann er auch bald das nähere Vertrauen des Lords *Milford*, den er vorzüglich oft besuchte. Er ward in wenigen Wochen dort der Freund des Hauses und er kam mir selbst mit dem Antrag entgegen, den Lord Milford auf eine Verbindung zwischen mir und seiner Tochter vorzubereiten. Ich umarmte ihn tausendmal, ich dankte ihm für seine Freundschaft, ich sah dreister einer glücklichen Zukunft entgegen. – Als ich nach einiger Zeit Milford und seine Tochter besuchte, bemerkte ich mit Vergnügen, daß Waterloo schon sein Versprechen gehalten haben müsse; man empfing mich freundschaftlicher als je, Marie war weniger zurückgezogen und als man uns im Garten von ohngefähr einige Minuten allein ließ, sagte sie mir, daß mein Freund zuerst ihren Vater auf mich aufmerksamer gemacht habe, und sehr oft von mir mit vielen Lobeserhebungen spreche. – Ich glaubte meines Glücks schon gewiß zu sein, ich machte hundert Entwürfe, ich dankte Waterloo wie ein entzückter Liebhaber, ich schwur, daß ich ihn mehr als meinen Vater, oder jeden andern Menschen liebe. – Meine Zuneigung für Lady Milford fing sich itzt an öffentlicher zu zeigen, ich war weniger scheu und zurückhaltend, meine

Liebe ward erwidert, ich war der glücklichste Mensch unter der Sonne.

Plötzlich ward meine Freude durch einen Schlag unterbrochen, der für mich desto schrecklicher war, je weniger ich ihn erwartet hatte. Ich erhielt an einem Morgen ein Billet vom Lord Milford, worin er mich in wenigen Worten bat, ich möchte künftig aus Ursachen, die er mir itzt nicht deutlich machen könne, sein Haus vermeiden. – Ich stand lange wie betäubt, ich konnte mich kaum von der Wirklichkeit dessen, was ich las, überzeugen. Ich suchte hundert Ursachen zu entdecken, die diesen Schritt hervorgebracht hätten, aber keine war befriedigend; ich ritt eiligst nach dem Landgute Milfords, um mit ihm selber zu sprechen, um mir dies Rätsel erklären zu lassen, aber ich ward nicht vorgelassen. – Zornig ritt ich nach Hause und überließ mich meinen trübsinnigen Untersuchungen von neuem, aber meine Gedanken fanden keinen Ausweg aus diesem Labyrinthe, ich entdeckte Waterloo meine seltsame Lage, der mich auf jede Art zu trösten suchte; er versprach mir zu untersuchen, was diesen Vorfall veranlaßt habe. Er hatte es durch die Kunst seiner Überredung, und durch die freundschaftliche Art, mit der er mich zu zerstreuen suchte, dahin gebracht, daß ich etwas zufriedener von ihm ging. – Meine peinliche Lage dauerte einige Wochen hindurch, in welcher Zeit mir Waterloo halb tröstende, bald niederschlagende Nachrichten brachte; ich ritt einigemal vor Milfords Hause vorbei und sah Maria weinend am Fenster stehn. Waterloo tat alles, meinen Schmerz zu erleichtern, er war itzt mein einziger Freund, denn Burton war schon seit einigen Wochen nach London gereist. Wir machten mannichfaltige Plane, die wir alle wieder verwarfen. Endlich schlug mir Waterloo eine Reise nach London vor, die mich zerstreuen sollte, er wollte indes als mein Anwalt meine Sache unermüdet beim Lord Milford fortführen, einige Verleumdungen und Mißverständnisse müßten mir bei diesem Schaden getan haben, die er aber gewiß alle höchstens in einem Monate widerlegen und aufklären wolle. Nach langem Streiten hin und her ließ ich mich endlich überreden. Wir nahmen zärtlich Abschied, das Herz blutete mir, mich auch von meinem Freunde zu trennen; doch tröstete mich der Gedanke etwas, daß ich Burton in London antreffen würde.

Ich reiste zu Pferde und ohne Begleitung; niemand sollte mich in meinen Träumen stören. Meine Reise ging nur langsam fort. Weil ich mich ganz meinem Grame überließ und mich dann wieder durch die schöne Natur zu erheitern suchte; so kam ich erst spät in London an. Burton empfing mich mit großer Freude, er zog mich wider meinen Willen zu tausend Ergötzlichkeiten; Briefe von Waterloo nährten mich indes mit Hoffnung und besänftigten oft meinen wieder aufwachenden Schmerz. So ging nach und nach eine längere Zeit vorüber, als ich anfangs für meine Abwesenheit bestimmt hatte, ich war itzt schon beinahe zwei Monate in London gewesen. – In einer Nacht, als ich nicht schlafen konnte, trat mir Mariens Bild recht lebhaft vor die Seele, ich erinnerte mich der frohen Stunden, die sie mir geschenkt, der goldenen Aussichten, die mir ihre Liebe eröffnet hatte; das Benehmen ihres Vaters war mir noch immer unerklärbar. Was konnte er von mir wollen? Was hatte er mir vorzuwerfen? – Ich bereuete es, daß ich entfernt von ihr die Zeit verträumte und kaum den Gang meines Schicksals kannte. London war mir mit seinem lärmenden Getümmel verhaßt, alle Freuden dieser großen Stadt abgeschmackt; es fiel mir plötzlich der Wunsch ein, daß ich wieder in Mariens Nähe leben wollte, auf meinem einsamen Landsitze, daß es mir itzt vielleicht gelänge, ihren Vater mit mir auszusöhnen. Tausend Vorstellungen und Bilder wechselten in meiner Seele, meine Phantasie war erhitzt, ich warf mich ungeduldig hin und her, ohne schlafen zu können und wünschte sehnlichst den Tag, um meine Rückreise, die ich schon fest beschlossen hatte, anzutreten.

Als ich aufstand, war ich wie berauscht, es war als wenn mich mein Genius aus London forttriebe, ich ließ mir nicht Zeit einzupacken, nicht einmal Burton meine Reise zu melden, ich nahm mit dem Anbruche des Tages die Post und fuhr im schnellsten Trabe meiner Heimat wieder zu. Ich ließ mir unterweges keine Zeit, bei irgend einem Gegenstande zu verweilen, die größte Eil war mir noch zu langsam, ich fuhr auch in der Nacht, um desto früher mein Landhaus wiederzusehn. – Ich mochte etwa nur noch wenige Meilen von dem Schlosse Milfords entfernt sein, als mir ein Zug geputzter und fröhlicher Bäuerinnen in die Augen fiel. Ich weiß nicht, warum mich dieser Anblick anzog, genug, ich fragte sie, welches Fest sie heute feierten. Die Älteste unter ihnen trat hervor und sagte mir mit einem naiven Lächeln, sie wollten dort nach dem Schlosse, (indem sie auf den Landsitz Milfords in der Ferne zeigte) um die Verlobung der Lady Milford und des Herrn Waterloo feiern zu helfen. – Ich verstummte, ich war wie vom Blitze getroffen, ich ließ mir diese Nachricht wohl zehnmal wiederholen, ohne sie zu hören, ich glaubte, alles dies sei ein Traum, der mich noch in London ängstige, ich verlor alle Besinnung und ließ endlich mit der größten Geschwindigkeit vor das Schloß Milfords fahren.

Schon in einer Entfernung weckten mich Trompeten und lärmende Musik aus meiner Betäubung. Ich sprang aus dem Wagen, die beschäftigten Bedienten bemerkten mich kaum; ich stürze wie wahnsinnig die Treppen hinauf, reiße die Tür auf und stehe im Saale, unter einer Menge von bekannten und unbekannten Menschen; Marie stößt einen Schrei aus und fliegt unwillkürlich in meine Arme.

Alle waren erstaunt, Waterloo und der alte Milford warfen sich zwischen uns, sie trennen uns mit Gewalt. Marie wird fast ohnmächtig auf ihr Zimmer geführt, Waterloo folgt ihr, endlich bin ich mit dem Vater allein.

Sie wagen es, fährt er auf, hier zu erscheinen? *So* zu erscheinen? Haben Sie mein strenges Verbot vergessen?

Ja, ich wage es, rief ich aus, ich wage dies und noch mehr. Waterloo ist ein Verräter, er soll mir seine Niederträchtigkeit mit seinem Leben büßen!

Ich weiß nicht mehr, was ich alles sagte, aber eine heftige Wut hatte sich meiner bemeistert, ich fühlte Konvulsionen durch meinen Körper zucken, mein Blut siedete und meine Zähne knirschten. Milford war gelassen genug, mich austoben zu lassen; dann nahm er das Wort:

Sie sehn, sagte er kalt, wie ich Ihren wahnsinnigen Ungestüm erdulde, und meine Nachgiebigkeit macht sie vielleicht so frech. – Sie sind mir überhaupt ein Rätsel. – Welches Recht haben Sie auf meine Tochter? – Sie lieben sie, wie Sie sagen, aber dieser Ausdruck reicht nicht hin, meine Einwilligung zu erzwingen: und dennoch kommen Sie mit der Wildheit eines Verrückten zurück, ob Sie gleich recht gut wissen, daß Sie sich durch hundert Niederträchtigkeiten einer Verbindung mit meiner Familie unwürdig gemacht haben.

Niederträchtigkeiten? schrie ich auf und riß den Degen aus der Scheide.

Nicht also! rief Milford mit einem kalten Grimme, lassen wir diese Spiegelfechterei, ich kann Ihnen Beweise geben.

Und nun fing er an, mir ein Register von Bosheiten, die ich verübt haben sollte, vorzulegen. Das meiste war gänzlich erdichtet, oder einige ganz unbedeutende Kleinigkeiten und Zufälle in ein verhaßtes Licht gestellt; alles zeugte von der schändlichsten Erfindungsgabe, ich errötete oft über die Frevel, die man mir zur Last legen wollte. Ich war nach diesem Berichte heimtückisch, boshaft, unversöhnlich; keiner meiner Freunde oder Feinde war vor meinen Nachstellungen sicher; nach dieser Erzählung war ich der größte Schurke, der es nie hätte wagen dürfen, einem ehrlichen Manne ins Gesicht zu sehn. – Und diesem, schloß Milford endlich, soll ich mein Kind, die einzige Freude meines Lebens, überantworten? – Sie lieber hinrichten!

Ich zwang mich gemäßigt zu sein. – Wer, fragt' ich kalt, ist der Erfinder dieser, wenigstens sinnreichen Lüge?

Einer, den Ihr Charakter am meisten kränkt, – Ihr Freund Waterloo! Ihr ehemaliger Lobredner.

Itzt wunderte ich mich, daß ich nicht längst das ganze Gewebe der Bosheit durchgesehn hatte; der Schleier fiel itzt ganz von meinen Augen. Große Tränen stürzten über meine

Wangen herab, ich verlor in diesem Augenblicke einen Freund, den ich unaussprechlich geliebt hatte; mein Herz wollte zerspringen. Ich warf mich in einen Sessel um die mannichfaltigen Empfindungen, die in meinem Innern wühlten, erst austoben zu lassen, Milford sah kalt und gelassen auf mich herab, er war ungewiß, ob er diesen Schmerz für Reue, oder für tiefe Kränkung halten sollte. – Endlich gewann ich die Sprache wieder, und nachdem ich mich völlig gesammelt hatte, war es mir ein Leichtes, den Lord vom Ungrunde aller Beschuldigungen zu überzeugen. Er wütete itzt gegen Waterloo der ihn auf die boshafteste und schändlichste Art hintergangen, der ihn durch alle Künste der Verstellung zu seinem warmen Freunde gemacht hatte. – Er hatte anfangs meinen Freund und Bewunderer gespielt, und auf eine Verbindung zwischen mir und Marien eingelenkt, nach und nach war er zurückhaltender, endlich kalt geworden. Man hatte um den Grund dazu in ihn gedrungen; nach langen Umschweifen, nach vielen Klagen war er endlich mit der Entdeckung vorgeruckt, daß er sich gänzlich in mir geirrt habe, daß er so einen werten Freund in mir verliere, und so weiter. Itzt war eine Erdichtung nach der andern ausgesponnen, und als er mich bei Milford verhaßt genug gemacht, suchte er in eben dem Verhältnisse dessen Liebe auf sich zu lenken. Dies gelang ihm auch endlich; aber Marie haßte ihn beständig, sie hatte immer seinen Worten nur halb geglaubt. – Unsre Aussöhnung von allen Seiten war bald gemacht, die Verlobung mit Marien nach einigen Tagen gefeiert, ich foderte Waterloo, der aber nicht erschien, sondern dafür ein sichereres Mittel fand, sich an mir zu rächen. –

Ich ward bald nachher krank, ein anhaltender Schwindel mit Krämpfen und Ohnmachten verbunden, peinigte mich, der Arzt entdeckte noch zur rechten Zeit, daß ich Gift bekommen hatte, und nur die größte Aufmerksamkeit konnte mein Leben retten; ich entging aber darum nicht einer langen und qualvollen Krankheit, die auch die Ursache aller meiner nachherigen Anfälle gewesen ist. – Alles dies tat ein

Mensch, der mein Freund war, den ich mit der größten Zärtlichkeit liebte, – um mit Marien eine ansehnliche Aussteuer zu erhalten. –

Waterloo hatte sich schon vorher entfernt, man wußte nicht, wo er geblieben war, nach einigen Monaten kam die Nachricht seines Todes, ich ward, als ich genas, mit Marien verbunden, die mir aber schon wieder entrissen ward, indem Du mir geschenkt wurdest. – Ich weinte meinen Schmerz am Busen meines Freundes Burton aus, der über meinen Kummer Tränen vergoß; – bald nachher fiel mir ein Brief in die Hände, woraus ich sah, daß Burton mit Waterloo einverstanden gewesen war, daß er mit ihm für einige hundert Pfund an meinem Unglücke gearbeitet hatte! –

Seit der Zeit hat er mich unablässig verfolgt; so wurde mein offnes Herz hintergangen, auf diese Art meine zärtliche Freundschaft belohnt!

Dies ist aber nur Eine Szene meines Lebens, ich habe mehrere Stürme ausgehalten, wo meine Liebe auf ähnliche Art verraten ward, – ich suchte Dich darum schon früh mit Menschen bekannt zu machen und jenen jugendlichen Enthusiasmus zu mildern; bis itzt ist diese Bemühung vergebens gewesen, aber Du siehst wenigstens aus meiner Geschichte, wie notwendig es ist. – Lebe wohl, ich hoffe, daß Du die Anwendung auf Dich selbst am besten daraus wirst machen können. –

11

William Lovell an Eduard Burton

Rom.

Der italiänische Winter kündigt sich schon durch häufige Regenschauer an. Ich kann Dir unmöglich von allen Kunstwerken sprechen, die ich täglich sehe, und außerdem ist mein Leben hier so arm an Begebenheiten, daß ich wirklich verlegen bin, was ich Dir schreiben soll. Doch den Freund interessieren ja die kleinen Veränderungen mehr, die nach und nach in der Seele vorgehn, als manche wunderbare Abenteuer, die oft nicht den mindesten Einfluß haben, als daß sie die Zeit ausfüllen. – Rosa interessiert mich mit jedem Tage mehr; ohne daß er es selbst will, macht er mich auf manche Lücken in meinem Verstande aufmerksam, auf so viele Dinge, über die ich bisher nie nachgedacht habe und die doch vielleicht des Denkens am würdigsten sind, aber mein Verstand hatte sich bis itzt nie über eine gewisse Grenze hinausgewagt. Rosa ermuntert mich, meine Schüchternheit fahrenzulassen, und er selber ist mein Steuermann in manchen dunkeln Regionen. Balder zieht sich oft ganz von uns zurück, er träumt gern für sich in der Einsamkeit, meine Besorgnis für ihn nimmt mit jedem Tage zu, denn er ist sich oft selbst nicht ähnlich, so zerstreut, so einem Wahnsinnigen ähnlich wird er zuweilen. Neulich war das Wetter schöner, als es gewöhnlich um diese Jahrszeit zu sein pflegt, wir gingen im Felde spazieren und ich suchte ihn auf die Schönheiten der Natur aufmerksam zu machen, aber er brütete düster in sich selber gekehrt. – Worüber denkst du, fragte ich ihn dringend; du bist seit einiger Zeit verschlossen, du hast Geheimnisse vor deinem Freunde, gegen den du sonst immer so offenherzig warst. – Was fehlt Dir?

Nichts, antwortete er kalt und ging in seinem Tiefsinne weiter.

Sieh die reizende Schöpfung umher, redete ich ihn wieder an, sieh wie sich die ganze Natur freut und glücklich ist! –

Balder. Und alles stirbt und verwes't; – vergissest du, daß wir über die Leichen von Millionen mannichfaltiger Geschöpfe gehn, – daß die Pracht der Natur ihren Stoff aus dem Moder nimmt, – daß sie nichts als eine verkleidete Verwesung ist?

Du hast eine schreckliche Fähigkeit, allenthalben unter den lachendsten Farben ein trübes Bild zu finden.

Balder. Nimm mir jenes Grauen aus der Natur hinweg, das mir allenthalben durch ihre Freuden entgegengrinst, und ich will fröhlich sein.

Es liegt nur in deiner Seele, Balder, deine Augen sind finster und die ganze Welt erscheint dir schwarz. – Überlaß dich der Heiterkeit, daß dein Blut schneller durch die Adern fließt, daß deine Lebensgeister wieder lebendiger werden, – dann wird der Flor niederfallen und du wirst die Welt in ihrer ursprünglichen Gestalt erblicken.

Balder. Das heißt, ich werde sie sehn, so wie *Du* sie siehst, – aber auch wirklich in ihrer wahren ursprünglichen Gestalt? – Jeder sieht mit seinen Augen und jeder glaubt recht zu sehn, und am Ende werden wir alle betrogen.

Mag es sein, aber so laß uns doch wenigstens den Betrug für wahr anerkennen, der uns glücklich macht.

Balder. Deine Täuschung macht mich nicht glücklich, die Farben sind für mich verbleicht, das verhüllende Gewand von der Natur abgefallen, ich sehe das weiße Gerippe in seiner fürchterlichen Nacktheit. – Was nennst du Freude, was nennst du Genuß? – Sieh umher, was dich entzückt ist ein gemodelter Staub, – könnten wir durch die Formen mit unserm Auge blicken und erspähen, wie jener Wald aus tausend widrigen Stoffen nach und nach zusammengesetzt ward, der dich itzt entzückt, – könnten wir der Natur ihre Verkleidung wieder abreißen, – o wir würden vielleicht weinen, statt uns zu freuen.

Und warum weinen? – Laß uns zwischen Rätsel und Unbegreiflichkeiten einhergehn, ich will die frohe Empfindung meines Daseins genießen, dann wieder verschwinden, wie ich entstand, – genug, im Leben liegt meine Freude. – Deine Gedanken können dich zum Wahnsinn führen.

Balder. Vielleicht.

Vielleicht? – Und das sagst du mit dieser schrecklichen Kälte?

Balder. Warum nicht? – Der Mensch und sein Wesen sind mir in sich selbst so unbegreiflich, daß mir jene Zufälligkeiten, unter welchen er so, oder anders erscheint, sehr gleichgültig sind.

Gleichgültig? – Du bist mir fürchterlich, Balder.

Balder. Dieses Gedankens wegen? – Es ist immer noch die Frage, ob ich beim Wahnsinne gewinnen oder verlieren würde.

Diese dumpfe Unempfindlichkeit, jenes Dasein, das unter der Existenz des Wurmes steht, diese wilde Zwittergattung zwischen Leben und Nichtsein wirst du doch für kein Glück ausgeben wollen?

Balder. Wenn *du* dich glücklich fühlst, warum soll es der Wahnsinnige nicht sein dürfen? – Er empfindet ebenso wenig die Leiden der Natur, sein Sinn ist ebenso für das, was mich betrübt, verschlossen, als der deinige: warum soll er elend sein? – und sein Verstand –

Und dieses göttliche Kennzeichen des Menschen ist in ihm ausgelöscht? – Oder findest du auch in der Sinnlosigkeit seine Wollust?

Balder. Seine Vernunft! – O William, was nennen wir Vernunft? – Schon viele wurden wahnsinnig, weil sie ihre Vernunft anbeteten und sich unermüdet ihren Forschungen überließen. Unsre Vernunft, die vom Himmel stammt, darf nur auf der Erde wandeln, noch keinem ist es gelungen über Ewigkeit, Gott und Bestimmung der Welt eine feste Wahrheit aufzufinden, wir irren in einem großen Gefängnisse umher, wir winseln nach Freiheit und schreien nach Tageslicht, unsre Hand klopft an hundert eherne Tore, aber alle sind verschlossen und ein hohler Widerhall antwortet uns. – Wie wenn nun der, den wir wahnsinnig nennen –

Ich verstehe dich, Balder: weil unsre Vernunft nicht jene entfernte Grenze erreichen kann, so sollen wir sie darum ganz ungebraucht und in dumpfer Trägheit verwesen lassen.

Balder. Nein, William, du verstehst mich nicht. – Statt einer weitläuftigen Auseinandersetzung meiner Meinung will ich dir eine kurze Geschichte erzählen. – Ich hatte einen Freund in Deutschland, einen Offizier, einen Mann von gesetzten Jahren und kaltblütigem Temperamente; er hatte nie viel gelesen oder viel gedacht, sondern hatte vierzig Jahre so verlebt, wie sie die meisten Menschen verleben; die wenigen Bücher die er kannte, hatten seinen Verstand gerade so weit ausgebildet, daß er eine große Abneigung gegen jede Art des Aberglaubens hatte; er sprach oft mit Hitze gegen die Gespensterfurcht und andre ähnliche Schwachheiten des Menschen. Diese Aufklärungssucht ward nach und nach sein herrschender Fehler, und seine Kameraden, die ihn von dieser Seite kannten, neckten ihn oft mit einem verstellten Wunderglauben, und so entstanden oft hitzige und hartnäckige Streitigkeiten; in diesen zeichnete sich gewöhnlich der Herr von F*** durch seinen Widerspruch am meisten aus; er war ein Freund von *Wildberg*, (so hieß der andre Offizier) aber er suchte ihm auf diese Art seinen lächerlichen Fehler am auffallendsten zu machen. Ein Fall der oft bei Disputen eintritt, die gewöhnlich mit einem Gelächter endigen, ereignete sich auch hier. F*** sagte einst nach vielen Debatten, und wenn seinem Freunde auch kein andrer Geist erschiene, so wünsche er selbst bald zu sterben, um bei ihm die Rolle eines Gespenstes zu spielen. Das Gelächter ward allgemein und der Streit in eben dem Augenblicke hitziger und empfindlicher. Wildberg fühlte sich bald aufs heftigste beleidigt, F*** war zornig geworden, die Gesellschaft trennte sich und F*** ward von dem erhitzten Wildberg gefordert. – Die Sache ward sehr in der Stille getrieben, ich war der Sekundant Wildbergs, ein andrer Freund begleitete F***, wir taten alles, um eine Aussöhnung zu bewirken, aber die beleidigte Ehre machte unsre Versuche vergebens. Der Platz ward ausgemessen, die Pistolen geladen, F*** fehlte, Wildberg schoß, F*** fiel nieder, eine Kugel durch den Kopf hatte ihm das Leben geraubt. – Mehrere günstige Umstände trafen zusammen, so daß der Vorfall halb verheimlicht blieb; Wildberg hatte nicht nötig zu entfliehen. – Alle seine Freunde waren über die glückliche Wendung seines Schicksals vergnügt, nur er selber versank in eine tiefe Melancholie. Alle schoben dies natürlich auf den

Tod seines Freundes, den er selber auf eine gewaltsame Art verursacht hatte; da sich aber sein Gram nicht wieder zerstreute, da jeder Versuch, ihn wieder fröhlich zu machen, vergeblich war, da er endlich manche unverständliche Winke fallen ließ, so drang man in ihn, die Ursache seines Tiefsinns zu entdecken. Itzt gestand er nun, erst einem, dann mehreren, daß sein Freund F*** allerdings Wort halte, ihn nach seinem Tode zu besuchen; er komme zwar nicht selbst, aber in jeder Mitternacht rolle ein Totenkopf, von einer Kugel durchbohrt, durch die Mitte seines Schlafzimmers, stehe vor seinem Bette stille, als wenn er ihn mahnend mit den leeren Augenhöhlen ansehen wolle, und verschwinde dann wieder; diese schreckliche Erscheinung raube ihm den Schlaf und die Munterkeit, er könne seitdem keinen frohen Gedanken fassen. – Von den meisten ward diese Erzählung für eine unglückliche Phantasie, von wenigen nur und gerade von den einfältigsten für Wahrheit gehalten. – Wildbergs Krankheit aber nahm indessen zu; er fing itzt an, häufiger und öffentlicher seine Vision zu erzählen, er bestritt den Aberglauben nicht mehr, sondern ließ sich im Gegenteile gern von Gespenstern vorsprechen, und so kam es bald dahin, daß man ihm den Namen eines Geistersehers beilegte und ihn für einen sonst ziemlich vernünftigen Mann hielt, der nur eine unglückliche Verrückung habe. – Wildberg bat itzt zuweilen einige seiner Freunde zu sich, um in der Nacht mit ihm zu wachen, weil seine Angst und sein Schauder bei jeder Erscheinung höher stieg; auch ich leistete ihm einigemal Gesellschaft. – Gegen Mitternacht ward er jedesmal unruhig, – wenn es zwölfe schlug, fuhr er auf und rief: horch! itzt rasselt es an der Tür! – Wir hörten nichts. – Dann richtete Wildberg seine Augen starr auf den Boden: sieh, sprach er leise, wie er zu mir heranschleicht! O vergib, vergib mir, mein lieber Freund, ängstige mich nicht öfter, ich habe genug gelitten. – Nachher ward er ruhiger und sagte uns, der Kopf sei verschwunden; wir hatten nichts gesehn. – Es ward allen seinen Freunden stets wahrscheinlicher, daß alles dies nichts weiter, als eine unglückliche hypochondrische Einbildung sei, heftige Reue über den Tod seines Freundes, die in eine Art von Wahnsinn ausgeartet sei: wir suchten ein Mittel, ihn von der Nichtigkeit seiner Vorstellung zu überführen und ihm so seine Ruhe wiederzugeben. Viele Hypochondristen sind schon dadurch hergestellt, daß man ihre Einbildung ihnen wirklich dargestellt und sie nachher auf irgend eine Art vom Betruge unterrichtet hat; auf eben diese Art beschlossen wir, sollte Wildberg geheilt werden. – Wir verschafften uns also einen Totenkopf, durch dessen Stirn wir ein Loch bohrten, wo den unglücklichen F*** die Kugel seines Freundes getroffen hatte, wir befestigten ihn an einem Faden, um ihn in der Mitternacht durch das Zimmer zu schleifen, Wildberg dann zu beobachten und ihn nachher zu unterrichten, wie er von uns hintergangen sei. – Wir versprachen uns von diesem Betruge die glücklichste Wirkung, alle Anstalten waren getroffen und wir erwarteten mit Ungeduld den Augenblick, in welchem es vom Kirchturme zwölf Uhr schlagen würde. Itzt verhallte der letzte Schlag und Wildberg rief wieder: horch! da rasselt er an der Tür! In eben dem Augenblicke ward von einem in der Gesellschaft unser Totenkopf hineingezogen und bis in die Mitte des Zimmers geschleift. Wildberg hatte bis itzt die Augen geschlossen, er schlug sie auf – und bleich, zitternd und fast in ein Gespenst verwandelt sprang er aus dem Bette; mit einem entsetzlichen Tone rief er aus: *Heiliger Gott, zwei Totenköpfe! Was wollt ihr von mir?*

Balder hielt hier inne. – Ich muß gestehn, der unerwartete Schluß der Erzählung hatte mich frappiert, und beschäftigte itzt meine Phantasie, ich war nur noch begierig, welche Anwendung er daraus auf seine vorigen Ideen ziehen wollte; nach einigem Stillschweigen fuhr er fort:

Jeder Denker, der über jene großen Gegenstände forschen will, die ihm am wichtigsten sind, über Unsterblichkeit, Gott und Ewigkeit, über Geister und den Stoff und Endzweck der Welt, fühlt sich wie mit eisernen Banden von seinem Ziele zurückgerissen, die menschliche Seele zittert scheu vor der schwarzen Tafel zurück, auf der die ewigen Wahrheiten darüber geschrieben stehn. Wenn die Vernunft alle ihre Kräfte aufbietet, so fühlt sie endlich, wie sie fürchterlich auf einer schmalen Spitze schwankt und im Begriffe ist, in das Gebiet des Wahnsinns zu stürzen. Um sich zu retten wirft sich der erschrockene Mensch wieder zur Erde, – aber wenige haben den raschen, frechen Schritt vorwärts getan, mit einem lauten Klang zerspringen die Ketten hinter ihnen, sie stürzen unaufhaltsam vorwärts, sie sind dem Blicke der Sterblichen entrückt. Das Geisterreich tut sich ihnen auf, sie durchschauen die geheimen Gesetze der Natur, ihr Sinn faßt das Ungedachte, in flammenden Ozeanen wühlt ihr nimmermüder Geist, – sie stehn jenseit der sterblichen Natur, sie sind im Menschengeschlechte untergegangen, – sie sind der Gottheit näher gerückt, sie vergessen der Rückkehr zur Erde – und der verschlossene Sinn brandmarkt mit kühner Willkür ihre Weisheit *Wahnsinn*, ihre Entzückung *Raserei*!

Balder sahe mich hier mit einem verwegenen Blicke an. – Er fuhr fort:

Mein Freund Wildberg sah, trotz aller Täuschung, etwas was wir nicht sahen, – können wir wissen, was sie erblicken? Die Geschichte ist wahr, aber wäre sie auch nichts als ein guterfundenes Märchen, so würde sie mir doch sehr wert sein, da sie für mich einen so tiefen Sinn enthält.

Und wo steht dann, fragte ich, bei dir die Grenze zwischen Wahrheit und Irrtum? –

Laß das, indem er abbrach; ich bin heut wider meinen Willen ein Schwätzer gewesen, da wir aber einmal davon sprachen, wollt' ich dir diese seltsame Idee nicht zurückhalten.

Wir gingen itzt wieder zur Stadt zurück und Balder war wieder tief in sich gekehrt.

Ich habe Dir, mein Eduard, dies Gespräch, so gut ich konnte, niedergeschrieben, Du kannst daraus die wunderbare Wendung kennen lernen, die der Geist meines Freundes genommen hat. – Ich will itzt schließen, lebe wohl. –

Und doch, lieber Freund, ergreif' ich die Feder noch einmal, um Dir einen Vorfall zu melden, der seltsam genug ist, so geringfügig er auch sein mag. Vielleicht daß mich heut das oben niedergeschriebene Gespräch sonderbar gestimmt hat, oder daß es eine Schwachheit ist, weil ich seit einigen Nächten fast nicht geschlafen habe, genug, ich will Dir die Sache erzählen, wie sie ist, Du wirst über Deinen Freund lächeln, – aber, was ist es denn mehr? der Fall wird noch oft vorkommen. – Damit Du mich aber ganz verstehst, muß ich etwas weit ausholen.

Mein Vater hat eine kleine Gemäldesammlung, die nur sehr wenige historische Stücke und Landschaften enthält, sondern meistenteils aus Portraiten seiner Verwandten, oder andern, ihm merkwürdigen Personen besteht. Ich ging als Knabe nie gern in dieses Zimmer, weil mir immer war, als wenn die Menge von fremden Gesichtern mit einemmale lebendig würde: vorzüglich aber fiel mir ein Bild darunter stets auf eine unangenehme Art auf. Der Kamin des Zimmers war etwas in einem Winkel angebracht, wo ein starker Schatten fiel und ein Gemälde, das darüber hing, fast ganz verdunkelte. Es war ein Kopf, Eduard, ich weiß nicht, wie ich ihn Dir beschreiben soll, – ich möchte sagen, mit *eisernen* Zügen. Ein Mann von einigen vierzig Jahren, blaß und hager, sein Auge vorwärts stierend, indem das eine in einer kleinen Richtung nach dem andern schielt, ein Mund der zu lächeln scheint, der aber, wenn man ihn genauer betrachtet, soeben die Zähne fletschen will; – eine beständige Dämmerung schwebte um dieses Gemälde und ein heimliches Grauen befiel mich, so oft ich es betrachtete, und doch heftete sich mein Blick jedesmal unwillkürlich darauf, so oft ich durch dies Zimmer ging, daher hat meine Phantasie bis itzt dies Bild so treu und fest aufbewahrt. Ich habe auch nie jene kindische Furcht vor diesem Kopfe ganz ablegen können: mein Vater sagte mir, es wäre kein Portrait, sondern nur die Idee eines sehr geschickten Malers.

Ich hatte den Brief an Dich geendigt, ich gehe durch die Stadt, die Sonne war schon untergegangen und ein roter Dämmerschein flimmerte nur noch um die Dächer und auf den freien Plätzen. Ich gehe zur Pyramide, der ganze Platz war einsam, nur in der Ferne wandelte mir ein Wesen näher; als es etwas mehr auf mich zukam zweifelte ich, ob es ein Mensch sei, ich hielt es für einen Geist, so alt, zerfallen, bleich und unkenntlich schlich es einher, – itzt stand es mir gegenüber und – – Eduard, Du errätst es vielleicht, – *es war jenes grauenhafte Bild meines Vaters!* – Alle Gefühle meiner frühesten Kindheit kamen mir plötzlich zurück, ich glaubte in Ohnmacht zu sinken. – Es war ganz derselbe, nur itzt um dreißig Jahre älter, aber alle jene schrecklichen Grundlinien, jenes unerklärliche Furchtbare, jenes verdammnisvolle Schreckliche. – Er hatte mein Erschrecken bemerkt, – er sah mich an, – und lächelte, – und ging fort! – Eduard, ich kann keine Worte finden, Dir diesen Blick und dieses Lächeln zu beschreiben. Mir war's, als stände mein böser Engel in sichtbarlicher Gestalt vor mir, als hört' ich in diesem Augenblicke alle glücklichen Blätter aus dem Buche meines Lebens reißen, – wie ein Prolog zu einem langen unglückseligen Lebenslaufe fiel dieser Blick, dieses Lächeln auf mich, – o Eduard, es hat mich erschüttert, darum verzeih mir, wenn ich zu ernsthaft davon spreche.

Wer mag es sein? frag' ich mich itzt unaufhörlich, – und wie hat mein Vater ein ihm so ähnliches Bild erhalten? –

Ich sollte mich lieber fragen, wie mich ein bloßer, nicht einmal ganz ungewöhnlicher Zufall so tief und innig bewegen können. – Lebe wohl.

12

Karl Wilmont an Mortimer

Glasgow.

Ich bin nun ganz Schottland durchstrichen und ich glaube ich könnte ebenso gut noch nach Irland und Abyssinien reisen, ohne gescheiter zurückzukommen. Ich habe den Ort gesehn, wo Fingal mit seinen Helden gestanden hat; es tut mir sehr leid um die guten alten Männer, aber ich habe dabei wahrhaftig mehr an Emilien, als an sie gedacht. – Und wobei hätte ich denn wohl *nicht* an sie gedacht? War mir's doch gar, als wenn mir die rauhen Raben immer den Namen Emilie ausriefen, tausendmal habe ich fremde Mädchen so höflich und rührend gegrüßt, daß sie rot darüber wurden, weil ich sie für Emilien ansahe. Nun, ich will auch nicht aus der Art schlagen, denn seit die Welt steht, ist es unter den Liebhabern eine hergebrachte Sitte, daß sie entweder gar nichts, oder zu viel sehen. – Alle meine Onkeln, Vettern, Basen, Muhmen, Tanten und Geschwisterkinder haben mich gar nicht wiedergekannt, sie hätten darauf geschworen, ich wäre ausgetauscht, so übel hat mir die Liebe mitgespielt; ich fange an, in der ganzen Welt meinen Ruf als Lustigmacher zu verlieren, die Empfindsamkeit hat alle meine Späße gar armselig zugerichtet. – Ach, Freund, itzt bin ich in der niedlichsten und charmantesten Stadt, die ich bis itzt auf dem weiten Erdboden habe kennen lernen, die Schotten sind so herrliche und gastfreie Leute, – aber ihr Gast taugt wirklich gar zu wenig und darum werd' ich wohl mit der Zeit wieder zurückreisen müssen. Hast Du mir aber irgend etwas zu schreiben, so tue es ja, denn einige Wochen denk' ich noch hier zu bleiben.

Mortimer, mir ist eingefallen, daß wir uns beide den Spaß machen können, einander Elegien zu dedizieren, und so unsre Namen auf die Nachwelt zu bringen, in der Poesie soll ja überdies ein Trost für alle möglichen Leiden liegen; statt uns die Haare auszuraufen, wollen wir dann Federn zerkäuen, statt an unsre Brust zu schlagen und zu seufzen, Verse an den Fingern abzählen, ich habe schon einige herrliche Gedanken dazu im Kopfe, wenn mir nicht ein Hagelschlag darunter gerät, kann das eine vortreffliche Ernte werden.

Meine Briefe und diejenigen, die ich vom alten Willy gesehen habe, sind sich im Wesentlichen außerordentlich ähnlich, wir nehmen beide irgend einen Gedanken in die Feder und schreiben dann immer frisch darauf los, wie manche unsrer neuen beliebten Romanenschreiber. Man muß gestehen, daß das Papier doch wirklich am Ende voll wird und Worte dastehn, die jeder nach seinem eignen Belieben lesen und beherzigen kann.

Sonst bin ich gesund, aber das Wetter wird unangenehm, ich wollte es wäre Frühling und ich sähe Emilien wieder. – Sieh doch! und wäre mit ihr verheiratet und Vater von zehn Kindern, – und, – und – Ich versichere Dich, daß ich jeden Satz, den ich anfange, mit Emilien endigen möchte, – das weiß Gott, wie das mit mir werden soll. – Mit dem neuen Jahre hoff' ich, soll es besser mit mir werden, das haben wir ja nun bald, und ich wünsche Dir und mir und allen Menschen, die vom neuen Jahre etwas wissen, alles mögliche Gute.

Ob sie wohl zuweilen an mich denkt? – Ich hoffe wohl. – Wie lebst Du in London, und fährst Du noch immer mehr fort, Dich in meine Schwester zu verlieben? – Ich möchte oft herzlich über uns beide lachen, ich fange auch wohl zuweilen an, aber ich weiß nicht, es will nicht recht gelingen. – Bald komm' ich zu Dir zurück, dann wollen wir wechselseitig unserm kranken Herzen Erleichterung schaffen.

13

Mortimer an Karl Wilmont

London.

Mich freut es, daß der Ton in Deinem Briefe noch so ziemlich munter ist, dies beweist, daß Deine Lage noch nicht so gefährlich ist, als Du sie gerne machen möchtest. Ich bin heute in großer Versuchung, sehr ernsthaft mit Dir zu sprechen, solltest Du also vielleicht bei gar zu fröhlicher Laune sein, so lege meinen Brief so lange beiseite, bis sie vorüber ist. Doch ich weiß, daß bei Dir Lachen und Ernst seine Zeit hat, daß Du nicht zu jenen Humoristen gehörst, die nichts lieber, als den Ton ihrer eigenen Zunge hören und sich mit ihrem eigenen Geschwätze betäuben. – Das Wetter wird sehr stürmisch, mir scheint es daher am vernünftigsten, Du kömmst bald nach London zurück, denn welches Vergnügen kannst Du itzt bei Deinem Herumstreifen haben?

Lovell fängt an ein nachlässiger Briefschreiber zu werden, er hat sehr lange nicht an Amalien geschrieben. Sie hat mir ihren Kummer darüber mit ihrer liebenswürdigen Offenherzigkeit geklagt, und ist es Leichtsinn, der Lovell abhält, so verdient er wirklich nicht die Betrübnis dieser schönen Seele.

Karl, ich mache mir unendlich oft Vorwürfe, daß ich sie so oft sehe, ich mache mir einen Vorwurf daraus, daß ich durch meine Zuneigung Lovell beleidige, und dann wieder – darf er je die Einwilligung seines Vaters zu dieser Verbindung hoffen? und liebt er sie auch wirklich? Hat er sie nicht vielleicht schon vergessen? – Wenn dies der Fall wäre, vielleicht daß sie dann ihre Liebe nach und nach zu mir übertrüge. – Dann, Karl, hab' ich mir einen schönen Plan ausgedacht, glaube mir, daß man erst als Hausvater ein eigentlicher Bürger dieser Erde wird; sie würde dann mein Weib, ich habe mir schon einen stillen reizenden Ort ausgesucht, wo ich mich dann anbauen will. Ich habe mir keinen poetischen und empfindsamen Plan entworfen, ich habe alles genau gegeneinander berechnet, ich weiß so ziemlich, welche Freuden man von dieser Welt zu erwarten hat, und meine Foderungen sind also nicht zu hoch gespannt; ich habe mir das Vergnügen gemacht, mir meine Einrichtung bis auf die kleinsten Umstände auszudenken, nur schade, daß ich noch auf die Hauptsache so wenig rechnen darf. Die Freuden des Herzens sind gewiß die reinsten und edelsten in dieser Welt, und jeder kann sie genießen, wenn er sie nur nicht selbst verachtet. – Ich erwarte Dich also nächstens wieder in London. Lebe wohl.

14

Der Graf Melun an Mortimer

Paris.

Sie verließen, lieber Freund, Paris, als ich eben Anstalten zur Hochzeit mit der Comtesse Blainville traf; da Sie sich stets für mein Schicksal interessiert haben, so halte ich es für meine Pflicht, Ihnen einige nähere Nachrichten von dem Erfolge dieser Narrheit zu geben.

Sie würden itzt mein Haus in Paris nicht wiederkennen, so sehr ist alles durcheinandergeworfen und verändert und modernisiert; ich bin so eingeschränkt, daß ich weniger Freiheiten habe, als meine Bedienten; alle meine vormaligen Freunde fliehen mein Haus und eine Schar von Zugvögeln gewöhnt sich nach und nach herein, die von der Freigebigkeit, oder vielmehr von der Verschwendung meiner Gebieterin leben; – ach Mortimer, ich sehe noch in meinem Alter einer drückenden Armut entgegen. So hart ist die Torheit eines alten Mannes bestraft, der nach so vielen Jahren von Erfahrung noch die närrische Foderung machte, ein Herz zu finden, das ihn um sein selbst willen liebte. Ich wollte die letzte Periode meines Lebens recht schön beschließen, ich wollte mir gleichsam so manches verlorne Jahr zurückerkaufen, und ich habe eine Hölle um mich her versammelt. Die Comtesse hat mich durch ihre Verstellung betrogen, ich traute ihr ein empfindendes Herz zu, aber sie lacht über diesen altfränkischen Galimathias, sie freut sich meines Kummers und wünscht meinen Untergang. Dies ist nun der trübe Beschluß eines meist langweiligen Lebens, das ich fast ganz einer albernen Konvenienz zum Opfer brachte. – Bedauern Sie Ihren Freund und geraten Sie nie in ein Unglück, das dem meinigen ähnlich ist.

15

Mortimer an den Grafen Melun

London.

Ihr Brief, lieber Graf, hat mich sehr betrübt; Sie gehören zu jenen Leuten, die es ganz verdienen, in der vollesten Bedeutung des Worts glücklich zu sein; daß Sie es aber so wenig sind, schmerzt mich innig. – Es ist aber möglich, und ich wünsche, daß es so sein möge, daß Ihre Phantasie einen großen Teil Ihrer Leiden ausmacht. Sie hatten sich vielleicht einen Plan entworfen, der zu schön war, um realisiert werden zu können: da Sie sich nun in Ihrer Hoffnung getäuscht sehn, so erscheint Ihnen jedes Ding trübe und finster. – Vielleicht ist alles anders und besser, wenn Sie die Sache ansehn, so wie sie ist; der Mensch ist so geneigt, sich allenthalben sein Unglück zu vergrößern, daß man nur selten dem Berichte des Erzählers ganz vertrauen kann. – Ich wünschte, ich wäre in Paris, um Sie aufzuheitern. Durch einen Brief kann der Freund nur wenig tun, denn man kann ihm nicht die Beredsamkeit und Herzlichkeit mitteilen, mit der man des Freundes Hand ergreift und ihm seine Sorgen wegschwatzt, oder wegdemonstriert. Leben Sie recht wohl und sein Sie glücklich.

16

Der Graf Melun an Mortimer

Paris.

Wollte der Himmel, Mortimer, es wäre so, wie Sie vermuten! Der Mensch mag elend genug sein, wenn er sich hundertfaches Unglück fingiert und jedes kleine Leiden durch ein trübes Vergrößerungsglas sieht: aber er kann doch hoffen, von seiner Krankheit geheilt zu werden, sein schwerer Traum wird ihn doch endlich verlassen. Der aber, der wirklich an der Quelle der Trübsale sitzt, ist unheilbar, er ist verloren, wenn er nicht das Glück einer völligen Unempfindlichkeit genießt; diese aber ist mir nicht zuteil geworden. Ich mochte Ihnen in meinem Briefe nicht mit einer weitläuftigen Schilderung meiner Leiden lästig werden, aber sie sind wirklich so, daß sie wohl standhaftere Schultern zusammendrücken könnten. Schon nach einigen Wochen meiner Heirat resignierte ich auf eine völlig glückliche Ehe, so gut sich auch die Comtesse noch anfangs verstellte; aber ich dachte nicht, so vielen Kränkungen und Widerwärtigkeiten ausgesetzt zu werden. Keine Beleidigung, keine Art von Kränkung sucht man mir zu ersparen, meine Frau verfährt nicht einmal mit jener Delikatesse mit mir, die man sonst doch selbst gegen Feinde zu beobachten sucht. Mein Vermögen wird auf die unsinnigste Art verschwendet, sie hat ihren erklärten Liebhaber, einen elenden Fanfaron, den sie bereichert, ein Mensch, der nicht einmal Witz und Ton genug hat, um zu gefallen. – Eine annähernde Auszehrung scheint meinem täglichen Verdrusse ein Ende machen zu wollen; schon seit einigen Wochen fühl' ich mich sehr matt, und indem ich Ihnen schreibe, bin ich sehr schwach und übel. Wenn Sie in Paris wären, hätt' ich doch noch einen Freund, der mir manchmal meine trüben Stunden etwas erheiterte; darauf darf ich aber nicht hoffen, also leben Sie wohl.

17

Walter Lovell an Eduard Burton

London.

Ich schreibe Ihnen in einer großen Verlegenheit, selbst Traurigkeit, in welche mich das lange Stillschweigen meines Sohnes versetzt. Ich kann mir die Ursache nicht erklären, wenn er nicht gefährlich krank ist, und diese Erklärung vermehrt nur meinen Kummer. Sollte er Ihnen etwa in dieser Zeit Nachricht von sich gegeben haben, so ersuche ich Sie um die Gefälligkeit mir diese mitzuteilen; Sie werden dadurch den Kummer eines Vaters lindern, dem tausend Bilder, eins trüber und schrecklicher als das vorige, vor der Seele schweben. Ich bitte Sie also, mir bald zu antworten, denn ich weiß, daß Sie stets mit meinem Sohne korrespondiert haben; er hat vielleicht den Freund weniger als den Vater vernachlässigt.

18

Amalie Wilmont an Emilie Burton

London.

Was ich mache, meine liebste Freundin? Ich weiß es selbst nicht genau, ich bin nicht krank und doch auch nicht wohl. Wenn ich zu Ihnen nach Bonstreet kommen könnte, würde ich einmal wieder recht vergnügt sein, so vergnügt, wie damals, als Lovell bei Ihnen war. – Ich weiß nicht, wie der böse Mensch seinen Vater und uns alle so ängstigen kann, er hat seit langer Zeit nicht geschrieben, und man fürchtet nun, er sei tot. Sollte es bloße Nachlässigkeit sein, so wäre sie unverzeihlich. – Sagen Sie mir, was Sie denken, ich wollte lieber, wir könnten so freundschaftlich und vertraut wie ehemals darüber sprechen. – Sie waren immer so gütig gegen mich, wir waren immer so froh miteinander, vielleicht könnten Sie mich itzt etwas erheitern; die Munterkeit ist mir wirklich nötig, ich fühle es, wie ein beständiger Schmerz an meinem Herzen nagt. Mortimer tut alles mögliche, um mich vergnügt zu machen, aber wenn ich auch zuweilen lache, so denke ich doch indes an Lovell und weine innerlich, und Lovell, – Gott! wenn er tot wäre, – oder, – o meine Emilie, was sagen Sie? Ist es möglich? Warum sollten mir vom Schicksale so große Leiden zugedacht sein, da ich nichts verbrochen habe? oder war mein Glück, waren meine Hoffnungen Sünde? –

19

William Lovell an Rosa

Rom.

Sie haben recht, Rosa, ich fange erst itzt an, Sie zu verstehen. Was mir seit unsrer Bekanntschaft dunkel und rätselhaft war, tritt nun wie aus einem Nebel allgemach hervor, die Täler, die zwischen den Bergen liegen, werden sichtbar, mein Blick umfängt die ganze Landschaft. – Ihr Geist zieht den meinigen zu sich hinüber; eben da, wo ich mich einst mit einer zu jugendlichen Voreiligkeit (ich darf es Ihnen nun wohl gestehn) über Ihnen erhaben fühlte, seh' ich mich itzt um so mehr gedemütigt.

Was machen Sie und *Balder* in Neapel? Seit Ihrer Abreise fühl' ich mich hier einsam und verlassen, es scheint, als wenn mir stets ein Freund zur Unterstützung notwendig wäre. – Kommen Sie bald zurück!

Aber dennoch hab' ich Ihnen, nur Ihnen allein jene Selbstständigkeit zu danken, die mir noch vor kurzem so fremd war. Sie haben mich aus jenen Wesen hervorgehoben, die in einer bejammernswürdigen Feigheit ihr Leben nicht zu genießen wagen, die sich von unaufhörlichen Zweifeln tyrannisieren lassen und wie Tantalus mitten im Überflusse schmachten; oder die sich von den Schätzen der lebendigen Natur mit Verachtung hinwegwenden, um eine dürre Klippe zu besteigen, wo sie sich dem Himmel näher dünken. Aber dort oben stehn sie verlassen; Felsenwände, die kein sterblicher Arm hinwegrücken wird, begrenzen ihre Aussicht; – um den Göttern ähnlich zu werden sterben sie, ohne gelebt zu haben. – Nein Rosa, hinweg mit diesem trostlosen Stolze! – Ich begnüge mich mit der Empfindung, ein *Mensch* zu sein; rasch entflieht das Leben, wehe dem, der vom irdischen Schlafe erwacht, ohne angenehm geträumt zu haben, denn wüste und dunkel ist die Zukunft.

Seit ich an diesem Glauben hange, lacht mir der Himmel freundlicher, jede Blume duftet mir süßer, jeder Ton klingt melodischer; die ganze Welt betrachte ich als mein Eigentum, jede Schönheit gehört mir, indem ich sie verstehe. So muß der freie Mensch durch die Natur wandeln, ein König der Schöpfung, das edelste geschaffene Wesen, indem er am edelsten zu genießen weiß. – Ich höre auf, nach Weisheit zu ringen, der sich kein Sterblicher nähern kann, – warum läßt Sisyphus seinen boshaften Stein nicht endlich liegen? Warum werden die Danaiden ihrer unglückseligen Arbeit nicht überdrüssig? – Warum schaffen sich Tausende aus dieser schönen Welt freiwillig eine Hölle? –

Gönnen Sie mir diesen poetischen Enthusiasmus, denn in einer schönen Stunde schreibe ich Ihnen in dem Garten, der schon oft die Szene unsrer Freuden war. Die Luft ist durch ein Gewitter abgekühlt, und die schwarzen Wolken ziehn itzt hinweg, ein schmaler Strahl bricht aus der Dunkelheit hervor und wirft einen roten Streif über die grüne Wiese, golden stehn die Spitzen der Hügel da, wie elysäische Inseln in einem trüben Ozean, in der Ferne wandelt ein Regenbogen durch den grünen Wald, die Natur ist wieder frisch, die Wiesen duften; nur Ihre Freundschaft fehlt dem glücklichen Lovell.

20

Rosa an William Lovell

Neapel.

Seitdem ich Ihren Brief erhalten habe, tut es mir mehr leid als je, daß ich mit dem melancholischen Balder hiehergereist bin; ich werde so schnell als möglich zurückkommen. Er wird mit jedem Tage finstrer und verschlossener, eine seltsame Art von Schwärmerei scheint seinen Geist in einer unaufhörlichen Spannung zu erhalten. Sie werden wissen, daß bei ihm die gewöhnlichen Zerstreuungen und Freuden des Lebens übel angebracht sind, sie dienen nur, seiner Laune einen noch finstrern Anstrich zu geben. – Ist es nicht kindisch, sich selbst und der ganzen Natur deswegen zu fluchen, weil nicht alles so ist, wie wir es mit unsern beschränkten Sinnen fordern? – Aber ich kenne auch die Reize, die diese Schwärmerei uns anfangs gewährt; wir ahnden eine Vertraulichkeit mit Geistern, die uns entzückt, die Seele badet sich im reinsten Glanze des Äthers und vergißt zur Erde zurückzukehren; aber die Kraft, die die Welt nach dem innern Bilde der erhitzten Phantasie umwandelt, stirbt bald, die Sinnlichkeit, (denn was ist ein solcher Zustand anders) ist auf einen so hohen Grad exaltiert, daß sie die wirkliche Welt leer und nüchtern findet; je weniger Nahrung sie von außen erhält, je mehr erglüht sie in sich selbst; sie erschafft sich neue Welten und läßt sie wieder untergehn: bis endlich der zu sehr gespannte Bogen bricht und eine völlige Schlaffheit den Geist lähmt und uns für alle Freuden unempfänglich macht; alles verdorrt, ein ewiger Winter umgibt uns. Welche Gottheit soll dann den Frühling zurückbringen? –

Wohl Ihnen, daß Sie diesem Zustande entflohen sind! – Sie wissen es itzt, welche Forderungen Sie an das Leben zu machen haben. Der Schwärmer kennt sich selbst und seine dunkeln Wünsche nicht, er verlangt Genüsse aus einer fremden Welt, Gefühle, für die er keine Sinne hat, Sonne und

Mond sind ihm zu irdisch: – wir, William, wollen hier unten bleiben, nicht nach Wolken und Nebeldünsten haschen, Mond und Sterne hoch über uns sollen uns nicht kümmern, – und so rasch mit dem Wagen ins Leben hinein, fort über die Berge und durch die Täler mit den unermüdeten Rossen, bis wir endlich angehalten werden und aussteigen müssen. – Bald bin ich wieder in Rom; leben Sie wohl.

Rosa.

21
Balder an William Lovell

Neapel.

Ich versprach mir manche Freuden von dieser Reise und itzt bin ich verdrüßlich, daß ich Rom verlassen habe: ja fast bin ich unzufrieden, daß ich mich je über den kleinen unbekannten Winkel meines Vaterlandes hinauswünschte. Der Geist dürstet nach Neuem, ein Gegenstand soll den andern drängen, – wie süß träumt man sich die Reise durch das schöne Italien, – ach und was ist es nun am Ende weiter, als das langweilige Wiederholen einer und eben der Sache? was war es nun, daß ich zwischen Rom und Neapel Wolken und blauen Himmel sah, – Saatfelder und Berge? Alles gleitet vor meiner Seele kalt und freudenleer vorüber.

Warum ist doch der Mensch dazu bestimmt, keine Ruhe in sich selber zu finden? – Itzt denke ich es mir so erquickend, in einer kleinen Hütte am Saume eines einsamen Waldes zu leben, die ganze Welt vergessend und auf ewig von ihr vergessen, nur mit der Erde bekannt, so weit mein Auge sieht, von keinem Menschen aufgefunden, nur vom Morgenwinde und dem Säuseln der Gesträuche begrüßt, – eine kleine Herde, ein kleines Feld, – was braucht der Mensch zu seinem Glücke weiter? – Und doch, wenn mich eine Gottheit nun plötzlich dorthin versetzte, würd' ich nicht wieder nach der Ferne jammern? Würde sich mein Blick nicht wieder wie ehemals an des Abends goldenes Gewölk hängen, um mit ihm unterzusinken und zauberreiche, mir unbekannte Fluren zu besuchen? Würd' ich nicht unter der Last einer dumpfen Einsamkeit erliegen und nach Mitteilung, nach Liebe, nach dem Händedruck eines Freundes schmachten? – Das Leben liegt wie ein langer verwickelter Faden vor mir, den auseinanderzuknüpfen mich ein boshaftes Schicksal zwingt; hundertmal werf' ich die lästige Arbeit aus der Hand, hundertmal beginn' ich sie von neuem, ohne weiterzukommen, – o wenn mich doch ein mitleidiger Schlaf überraschte! –

Ein Fieber hat mir die Reise hieher völlig verdorben, Rosa ist mir zur Last, ich selber bin mir unerträglich. – In der Einsamkeit, unter abenteuerlichen Phantomen, schrecklichen Gemälden meiner Phantasie und trübseligen Ideen ist mir noch am besten, – aber wenn ich an einen Ort komme, wo Menschen stehn und sich freuen! – wo vielleicht Musik ist und getanzt wird! – o William, es will mir die Seele zerschneiden. Ich darf nur einen verlornen Blick unter den jauchzenden Haufen fallen lassen, und er findet in allen sogleich die nackten Gerippe heraus, die Beute der Vernichtung. – Ich komme mir vor wie ein verlarvtes Gespenst, das ungekannt und düster, still und verschlossen durch die Menschen hingeht: sie sind mir ein fremdes Geschlecht.

Antworte mir, wenn Du mich noch nicht ganz vergessen hast, wenn Du nicht zu jenen Menschen gehörst, die sich wie die Schnecke ganz in sich selber zurückziehn, unbekümmert um das Wohl oder Weh ihres Bruders. – Doch weiß ich nicht, daß ihr alle Egoisten seid und sein müßt? –

22

William Lovell an Balder

Rom.

Der Schluß Deines Briefes zwingt mich zu dieser Antwort, ob ich Dir gleich dadurch unmöglich beweisen kann, daß ich nicht zu jenen Egoisten gehöre, von denen Du sprichst. Dieser Beweis dürfte bei Dir schwer zu führen sein, so wie der, daß Du alles in der Welt aus einem unrichtigen Gesichtspunkte betrachtest und daher nichts als Elend und Jammer findest. Deinetwegen wünscht' ich ein tiefsinniger Philosoph zu sein, um Dich zu überzeugen. – Ich kann Dir freilich nichts sagen, was Du nicht schon ebenso gut wüßtest, – aber lieber Balder, laß doch jene Grübeleien fahren, die Deinen Körper und Geist verderben; genieße und sei froh. – Das heißt, wirst Du antworten, so viel, als wenn Du zum Blinden sagen wolltest: tue die Augen auf und sieh! – Aber Du hast mich noch nie überführt, daß der Wille über diesen Zustand nicht alles vermöchte; ich halte ihn für keine physische Krankheit allein, und selbst diese wäre gewiß zu heilen. – Wenn Du aufrichtig sein willst, so wirst Du eingestehn, daß es jene unbegreifliche heimliche Wollust ist, die Dich unter Schaudern und Grausen so freundlich grüßt; jene wilde Freude, jene Entzückungen des Wahnsinns, die Dich in Deinen unterirdischen Wohnungen so fest halten. – Wenn Du dies zugibst, so sind wir beide wenigstens gleich große Egoisten. – Aber laß diese Genüsse der abenteuerlichen Phantasie fahren, die Dich zugrunde richten, kehre zur Welt und zu den Menschen zurück, vereinige Dich mit dem brüderlichen Kreise und nimm die Blumen, die Dir die mütterliche Natur mit freundlichem Lächeln hinreicht. – O könnt' ich den bösen Geist beschwören, der in Dir wohnt, damit nach wenigen Wochen der glückliche Lovell den *glücklichen Balder* wieder in seine Arme schließen könnte.

23

Balder an William Lovell

Neapel.

Meine Lage hat sich seit meinem neulichen Briefe sehr geändert. Mein Fieber nimmt mit jedem Tage zu, so wie mein Widerwille gegen die ganze Welt. – Unter allen Menschen, die ich bisher habe kennen lernen, hat noch keiner meine Erwartungen befriedigt; auch über Dich, William, kann ich mich mit Recht beklagen, aber doch entsprichst Du noch dem, was ich von einem Menschen und meinem Freunde fordre, am meisten: darum höre itzt die Bitte Deines kranken Freundes, und erfülle Dein halb im Scherze gegebenes Versprechen, mich hier in Neapel zu besuchen. Auf eine wunderbare Weise fühl' ich mich einsam, ein Schatten, ein Laut kann mich erschrecken, die Fibern meines Körpers erzittern bei jedem Anstoße auf eine schmerzhafte Art; ich weiß nicht, welches seltsame Grausen mich umgibt, meine Brust ist beklemmt, wie von fremden unsichtbaren Wesen umgeben fühl' ich mich fürchterlich beschränkt: komm, vielleicht kannst Du mich trösten. – Wenn ich nach und nach der Welt wie ein verdorrter Baum absterbe, so möcht' ich gern in den Armen eines Freundes verscheiden; wenn Du der bist, so laß mich nicht zu lange nach Deiner Gegenwart schmachten.

Shakespeares Hamlet ist meine tägliche Lektüre; es ist eine Art von Erquickung, die treue Schilderung meines Seelenzustandes von diesem großen Geiste dargestellt zu lesen; jedes Wort, jede Idee ist aus meiner Seele hervorgeholt; wer diesen Charakter je unnatürlich oder inkonsequent fand, hat den Menschen wahrlich wenig gekannt. Es ist die Ausgabe, William, die Du mir in Paris schenktest, und die von Dir angestrichenen Stellen kann ich fast alle auswendig. – Ich werde dies Meisterstück aber doch auf einige Zeit beiseite legen müssen, denn meine Phantasie wird dadurch zu sehr gespannt.

Oder war es mehr als Phantasie, was mich in der gestrigen Mitternacht so sehr erschreckte? – Wenn es etwas mehr wäre! – Und doch kann es nicht sein. – Wer will aber gegen die Möglichkeit streiten? – Welcher Sterbliche wagt es, die Grenze zu ziehn, wo die Wirklichkeit aufhören soll? Wir vertrauen unserm aus Staube gebildeten Gehirne zu viel, wenn wir nach eben den Maßen, die wir hier unten gebrauchen, auch eine Welt messen wollen, die mit der hiesigen keine Ähnlichkeit hat, – voll Scham über seine Anmaßung sinkt einst der Geist vielleicht zu Boden, wenn die körperliche Hülle von ihm genommen wird.

Das Fieber hatte mich verlassen, als ich gestern die Szene zwischen Bernardo und Marcellus las, die das Stück eröffnet. – Es war gegen Mitternacht, mein Bedienter schlief und das Nachtlicht warf nur matte Strahlen durch das Zimmer; alles war still, eine Grille zirpte im Kamine ihre einförmige Melodie ununterbrochen fort. – Ein wunderbares Ideenspiel begann in meinem Kopfe bei der Stelle:

Ber. Last night of all,
When you same star, that's westward from the pole,
Had made his course to illumet that part of heaven
Where now it burns, Marcellus, and myself,
The bell then beating one, –

und nun Marcellus erschreckend einfällt

Peace, break thee off; look, where it comes again!

Ich sah die abenteuerliche Nacht, den Stern oben, der durch den Wipfel eines Baumes flimmerte, große Schatten vom Palaste her und Lichter in der Ferne, Horatio in der höchsten Spannung, der der seltsamen Erzählung seines Freundes zuhört, – und nun tritt plötzlich der Geist auf, langsam und leise schwebt er her, ein schwarzer Schatten, um den ein bleicher Schimmer fließt, matt wie das blaue Licht einer auslöschenden Lampe. – Ich fühlte, wie mir ein Grauen mit kalter

Hand über den Nacken hinab zum Rücken fuhr, die Stille um mich her ward immer toter, ich selber ging immer weiter in meinem Innern zurück, und betrachtete in meiner innersten Phantasie mit grauendem Wohlbehagen die Erscheinung, aus der umgebenden Welt verloren.

Plötzlich hört' ich einen langen, leise gezogenen Schritt durch das Zimmer, ich blickte wieder auf, – und ein Mann ging hinter mir, nach der Tür meines Schlafzimmers zu, sein Auge begegnete mir, als ich mich umsah; ein unwillkürlicher Ausruf entfuhr mir, – er ging unbefangen in mein Schlafzimmer, ich sah ganz deutlich die weißen Haare auf seinem Kopfe; der Schatten an der Wand folgte ihm nach, auf eine fürchterliche Art verzogen. –

Es ist mir selber unbegreiflich, warum ich im Ganzen so kalt und fast ruhig blieb, da ich doch einen Schauder in meinen innersten Gebeinen fühlte; in dem Entsetzen lag eine Art von wütender Freude, ein Genuß der vielleicht außerhalb den Grenzen des Menschen liegt. – Ich kann mir nichts Fürchterlicheres denken, als diese Erscheinung zum zweitenmale zu sehn; und doch wiederhol' ich mir vorsätzlich den Schreck, das starrende Grausen dieses Augenblicks. –

Ich rief meinen Bedienten, er hatte nichts gehört, in der Kammer war keine Spur, ich hatte sogar den Schlüssel noch auf dem Tische liegen und sie war zugeschlossen. Ich ließ Rosa kommen, er kannte mich nicht wieder, er blieb bei mir, ich habe die ganze Nacht nicht geschlafen, stets sah ich den fremden Mann mit dem leisen bedächtlichen Schritte durch das Zimmer schleichen.

Wenn es nicht Phantasie war, und mein Bewußtsein kämpft gegen diese Meinung, – was war es denn? – War dies keine Wirklichkeit, so steh' ich im Begriffe, alle Erscheinungen der Dinge außer mir für Täuschung meiner Sinne zu erklären; und fällt dann nicht alles zusammen? Wunder und Alltäglichkeit? – und wer bin ich dann?

Dann sitz' ich hier in einer weiten wilden ausgestorbenen Leere, bilde mir ein, einen Brief zu schreiben, an ein Wesen, das sich nur meine Phantasie erschaffen hat, – o ich muß aufhören, auf diesem Wege kann man wahnsinnig werden; – und wenn ich es würde? Vielleicht wäre dann die Schranke durchbrochen, die meinen Geist itzt noch von allem trennt, was ihm unbegreiflich ist. –

24

William Lovell an Rosa

Rom.

Balder hat mir geschrieben und ein merkwürdiges Beispiel gegeben, wie weit ein Mensch sich verirren könne, wenn er einer kranken Phantasie die Zügel seiner selbst überläßt. Von Phantomen seiner Einbildungskraft erschreckt, von einer Krankheit gelähmt, ist er itzt im Begriffe, an seiner eigenen Existenz zu zweifeln; der sonderbarste und widersinnigste Widerspruch, den sich ein moralisches Wesen nur erlauben darf.

Aber ich kenne den Gang, den die Phantasie bei Balder genommen hat; auch ich war einst dieser unglückseligen Stimmung nahe. Wenn es noch irgend möglich ist, Rosa, so suchen Sie ihn zu heilen, söhnen Sie ihn mit dem Leben wieder aus und schieben Sie ihm statt des ernsten Shakespeare den jugendlichen Petrarcha, oder den mutwilligen Boccaz unter; die Farben sind von dem Gemälde abgesprungen, darum sieht es so finster und widrig aus, machen Sie die Probe, neue aufzutragen, und es wird so hell und frisch werden, wie ehedem. – Wenn er erwacht ist, wird er die Zeit bedauern, die er so unangenehm verträumt hat.

Freilich kann ich mich nicht verbürgen, ob die äußern Dinge wirklich so sind, wie sie meinen Augen erscheinen: – aber genug, *daß ich selbst bin*; mag alles umher da sein, auf welche Art es will, tausend Schätze sind über die Natur ausgestreut uns zu vergnügen, wir *können* nicht die wahre Gestalt der Dinge erkennen, oder könnten wir es, so ginge vielleicht das Vergnügen der Sinne darüber verloren, – ich gebe also diese Wahrheit auf, denn die Täuschung ist mir erfreulicher. – Was ich selbst für ein Wesen sei, kann und will ich nicht untersuchen, meine *Existenz* ist die einzige Überzeugung, die mir *notwendig* ist, und diese kann mir durch nichts genommen werden. – An dies Leben hänge ich alle meine Freuden und Hoffnungen, – jenseits, – mag es sein, wie es will, ich mag für keinen *Traum gewisse* Güter verloren geben.

Sagen Sie ihm doch dies, denn ich mag heute nicht an ihn schreiben; oder sagen Sie ihm lieber Ihre eigenen Ideen, denn im Grunde sind diese hier doch nur ein Widerschein der Ihrigen; mir selber soll in diesem ganzen Briefe nichts gehören, als die aufrichtige Versicherung, daß ich bin und bleiben werde

Ihr zärtlicher Freund.
William Lovell.

25

Rosa an William Lovell

Neapel.

Wie sehr haben Sie in Ihrem Briefe aus meinem Herzen gesprochen! – Ach Freund, wie wenig Menschen verstehen es zu leben, sie ziehn an ihrem Dasein wie an einer Kette, und zählen mühsam und gähnend die Ringe bis zum letzten. – Wir, William, wollen an Blumen ziehen und auch noch bei der letzten lächeln, und uns von ihrem Dufte erquicken lassen.

Mögen die Dinge außer mir sein, wie sie wollen; ein buntes Gewühl wird mir vorübergezogen, ich greife mit dreister

Hand hinein und behalte mir, was mir gefällt, ehe der glückliche Augenblick vorüber ist. –

Ja, Lovell, lassen Sie uns das Leben so genießen, wie man die letzten schönen Tage des Herbstes genießt; keiner kömmt zurück, man darf keinem folgenden vertrauen. Ist der nicht ein Tor, der in seinem dunkeln Zimmer sitzen bleibt und Wahrscheinlichkeit und Möglichkeit berechnet? Der Sonnenschein spielt mutwillig vor seinem Fenster, die Lerche singt durch den blauen Himmel, – aber er hört nur seine Philosophie, er sieht nur die kahlen Wände seiner engen Behausung.

Wer ist die Gestalt, die in dem frohen Taumel uns in die Zügel des fliehenden Rosses fällt? – die Wahrheit, – die Tugend; – ein Schatten, ein Nebelphantom, dessen Schimmer mit der Sonne untergehn. – Aus dem Wege mit dem jämmerlichen Bilde! Es gehört keine Kraft, nur ein gesunder Blick gehört dazu, um dieses Märchen zu verachten.

Ja, Lovell, ich folge diesem Gedanken weiter nach. Wohin wird er mich führen? – Zur größten, schönsten Freiheit, zur uneingeschränkten Willkür eines Gottes.

Alle unsre Gedanken und Vorstellungen haben einen gemeinschaftlichen Quell, – die Erfahrung. In den Wahrnehmungen der Sinnenwelt liegen zugleich die Regeln meines Verstandes und die Gesetze des moralischen Menschen, die er sich durch die Vernunft gibt. – Alles aber, was die Sprache des Menschen Ordnung und Harmonie, den Widerschein des ewigen Geistes nennt: alles was sie von der leblosen Natur auf den geistigen Menschen überträgt; – was sind diese Worte mehr als Worte? – Unser Verstand findet allenthalben in der Natur die Spuren des göttlichen Fingers, allenthalben Ordnung, und die Elemente freundlich nebeneinander, – er versuche es doch einmal, die Unordnung und das Chaos zu denken, oder in der Zerstörung *nur* den Ruin zu finden! – Es ist ihm unmöglich. Unser Geist ist an diese Bedingung geknüpft; in unserm Gehirne regiert der Gedanke der Ordnung, und wir finden sie auch außer uns allenthalben; ein Licht, das durch die Laterne den Kerzenschimmer in die finstere Nacht hineinwirft.

Es ist Mitternacht und vom Turme her schlägt es zwölfe. Wenn ich mir diese Uhr beseelt und verständig vorstelle, so müßte sie notwendig in der Zeit, die sie nach willkürlichen Abteilungen mißt, diese Abteilungen wiederfinden und nicht ahnden, daß es Ein großer, göttlicher, ungemessener Strom ist, der vorübersaust, kühn und herrlich und auch nicht Eine Spur der kläglichen Einteilung trägt.

Willkommen denn wüstes, wildes, erfreuliches Chaos! – Du machst mich groß und frei, wenn ich in der *geordneten* Welt nur als ein Sklave einherschreite.

Sie sehn, Lovell, ich fange an, mit Ihnen zu phantasieren: ich hoffe aber nicht, daß meine Phantasien so wild und ungeordnet sind, daß sie der Freund nicht verstehen sollte, – O wenn mich nur *Balder* verstände oder verstehen wollte!

26

William Lovell an Rosa

Rom.

Nein, Rosa, Ihre Ideen sind dem Freunde nicht unverständlich. Ist es nicht endlich einmal Zeit, daß ich Sie und Ihre Meinung ganz fasse?

Freilich kann alles, was ich außer mir wahrzunehmen glaube, nur in mir selber existieren. Meine äußern Sinne modifizieren die Erscheinungen, und mein innerer Sinn ordnet sie und gibt ihnen Zusammenhang. Dieser innere Sinn gleicht einem künstlich geschliffenen Spiegel, der zerstreute und unkenntliche Formen in ein geordnetes Gemälde zusammenzieht.

Geh' ich nicht wie ein Nachtwandler, der mit offenen Augen blind ist, durch dies Leben? Alles, was mir entgegenkommt, ist nur ein Phantom meiner innern Einbildung, meines innersten Geistes, der durch undurchdringliche Schranken von der äußern Welt zurückgehalten wird. Wüst und chaotisch liegt alles umher, unkenntlich und ohne Form für ein Wesen, dessen Körper und Seele anders, als die meinigen organisiert wären: aber mein Verstand, dessen erstes Prinzip der Gedanke von Ordnung, Ursach und Wirkung ist, findet alles im genausten Zusammenhange, weil er seinem Wesen nach das Chaos nicht bemerken *kann*. Wie mit einem Zauberstabe schlägt der Mensch in die Wüste hinein und plötzlich springen die feindseligen Elemente zusammen, alles fließt zu einem hellen Bilde ineinander, – er geht hindurch und sein Blick, der nicht zurücke kann, nimmt nicht wahr, wie sich hinter ihm alles von neuem trennt und auseinander fliegt.

Willkommen, größester Gedanke,
Der hoch zum Gotte mich erhebt!
Es öffnet sich die düstre Schranke,
Vom Tod' genest der matte Kranke
Und sieht, da er zum erstenmale lebt,
Was das Gewebe seines Schicksals webt.

Die Wesen *sind*, weil wir sie *dachten*,
In trüber Ferne liegt die Welt,
Es fällt in ihre dunkeln Schachten
Ein Schimmer, den wir mit uns brachten:
Warum sie nicht in wilde Trümmer fällt?
Wir sind das Schicksal, das sie aufrecht hält!

Ich komme mir nur selbst entgegen
In einer leeren Wüstenei,
Ich lasse Welten sich bewegen,
Die Element' in Ordnung legen,
Der Wechsel kömmt auf meinen Ruf herbei
Und wandelt stets die alten Dinge neu.

Den bangen Ketten froh entronnen
Geh' ich nun kühn durchs Leben hin,
Den harten Pflichten abgewonnen
Von feigen Toren nur ersonnen.
Die Tugend ist nur, weil ich selber bin,
Ein Widerschein in meinem innern Sinn.

Was kümmern mich Gestalten, deren matten
Lichtglanz ich selbst hervorgebracht?
Mag Tugend sich und Laster gatten!
Sie sind nur Dunst und Nebelschatten!
Das Licht aus mir fällt in die finstre Nacht,
Die Tugend *ist* nur, weil ich sie *gedacht*.

So beherrscht mein äußrer Sinn die physische, mein innerer Sinn die moralische Welt. Alles unterwirft sich meiner Willkür, jede Erscheinung, jede Handlung kann ich nennen, wie es mir gefällt; die lebendige und leblose Welt hängt an den Ketten, die mein Geist regiert, mein ganzes Leben ist nur ein Traum, dessen mancherlei Gestalten sich nach meinem Willen formen. *Ich selbst* bin das einzige Gesetz in der ganzen Natur, diesem Gesetze gehorcht alles. Ich verliere mich in eine weite, unendliche Wüste, – ich breche ab.

27

Rosa an William Lovell

Neapel.

Ich danke für Ihren Brief, lieber William; ich bitte Sie itzt, mich auf ein paar Tage in Neapel zu besuchen, dann muß ich Balder verlassen, leisten Sie ihm an meiner Stelle auf einige Zeit Gesellschaft.

Ich reiche Ihnen die Hand zur schönen freien Wallfahrt durch das Leben; alles um uns her, was die gewöhnlichen

Menschen im hiesigen Traume ängstigt, tritt vor unsern dreisten Blicken scheu aus dem Wege. – Eine ebne, blumenreiche Bahn streckt sich vor uns aus, lassen Sie uns Arm in Arm hinuntergehn. –

28

Willy an seinen Bruder Thomas

Rom.

Du hast lange keinen Brief von mir bekommen, lieber Bruder, und das macht, weil ich Dir gar nichts zu schreiben hatte. Neues ist unterdes eben nichts vorgefallen und – daß Du mein guter Bruder bist, daß ich oft an Dich denke und Dich noch öfter hier wünsche, ist schon so etwas Altes, daß ich es Dir kein einzigesmal mehr sagen will. Uns allen hier, ich meine, mir, meinem Herrn und seinen Freunden, uns allen geht es hier recht wohl, außer dem Herrn *Balder*, der in Neapel krank liegt, weil er einen Anstoß vom Fieber bekommen hat. Man erzählt sich allerhand von ihm: so sagt man unter andern, er habe in manchen Stunden den Verstand ganz verloren und sei gar nicht bei sich, da rede er denn wunderlich Zeug durcheinander. – Wenn ich so etwas höre, Thomas, so danke ich Gott oft recht herzinniglich, daß mir so etwas noch nicht begegnet ist: vielleicht aber auch, Thomas, daß, um verrückt zu werden, mehr Verstand dazu gehört, als wir beide haben; ich meine nämlich, wenn man nur immer so viel Verstand hat, als man zur höchsten Notdurft braucht, so kann man ihn ohne sonderliche Mühe in Ordnung halten. Wer aber zuviel hat, dem wird das Regiment saurer und da geht dann manchmal alles bunt über Eck. – Ich denke, es muß ohngefähr so sein, wie mit dem Gelde: wer seine Einkünfte immer in der Tasche bei sich trägt, ist meistenteils ein guter Wirt; wer aber so viel Geld hat, daß er es nicht gleich im

Kopfe zusammenrechnen kann, der gibt oft so viel aus, daß er noch Schulden obendrein macht.

Der Herr *Rosa* will mir immer noch nicht gefallen. Er kömmt mir vor, wie ein Religionsspötter, von denen ich schon manchmal in unserm Vaterlande habe erzählen hören; solche Leute können kein gutes Herz haben, weil sie nicht auf die Seligkeit hoffen, und wer darauf nicht hofft, Thomas, der hat keinen festen Grund, worauf er seinen Fuß setzen kann, und das hiesige Leben kommt mir doch immer nur als eine Probearbeit vom künftigen vor; sie machen also ihre Probe sehr flüchtig und nachlässig, und tun Gott und allen Menschen so vielen Schabernack, als sie nur immer können. Ich weiß nicht, Thomas, wie es diesen Leuten künftig ergehn wird; im Himmel würden sie doch nur die Ruhe und Einigkeit stören; – mag's sein, wie es will, ich will nichts mit ihnen zu tun haben.

Aber der Herr *William* läßt sich itzt viel mit diesem gefährlichen Menschen ein. Sie sind itzt recht vertraut und der Herr William kommt mir manchmal ganz kuriose vor, es ist manchmal gar nicht mehr derselbe gute Herr, der er wohl vor Zeiten war. Wenn der Italiäner ihn nur nicht verführt! Ich könnte mich darüber zu Tode grämen. Der ganze Himmel mit aller seiner Seligkeit würde mir künftig nicht gefallen, wenn ich meinen lieben Herrn anderswo (Du weißt wohl, Thomas, wo ich meine) wissen sollte.

Du siehst, lieber Bruder, daß ich itzt viel an den Tod und über die Unsterblichkeit der Seele denke, das macht, weil ich itzt fast beständig so betrübte Gedanken habe, daß ich mich nicht zu lassen weiß. An allem ist mein Herr William schuld; er ist nicht mehr so freundlich gegen mich, wie sonst, er bekümmert sich wenig um mich, ja, Thomas, er lacht mich sogar manchmal aus, ob ich doch gleich um viele Jahre älter bin, als er. Du wirst gewiß nicht sagen können, daß er daran recht tut. Neulich kam mir das Weinen in die Augen, daß ich es nicht verstecken konnte, und da lachte er noch weit mehr. Mag ihm das Gott vergeben, so wie ich es ihm vergeben habe.

Ich will nur zu schreiben aufhören, um Dir nur nicht noch mehr vorzuklagen. Aber ich wünschte, ich säße bei Dir in unserm frommen, rechtgläubigen England; wenn es anginge, möchte ich wohl zurückreisen, wie froh wollt' ich Dich in meine alten Arme nehmen und mit einer Freude, wie ein kleines Kind ausrufen: Gottlob, daß ich wieder da bin, daß ich Dich wieder habe! – Nun so lebe wohl, gebe der Himmel nur, daß wir uns noch einmal wiedersehn!

29

Balder an William Lovell

Neapel.

Rosa will nach Rom zurückreisen; wenn Du noch einiges Mitleids fähig bist, so leiste mir einige Tage über Gesellschaft. Ich bin in einer fürchterlichen Lage, meine Krankheit (wenn ich es so nennen kann) nimmt mit jedem Tage zu, alle Freuden und Hoffnungen verlassen mich, in einem kalten Trübsinne sehe ich der Leere jedes folgenden Tages entgegen. Mein Gehirn ist wüst, eine heiße Trockenheit brennt in meinem Kopfe, alles flieht, ich kann keinen Gedanken festhalten: alles saust mir vorüber, kein Ton dringt mehr in meine Seele.

Mir ist zuweilen, als stehe ich auf dem Scheidewege, um vom Leben Abschied zu nehmen, oft ist mir sogar zumute, als wenn schon alles in einer weiten, weiten Ferne läge, wie von der Spitze eines Turmes seh' ich mit trübem Auge in die Welt hinunter und vermag keinen Gegenstand deutlich zu unterscheiden. Zuweilen aber werde ich wieder zurückgerissen, meine Sinne tun sich den Eindrücken wieder auf und die Seele kömmt zu ihrem Körper zurück. – Komm doch zu mir, William, in Deiner Gegenwart gewinne ich vielleicht eine bestimmtere Existenz, entweder ich komme ganz wieder zu den Menschen hinüber, oder ich werde jenseit in ein dunkles, chaotisches Gebiet geschleudert, das sich dann vielleicht meinem Geiste entwickelt: daß ich dann mit der Seele einheimisch bin, wohin mir kein Gedanke der übrigen Sterblichen folgt.

Ja, Lovell, ich bin immer noch in Zweifel darüber, was aus mir werden würde, wenn die Leute mich *wahnsinnig* nennen; o ich fühl' es, daß ich in vielen Augenblicken diesem Zustande so nahe bin, daß ich nur noch einen einzigen kleinen Schritt vorwärts zu tun brauche, um nicht wieder zurückzukehren. Ich brüte oft mit anhaltendem Nachdenken über mir selber, zuweilen ist's, als risse sich eine Spalte auf, daß ich mit meinem Blicke in mein innerstes Wesen und in die Zukunft dringen könnte; aber sie fällt wieder zu, und alles, was ich fesseln wollte, entflieht treulos meinen Händen. – Als Kind stand ich oft mit Ehrfurcht und ahndender Seele vor dem Klavier meiner Eltern und betrachtete stumm und unverwandt den künstlich ausgeschnitzten Stern des Resonanzbodens; ich sahe scheu durch ihn in die Dunkelheit hinein, weil ich wähnte, dort unten wohne der Genius des Gesanges, der leise mit den Flügeln rausche, wenn die Tasten angeschlagen würden. Ich sah ihn oft in meinen Gedanken emporsteigen, wie er leise schwebend von seinen süßen Tönen getragen wird und immer höher und höher steigt und ein glänzendes Gewimmel von Harmonien sich um ihn versammelt, dann wieder still und langsam in seine Tiefe hinabsinkt und schweigend unten wohnt. – Als ich älter ward, dachte ich oft mit Lächeln an diese seltsame Idee meiner Kindheit und fühlte mich, wunder wie klug! – Aber verstand ich darum die Entstehung und seltsame Wirkung der Töne?

So kommen mir itzt mehr Ideen aus meinen frühesten Jahren wieder; ich sehe ein, daß ich itzt ebenso mit ahndender, ungewisser Seele vor dem Rätsel meiner Bestimmung und der Beschaffenheit meines Wesens stehe. – Vielleicht, daß das Kind, das im ersten Augenblicke den Lichtstrahl des Tages erblickte, klüger ist als wir alle. Die Seele weiß noch nicht die ihr aufgeladenen Sinne und Organe zu gebrauchen, die Erinnerung ihres vorigen Zustandes steht ihr noch ganz nahe, sie tritt in eine Welt die sie nicht kennt und die ihrer Kenntnis unwürdig ist; sie muß ihren höhern eigentümlichen Verstand vergessen, um sich mühsam in vielen Jahren in die bunte Vermischung von Irrtümern einzulernen, die die Menschen Vernunft nennen. – Vielleicht, daß ich wieder dahin zurückkommen kann, wo ich war, als ich geboren ward.

Vergib mir mein Geschwätz, das Dir vielleicht überdies unverständlich ist; aber komm zu mir, komm! o laß mich nicht vergebens bitten.

Ich habe schreckliche Träume, die mir alle Kräfte rauben, und fürchterlich ist es, daß ich auch im Wachen träume. Heere von Ungeheuern ziehn mir vorüber und grinsen mich an, wie ein heulender Wassersturz fallen Gräßlichkeiten auf mich herab und zermalmen mich. Ich schlafe nicht und kann nicht wachen: wenn ich schlafe, ängstigt mich meine boshafte Phantasie, ich wache dann auf und kann nicht erwachen, sondern setze meine Träume fort. – Heulende Orkane jagen hinter mir her und betäuben mich mit ihrem Brausen; ich fahre erbleichend zusammen, wenn ich meine Hand aufhebe: wer ist der Fremdling, frag' ich erschrocken, der mir den Arm zum Gruße entgegenstreckt? – Ich greife ängstlich darnach und ergreife schaudernd meine eigne, leichenkalte Hand, wie ein fremdartiges Stück, das mir nicht zugehört. – Phantome jagen sich mir vorüber, die alle mein Blut in Eis verwandeln. Fürchterliche Gesichter drängen sich aus der Mauer, und wenn ich hinter mich sehe, streckt sich mir ein schneebleiches Antlitz entgegen und begrüßt mich mit wehmütig entsetzlichem Lächeln. – Komm William und rette mich, – je nun, so komm, komm doch! hörst Du nicht das ängstliche Geschrei Deines armen Freundes? – Du lachst? O wehe Dir und mir, wenn Du mich verspottest; dann schicke ich Dir einst alle Gespenster zu, daß sie Dir auch den Schlaf und die Ruhe wegquälen. – Vergib mir, aber komm.

Eine blinde Wut könnte mich ergreifen, wenn ich das armselige Geschwätz der Ärzte von Fieberhitze und Paroxismus höre. Die Narren! weil ihre Sinnen erblindet und betäubt sind, so halten sie den für töricht, der mehr sieht, als sie. – O ich höre recht gut das leise schauerliche Rauschen von den Flügeln meines Schutzgeistes, ich sehe recht gut die Hand, die mich ernst hinüberwinkt. – Lebe wohl, William, ich folge und werde nie zu Dir zurückkehren.

30

William Lovell an seinen Freund Eduard Burton

Rom.

Du klagst darüber, daß ich Dir und meinem Vater in so langer Zeit nicht geschrieben habe? Du siehst, daß ich in diesem Briefe meinen Fehler wieder gut zu machen suche; besorge die Einlage an meinen Vater.

O ja, teurer Freund, ich fürchte selbst es ist schon lange, daß ich Dir nicht geschrieben habe. Alles hier hat mich verwickelt und verstrickt, eine Gesellschaft, eine Zerstreuung hat mich der andern aus dem Arme genommen; ich bin in ein Labyrinth hineingeraten, in welchem ich nur an Deiner Hand, durch Deine Hülfe, lieber Eduard, wieder ans Tageslicht finden kann. O mir ist, als säß' ich in eisernen Banden und träumte vergebens von Befreiung, alles umher, was ich ansehe, wird mir zu einem Geheimnisse, ganz Italien kommt mir wie ein Kerker vor, in welchem mich ein böser Dämon gefangen hält: darum will ich zu Dir, zu Dir und Amalien zurück.

Amalie! o daß ich diesen süßen Namen wieder nennen kann! – Wie geht es ihr? Denkt sie noch an mich? – Erinnerst *Du* Dich noch so oft, wie sonst, Deines Freundes William? – O ich muß hier auf einen Augenblick die Feder niederlegen; meine Seele ist zu voll, meine Hand zittert.

Ich fange wieder an zu schreiben, nur muß Dir bis hieher dieser Brief wie ein Rätsel vorkommen. Ach Eduard, Deiner Freundschaft muß ich schon wieder das Bekenntnis meiner Schwäche ablegen, verzeihe mir wieder, denn nach jeder Probe komme ich mit erneuerter Liebe zu Dir zurück.

Seit *Mortimers* Abreise ward *Rosa* mein vertrauter Freund, diese Freundschaft wuchs mit jedem Tage. Unsre Seelen wurden immer inniger aneinandergefesselt, hundert neue Gedanken und Vorstellungen gingen aus ihm in meinen Geist über; in kurzer Zeit war ich sein Schüler, der Schüler einer egoistischen, sinnlichen Philosophie, deren Knoten ich freilich noch immer nicht aufzulösen vermag, die aber doch meinem Herzen immer fremd bleiben wird. Aber die Freundschaft für Rosa tat mehr, als mein innres Gefühl; alles schien mir so wahr und heilig; in allem was er sagte und tat, ein so großer Sinn verborgen! – Er war itzt meine liebste und häufigste Gesellschaft, allenthalben wo ich war, traf ich auch ihn, und allenthalben wünschte ich ihn zu treffen.

Balder ist indes in Neapel krank geworden; seine Melancholie, die durch ein Fieber verstärkt worden ist, artet zuweilen in völlige Verrückung aus. In dringenden Briefen bat er mich, ihn zu besuchen; ich reiste endlich ab.

Ich fand ihn entstellt, bleich, mit tiefeingesunknen Augen, einem irren Blicke und allen Spuren einer gefährlichen Seelenkrankheit. Als ich in sein Zimmer trat, war sein Geist abwesend und er erkannte mich nicht, er kämpfte mit Phantomen seiner Einbildungskraft, die ihn ängstigten, er sah Gespenster um sein Bette stehn, seine scheuen Augen funkelten auf eine entsetzliche Art, er sprach einen zusammenhängenden Unsinn, dessen seltsame und fürchterliche Bilder mich oft erschreckten. – Eduard, er beschrieb in seiner Phantasie einen Alten, der vor seinem Bette stehe, und – o denke Dir mein Entsetzen! – seine Beschreibung paßte Zug für Zug auf den fürchterlichen Greis, von dem ich Dir neulich erzählt habe, der einem Portrait meines Vaters so ähnlich ist. – Ich sah mich ängstlich im Zimmer um, es war niemand weiter da, aber er muß ihn kennen, Eduard, – o wer weiß, wie wunderbar sich die Fäden meines Schicksals ineinanderfügen!

Lächle nicht über mich, Eduard; noch ehe Du diesen Brief zu Ende gelesen hast, wirst Du einsehn, daß Du keine Ursache dazu hast. Du wirst mir recht geben und das Grauen des Freundes mit empfinden.

Balder erregte mein tiefes Mitleid; ich betrachtete ihn, wie einen, der ohne es zu wissen, mit meinen innersten Gedanken zusammenhinge; ich konnte in der Nacht nicht schlafen, seine Beschreibung hatte das Bild jenes seltsamen schrecklichen Greises wieder gar zu lebhaft in meiner Phantasie erweckt.

Ich fühlte, daß Balders Krankheit für mich ansteckend sein könnte; ich reiste also schon gestern nach Rom zurück. Es war gegen Abend als ich in die Nähe der Stadt kam, die Sonne ging sehr schön unter und ich ließ den Wagen fahren, um durch einen Umweg nach dem Tore zu kommen. Ich gehe seitwärts und entferne mich immer mehr von der großen Straße; plötzlich seh' ich in einiger Entfernung von mir zwei Gestalten in einem tiefen Gespräche vorübergehn, – o Eduard! und ich wünschte, der Boden möchte unter mir brechen, – es war Rosa, *Rosa* am Arme jenes fürchterlichen Ungeheuers! jenes entsetzlichen Gespenstes, das hohl und leise hinter mir geht und sich der Fäden bemeistert hat, an denen es mein Schicksal lenkt. – Es ist kein Mensch, Eduard, denn so hat noch nie ein Mensch ausgesehn, – und *Rosa*, *Rosa* der Vertraute meines Herzens, dem ich meine Seele aufzubewahren gegeben hatte, an seinem Arme! Im vertrauten freundlichen Gespräche mit ihm! – Meine Liebe und mein Abscheu gehn mir Arm in Arm vorüber und die Zukunft öffnet sich mir, wie mit einem gewaltigen Risse und ich sehe tief, tief hinunter nichts als Unglück und Gräßlichkeiten.

O Eduard! wer könnte dabei kalt und gelassen bleiben? Von diesem Augenblicke ist mir Rosa ein fremdes Wesen geworden, Rom ist mir seitdem verhaßt, der Himmel über

Italien trübe und verderbenschwanger; wie ein verirrtes Kind sehn' ich mich nach meiner Heimat zurück.

Ja, Eduard, nun will ich, nun muß ich nach meinem lieben Englande zurückkehren! Ich muß mich von den Fesseln losmachen, die man mir anlegte, indes ich schlief. O wie schmachte ich nach der Freude des Wiedersehens an Deiner Brust! Eine wehmütige Wonne macht meine Hand erzittern, wenn ich an Amalien und ihre Liebe denke. Mit einem frischen Glanze übergossen kömmt mir mein künftiges Leben entgegen, ich atme froh und frei und mein Herz fühlt sich leicht bei dieser Aussicht. – Schicke die Einlage an meinen Vater und schreibe ihm selbst einige Worte, denn er hat viel Vertrauen zu Dir; er muß mir seine Einwilligung zu meinem Glücke geben, er muß Amaliens Hand in die meinige legen, ach und er tut es gewiß. Bange seh' ich der Antwort entgegen, furchtsam schleicht bis dahin die Zeit: öde und finster, verworren und lästig ist mir die Gegenwart. – Wenn aber jener Sonnenstrahl, auf den ich hoffe, durch die Verwüstung bricht, – wenn ich nun das Siegel von dem erwünschten Briefe löse, – wenn ich keinen Freund hier habe, dem ich mein Entzücken mitteilen kann, – o so will ich weinend auf die Knie fallen, und jenem unbekannten fernen Freunde meine kindische Freude, meine Wonnetränen zum Opfer bringen, daß er es verstattet, daß ich wieder zu meinen frühern frommen Empfindungen zurückwandeln darf. – Beneide mich, Freund, um diesen glückseligen Augenblick meines Lebens!

Und wenn er nicht kömmt! – Wenn kalte Worte meine Verzweiflung und mein Entzücken gleich stark zu Boden schlagen. – Kalte Tränen treten mir bei dem Gedanken in die Augen. – Ach, Freund, es mag immerhin etwas Kindisches sein, manche abenteuerliche Gespenstergeschichten, die man mir in meiner Jugend erzählte, fallen mir itzt täglich ein und ich finde immer Anwendungen darin auf mich. Kennst Du das Märchen, in welchem ein Knabe unaufhörlich von einem gräßlichen Unholde verfolgt wird? ihm immer entflieht und von neuem in die Arme läuft? – Ein anders, wo ein Mensch an das unsichtbare Joch eines unbekannten, furchtbaren Schicksals gespannt ist; er geht mit unverwandtem Schritte und in gebahntem Wege seinem Verderben entgegen. – O der Glaube an Vorbedeutungen, an Winke des Schicksals ist wahrlich nicht unnatürlich.

Du hast kein Gefühl dafür, wie seltsam mir alles vorkömmt; seit gestern betrachte ich jeden Gegenstand mit starren Augen, als wenn ich allenthalben ein Wunder erwartete: mir ist itzt nichts unwahrscheinlich. Ich bin eingeschlossen, um nicht von Rosa überrascht zu werden, ich könnte bei seinem Eintritte, wie beim Anblicke eines Basilisken erschrecken.

Ich denke jetzt daran, wie *Ferdinand*, Rosas Bedienter, seit einiger Zeit ein so geheimnisreiches Wesen hat, daß ich schon oft über ihn nachgedacht habe. Er drängt sich bei allen Gelegenheiten an mich, es scheint, als wollte er mir etwas eröffnen, wobei er doch seinen Herrn fürchte. – Wohin ich sehe, reckt sich mir aus der Dunkelheit etwas entgegen: ich stehe vor einem Rätsel, dessen Sinn sich mir gewiß mit Schrecken auftun wird. –

Es klopft jemand. – Es ist gewiß *Rosa*. Ich kann nicht aufmachen, ich denke recht lebhaft an Dich, um des Grauens los zu werden, das sich zu mir hinanschleicht. – O Freund, er ging an *seinem* Arme! –

Er ist fortgegangen und ich bin wieder frei. – O wenn ich doch erst wieder die Küste meines Vaterlandes begrüßte! – Ich hoffe bald; lebe wohl!

31

William Lovell an seinen Vater

Einlage des vorigen Briefes

Rom.

Das lange Stillschweigen des Sohnes hat dem zärtlichsten Vater Kummer gemacht? – das müsse nicht öfter kommen; Ihr Sohn muß nicht neuen Gram zu jenen Sorgen hinzufügen, von denen Sie gedrückt werden. – Sie haben gefürchtet, ich hätte irgend ein Unglück erlitten? O lieber Vater, lassen Sie sich von diesem Briefe beruhigen und beruhigen Sie dafür Ihren Sohn, der Ihnen eine Bitte vorzutragen hat, an deren Erfüllung das Glück seines Lebens hängt.

Der Gedanke, daß mein Wohl Sie unaufhörlich bekümmert, macht mich heute zu einem Geständnisse dreist genug, das ich bis itzt nie gewagt habe: aber Ihr zärtlicher Brief hat mein Herz ganz eröffnet; auch keinen Wunsch, nicht einen Gedanken will ich vor Ihnen verborgen halten.

Ich wünsche nach England zurückzukommen und Sie wieder in meine Arme zu schließen: ich wünsche meine Reise geendigt, von Ihren teuren Lippen wünsche ich die Einwilligung zu meinem Glücke zu holen.

Ich liebe, mein Vater! O wenn ich es doch vermöchte, Ihnen alles das zu sagen, was ich Ihnen sagen *müßte*, um Sie von meiner Liebe zu überzeugen! Lassen Sie Ihr Herz für mich sprechen und ersparen Sie mir Worte, die doch nur Dunst und Nebel gegen das Feuer sind, das rein und hell in meiner Seele brennt. – *Amalie Wilmont* heißt meine Geliebte, itzt beruht mein Glück auf dem Ausspruche Ihres Mundes. O lassen Sie ihn glücklich werden!

Mein Genius ängstigt mich fort aus Italien, er treibt mich nach meiner Heimat zurück; o um aller väterlichen Liebe willen, nehmen Sie mich gütig auf! Ich weiß alles, was Sie gegen diese Verbindung sagen könnten, ich habe alles lange und reiflich überlegt. Sie wünschen und suchen vielleicht mein Glück auf einem andern, auf einem glänzenderen Wege; aber kehren Sie zurück, wenn Sie Ihren einzigen Sohn lieben.

O Gott, mein Vater, welch ein armseliges, dürftiges Gewebe ist unser Leben! Grob und ungeschickt sind alle Farben aufgetragen: alle Freuden sind nur Langeweile, die etwas weniger drückt, wenn wir alle Freuden in gewissen Stunden betrachten; alles verrinnt und verfliegt; wie Bettler stehn wir am Ende unsrer Wanderschaft, die unterwegs schon alle die dürftigen Almosen verzehrt haben, die sie gesammelt hatten, sie sind ebenso arm, als da sie ihren Weg antraten. – Ach nur ein Glück geleitet uns über den dürren Pfad und bestreut ihn mit Blumen; alle Erscheinungen, die uns entgegenkommen, grüßen uns und gehn flüchtig vorüber; nur die *Liebe* allein ergreift herzlich unsre Hand und begleitet uns treulich durch das Leben. Um dieser Liebe willen, um der Liebe willen, mit der Sie einst meine Mutter liebten, geben Sie Ihre väterliche Einwilligung in mein Glück. Glauben Sie nicht, daß es eine vorübergehende Torheit ist, die mich zu dieser Bitte bewegt; an Amaliens Seele ist die Kette meines Lebens und meiner Tugend befestigt, das fühle ich unwidersprechlich im Innersten meines Herzens; wenn Sie uns auseinanderreißen, so zerschneiden Sie mein Glück, mein Leben, meine Tugend. Nur in diesem Kreise sind alle meine Wünsche und Glückseligkeiten gelagert, o mein Vater, erwärmen Sie Ihr väterliches Herz so, daß es die Vorteile der Welt und ihre Glücksgüter vergißt: ich beschwöre Sie, schlagen Sie mir meine Bitte nicht ab. – Könnten Sie sich in meinen Geist versetzen, wahrlich, Sie würden mit zitternder Hand eilen, den Brief zu schreiben, der mich meiner Seligkeit versichert; Sie würden keinen Augenblick anstehn und sich bedenken – denn rasch rennen die Stunden vorüber, die Blüten der Freude verwelken schnell. – O nein, mein Vater, ich fürchte Ihre Antwort nicht, ich habe keine Ursache, sie zu fürchten. Sie sind bekümmert und haben schlaflose Nächte, weil sie mich krank glauben, o Sie werden nicht mit Einem harten Federzuge mein Unglück entscheiden. – Leben Sie wohl und glücklich! Ich wünsche diesem Briefe Flügel und dem Ihrigen die Schnelligkeit des Windes.

32

Walter Lovell an seinen Sohn William

London.

Ich habe Deinen Brief, William, zugleich mit einem andern Deines Freundes *Burton* erhalten. Ich bin froh darüber, daß ich ohne Ursache bekümmert gewesen bin: doch, was sag' ich ohne Ursach? Soll der Leichtsinn eines Sohnes dem Vater nicht ebenso viel Gram machen, als es eine Krankheit tun würde? Und Leichtsinn, William, war es denn doch wohl, was Dich so lange vom Schreiben zurückhielt, und Leichtsinn, jugendlicher Leichtsinn, was Dich Deinen letzten Brief schreiben hieß. – Ich kann mir denken, daß Du itzt den Erstaunten spielst, daß Du Dich in Deiner Leidenschaft so weit vergissest, Deinen Vater, dessen zärtliche Liebe gegen Dich ohne Grenzen ist, herabzusetzen und seine Liebe Eigennutz zu schimpfen: aber ich vergebe Dir im voraus, William, eben weil ich Dich liebe. Aber meine Liebe macht mich nicht blind für Dein wahres Glück, darum schreib' ich mit väterlichem wohlwollendem Herzen eine abschlägige Antwort nieder.

Wenn Du Dir nur nicht anmaßen wolltest, zu behaupten, daß Du alles reiflich erwogen hast, was ich ohngefähr gegen Deinen Antrag einzuwenden haben möchte. Daß ihr jungen Leute doch so gar leicht glaubt, die Ideen eines alten erfahrnen Mannes zu erschöpfen: ihr seht nur mit einem Blicke der Phantasie in die Verhältnisse der Welt hinein, wenn ihr glaubt, mit dem Verstande alles reiflich und von allen Seiten überlegt zu haben. Du weißt nicht, was ich für dich tun will und zum Teil schon getan habe; Du siehst nicht die

Umstände, die sich günstig vereinigen, um Dir die Bahn zum Glücke zu ebnen: was Dein Vater seit Jahren mühsam zusammenträgt, darfst Du nicht wie ein mutwilliger Knabe mit einem einzigen Steinwurfe vernichten. – Nein, mein Sohn, ich kann Dir zu Deiner vorgeschlagenen Verbindung *nie* meine Einwilligung geben. Glaube nicht durch eine Menge von Briefen über diesen Gegenstand meine Einwilligung zu erbitten, oder zu ertrotzen, ich dürfte hierin mehr Standhaftigkeit besitzen, als Du mir vielleicht zutraust.

Führe nicht meine Liebe zu Deiner Mutter an; ich liebte nicht töricht, wie Du; unsre Familien waren sich gleich, an Ansehn und Vermögen; mögen diese Hindernisse *Zufall* sein, meinetwegen, aber der weise Mann geht dem undurchdringlichen Zufalle aus dem Wege, da im Gegenteile das Leben des Toren nichts als ein rastloser ohnmächtiger Kampf gegen Zufall und Notwendigkeit ist. Glaube mir, daß ich meine Liebe würde zu bekämpfen gewußt haben, wenn sich *diese* Schwierigkeiten unsrer Verbindung in den Weg gestellt hätten. Darum folge dem Rate, und dem Beispiele Deines Vaters.

Es scheint mir überhaupt, als dürftest Du etwas die Vergleichung mit mir, in Ansehung unsrer Liebe scheuen. Deine Mutter war die verehrungswürdigste Frau, sanft und verständig, gefühlvoll ohne Empfindelei, ein Herz schlug in ihrer Brust, wie sie nur selten auf dieser Erde gefunden werden: und du wagst es, mit ihr *Amalie Wilmont* zu vergleichen? Ein Wesen, dessen Gutmütigkeit und Weichheit sie vielleicht etwas aus den ganz gewöhnlichen Frauenzimmern herausheben. – Und dann liebst Du sie auch nicht einmal wirklich! – Diese sogenannte Liebe ist eine leichte Nahrung Deiner Phantasie, eine sanfte Empfindsamkeit, die sich Deines Herzens bemeistert hat und deren Ursprung Du nun in einer Liebe gegen dieses Mädchen suchst. – Glaubst Du denn wirklich, daß Du mit einem Herzen voll *Liebe* hättest nach Italien reisen können? bis itzt froh und unbefangen leben und die Luft da einziehn, wo sie nicht atmet? – Du siehst wenigstens, daß ich nicht die Kälte von Dir verlange, die unbesonnene Jünglinge gewöhnlich ihren Vätern vorwerfen; um desto mehr aber überzeuge Dich auch, daß ich in diesem Verhältnisse richtiger und weiter sehe, als Du. – Schon im ersten Monate eurer Ehe würdet ihr euch beide getäuscht finden; man würde erstaunen, daß die Wärme so schnell verflogen wäre; es würde eine von den gewöhnlichen Ehen werden, deren trauriges Gemälde ich nur zu oft sehe, um zu wünschen, daß es durch meinen Sohn noch einmal wiederholt würde.

Willst Du nach England zurückkommen, so wirst Du mir viel Freude machen: ich strecke Dir die Arme entgegen, meine Kraft nimmt mit jedem Tage ab, ich werde dem Grabe zugebeugt, laß mich in Deinen Armen sterben! – Viele neuen Freunde erwarten Dich sehnsuchtsvoll in London, du sollst die Lady B*** kennen lernen, ein Frauenzimmer, deren Vortrefflichkeit allen Foderungen eines Mannes von Kopf und Herz entspricht, in ihrer Gesellschaft wirst Du die Bedeutung des Wortes *Liebe* verstehen lernen.

Ich traue Deinem guten, edlen Herzen zu, daß Du dieses Briefes wegen nicht lange auf Deinen Vater zürnen wirst. – Lebe wohl!

33

William Lovell an Amalie Wilmont

Rom.

Es ist entschieden, und ich kann nun nichts weiter sagen, als: leben Sie wohl! leben Sie ewig wohl! – Im Vertrauen zu der Liebe meines Vaters hab' ich um seine Einwilligung gebeten, – aber, – o ich möchte seiner scharfsinnigen, überweisen Antwort lachen, – aber, – o nicht wahr, Sie raten es gewiß schon, *was* er geantwortet hat? – O Amalie, ich will nicht mehr von meiner Liebe, meinen Hoffnungen mit Ihnen sprechen, alle diese Träume sind nun ausgeträumt und erwacht stehn wir nun da, und lächeln über die verflogenen, bunten Gemälde. – Vergessen Sie mich, denn ich selbst arbeite schon daran, mich zu vergessen. Ich bin ausgerottet aus der Reihe der Glücklichen, aus dem Paradiese mit dem Worte der Willkür hinausgestoßen, und nun will ich auch das Maß meines Elendes bis oben an füllen! – Wenn wir dem Verhängnisse zum grausamen Spiele dienen, nun so wollen wir dem Zuchtmeister der uns in das eherne Joch spannt, wenigstens ein verächtliches Lächeln entgegengrinsen. – Leben Sie wohl!

Warum machen wir denn auch die lächerliche Forderung, glücklich zu sein? Wunderbar! – Gähnend durchs Leben hinzuschlendern, mit einer Gefährtin, deren Vater genau soviele Goldstücke aufweisen kann, als der meinige, so recht gleich und gleich gesellt, dem Tode entgegenzukriechen, dies ist unsre große, ehrenvolle Bestimmung! – Sie denken, ich bin erhitzt und bitter. O ich bin so kalt, daß ich meinem Vater eine Abhandlung schreiben könnte, um zu beweisen, wie sehr er recht hat. – O Amalie! Soll ich denn ganz Ihren Namen aus meinem armen, blutenden Herzen reißen? Soll ich auch die Wurzel meiner Seligkeit ausrotten, damit mich nie der grüne Schimmer einer jungen Pflanze wieder erquickt? – Ich kann es nicht und will es nicht.

Über die weite Entfernung hinüber reiche ich Ihnen meine zitternde Hand zum ewigen, schrecklichen Abschiede. – Mein Vater mag es mir verzeihen, o seine Furcht ist unnütz, daß ich ihn mit bettelnden Briefen belagern werde, kein Wort mehr soll er darüber hören, wie ein Diener seinem Herrn will ich ihm schreiben: ich schwöre, daß er dann meine Briefe *vernünftig* findet.

Rasen möcht' ich dann wieder, wenn ich mir Ihr Bild recht lebhaft in die Seele zurückrufe! – Nun gut, gut, er mag es haben! Schon seh' ich die wilden Pferde die Zügel zerreissen, rasselnd springen sie mit dem Wagen den schroffen Felsenweg hinunter, an den Klippen zerschmettert liegt das Fuhrwerk da, und er steht und beweint den Verlust. – Er hat es befohlen, es sei! –

Lebe wohl, teure Seele, unsre Wege nehmen von itzt eine verschiedene Richtung: der meinige in das wildverwachsene Dickicht des Waldes hinein, wo der Wind aus unterirdischen Klüften pfeift, – und der Deine? – Ich wünsche Dir Glück, mag er führen wohin er will! –

34

Amalie Wilmont an ihre Freundin Emilie Burton

London.

Mein Schicksal ist entschieden! – William hat dem Vater seine Liebe entdeckt, und – ach, Emilie, Tränen sind auf diese Stelle hinabgefallen, die deutlich genug sprechen. – Ein kalter Schauder überfällt mich, wenn ich daran denke, daß es nun *entschieden* ist; *entschieden* was ich immer *fürchtete*, aber das Endurteil immer noch weit, weit, von einem Monate zum andern hinausschob. Nun ist endlich so plötzlich die Stunde hereingebrochen, die unbarmherzig alles zu Boden schlägt und auch keiner einzigen Hoffnung Raum zum Wachsen übrig läßt. – Ach Emilie, Freundin! – Keinen Trost, denn ich verstehe ihn nicht, da Sie nicht meinen Schmerz verstehn, schenken Sie mir eine Träne und mehr will ich nicht. – Sehn Sie, daß Sie Unrecht taten, mir zuweilen meine schwarzen Ahndungen abzuleugnen! O meine Liebe sah über die Zukunft hinweg und zitterte schon im voraus vor dem fürchterlichen Schlage. – Mortimer will mich trösten, ich sehe sein gutes Herz und seinen guten Willen, aber ich muß doch weinen, wenn es mir einfällt, daß nun alles *entschieden* ist. Ich habe die ganze Nacht geweint; aber was ist denn da mehr? Fordre ich denn Ihr Mitleid für meine Tränen? Ach mein wundes Herz, – wie es langsam und krampfhaft emporzuckt, wenn ich daran denke! – Ach, was kann mir *Mitleid* helfen? –

35

William Lovell an Rosa

Rom.

Ich bin *kälter* geworden, seit einiger Zeit? – Wahrlich, lieber Freund, wenn es war, so war es nur um desto glühender zu Ihnen zurückzukommen. Nein, Ihre Freundschaft ist mir noch immer ebenso teuer, ja teurer als ehemals, lassen Sie uns nicht den Bund zerreißen, den wir geschlossen hatten.

Hoch triumphierend steh' ich oben, über dem Leben und seinen Freuden und Leiden erhaben, ich sehe mit stolzer Verachtung in das Gewühl der Welt hinab. – Wer sind jene armseligen Geschöpfe die so schwer und keichend an den Bürden der Pflichten und der Tugenden tragen? – Meine Brüder? – Nimmermehr! – Die Willkür stempelt den freien Menschen; von allen Banden losgelassen rausch' ich wie ein Sturmwind dahin, Wälder niederreißend und mit lautem und wildem Geheul über die steilen Gebirge hinfahrend. Mag's hinter mir stürzen und vor mir wanken, was sind mir die Ruinen die mich in meinem Laufe aufhalten sollten? –

Fliege mit mir, Ikarus, durch die Wolken, brüderlich wollen wir in die Zerstörung jauchzen, wenn unser Verlangen nach Genuß nur ersättigt wird! Wir sind unsre Gesetzgeber und unsre Untertanen: im jugendlichen Rausche wollen wir der Abendröte entgegentaumeln und in ihrem Schimmer untersinken. –

36

Rosa an Andrea Cosimo

Neapel.

Er ist unser, Andrea! Er ist unser! – Die Leidenschaft hat auch hier wieder in Einer Stunde mehr gewirkt, als es die grübelnde Vernunft in einem Jahre gekonnt hat. – Unwiderstehlich ist er unser!

37

William Lovell an Rosa

Rom.

Warum kommen Sie nicht nach Rom zurück? – Ich fühle mich einsam ohne Ihre Gesellschaft. Lassen Sie uns doch zusammen den Anfang zu dem schönen Leben machen, dessen Plan wir entworfen hatten.

Kaum kenn' ich mich noch, so sehr fühl' ich mich seit einiger Zeit verändert. – Sonst stand ich vor der Welt und ihren Genüssen mit ahndendem Herzen wie vor einem verschlossenen Buche: itzt schlage ich es auf mit verwegener Hand, um es mutig durchzublättern und meine Freuden auszusuchen. Ich betrachte die Natur als meine Sklavin, die mir und meinem Vergnügen demütig dient. Die Freude ist mein Gott, die Bestimmung meines Lebens, diese Gottheit aufzusuchen: o und sie ist zu finden, wenn man emsig sucht.

Was ist unser Geist anders, als das letzte Glas im optischen Kasten? Unsre Genüsse sollen sich dort am reinsten und hellsten spiegeln. – Ich verachte die Sklaven, die als Toren sich Gesetze ersinnen, die an sich selbst Unsinn sind, und die diesem Unsinne ihre Existenz zum Opfer bringen.

Verlassen Sie Neapel, wo *Balder* in bejammernswürdigen Träumen liegt, und kommen Sie nach Rom, wo der wachende *Lovell* mit Sehnsucht Ihrer wartet.

38

William Lovell an Eduard Burton

Rom.

Ich muß Dir schreiben, Eduard, und wär' es auch nur der lieben Gewohnheit wegen. Sollte man doch fast schwören, das *Leben* wäre bei den meisten Menschen nichts weiter, als eine *Gewohnheit*, so nüchtern unbefangen, so jämmerlich und phlegmatisch schleppen sie sich durch die spannenlange Zeit, die ihnen vom kargen Verhängnisse gegönnt ist.

Daß mein Vater mir meine Bitte abgeschlagen hat, wirst Du wissen; eine Sache, die mir jetzt ganz gleichgültig ist. Es kommt mir manchmal vor, als würde mir überhaupt das sehr gleichgültig werden, was man im gemeinen Leben *Unglück* nennt. Da ich auf dieser Seite nicht mein Glück habe finden können, muß ich es natürlicherweise auf der andern suchen. Ich will von Stufe zu Stufe klettern, um die oberste und schönste Spitze der Freude zu finden und hoch herab auf alle Trübsale und Demütigungen blicken, womit die Sterblichen in diesem Leben verfolgt werden. Stürz' ich schwindelnd von oben hinunter, was ist es denn mehr?

Ich stehe itzt an einem Scheidewege, der manches Gehirn zum Schwindeln bringen könnte, aber ich bin fast gleichgültig geblieben. Ich fange überhaupt an, wie es mein Vater will, *kalt* und *vernünftig* zu werden, ich hoffe es am Ende wohl noch dahin zu bringen, den Enthusiasmus in meiner Brust auszulöschen, den er und auch Du so oft an mir getadelt habt. – Doch, ich wollte Dir einen sonderbaren Vorfall erzählen, der sich seltsam genug an die übrigen reiht.

Vorgestern erhielt ich von einem Unbekannten folgendes Billet:

Folgen Sie dem Überbringer, wenn Sie etwas erfahren wollen, was Ihnen außerordentlich wichtig sein muß.

Ich ging mit dem Unbekannten, der mich vors Tor hinaus in einen entlegenen Garten führte. – Ich ging ins Haus; alles war still und einsam; ich öffne die Tür eines Zimmers und ein Mädchen kömmt mir entgegen. Ich dachte ein lustiges Abenteuer zu finden und erschrak etwas, als ich in dem Mädchen den blonden *Ferdinand*, den *Bedienten Rosas* erkannte.

Wir setzten uns, ich war betreten und in Verlegenheit.

Um Gotteswillen, fing sie an sehr ängstlich zu sprechen, ich kann es Ihnen nicht länger bergen, es drückt mir sonst das Herz ab: seit dem ersten Tage, da ich Sie kennen lernte, ward ich unwillkürlich zu Ihnen hingezogen; ich weiß manches, was Sie nahe angeht – *hüten Sie sich vor Rosa!*

Sie sagte die letzten Worte mit einer sonderbaren Bedeutung; der *fürchterliche Alte* ging meiner Seele wieder vorüber, ein kalter Schauer schlich über meinen Rücken hinab. – In demselben Augenblicke trat *Rosa* herein, der eben von *Neapel* kam. Er war anfangs verlegen, mich *hier* zu finden, und entdeckte mir endlich das Geheimnis, das er mir schon lange habe eröffnen wollen, daß nämlich sein Bedienter *Ferdinand* ein artiges Mädchen sei, das er schon aus *Paris* mitgenommen habe.

Seitdem habe ich das Mädchen nicht wieder gesehn; die Szene hat meiner Vertraulichkeit gegen ihn Schaden getan und er bemerkt es recht gut. – Wir suchen oft beide zu einer Erklärung zu kommen und brechen beide wieder ab. –

Hüten Sie sich vor Rosa! – Was hat man mit mir vor? – Diese Frage würde manchen an meiner Stelle sehr beschäftigen. – Je nun, es ist ja das Spielwerk des Lebens, daß sich die Menschen *betrügen*, alles ist maskiert, um die übrige Welt zu hintergehn, wer ohne Maske erscheint, wird ausgezischt: was ist es denn nun mehr? – Lebe wohl.

Ende des ersten Teils.

William Lovell.

Zweyter Band.

Berlin und Leipzig,
bey Carl August Nicolai
1796.

Geschichte des Herrn William Lovell

Erstes Buch

1

Willy an seinen Bruder Thomas

Rom.

Gottes Segen möge zu Dir kommen, lieber Bruder, so wie er mich nun ganz verlassen hat. Wenn Du in Deinem Herzen noch an den armen Willy denkst, so bete für mich, daß ich bald unser gutes englisches Ufer wiedersehe, und Dich mitten drinn' im schönen gottesfürchtigen Lande, wo alle Menschen meinen frommen, einfältigen Glauben haben, und die ganze Christenheit einen stillen, einträchtigen Wandel führt. Hier scheint zwar die Sonne schöner und wärmer, weil es Gottes gnädiger Wille ist, daß sie auch über die Gottlosen scheinen soll: aber nach meiner Einsicht tut er daran gar nicht ganz recht.

Du bist noch immer beim alten Lord Burton, nicht wahr Thomas? – Der Garten in Bonstreet ist noch schön und frisch, und der Fischer Peter spielt noch jeden Abend auf der Schalmei? – Ach mir ist, als könnt' ich Dich jetzt so mit Deinen übereinandergeschlagenen krummen Beinen vor dem Tor des Hofes sitzen sehn, wo ich sonst immer ehemals saß und den lustigen Schalmeiklang anhörte, der alle Bauren und selbst das liebe Vieh fröhlich machte, wenn es von der Weide zurückkam: – *hier* sitz' ich jetzt in meinem kleinen dunkeln Kämmerchen, und weine, daß ich nicht bei Dir bin. Nun, Gott wird alles zum Besten lenken.

Du wirst mir abmerken, daß ich in der Fremde gar nicht mehr so vergnügt bin, wie ehemals; Lachen hat seine Zeit und Weinen hat seine Zeit. Freilich wohl! Aber es ist doch nicht recht, daß man einen alten Mann so zur Betrübnis zwingt, der sich wegen der Seelen anderer Menschen abhärmt, daß ihm kein Bissen Brot und kein Tropfen Wein mehr schmeckt. Wir sind hier jetzt so lustig, Bruder, daß wir sogar auf dem Rande von Felsen tanzen und springen; – ich sah einmal einen Jungen, der aus purem liebem Mutwillen in einen tiefen Brunnen fiel und elendiglich ersaufen mußte. *Ich* kann nicht schwimmen, Thomas, ich bin zu alt, um jemand wieder aus dem Wasser ans Tageslicht zu ziehn. Was Herr William denkt, kann ich nicht wissen, aber Gott mag ihm beistehn, wenn er ganz verlassen ist.

Du wirst aus meinen Jammerliedern nicht recht klug werden können, lieber Bruder! – Ach, wohl dem Manne, dem das Elend eine walisische Mundart spricht, und der nicht sitzet, wo die Spötter sitzen, noch wandelt den Weg der Gottlosen, den ich jetzt alle Tage mit meinem Herrn gehn muß. Er ist nicht mehr derselbe, er ist völlig ausgetauscht, er bringt sein Geld durch, als wenn er die Schatzkammer hätte; – aber das Geld ist doch am Ende immer nur ein irdisches Gut, an dem Gott keinen Wohlgefallen hat, aber seine Seele, Tom, seine Seele, die er von Gott geliehen bekommen hat, und die er ihm dereinst wieder bezahlen sollte, verschwendet er auch, als wenn Seelen nur so auf allen Jahrmärkten zum Kaufe ständen. – Wenn er sich nicht bald wieder ändert, wird es mit seiner Rechnung an dem großen Wechseltage übel aussehen. Doch richtet nicht, so werdet ihr auch nicht gerichtet.

Ja, Bruder, unsre Heilige Schrift ist jetzt noch mein einziger Trost in meinen trüben Jammerstunden; Du glaubst gar nicht, was für Kraft in dem Buche steckt. Ich packte es so sorgfältig mit in meinen Koffer ein, und ich sitze nun oft ganze Stunden und lese so andächtig, als wenn ich bald vor Gott geführt und ein Engel aus mir gemacht werden sollte. Man kann nicht wissen, wie schnell sich manchmal etwas fügt; es ist noch nicht aller Tage Abend, und sollte ich den großen Schritt tun müssen, so denke ich in meinem Examen nicht ganz schlecht zu bestehen.

Sage mir einmal, lieber Bruder, warum manche Menschen so dumm, und bei allem ihren eingebildeten Verstande vor Dummheit ordentlich wie vor den Kopf geschlagen sind? daß sie die große breite Heerstraße des göttlichen Worts durchaus nicht sehn wollen, die ihnen vor den Füßen steht, und sich lieber durch einen dichten wildverwachsenen Wald einen Weg hauen, sich immer in dem Gesträuche reißen, und stehen und sich weismachen, sie haben die schönste Chaussee von der Welt vor sich! Mein Herr und Herr Rosa bilden sich immer ein, ich verstehe ihre hohen freigeisterischen Reden gar nicht, die sie manchmal führen, wenn ich dabei bin. – Ach, ich verstehe alles recht gut, wie sie es gerne mögen wollen; wenn man in seinem dummen einfältigen Herzen den Gedanken an Gott, und den Glauben an ihn so recht warm und kräftiglich fühlt, so faßt man auch recht gut den Sinn von all den irdischen Irrlehrern, die in der Finsternis wandeln, und da aus den Händen ihre Augen machen müssen. – – Aber wir sind besser dran, Thomas, die wir vom Herrn erleuchtet sind, wir sehn mit unsern eigenen Augen, wir fühlen mit unserm eigenen Herzen, die Gott uns mit auf die Welt gab und seinen Stempel drein setzte: sie haben nachgemachte Herzen, die im Sturm und Ungewitter nicht ausdauern, die in der Hitze zergehen und in der Kälte zusammenschrumpfen. Gott hat mir einen Glauben gegeben, der für alle Tage in der Woche aushält, und des Sonntags schenkt er mir zuweilen noch eine fromme christliche Erleuchtung, daß es mir wie ein Magnet durch meine Seele geht und sie wieder jung und frisch macht: nicht solche Erscheinungen, Thomas, die bei uns manche närrische Leute haben; so eine sanfte, stille Wärme, wie das erste Tauwetter im Frühjahr. – Darum könnt' ich mich auch immer noch trösten, wenn das ganze Unglück nicht grade meinen Herrn beträfe, den ich so außerordentlich von ganzer Seele lieb habe, daß ich für ihn sterben könnte, wenn es sein müßte; aber er macht sich aus dieser Liebe gar nichts mehr: ich würde gegen einen Hund, der aus meiner Hand lieber, als von einem andern sein Stückchen Brot äße, mehr Andächtigkeit haben. Die Mädchen und Weiber hier mit ihrem gezierten und hochfahrenden Wesen sind ihm lieber, so ein Herr Rosa, der nicht an Gott und Ewigkeit glaubt, ist sein Herzensfreund, solche Leute, die ihren Verstand für turmgroß halten, wenn sie den Himmel mit allen seinen Sternen nicht sehen wollen, und sich einbilden, sie könnten dies alles auch so und noch besser machen, wenn sie nur Zeit und Handwerkszeug hätten. Gott mag ihnen vergeben und ein Einsehn in ihre Narrheit haben; die Hunde bellen den Mond an, und wenn der Mond so denkt wie ich, so nimmt er es ihnen gewiß nicht übel.

Ein Traum, sagt man freilich wohl, ist nur ein Schaum; aber ein Schiffer hat mir doch einmal erzählt, daß es auf dem Meere einen gewissen kuriosen Schaum gebe, der ordentlich Sturm und Schiffbruch voraus prophezeie! – Könnt' es denn nicht auch mit manchen Träumen dieselbe Bewandtnis haben? – So hatt' ich schon in Frankreich einen gar bedenklichen Traum, damals, als der gute Herr Mortimer von uns wieder nach England zurückreiste. Wir alle standen nämlich unten an einem hohen, hohen Berge, ich, mein Herr, Herr Mortimer, Herr Balder und der Italiäner Rosa; oben wollten sie alle gerne hinauf, aber Herr Mortimer wurde müde und setzte sich unten in einer schönen grünen Stelle nieder. Mit einemmale war ich weg und ich konnte gar nicht klug daraus werden, wo ich geblieben wäre; die drei übrigen gingen den Berg hinauf, und Herr Balder hatte einen sehr wunderlichen Gang; als sie fast oben waren, fiel Herr Balder herunter, und aus dem Italiäner ward ein ganz fremder, unbekannter Mensch. Jetzt ging nun ein schwarzer, alter Pudel dicht hinter meinem Herrn, hielt immer den Kopf dicht über der Erde, und ging so recht aufmerksam und liebreich; Du kennst wohl die närrische Art an den Pudeln, Thomas, wenn sie so zutraulich und gesetzt hinter einem hergehen. Oben stand Herr William und sah so recht dreist in den tiefen fürchterlichen Abgrund hinein, als wenn er da in den Steinklippen zu Hause gehörte: ich kann es nicht leiden, Thomas, wenn ein Mensch so recht oben auf einer Felsenklippe nicht etwas schwindlicht wird, denn es liegt in der Natur und es ist eine Art von Frechheit, sich nicht da oben ein bißchen zu fürchten. Nein, wie gesagt, Herr William tat das gar nicht, sondern grade umgekehrt, er bückte sich noch so recht mutwillig über. Der Hund, der mein Gemüt haben mußte, faßte ihn beim Rockschoß, um ihn festzuhalten; Herr William sah sich so mit seinen großen Augen um, und gab dem redlichen Pudel einen tüchtigen Stoß mit dem Fuße, daß der Hund sich zusammenkrümmte, umkehrte und mit einem recht kläglichen Gewinsel den Berg hinuntertrabte, so langsam, als wenn er zur Leiche ginge. In der Mitte sah sich der Hund noch einmal um, und so, wie ich es voraus gedacht hatte, fiel der Herr William jetzt plötzlich in das Felsental hinunter. –

Nun, Thomas, mögt' ich wohl ein groß Stück Geld darauf wetten, daß niemand anders als ich der Pudel gewesen ist? Herr Mortimer wollte auf diesen Traum damals gar nicht achten; aber er ist mir heute wieder recht lebhaft eingefallen. –

Wie gesagt, ich wollte, ich könnte nach England zurückreisen; gebe Gott, daß sich bald dazu eine Gelegenheit findet, denn es gefällt mir nun in den fremden Ländern hier gar nicht mehr. – Vielleicht geht aber noch alles wieder gut: lebe recht wohl, lieber Bruder, und bleibe Du mein guter Freund, ich bin gewiß zeitlebens

der Deinige.

2

William Lovell an seinen Freund Eduard Burton

Rom.

Dein Brief, lieber Freund, der mich trösten, der mir den Zusammenhang der Dinge im wahren Gesichtspunkte zeigen sollte, ist zu spät gekommen. Ich war vielleicht schon ruhig, als Du die Feder ansetztest, um mich zu beruhigen. Es ist so etwas Jämmerliches in allen Bekümmernissen dieser Sterblichkeit, daß der Gram schon von selbst verschwindet, wenn man ihn nur genauer ins Auge faßt. Sollt' ich jammern und klagen, weil nicht jeder meiner übereilten Wünsche in Erfüllung geht? Da müßt' ich mein ganzes Leben verklagen und ich wäre ein Tor. Das Flehen der Sterblichen schlägt gegen die tauben Gewölbe des Himmels, weil alles sich in einem nichtigen schwindelnden Zirkeltanz dreht, nach Genüssen greift, die nur der Widerschein von würklichen Gütern sind, und so jeder fühlt, wie ihm sein geträumtes Glück aus den Händen entschwindet. Wer aber vorher weiß, welche Gerichte er an dieser Tafel findet, der wählt klug aus und kostet von jedem, wenn die Nachbarn hungrig vom Tische gehn, indem sie auf eine Lieblingsspeise warteten, die nicht aufgetragen wurde. – Und ist es nicht so leicht, den Küchenzettel von diesem Leben zu erhalten?

Du wirst mir schon nach diesem Tone meines Briefes glauben, daß ich völlig getröstet bin, ich glaube jetzt, oder bilde mir es ein, alle Partien dieses Lebens überblicken zu können, daß mich keine Anlage dieses seltsam geordneten Parks überrascht, daß ich es weiß, wenn ich durch krumme Labyrinthe auf meine Fußstapfen zurückgekehrt bin, und den Zaun recht gut bemerke, der sich hinter Gebüsche verstecken soll. Ich bin sogar seitdem in eine mutwillige Laune gefallen, in einen gewissen humoristischen Rausch, in welchem mir die Freuden und Leiden dieses Lebens weder wünschenswürdig noch verabscheuungswert erscheinen, es ist alles um mich her ein breiter, mühsam erfundener Scherz, der, wenn man ihn zu genau beobachtet und anatomiert, nüchtern erscheint: aber wenn man sich auf dieser Maskerade dem Lachen und der guten Laune gutwillig hingibt, so verfliegt der Spleen, und wir fühlen es, daß wir auch im Lachen weise sein können.

Ist denn überhaupt nicht alles auf dieser Erde ein und eben dasselbe? Wir drücken uns selbst die Augen fest zu, um nur nicht diese Wahrheit zu bemerken, weil dadurch die Schranken einfallen, die Menschen von Menschen trennen. Ich könnte hier viel wieder erzählen, was ich vordem meinem guten Mortimer nicht glauben *wollte*, denn bloß durch diesen Eigensinn unterscheiden sich die Charaktere der Menschen; wir würden alle *einen* Glauben haben, wenn wir uns nicht von Jugend auf ein Schema machten, in das wir uns nach und nach mühsam hineintragen, das Gerüst und Sparrwerk eines Systems, und daraus unsere eingebildete Wahrheit herausschreien, und dem Nachbar gegenüber nicht glauben wollen, der in einem andern Käfig steckt und eine andre Lehre predigt. Frei stehe der kühnere Mensch, ohne Stangen und Latten die ihn umgeben, in der hohen Natur da, aus Baumwipfeln und Morgenrot ziehe er seine Philosophie, und schreite wie ein Riese über die Zwerge hinweg, die wie Ameisen zwischen seinen Füßen kriechen und sich mit kläglicher Emsigkeit mit Sandkörnern schleppen, um den gewaltigen Bau aufzuführen, den ein einziger Fußtritt aus seinen Wurzeln hebt.

Was wollt' ich nun mit mir selber, als ich jene Briefe an Dich und an meinen Vater schrieb, in welchem ich so flehentlich um *Amalien* bat? – Bin ich denn in diesem Namen, in diesem Laut eingekerkert, daß meine Seele nach ihrem Besitz und nach Freiheit schmachtet? Denn was ist unsre sogenannte Liebe anders, als diese nichtswürdige Einbildung, daß wir ein Wesen, das erste beste zu unsrer Gottheit stempeln, und alle Gebete und Gedanken nach ihm hinrichten? – Kannte ich denn Amaliens *Seele* hinlänglich in den paar Wochen, in welchen ich sie sah, um ihre *Freundschaft* zu wünschen? – Und wenn ich nun auch ihr Freund bin, wenn mein Verstand auch ihre Vorzüge erkannt, – welcher Unsinn, daß ich mit kindischen Gefühlen diese Achtung zu sinnlicher Liebe ausdehne? – daß ich verlange, Amalie soll meine *Frau* werden? –

Ich muß über mich und meinen Zustand lachen, wenn ich länger fortfahre, mir ihn deutlich zu entwickeln. – Daß wir Sinnlichkeit haben, ist keineswegs verächtlich und kann es nicht sein, – und doch streben wir unaufhörlich, sie uns selber abzuleugnen und sie mit unserer Vernunft in eins zu schmelzen, um nur in jedem der vorüberfliegenden Gefühle uns selbst achten zu können. Denn freilich ist nichts als Sinnlichkeit das erste bewegende Rad in unserer Maschine, sie wälzt unser Dasein von der Stelle, und macht es froh und lebendig; ein Hebel, der in uns hineinreicht, und mit kleinen Gewichten große Lasten zieht. Alles, was wir als schön und edel träumen, greift hier hinein, Sinnlichkeit und Wollust sind der Geist der Musik, der Malerei und aller Künste, alle Wünsche der Menschen fliegen um diesen Pol, wie Mücken um das brennende Licht. Schönheitssinn und Kunstgefühl sind nur andere Dialekte und Aussprachen, sie bezeichnen nichts weiter, als den Trieb des Menschen zur Wollust; an jeder reizenden Form, an jedem Bilde des Dichters weidet sich das trunkene Auge, die Gemälde, vor denen der Entzückte niederkniet, sind nichts als Einleitungen zum Sinnengenuß, jeder Klang, jedes schöngeworfene Gewand winkt ihn dorthin; daher sind *Boccaz* und *Ariost* die größten Dichter, und *Titian* und der mutwillige *Correggio* stehen weit über *Dominichino* und den frommen *Raphael.*

Ich halte selbst die Andacht nur für einen abgeleiteten Kanal des rohen Sinnentriebes, der sich in tausend mannichfaltigen Farben bricht, und auf jede Stunde unsers Lebens Einen Funken wirft. – Da mir die Augen nun darüber geöffnet sind, will ich mich geduldig in mein Schicksal ergeben, ich darf kein *Engel* sein, aber ungestört will ich als *Mensch* dahinwandeln, ich will mich hüten, mir selbst um mein Dasein ängstigende Schranken zu ziehn. – So ist mir der Name *Amalie* fremd geworden; war meine hohe, taumelnde, hingegebene Liebe etwas anders, als das rohe Streben nach ihrem Besitze? ein Gefühl, das wir uns von Jugend auf verkünsteln, und uns das simple Gemälde unsers Lebens mit unsinnigen Arabesken verderben. – Darum eben verachtet der Greis diese jugendlichen Aufwallungen und wilden Sprünge des Gefühls, weil er zu gut erfahren hat, wohin sich alle diese glänzende Meteore am Ende senken; sie fallen wieder wie Raketen zur Erde und verlöschen. – Aber diese Greise sind zugleich für Künste und Enthusiasmus tot, weil die Blüte der Sinnlichkeit für sie abgeblüht ist, die Seele ist in ihnen ausgeloschen, und sie sind nur noch die matte Abbildung eines Lebendigen.

Ich will dem Pfade folgen, der sich vor mir ausstreckt, die Freuden begegnen uns, solange die Spitzen in unsern Sinnen noch scharf sind. Das ganze Leben ist ein taumelnder Tanz; schwenkt wild den Reigen herum, und laßt alle Instrumente noch lauter durcheinanderklingen! Laßt das bunte Gewühl nicht ermüden, damit uns nicht die Nüchternheit entgegenkömmt, die hinter den Freuden lauert, und so immer wilder und wilder im jauchzenden Schwunge, bis uns Sinne und Atem stocken, die Welt sich vor unsern Augen in Millionen flimmernde Regenbogen zerspaltet, und wir wie verbannte Geister auf sie von einem fernen Planeten herunterblicken. Eine hohe bacchantische Wut entzünde den frechen Geist, daß er nie wieder in den Armseligkeiten der gewöhnlichen Welt einheimisch werde!

3

William Lovell an Rosa

Rom.

Warum schwärmen Sie schon wieder in Neapel herum und verlassen Ihren Freund? – Ich mag nicht Ihr Begleiter sein, weil ich Baldern fürchte, sein Anblick und seine Art des

Wahnsinns schneiden durch mein Herz. Ich fühle mich hier in manchen Stunden außerordentlich einsam, ich gehe aus, um Sie zu sehen und vergesse, daß Sie nicht in Rom sind. Ich habe soeben einen Brief an meinen Freund Eduard gesiegelt und die Tränen stehen mir noch heiß in den Augen; alles, was ich je empfand, kam ungestüm, wie ein Waldstrom in meine Seele zurück, ich unterdrückte dies Gefühl, das immer heftiger in mir emporquoll und schrieb endlich in einer Angst, die zur Wut ward, ich trotzte mir selber und ergab mich einer blinden Sucht zu übertreiben, mußte aber den Brief plötzlich abbrechen, weil die Tränen endlich ihrer Fesseln ledig wurden und ich laut schluchzend und klagend in meinen Sessel sank. Wie aus den Wolken schwindelte ich herunter, alles, was mich aufrecht erhielt, verließ mich treulos; – der Mensch ist ein elendes Geschöpf!

Ja das Blendwerk der jugendlichen Phantasie ist jetzt von meinen Augen genommen, ich habe mich über meine Empfindungen belehrt, und verachte mich jetzt eben da, wo ich mir einst als ein Gott erschien, – aber ach, Rosa, ich wünsche mir jetzt in manchen Stunden dies kindische Blendwerk zurück. Was ist aller Genuß der Welt am Ende, und warum wollen wir die Täuschung nicht beibehalten, die uns auf jedem Felsen einen Garten finden läßt? –

Und ist denn meine jetzige Meinung nicht vielleicht ebensowohl Täuschung, als meine vorhergehende? – Mir fällt es erst jetzt ein, daß beide Ansichten der Welt und ihrer Schätze einseitig sind und es sein müssen, – alles liegt dunkel und rätselhaft vor unsern Füßen, wer steht mir dafür ein, daß ich nicht einen weit größeren Irrtum gegen einen kleineren eingetauscht habe?

Als ich mich so meiner vorigen Existenz erinnerte, als ich alle Szenen, die mich sonst entzückten, meinen Augen vorübergehen ließ, als ich an die Aussichten des Lebens dachte, wie sie damals vor mir lagen, – o Rosa, wie eine untergehende Sonne beschien mich der blasse Strahl, ohne mich zu erwärmen; es fiel eine seltsame, rätselhafte Ahndung meine schwankende Seele an, – ich kann Ihnen meinen Zustand unmöglich deutlich machen. – Mir war's, als käme es wie eine göttliche Offenbarung auf mich herab, es gingen die verschlossenen Türen in meinem Innersten auf, und ich schaute in die seltsame verworrene Werkstatt meiner Seele. Wie wüst und ungeordnet lag alles umher, was ich so schön und zierlich aufgepackt glaubte, in allen Gedanken fand ich ungeheure Klüfte, die ich aus trunknem Leichtsinn vorher übersehen hatte, das ganze Gebäude meiner Ideen fiel zusammen, und ich erschrak vor der leeren Ebene, die sich durch mein Gehirn ausstreckte. Nun stiegen alle Erinnerungen noch schöner und goldener in mir auf, die Vergangenheit stand noch frischer und lebendiger vor mir, und ich sah nur, wie viel ich verloren hatte und konnte keinen Gewinn entdecken.

Ist in jeglichem Lebenslaufe nicht vielleicht eine schöne blumenreiche Stelle, aus der sich ein Bach ergießt, und dem Wanderer durch sein ganzes Dasein frisch und erquickend nachfolgt? Hier muß er dann anfangen sein Glück zu gründen; Liebe, Freundschaft und Wohlwollen wandeln in dieser schönen Gegend, und warten nur darauf, daß er ihre Hand ergreife, um ihn zu begleiten. Wenn nun der Mensch hindurchgeht und nicht auf den Gesang der Vögel horcht, die ihn anrufen, daß er hier verweilen solle, – wenn er wie ein nüchterner Träumer einen öden Pfad sucht, und der Quelle vorübergeht, – wenn ihm Liebe und Freundschaft, alle zarten Empfindungen vergebens nachwinken, und er lieber nach dem Gekrächze des heisern Raben hinhorcht, – ach, so verliert er sich endlich in Wüsten von Sand, in verdorrte Gegenden des Waldes; – alles hinter ihm ist zugefallen und er kann den Rückweg nicht entdecken; er erwacht endlich und fühlt die Einsamkeit um sich her. – –

Lieber Rosa, was sagen Sie zu diesem Briefe und zu Ihrem Freunde? – so weit hatte ich geschrieben, als ich unwillig die Feder niederwarf, und im roten Abendschein durch die Straßen ging. Bald floß mein Blut schneller durch meine Adern, als mir so manche von den bekannten Gesichtern begegneten, als ich unsre Donna *Bianca* an ihrem Fenster sah. Die Einsamkeit, die engen Wände sind es, die uns verdrüßlich und melancholisch machen; mit der freieren Luft atmet der Mensch eine freiere Seele ein, und fühlt sich wie der Adler, der sich mit regerem Flügelschlag über die finstern Wolken hinaushebt. – Ich komme jetzt eben von der schönen *Bianca* zurück, und mein Brief ist mir unverständlich. Ich bin oft darauf gefallen, daß man nur immer suchen sollte, recht viele Menschen und ihre Gemütsart und Ansicht der Dinge kennen zu lernen, wir verlieren uns sonst gar zu leicht in klägliche Träumereien: aber jedes neue Gesicht und jedes fremde Wort eröffnet uns die Augen über unsre Irrtümer. Ich kann oft einem einfältigen Menschen wie einem Orakel zuhören, weil er mich durch seine Reden in einen ganz neuen Gesichtspunkt stellt, weil ich mich so in ihn hineindenken kann, und dabei zugleich meine eigene Gemütsstimmung vergleiche, daß ich selbst in seinem einfältigsten Geschwätz einen tiefen gedankenreichen Sinn entdecke. Bei Weibern vorzüglich habe ich aus jedem gesprochenen Worte, selbst aus dem unbedeutendsten etwas gelernt.

Bianca läßt grüßen; sie ist ein liebenswürdiges Geschöpf. Wir sprachen heute lange darüber, wie ich sie zuerst durch Sie hätte kennen lernen; ich finde sie jetzt noch schöner als damals, ihr großes feuriges Auge hat einen Strahl in seiner Gewalt, der bis ins Innerste des Herzens dringt, sie hat alle meine Sinne in Aufruhr gesetzt, und ich habe sie verlassen, auf die schönste glücklichste Art beruhigt.

Ich werde von ihr und von Ihnen träumen; antworten Sie mir bald.

4

Rosa an William Lovell

Neapel.

Ihr Brief hat mich sehr amüsiert, lieber Freund; er macht so ein wahres Gemälde des Menschen aus, daß ich ihn oft gelesen habe. – Vorzüglich lustig ist die Schwermut, mit der er anhebt; und der Übergang aus diesem Adagio in das gesetzte und feste Andante ist so überraschend und doch so natürlich, daß mir alles so deutlich war, als hätte ich es selbst geschrieben. Ich denke, Sie werden noch öfter ähnliche Erfahrungen an sich machen, und die Klagen werden sich, wenn Sie sonst wollen, ebenso kalt und philosophisch schließen, wie dieser Brief es tut. Es ist leider ebenso demütigend als wahr, daß bei Ihrer Melancholie nicht die philosophische, sondern die medizinische Untersuchung die richtigere war. Bianca hat Sie von einer Krankheit geheilt, die kein Weiser, kein Dichter, kein Spaziergang, kein Gemälde, keine Musik heilen konnte.

Die klemmende unbekannte Sehnsucht, die so oft den Busen des Jünglings und des aufkeimenden Mädchens zusammenzieht, was ist sie anders, als das Vorgefühl der Liebe? Und was ist die Liebe mit allen ihren fröhlichen Qualen und ihren peinigenden Freuden weiter, als das Drängen nach dem Genusse, dem Ziele, nach welchem jeder rennt, ohne es zu glauben? Meinen Sie nicht, daß wenn man den Petrarca in seine Muttersprache übersetzte, seine langweiligen Gedichte die lustigste Lektür von der Welt sein müßten?

Grüßen Sie Bianca von mir und weihen Sie ihr eine Ihrer feurigsten Oden, denn sie hat es um Sie verdient. Diese Mädchen verdienen nicht nur mit dem Rosenkranze der Liebe, sondern auch mit der eichenlaubigen Bürgerkrone geschmückt zu werden. *Dante* war gewiß ebenso enthaltsam, als Sie, sonst hätte er sein finsteres Gedicht nicht geschrieben, an dessen Existenz wir nichts gewonnen haben: folgen Sie meinem Rate, denn nur der Phlegmatische wird nicht bei einer ähnlichen Art zu leben düster und melancholisch.

Ich sehe die Gegenden um Neapel und die Mädchen der Stadt mehr, als den finstern *Balder*, der wie eine Mumie in einer Katakombe in seinem Zimmer liegt, und selbst das Licht der Sonne verachtet, weil es ihm ein Bild der Fröhlichkeit ist. – Ich möchte, wenn ich ein Dichter wäre, nichts als lachende Satyren schreiben, ohne Bitterkeit und schiefe Spitzen; wenn man die Menschen genauer ansieht, so gibt es keinen, den man bemitleiden kann, sie erschüttern nur das Zwergfell und die Tränen sind bei den Menschen nur eine andre Art zu lachen, ebenso wollüstig, ohne traurig zu machen. Beides Schwäche, aber liebenswürdige Schwäche der Muskeln, ein Krampf, ohne den die Gesichter ganz ihre Mannichfaltigkeit verlieren würden. Ihr *Shakespeare* hat nie so etwas Wahres gesagt, als wenn er den *Puck* zum *Oberon* sagen läßt:

Lord, what fools these mortals be!

Lesen Sie die Stelle und den ganzen Zusammenhang im Midsummer-night's dream, sie ist der beste Kommentar über meine Meinung.

5

Balder an William Lovell

Neapel.

Ich will Worte schreiben, William, Worte, – das, was die Menschen sagen und denken, Freundschaft und Haß, Unsterblichkeit und Tod – sind auch nur *Worte*. – Wir leben jeder einsam für sich, und keiner vernimmt den andern, antwortet aber wieder Zeichen aus sich heraus, die der Fragende ebenso wenig versteht; – aber so wie unser ganzes Leben ein unnützes Treiben und Drängen ist, das elendeste und verächtlichste Possenspiel, ohne Sinn und Bedeutung, so will ich Dir in einer schwermütig lustigen Stimmung einen Brief schreiben, über den Du lachen sollst.

Ich weiß selbst nicht, warum ich schreibe, – aber ebenso wenig weiß ich, warum ich Atem schöpfe. – Es ist alles nur um die Zeit auszufüllen und etwas zu tun, die elende Sucht das Leben mit sogenannten Geschäften auszufüllen, – Länder erobern, Menschen bekehren, oder Seifenblasen machen, eine Sucht, die bei der Geburt unserer Seele eingeimpft ist, – denn sonst würde schon der Knabe die Augen zumachen, sich vom langweiligen Schauspiel entfernen und sterben; diese Wut also *etwas zu tun* macht, daß ich Papier und Feder nehme und *Gedanken schreiben* will, – das Unsinnigste, was der Mensch sich vorsetzen kann.

Ich wette Du lachst schon jetzt, so wie ich über den Anfang meines Briefes gelacht habe, daß mich die Brust schmerzt. – Du liesest den ganzen Brief nämlich nur aus Dir heraus und ich schreibe Dir im Grunde keinen Buchstaben. Aber mag's sein. Bin ich doch auch wohl ehedem ein Tor gewesen, ganze Bücher mit Vergnügen durchzulesen, und mir einzubilden, daß ich den Geist des Verfassers dicht vor meinen Augen habe. Mein Bedienter ist gutwillig genug und so geschäftig, mir Papier, Dinte, Feder und alles übrige zu besorgen, als wenn von diesem meinem Schreiben das Heil ganzer Länder abhinge. Daß es noch Menschen gibt, die das, was man Geschäfte nennt, ernsthaft treiben können, ist das Wunderbarste in der Welt: – oder, ob sie noch gar nicht darauf gefallen sind, sich selbst und andre näher zu betrachten, wie lächerlich, possenhaft und weinerlich alles, alles, selbst Sterben und Verwesen ist? –

Manche von den Menschen, die mich besuchen, geben sich viele Mühe sich zu meinem kranken Verstande herabzulassen, wenn sie von ihren wichtigen Armseligkeiten sprechen. Sie glauben, ich verstehe sie nicht, wenn ich über dem düstern Abgrunde meiner Seele brüte, und setzen mir dann auf eine ekelhafte Art ihre Zwerggedanken auseinander.

Ich höre sie in meiner Spannung zuweilen wie aus einer tiefen Ferne in meine Seele hineinreden, wie ein unartikulierter Wasserfall, der gegen die Ufer schlägt, ich antworte ihnen mit Worten, ohne sie zu überlegen, und sie verlassen mich mit tiefem Bedauern und halten mich für höchst unglückselig, weil ich ihre tiefen Ideen nicht verstehe, wie sie meinen.

Neulich war ich in einer Gesellschaft von einigen Menschen, die sich untereinander Freunde nannten. Es waren Künstler, und zwei darunter hielten sich für Dichter. Man hatte mich aus Mitleid gebeten, um mich zu zerstreuen und meinen trüben Geist aufzuheitern. Ich saß wie eine Statüe unter ihnen, und hörte dabei jedes Wort, das sie sprachen. Man machte sich gegenseitige Komplimente, einer sprach von den ungeheuern Talenten des andern, ließ aber dabei doch seinen Neid ziemlich deutlich hervorblicken. Der eine sprach von seinen Idyllen, die einer seiner Feinde in einer gelehrten Schrift heruntergesetzt habe, weil er ihm seinen großen Ruhm beneide, er bat die andern Dichter eine Satyre auf diese Zurücksetzung zu schreiben, und man sprach mit einem Eifer und Feuer von der ganzen Kinderei, als wenn das Wohl der Welt darauf beruhe. Der Dichter sprach immer langsam und akzentuierte jedes Wort hart und feierlich; der andere bildete sich wieder ein lebhafter zu sein, und schrie und sprach schneller, jeder hielt es für notwendig, irgend etwas Charakteristisches an sich zu haben, damit nicht die großen Seelen so leicht miteinander verwechselt würden. Ach das Brausen von Mühlrädern ist verständiger und angenehmer als das Klappern der menschlichen Kinnbacken, der Mensch steht unter den Affen, eben deswegen, weil er die Sprache hat, denn sie ist die kläglichste und unsinnigste Spielerei; – mir gingen hundert wilde Gedanken mit harten Tritten durch den Kopf, alle diese Menschen wurden plötzlich so weit von mir weggerückt, daß ich sie nur noch wie Larven in einem fernen Nebel dämmern sah, daß ich ihr Gekreisch wie Sumsen von Grillen hörte, ich stand in einer fernen Welt und gebot herrschend über die niedrigen Schwatztiere, tief unter mir. – Ich ward begeistert und stand prophetisch auf und rief den Fleischmassen zu: O ihr Armseligen! – ihr Verblendeten! – Merkt ihr denn nicht auf eure Nichtigkeit und bedenkt nicht, *was* ihr seid? – Klumpen von toter Erde, die über kurzem wieder in Staub verwehen; deren Andenken wie Schatten von Wolken vorüberfliegen, – euer Leben fährt wie ein Rauch dahin und euer Ruhm ist eine halbe Stunde, in der ein müßiger Schwätzer von euch spricht und euch verachtet. Und ihr steht, als wenn ihr Erde und Himmel beherrschtet, du hältst dich für Gott und betest dich selber an, weil du jämmerliche Verse gezimmert hast! – Ihr werdet *sterben, sterben*: – die Verwesung empfängt euch und fragt nicht nach eurem überirdischen Genie! Die Hunde wühlen einst eure Gebeine aus, und fragen nicht darnach, ob das derselbe Kopf war, der einst Stanzen schrieb! – O Eitelkeit, du nichtswürdigster Teil des Menschen! – Tiere und Bäume sind in ihrer Unschuld verehrungswürdiger, als die verächtliche Sammlung von Staub, die wir Mensch nennen!

Ich kann mich nicht erinnern, was ich ohngefähr weiter gesagt haben mag: aber ich verachtete sie so tief, daß ich sie mit den Füßen hätte zertreten können, daß ich es für eine Wohltat an ihnen selbst hielt, sie zu vernichten. – Als ich zum gewöhnlichen Leben zurückkehrte, fand ich mich von ihren Armen festgehalten, man hatte meine Wut gefürchtet und man schaffte den überlästigen Redner nach Hause.

Könnt' ich nur Worte finden, um die Verachtung zu bezeichnen, in der mir alles erscheint, was *Mensch* heißt! – Mein Arzt ist sehr für meine Gesundheit besorgt, weil es sein Gewerbe mit sich bringt. Wenn ich nicht gern vom Wetter mit ihm spreche, findet er meine Umstände bedenklicher, will es mich aber nie merken lassen, daß er mich für wahnsinnig erklärt. Er gibt mir viele kühlende Mittel und behandelt mich wie eine tote Maschine, ob er mir gleich selber so erscheint. Er schüttelt zu allen meinen verwirrten Gedanken den Kopf, weil er sie nicht in seinen Büchern gefunden hat, und im Grunde bin ich wahnsinnig, weil ich nicht dumm und phlegmatisch bin. Daß Gewohnheit und Dummheit die Menschen so wie ein dicker Nebel umgeben kann, aus dem sie nie herauszuschreiten vermögen! Lag er nicht von Jugend auf wie eine Gewitterwolke in mir, die ich mir selbst mit Armseligkeiten verdeckte und mir log, ich sei froh? Kündigte sich nicht oft der innerste dunkle Genius durch einen Ton an, dem ich eigensinnig mein Ohr verstopfte? – Ich verstelle mich nicht mehr und bin *wahnsinnig*! – Wie *vernünftig* die Menschen doch sind!

O ich muß fort, fort, ich will in wilden Wäldern die Seelen suchen, die mich mehr verstehn, ich will Kinder erziehn, die mit mir sympathisieren: es ist nur nicht Mode so zu denken, wie ich, weil es nicht einträglich ist.

Ich spiele mit den Menschen, die zu mir kommen wie mit bunten Bildern. Ich gab mir neulich die Mühe, mich zu dem dummen Geschwätze meines Arztes herunterzulassen; wir sprachen über Stadtneuigkeiten, über Anekdoten, die er ungemein lächerlich fand; ich lieh ihm meine Zunge zum Dreinklingen und er fand, daß ich mich ungemein bessere. Mit Selbstzufriedenheit verließ er mich und ich konnt' es nicht unterlassen, ihm nach unsrer feierlichen Unterhaltung ein so lautes Gelächter nachzuschicken, daß er sich erblassend umsah und wieder alle Hoffnung verloren gab.

Ich habe ehedem einen Menschen gekannt, der taub, stumm und blind war. Keine Seele schien sich in ihm zu offenbaren, und er war vielleicht der weiseste unter den Sterblichen.

Rosa hält sich für sehr klug und sieht mich immer mit Mitleid an, und ich möchte nicht er sein; ein Narr, den jeder Blick eines Mädchens entzückt, der immer, wenn er spricht, Epigramme drechselt und seine Worte nur für ein dankbares Lächeln verkauft; dessen Lebenslauf kleine Zirkel sind, die er unaufhörlich von neuem durchläuft. Wenn er stirbt, wird ihm die Scham gewiß am meisten weh tun, daß er ordentlich verwesen muß.

Ich wohne jetzt in meinem Garten vor dem Tore. Wie auf der See treiben meine Gedanken ungestüm hin und wider, ich fürchte mich vor dem blauen gewölbten Himmel über mir, der dort gebogen wie ein Schild über der Erde steht, unter welchem wir Gewürme wie gefangene Mücken sumsen und nichts sehen und nichts kennen und fühlen. – Ich mag auch gar nichts mehr denken und ersinnen. – Es geht ein Sturm durch die Wölbung und die fernen Wälder zittern rauschend, die See fürchtet sich und murmelt leise und verdrossen, es donnert fernab im Himmel, als wenn ein Gewitter zurechtgelegt wird, und der Werkmeister unachtsam den Donner zu früh aus der Hand fallen läßt. – –

Ich schreibe beim heftigsten Gewitter. – Es braust mit Hagel und Regengüssen und der Sturmwind und Donner stimmen sich, und einer singt dem andern den tobenden Wechselgesang nach. Wie fliehende Heere jagen Wolken Wolken, und die Sonne flimmert bleich auf fernen Bergen, die ganz weit weg wie goldene Kinderjahre in der Sturmfinsternis dastehen; das Meer schlägt hohe Wogen und donnert in seinem eigentümlichen Ton. – Ich lache und wünsche das Wetter immer lauter und lauter, und schreie dazwischen und schelte den Donner furchtsam – brause und stürme wirbelnd, und reibe die Erde und ihre Gebilde zusammen, damit ein andres Geschlecht aus ihren Ruinen hervorgehe!! –

Die Alltäglichkeit kömmt wieder und das Wetter fliegt weiter. Wie eine reisende Komödiantentruppe spielen die Wolken in einer andern Gegend nun dasselbe Schauspiel, dort zittern andre Menschen jetzt, wie vor kurzem hier viele bebten, – und alles verfliegt und verschwindet und kehrt wieder, ohne Absicht und Zusammenhang. –

Ich fürchte mich des Nachts nicht mehr. – Als ich neulich allein um Mitternacht in meinem Zimmer stand und aus dem Fenster den Zug der trüben Wolken sah, und mir alles wie Menschengedanken und Empfindungen am Himmel dahinzog, als ich sichtbarlich in Dunstgestalt manche Erinnerung vor mir fliegen sah, – und ich zu ruhen und zu sterben wünschte, – da drehte ich mich plötzlich leise um, wie wenn mich ein Wind anders stellte. Und alle meine Vorfahren saßen, still und in Mänteln eingehüllt an meinem Tische, sie bemerkten mich nicht und aßen mit den nackten Gebissen von den Speisen, heimlich reckten sie die dürren Totenarme aus den schwarzen Gewändern hervor, um kein Geräusch zu machen und nickten gegenseitig mit den Schädeln. Ich kannte sie alle, aber ich weiß nicht woran. Als ich meinen Vater bemerkte und daran dachte, wie vielen Kummer, wie vielen Verdruß ich ihm gemacht hätte, mußte ich weinen, daß er jetzt so abgehärmt und jämmerlich aussah, und verschämt das nackte Gerippe mehr verdeckte als die andern. Sie hörten mich schluchzen und gingen still wie mit bösem Gewissen zur Tür hinaus, aber doch so langsam und gesetzt, daß sie glauben mußten, ich hätte sie nicht bemerkt. – Wenn wir ohne Schauder unter unsern Möbeln sitzen, warum wollen wir uns denn vor Totengerippen fürchten? – Aus dem Gebeine der Tiere arbeiten sich die Menschen Putz heraus, und entsetzen sich vor den näher verwandten Knochen.

Ich durchstrich noch in derselben Mitternacht das tote Gefilde, und rief alle Gespenster herbei und gab ihnen Gewalt über mich. Ich rief es in alle Winde, aber ich ward nicht gehört. – Die Klocken schlugen aus der Ferne und sprachen so langsam und feierlich wie betende Priester, Wälder und Winde sangen Grabgesang, und prophezeiten allem, was da lebt, den unausbleiblichen Tod, aber alle Geschöpfe schliefen fest und hörten nichts davon, der Mond sah weinend in die verschleierte Welt hinein; – es gibt nichts mehr, das mich entsetzt; und das macht mich betrübt. Der menschliche Geist kann alle Ideen sehr schnell erschöpfen, weil er nur wenige fassen kann. Er hat wie ein Monochord nur sehr wenige Töne.

Lebe wohl, wenn es in dieser Welt möglich ist; sei recht glücklich, mag ich nicht hinzufügen, weil es kein Glück gibt, als zu sterben, und ich weiß, daß Du den Tod fürchtest. – Ich habe schon oft heimliche Verwünschungen ausgestoßen und gräßliche Sprüche versucht, um die Gegenstände um mich her in andre zu verwandeln. Aber noch hat sich mir kein Geheimnis enthüllt, noch hat die Natur nicht meinen Bezauberungen geantwortet: – es ist gräßlich, nichts mehr zu lernen und keine neue Erfahrung zu machen, – ich muß fort, in die Wildnisse der Apenninen und Pyrenäen hinein, – oder einen noch kürzern Weg in das kalte würmervolle Grab.

6
William Lovell an Rosa

Rom.

Die kleinen Bitterkeiten in Ihrem Briefe habe ich recht gut verstanden, und ich gebe zu, daß Sie im ganzen recht haben mögen. Der Scherz eines Freundes kann auf keine Weise beleidigen.

Balder hat mitten in den Ausbrüchen seines Wahnsinns einen Brief an mich geschrieben, in dem mir manche Ideen dunkel sind, er ist entweder seiner Heilung nahe, oder gefährlicher krank, als je. Was ich in seinem Briefe verstanden habe, hat mich betrübt. Lassen Sie doch ja etwas acht auf ihn geben, er scheint die Idee zu haben, sich von Neapel zu entfernen. Er gewinnt freilich wenig, wenn man ihm das Leben erhält, – aber es sollte mir leid um ihn tun, wenn er ganz zu Grunde ginge. –

7
Rosa an William Lovell

Neapel.

Ihr Rat, lieber Freund, ist zu spät gekommen, Balder ist fort, niemand weiß wohin. Ob er entflohen ist, ob er sich ermordet hat, alles ist ungewiß. – Ich weiß nicht, ob Sie sich noch so wie ehemals für ihn interessieren; wenn dies der Fall wäre, so würde mir diese Entfernung Ihrentwegen sehr schmerzhaft sein. Er ist in den letzten Tagen zuweilen bis auf die höchste Stufe der Raserei gekommen, in einer Gesellschaft von Fremden hat er neulich alle mit den verächtlichsten Reden beschimpft, geschändet und endlich bewußtlos mit dem Messer nach ihnen gestochen. – Er ist zu beklagen, sein Tod wäre Gewinn für ihn. – Grüßen Sie Bianca und Ihre übrigen schönen Freundinnen von mir, nur keine von den spröden Tugendhaften, die uns so oft zur Last gefallen sind. – Leben Sie recht wohl und vergessen Sie Balder.

8
Karl Wilmont an seinen Freund Mortimer

Bonstreet.

Du wunderst Dich gewiß über diesen Brief, besonders wenn Du bemerkst, von *wo* aus er datiert ist. Wundre ich mich doch selbst darüber, ich kann es Dir also nicht übel nehmen. Du hast mich nun gewiß spätestens in diesen Tagen in London vermutet, und ich selbst war fest überzeugt, daß ich morgen dort sein würde, und nun sitz' ich plötzlich hier auf *Burtons* Gut und fange einen Brief an Dich an, der eine Entschuldigung, Erzählung, wie es gekommen, und das Versprechen, daß Du mich nun ehestens sehen wirst, enthalten soll.

Die Entschuldigung, Mortimer, magst Du mir erlassen. – In Glasgow saß ich wochenlang in dem Hause eines alten Onkels, ohne zu wissen, wie ich die Zeit hinbringen sollte. – Wie wir uns gewundert haben! Ich dachte unaufhörlich an Emilien und an die Zukunft. Man wollte mich gern lustig haben, aber ich hatte alle Elektrizität verloren, und war dumm und gefühllos; selbst der Wein konnte nur auf einzelne Minuten meine frohe Laune zurückbringen.

Langeweile ist gewiß die Qual der Hölle, denn bis jetzt habe ich keine größere kennen gelernt; die Schmerzen des Körpers und der Seele beschäftigen doch den Geist, der Unglückliche bringt doch die Zeit mit Klagen hinweg, und unter dem Gewühl stürmender Ideen verfliegen die Stunden schnell und unbemerkt: aber so wie ich dasitzen und die Nägel betrachten, im Zimmer auf und nieder gehn, um sich wieder hinzusetzen, die Augenbraunen reiben, um sich auf irgend etwas zu besinnen, man weiß selbst nicht worauf; dann wieder einmal aus dem Fenster zu sehen, um sich nachher zur Abwechselung aufs Sofa werfen zu können, – ach Mortimer, nenne mir eine Pein, die diesem Krebse gleichkäme, der nach und nach die Zeit verzehrt, und wo man Minute vor Minute mißt, wo die Tage so lang und der Stunden so viel sind, und man dann doch nach einem Monate überrascht ausruft: Mein Gott, wie flüchtig ist die Zeit! Wo sind denn diese vier Wochen geblieben?

Oft ärgerte ich mich, daß ich noch in Schottland war, und machte doch nicht die kleinsten Anstalten zur Abreise, ich führte mit meinen Verwandten das elendeste und platteste Leben von der Welt; ein Viehverkäufer genießt es auf eine gesundere Art, ja ein Mensch, der mit einem armseligen Schattenspiel von einem Dorfe zum andern wandert und in jedem seine elenden Späße wiederholt, beschäftigt sich geistreicher, als ich in dieser ganzen unermeßlichen langen Zeit getan habe. Mein Blut war so träge und phlegmatisch, daß ich manchmal meine Finger gegen die Tischecke schlug, um mir nur Schmerz zu machen, mich zu ärgern und zu erhitzen, denn nichts ist niedriger, als wenn in der Sanduhr unsers Körpers so recht gemach ein Tropfen nach dem andern langsam und zögernd unser Leben abmißt, je mehr die Ströme des Bluts durcheinanderrauschen, und freilich die Maschine etwas mehr abnutzen, um so heller und deutlicher lebt der Mensch. – Ich wünschte oft in Glasgow mit Sehnsucht, daß ein Gezänk oder Schlägerei auf der Gasse vorfallen mögte, damit ich nur etwas hätte, wofür ich mich interessieren könnte, es ward mir am Ende wichtig, wenn der dicke Mann im benachbarten Hause einen andern Rock als gewöhnlich trug. Ich schäme mich noch jetzt dieses Lebens, so qualvoll und langsam, so schleichend und doch so ohne Ruhe, wie eine Schnecke leben muß, die bei ihren Wanderungen ihr Schalenhaus verloren hat, und es im heißen Sonnenschein wiedersucht.

Endlich dacht' ich an Dich und an London, an die Zerstreuungen dort, an alle die philosophischen Gespräche, die wir miteinander führen könnten: ich unterdrückte es gewaltsam, wenn mir auch diese Aussicht manchmal langweilig vorkommen wollte. Ich entschloß mich kurz, nahm von allen meinen Freunden und Bekannten zärtlichen Abschied, setzte mich zu Pferde, und ritt mit frischem Leben erfüllt davon.

Mein Herz schlug immer gewaltiger, je mehr Meilen ich auf englischem Boden zurücklegte. Ei! dacht' ich, ein paar Tage mehr oder weniger! und beschloß dicht vor Bonstreet vorüberzureiten, aber ja niemand da zu besuchen, es könne doch von ohngefähr sein, daß ich Emilien durch das Gartentor erblickte. Ich machte gar keinen Plan, wie ich mich nehmen würde, wenn dies der Fall sein würde, denn ich handle sehr gern aus dem Stegereif und habe mich von jeher besser dabei befunden, denn meine dümmste Streiche waren immer die, die aus einem weitläuftigen recht vernünftigen Plan entstanden.

Ich ritt so in Gedanken vertieft hin und näherte mich dem Landhause *Burtons* früher als ich geglaubt hatte. Ein junger

Mensch zu Fuß fragt mich plötzlich, wo der Weg nach *Bonstreet* gehe, er sei bis zur nächsten Stadt gefahren und habe sich nun verirrt. Ich führte ihn auf den Weg und ritt gedankenvoll neben ihm hin. Warum sollt' ich nicht den jungen Burton auf einen halben Tag besuchen dürfen? sagt' ich zu mir selbst. Am Ende sieht mich selbst der Vater gern. Und könnte mich nicht jemand von ohngefähr durch das Dorf reiten sehn, Emilie es erfahren und für die größte Gleichgültigkeit auslegen? – Ich könnte überdies zum Lord sagen, daß ich deswegen einen kleinen Umweg genommen hätte, um den Boten, der ihn sprechen wollte, gewiß und sicher nach Bonstreet zu bringen. – Ach ich hatte noch hundert andre Vorstellungen, tausend Stimmen in mir, die alle laut riefen: ich solle und müsse im Schlosse absteigen! – Ich gehorchte, denn was tut man nicht alles, um nur eines solchen Lärmens los zu werden?

Ich sprach den jungen Burton, den Vater und *Emilien*. – Sie ist doch sehr schön, und so gut, so liebenswürdig! Ist es hier Sünde, wenn man wünscht? – Alle Federn meines Wesens haben neue Spannkraft erhalten, ich denke mit Schrecken an meinen Aufenthalt in Schottland. Hier *leb'* ich doch, noch hab' ich nicht ein einzigmal gegähnt; die Stunden verfliegen mir wie Minuten, und ich erobre ein Lächeln, einen freundlichen Blick nach dem andern von Emilien! – O heiliger *Lovell*, stehe mir in meiner Liebe bei! – Eduard hat mir seltsame Sachen von ihm erzählt, er muß sich sehr geändert haben; indes ich gebe auf diese Änderungen nicht viel, je mehr er auf der andern Seite übertreibt, um so eher kann er zu derselben Narrheit zurückkommen, in der er ehmals zu Hause war. – Ich kann mir aber jetzt seinen ehmaligen Zustand recht lebhaft denken, ich habe ihm damals doch etwas Unrecht getan.

Emilie scheint sehr auf sich achtzugeben; ich kann manchmal nicht klug daraus werden, ob diese Kälte und Zurückgezogenheit erzwungen oder natürlich ist.

Schreibe mir ja, denn sonst habe ich noch einen Vorwand länger hier zu bleiben, als ich sollte, weil ich dann noch auf

Deinen Brief warten würde. – Eduard läßt Dich grüßen; er ist ein vortrefflicher, herzensguter Mensch, und der Vater ist wieder ganz freundlich gegen mich und dann wieder plötzlich fremde, abwechselnd wie Herbstwetter; ich habe schon diese Gesichter bei mehreren reichen Leuten gefunden, sie setzen mich leicht in Verlegenheit. – Lebe wohl und antworte bald.

9

Mortimer an seinen Freund Karl Wilmont

London.

Wenn du noch nicht bald des seltsamen Herumtreibens überdrüssig bist, so weiß ich nicht, was ich von Dir denken soll. Ich habe Dich schon sehnlich erwartet, so sehr, daß ich es erst jetzt erfahren habe, wie sehr Du mein Freund bist. Ich kann nichts Rechts tun und denken, weil ich noch immer Deine Ankunft als einen Abschnitt ansehe, hinter welchem mein Leben von neuem beginnen soll. Oft ist es mir seltsam, daß Du nach einer so langen Entfernung nun wieder da sein sollst; ich bin Dir schon vor dem Tore entgegengegangen; ich laufe ans Fenster, wenn ich den Trab eines Pferdes höre. Tausend Ideen möcht' ich Dir gern mitteilen und Deine Meinung erfahren.

William Lovell ist sich selbst kaum mehr ähnlich, und es ist würklich seltsam, wenn man bedenkt, daß ein Mensch nichts Fremdartiges in sich hineinnehmen kann, und daß dieser Leichtsinn, diese epikurische Freigeisterei schon damals in ihm unentwickelt lagen, als wir ihn kannten. –

Manches stimmt mich oft recht melancholisch, so unrecht es auch sein mag, wenn man es ist: der alte *Melun* ist in Paris an einer Auszehrung gestorben, die Comtesse mit ihrem Liebhaber entlaufen, niemand weiß wohin. Daß so viele von den Leuten, die ich gekannt habe, schon begraben sind! daß sich schon so manche dem Verderben in die Arme geworfen haben!

Was ist es überhaupt für ein armseliges Ding um das, was man gewöhnlich *Ausbildung* nennt. In den meisten Fällen ist es nur *Veränderung*. Wie weise habe ich mich so oft in meinem zwanzigsten Jahre gefühlt, daß ich mich über manche Narrheiten des Menschengeschlechts erhaben fühlte: und jetzt rücken mir manche der Torheiten so nahe, daß sie sich, wenn das Verhältnis so fortschreitet, bald mit meinem innersten Selbst vereinigen werden.

Du wirst bemerken, daß ich hier vorzüglich von meiner Liebe zu *Amalien* spreche. Eine Liebe, die vielleicht noch glühender ist, als die, mit der Lovell sie einst beglückte. Er hat sie vergessen, und fühlt sich größer; ich habe meine Unempfindlichkeit abgelegt, und fühle mich edler. Sie ist mir weit ergebener als ehemals, aber es tut mir sehr leid, daß sie für meinen Verstand Achtung, eine viel zu übertriebene Achtung empfindet. Alle Gefühle, die ich ihr zeige, hält sie nur für Spiele meines Witzes, und sie behält sich daher beständig in ihrer Gewalt. Auch sie hat den leichtsinnigen William etwas mehr vergessen; nur seh' ich, wie zuweilen die alten Erinnerungen in ihrer Seele wieder aufwachen, und sie dann meinen Umgang plötzlich fade und abgeschmackt findet.

Die Seelen sind viel wert, die sich noch nicht ganz der Mode und der sogenannten Lebensart zum Opfer gebracht haben. Sie sind sehr selten, und man sollte sie darum köstlich achten.

Grüße Eduard Burton und komme bald nach London.

10

Der Lord Burton an den Advokaten Jackson

Bonstreet.

Ich bin Ew. Wohledlen für die Nachrichten, die mir Dieselben durch den jungen Fenton haben zukommen lassen, außerordentlich verbunden. Ich freue mich über den Eifer und über die Tätigkeit, mit welchem Sie unaufhörlich zu meinem Besten beschäftigt sind, ich gebe Ihnen von neuem die Versicherung meiner ewigen unveränderlichen Dankbarkeit. Ich bin überzeugt, daß Ihre Bemühungen nun bald sichtbarere Folgen haben werden, die bis jetzt ein ungünstiger Zufall immer noch zurückgehalten hat. Eilen Sie aber, damit meine Hoffnungen nicht immer nur Hoffnungen bleiben, damit ich endlich aufhöre, mit jedem Tage wieder meinen Genuß auf viele Tage aufzuschieben. Ich bin alt, und nicht mehr so für Hoffnungen gemacht, wie der jüngere Mann, die Unentschiedenheit ängstigt mich, und je gewisser ich meiner Sache zu sein glaube, um so mehr Einwürfe und Zweifel fallen mir wieder ein: alles dies beschäftigt meine Seele zu sehr, und macht sie unruhig. Das Alter kann diese Wogen nicht so leicht in Ruhe legen, als es der Jüngling kann. Vor zwanzig Jahren würde mich dieser Prozeß beschäftigt und zugleich unterhalten haben; aber jetzt kann ich nur in dem entscheidenden Moment einen freudigen Moment erblicken. Sie sehen, wie fest ich darauf vertraue, daß sich alles zu meinem Vorteile entscheiden wird, aber Sie sehn auch zugleich, wie nötig es ist, daß Sie meinen Besorgnissen so früh als möglich ein Ziel setzen. Denn ich finde es sehr natürlich und billig, daß Sie in Ihrer Lage durch Aufschub und Verlängerung meine Dankbarkeit verlängern und meine Verbindlichkeit vermehren wollen. Sie glauben, daß ich jetzt in einer gewissen Abhängigkeit von Ihnen existiere, bei der Sie unvermerkt einen Teil meiner Schwächen nach dem andern für sich erobern können. Ich finde an dieser Klugheit nichts zu tadeln, sondern sie ist lobenswürdig, und der ist ein Tor, der in dem verworrenen Wechsel des Lebens nicht die wiederkehrende Flut geschickt benutzt, um sein Fahrzeug flott zu machen. Sie sehen, wie sehr ich Ihren Verstand schätze; nur muß ich Ihnen sagen, daß Ihre Klugheit bei mir unnütz ist, der ich mich Ihnen außerordentlich verbunden erkenne, wenn der Prozeß auch morgen geendigt ist, und der ich Sie grade ebenso belohnen würde, als wenn das Endurteil noch einige Jahre hindurch von einem Tage zum andern aufgeschoben würde. Sie können auf die Art alle Interessen, die Sie gewinnen wollen, auf eine weit schnellere und entschiedenere Art zusammenziehn, als wenn Sie auf ein langweiliges Sparen ausgingen, das am Ende denn doch ungewiß sein dürfte. Für Ihre Sorgfalt mir den jungen Fenton zu schicken, muß ich Ihnen Dank sagen; nur gestehe ich Ihnen zugleich, daß ich die Notwendigkeit dieser Abgesandtschaft nicht eingesehen habe. Durften Sie alle diese nicht außerordentlich bedeutende Nachrichten keiner Post vertrauen? In diesem Falle treiben Sie die Besorglichkeit zu weit, und kein Mann handelt gut und richtig, wenn er ängstlich handelt. Sie dürfen also nur künftig dreister verfahren, und nicht einen Mitwisser unsers Geheimnisses erschaffen, der uns beiden auf jeden Fall zur Last fällt. Wenigstens kommt es meinem Verstande so vor, und ich denke, auch Sie werden mir darin vollkommen recht geben, denn jeder andre, als ich, würde dadurch in Ihrer Hand stehn, und einem so billigen Manne, wie Sie, muß es weh tun, wenn man auch nur auf einen Augenblick einen solchen Gedanken von ihm hegen könnte. Ich würde mich aber auf keinen Fall abhalten lassen, so zu handeln, wie ich mir zu handeln vorgesetzt habe. Ich habe schon oft mit meinen Freunden über den Satz gestritten, daß es so gut wie unmöglich sei, einem Manne, dem seine Plane ernst sind, das Kleinste oder das Größte in den Weg zu legen, das er nicht wieder fortschaffen, oder selbst zu seinem Vorteile brauchen könnte. Ich habe schon manchen meiner Verfolger mit seinen eigenen Waffen geschlagen, denn nichts ist dem Manne von

Kopf unerträglicher, als zu sehn, wie jeder nach den Fäden greifen will, an denen er regiert wird, ich halte es nicht für unmöglich, sie alle durchzuschneiden, so daß dann der Mensch frei und ungehindert seinen Weg fortgeht. Ew. Wohledlen sind mir auch noch den letzten meiner Briefe schuldig, den Sie mir nach unserm Übereinkommen sogleich hätten zurückschicken sollen. Sie verzeihen, daß ich Sie an diese Zerstreuung erinnert habe, ebenso, daß ich Ihnen mit einem so weitläuftigen Briefe zur Last gefallen bin. Die Zeit eines jeden Geschäftmannes ist edel und fast unbezahlbar, ich bitte um Vergebung, wenn ich Ihre bessere Gedanken mit meinen schlechtern unterbrochen habe; sollte ich aber so glücklich gewesen sein, Ihren Eifer von neuem zur Beschleunigung des Prozesses etwas anzufeuren, so haben wir beide bei diesem kleinen Stillstande gewonnen, und in dieser Hoffnung bin ich

Ihr

Gönner und Freund

Lord Burton.

11

Rosa an Andrea Cosimo

Rom.

Deine Meinung ist auch vollkommen die meinige. So sonderbar das klingen mag, wenn ein junger Mensch dies einem alten Manne sagt, so ist es mir doch wahrscheinlich, daß ich hierin recht habe. Es ist schwer, sich in den Standpunkt zu stellen, aus welchem ein Greis die Welt ansieht, allein gewiß nicht unmöglich. Ich finde es so wahr, was Du in Deinem neulichen Brief sagst, es ist so schwer und wieder so leicht, die Seelen der Menschen zu beherrschen, wenn man nur etwas die Fähigkeit besitzt, sich in die Gesinnungen anderer zu versetzen, ihre Verschiedenheiten zu bemerken, und dann

Fassung und Gleichmütigkeit genug zu behalten, um in keinem Augenblicke ihnen sein *eignes Selbst* darzustellen. So wie die Sprache nur in konventionellen Zeichen besteht, und jedermann doch mit dem andern spricht, ob er gleich recht gut weiß, daß jener durch seine Worte vielleicht keinen Begriff so bekömmt, wie er es wünsche: ebenso sollte aller unser Umgang beschaffen sein. Ich spreche mit dem Franzosen französisch und mit dem Italiäner seine Muttersprache; ebenso rede ich mit jedermann nur die Meinungen, die er versteht, das heißt, die ich ihm zutraue, ich suche mich selbst ihm niemals aufzudrängen, sondern ich locke seine Seele allgemach über seine Lippen, und gebe ihm seine eigne Worte anders gewandt ins Ohr zurück. Welche Gesinnungen stehen dann in uns so fest und hell, um sie fremden Gemütern aufzudrängen? Und wenn es der Fall sein könnte, wo finde ich Brücken, um sie nach fremden Ufern hinüberzuschlagen? welchen Haken soll der Geist auswerfen, um mit einer fremden Seele zu entern? –

So ging ich lange Zeit mit Lovell um, ohne daß er es wußte, ich sprach mich ganz in ihn hinüber, und er erstaunte nicht wenig über die Sympathie unsrer Seelen, und traute mir nun jeden seiner flüchtigsten Gedanken, jede seiner seltsamen Empfindungen zu. Diejenigen, die er nicht bei mir wahrzunehmen glaubte, hielt er bald von selbst für unreif und törigt, dagegen fing er emsig einen hingeworfenen Wink von mir auf, und dachte lange über den darin liegenden Sinn. In kurzer Zeit täuschte er sich selbst so, daß er unsre Seelen für verschwistert hielt, nur daß ihm die meinige einige Jahre voraus sei.

Nichts ist dem Menschen so natürlich, als Nachahmungssucht. Lovell ward in einigen Monaten eine bloße Kopie nach mir. Jeder Ausspruch, jedes Wort, das wir für klug nehmen, rückt an der Form unsrer Seele, und so hat sich Lovell ganz von selbst die Philosophie erschaffen, die ich gern für ihn bilden wollte. Er ist feurig und lebhaft, daher ist es ihm nicht möglich, so wie viele Menschen tun, unentschieden zwischen zwei Meinungen zu stehn, und sich im Schwanken für keine zu interessieren. Was er für Wahrheit nimmt, ergreift er mit einem Eifer, wie der andächtige Enthusiast die Bildsäule der Madonne umfängt. Er verachtet jetzt tief alle Meinungen, die seinen jetzigen widersprechen, und die beste Art allen Rückfällen vorzubeugen, scheint mir die, ihn mit allen möglichen Einwürfen selber bekannt zu machen; nur stelle ich immer die guten und schlechten Ideen ganz nebeneinander, und indem er diese übersieht, erscheinen ihm auch jene geringfügiger: oder wenn wir zuweilen über Gedanken und Charaktere uninteressanter oder stupider Menschen sprechen, lege ich diesen alles in den Mund, was ihn vielleicht in manchen einsamen Stunden beunruhigen möchte. So kann ihn keine Idee überraschen, und seine frühern Gefühle stehn in einer zu großen Entfernung, als daß sie ihn wieder erreichen könnten.

Die Eitelkeit ist gewiß das Seil, an welchem die Menschen am leichtesten zu regieren sind; sobald man es nur dahin bringen kann, daß sie sich ihrer gestrigen Empfindung schämen, handeln sie morgen gewiß anders; ein Freund oder Bekannter darf ihnen nur zu verstehen geben, was er für groß hält, und morgen suchen sie sich ihm in dieser Größe unvermerkt zu präsentieren. Die Sucht sich auszubilden, ist im Grunde nur die Sucht zu gefallen, und zuerst denen, die uns umgeben; so formt sich der Mensch wider seinen Willen, und steht am Ende seiner Wanderschaft schwer behangen mit einem Trödelkram erlogner Meinungen und Gefühle.

Ich habe Dir meine Auslegung über Deine Ideen zu geben gesucht, und überreiche Dir errötend meine Übung; *eine* Verbesserung von Dir wird mehr wert sein, als mein ganzer Brief, nur laß mich es wissen, wo ich Dich vielleicht mißverstanden habe.

12

Andrea Cosimo an Rosa

Neapel.

Dein Brief hat mir gefallen, weiter kann ich Dir gar nichts darüber sagen. Nicht eben deswegen, weil ich so ganz Deiner Meinung beitrete, oder weil ich glaubte, daß Du alles, was ich Dir neulich schrieb, ganz so, wie ich es wünschte, gefaßt habest, sondern weil ich in diesem Briefe *Dich* so ganz wiederfinde. O ihr Menschenkenner! die ihr aus der Seele der Menschen ein Exempel macht, und dann mit euren armseligen fünf Spezien hineinaddiert und -dividiert! Ihr wollt einen Aufriß von einem Gebäude machen, das ihr nicht kennt. Ich habe von je die freche Hand bewundert, die mit dem Rätselhaftesten und Unbegreiflichsten gewöhnlich so umgeht, wie ein Bildhauer mit seinem Marmor; er wird geschlagen und geschliffen, als wenn alle die heruntergerissenen Stücke nun wirklich von dem Wesen getrennt wären, und am Ende ein Bild daraus entstünde, wie man es zu seinem Wohlgefallen, oder zu seiner Bequemlichkeit haben wollte. Wenn nun plötzlich eine lange zurückgehaltene Empfindung wie ein Waldstrom in die Seele zurückschießt? O biete denn einmal im Moment der Überraschung deine Rednerkünste auf, suche die Schleuse, die ihn wieder zurückdrängt! – Dankt Gott, daß der Mensch die Konsequenz nicht hat, auf die ihr eure Berechnungen gründet, denn dadurch allein trifft er oft zufälligerweise mit euren Exempeln zusammen.

Du spricht über die Eitelkeit gut und richtig, weil Du über Dich selbst sprichst. Es ist gar nicht nötig, daß die Menschen aufrichtig sind, man findet ihre Meinung doch unter dem Wust von Lügen heraus. Aber glaube mir, daß bei Dir nur ein paar Zufälle nötig wären, um Dich aus Deiner Philosophie, oder Überzeugung, oder Stimmung (nenn es wie Du willst) herauszuwerfen. Die meisten Menschen gehören gern zu irgend einer Schule, alle Vorzüge und Vortrefflichkeiten ihrer

Vorgänger ziehn sie dann stillschweigend auf sich, weil sie den Namen ihrer Anhänger tragen: sie haben es gern, wenn sie alle Meinungen und Empfindungen wie in einem Schema vor Augen haben, daß sie in vorkommenden Fällen nur unter den gemachten Linien und Einteilungen nachsuchen dürfen, um nicht im Zweifel zu bleiben; daher sind sie aber auch meistenteils so leicht aus ihren Überzeugungen herauszuschrecken.

Bei Lovell magst Du übrigens im ganzen recht haben, aber er ist auch unter den Menschen einer von denen, die ich die Scheidemünze nennen möchte. Er gehört nicht zu den freien Geistern, die *jede* Einschränkung der Seele verachten, er verachtet nur die, die ihm grade unbequem ist, und seine Verachtung ist dann Haß. Er findet sich und alles was er denkt, viel zu wichtig, als daß es nicht sehr leicht sein sollte, auch seine innersten Gedanken von ihrem Throne zu stoßen. Wenn er die Menschen aber wie vorübergehende Bilder, und ihre Gesinnungen, wie das zufällige Kolorit ansähe, dann sollte es Dir gewiß unmöglich werden, irgend etwas auf ihn zu wirken.

Jeder Mensch ist im Grunde gescheiter wie der andere, nur will dies keiner von ihnen glauben. Die Ecke des einen greift in die Fuge des andern, und so entsteht die seltsame Maschinerie, die wir das menschliche Leben nennen. Verachtung und Verehrung, Stolz und Eitelkeit, Demut und Eigensinn: alles eine blinde, von Notwendigkeiten umgetriebene Mühle, deren Gesause in der Ferne wie artikulierte Töne klingt. Vielleicht ist es keinem Menschen gegeben, alles aus dem wahren Standpunkte zu betrachten, weil er selbst irgendwo als umgetriebenes und treibendes Rad steckt.

13

Amalie Wilmont an ihre Freundin Emilie Burton

London.

Sie sind es schon gewohnt, liebe Emilie, meine uninteressanten Briefe zu lesen, ich habe also nicht viel zu besorgen, wenn ich Ihnen noch einmal schreibe. Es ist gewiß nicht Eitelkeit oder Stolz, wenn ich niemals von Neuigkeiten oder wichtigen Vorfällen, sondern immer nur von mir spreche, und von dem, was mir zustößt. Ich habe mich leider von Jugend auf daran gewöhnt, mich nur mit mir selbst und mit dem kleinen Zirkel zu beschäftigen, der mich umgibt. Wenn mir eine Krankheit meiner Eltern, eine Reise meines Bruders, oder das Unglück eines Freundes wichtig ist; so vergesse ich darüber die ganze übrige Welt, und weine oder freue mich, ganz für mich, wenn indes auch in einem entfernten Erdteile vielleicht eine ganze Nation untergeht.

Ach, liebe Freundin, wenn ich doch bei Ihnen wäre, oder Sie bei mir sein könnten! Das ist die wiederholte Klage in allen meinen Briefen; ich sehne mich, wenn ich allein bin, mit einem unbeschreiblichen Gefühle nach Ihrem Garten hin, ich gehe in Gedanken durch alle Gänge spazieren, und höre Ihr angenehmes und unterrichtendes Gespräch. Ach, in Ihrer Gesellschaft würde ich gewiß fröhlicher sein, denn Sie würden mir zeigen, wie ungereimt mein Schmerz ist, es würde mir manches gleichgültiger werden, was mir jetzt so außerordentlich wichtig vorkömmt: an Ihrer Seite habe ich im vorigen Jahre so viel gelernt; ach, ich würde gewiß ruhig werden, und Sie würden viele meiner Zweifel auflösen, die mich jetzt ängstigen.

Lovell hat mich vergessen, ich muß es mit jedem Tage mehr glauben, und alle Nachrichten von ihm bestätigen es. Ach und es ist auch recht gut, daß ich nicht eine Ursache mehr werde, seinem kranken Vater Kummer zu machen. Er kömmt mir jetzt nur vor, wie ein Bild aus einem Traume der

Kindheit, schön und glänzend, aber entfernt und unkenntlich. –

Mortimer spricht oft über alle diese Gegenstände sehr klug, und überredet mich manchmal auf ganze Tage; nur sagt er denn zuweilen wieder etwas, das meiner Seele ganz fremd und zuwider ist. In den recht verständigen Menschen liegt zuweilen eine zurückstoßende Kälte, man schämt sich oft etwas zu sagen, was man für wahr hält, weil man nicht gleich die passendsten Worte dazu findet. Ich glaube, daß Mortimer mir nur in manchen Sachen recht gibt, um mir nicht zu widersprechen, weil er mich für zu einfältig hält, ihn ganz zu verstehen. Sein Herz ist nicht warm genug, er hat zu sehr die Welt und die Menschen kennen gelernet. Und doch fühl' ich mich ihm zuweilen so geneigt, er kömmt mir oft wieder besser und edler als Lovell vor, dessen Enthusiasmus so unstet und ohne Ausdauer war; ich denke denn darüber nach, wie ich mit Mortimer leben würde, und gewöhne mich ordentlich an diese Vorstellung. Es kann auch sein, daß er sich sehr nach mir bequemte, wenigstens tut er es jetzt auffallend, und wir lebten so vielleicht recht glücklich miteinander. – Wenn mir nur nicht immer wieder so manches von meinen vorigen Empfindungen zurückkäme! dann ist mir, wie wenn man von großen Schätzen träumt, und plötzlich in der stillen dürftigen Nacht aufwacht: man sucht mit den Händen nach den Perlen und Diamanten, und stößt sich an der harten Wand.

Bin ich nicht törigt? Was sagen Sie dazu, liebe, nachsichtige Freundin? – Ich bin ein Kind, nicht wahr, das ist Ihre ganze Meinung? –

14

Emilie Burton an Amalie Wilmont

Bonstreet.

Ihre Briefe, teuerste Freundin! sind mir um so lieber, je mehr Sie darin von sich sprechen. Ich wollte, ich könnte bei Ihnen sein, oder Ihnen in Ihrer Lage Rat erteilen, aber leider ist mir beides unmöglich. Das Herz des Menschen liegt mit dem Verstande so oft im Kampfe, heute scheint uns das töricht, was uns gestern edel vorkam, daß ich ebenso wenig sagen mag: Handeln Sie nach Ihrem Herzen – als: ziehn Sie die Vernunft zu Rate.

Ihr Bruder ist jetzt hier, und will morgen abreisen, ich wünschte ich könnte ihn begleiten, statt daß ich ihm jetzt nur diesen unbedeutenden Brief mitgeben kann. Er hat mir viel von Ihnen erzählen müssen, viel von Ihren Kinderjahren und Ihren frühern Spielwerken; es gibt nichts Reizenders, als die Kleinigkeiten genau kennen zu lernen, an denen sich schöne Seelen hinaufranken, um schön zu wachsen. Mit Wohlgefallen denke ich oft daran, welche Kindereien ich mit meinem Bruder trieb, und welchen wichtigen Einfluß diese auf uns beide gehabt haben. Schon in der Kindheit hatte mein Bruder den ernsten festen Blick, mit dem er jetzt ins Leben sieht; schon als Kind war Ihr Karl so mutwillig und liebenswürdig, und Sie ebenso weich, als Sie beide jetzt sind. – Ich hoffe, Ihr Bruder wird auch so gut sein, Ihnen von mir vieles zu wiederholen, was ich mit ihm gesprochen habe, und so kann ich mich eines weitläuftigen und ermüdenden Briefes überheben, in den ich doch nichts von der Herzlichkeit legen kann, mit der ich Sie umarmen würde.

Mein Bruder läßt herzlich grüßen; o wir sehn uns gewiß und bald einmal wieder! –

15

William Lovell an Rosa

Rom.

Mir scheint es, als zögen Sie sich jetzt, wenn Sie hier sind, mehr von mir zurück. Die Ursache davon kann ich nicht auffinden, und ich wünsche sehr, daß es nur Schein sein möge.

Ich lebe hier in einem Taumel von einem Tage zum andern, ohne Ruhepunkt oder Stillstand fort. Mein Gemüt ist in einer ewigen Empörung, und alles vor meinen Augen hat eine tanzende Bewegung. Durchschwärmte Nächte und wiederholte Trunkenheit machen, daß mir die Welt ganz anders erscheint, nicht fröhlicher oder betrübter, aber weit seltsamer und unwichtiger. Man urteilt nur denn über das Leben am richtigsten, wenn man im eigentlichen Sinne recht viel lebt, nicht nur den Becher einer jeden Freude kostet, sondern ihn bis auf die Hefen leert, und so durch alle Empfindungen geht, deren der Mensch fähig ist. – Mein Blut fließt unbegreiflich leicht, und meine Imagination ist angefrischt, und erstreckt sich auf alle Ideen des menschlichen Geistes.

Mit der ersten Gelegenheit denke ich meinen Willy nach England zurückzuschicken; mit seinem altväterschen Wesen und seiner gutgemeinten Überklugheit fällt er mir zur Last. Er will mit aller Gewalt mein Freund sein, und es möchte hingehn, wenn er nur nicht den Bedienten ganz darüber vergäße. Als ich neulich spät in der Nacht, oder vielmehr schon gegen Morgen mit dem fröhlichsten Rausche nach Hause kam, hielt er mir eine pathetische Rede, und verdarb mir meine Laune. Er will gern fort, und sein Wille soll geschehn. –

Sie munterten mich ehedem auf, das Leben zu genießen, und jetzt sind Sie zurückgezogener als ich. Kommen Sie her, damit ich den verworrenen Rausch in Ihrer Gesellschaft genieße, und meine Sinne noch trunkener werden. Ich bin eben bei unsrer Signora Bianca gewesen, die das Muster der Zärtlichkeit ist, sie kann den teuren Rosa immer noch nicht vergessen, und spricht mit Enthusiasmus von ihm; Sie tun unrecht, das zärtliche Geschöpf so ganz zu vernachlässigen. Ich habe noch viele andre Grüße zu bestellen, die Sie mir erlassen mögen, genug, Sie stehn bei allen unsern schönen Bekanntschaften im besten Angedenken. Ich bin auf heut abend zur schwarzäugigen wollüstigen Laura hinbestellt, die jetzt schon meine ganze Phantasie beschäftigt.

Wer kann die unbegreiflichen Launen zählen und beschreiben, die im Menschen wohnen? Die seit einigen Wochen in mir erwacht sind, und aus meinem Leben das bunteste und wunderlichste Gemälde bilden? Frohsinn und Melancholie, seltsame Ideen in der ungeheuersten Verbindung, schweben und gaukeln vor meinen Augen, ohne sich meinem Kopfe oder Herzen zu nähern. Man nenne doch die schöne Erwekkung der innersten Gefühle nicht *Rausch*! Man sehe nicht mit Verachtung auf den Menschen hinab, dem sich plötzlich in der glücklichsten Erhitzung neue Tore der Erfahrungen auftun, dem neue Gedanken und Gefühle wie schießende Sterne durch die Seele fliegen, und einen blaugoldnen Pfad hinter sich machen.

O Wein! du herrliche Gabe des Himmels! fließt nicht mit dir ein Göttergefühl durch alle unsre Adern? Flieht nicht dann alles zurück, was uns in so manchen unsrer kalten Stunden demütigt? Nie stehn wir in uns selbst auf einer so hoch erhabnen Stufe, als wenn die Augen wie Sterne funkeln, und der Geist, wie eine Mänade wild durch alle Regionen der frechsten und wildesten Gedanken schwärmt. Dann pochen wir auf unsre Größe, und sind unser Seele und Unsterblichkeit gewiß, kein lahmkriechender Zweifel holt den fliegenden Geist ein; wir durchschauen wie mit Seherblicken die Welt, wir bemerken die Klüfte in unsern Gedanken und Meinungen, und fühlen mit lachendem Wohlbehagen, wie Denken und Fühlen, Träumen und Philosophieren, wie alle unsre Kräfte und Neigungen, alle Triebe, Wünsche und Genüsse nur Eine, Eine glänzende Sonne ausmachen, die nur in uns selbst zuweilen so tief hinuntersinkt, daß wir ihre verschiedene Strahlenbrechung für unterschiedene getrennte Wesen halten.

Spotten Sie nicht, Rosa, wenn ich Ihnen sage, daß jetzt eben diese Glut des Weins aus mir spricht: oder spotten Sie vielmehr, so viel Sie wollen, denn auch das gehört zu den Vortrefflichkeiten des Menschen. Ich fühle es jetzt lebhaft, wie alles, alles was mich umgibt, in Einem Range steht. – Der Wein läßt mich so fühlen und sprechen, ein andres Nahrungsmittel, das dem Menschen die sogenannte Nüchternheit läßt, äußert sich in andern Ideen, und der quälende Hunger legt dem Menschen wieder andere Gesinnungen in den Mund. Wer von allen hat nun recht? –

Ha! welche Wesen sind es, die das Tor
  Der dunkeln Ahndungen entriegeln?
Was hebt den Geist auf goldbeschwingten Flügeln
  Zum sternbesäten Himmelplan empor? –

Es schlägt der schwarze Vorhang sich zurücke,
  Und wundervolle Szenen tun sich auf,
Seltsame Gruppen meinem starren Blicke:
  Wie Traumerinnerung stehn sie da! mit frischem Glücke
  Beginn' ich froh den neuen Lebenslauf!

Ich fühle mich von jeder Schmach entbunden,
  Die uns vom schönen Taumel rückwärts hält,
Die jämmerlichen Ketten sind verschwunden,
  Mit Freudejauchzen stürzen goldne Stunden
  Rasch auf mich ein, und ziehn mich tanzend durch die Welt.

Es sammlen sich aus den verborgnen Klüften
  Die Freuden, wie Mänaden um mich her,
Es klingen ungesehne Lieder in den Lüften,
  Es wogt um mich ein ungestümes Meer,

Und Töne, Jauchzen, Wonne schwebt auf Blumendüften,
Und alles stürmt um mich, so wie ein wildes Heer.

Ich steh' im glanzgewebten Feenlande,
Und sehe nicht zur dürren Welt zurück,
Es fesseln mich nicht irdischschwere Bande,
  Entsprungen bin ich kühn dem meisternden Verstande,
Und taumelnd von dem neugefundnen Glück! –

Hinweg mit allen leeren Idealen,
  Mit Kunstgefühl und Schönheitssinn.
Die Stümper quälen sich zumalen,
Und nagen an den dürren Schalen
  Und stolpern über alle Freuden hin.

Hinweg mit Kunstgeschwätz und allen Musen,
Mit Bilderwerk, leblosem Puppentand, –
Hinweg! ich greife nach der warmen Lebenshand,
Mich labt der schön geformte lebensvolle Busen.

Ach, alles flieht wie trübe Nebelschatten
  Was ihr mit kargem Sinne schenken wollt.
Nur der besucht Elysiums schöne Matten,
Nur dem ist jede Gottheit hold,
  Der keinem Sinnentrug sein Leben zollt.

Der nicht in Luftgefilden schweift,
  Und sich an Dunstphantomen weidet,
Durch kranke Wehmut und Begeistrung streift, –
Nein, der die schlanke Nymphe rasch ergreift,
Die sich zum kühlen Bad' entkleidet.

Ihm ist's vergönnt zum Himmel sich zu schwingen.
Es sinkt auf ihn der Götter Flammenschein,
Er hört das Chor von tausend Sphären klingen,
Er wagt es zum Olymp hinauf zu dringen,
Und wagt es nur, ein *Mensch* zu sein.

Sie haben schon oft über meine Verse gespottet, und hier gebe ich Ihnen eine neue und noch bessere Gelegenheit, denn ich habe die Sylben und ihre Längen und Kürzen nicht nachzählen mögen; ein so korrekter Kritiker, wie Sie, findet also für seine Bemerkungen Stoff genug. –

Ich durchschweife oft in meinen abenteuerlichen Stimmungen die Stadt, und labe mich in der magischen Nacht an den wunderbaren und rätselhaften Bildern der äußern Gegenstände. Oft schwebt die Welt mit ihren Menschen und Zufälligkeiten wie ein bestandloses Schattenspiel vor meinen Augen. – Oft erschein' ich mir dann selbst, wie ein mitspielender Schatten, der kömmt und geht, und sich wunderlich gebärdet, ohne zu wissen warum. Die Straßen kommen mir dann nur vor, wie Reihen von nachgemachten Häusern mit ihren närrischen Bewohnern, die Menschen vorstellen; und der Mondschein, der sich mit seinem wehmütigen Schimmer über die Gassen ausstreckt, ist wie ein Licht, das für andere Gegenstände glänzt, und durch einen Zufall auch in diese elende lächerliche Welt hineinfällt.

Dann schweif' ich im wundervollsten Genuß der Phantasie auf den freien Plätzen und zwischen den Ruinen umher, und ergötze mich an den Gestalten, die vorübergehn und mein Gefühl nicht kennen, und von mir nichts wissen. – Am liebsten aber begleite ich irgend eines der vorüberstreifenden Mädchen, oder besuche eine meiner Bekanntinnen, und träume mir, wenn mich ihre wollüstigen Arme umfangen, ich liege und schwelge an Amaliens Busen. – Nichts macht mir dann meine eingebildete, alte schwärmerische Liebe so abgeschmackt und lächerlich, als dieser vorsätzliche Betrug.

Wie seltsam wird mir oft, wenn ich einem Mädchen nachfolge, die mich in ihre finstre enge Wohnung führt, wo ein Kruzifix über dem Bette hängt, und die Bilder der Madonne und von Märtyrern neben Schminktöpfen und schmutzigen Gläsern mit Schönheitswassern; oder wenn ich im Gedränge von Lazaronis und Handarbeitern in einer Herberge hinter einer andern stehe, und mit ebenso vieler Andacht den pöbelhaften Späßen eines Pulicinello zuhöre, mit der ich ehedem den Shakespeare sah. – Das Leben ist nichts, wenn man es nicht auf die sinnlichroheste Art genießt; der Widerschein der Wollust fällt auf alle Gegenstände, und färbt auch die uninteressantesten mit einem goldenen Schimmer. – Amalie ist auch nur einer von den wandelnden Schatten, die Zeit ergreift sie ebenso, wie mich, und wirft das abgenutzte, veraltete Bild in ihre dunkeln Tiefen, in die kein Auge dringt, und wo die Marionetten von tausend Jahrhunderten in bunter Vermischung aufgehäuft übereinanderliegen.

Leben Sie wohl, und kommen Sie nach Rom, es ist endlich Zeit, kommen Sie gleich nach Empfang dieses Briefes; ein wiederkehrender Freund erregt eben die Empfindung in uns, wie dem Kinde der wiederkehrende Frühling.

16

Willy an seinen Bruder Thomas

Rom.

Jetzt *muß* ich fort, Thomas, ich *muß* nach England, oder der Gram macht, daß ich mich hier in dem fremden, fatalen Lande muß begraben lassen. Ach, wer hätte das wohl noch vor einem Jahre gedacht! Wer mir es gesagt hätte, den hätte ich für einen Lügner gescholten, oder ihn wohl gar geschlagen, wenn es sich sonst hätte tun lassen. Aber kein Mensch kann auf solche Sachen fallen, das ist gewiß, weil bei der ganzen Geschichte der böse Feind sein Spiel haben muß, das glaube ich nunmehr gewiß und ganz festiglich. Ach Thomas, wenn man jetzt noch nach Dir schlagen und stoßen wollte, Leute, die Du hast groß werden sehn, es würde mir wie kalt Wasser durch die ganze Seele gehn, ja, und so muß Dir nun auch als einem redlichen Bruder zumute werden, wenn Du so was von mir hörst, da ich noch älter bin, als Du bist. – Mein

Herr, – ach, denke Dir, letzt kam er ganz betrunken nach Hause, wie er fast alle Tage oder Nächte tut, und ich hatte die ganze lange kalte Nacht auf ihn wachen müssen, ich dachte an seinen alten kranken Vater, und die Tränen kamen mir darüber in meine beiden Augen. Ich stellte ihm also seinen ganzen Lebenswandel vor, und daß er sich bessern und ändern solle, ich sagte ihm alles so recht aus meinem alten ehrlichen Herzen heraus, und da, Thomas, lachte er mich aus, wie ein wahrer Heide. Da wurde ich denn auch hitzig, denn ich bin auch nur ein Mensch, lieber Bruder, und jetzt schon alt und schwächlich, gebrechlich und baufällig, ich fuhr so mit etlichen gottseligen Redensarten und Kernsprüchen heraus, und da – lieber Bruder, seit der Zeit ist mir, wie einem armen Sünder zumute, da schlug er mit dem kleinen Stocke nach mir, den er noch aus unserm lieben England mitgenommen hat, mit demselben Stocke, den ich ihm noch in London gekauft habe; hätt' ich das wohl damals denken können! –

Nun läßt es mir hier keine Ruhe mehr, ich habe viel geweint, denn ich bin einmal etwas weibisch, ich kann es immer nicht vergessen, und der junge Lovell kommt mir nun ganz anders vor; ich kann ihn nicht mehr mit derselben Liebe ansehn, ich bin so kleinmütig und so gedemütigt, als wenn ich jemand ermordet hätte, welches Gott zeit meines Lebens verhüten möge.

Und sollt' ich zu Fuße nach England gehn, so muß ich jetzt fort, und sollt' ich heimlich wie ein Schelm fortlaufen, so kann ich nicht hier bleiben. Ach Bruder, stirb mir ja nicht vorher, denn sonst hätt' ich ja gar keine Freunde auf dieser Erde mehr, sondern lebe im Gegenteil recht wohl, bis Dich mündlich wiedersieht

Dein

armer Bruder

Willy.

17

Andrea Cosimo an Rosa

Neapel.

Du hättest immer noch hier bleiben können, und nicht mit der Eile die Bitte Deines Lovell zu erfüllen nötig gehabt. Ich melde Dir nur, daß sich der junge *Valois* in England erschossen hat. Man sollte sich mit solchen armseligen Seelen gar nicht einlassen, die am Ende nicht einmal Mut genug haben, ihr Dasein zu ertragen. Das ist wieder der Ausgang eines Deiner klugen und fein ersonnenen Projekte; entschuldige Dich nun, oder gestehe Deine Beschämung, je nachdem Du es am natürlichsten findest.

18

Eduard Burton an William Lovell

Bonstreet.

Deine Briefe, so wie der Gedanke an Dich betrüben mich seit einiger Zeit außerordentlich. Ach William, ich möchte Dir alles schicken, was Du mir ehemals geschrieben hast, dann solltest Du Dich selbst wie in einem Gemälde betrachten, und Dich fragen: bin ich diesem Bilde noch ähnlich? Aber ich fürchte, Du wirfst alles ungelesen ins Feuer, obgleich die Tat wahrlich, wenigstens halb so strafbar wäre, als wenn Du einen lebenden Zeugen Deiner Torheiten vernichtetest.

Könnt' ich doch ebenso warm sprechen, und die Feder mit eben der Kunst der Überredung führen, wie Du! Aber alle Talente, die auch ehedem vielleicht in mir lagen, sind jetzt durch Deine Abtrünnigkeit von unserm Bunde gedemütigt, ich fühle mich wie verstoßen und enterbt, und seh', indem ich schreibe, über die Wiese nach der mittägigen fernen Gegend, als wenn Du dort vom Hügel herunterkommen müßtest, als wenn dann die ganze ehemalige Zeit wieder da wäre. – Ich träume und phantasiere wie ein Kind, und weiß nicht, was ich mit meiner übeln Laune anfangen soll.

Sollten wir denn nun wirklich ganz voneinander gerissen sein? Ach ja, es ist, denn ich erkenne in Deinem Briefe den Lovell nicht wieder, den ich ehemals liebte. Damals war Dein Leben und Deine Art zu fühlen, wie ein sanfter, leise murmelnder Bach, den meine Wellen mit einer stillern und unmusikalischern Melodie begleiteten – jetzt erscheinst Du wie ein Wassersturz, dem ich erschrocken aus dem Wege trete. Ach, William, ich gebe Dir ja zu, daß Du in manchen Rücksichten jetzt klüger sein magst, als vordem, aber ich beschwöre Dich, kehre, wenn es möglich ist, zu jener kindlichen Einfalt zurück. Ach ja wohl, *wenn es möglich ist!*

Eine schwarze Ahndung geht mir durch die Seele, daß Du vielleicht den altväterischen lahmen Ton in meinem Briefe belachst, und mir mit einer neuen, noch frechern Dithyrambe antwortest. Aber wenn Du es nun deutlich bemerkt hast, wie vieles, was man wahr und groß nennt, in sich selbst zusammenfällt, wenn man den Grund des Gebäudes untersuchen will; so wage es nun auch, Dich selbst wie ein Mann anzurühren, und den Stoff Deiner eigenen Gedanken näher zu betrachten. Sei aufrichtig gegen Dich selbst, und Du findest denn vielleicht, daß Du in denselben Fehler gefallen bist, den Du so hitzig vermeiden wolltest, daß Du ein eifriger Systematiker bist, indem Du auf alle Systeme schimpfst.

Hast Du wohl den wahren Gesichtspunkt, wenn Du jetzt mit so vielem Mutwillen, mit solcher verachtenden Ereiferung über Dein voriges Wesen sprichst? Wir sollten doch immer daran denken, daß jede unsrer jetzigen Meinungen mit einer früheren zusammenhängen *muß*, daß die vorhergehende die spätere erzeugt, und daß aus unsern jetzigen Ideen wieder neue hervorgehen werden und müssen, und daß wir uns so durch unmerkliche Abstufungen endlich wieder einer längst veralteten Vorstellungsart nähern können: – alles dies sollte uns bewegen, nicht immer aus den vorigen Wohnungen unsrer Seelen Ruinen zu schlagen, um aus dem jetzigen Palaste mit lachendem Spotte auf sie hindeuten zu können. Wie den Aufenthalt meiner Kindheit, wie meine alten Bilderbücher liebe ich alles, was ich einst dachte und empfand, und oft drängt sich eine Vorstellung aus den frühsten Knabenjahren auf mich ein, und belehrt mich über meine jetzigen Ideen. Der Mensch ist so stolz, sich für vollendet zu halten, wenn er sein ganzes voriges Leben für verworfen ansieht, – und wie unglückselig müßte der sein, der nicht mit jedem Tage etwas Neues an sich auszubessern fände, der das schönste und interessanteste Kunstwerk gänzlich aufgeben müßte, mit dem sich die menschliche Seele nur immer beschäftigen kann: die allmählige höchstmögliche *Vollendung ihrer selbst.*

Was soll ich Dir sagen, William? Ich fühl' es, daß alle Worte vergebens sind, wenn sich der Gegner einer eigensinnigen, rechthaberischen Sophisterei ergeben hat, die am Ende doch nur einseitig ist. Diese mit der Leidenschaft verbunden ist der Syrenengesang, dem vielleicht kein Sterblicher widerstehen kann, wenn er nicht wie der griechische Held von der Unmöglichkeit zurückgehalten wird. Und es kann sein, daß auch dann die giftigen Töne durch das ganze Leben nachklingen, daß die Seele beständig wie eine versengte Ähre, selbst im Wachstume, die Spur davon behält. – Dein Vater ist sehr krank, und ich fühle, daß ich es auch werden kann, wenn ich recht lebhaft an Dich denke; wir gewöhnen uns so leicht daran, das Unglück, das wir nicht würklich vor uns sehen, als eine poetische Fiktion zu betrachten, daß alle Jammertöne gleichsam unbefiedert in uns anschlagen. Aber wenn ich mich dann zu Dir hinversetze, wenn mir die Bücher in die Hand fallen, die wir ehemals zusammen lasen, und ich noch einzelne Papierzeichen finde, oder angestrichne Stellen von Dir entdecke. – – O komm zurück, komm zurück, William! Gedenke der süßen Harmonien, die Dich sonst umschwebten, ein frommer kindlicher Sinn wohnte Dir im Busen, Du machtest Dir das Kleinste groß, und vergaßest darüber das

Große; eine Blume war für Dich bedeutend, und ihr Verwelken merkwürdig, indem Dich politische Streitigkeiten und Parteikämpfe nicht kümmerten: ach vergib, daß ich Dich damals so oft dieses zarten Kunstsinns wegen schalt, ich sehe jetzt mit Bedauern ein, daß die Seelen feinere Fühlfäden haben, die sich um Tautropfen und Lilien mit Wohlbehagen legen, als die sich an Felsen ansaugen müssen, um mit einer ungeheuren Masse Ein Wesen zu werden, damit sie sich selber interessieren. Ich dachte Dich dahin zu lenken, wo ich zu stehen glaubte, und Du bist nun, wie mit zu stark gewachsenen Flügeln unwissend über das Ziel hinausgeflogen, das ich Dir setzen wollte.

Wenn Dir jetzt Amalie und ihre Liebe so abgeschmackt erscheint, in welchem Lichte muß dann unsre Freundschaft vor Dir stehn? War *sie* nicht auch ein Werk jugendlicher Begeisterung, das Bedürfnis einer schönen Eingeschränktheit des Gemütes? War ich nicht etwas eifersüchtig, als ich zuerst Deine Neigung zu Amalien bemerkte? Betrübte ich mich nicht innerlich, daß Deine Liebe zu einem andern Wesen sich nun unendlich höher hob, als zu mir? – Ach Lieber, untersuche doch ums Himmelswillen nicht die kleinen Widersprüche, die Kindereien und Albernheiten, die so oft in unsern edelsten Neigungen und Gefühlen liegen. Es ist der grüne duftlose Stengel der Blume, aber *beide* können nur *zusammen* existieren. *Was* ist der Mensch nach Deinen Ideen, die sich doch in sich selber widersprechen? Die nichtswürdigste Verbindung seelenloser Glieder, – was gibt Dir denn nun diesen feurigen Enthusiasmus für Deine Meinung, wenn Du nichts mehr, als diese verworfene Maschine bist? Und könntest Du ihn ohne jene edlere Gefühle haben; so wärst Du eben durch diese trunkene Schwärmerei das verächtlichste unter allen denkbaren Wesen.

Überlege, daß das Leben eines so reizbaren Geistes, als der Deinige ist, nur einer magischen Laterne gleicht, die an der Wand die bunten Gegenstände abspiegelt, die ihr vorgehalten werden: daß es nur Sinnenreiz ist, was aus Dir spricht, nicht die innere, durch Gefühl und Nachdenken gereifte Überzeugung. Gib mir wenigstens zu, daß dies *möglich* sein kann, und untersuche Dich genauer, und kehre zurück, wenn Du es so findest. – Ach es sind vielleicht nur die wiederholten Sprüche eines kalten, verschlossenen Freundes, der *mich* aus Deinem Herzen verdrängt hat, dessen Philosophie nichts als ein blendendes Feuerwerk sein soll, das seine Eitelkeit seinen Freunden gibt, und die Du, törichter Jüngling, aus übelverstandener Anhänglichkeit in Dein Herz aufnimmst. – – O, vergib mir, William, es ist wahrlich nicht Härte, die aus mir spricht, nur mein herzliches Gefühl, das ich mir und Dir unmöglich verbergen kann.

Gib Deiner Seele einmal das traurige Fest, laß die wehmütigen tragischen Empfindungen ungehindert zu Dir kommen, und denke recht lebhaft mich, Deinen Vater und *Amalien*! denke sie mit der Frühlingsempfindung wieder, wenn Du jemals für sie empfunden hast, und Deine ganze Liebe nicht Affektation war. Mir schien es, als würde Dir in einem Deiner letzten Briefe die Entsagung Amaliens gar zu leicht, weil Du nun um so erlaubter Deine neue Lebensbahn antreten konntest. – – Wie komme ich zu diesem Argwohn gegen meinen William? – Ach, in manchen Augenblicken tritt es, wie der böse Feind, zwischen uns, und will mein Herz ganz dem Deinigen abwendig machen; aber es soll gewiß nicht geschehn.

Wärest Du mir nicht zu wichtig; so könnte ich Dir noch von meinem und Deinem Vater manche Umstände schreiben, Dich auf manches vorbereiten, Dir zeigen, wie oft mit dem Unglücke das Glück des Menschen zusammenhängen könne; aber ich will lieber schließen. Findest Du noch einiges Interesse für Deine ehemaligen Wünsche; so soll Dich der nächste Brief von mir weitläufig darüber unterrichten.

Lebe wohl, lebe wohl, teurer William! antworte mir bald, und zeige mir, daß Du noch etwas von Deinem ehemaligen Gefühle für Deinen Eduard übrig hast. – Es ist mir ängstlich den Brief zu schließen, weil ich nicht weiß, ob ich Dich im mindesten überzeugt habe, aber ich kann kein Wort mehr hinzusetzen. In manchen Rechtshändeln des Lebens kann nur das Gefühl allein das Wort führen, ein Händedruck, eine Träne ersetzt eine ganze Abhandlung, – ach und meine Tränen kannst Du ja nicht sehn, die Seufzer hab' ich nicht niedergeschrieben. – Lebe wohl. –

19

William Lovell an Eduard Burton

Rom.

Ja, Freund, Geliebter, Einziger, ich will, ich *muß* Dir antworten. – Welchen Eindruck hat Dein Brief auf mich gemacht! – O wie ein Gewitter ist jedes Wort durch meinen Busen gegangen, und die Frühlingssonne ist auf einzelne Momente zwischen den Regenschauern zurückgekehrt. – Ich wollte Dir so vieles sagen, und weiß nun keine Worte zu finden. Ich bin beklemmt, die Angst drängt mein Blut nach der Kehle, – ach, ein Blutsturz würde mir Linderung schaffen, und meinem Herzen ein Labsal sein. – Und doch könnt' ich nicht froh sein, ich möchte mein ganzes Dasein in stürzenden Tränengüssen dahinweinen, um nur der drückenden Bürde des Lebens los zu werden. – Wenn ich an mein voriges Glück denke, und der gestrige Taumel noch wie ein Dampf voll ungeheurer Gestalten vor meinen trüben Augen zittert, – Du hast gewaltig an die Kette gerissen, die unsre Seelen aneinanderbindet, die Wunde, die sich gespaltet hat, ist schmerzhafter, als jene, die Du hast heilen wollen.

Ach Eduard, wenn ich nicht meinen Vater fürchtete, so flög' ich jetzt nach England zurück, und stürzte als reuiger und beschämter Sünder vor Amaliens Füßen nieder, daß sie mir vergäbe, oder ich den Tod von ihrer Hand empfinge. –

Es ist wie Wetterleuchten am Horizont meines Lebens, – wie Klocken, die aus der Ferne den Götterlästerer zur Kirche und zur Strafe rufen. – Vergib *Du* mir zuerst, mein Eduard, – ach, weiß ich denn nicht, daß, wenn mein Schicksal in *Deiner* Hand stände, ich der glücklichste der Menschen wäre!

Möcht' ich wenigstens nicht wieder von diesem Taumel der Angst erwachen, die mich allmächtig ergriffen hat, – ach ich fühle schon jetzt die düstere entsetzliche Leere, die ihr folgen wird. – Lebe wohl, Teurester meiner Seele, und erquicke mich durch Deine Briefe, so wie Du mir durch diesen den letzten Mut entrissen hast.

Ich kann nicht weiter. –

20

Der Advokat Jackson an den Lord Burton

London.

Hochwohlgeborner Herr,

Ich bin den Befehlen, die mir Ew. Gnaden neulich zukommen ließen, auf das treulichste gefolgt. So viel es von mir abhängen konnte, habe ich den Gang des Prozesses beschleunigt, und ich bin fest überzeuget, daß ich jetzt so viel getan habe, als nur in meinen Kräften stand. Dieselben werden auch Ihre neulichen Briefe allbereits zurückerhalten haben, so daß ich den Befehlen, die Sie mir erteilten, die genauste Folge geleistet habe.

Jetzt hat sich nun ein Vorfall ereignet, der den ganzen Prozeß in kurzer Zeit völlig beendigen könnte, aber leider zu Ew. Gnaden Nachteil. Neulich saß ich noch spät in der Nacht in einem Zimmer auf dem Lovellschen Landgute, das mir der Lord eingeräumt hat, um dort zu arbeiten. Man hat mir die

Erlaubnis gegeben, alles zu durchsuchen, wo ich irgend nur Belege und Papiere zur Aufklärung der Sache zu finden hoffte. Ich hatte schon ganz, so wie der Lord, die Hoffnung aufgegeben, die bewußten Dokumente, die die Bescheinigung der Bezahlung enthalten, jemals aufzufinden, ich hatte schon alles durchforscht, was mir zu meinem Endzwecke nur irgend merkwürdig schien. Jetzt geriet ich in der Nacht über eine Schublade, die ich schon oft aufgezogen habe, und entdecke in dieser einen verborgenen Kasten, ich öffne ihn mit zitternder Hand, und finde, daß mich meine Ahndung nicht betrogen hatte. Die bewußten wichtigen Dokumente sind nunmehr in meiner Hand.

Ich würde es für Ungerechtigkeit halten, wenn ich nunmehr sogleich den Prozeß zu Lovells Vorteil beendigte, wie es jetzt allerdings nur eine Kleinigkeit wäre. Ich glaubte, ich sei es Ew. Hochwohlgeborn schuldig, Denenselben zuvor wenigstens von dieser Begebenheit Nachricht zu erteilen, um zu erfahren, ob Sie nicht noch vielleicht neue und wichtige Gründe vorzubringen hätten, die nachher etwas von ihrer Kraft verlieren möchten; oder ob Dieselben nicht überhaupt zuvor die Dokumente in Augenschein nehmen wollten, um ihre Rechtmäßigkeit zu prüfen. Ich darf sie aber auf keinen Fall der Post anvertrauen, und Ew. Gnaden haben mir, einen Boten zu senden, ausdrücklich untersagt: es bleibt mir also kein andrer Weg übrig, als Ew. Gnaden zu ersuchen, die Reise hieher selber zu machen, oder mich nach Bonstreet kommen zu lassen; oder ich könnte Ihnen auch auf dem halben Wege bis *Nottingham* entgegenkommen. Ganz, wie Sie es befehlen.

Bis ich das Glück gehabt habe, Ew. Gnaden persönlich zu sprechen, bleibt dieser ganze Vorfall übrigens ein Geheimnis.

Daß ich es nicht am Diensteifer habe fehlen lassen, wird ein so scharfsichtiger Beobachter, als Ew. Herrlichkeiten sind, gewiß nicht zu bemerken unterlassen haben; wie sehr ihn Dieselben werden zu schätzen wissen, dies zu erfahren, hängt von der ersten mündlichen Unterredung ab, der ich mit großen Erwartungen entgegensehe. – In der tiefsten Verehrung habe ich die Ehre mich zu nennen

Ew. Herrlichkeiten
treuergebenster Diener
Jackson.

21

William Lovell an Rosa

Rom.

Sie fragten mich gestern, was mir fehle. – Was hilft es mir, wenn ich nicht ganz aufrichtig bin. – Ich will es Ihnen gestehen, daß ein Brief des jungen Burton mir allen Mut und alle Laune genommen hatte. Die Vergangenheit kam so freundlich auf mich zu, und war so glänzend, wie mit einem Heiligenschein umgeben. Sie werden sagen: Das ist sie immer, und zwar aus keinem andern Grunde, als weil sie Vergangenheit ist. Aber nein, es lag noch etwas anders darin, ein Etwas, das ich nicht beschreiben kann, und das ich um alles nicht noch einmal fühlen möchte.

Sie werden vielleicht die Erfahrung an sich gemacht haben, daß nichts uns so sehr demütigt, als wenn uns plötzlich über irgend eine Sache oder Person die Augen aufgetan werden, die wir bis dahin mit Enthusiasmus verehrt, ja fast angebetet haben. Der nüchterne Schwindel, der dann durch unsern Kopf fährt, die Nichtswürdigkeit, in der wir uns selbst erscheinen, alles dies und Reue und Mißbehagen, alle üble Launen in Einem trüben Strome, alles stürzte auf mich zu, und ergriff mich und riß mich mit sich fort. – Alles, was ich empfunden und gedacht hatte, ging wie in einem alles verschlingenden Chaos unter, alle Kennzeichen, an denen ich mich unter den gewöhnlichen Menschen heraushob, gingen wie Lichter aus und plötzlich verarmt, plötzlich zur Selbstverachtung hinabgesunken, war ich mir selbst zur Last, und Himmel und Erde lagen, wie die Mauern eines engen Gefängnisses, um mich.

Ich erinnerte mich jetzt der trübseligen Augenblicke, die mich so oft im heftigsten Taumel der Sinne ergriffen hatten; der widrigen Empfindungen, die so oft schon mein Herz zusammenzogen, so vieler Vorstellungen, die mich unablässig wie Gespenster verfolgt hatten. – Wozu bin ich so umständlich? Bloß um Ihnen zu zeigen, wie aufrichtig ich bin; ich weiß, Sie werden meine Schwäche verachten, aber dem Freunde muß man keine Torheit verbergen. Heilen Sie mich von meinen Albernheiten, und beweisen Sie dadurch, daß ich Ihnen nicht ganz gleichgültig bin.

Doch ich eile zu einer Begebenheit, die wichtiger ist, und die mich im Grunde schon alles hat vergessen lassen. Ich versuchte meinen Lieblingszeitvertreib, der mich am ersten tröstet; ich streifte in der Dämmerung durch enge und unbekannte Gassen; ergötzte mich, wenn ich einer Kirche vorbeiging, an dem Gedanken, daß ich jetzt mitten in der Stadt gehe, deren Name mir in den Knabenjahren so schön und abenteuerlich geklungen hatte. Ich verirrte mich endlich in den kreuzenden Straßen, und geriet, als es schon ziemlich spät war, an die Porta Capena. Ich ging hindurch.

Sie kennen dort vor dem Tore die seltsamen und an manchen Stellen schauerlichen Ruinen. Es ward dunkler, und ich fürchtete mich endlich; ich erinnerte mich eines Menschen, von dem ich glaubte, ich weiß aber nicht warum, daß ich ihn notwendig hier treffen müßte. Ich wollte umwenden, und sah seitwärts einige kleine unbedeutende Hütten in einer ziemlichen Entfernung; in einer von diesen brannten die Fenster hell und freundlich. Ich hatte einen unwiderstehlichen Trieb nach diesem Hause hin, und fand nach vieler Mühe einen kleinen Fußsteig, der mich dorthin führte. – Die Töne einer Laute kamen mir silbern durch die stille Nacht entgegen, und ich wagte nicht, den Fuß hörbar aufzusetzen. Bäume flüsterten geheimnisvoll dazwischen, und vor dem Hause goß sich ein goldner Lichtstreif durch das kleine Fenster auf den grünen Rasen. Es war, als wenn ich mich einem Feenpalaste näherte. Jetzt stand ich dicht vor dem Fenster, und sah in eine kleine, nett aufgeputzte Stube hinein. Eine alte Frau saß in einem abgenutzten Lehnstuhle, und schien zu schlummern, ihr Kopf, mit einem reinen weißen Tuche umwickelt, nickte von einer Seite zur andern. Auf einem niedrigen Fußschemmel saß ein Mädchen mit einer Laute, ich konnte nur das freundliche Gesicht sehen, die kastanienbraunen Locken, die unter einer Kopfbinde zurückgepreßt waren, die freundlichen hellen Augen, die frische Röte der Lippen –

Ich stand wie bezaubert, und vergaß ganz, wo ich war. Mein Ohr folgte den Tönen, und mein Auge jeder, auch der unmerklichsten Bewegung des Mädchens. Ich sah wie in eine neue Welt hinein, und alles kam mir so schön und reizend vor, es schien mir das höchste Glück in dieser Hütte zu leben, und dem Saitenspiele des Mädchens zuzuhören, dem Geschwätze der Alten und den kleinen Grillen in den Wänden. – Das Mädchen stand auf, das Licht zu putzen, das heruntergebrennt war, und ich ging scheu zurück, denn sie trat dicht ans Fenster. – Der schlankeste Wuchs, die Umrisse, wie von dem Busen der Grazien entlehnt, sogar den weißesten Arm konnte ich noch auf meinem schnellen Rückzuge bemerken. – Ich wagte es nicht, näher zu kommen, und sah nur Schatten hin und her fahren und über den Rasen hinzittern. Ich stand da, wie ein Sünder im Orkus, der sich fürchtet, jetzt vor den ernsten Minos gerufen zu werden.

Die Lautentöne waren jetzt verstummt, und als ich endlich wieder näher trat, sah ich eben die Alte durch eine kleine Tür in die angrenzende Kammer wanken. Das Mädchen stand mit herabrollenden Locken in der Mitte des Zimmers, und löste halbschläfrig das Busentuch auf. – O Rosa, ich habe bis jetzt noch gar kein Weib gesehn, ich habe nicht gewußt, was Schönheit ist; gehen Sie mit Ihren Antiken und Gemälden; diese lebendigen, schöngeschlungenen zarten Umrisse hat noch kein Maler darzustellen gewagt. – Plötzlich sah sie auf, wie aus einer Zerstreuung erwachend, und trat ans Fenster. In demselben Augenblicke taten sich Fensterladen vor, und das Licht und die herrliche Szene, die es beleuchtet hatte, verschwand.

Ich fuhr wie aus einem Traume auf; wie man im Bette nach dem Gegenstande faßt, von dem man geträumet hat, so sah ich mich betäubt nach allen Seiten um, sie zu entdecken. – Wie öde kam mir alles umher vor! Die Bäume erschienen mir wie Ruinen, nur das kleine Haus war für mich bewohnt und freundlich. – Ich taumelte in die Stadt, und träumte die ganze Nacht nur von dem schönen unbekannten Mädchen.

Heute am Morgen war mein erster Weg durch die Porta Capena. Es war mir schwer, die Häuser zu entdecken, so verdummt war ich gestern. Endlich fand ich sie auf. – Aber es war mir doch alles anders. Ein kleiner Garten, fast nicht größer, als mein Zimmer, ist neben dem Hause mit einem bäuerischen Staket umgeben, darin stand das Mädchen, o ich kannte sie gleich wieder, und mein Herz schlug schon, noch ehe sie mein Auge sah. – Aber aller Verstand und alle Überlegung verließ mich, ich wagte es kaum, das göttliche Geschöpf zu grüßen, sie dankte fremd, – warum lächelte sie mich nicht an? – Ihr Lächeln muß wohltun, wie die Frühlingssonne. – Ich habe tausend Plane im Kopfe. – Sie war fort, als ich wieder umkehrte. – Ich habe keine Ruhe, ich werde heut am Abend wieder dort sein; wenn ich in der Gegend stehe, ist mir zumut, wie in meiner Kindheit, wenn ich die schönen und abenteuerlichen Märchen hörte, die die jugendliche Phantasie gänzlich aus dieser Welt entrücken. –

22

Emilie Burton an Amalie Wilmont

Bonstreet.

Sie verlangen also durchaus und unbedingt meine Meinung? – Nun gut, so kann ich nichts weiter tun, als Ihnen sagen, wie ich an Ihrer Stelle handeln würde. Ich darf Sie wohl nicht erst daran erinnern, liebe Freundin, daß das im Grunde sehr wenig gesagt ist, denn der wichtigste Umstand ist eben der, daß Sie nicht *Emilie* sind. Indes wir wollen den Versuch wagen, da es Ihr Wille ist.

Lovell hat Sie gänzlich vergessen, und Mortimer liebt sie: beides gestehn Sie selber ein. Mortimer kann durch Sie glücklich werden, Lovell nicht mehr: Sie schätzen Lovell nicht mehr, wie ehedem, sondern lieben im Grunde Mortimer aufrichtiger, als ihn; – mich dünkt, hier sollte keine lange Untersuchung der Frage entstehen: Was zu tun sei? Die Erinnerungen, die Sie quälen, sollten Sie vielmehr durch Ihre Vernunft unterdrücken, als ihnen nachhängen; denn alles, was uns und andern zur Last fällt, sollte man nie recht nahe auf sich zukommen lassen. Wir verderben uns durch kränkliche Einbildungen so oft unser Leben; ich habe es nur gar zu oft bemerkt, wie jene sogenannten feinern Empfindungen nur eine Art von Eigensinn sind, mit welchem man sich auf gewisse Ideen heftet, daß ich von je gewünscht habe, ich und alle meine Freunde möchten von dieser Krankheit verschont bleiben.

Schelten Sie mich keine Vernunftschwätzerin, liebste Freundin, ich sage nur, wie ich denke, und denke vielleicht nur so, weil ich die Erfahrungen nicht gemacht habe, mit denen Sie bekannt geworden sind: ich bin auch vielleicht weniger reizbar, ich habe vielleicht nie geliebt, – kurz, ich kann am Ende nur meine bisher gesammelten Ideen vortragen, und das Lächerliche liegt bloß darin, daß ein Frauenzimmer so ernsthaft und zusammenhängend schreiben will.

Meine Amalie wird dieses Vorurteil nicht haben, und Ihre herzlichste Freundin daher billiger beurteilen.

Aber wenn Sie nun einen schätzbaren und verständigen Mann durch Ihre Hand würklich *glücklich* machen könnten? Und wenn es nun auch durch eine kleine Aufopferung geschehen müßte? – Würden Sie sich wirklich so lange bedenken? – Sie liebten vielleicht Lovell nur, weil Ihr wohlwollendes zartes Gemüt einen Gegenstand nötig hatte, an dem es sich äußern konnte. Tragen Sie jetzt alle diese Gefühle auf Mortimer über, und Sie werden beide glücklich sein.

Mein Vater hat eine Geschäftsreise nach London gemacht, ich glaube, er wird Sie und Ihren Bruder besuchen.

Leben Sie recht wohl, und nehmen Sie meinen Brief ja nicht wichtiger, als er sein soll. – Grüßen Sie Ihren Bruder.

23

Mortimer an Karl Wilmont

London.

Mit Erstaunen hab' ich von Deiner Schwester gehört, daß Du schon wieder, und zwar von neuem nach Bonstreet gereis't bist! O du unsteter Landstreicher! Möchtest Du doch auch erst einen Ort gefunden haben, wo Du Lust bekämest, Dich anzusiedeln. So bist Du mir nun schon wieder entlaufen, ehe ich noch angefangen habe, Dich recht zu genießen.

Wünsche mir Glück, Karl, denn alles was ich wünschte, ist nun in Erfüllung gegangen. Deine Schwester hat sich plötzlich entschlossen; sie will die Meinige werden. Ich danke Gott, daß es endlich so weit gekommen ist. – Die Verlobung ist bei Deinen Eltern gestern gefeiert, und in einem Monate ohngefähr zieh' ich nach dem kleinen Landgute in der Nähe von Southampton, und feire dann meine Hochzeit mit Amalien. – Ich versetze mich schon ganz in die stillen häuslichen

Szenen, und erträume mir nicht das Glück aus einem Feenlande, sondern rechne nur auf ein kleines, irdisches Glück, und das wird mir nun gewiß nicht fehlen.

Mein Landhaus liegt angenehm, und hat umher die reizendsten Spaziergänge, ich will nun dort nach meinem Herumstreifen den ländlichen Freuden leben.

Was Deine Schwester so plötzlich bestimmt hat, weiß ich nicht. Meine ausdauernde Liebe, mein Gefühl, das sich immer gleich blieb, scheint sie endlich überzeugt zu haben, daß nur dies die wahre Liebe sei. – Ich habe Dir heute nichts mehr zu sagen. Lebe wohl.

24

Karl Wilmont an Mortimer

Bonstreet.

Ja wohl bin ich wieder Dir und der Stadt entlaufen. Aber ich verdiente auch wahrhaftig nicht den unbedeutendsten Blick von Emilien, wenn ich eine so schöne Gelegenheit ungenutzt gelassen hätte. – Du weißt, daß der alte Burton seines Prozesses wegen in London war: da er grade einige Häuser in der Nachbarschaft besuchte, kam er auch zu uns. Er war außerordentlich vergnügt, und dann sind die Menschen gewöhnlich höflich und freundlich; er ließ sich mit mir in ein weitläuftiges Gespräch ein, und da ich ihm unter andern erzählte, ich hätte schon längst die schönen Seen in Northumberland besuchen wollen; so schlug er mir vor, es jetzt beim schönsten Frühlingswetter zu tun, und ihn bis Bonstreet zu begleiten. Ich versprach es, ohne mich zu bedenken, und mußte Wort halten; und so rollte ich schon am folgenden Morgen mit leichtem Herzen durch das Tor von London.

Und wie vergnügt bin ich darüber, daß ich nicht ein so großer Narr gewesen bin, zurückzubleiben. Emilie freute sich sehr, als sie mich so unerwartet wiedersah. Wir haben viel miteinander gesprochen, wir sind sehr zärtlich gewesen, und es kömmt mir nun ganz närrisch vor, daß ich ordentlich wieder abreisen soll. Indessen darf ich doch nicht zu lange hier bleiben, um mir kein Dementi zu geben, ich muß sogar nach Northumberland reisen, um dem Lord und allen Menschen nicht wie ein Narr vorzukommen.

Wie manches in der Welt muß man nicht bloß andern Leuten zu Gefallen tun! – Indes mag auch dies unangenehme Geschäft noch vorübergehn, wie so viele andere; es ist hier schön, ich will die paar Tage, die ich hier zubringe, recht geizig genießen, und für die Zukunft den Himmel sorgen lassen. Denn wie es am Ende noch mit meiner Liebschaft ablaufen soll, kann ich wahrhaftig nicht einsehn.

Wer weiß aber, wie wunderbar sich manchmal alles fügt! – Ich habe Leute gekannt, die auf einen Gewinst, den sie im Lotto hofften, Schulden machten. Sie waren weise, und ich will ihnen nachahmen.

Aus den Bergen in Northumberland erhältst Du wieder einen Brief von mir.

25

Amalie Wilmont an Emilie Burton

London.

Ich bin Ihrem Rate gefolgt, liebste Freundin, um nur endlich der marternden Unruhe los zu werden. Ich bin mit Mortimer verlobt, und fühle mich recht froh und leicht. – Sie haben recht, es sind meistenteils nur kränkliche Einbildungen, mit denen wir uns ängstigen, Sorgen, deren zehnter Teil nur aus Wirklichkeit besteht, das übrige ist Traumgestalt. Ich denke mir jetzt mein zukünftiges Leben recht schön und froh. Mortimer ist weit herzlicher, als ich je von ihm geglaubt hätte, denn er freute sich über meine Einwilligung so sehr, daß es mich bei einem so gescheuten Manne ordentlich überraschte. – Er findet mich gewiß viel zu gut und verständig, ich weiß es zu gut, daß ich kindisch und voller Torheiten bin: ach, wenn er sich nur nicht so mit mir betrogen findet, wie ich mich an Lovell geirrt habe.

Wir werden beide künftig recht einsam wohnen, in keiner großen Stadt, selbst von einer großen Heerstraße abgelegen. Ach, so wird ja nun endlich doch mein Lieblingswunsch erfüllt, in der freien Natur zu leben. Ich bedarf um froh zu sein keiner Zerstreuung und keiner großen Gesellschaften; ich wünsche, daß uns niemand besuche, als gute Freunde, so wie Sie und Ihr Bruder, dann wollten wir dort einmal das schöne Leben von neuem führen, das ich bei Ihnen im vorigen Frühjahre genoß, als ich zuerst Lovell kennen lernte.

Doch, ich wollte ja nicht mehr an ihn denken. Ich soll mich ja mehr in meiner Gewalt haben, wie Sie mir selbst geraten haben. Ich finde auch, daß ich es so ziemlich gelernt habe; nur manchmal widerstreben mir törichte Erinnerungen. – O ich werde gewiß, auch wenn ich zuweilen an Lovell denke, an Mortimers Seite glücklich sein. – Er kömmt mir jetzt immer vor, wie ein gestorbener Bruder, und ich muß noch manchmal weinen, aber es sind nicht mehr die brennenden Tränen, die ich ehemals vergoß.

Sie sehen, daß ich immer bleibe, wie ich war. Ich habe Sie schon oft um diesen schönen graden Sinn beneidet, den ich nie erlangen werde. –

Mein Bruder hat Ihren Vater nach Bonstreet begleitet, und mich dünkt, ich habe die Ursache erraten. – Sind Sie gar nicht begierig, sie zu wissen? – Doch still, ich darf wohl über meine, aber nicht über die Geheimnisse andrer Leute schwatzen. Das letztere ist unerlaubt, wenn das erste nur kindisch ist.

26

Rosa an William Lovell

Tivoli.

Sie dauern mich mit Ihrer neuen Liebschaft. Rosaline mag nach Ihrer Beschreibung ein ganz hübsches Mädchen sein, aber Sie sind und bleiben doch wahrhaftig ein Schwärmer. – Und die Not bekannt mit ihr, und von ihr erhört zu werden! – Lieber Lovell, haben Sie denn Ihren ganzen Cursum mit so geringem Nutzen gemacht? – Es ist höchst unrecht, daß Sie noch von irgend einem Mädchen können in Verlegenheit gesetzt werden!

Wenn Sie einmal so sehr von ihr entzückt sind, so müssen Sie alles versuchen, ihr näher zu kommen. Es gibt nichts Verdrießlichers, als Leute zu sehn, die ein Gut über alles wünschen, und nicht die kleinsten Mittel anwenden, seiner habhaft zu werden. Ich wollte, ich könnte Troclus sein, um meinen armen Pandäus zu beruhigen. Wenn gar nichts helfen sollte (woran ich zweifle) müssen Sie ihr die Ehe versprechen; am dritten Tage glaubt sie das Märchen, und am vierten ist sie die Ihrige. Am zehnten spätestens wird Sie Ihnen denn doch nicht mehr wie eine Gottheit erscheinen.

Nehmen Sie meinen Brief nicht übel, ich bin hier durch einen Zufall in eine Stimmung versetzt, in welcher mir Ihre Anbetung eines kleinen unbedeutenden Mädchens notwendig kindisch erscheinen muß.

Wenn mancher von unsern armseligen Bekannten dies Billet sähe, würde er mich mit hochweiser Miene Ihren Verführer nennen, und wunder meinen, wie viel er dabei dächte. Ich höre von so manchen Menschen dies unschuldige Wort auf so unschuldige Leute anwenden, daß ich jetzt immer darüber lachen muß. Es gibt keinen größern Unsinn, als zu glauben, daß der Verstand auf unsre Gefühle und Handlungen Einfluß habe, und nun gar, daß eine fremde Idee jemals die meinige werden könne, wenn ich sie nicht schon vorher gehabt habe. –

Leben Sie wohl, und geben Sie mir von Ihren Progressen Nachricht. Ich werde dieses Abenteuer als den guten oder schlechten Plan einer Komödie ansehn; zeigen Sie sich daher im dramatischen Fache, wenigstens als ein ebenso guter, wo möglich noch besserer Dichter, als Sie bis jetzt im Lyrischen getan haben.

27

William Lovell an Rosa

Rom.

Es ist alles vergebens. Ich bin mir in meinem Leben noch nicht so einfältig vorgekommen, als seit einigen Tagen. – Oder sollte das seltsame Ding, was in einem Lande Schande, im andern Ehre bringt, woran keiner glaubt, und wogegen die ganze Natur sich empört, – sollte die sogenannte *weibische Tugend* hier wirklich einmal kein Vorurteil sein? Und doch ist es nicht möglich, mein Benehmen ist nur linkisch und ungeschickt. Das Mädchen mit diesen glänzenden Augen muß Temperament haben, nur versteh' ich nicht die Kunst, Sinnlichkeit, Eigenliebe und Eigennutz bei ihr auf die wahre Art in Bewegung zu setzen.

Spotten Sie übrigens, wie Sie wollen, es ist gewiß ein himmlisches Geschöpf!

28

William Lovell an Eduard Burton

Rom.

Ich bin Dir noch die Nachricht schuldig, daß ich mich jetzt besser befinde, und daß ich nunmehr bei kälterem Blute Deinen Brief gründlicher zu verstehen glaube. Was Du gegen meine Ideen sagst, ist sehr wahr und gegründet; allein jeder Mensch hat seine eigene Philosophie, und die langsamere oder schnellere Zirkulation des Blutes macht im Grunde die Verschiedenheit in den Gesinnungen der Menschen aus. Daher hast Du in Deiner Person völlig recht, und ich in der meinigen nicht unrecht. Das ist eben das Hohe in der menschlichen Seele, daß sich ihr einfacher Strahl in so unendlich mannigfaltige Farben brechen kann; ich gebe Dir zu, daß keine von allen die wahre sei, aber ebenso wenig kannst Du behaupten, jene ist ganz verwerflich, weil jedes Auge jede Farbe anders sieht, und Du das vielleicht blau nennst, was mir als rot erscheint.

Doch wir wollen darüber nicht weiter disputieren. Du irrst aber darin völlig, wenn Du meinst, daß meine Gedanken nur Wiederholungen von fremden sind. Von Jugend auf habe ich die Menschen gehaßt und verachtet, die nur das Echo andrer sind, denn ihnen fehlt das Kennzeichen der Menschen; in die Klasse dieser kläglichen Geschöpfe wirst Du mich hoffentlich niemals geworfen haben; und dann ließe sich wohl immer noch die Frage aufwerfen, ob es bei einem Menschen von einigem Verstande möglich sei, ihn zu einer andern Denkungs- oder Handelsweise zu verleiten, bei der seine sogenannte Moralität litte.

Schilt mich nicht wieder einen Sophisten, denn ich will nun einmal recht kalt und gemäßigt sprechen. – Denke Dir den Fall, daß man einen guten unbefangenen Menschen nach und nach so betäubt, daß er unvermerkt in irgend eine Handlung hineintaumelt, die unsere strengere Moral nicht gut heißen kann; bei diesem Umstande ist nur *zweierlei* möglich. Entweder er ist nach begangener Tat ebenso unschuldig, als vorher, er hat sie, ohne den Vorsatz Böses tun zu wollen, ausgeführt: nun so ist er zwar im Angesichte des buchstäblichen Gesetzes schuldig, aber wahrlich nicht in den Augen der Vernunft, die nicht bloß die grobe äußere, meistenteils nur zufällige Erscheinung, sondern den innern boshaften Sinn bestraft, selbst wenn dieser keine Handlungen hervorbringt. – Der zweite Fall ist also nun dieser: daß schändliche Handlungen aus einem schändlichen Vorhaben entstehen. – Wie kann aber meine Seele fremde Überzeugung *wirklich* als die ihrige annehmen? Wo willst Du den Punkt, den Moment auffinden, in welchem eine *reine* Seele zu einer *schlechten* wird? Geschieht es durch einen Zufall: wie ist es möglich, daß sich dadurch ein Flecken im Geiste erzeugt, da er nur immer gute Gedanken und Vorsätze fassen kann? – Durch die Meinung eines andern? Er wird mit reinem Sinne den fremden nicht begreifen, und wenn er ihn begreift, so setzt dies schon voraus, daß er selbst verdorben sei. – Du wirst Dich aus diesem Labyrinthe von Widersprüchen nicht herausfinden können; nimm also meine Meinung an, und gib mir zu, daß Deine Furcht gänzlich ungegründet ist.

Aber unmöglich kann mein verständiger Eduard zu den Toren gehören, die nur ihresgleichen lieben können; ich weiß, wie entfernt er von diesem Sektierergeiste ist, daher brauch' ich nicht zu heucheln, wenn ich von seiner Meinung abweiche, um nur seine Freundschaft nicht zu verlieren. Ich darf mich daher ebenso dreist wie sonst unterschreiben, meines geliebten

Freundes

zärtlicher Freund

William Lovell.

29

Walter Lovell an seinen Sohn William

London.

Lieber Sohn,

Ich weiß nicht, ob Du noch immer auf Deinen unglücklichen Vater zürnest, Deine sparsamen und wortkargen Briefe lassen es mich befürchten. Ich habe Dir bis jetzt unausgesetzt das verlangte Geld geschickt, ohne bisher ein Wort darüber zu verlieren, ob Du gleich in jedem Vierteljahre mehr als im vorigen gebraucht hast. Du findest hierbei auch den Wechsel, den Du so ungestüm gefordert hast; nur zwingen mich diesmal die äußern Umstände, einige Worte hinzuzufügen, die Dir und mir gleich unangenehm sein müssen.

Ich habe seit mehrern Jahren nur in Dir und in der Aussicht einer schönen Zukunft gelebt: aber seit einem halben Jahre hat sich Dein Herz von Deinem Vater abwendig gemacht; ich wüßte kaum, daß Du noch lebtest, wenn Deine Briefe, in denen Du mich, wie ein ungestümer Gläubiger um Geld mahnest, mich nicht mittelbar davon benachrichtigt hätten. Ich gab Dir alles gern, denn ich habe mein Vermögen von je als ein Mittel angesehn, Dich glücklich zu machen; ich war dabei überzeugt, daß sich das Herz meines William wieder erweichen würde, und so ließ ich Deinen Torheiten freien Lauf.

Wenn Du aus diesem Briefe schließest, daß ich wieder krank bin, so irrst Du nicht. Ich bin es, und vielleicht gefährlicher, als je. Ich fühle die Lebenskraft gleichsam nur noch tropfenweise durch meinen Körper rinnen, darum kehre bald nach England zurück, teurer Sohn, damit ich Dich noch wiedersehe, und mir wenigstens noch Ein Glück auf dieser Erde übrig bleibt.

Ich kann nicht umhin, meine anfängliche Drohung zu erfüllen, denn Du mußt ja doch einmal alles erfahren. Meine schöne erträumte Zukunft, der Glanz unsers Hauses, Deine

Größe, – alle meine Hoffnungen sind dahin, und auf ewig zernichtet! – Ich habe meinen Prozeß verloren, und *Burton* ist jetzt Herr meiner Ländereien. Wie es möglich geworden, auf welchen Wegen er dahin gekommen ist, das alles kann ich nicht begreifen: aber genug, daß es geschehen ist! – Mir bleibt nun nichts weiter übrig, als die kleinen beiden Güter in Hampshire, wo ich in dem alten verfallenen Hause freilich noch zum Sterben Raum genug finde. – Ich sehe es schon voraus, wie sich alle meine Bekannten, die mir bisher schmeichelten, zurückziehen werden. Man kümmert sich so wenig um den Unglücklichen, der sich aus der großen Welt verliert, alles ist kalt und empfindungslos, wie die Lichter am Firmamente, wenn ein Stern heruntersinkt. Dies ist das passendste Bild meines Unglücks.

Burton besuchte mich schadenfroh einige Tage vorher, ehe das Urteil meines Prozesses gesprochen ward. Er war ungewöhnlich freundlich, er betrachtete das Haus und den Garten aufmerksam, schon als sein Eigentum, – und ich will ihm auch mein hiesiges Gut verkaufen, um nicht in der Nähe von London zu leben.

Tröste Dich, mein Sohn, und wenn Du vielleicht von diesem Schlage weniger getroffen sein solltest, als ich, so versuche Deinen Vater zu trösten. Ich ziehe in zwei Wochen von hier fort, Du weißt also, wohin Du Deinen Brief zu addressieren hast.

Daß Du jetzt weniger Aufwand machen mußt; daß es das letztemal ist, daß ich Dir einen so ansehnlichen Wechsel schicke, brauche ich wohl nicht erst hinzuzufügen. – Ach mein Sohn! stände Dein Glück in *meiner* Hand! – Doch ich will abbrechen; ich befinde mich sehr übel. – Lebe wohl.

30

William Lovell an Rosa

Rom.

Ich habe mancherlei Nachrichten aus England, die mich interessieren sollten, allein ich kann einzig an die schöne Rosaline denken. Himmel! welch ein Mädchen! Ich sehe unaufhörlich die hellen braunen Augen vor mir, ich kann nichts anders denken, als ihren Gang und ihren schlanken Wuchs. Ich habe sie seitdem mehr als einmal gesprochen; aber alles ist vergebens. Sie hat eine Menschenscheu, die unüberwindlich ist, sie geht mir aus dem Wege, und wenn ich vor ihr stehe, schlägt sie die Augen zur Erde, und sieht mich nicht einmal an. – Es ist, als wenn ich zu dem Mädchen hingezaubert wäre, ich habe noch nie ein Geschöpf mit dieser Heftigkeit, ich möchte sagen, mit diesem Wahnsinne geliebt. Sowie ich nur die Augen schließe, steht sie vor mir; ich bin seit einigen Tagen wie verrückt.

Ich mag weder Bianca noch Laura sehen; jedes andre Mädchen erscheint mir langweilig und abgeschmackt. – Ach Rosaline! Ich möchte nach ihrem Hause hinüberfliegen, oder unsichtbar neben ihr sein. – Sie spotten bloß, weil Sie kälteres Blut haben, weil Sie sie nicht kennen.

Ich habe jetzt eine Idee, die sich gewiß ausführen läßt, und die mir ganz ohne Zweifel weiterhilft. – Nächstens ein mehreres davon; dann will ich Ihnen alles weitläuftig auseinandersetzen. Ja es soll förmlich der intrigante Plan einer Komödie werden.

O wie lebt man anders, wenn man ein Wesen kennt, *für* das man lebt! Alles steht in meinem Kopfe in Bezug mit Rosalinen. – Die menschliche Seele ist doch ein kleines, armseliges Ding: denn ganz dasselbe sagt der Dichter und der religiöse Schwärmer auch von seiner Kunst. Der Philosoph findet allenthalben seine Systeme wieder, der Gelehrte zieht alles nach seinem Mittelpunkte. – O, so will ich denn einzig für *sie* leben! Sie soll die Sonne sein, um die wie Planeten meine Gedanken und Systeme laufen. – Leben Sie wohl.

31

Willy an seinen Bruder Thomas

Rom.

Ich bin jetzt hier, Thomas, so Gott will, etwas besser dran, darum werde ich auch wohl noch eine Zeitlang hier bleiben. Mit meinem Herrn steh' ich wieder auf einem recht guten Fuß, er hat mir alles ganz ordentlich abgebeten, und er ist seit etlichen Tagen weit freundlicher mit mir, als er zeit seines Lebens gewesen ist. Es ist gar nicht möglich, Thomas, daß man auf ihn recht böse sein kann, ich habe sogleich alles vergessen und vergeben. – Mir ist wieder ganz wohl und leicht, aber doch gar nicht so, wie im vorigen Jahre, ich reise doch so bald als möglich fort, ich kann nicht hier bleiben.

Sieh, Thomas, die ganze Geschichte hat, so wie man zu sagen pflegt, ihren Haken. Mein Herr ist da vor dem Tore einem Mädchen gut, da wohn' ich jetzt, – ach, nein Thomas, glaube nichts Böses von mir. Ich kann wahrhaftig nicht dafür, daß ich es meinem Herrn versprochen habe, daß ich mich so sehr weit eingelassen habe. Ich stellte ihm alles ganz ordentlich und christlich vor, aber da half kein Reden und Ermahnen, er wußte mir auf alle meine Worte sehr schön Bescheid zu geben, so daß ich am Ende gar nicht mehr wußte, was ich sagen sollte, und wie ein alter Narre vor ihm stand, so weichherzig hatte er mich gemacht. Er sagte, daß er dem Mädchen so ganz wundersehr gut sei, daß er sterben würde, wenn ich ihm nicht den Gefallen täte, und, da konnt' ich's denn nicht übers Herz bringen. Nun war mir die Freude auch noch etwas Neues, daß ich wieder gut Freund mit ihm war; das hat denn auch viel dabei getan.

Nun wohn' ich hier vor dem einen Tore recht hübsch, recht wie auf dem Lande, und mir ist manchmal, als wenn ich in Bonstreet wäre. Aber ich weiß doch auch recht gut, daß es nicht ganz recht ist, und ich gräme mich in manchen Stunden recht sehr darüber, daß ich den Schritt getan habe; aber der Mensch ist doch ein gar zu schwaches Geschöpf, und denn bin ich meinem Herrn Lovell gar zu gut, als daß ich ihm was abschlagen könnte, wenn er mich so recht herzbrechend darum bittet. – Je nun, Gott muß ja bei so vielen Sachen ein wenig durch die Finger sehn, so mag er mir denn auch einmal von seiner Gnade etwas zukommen lassen.

Lebe wohl, lieber Bruder. Du hast mir lange nicht geschrieben, tu es doch nächstens einmal wieder, und sage mir Deine Bedenklichkeiten darüber, und wie man es ändern müßte. – Bis dahin lebe wohl.

32

William Lovell an Rosa

Rom.

Ich habe Ihnen seit einigen Tagen keine Nachrichten gegeben, weil ich so vielerlei einzurichten und zu besorgen hatte, daß mir wirklich keine Zeit übrig blieb.

Ich habe nach vielen Umständen meinen alten Willy beredet, in die benachbarte leerstehende Hütte neben Rosalinen einzuziehen; dort gilt er für meinen Vater, einen alten Venetianer, der hieher gekommen ist, um in Rom sein dürftiges Auskommen zu finden. Ich heiße Anthonio. – Ich bin nun den größten Teil des Tages in einer gemeinen Tracht, die mich recht gut verstellt, bei Willy. Wir haben schon mit unsern Nachbarinnen Bekanntschaft gemacht, die gegen Leute, die so arm wie sie scheinen, außerordentlich zuvorkommend sind. So ist alles im schönsten Zuge, und ich verspreche mir den glücklichsten Fortgang.

Was das Mädchen närrisch ist! Sie hat nun schon viel mit mir gesprochen, und ist außerordentlich zutraulich und redselig. Sie hat eine bezaubernde lebhafte Laune, und hat mich, wenn ich nicht sehr irre, gern. Doch ich zweifle noch, denn in nichts in der Welt irrt man so leicht.

Wenn ich ein Maler wäre, schickt' ich Ihnen ihr Bild, und Sie sollten dann selbst entscheiden, ob ich wohl zu viel von ihr spreche. Wie versteinert betracht' ich oft die reizendste Form, die je aus den Händen der schaffenden Natur ging, den sanften, zartgewölbten Busen, der sich manchmal bei einer häuslichen Beschäftigung halb enthüllt, den schönsten kleinen Fuß, der kaum im Gange die Erde berührt. – O weh! ich bemerke, daß ich wörtlich wiederhole, was schon die abgeschmacktesten Dichter gesagt haben.

Ich lebe hier gewiß so romantisch, als es nur möglich ist; es kommt mir oft gar nicht vor, wie ein ordentliches Leben auf dieser Erde. Einen großen Teil des Tages bin ich in der kleinen Hütte, und sehe Rosalinen im kleinen Garten arbeiten; ich sehe in der Ferne Leute, die stolz vorüber fahren und reiten, und ich bedaure sie, denn sie kennen Rosalinen nicht; sie jagen mühsam nach Vergnügen, und denken nicht daran, daß die höchste Seligkeit hier in einer seitwärts gelegenen Hütte wohnt. Mittags und abends ess' ich bei Rosalinen, das haben wir gleich am zweiten Tage miteinander richtig gemacht; wir sparen, wie die Alte bemerkte, beide dabei. – Ach, Rosa, wie wenig braucht der Mensch, um glücklich zu sein! Ich gebe, seitdem ich hier wohne, nicht den hundertsten Teil von meinem Gelde aus, und bin froh. – Daran denkt man so selten in jenem Taumel; – aber wie *viel* gehört auch wieder zum Glücke! – Würd' ich diese dumpfe Eingeschränktheit ertragen, wenn mir Rosaline nicht diese Hütte zum Palaste machte? O jetzt versteh' ich erst diesen so oft gebrauchten und gemißbrauchten Ausdruck.

Es tut mir leid, wenn ich fortgehen muß, um zu tun, als wenn ich irgendwo arbeitete. Einmal habe ich schon auf den einsamen Spaziergängen, die ich dann mache, die Alte getroffen, die in einem Korbe dürre Reiser sammlete. Ich muß mich also in acht nehmen, und ich kleide mich daher oft bei Willy um, und schleiche mich nach der Stadt.

Mir ist alles dürre und unangenehm, jedes Gesicht widrig. Und warum liebt sie mich nicht so, wie ich sie anbete? – Mein Leben ist ein rastloses Treiben ungestümer Wünsche, wie ein Wasserrad vom heftigen Strome umgewälzt, jetzt ist das unten, was eben noch oben war, und der Schaum der Wogen rauscht und wirbelt durcheinander, und macht den Blick des Betrachtenden schwindlicht.

33

Rosa an William Lovell

Tivoli.

Sie fangen an mit Ihrer Geschichte recht amüsant zu werden. Es ist ja alles so schön, wie man es nur im besten Romane verlangen kann. Ich wünsche Ihnen Glück, denn es ist gewiß, daß nichts uns unser trocknes, prosaisches Leben so poetisch macht, als irgend eine seltsame Situation, in die wir uns selber versetzen. Im Grunde besteht unser ganzes Leben nur aus solchen Situationen, und ich tadle Sie daher gar nicht, wenn Sie sich Ihre Empfindungen so lebhaft als möglich machen. Fahren Sie nur fort, ebenso aufrichtig gegen mich zu sein, als bisher, so werden mir Ihre Nachrichten viel Vergnügen machen. Sein Sie aber auch, wenn es irgend möglich ist, aufrichtig gegen sich selbst: denn sonst entsteht am Ende eine gewisse fade Leere, die man sich mit Enthusiasmus auszufüllen zwingt; dies sind die widrigsten Epochen des Lebens. Man quält sich dann, das Interesse noch an denselben Gegenständen zu finden, weil es uns scheint, als machten sie unsern Wert aus. Jede Illusion aber, die kein Vergnügen macht, muß man emsig vermeiden. Man sollte sich überhaupt von Jugend auf daran gewöhnen, die äußern Gegenstände um sich nur als Spiegel zu betrachten, in denen man sich selber wahrnimmt, um in keinem Augenblicke des Lebens von ihnen abzuhängen. Je mehr alles um uns her von uns abhängt, um so sklavischer es uns gehorcht, um so höher steht unser Verstand. Denn darin kann die Vernunft des Menschen unmöglich bestehen, seltsame Dinge zu erfinden, oder zu begreifen, sondern damit er durch sie ihm gleichgeschaffne Wesen nach seiner Willkür lenke. Auf die Art kann der kluge Mensch allen gebieten, mit denen er nahe oder fern in Verbindung steht. Die Herrschaft des Verstandes ist die unumschränkteste, und Rosaline wird gewiß bald unter dem Gebote meines verständigen Freundes stehn, wenn er sich nicht von ihr beherrschen läßt, und selbst seine Vernunft unterdrückt. Ich wünsche Ihnen Glück, um nie in diesen Fall zu kommen.

34

William Lovell an Rosa

Rom.

Es ist gewiß, daß man unter unschuldigen Menschen selbst wieder unschuldig wird. Jetzt kommen mir manche meiner Ideen zu gewagt vor, die mir sonst so natürlich schienen; ich bin hier in der kleinen Hütte demütiger, ja ich fühl' es, daß ich ganz einer von den Menschen werden könnte, die ich mir bisher gar nicht deutlich denken konnte; die in einer engen dunkeln Stube geboren, nur so weit ihre Wünsche richten, als sie um sich sehen können; die mit einem Gebete erwachen und schlafen gehen, Märchen hören und im stillen überdenken, mit einem dumpfen, langsamen Fleiße eine Handarbeit lernen, und nichts so sehnlich als den Abend und die Schlafstunde erwarten. O Rosa, wenn man dies Leben näher kennen lernt, so verliert es sehr viel von seiner drückenden Beklemmung. Wir machen aus unserm Leben so gern Ein ununterbrochnes Vergnügen, und suchen Unannehmlichkeiten mühsam auf, um die Freude durch den Kontrast zu würzen: bei diesen Menschen aber ist jedes unerwartete Vergnügen ein Weihnachtsfest, wie ein plötzlicher Sonnenblick an einem kalten Regentage scheint es hell und frisch in ihre Seele hinein. Ich werde mich künftig hüten, die Menschen mit dumpferem Sinne so sehr zu verachten. Ich komme am Ende auf den Gedanken, daß alle Menschen im Grunde gleich glücklich sind.

Wenn ich in meinem kleinen Besitztume jetzt auf und ab gehe, über das Feld und nach der Stadt hinüber sehe, Rosalinens Stimme von nebenan höre, und ich mich so recht ruhig und glücklich fühle, der Tag ohne Verdruß und Widerwillen sich schließt; so komme ich manchmal auf den Gedanken, in dieser Lage zu bleiben, hier ein Bauer zu werden, und das reinste, frischeste Glück des Lebens zu genießen. – Vielleicht bliebe ich hier immer froh und zufrieden, – vielleicht! – ach, die Wünsche, die Neigungen des Menschen! – Welcher böse Genius hat diesem Bilde, als es vollendet war, so viel der widersprechenden Triebe beigemischt!

Doch hinweg davon. O Rosa, nennen Sie mir ein Schauspiel, das dem an Reiz gleich käme, wenn sich eine schöne, unbefangne Seele mit jeder Stunde mehr entwickelt. Wir sind jetzt bekannter miteinander, ich und Rosaline, ich habe sie täglich gesehn und gesprochen, mein anscheinendes Unglück hat sie gerührt. – Sie ist so das reine Bild einer Mädchenseele, ohne die feinere Ausbildung, die die Erscheinung zugleich verschönert und entstellt. Da uns die Verschiedenheit des Standes kein Hindernis in den Weg gelegt hat, so sind wir auf einem recht vertrauten Fuße miteinander. – Wir sitzen oft im finstern Winkel, und sprechen über unser Schicksal, sie erzählt mir Familiengeschichten, oder wunderbare Märchen, die sie mit außerordentlicher Lebhaftigkeit vorträgt; dann singt sie wieder ein kleines Volkslied, und begleitet es mit den Tönen der Laute. – Es gibt keine Musik weiter, als diese kleinen, tändelnden, fast kindischen Lieder, die so gleichsam im simpeln Gang des Gesanges das Herz auf der Zunge tragen, und wo nicht Töne, wie ungeheure Wogen steigen und fallen, und sich in einen wilden Zug mischen, der kreischend sich durch alle Tonarten schleppt, und dann in ein Chor aller stürmenden Instrumente versinkt. Das Herz bleibt um so leerer, je voller das Ohr ist; die Seele kann nur diesen stillen Gesang so recht aus dem Grunde genießen, hier schwimmt sie mit dem silbernen Strome in ferne dunkle Gegenden hinunter, die leisesten Ahndungen erwachen in den Winkeln, und gehn still durch das Herz und Rückerinnerung eines frühern Daseins, wunderbares Vorgefühl der Unsterblichkeit rührt die Seele an.

Wenn ich ihr gegenüber sitze, – o wie Feuer weht mich ihr Atem an! Ich habe ihr schon an den Busen stürzen wollen, und diese Reize mit unzähligen Küssen bedecken; ich träume oft so lebhaft vor mir hin, daß ich nachher ungewiß bin, ob ich es nicht schon getan habe. Es reißt mich eine unbekannte Kraft zu ihr hinüber, die Töne ihrer Laute klingen mir oft schmerzhaft im Kopfe nach – und bald, bald muß es sich ändern, oder ich verliere den Verstand.

Der Arme, er merkt nicht, daß es schon geschehn ist! werden Sie ausrufen. Sie sehn, daß ich Ihnen selbst die Waffen gegen mich in die Hand gebe. Ach ich mag an keine witzigen Einfälle denken, ich mag mir nicht meine heißen Gefühle zerlegen, um ihre Bestandteile kennen zu lernen, – ich mag es nicht, und selbst wenn es wahr sein sollte. Und alles zugegeben, so glänzt in dieser Sinnlichkeit so viel erhabner *Geist*, daß *ich* keine andre platonische Liebe brauche.

Als ihre Mutter neulich schlafen gegangen war, und ich mit ihr vor der Türe saß, entdeckt' ich ihr meine Liebe. Sie war gerührt und zärtlich, und sagte mir sehr naiv, daß sie schon einen Bräutigam habe, und mich daher nicht lieben dürfe, wenn sie auch herzlich gern wolle. Es ist ein armer Fischer, der jetzt einer kleinen Erbschaft wegen zu Fuße nach Calabrien gegangen ist; sie beschrieb ihn mir sogleich, und gestand mir ganz unverhohlen, daß er so hübsch nicht sei, als ich. Dasselbe Mädchen, das mich vor einigen Wochen keines freundlichen Blickes würdigte! O ihr Menschenkenner, wann werdet ihr das Herz der Weiber ergründen können!

Sie rührte mich, als sie mir die Einrichtung ihrer künftigen kleinen Wirtschaft beschrieb. Wie beschränkt sind die Wünsche dieser Menschen! Wenn ich an meine Verschwendung denke, wie ein weggeworfner oder verspielter Teil meines Vermögens dies herrliche Geschöpf glücklich machen würde! – Ich lerne viel in diesen Hütten, Rosa, ich glaube, ich lerne hier mehr ein Mensch sein, und mich für das Unglück der Menschen interessieren. – Und sie sollte hier für einen armseligen Schiffer aufgeblüht sein? Für einen Verworfenen, der sich vielleicht glücklich schätzen würde, wenn er mein Bedienter werden könnte? – Nimmermehr! – Dagegen muß ich Vorkehrungen treffen, und ich denke, das Beste ist schon geschehen. Wir nennen uns Du, und zuweilen, wenn sie ausgehen muß, oder ich in der Stadt bin, gibt sie bei meinem Willy Briefe für mich ab. – Neulich saß sie auf einem niedrigen Schemel und schaukelte sich während dem Erzählen ein wenig, plötzlich wollte sie fallen, ich fing sie auf, und meine Hand kam durch einen Zufall auf ihre schöne, feste Brust zu liegen. Wir sprachen weiter, ich zog die Finger nicht zurück, sondern spielte an dem Busentuche wie in Gedanken, sie sah mich errötend und halblächelnd an, und ließ es geschehen, indem sie in der Rede fortfuhr.

Sie ist sich mit ihren dunkeln Trieben selbst ein Rätsel: sie kommt mir in manchen Augenblicken mit ihrer Unschuld wie eine heilige Priesterin, oder wie eine unverletzliche Gottheit vor; – und dann wieder die feurigen Augen! Der mutwillige Zug um den Mund! –

Ich habe neulich in der Ferne für mich ein paar schalkhafte italiänische Liedchen gesungen, und ich ertappte sie gestern, wie sie eben, wie unwillkürlich, die ersten Takte griff, und den Anfang sang. – Plötzlich hielt sie inne, ward ohne zu lachen rot, und legte die Laute fort, gleichsam wie eine gefährliche, nicht genug verschwiegene Freundin. – Ich kenne nichts Schöners, als diese ungeschminkte Natur zu studieren; o sie wird, sie muß die Meinige werden! – Stammelnd hab' ich ihr die Ehe versprochen, und, das weiß Gott! wenigstens halb im Ernst. –

Soeben seh' ich sie vor die Türe treten, ich gehe zu ihr; – leben Sie wohl.

35

Rosaline an Anthonio

Du bist schon wieder fort, Lieber, und ich glaubte Dich so gewiß zu treffen. Ich ließ Dich gestern gern die Laute mitnehmen, und tat, als merkt' ich es nicht, weil ich sie heut wieder abholen wollte. – Du böser Mensch! mich vergebens kommen zu lassen! – Dein Vater sieht immer so verdrießlich aus, ich glaube, es will ihm noch gar nicht bei uns gefallen: ich scheue mich vor ihm, weil er mich immer so ernsthaft ansieht. – Komm doch ja heut abend, ich will Dir ein neues Lied spielen, das ganz wie auf Dich gemacht ist. Komm ja und bleib hübsch lange. Die Abende sind jetzt so schön, und wir wollen denn noch miteinander singen. Aber Du mußt nicht wieder böse werden, ich will ja auch kein Wort wieder vom armen Pietro sprechen.

36

Anthonio an Rosaline

Nein, Liebe, sprich nicht wieder von ihm, denn sein Name geht mir immer wie ein Dolchstoß durchs Herz. Ich hoffe immer noch, daß er nie wieder zurückkommen wird; wer weiß was ihm begegnet ist, da er gar keine Nachrichten von sich gibt. – Tut es mir nicht selber weh, daß ich so oft von Deiner Seite muß? Du hättest mich aber gewiß getroffen, wenn ich daran gedacht hätte, daß Du kommen könntest.

O Rosaline, laß die Gesänge, die den kranken Rest meines Herzens zerschmelzen, und meine Seele ganz mit sich nehmen. Leb' ich nicht schon ganz bei Dir, nur allein in Deiner Gegenwart? Keine Arbeit will mir jetzt von der Hand gehn, da ich immer nach der Gegend hinsehe, in welcher Dein Haus steht. – Ach, wenn Du mich doch so lieben könntest, wie ich Dich liebe! o Rosaline, welche Aussicht würde sich mir eröffnen! – O ja, ja, singe das Liedchen, wenn es so wie auf mich gemacht ist, und wenn von einem weichherzigen Mädchen und einem erhörten Liebhaber darin die Rede ist, o so laß es auch denn noch auf mich passend werden. Ich sehe Dich gewiß heut abend, ich bleibe mit Dir vor der Türe sitzen, – ach, könnt' ich zeitlebens nur um Dich sein, könnt' ich ewig den süßen Ton Deiner Stimme hören! Alles, was ich vernehme, klingt mir wie Dein Gesang, so tief bin ich in Träume versunken, ich fahre auf, wenn man meinen Namen nennt, wenn jemand mich ruft. – O glaub es, glaub es teures Mädchen, daß ich nie ohne Dich würde leben können: daß ich für Dich alles, selbst das Gewagteste und Schrecklichste ausführen könnte.

37

Rosaline an Anthonio

Und warum wurdest Du denn nun doch so verdrießlich, als ich gestern das Liedchen sang? – Was willst Du von mir? – Seh' ich Dich nicht gern kommen und ungern fortgehen? Denk' ich nicht fleißig an Dich? Hab' ich nicht gestern die versprochenen Küsse gewissenhaft abbezahlt, und sogar noch einige, ich weiß nicht wie viel, mehr gegeben? Was kannst Du denn noch verlangen? – Aber Du machst mich immer mit traurig, und ich weiß gar nicht, was ich Dir zu Gefallen tun kann; Dir ist nichts recht, und Du weißt gewiß selbst nicht, was Du willst. – Siehst Du, ich kann auch einmal böse werden, aber gewiß nur jetzt, nicht, wenn ich Dich vor mir sehe, dann hab' ich alles vergessen, worüber ich klagen könnte.

Meine Mutter hat heute schon ein ernsthaftes Gespräch mit mir gehabt, ich soll nicht so viel bei Dir sein, hat sie gesagt. Ich seh' aber nicht, warum. Sie ist alt und ein wenig eigensinnig, fast so ein Gemüt, wie Dein Vater; Du gefällst ihr nicht recht, denn Du bist ihr etwas zu leichtsinnig. Du mußt darüber nicht böse werden, sie ist schon alt, und das macht es, denn wer mögte Dich wohl sonst nicht gern leiden? Jeder Mensch, der Dich sieht, muß Dein Freund sein. Nur das ernsthafte, finstre Wesen kleidet Dich gar nicht, das kann ich Dich versichern, Du kömmst mir dann mit einemmal ganz fremd vor; schaff es ab.

Auch mit Deinem Vater bist Du nicht recht gut, der meint es mit seinen Ermahnungen doch gewiß sehr rechtschaffen. Mach es, wie ich, ich lasse meine Mutter oft lange reden, und tu, als hör' ich ihr zu, und denke unterdessen an Dich.

Aber wie viel hab' ich nun an Dir getadelt! Ach glaube nur nichts davon, das ist grade so, als wenn ich ein Lied von bösen Menschen singe, ich kann immer nicht daran glauben. Ich habe meine Altklugheit nur vom Hörensagen. – Noch eins, sei heut abend etwas artiger, als gestern, denn sonst werd' ich noch den Hund abrichten, daß er Dich beißen soll. – Adieu, und komm hübsch früh.

38

William Lovell an Rosa

Rom.

O Rosa, warum bin ich nicht zufrieden und glücklich? Warum bleibt ein Wunsch nur so lange Wunsch, bis er erfüllt ist? Hab' ich nicht alles, was ich verlangte? und dennoch werd' ich immer weiter vorgedrängt, und auch im höchsten Genusse lauert gewiß schon eine neue Begierde, die sich selbst nicht kennt. Welcher böse Geist ist es, der uns so durch alle Freuden anwinkt? Er lockt uns von einem Tage zum andern hinüber, wir folgen betäubt, ohne zu wissen, wohin wir treten, und sinken so in einer verächtlichen Trunkenheit in unser Grab. Ich schwöre Ihnen, daß mir in manchen Momenten aller Genuß der Sinne verabscheuungswürdig erscheint, daß ich mich vor mir selber schäme, wenn ich diese holden Züge betrachte, diese Unschuld, die sich auf der weißen reinen Stirn abspiegelt; es ist mir manchmal, als wenn mich eine Gottheit durch ihre hellen Augen anschaute, und ich erröte dann wie ein Knabe.

Neulich war ich in der höchsten Verwirrung; sie hatte eines von den neuern Liedern gehört, und spielte es mir in ihrer Unbefangenheit am Abende vor, weil es ihr so passend auf mich schien. Fühlen Sie, wie mir zumute ward, wie gedemütigt. Es war wirklich das Lied, welches mich durch einen Zufall zuerst auf die Idee meiner Verkleidung führte, und aus dem ich sogar meinen Namen Anthonio entlehnt habe. Kann die bitterste Satyre mich tiefer erniedrigen, als dieses kindliche, fromme, unschuldige Wesen? Nie hab' ich vor einem Menschen so in aller Nacktheit gestanden, nie bin ich so durch und durch beschämt worden. Bei jedem andern Mädchen würd' ich überzeugt sein, sie habe mich vollkommen erraten; allein ich schwöre Ihnen, daß es hier nicht der Fall ist.

Und was ist denn nun von einer andern Seite mein ganzes ängstliches Gefühl? Wozu alle diese seltsamen Windungen? Ich liebe sie, und sie liebt mich. Ich kann ja kein Glück eines fremden Wesens berechnen, oder mir vorstellen; folglich ist das Aufsuchen meines eigenen Glücks die einzige Regel, die wir in diesem Leben anwenden können. Ich glaube, das Mißvergnügen, noch nicht ganz glücklich zu sein, ist es, was mir meine Lage verbittert: die Armseligkeit, nicht irgend einen Schluß recht lebhaft zu fassen, und ungestört nach ihm zu handeln.

Sie haben nie ein Wesen, wie diese Rosaline, gekannt, und Sie kennen daher auch die schönste Blüte des Vergnügens nicht. Sie sollten sie sehn, wie sie mir entgegenläuft, und denn wieder stille steht, und plötzlich tut, als habe sie nur irgend einen Gegenstand gesucht; die List, die sie bei aller frommen Unschuld hat, und die jedem Mädchen mit auf die Welt gegeben wird, und die, wenn ich so sagen darf, die Unschuldigen noch unschuldiger macht. Die Mutter schlief neulich in ihrem Lehnstuhle, und ich küßte sie, indem sie neben mir saß; von ohngefähr schallte der Kuß etwas stärker, und die Mutter wachte auf; in demselben Augenblicke aber hatte sie ihren kleinen Hund schon ein wenig gezwickt, so daß er schreien mußte, und die Mutter keinen Argwohn schöpfte.

Ich erhitze sie oft lebhaft durch boshaft geschlungene Umarmungen und wollüstige Küsse, die sie erwidert, ohne zu wissen, was sie tut. Sie preßt sich denn ängstlich an meine Brust, und stößt beklemmte Seufzer aus. Ja, ich mache sie selbst glücklich, wenn ich sie über ihr eignes Wesen aufkläre, sie wird sich selbst im Kelche der Wonne berauschen, und mir noch für mein höchstes Glück Dank sagen.

Werden Sie nicht bald nach Rom zurückkehren? Ich vermisse täglich Ihre Gesellschaft, vorzüglich, wenn ich nicht bei Rosalinen bin. In Rom fang' ich an, allen Leuten fremd zu werden, ich mag niemand besuchen, ich mag nichts tun: schon seit lange ängstigt mich ein Brief, den ich an meinen Vater schreiben muß, ich kann nichts anders denken und sprechen. –

39

Walter Lovell an seinen Sohn William

Kensea in Hampshire.

Ich bekomme keine Antwort auf meinen Brief, und ich werde mit jedem Tage schwächer. Der Arzt findet es jetzt bedenklich, und ich fühl' es, daß die Uhr meines Lebens zu Ende gelaufen ist. – Alles wird mir gleichgültig, was mir sonst wichtig war, meine ehemaligen Plane habe ich völlig vergessen, komm also ohne alle Scheu nach England zurück, lieber Sohn, heirate, wenn Du durchaus willst, Amalien, ich will und kann nichts weiter dagegen einwenden, nur brich Dein Schweigen und komm. Ach, wenn Du willst, muß ich Dich freilich auch noch wegen eines meiner Briefe um Vergebung bitten, ich meinte es gut mit Dir, und damals war auch die Lage der Sachen anders.

Wenn der Wind hier durch den Wald bläs't, und die losgegangenen Tapeten im Nebenzimmer rauschen und klatschen, o dann, lieber William, fühl' ich mich so einsam, so heimatlos. Ich sehe trostlos dem trüben Beschluß eines trüben Lebens entgegen. Ich sehe keine Freunde, keine andre Gesichter, als die meiner Bedienten, alle haben sich von mir zurückgezogen, und ich befinde mich wohl dabei. Nur Dich wünsch' ich bei Tage und in der Nacht zu mir her; ich war ein Tor, daß ich mühsam erst ein Gebäude meines Glückes aufführen wollte, und nicht die Freuden annahm, die mir das

Schicksal an der Brust meines Sohnes, in den Armen einer guten Tochter, vielleicht in einem Zirkel von fröhlichen Enkeln anbot. Jetzt ist mir die Binde gelöst, und es ist vielleicht zu spät. – Doch nein, mein William gibt mir gewiß Freude und Trost zurück; wer weiß, welche einsamen Gegenden er schon durcheilt, um seinen alten kranken Vater noch wiederzusehn! Wo Du auch seist, Gott sei mit Dir!

40

Rosaline an Anthonio

Die ganze, ganze lange Nacht hab' ich nicht schlafen können. Und daran bist bloß Du schuld! Immer war mir, als schliefest Du neben mir, ich hatte Dich in meinen Armen, und wachte von Deinen Küssen auf. Als der Mond durch eine Ritze der Fensterladen in meine Stube schien, und der Strahl sich so über den Boden goß und an der Decke schimmerte, hab' ich recht herzlich geweint, weil ich mich zum erstenmal im Leben so einsam fühlte. O Du böser Mensch kannst die Not gar nicht verantworten, die Du mir machst. Mein Vater ist tot und meine Mutter stirbt auch vielleicht bald; wenn nun Pietro nicht zurückkömmt, so bist Du der einzige Mensch auf der Welt, der mir noch beistehn kann. Aber wenn Du alle meine Liebe nicht verdientest! Ach Anthonio, Du hast Dich so oft über meine Lustigkeit gefreut, ich bin nur fröhlich, wenn ich Dich sehe, Du siehst, wie betrübt ich werde, wenn ich allein bin. Drum sollten wir uns gar nicht trennen, dann würden wir beide immer recht vergnügt sein.

Du bleibst jetzt oft viel länger weg, als anfangs. Du freust Dich nicht mehr wie sonst darüber, wenn ich Dir einen Kuß gebe; sage mir, was hab' ich Dir getan, du Unzufriedner? Oder ist es die Sitte in Eurem Lande, daß man immer so ernst und verdrießlich ist?

41

Anthonio an Rosaline

Was Du mir getan hast, liebstes, bestes Mädchen? Nichts, als daß Du mich nicht ebenso sehr liebst, wie ich Dich liebe. – Warum verläßt Du mich oft so plötzlich? Warum darf ich nicht in der Nacht bei Dir bleiben, wenn Du Dich ohne mich so einsam fühlst? Die wahre Liebe ist mit diesem Eigensinne unbekannt. Wenn Du mich nur hier sähest, wie ich oft in der Nacht nach Deinem Hause hinüberblicke, wie ich nicht schlafen kann, und mir schweigend Deine Lieder wiederhole, um mich nur etwas zu beruhigen, wie ich Dein Bild tausend- und tausendmal küsse, das ich neulich bei Dir zeichnete! Das Papier ist von meinen Tränen naß; das Haus wird mir zu enge, und ich schweife im trüben Mondlichte dann zwischen den Ruinen umher, und Deine Gestalt begleitet mich allenthalben. O Rosaline, dieses Zagen, diese Angst kennst Du nicht, denn sonst würdest Du meinen Zustand mehr bemitleiden. Nein, Hartherzige! Du kennst die Liebe nicht, denn Du verhöhnst meine Empfindung. Undankbare! Du weidest Deine Eitelkeit an meinem Gram, und wirst Dich über meine Verzweiflung freuen! – Stand ich nicht gestern noch eine Stunde länger vor Deiner Türe, und Du kamst nicht wieder, wie Du mir versprochen hattest? Spieltest Du nicht, um mich zu kränken, dies verhaßte Lied von dem Anthonio? – Nein, Du betrügst mich nur mit einem Schein von Liebe, Du freust Dich darüber, daß Du mich gedemütigt hast, und alle Deine Küsse, Deine Umarmungen sind Heuchelei. Labe Dich an meinem Anblicke, wenn Du mich wahnsinnig gemacht hast!

O vergib mir, Teure, wenn ich Dir Unrecht tue! Betrüben möcht' ich Dich nicht.

42
Rosaline an Anthonio

Du kannst das Lied vom Anthonio nicht leiden? Mein liebstes Lied, weil es Deinen Namen führt? Ach, Lieber, wie unrecht tust Du mir! Dir zum Possen soll ich es singen, und ich will mich dadurch trösten, weil ich nicht wieder herausgehn konnte. Die Mutter war böse und hatte mir es streng verboten, und ich muß ihr doch gehorchen. Sie will nicht gern, daß ich so viel bei Dir bin. Nein, wenn es Dir nicht gefällt, will ich das Lied nie mehr spielen, so sehr ich es auch liebe. Ich Dich kränken! Ach, Anthonio, wie sollt' ich das können? – Wenn Du da bist, schäm' ich mich nur immer zu sagen, wie gut ich Dir bin: man hat keine Worte dazu, ich müßte neue ausdenken, und das geht denn nicht. Aber wenn Du so weggegangen bist, und ich Dir nun nachsehe, oder wenn ich einen Deiner Briefe lese, sieh, so kehrt sich mir das ganze Herz um, und ich möchte Dir nachrennen, Dich vor der ganzen Welt in meine Arme drücken, Dein liebes Gesicht küssen, und in Tränen vergehn, und rufen: Ja, Menschen seht es, Bäume und Berge hört es; so, so lieb' ich ihn; was kümmert ihr mich alle, wenn er mir nur, der einzig Teure in der Welt, übrig bleibt? Sieh, wenn Du nichts nach mir fragtest; so könnt' ich zu Deinen Füßen niederknien, und um Deine Liebe bitten; ich könnte meine Religion verlassen und nicht mehr zur göttlichen Madonne beten, wenn Du es wolltest; ich könnte mit Dir in fremde, wüste Länder ziehn, wo man andre Sprachen spricht, wo, wie man mir einst erzählt hat, Eis und Winter fast immer die Luft zusammenzieht; ich könnte für Dich sterben, – alles, alles, nur Dich nicht vergessen, nur nicht Deinen Tod, oder Deine Verachtung überleben. – Ach, kannst Du mich noch unempfindlich und undankbar schelten? Kannst Du noch auf mein liebes Lied böse sein?

43

Anthonio an Rosaline

Nein, ich will Dein Lied nicht mehr schelten, liebe Rosaline. Ich habe Dir und ihm unrecht getan, und ich will es ihm abbitten: Schicke mir zur Versöhnung die Abschrift, die Du davon hast, ich will es zu Deinen Briefen, zu Deinem Bilde legen, neben Deiner Locke; mehr kann ich ihm zur Ehre doch nicht tun. – Wie hat mich Dein lieber Brief gerührt! O, ich habe ihn um Vergebung gebeten, und will es mündlich bei Dir wiederholen. Bin ich Dir wirklich so teuer, als Du da schreibst? Ich kann es nicht glauben, und glaub' es doch so gern. Deine Stimme klingt mir, wie ein Ton aus einem Traume, der mir die Schätze der Erde verspricht, und dem die wirkliche Natur nicht Wort halten kann. Ach nein! die Liebe macht das Unmögliche leicht. Sie ersetzt uns jedes Glück der Erde. –

44

Rosaline an Anthonio

Siehst Du nun wohl, daß ich recht habe? Dafür will ich Dir nun auch das Lied so zierlich und schön abschreiben, als es mir nur immer möglich ist. –

Der Arme und die Liebe

Es kam an einem Pilgerstab
  Wohl übers graue Meer
Ein Wandersmann ins Tal hinab,
  Von fremden Landen her.

Erbarmt euch meiner, rief er aus,
Ich komm' aus fernem Land,
Verloren hab' ich Gut und Haus,
Anthonio genannt.

Die Eltern starben mir schon lang',
Ich war noch schwach und klein,
War ohne Gut, war ohne Rang,
Und niemand dachte mein.

Da nahm ich diesen Wanderstab
Und trat die Reise an,
Stieg hier ins frische Tal hinab,
Fleh' euer Mitleid an. –

Da ging er wohl von Tür zu Tür,
Ging hier und wieder dort,
Ward abgewiesen dort und hier,
Und schlich sich weinend fort.

»Was suchst Du in der Fremde Glück?
Wir sind Dir nicht verwandt!
Geh, wo Du herkommst, nur zurück,
Bist nicht aus unserm Land. –

Genug der Freunde leiden Not,
Der Landsmann sucht hier Trost,
Für sie wächst unser schönes Brot,
Für sie der süße Most.« –

Still und beschämt mit Ach und O!
Schlich er die Straße hin.
Da ruft es sanft: Anthonio!
Ein Mädchen winkt ihn hin.

O nimm von meiner Armut an,
Spricht sie mit frommen Sinn,
Ich gebe was ich geben kann,
Nimm alles, alles hin.

Lucindes blaues Auge weint,
Er dankt mit heißem Kuß,
Und sieh! die Liebenden vereint
Ein rascher Tränenguß.

Ach nein, Du bist mir nicht verwandt,
Dennoch erbarm' ich mich,
Und bist Du gleich aus fremden Land',
So lieb' ich dennoch Dich.

Die Liebe kennt nicht Vaterland,
Sie macht uns alle gleich.
Ein jedes Herz ist ihr verwandt,
Sie macht den Bettler reich!

Ich habe schon oft versucht, statt Lucinde Rosaline zu singen, allein es will nicht in den Takt passen, und das tut mir sehr leid. – Wir wollen heut abend einmal versuchen, ob wir das Lied nicht noch ein wenig abändern können. Du mußt mir helfen, denn Du weißt ja damit Bescheid. Ich lese Deine Verse alle Tage, und versteh' sie jedesmal etwas besser. – O ich bin in manchen Stunden ordentlich stolz auf Dich, und daß Du unter den tausend, tausend Mädchen grade *mich* nur einzig und allein liebst. Und doch wieder nicht stolz, nur so froh, daß ich dann dem Himmel mit weinenden Augen danke, daß er es so gelenkt hat, daß Du mich aufgefunden hast. –– Warum meine Mutter nicht ganz so denken will, wie ich? Ich kann gar nicht begreifen, wie man etwas gegen Dich haben kann. Alle Menschen sollten so sein, wie Du, so wäre das die schönste Welt. Adieu, und bleibe ja heut länger.

45

Anthonio an Rosaline

Also heut, würklich nun *heut*! – So ist denn doch endlich die zögernde Stunde herangeschlichen, die mich vollkommen glücklich machen soll. – O wie dank' ich Dir! Aber Du wirst doch Wort halten? –

46

William Lovell an Rosa

Rom.

Es ist wunderbar, wie lange ich in dem Vorhofe der Seligkeit aufgehalten werde; tausend Zufälle vereinigen sich, um mich immer wieder von der höchsten Wonne zu entfernen. Rosaline ist mein, unbedingt mein. – Sie hatte sich neulich für meine Bitten erweicht, und mir versprochen, mich in der Nacht heimlich zu sich kommen zu lassen, aber die Mutter wurde krank, und sie mußte bei ihrem Bette wachen. Welche Nacht hatt' ich! Die Sehnsucht regte sich mit allen ihren Gefühlen in mir, ich konnte nicht eine Minute schlafen, und doch auch nicht wachen. Ich lag in einer Art von Betäubung, in der sich Bilder auf Bilder drängten, und mein kleines Zimmer zum Tummelplatze der verworrensten Szenen machten. Es war eine Art von Fieberzustand, in welchem mir hundert Sachen einfielen, über die ich noch lange werde denken und träumen können.

Sie hat sich mir gänzlich dahingegeben, sie steht in meiner Willkür. – Aber verdammte Kleinigkeiten, die sich nicht berechnen lassen, werfen sich immer wieder dazwischen. – Aber ich muß den letzten und vollkommenen Sieg erfechten, oder ich verdiene es nicht, Ihr Freund zu sein.

47

William Lovell an Rosa

Rom.

Es ist um rasend zu werden! Alles ist dahin! Alle meine Ruhe, alle meine Liebe, ist gänzlich, durchaus verloren! Ich kenne mich kaum wieder, ich verachte und hasse mich selbst, ob ich gleich nur auf den Zufall fluchen sollte. Denken Sie nur selbst, alles war bestimmt und festgemacht, Rosaline war so zärtlich gegen mich, wie sie noch nie gewesen ist, sie war völlig davon überzeugt, daß ich sie heiraten wollte, und bei Gott ich hätt' es auch getan; sie hatte mir die gestrige Nacht zugesagt, und ich erwartete mit Ungeduld die Abendröte; tausend Ideen gingen durch meinen träumenden Sinn, ich konnte mir meine Phantasien und Hoffnungen gar nicht als würklich denken, – o und sie sind es auch nun nicht geworden! Ich stehe hier wie ein Schulknabe, der seinen Lehrer fürchtet, ich bin beschämt und verworfen: gestern kam noch bei Tische ein alter Mann als Bote, der Pietros, des armseligen Fischers, des Bräutigams Zurückkunft ansagte. In wenigen Tagen wird er hier sein. Ich war wie vom Schlage getroffen, alle meine Sinne waren gelähmt, bleich, und wie aus der Ferne hört' ich nur die genaueren Nachrichten, die der Schurke mitbrachte. Schon das verdammte Gesicht des Kerls, als er zur Türe hereintrat, kündigte mir nichts Gutes an. Es war eine von den Physiognomien, die dazu gemacht sind, Unglücksbotschaften zu bringen.

Und dann die Freude der Mutter! Die stille Beschämung Rosalinens, die mir plötzlich durch die bloße Nachricht ganz abgewandt wurde! O mich wundert, daß ich nicht den Verstand verloren habe! Sie weicht mir seitdem ängstlich aus, sie ist kalt und fremde, und ich stehe auf demselben Punkte, auf dem ich mich am ersten Tage unsrer Bekanntschaft befand. – Ich könnte den Kerl ermorden, der sich so ungerufen zwischen uns drängt, und all mein Glück und meine schönen

Träume vernichtet. – Warum hängen wir so oft von nichtswürdigen Zufälligkeiten ab! – Und nun jetzt, jetzt, da sich soeben alle meine Wünsche krönen wollten. – Wenn ich sie sehe, mit all ihren Reizen, und die Phantasie mir die heiligen von keinem Blicke entweihten vor die Augen zaubert! Wenn ich mich in ihre nackten Arme, an ihren entblößten Busen denke, die keusche Scham im Streite mit der wollüstigen Begierde, alles mir so ganz hingegeben, ich im höchsten Taumel versunken – und nun geht sie mir vorüber, und kennt mich nicht, und heut abend war das letzte Ziel meines Glücks! – Ich könnte sie ergreifen, und im Gefühle der Begierde erwürgen, und wütend an ihrem Busen sterben. – Raten Sie mir, Rosa, was ist zu tun? Ich habe allen Verstand, alle Besinnung völlig verloren.

48

Rosa an William Lovell

Tivoli.

Ich kann Ihnen keinen Rat erteilen, lieber Freund, denn ich habe mich noch nie in einer ähnlichen Lage befunden; ich kann daher auch nicht einmal wissen, wie ich an Ihrer Stelle handeln würde. Freilich sollte es nicht möglich sein, daß ein Zufall uns das plötzlich nähme, was wir für unser höchstes Glück halten, in dessen Besitz wir schon sind: indessen es geschieht alle Tage, und dies ist der Inhalt der meisten menschlichen Klagen. Ihre Wut gegen den Bräutigam, der so plötzlich aus den Wolken fällt, ist sehr verzeihlich. Aber Sie sollten doch Mittel dagegen versuchen; unser ganzes Leben erscheint mir immer als ein Kampf mit dem Schicksale, es überlistet uns in jedem Augenblicke, aber wir müssen uns nicht sogleich für überwunden erkennen, sondern List gegen List setzen. Dieser Streit macht unser Dasein interessant, er macht, daß wir uns nicht so demütig abhängig von einer blinden unbekannten Macht fühlen. – Doch ich weiß, Sie haben zwar Stärke genug, diese Ideen zu denken, aber nicht nach ihnen zu handeln. Ihre Gefühle bleiben immer nur innerlich in Ihnen.

49
William Lovell an Rosa

Rom.

Ihren Brief habe ich erst jetzt bei meiner Zurückkunft gefunden. Sie haben recht, und ich habe nach Ihrem Rate gehandelt, ohne ihn zu kennen.

Ich bin noch wie im Traume, es ist Nacht, indem ich Ihnen schreibe, und ich weiß noch immer nicht, was morgen geschehen wird. Seit einer Stunde bin ich von einer kleinen Reise zurückgekommen, ich bin müde und kann doch nicht schlafen. – Die Ankunft Pietros hatte mir alle Laune verdorben; ich wußte den Weg, den er kommen, und wann er anlangen würde. Ich ritt auf die Straße nach Neapel; bei Rosalinen schützte ich eine notwendige Arbeit vor, die ich in der Stadt zu Ende bringen müßte. Hinter *Sezza* liegt ein einzelnes einsames Haus, dort erwartete ich den Bösewicht, den ich schon im innersten Herzen haßte, noch ehe ich ihn gesehn hatte. Er wollte gestern abend dort ankommen, und kam nicht. Endlich tat sich nach Mitternacht die Tür auf, und er trat herein, er hatte noch gegenüber ein kleines Dorf besucht, und hatte sich jetzt bei unruhigem Wetter über den Fluß setzen lassen; dadurch war er so lange aufgehalten. – Nun ich ihn vor mir sah, war er mir noch mehr zuwider. – Ein ganz gemeiner Mensch, der kaum sprechen kann, verdrüßlich obendrein, und zwar deswegen, weil die gehoffte Erbschaft nicht so ansehnlich ist, als er erwartet hatte. Das widrigste Gemisch von bäurischem und schurkischem Wesen, schmutzig und gefräßig; dieses Tier ging jetzt dem Besitze der göttlichen Rosaline entgegen, von der er in seinem ganzen Leben nicht die kleinste ihrer Vortrefflichkeiten verstehen wird.

Er brach auf, weil er gern bald nach Rom wollte; es war Mondschein, und er fühlte sich noch frisch. Ich ritt dieselbe Straße, und stieg vom Pferde, um mit ihm zu sprechen. Der Schändliche sprach von Rosalinen, wie er von einem Mittagsessen sprach, ohne alle Teilnahme, er wolle sie bloß des ganz kleinen Vermögens wegen heiraten, das ihre Mutter besitze. – Ich weiß nicht, wie es kam, alles umher umgab mich, so wie ein Traum, ich zog plötzlich einen Dolch und stieß nach ihm, verfehlte aber, und streifte ihn bis zur Hälfte hinunter. – Ich stieg wieder zu Pferde und jagte davon, indem ich immer noch seine Stimme hinter mir, bald lauter, bald schwächer hörte. – Es war ganz unwillkürlich geschehn, und wie leicht hätte es kommen können, daß ich ihn ermordet hätte! –

Die Nacht und der heutige Tag sind mir in einem ununterbrochenen Schwindel verflossen. Ich erwarte den Schurken in jeder Minute. – Ich hätte vielleicht einen Handel mit ihm treffen können, daß er weiter keine Ansprüche auf Rosalinen machen solle, wenn ich bei kaltem Blute gewesen wäre; ich weiß nun nicht, wie alles sich endigen wird. – O ich bin böse auf mich selbst; ich muß es Ihnen gestehn, Rosa, ich freue mich inniglich, daß mir der tödliche Streich mißglückte, ich fühle es, daß ich ewig diese rasche Tat bereuen würde. Sagen Sie mir dagegen, was Sie wollen, es empört sich das Gefühl, die Menschen, so wie die leblosen Gegenstände zu gebrauchen, und sie nur für Mittel anzusehn, uns selbst froh zu machen.

Wäre Pietro nicht dazwischengekommen, so hätt' ich Rosalinen geheiratet, wäre mit ihr nach England gezogen, und hätte ihr und der Natur gelebt. –

Wenn ich es noch tun könnte! Was hindert mich, mich der Mutter zu entdecken? Aber der Bräutigam könnte einen Verdacht auf mich werfen: er wird nun vielleicht etwas länger bleiben, da ihn die Wunde wahrscheinlich am Gehen hindert, und diese paar Tage will ich noch in Rosalinens Gesellschaft genießen. – Ich bin zu müde, leben Sie wohl.

50

William Lovell an Rosa

Rom.

Ich habe mehrere Tage hindurch in einer Verworrenheit aller Begriffe und Empfindungen gelebt; ich mochte Ihnen nicht schreiben, weil ich zu träge war. Jetzt aber will ich Ihnen den Verfolg meiner Liebschaft melden, und ich bin auf Ihre Antwort äußerst begierig.

Ich habe soeben eine halbe Flasche Cyperwein getrunken, und meine Hand zittert, indem ich schreibe; ich bin äußerst froh und zufrieden, und mir ist so leicht, daß ich bei jedem Absatze aus vollem Halse lachen muß. Willy sieht mich von der Seite mit mißtrauischen Augen an, und scheint dabei halb eingeschlafen. Das Leben ist das allerlustigste und lächerlichste, was man sich denken kann; alle Menschen tummeln sich wie klappernde Marionetten durcheinander, und werden an plumpen Drähten regiert, und sprechen von ihrem freien Willen. – Heut am Morgen kam die Nachricht von Pietros Tode, man hatte den Leichnam an der Landstraße gefunden, und ein Vorübergehender hatte ihn zufälligerweise erkannt. Sagen Sie, was Sie wollen, es ist nicht möglich, daß ich schuld an seinem Tode sein sollte, wenigstens kann *ich* es nicht glauben. Er ist von Natur gestorben, und was kümmert er mich nun weiter? An jener unbedeutenden Streifwunde kann unmöglich ein so rauher, eisenfester Mensch verbluten: und wenn es der Fall sein könnte, so würde ich es wahrhaftig nur sehr lächerlich finden, daß wir, wie eine gesprungene Flasche, auslaufen können, und mit den wenigen roten Tropfen alle unsere Plane und Gedanken, die ganze Zukunft, in der wir leben konnten, alles was wir noch hätten tun können. Aber wie gesagt, ich glaube es nicht, und kein Mensch wird mich davon überreden.

Es war ein groß Geheul im Hause, vorzüglich von der Alten; Rosaline grämte sich auch, aber ich bemerkte deutlich, wie sie sich im stillen von leisen Gedanken trösten ließ. Ich ging fort, weil mir die Szene zur Last fiel, und fand nachmittag Rosalinen allein, in Tränen gebadet. Die Alte war ausgegangen, und kam vor dem Abende nicht wieder. O wie sie schön war, als sie auf dem Fußschemel saß, und den Kopf auf den weißen Arm auf dem Sessel stützte! Wie sich die Umrisse aller Glieder aneinanderschmiegten, und das reizendste Bild, wie hingegossen, dalag! Ich vergaß alles, und verschlang die vereinigte Schönheit mit gierigen Blicken. Sie sank weinend in meine Arme, und ihre Tränen lockten die meinigen hervor. Ich fühlte ihr Herz klopfen, ich küßte sie, sie war ganz Schmerz, und ließ mich alles tun, was ich wollte. Meine Phantasie war erhitzt, und ich lös'te leise und behende das Busentuch ab, sie wehrte sich nur halb, und verbarg sich an meiner Brust. Meine Augen verschlangen die Reize, meine Finger berührten den schönsten elastischen Busen, und sie sah mich seufzend, halb drohend und halb lächelnd, an. O Rosa, ich werde von neuem trunken, wenn ich mich nur dieser Szene erinnre. – Wir sprachen dabei immer von ihrem Unglücke, und eben durch die Tränen war sie weicher geworden, und ihre Sinnlichkeit mehr als sonst gereizt. – Bald wurden ihr meine Scherze zu dreist, sie stand auf und lief in ihre Kammer, ich folgte ihr nach. Sie bat, sie weinte von neuem, und drückte mich dann heftig in ihre Arme, indes ich mich ungestört damit beschäftigte, sie auszukleiden. Welche himmlische Reize entwickelten sich nach und nach unter meinen geschäftigen Händen! Die letzte Hülle sank, und sie stand nun nackt mit schamhafter Röte und brennendem Auge vor mir. – O Rosa, ich werde es nie, nie vergessen; diesen weißen Busen und diesen zarten Lilienhals, die schlanken

Seiten und die blendend weißen Schenkel, alles im schönsten Ebenmaße, in einer grünen Dämmerung die mediceische Venus vor mir, indem vor dem Fenster das grüne Weinlaub zitterte, und einen Flimmerschein durch das Gemach warf. Mein Busen kochte, meine Hände zitterten. – In zwei Minuten war auch ich entkleidet, sie hatte sich ganz vergessen, und flehte mein Mitleid an und stürzte zu meinen Füßen. Ich drückte sie an mich, sie zitterte, die zarten Muskeln des Körpers spielten wie die leisesten Wellen eines Baches durcheinander. Unvermerkt sank sie auf ihr Bette und ich mit ihr, und nun verlor ich alle Besinnung, ich sah nur den schönen Busen, unter dem zum Halse hinauf die feinsten blauen Adern liefen, ich versank in ein Meer von Wollust, und dachte nichts, ich empfand nur sie, die holde, himmlische Rosaline, ein jeder Pulsschlag in mir jauchzte, wie Geistergesänge klang es um mich her, und wie ein wilder Orkan von lauter Wonne und Wohllaut stürmte es durch meinen Geist.

O mag alles um mich dunkel und ungewiß liegen, kein ander Gefühl gibt uns Befriedigung, kein Genuß des Geistes erquickt uns. Nur hier, hier versammlet sich alles, was durch unser ganzes Leben an Freuden und seligen Empfindungen bei einzelnen Gelegenheiten zerstreut liegt. Nur dies ist der einzige Genuß, in welchem wir die kalte, wüste Leere in unserm Innern nicht bemerken, wir versinken in Wollust, und die hohen rauschenden Wogen schlagen über uns zusammen, dann liegen wir im Abgrunde der Seligkeit, von dieser Welt und von uns selber abgerissen. – Nein, nur für sie, für Rosalinen allein will ich jetzt leben; Pietro ist ausgeblieben, und ich nehme sie mit mir, ich hab' es versprochen, nur ihr zu leben, und ich will ihr und mir mein Versprechen halten.

Alles dämmert vor meinen Augen, und ich sehe sie immer noch vor mir stehen, halb in sich geschmiegt, halb an mich gedrückt. Nein, keine andre Erinnerung verdient seit diesem Augenblicke einen Platz in meiner Seele, – ich möchte zu ihr hinüberstürzen, aber die Mutter ist jetzt dort. – Über die elende Narrheit! daß es unsre sogenannte Tugend, unsre

Lebensweise mit sich bringt, daß wir nicht so glücklich sein dürfen, als wir sein könnten! – Die Menschen haben ordentlich darauf studiert, alle ihre Freuden schon in der Geburt zu ersticken; da muß erst Hochzeit, Trauung gehalten werden, tausend unangenehme und widrige Sachen um sich her versammlet, Glückwünsche von alten Narren und Muhmen, damit ja das Allerhöchste, der himmlischste Genuß im Menschen zum niedrigsten und langweiligsten Spaße herabgewürdigt werde, damit wir uns ja auf keinen Augenblick von dieser jämmerlichen Erde entfernen, und aus ihrem Dunstkreise von Armseligkeiten mit den Flügeln der Wonne hinüberheben.

Sie hätten sie sehn sollen, Rosa, wie Scham und Wonne in den hellen Augen kämpften: wie sie mich zurückstoßen wollte, und doch nur fester an sich drückte; wie sie klagen wollte, und doch ihren Mund meinen wollüstigen Küssen darbot. – Nein, bis jetzt hab' ich noch nie diesen Genuß empfunden; das Vergnügen an anderen Weibern ist nur wie ein Vorgefühl, eine Ahndung dieser Seligkeit. In den Armen der Blainville fühlt' ich nur den Anfang des Rausches, und log mir eine Entzückung der Götter; Reue und Überdruß bemeisterten sich meiner sehr bald. Laura, Bianca und alle übrigen dieser Zunft sind verworfene Geschöpfe, die ihre Entzückungen heucheln, und nach dem Preise erhöhn. – Rosaline, Rosaline ist das einzige Weib in der Welt, die übrigen sind ihr nur gleichsam nachgemacht. –

Ich fange jetzt würklich an, schläfrig zu werden; die Traumbilder, die mich begrüßen wollen, tanzen schon jetzt um mich herum, und necken mich. Alle haben die entkleidete Rosaline in ihrer Mitte. – Ich werfe mich aufs Lager. Willy, seh' ich, ist schon zu Bette gegangen; in Rom schlägt es drei Uhr. – Leben Sie recht wohl, lieber Rosa; ich beneide jetzt keinen Menschen, sondern bedaure sie alle. Noch nie hab' ich mich so darüber gefreut, daß ich Lovell bin. –

51

Rosaline an Anthonio

Ach, Anthonio, Anthonio! Komm doch so bald, als möglich. Ich getraue mich gar nicht, meine Mutter anzusehn; alles was ich sonst gern tat, ist mir jetzt zur Last, mir ist, als gehört' ich gar nicht mehr in dieses Haus. – Ich möchte einsam und unbemerkt im Winkel sitzen, und den ganzen Tag über weinen. Ach, Anthonio! was hast Du aus mir gemacht? – Ich lebte so still vor mich hin, und war mit allem zufrieden, und jetzt ist mir das ganze Haus zu enge, ich denke unaufhörlich an Dich und an gestern, und mit einer quälenden Unruhe; mein Herz schlägt schwer und gewaltsam. O komm heut recht früh, damit ich nur wieder ein paar Augen finde, die ich ansehn darf, und die ich, ach! so gern betrachte.

52

Rosaline an Anthonio

Und war das nun wohl recht gestern auf dem Spaziergange! Ich war in mir so froh und heiter, recht still und zufrieden, – und Du, – ach, Anthonio, Du weißt es gar zu gut, daß ich Dir nichts abschlagen kann, und das macht Dich so stark und dreist, weil ich nur zu schwach bin. Aber habe Mitleid mit mir. – Ach, was kann mir nun alles noch helfen? Meine Laute macht mir keine Freude mehr, meine Mutter ist mir oft in der Seele zuwider; und doch möcht' ich ihr manchmal um den Hals fallen, und ihr alles, alles sagen. Aber es hält mir die Zunge fest, es drängt mir in der Kehle, daß mir die Sprache versagt. Ich weine viel, und sie meint, es sei um den armen Pietro. – Ach Anthonio, halte nur Dein Versprechen, ich beschwöre Dich bei der Mutter Gottes, denn sonst bin ich gänzlich verloren.

53

William Lovell an Rosa

Rom.

Wenn man recht froh und zufrieden lebt, in einer schönen Einförmigkeit, den einen Tag, so wie den andern, so schreibt man ungern, weil man nichts zu schreiben hat. Ich habe mich mit Rosalinen nun ganz gut eingerichtet, und ich fühle nach langer Zeit die schöne Behaglichkeit wieder, die Erfüllung aller Wünsche zu sehn, ohne jenen Sturm des Bluts, ohne jenes ängstliche Herzklopfen, das aus unserm Leben unangenehme Abschnitte macht. Jetzt aber fließt mir die Zeit ruhig vorüber, und jeder Spaziergang, fast jeder Besuch bei Rosalinen macht uns eine Gelegenheit, der Göttin der Liebe ein Opfer zu bringen. Ich wäre ganz glücklich, wenn mich der Eigensinn und die Launen Rosalinens nicht zuweilen störten. Daß sich doch keine von den Armseligkeiten ihres Geschlechtes losmachen kann! Wir streiten zuweilen, und es ist nichts widriger, als ein Zank mit einem Mädchen, das man gern hat; alle wollen belehren; alle, selbst die unbedeutendsten, wollen hofmeistern. Bald bin ich ihr zu ernsthaft, bald zu vergnügt, an meinem Willy hat sie großen Anteil genommen, ich soll mit ihm, als meinem Vater, freundschaftlicher umgehn. Indes, ich will mir meine angenehme Lage nicht verbittern. – Leben Sie wohl.

54

William Lovell an Rosa

Rom.

Ich habe nach langer Zeit wieder einmal Laura und die schöne Bianca besucht. Mich wundert sehr, daß ich nicht schon eher darauf gefallen bin, meine Ergötzungen mannichfaltiger zu machen. Warum muß der Mensch selbst in seinen Vergnügungen einseitig und eigensinnig sein? – Rosaline dringt jetzt in mich, daß ich sie heiraten soll, und ich glaube, unter solchen Umständen kann einem ein jedes Mädchen zuwider werden; dabei hat sie ihr kindliches unbefangenes Wesen verloren, und spricht jetzt so altklug und überlegt. Lieber Freund! Wodurch entsteht doch die Philosophie unsrer Weiber? –

Mein Willy will nach England, und jetzt wäre die beste Gelegenheit, seiner los zu werden: einer meiner Bekannten reist dorthin, und will ihn herzlich gerne mitnehmen. Aber freilich würde denn mein ganzes Verhältnis mit Rosalinen gestört! Ich weiß noch gar nicht, wie ich das alles einrichten soll. – Kommen Sie doch nach Rom, ich beschwöre Sie, ich vermisse Sie bei jeder Gelegenheit.

55

Rosa an William Lovell

Tivoli.

Ja ich will nur endlich kommen, denn es scheint mir selbst, als wenn Sie meiner bedürften. Lieber Freund, Sie sind in Ihren Briefen nicht mehr so aufrichtig, als Sie es anfangs waren, Sie fangen an, sich zu maskieren, aber ich sehe gar nicht warum. Schämen Sie sich zu gestehen, daß Ihre Leidenschaft nun nach dem Genusse nicht mehr jenes stürmende, drängende Gefühl ist, voller Ahndung und Ungewißheit? Sagen Sie es nur dreist heraus, denn die Schuld davon liegt nicht an Ihnen, sondern an der Einrichtung unsrer Natur, der wir uns unbedingt unterwerfen müssen. – Erinnern Sie sich, was ich Ihnen mit prophetischem Geiste schon in einem meiner frühern Briefe sagte, daß man sich nie zwingen müsse, mit Enthusiasmus die Leere auszufüllen, die sich oft plötzlich in alle unsre Gefühle reißt, denn dies ist die höchste Qual des Lebens, die wahre Tortur der Seele. Geben Sie sich und Ihren Empfindungen nach, denn alle Ihre Schwüre, alle Ihre poetischen Beteurungen haben Sie im Grunde gar nicht getan, sondern es sind nur notwendige Äußerungen des Gefühls, das sie damals hatten; *Sie* haben nicht gesprochen, sondern Ihre Leidenschaft; diese ist jetzt fort, und mit ihr das Wesen, das Sie so sprechen ließ. – Doch mündlich ein mehreres. In wenigen Tagen bin ich selbst in Rom; dann will ich doch auch Ihre Gottheit sehn und sprechen. –

56

Willy an seinen Bruder Thomas

Rom.

Gottlob, Bruder, der Tag der Erlösung ist nun endlich da. Ach, mir ist recht froh und leicht, fast so, wie wenn ich manchmal von einem recht schlimmen Traume aufwache, und mich im warmen sichern Bette wiederfinde; ich kann nun doch endlich nach England zurückreisen. Ein Franzose, ein Bekannter meines Herrn, auch so einer von den Herzensfreunden, reis't nach England; je nun, er ist immer noch gut genug, daß ich mit ihm reisen kann, und doch nun meinen lieben Bruder wiedersehe. Ich hätte auch hier das gotteslästerliche Leben nicht mehr aushalten können, das kannst

Du mir glauben, lieber Thomas; ich war hier ganz, wie unter Heiden und Türken geraten, und hatte keinen einzigen frohen Augenblick. Mein Herr ist verloren, der böse Feind hat ihn gänzlich und ganz und gar eingenommen: lauter Unglück hat er angestiftet. Da ist hier ein armes, blutarmes und unschuldiges Kind, ein hübsches Mädchen, die hat er verführt, das merk' ich so aus ihrem stillen, jammernden Wesen. Ich mag Dir nur nicht alles schreiben, wie ich es denke, und es ist unrecht von mir, daß ich so denke: aber ich kann nicht dafür, lieber Bruder, die Gedanken kann man sich nicht geben und nicht nehmen, sie kommen ganz ungerufen, und quälen uns oft ebenso, wie Mücken und Stechfliegen. Die sind sehr häufig, und auch so bei mir die schlimmen Gedanken. – Nun ich denke, Gott wird mich schon wieder zurechtbringen, sobald ich nur wieder auf unserm frommen, väterlichen Boden stehe. O wie freue ich mich, Dich und meinen alten Herrn, den guten Lord Lovell wieder zu sehn! – Grade, wie sich ein Kind auf den heiligen Christ freut, so ist mir zumute. – Lebe wohl bis dahin, bester Bruder.

57

Rosaline an Anthonio

Wo bleibst Du doch, Anthonio, daß ich Dich gestern gar nicht gesehn habe? Willst Du mich denn ganz allein lassen? – Ach, ich habe viel zu Gott und seinen Engeln gebetet, aber mir ist keine Erhörung geworden, recht ohne Trost bin ich vom Himmel, wie eine Sünderin, abgewiesen. – Die Saiten auf meiner Laute sind gesprungen, und ich mag keine neue aufziehn: meine Laute, die ich von Kindheit auf kenne, die ich sonst so innig liebte. Siehst Du, so weit ist es schon mit mir gekommen. Die Tränen sind eine Gabe des Himmels, ich kann manchmal ordentlich gar nicht weinen, wenn ich es auch so gerne möchte. – O komm, komm, Anthonio, ich bin sonst wie ein Kind, das sich im Walde verirrt hat. Alles erschreckt mich, aber wenn Du da bist, ist es wieder wie ein Frühlingsschein um mich her. – Wenn ich Dich heut nicht sehe, kann ich wieder die ganze Nacht nicht schlafen; mir fällt so mancherlei ein, wovor mir graut. – Ach, wohl dem armen Pietro, daß er tot ist! –

58

Rosaline an Anthonio

Ja wohl möcht' ich sterben, sterben, Anthonio. Du kömmst also nicht und siehst nach der kranken Rosaline, der Du sonst so viel von Deiner innigen Liebe vorgesprochen hast? – Ach, bleib noch ein paar Tage länger, und Du kömmst dann vergebens, um sie zu suchen. – Wer ist nun treulos? Hab' ich es nicht immer gefürchtet, daß Du so sein würdest? – Wenn ich erst tot bin, so will ich Dir erscheinen, Dich gewiß auffinden, und Deine Seele martern. – Dein Vater ist auch fort; Gott, wie mag das alles zusammenhängen? – Ich will den Brief zu Dir hinübertragen, ich weiß nicht, ob Du ihn erhalten wirst. Ach, was kann es mir auch helfen? – Mein Bild, das Du gezeichnet hattest, lag bei Dir auf dem Boden, man hatte schon darauf getreten, es war ganz unkenntlich, ach, und es sieht mir jetzt gewiß sehr ähnlich. – Siehst Du, so ist Deine Liebe! Ach Anthonio, wenn *Du* schon so bist, welche Ungeheuer müssen dann die übrigen Männer sein! – Ich habe Dein Halstuch mitgenommen, und bewahr' es wie ein Heiligtum. – Ach Du geliebter Bösewicht, wohl versteh' ich es jetzt, was ich sonst nicht begreifen konnte, wenn Menschen sich vom Bösen versuchen ließen; Deine Gestalt, Dein Wesen hat er dann angenommen. – Ich kann nicht weiter, ich muß laut schluchzen; sollt' ich Dich denn auch *heut* nicht wiedersehn?

59

Rosaline an William Lovell

Ja, ja, nun ist mein Unglück gewiß. – Gott, ich werd' es nicht überleben. – Welche Ostern hab' ich gefeiert! es sind die letzten, das fühl' ich. – Du bist also nicht der, für den Du Dich ausgibst? O Himmel! Mein Anthonio ist ein Betrüger! – *Mein* Anthonio? – Nein, Du bist nicht mein; Du bist mir fremd, Du bist vornehm, Du kannst nie der Meinige werden. Und jetzt könnt' ich Dich auch nicht mehr lieben. – Ach, wo ist alles, alles so plötzlich hingekommen, was ich für Dich empfand? – Hast Du mich denn wirklich nicht in dem Hofe der Peterskirche gesehn? O gewiß, denn Deine Augen waren immer nach mir hingerichtet. Aber Du schämst Dich jetzt meiner, – Du, – ich sollte Dich nicht so nennen, denn Du bist nicht meinesgleichen, Du liebst mich nicht. – Mein Herz klopfte ängstlich, – ich kannte Dich gleich am Ziehen der rechten Augenbraune, an der Art zu lächeln, – an dem kleinen Flecke am Munde, ich wollte mich zu Dir drängen, ich konnte nicht; ich dachte in Ohnmacht zu sinken. – Ich konnte nicht den Heiligen Vater ansehn, als er den Segen sprach, denn ich sahe nur Dich, Dich einzig und allein in der ungeheuren Volksversammlung; meine Mutter stand hinter mir, und blieb zurück, als ich mich vordrängte. – Ach wohin wollt' ich mich drängen? – Lebe wohl, ich sterbe bald, der Segen des Heiligen Vaters ist meine Einsegnung zum Grabe gewesen. – Und *Du* warst so froh, – ach Anthonio, – vergib, daß ich Dich immer noch bei diesem schönen Namen nenne, – Anthonio, – o was kann ich sagen! Mein Kopf schwindelt. – Soeben sang meine Mutter still vor sich hin eins von unsern alten Liedern. – Ach, diese Lieder kennen mich nicht mehr, sie wollen mich nicht mehr trösten. – Nein, ich will auch nicht getröstet sein, ich will verzweifeln, ich will wahnsinnig werden, und so zu Dir rennen, so Dir mit fliegenden Haaren wild vor die Augen treten, und Dich verlachen, wenn Du mich dann nicht mehr kennst. – Ich glaube, mir ist im Kopfe eine Ader gesprungen, ich blute heftig, und bin wie betäubt. O Ungetreuer, mit diesem Blatte empfängst Du zugleich meine Blutstropfen; bald soll man meine Leiche vor Dir vorübertragen; freue Dich dann Deines Werks! –

60

Rosaline an William Lovell

Verwünschungen, Flüche hinter Dir her! – Sie werden Dich ereilen und ergreifen. – Nein, ich kann nicht länger im Hause bei meiner Mutter bleiben, ich kann nicht länger in dieser Welt bleiben, wo jeder Baum, jeder Grashalm mich an Dich erinnert. – Mir ist seltsam, ich will durch die Welt wandern, und Dich suchen, und wenn ich sterbe, sieh! dann treff' ich Dich doch jenseits, denn Du mußt auch sterben; da kannst Du meinen Vorwürfen nicht entlaufen. – O weh Dir, Anthonio, daß Du sterben mußt; dann wird Dir das Verzeichnis Deiner Sünden, aller, von der kleinsten, bis zur größten, verlesen. Mir ist der Tod ein Trost, Dir wird er wehe tun. – Ich hab' es schon lange heimlich geglaubt, aber keinem Menschen und auch Dir nicht sagen mögen, daß Du an Pietros Tode schuld bist. – O wehe Dir, wenn es so ist! – Ich werde hingejagt vom unbekannten Geiste in Tod und Grab, es brennt in meinen Eingeweiden, und die Fluten der Tiber sollen diese Flammen löschen. – Aber ich muß Dich noch sehn vorher, ich will Dir Deine Briefe zurückbringen; – ich will – ach, ich weiß selbst nicht, was ich will; *sterben* gewiß.

61
Leonore Silva an William Lovell

Ach, gnädiger Herr! Sie verzeihen es wohl einer alten Frau, wenn sie sich untersteht, Ihnen zur Last zu fallen. – Meine Tochter, die letzte Stütze meines Alters, ist tot; Gott mag ihrer Seele gnädig sein! Sie ist in die Tiber gesprungen, gestern am Abend; vorher ist sie die ganze Stadt durchlaufen, und hat immer nach Ihnen gefragt. Auf der Brücke nach St. Angelo stand sie endlich still, und sah ins Wasser, sie deutete auf den Mondschein, und sagte: sie wolle jetzt in das goldene Paradies; ein Mann, der dort stand, hat es ganz deutlich gehört: so stürzte sie sich vom Geländer hinunter. – Man zog sie tot ans Land. – Ach, lieber gnädiger Herr, nun bin ich ganz verlassen, erzeigen Sie mir doch die Ehre, mich noch einmal zu besuchen, und eine arme, alte, verlaßne Frau etwas zu unterstützen. – Verzeihen Sie meine Dreistigkeit, der Kummer hat mich ganz niedergebeugt. Gott sei Rosalinens Seele gnädig; ich bete fleißig einen Rosenkranz zu ihrem Heil.

William Lovell

Zweites Buch

1

William Lovell an Rosa

Rom.

Wenn man sich noch einige Zeit nach dem geendigten Schauspiele verweilt, wie dann der Vorhang wieder in die Höhe geht, und einzelne Stücke von Dekorationen an den kahlen Wänden hängen, Waffen und Rüstungen zerstreut auf dem Boden liegen, die emsigen Aufseher die Lichter auslöschen und sammeln, hin und wieder ein schlechter Schauspieler noch mit tragischem Schritte auf und nieder geht, und seine Rolle nicht vergessen kann: so, Rosa, in diesem armseligen Lichte erscheint mir jetzt das Leben. Alles sieht mir so abgetragen und dürftig aus. Die Menschen sind mir nichts als schlechte Komödianten, Tugendhelden oder witzige Köpfe, Liebhaber oder zärtliche Väter, nachdem es ihre Rolle mit sich bringt, die sie so schlecht, wie es nur immer eine wandernde Truppe tun kann, zu Ende spielen. Auch ich bin unter dem Haufen einer der Mitspieler, und so wie ich die andern verachte, werde ich wieder von ihnen verachtet.

Warum schlagen so oft die höchsten Wogen in unsrer Seele, und dann so plötzlich ein träger dumpfer Stillstand? So wie das moosige, schlammige Gestade bei der Ebbe. – O ich möchte mir wieder Stürme in diese träge Blutmasse wünschen, Gefühle, die die Tränen aus ihren tiefen Kerkern reißen, Seufzer und Schmerz, Qual und Wollust, um wieder in den Kreis der übrigen Menschen zu treten, den ich jetzt aus der Ferne anschaue und verachte.

Willy und sein altes, gutmütiges Gesicht fehlt mir in jeder Stunde, er war sehr froh, daß er sein Vaterland wiedersehen sollte. Wie gern sich der Mensch doch an Erinnerungen und leblose Gegenstände fesselt, und jeden Berg und einheimischen Baum für einen Freund und Wohltäter ansieht!

Rosalinens Mutter ist befriedigt, und alles mit ihr abgetan, ich glaube, sie wird nicht lange leben, und also auch meiner Unterstützung nicht auf lange bedürfen, sie war sehr schwach, als ich sie sah. – Wie die Fäden eines Weberstuhls flimmert und zittert das menschliche Leben vor meinen Augen, ein ewiges Wechseln und Durcheinanderschießen, und dabei doch das langweilige, ewige Einerlei!

2

Rosa an William Lovell

Rom.

Ja wohl, lieber Freund, es ist um die Menschen ein seltsames Ding! Ein Rätsel, das keiner je ganz auflösen wird. Es quält und ängstigt den Geist; indessen müssen wir wenigstens so viel zugeben, daß es ihn eben deswegen auch beschäftigt und unterrichtet, wir müssen uns nur nie scheuen, einen Gedanken ganz zu Ende zu denken, unbekümmert, wohin er uns führen könnte. Sie fühlen es jetzt recht lebhaft, wie alles, was wir wissen und glauben, Nichts sei, aber bemerken Sie nur auch, wie Ihre Zweifel und Ihre nüchternen Gefühle, die daraus entstehen, ebenfalls nichts Festes, Unwandelbares sind. – Alles geht und zieht durch unsern Busen, alle Eindrücke existieren für uns nur, insofern sie ihre Spuren zurücklassen: aber eben dies sollte uns bewegen, nie ganz und einzig in der Gegenwart zu leben; denn sie ist in unsrer Existenz das Unzuverlässigste.

Besuchen Sie mich heut wieder vor dem Tore in meinem Garten, wir wollen mündlich ein mehreres darüber sprechen, seit ich neulich Rom verlassen habe, habe ich vieles gelernt und erfahren, und manches ist in meiner Seele wankend gemacht, was ich noch vor kurzem für felsenfest hielt.

Ich habe Ihnen noch einen kleinen Vorfall nicht erzählt, den ich jetzt in der Eile nachholen will. Ich sprach Rosalinen im heftigsten Ausbruche ihres Kummers; sie war wirklich schön: bald ward sie zutraulicher, da sie hörte, ich sei Ihr Freund, und so gelang es mir unvermerkt, sie von ihrem Kummer etwas abzuziehn, und eben die Freuden bei ihr zu genießen, die Sie mir damals so poetisch beschrieben haben. – Ich mag nichts weiter hinzusetzen. Lieber Freund, *was* ist der Mensch? Auch davon heut abend ein mehreres.

3

Eduard Burton an William Lovell

Bonstreet.

Indem ich diesen Brief anfange, William, weiß ich nicht recht, was ich Dir sagen will, noch weniger, wie ich es Dir sagen soll. In meinem Sinn und Herzen liegt alles hell und klar, meine Meinung ist nicht Sophisterei oder Leidenschaft, die mir der Moment eingibt, sondern meine Ideen sind gleichsam Ein Strom, der in der fernsten Kindheit entspringt, und so in gerader Richtung durch mein Leben fließt. Deine Gedanken sind einzelne Fragmente, die Dir vielleicht in der jedesmaligen Stimmung unumstößlich scheinen, weil sie eben durch diese Stimmung hervorgebracht sind, die Dir aber vielleicht selbst am folgenden Tage unverständlich sind. Du verachtest mich gewiß, wenn ich von Grundsätzen rede, nach denen man handeln müsse, aber seit ich Dich genauer kenne, ist diese Überzeugung eben durch Dich bei mir um so lebendiger geworden: diese Grundsätze müssen gleichsam der Faden sein, an den wir unsre übrigen Gedanken und unsteten Empfindungen reihen, und der sie alle regiert. – *Widerlegen* kann ich Dir Deinen Beweis nicht, daß kein Mensch den andern verführen könne, aber, so wie mich dünkt, bedarf er auch keiner Widerlegung. Der Mensch fühlt den Einfluß andrer, ja selbst der leblosen Natur auf sein Herz und seinen Verstand viel zu sehr, als daß er sich je diesen Einfluß ableugnen könnte. Du behauptest zwar, daß alles, was der Mensch denkt und empfindet, schon von je *in* ihm gelegen habe, und daß die äußern Gegenstände nur verächtliche Zufälligkeiten sind, daß alles dies grade jetzt, und zu keiner andern Zeit in ihm geweckt werde: daß ein unschuldiger Mensch nie schuldig werden könne, so wie der eigentliche Bösewicht nie rein gewesen sei; – bist Du wirklich gar nicht darauf gefallen, daß Du hier mit Deiner sophistischen Freigeisterei die gräßliche orthodoxe Prädetermination der Seelen verteidigest? Du gestehst immer, und es ist Dein Glaubensbekenntnis, daß der Mensch nichts wissen könne, und doch willst Du *dies* so genau wissen? Wenn Du an allem zweifelst, so müssen Dir eben deswegen auch Deine Zweifel verdächtig werden, und so kämest Du denn vielleicht auf einem mühseligern Wege zu demselben Punkte, auf welchem ich stehe: daß sich der blödsichtige Mensch gewissen Gesetzen, die ihm sein Genius aus dem Herzen zuruft, blind unterwerfen müsse. Glaube wenigstens, daß der Mensch unmöglich so sein könne, wie er Dir erscheint, wenn Du ihn mit Deinen Sophismen anatomierst, Du siehst dann zwar lauter wirkliche Bestandteile, aber eben deswegen, weil Du ein Ganzes in Teile zerlegt hast, ist es nicht das Ganze mehr. Daher sind alle Deine Folgerungen gar nicht auf den Menschen anwendbar, er ist nicht so, trotz dem, daß Du behauptest, er müsse so sein, und darum kann ich mich von Deinem neulichen scharfsinnigen Beweise so wenig überzeugen, daß ich Dich vielmehr vom Gegenteile überzeugen möchte.

Vergib mir meine Weitschweifigkeit, und daß ich, um Dich zu überführen, selbst in den spitzen getadelten Ton Deiner Briefe falle: ich weiß, alles, was ich sage, ist unnötig, denn Du glaubst Deine Behauptung nicht, ich sage alles dies bloß, weil mich eben Dein neulicher Brief von der Sache überzeugt hat, die er widerlegen sollte, daß Deine Gedanken nur die Wiederholung fremder sind; schon daß Du über eine bloß hingeworfene Idee einen eigenen Brief schreibest, hat mich davon überführt. – Aber vergib mir, denn ich will Dir nicht gern wehe tun.

Ach ich sollte in einem ernstern Tone, mit tiefer Trauer sprechen, denn welche Nachricht hab' ich Dir zu hinterbringen! – Dein Vater ist nicht mehr, Gram und Krankheit haben endlich seinem mürben Leben ein Ende gemacht, das gleichsam nur noch an Einem Faden hing. – Ach, William, ich kann Dir unmöglich alles sagen, was ich denke. – Mit weinenden Augen habe ich die Papiere gesiegelt, die ich Dir hierbei überschicke, halte sie in Ehren, denn es sind die letzten Federzüge Deines Vaters, er muß oft in seinen einsamen Stunden nach Dir hinübergedacht, nach Dir sich hingesehnt haben. – Auch mein Vater ist jetzt krank, und ich habe viel mit seiner Pflege zu tun; ach, William, wenn man fürchtet, daß jemand, den wir so wohl kannten, nun von uns scheiden will, nach einem unbekannten Lande hin, und er selbst uns dann fremde wird, – o dann machen wir unsre Liebe und Sorgfalt doppelt, wir vergessen uns selbst, und eben deswegen vieles, was wir ehedem an ihm tadelten, – –

Amalie Wilmont ist mit Deinem Freunde Mortimer verheiratet. Ich weiß nicht, wie Du diese Nachricht aufnehmen wirst; mir ist oft wie einem melancholischen Zuschauer zumute, der im Schauspiele mit Widerwillen den Schluß des Stücks herannahen sieht, wie sich alles verläuft, die Hauptpersonen ausbleiben, die muntern Scherze schon erstorben sind, – endlich fällt der Vorhang, und unsre Freuden, unsre Teilnahme, unser Leben, alles, was wir hatten, ist dahin! –

4

Einlage des vorigen Briefes

Die größte Schwachheit des Menschen ist, Plane für die Zukunft zu machen, und doch besteht darin das Leben: auf nichts sollte man vertrauen, denn nie entspricht die Zukunft unsern Erwartungen, wenn sie zur Gegenwart wird, und wir selbst und unsre innersten Empfindungen sind ebenso gut dem Wechsel unterworfen, wie alles, was uns umgibt. Reut mich nicht jetzt, was mir vordem Freude machte? Ach mein Sohn, könnt' ich *Dich* nur in meine Arme schließen, wie froh wollt' ich denn darüber sein, daß ich von meinem Traume erwacht bin! –

Wie alles von mir zurückweicht, was mich sonst aufrecht erhielt! Meine Hände zittern, mein Gedächtnis wird schwach, und alle schönen Vorstellungen verfliegen, wie die Dünste eines Rausches. Mein ganzes Leben liegt wie ein dunkler Abgrund da, in den ich hineintaumelte, ohne Besinnung dalag, und mich jetzt mühsam an den feuchten Wänden zum Lichte emporarbeite.

Nein, ich kann den Tod nicht fürchten, der mir in jeder Stunde näher tritt, ich sehe ihm mit festen Augen, ja mit einer Art von Sehnsucht entgegen. Jeder Klang ist versunken, nur eine innige Wehmut schlägt unermüdet ihre Töne in mir an, so wie sich jedes fröhliche Geräusch in den ziehenden ernsten Kirchengesang verliert. Alle Gedanken sind nach dem Grabe hingerichtet, Sonnenaufgang und -untergang, alle Erscheinungen der Natur sind mir Boten, die mich dorthin rufen. – Ich begreife die Verändrung nicht, die in mir vorgegangen ist, vieles steht verjüngt, wie in der Kindheit vor mir, ja ich bin wieder zum Kinde geworden, und gehe nun durch dasselbe rosenrote Tor wieder aus dem Leben hinaus, durch welches ich eintrat. So ist mein ganzer Lebenslauf nur ein Kreis gewesen, indem ich immer glaubte, in grader Richtung fortzugehen. Die Welt mit allen Freuden und Leiden liegt hinter mir, wie ein weites Gebirge, das der Nebel unkenntlich macht, nur das Tal, in welchem ich Ruhe finden soll, seh' ich deutlich vor mir. Schwarze, im Winde flatternde Totengewänder mit tiefen steifen Falten, Gräber und Totengerippe stehn vor meinen Augen, ohne daß ich mich, wie sonst, davor entsetze: ist nicht alles um uns her Tand und Spiel, womit wir uns so ernsthaft beschäftigen? Wie wir die Trümmern alter Paläste besuchen und ausmessen, so sollten wir mit Künstleraugen das Knochengebäude des Menschen betrachten, und das erhabene Kunstwerk bewundern, von dem uns dort in nackter Entblößung gleichsam die Latten und Grundlinien hingelegt sind, wie die Contoure einer Zeichnung neben dem Menschen, dem vollendeten Gemälde. Wie ein veraltetes Kleid legen wir den Körper ab, Blumen, Gräser und Insekten nähren sich von unserm Stoff, so wie wir von der Pflanzennatur unser Dasein erbetteln, aber der Geist schwingt sich aufwärts, und sieht mit Ruhe auf die Verwesung seines Körpers hinab.

O könnt' ich den raschen Jüngling, könnt' ich Dich lieber Sohn nur einen Blick so in die Welt und ihren durcheinandergezogenen verwirrten Wirbel hineinwerfen lassen, wie ich jetzt alles sehe. Der Künstler wirft oft eine wunderbare Erleuchtung in unsre Seele, indem er längst bekannte und oft gesehene Gegenstände in seinem Gemälde so ordnet und zusammenstellt, ein eignes Kolorit und seltsame Zufälligkeiten hinzufügt, daß seine Darstellung eine neue und wundersame Bedeutung erhält. Aber für meine Gefühle und Ideen hat die gewöhnliche Sprache, das fühl' ich, gar keine Worte, ich müßte eine Art von Gedicht schreiben, um Dich etwas näher in meine Atmosphäre zu ziehn, so wie vielleicht alles recht Gute und Verständige immer ein Gedicht sein müßte, weil das, was den Menschen ganz befriedigen soll, sein

Gefühl und seinen Verstand zugleich ausfüllen muß. Reine Sätze der Vernunft auf die gründlichste Weise hintereinandergestellt, lassen die größere Hälfte im Menschen leer, und noch niemand ist auf diese Weise geändert oder gebessert worden. Könnt' ich Dir doch, wie durch tausend Hohlspiegel, das Bild so zuwerfen, wie ich es vor mir sehe, o William, Du würdest es nicht der Mühe wert finden zu leben, alles das tief verachten, was die gewöhnlichen Menschen Fröhlichkeit und Lebensgenuß nennen. Nichts macht mich ernsthafter, als ein lachendes Gesicht, als jene hohe Festtage im menschlichen Leben, wo man recht darauf sinnt, und sich zwingt, alles Gewöhnliche abzulegen; aber die alten Kleider veralten ebenfalls, und werden verächtlich in einen Winkel hingeworfen. Die Zeit rinnt Tropfen für Tropfen unmerklich und unaufhaltsam fort, und alles ist dann leer und vorüber, in den Wind zerstreut und verflogen, daß der Mensch sich wie berauscht umsieht, und nicht begreifen kann, wo alles ihm unter den Händen fortgekommen ist, was er innig an sein Herz geheftet glaubte. – Ein Bauer hat heute hier in meinem Dorfe Hochzeit gemacht, der Zug ging vor meinem Hause vorüber, und ich mußte ihnen aus dem Fenster Glück wünschen, ja die freudetrunkenen Menschen ließen mir nicht eher Ruhe, bis ich mich in ihre Wohnung tragen ließ, um an dem Getümmel, an den Anstalten, die schon seit Wochen gemacht waren, und nun endlich, endlich gebraucht und verbraucht wurden, teilzunehmen. Für die beiden Neuvermählten war dieser Tag nun der wichtigste, seit die Welt steht; sie meinen, daß von diesem Tage ein Abschnitt durch die Zeit in ganz Europa gehe, daß alles um ihre Hochzeit wisse, und jede Seele sie beneide: sie geben sich der stürmenden Freude und dem lauten Lachen preis, ach! und bedenken nicht, daß sich alle Empfindungen, frohe und traurige, in uns, wie in einem Behältnisse sammlen, daß dies Vermögen ihrer Fröhlichkeit in einigen Stunden verschwendet wird, und daß sie dann in einer nüchternen Leerheit darben, und fröhliche Minuten erbetteln, die sie jetzt wegwerfen. Wenn ihr bei der Feldarbeit schwitzt, und unter dem Joche der Dürftigkeit seufzt, ach so werdet ihr sehr bald den heutigen Tag vergessen, eure Kinder werden euch nicht so entzücken, als an dem Tage ihrer Geburt, wenn sich nach und nach die Leiden entwickeln, die ihr um ihrentwillen duldet; die seidnen schöngeschürzten Quäste auf eurem Bette werden alt und unkenntlich, und den Kindern zum Spiele heruntergerissen werden, die die Braut gestern mit so emsiger Zierlichkeit aufsteckte, die neugeweißte Stube wird von der Lampe und vom Feuer schwarz geräuchert, eure glatten Gesichter legen sich in Falten, Zwietracht und Zank, Krankheit und Gram hemmen den Strom eures Lebens, der euch jetzt so eben und glänzend erscheint. – Ach William, ich dachte an den frohen Tag zurück, der mich mit Deiner Mutter verband; wie alles sich verwandelt hat, und nichts in mir dem Lovell ähnlich sieht, der ich an jenem Tage war. Und doch, William, wenn ich Dir nur die Anstalten zu Deiner Hochzeit hätte besorgen helfen, ach ich wäre gewiß schwach genug gewesen, alles zu vergessen, und in der Einfalt des menschlichen Herzens zu glauben, die Natur schließe uns von ihren harten Gesetzen aus, und alles werde so golden und freundlich bleiben. – Und ist dies auf der andern Seite nicht vielleicht die höchste Weisheit des Menschen? Muß ich nicht vielleicht alle Zirkel um mich her aus meinem Mittelpunkte ziehen? –

Ich will immer anfangen einen Brief an Dich zu schreiben, und nehme die Feder und schreibe mancherlei nieder, und vergesse Dich dabei. Dann fällst Du mir plötzlich wieder ein, und der ganze Brief wird dann durch einen Zufall abgebrochen, und es ist mir unmöglich den Faden wiederzufinden. So habe ich schon einige Blätter vollgeschrieben, aber ich habe sie vergebens gesucht. – Wenn ich die Augen zumache, unterrede ich mich mit Dir und trage Dir allen Gram und alle Sorgen vor. Ich finde dabei nichts zu lachen, denn was tun unsre Briefe denn anders? Vielleicht daß sich in einem andern

Leben die entfernten Gedanken schneller und edler zusammenfinden, als durch Sprache und tote Zeichen; vielleicht daß wir dann erst besitzen, was wir jetzt nur zum Lehn erhalten haben; vielleicht tut sich uns dann das Verständnis auf, daß alle, alle Menschen das Gute wollten und hatten, aber daß die grobe unbeholfene Außenseite nicht gelenk genug war; und so finde ich denn, William, daß Du mir auch jetzt nicht entfremdet bist. Der Gedanke beruhigt mich, und macht mich heiter. –

Keine Antwort von Dir! Kein Laut aus der fernen Gegend herüber! – Wie ich mich hinsehne, wie sich oft mein Geist in mir ausstreckt, als wenn er zu Dir hinüberreichen wollte. Ich erinnre mich mancher Kindermärchen, und kann stundenlang an das Wünschhütchen denken, das einen plötzlich von einem Orte zum andern versetzt; dann könnt' ich Dich sehn und an Deinen Hals fliegen. Aber es ist unrecht, daß Du mir nicht schreibst; wodurch hab' ich das um Dich verdient? – Kannst Du noch immer jenes Briefes wegen auf Deinen Vater zürnen? – Ich habe Dich schon um Verzeihung gebeten, und will es noch einmal tun. –

Mir sind die Schilderungen der Schlachten nicht fürchterlich, die sonst so leicht unsre Phantasie erschrecken. Hier fällt ein Mann zur Rechten, dort zur Linken, streifende Kugeln quetschen ganze Glieder nieder, Köpfe und blutbesprützte Arme liegen umher, und der Soldat marschiert mit geradem Sinn den Gefahren entgegen, sieht nicht nach seinem Kameraden links, nicht nach seinem gefallenen Bruder zur Rechten, tritt auf den Leichnam, der vor ihm liegt. – Ich kann diesen Mut nicht bewundern, denn tun wir alle etwas anders im gewöhnlichen Leben? – Freunde sterben zur Rechten und zur Linken, und wir gehn dreist und grade fort, als würde uns der Tod niemals ereilen: wir erschrecken nicht vor dem Gifte, das diesen und jenen wohl von uns Gekannten hinrichtete.

Wir haben nur unsre Plane und Entwürfe im Auge, ach und bemerken es nicht, daß die Zeit hinter uns schleicht, und uns unvermerkt in Staub und Asche verwandelt. O wehe der menschlichen Eitelkeit! Wohl dem, der sich aus dem Strudel rettet, der uns alle mit sich fortwälzt! – Die höchste einzige Weisheit des Menschen ist: nicht diesem elenden Götzen zu opfern, dem, wie dem Moloch, alle unsre Kinder in die glühenden Arme gelegt werden. – Ach William, es gibt kein einziges ernsthaftes Geschäft in dieser Zeitlichkeit, als zu sterben.

Ach ja wohl könnte der Mensch viel besser sein, wenn er immer in sich den kurzen Raum des Lebens bedächte. – Wie würden wir alles mit Liebe umfangen, wie warm jedem Gegenstande, dem wir nahe sind, die Hand drücken, wenn wir immer bedächten: ach, auch dieses Gebild zerfällt in kurzem, und Du weißt dann nicht, wohin es gekommen ist; es sehnt sich nach Deiner Liebe, o gib sie ihm, solange Du es noch vor Dir siehst. – Mein Vater steht jetzt vor mir, und mahnt mich an allen Gram, den ich ihm so oft ohne Ursache machte, wie wenig ihm mein Herz in so manchen Stunden entgegenkam. Auf seinem Sarge und jetzt hab' ich es recht lebhaft gefühlt, wie viel ich ihm hätte sein können. – Auch Du, William, wirst einst nach mir in den Wind seufzen, und meinen Grabhügel fragen, ob ich Dir denn auch ganz und aus vollem Herzen vergeben habe; ja, ja, geliebter Sohn, laß keinen Seufzer der Reue dann in Deinem Busen aufsteigen; ach freilich habe ich in manchen Stunden sehr auf Dich gezürnt, aber alles, alles ist jetzt fort, und mein Herz ist nur mit reiner Liebe angefüllt.

Ich habe einen Blick hinab ins Tal des Todes getan, und nun taumeln alle Wesen dieser Welt nüchtern und leer meinen Augen vorüber. Alles sind nur Larven, die sich einander selbst nicht kennen, wo einer dem andern vorübergeht, und ihm ein hohles Wort gibt, das jener durch ein unverständliches Zeichen beantwortet. – Wie wüst' ist mir seitdem, und wie alles durcheinander verworren! alles wie trübe und unkenntliche Schatten eines veralteten Gemäldes. – Ich weiß mich kaum noch des gestrigen Tages zu erinnern, in der Zukunft wandelt mein Geist, wie einen Fremden betrachte ich mich selbst, und wünsche den Augenblick meines Todes.

Nur Dich, William, vermiss' ich noch, sonst nichts in der Welt, ich übersehe mein Leben und alle meine Erfahrungen gleichsam in einem Register. Unsre heftigen Begierden, unsre Entzückung und Verzweiflung entsteht nur daher, weil wir uns selbst und den kleinen Punkt unsers Lebens, auf dem wir grade stehen, zu sehr vor Augen haben, über unser kleines Unglück denken wir nicht daran, daß in demselben Momente viele Tausende unendlich elender sind, als wir, daß sich der Nachbar indessen freut, und in dieser Fröhlichkeit vielleicht schon unbemerkt die Quelle künftiger Trübsale sprudelt. – Alles ist mir jetzt gleich, nur nach Dir sehnt sich noch mein schwaches, väterliches Herz. – Du bist krank, mein Sohn, es leidet keinen Zweifel, sonst würdest Du schon vor mir stehen. –

Mein Herz arbeitet schwer in mir, – nur unwillig tut es die letzten mühseligen Schläge, der Tod hat es mit seiner kalten Hand berührt, und die Lebenskraft hinweggenommen, – das Licht des Tages flieht. – Lebe wohl. –

5

William Lovell an Eduard Burton

Rom.

Ja wohl verfliegt alles und geht hinweg, und *ich* bin der betrübte Zuschauer des Possenspiels. Mein Vater ist also tot, und Amalie verheiratet? – O möge es beiden gutgehen, das ist alles, was ich zu dieser Nachricht sagen kann. – Was ist es denn nun mehr? Ist es nicht so, und muß es nicht so sein? – Der Toren, die sich die Haare ausraufen, wenn ein Vorfall eintrifft, der notwendig ist, und der in der Natur der Dinge gegründet liegt! Tod könnte nicht ohne Leben und Leben nicht ohne Tod sein. – Mag es dahingehn, was mir einst so wert und teuer war, denn was können wir in dieser Welt unsern Besitz nennen?

O ihr Menschen mit euren gepriesenen Grundsätzen! den Pfeilern, an denen ihr euch lehnt, und die sogenannten schwächeren Menschen um euch her verachtet! – Was ist denn diese eure gepriesene Vernunft? Diese Seelenstärke, mit der ihr euch brüstet? Alles ist nur Feigheit, weil ihr euch selbst und euren Gefühlen nicht vertraut; oder vielmehr ihr habt kein Gefühl, aller menschliche Instinkt ist in euch untergegangen, und ihr behelft euch nun mit elenden Formeln, die ihr mühsam erfunden habt, um eure Blöße zu decken!

Welcher Mensch ist denn der edlere – derjenige, der stets nach dem Gefühle handelt, das ihn grade in diesem Momente beseelt und ergreift, das ihn wie ein Gott im Busen vorwärts treibt, und er nun geht, ohne mit feiger Ängstlichkeit hinter sich zu blicken? Oder der, der nur als ein Sklave nach einem Gesetze sucht, nach dem er handeln müsse, weil es ihm lästig fällt, frei zu sein, und er also auch die Freiheit nicht verdient? Der Mensch ist nur denn geadelt, wenn er aus stillen unbewußten Gefühlen auf die Art gut ist, wie das Tier durch Instinkt Nahrung und Gesundheit erwirbt, wie die Pflanze von innen herauswächst, wider ihren Willen. –

Die Grundsätze werden von den Menschen nur erfunden, um in einer trägen Bequemlichkeit ihr Leben so vor sich hin zu treiben, und in jedem Moment das Ganze übersehn zu können. Sie haben es in irgend einem Augenblicke ihres Daseins recht lebendig gefühlt, daß kein Gedanke und keine Vorstellung fest und unerschütterlich in uns stehen, daß eine strömende Empfindung, die oft plötzlich hereinbricht, das niederreißt und hinwegführt, was oft seit Jahren mühsam aufgebaut wurde; darum haben sie etwas erfinden wollen, was die Gefühle wie mit eisernen Klammern aneinanderhält, sie haben die meisten Saiten der Laute zerrissen, um alle Töne im Gedächtnisse zu behalten, und sich durch keinen Klang überraschen und verwirren zu lassen. – Aber wohl dem Menschen, der diese dürre Bahn verläßt, auf der er sich erniedrigt fühlen muß, der sich vor keinem Gefühl und Gedanken in sich selber entsetzt, der alle Segel seines Geistes anspannt, und alle Flaggen im Winde fliegen läßt, ihm allein ist es vergönnt, sich selber und seine geheimen Wunder in der Brust kennen zu lernen; er findet tausend Widersprüche in sich selber, alle Töne schlagen in ihm an, und er bildet aus allen eine reiche Harmonie, die freilich dem gröberen Ohre unverständlich ist; er sammlet alle die Tausend der seltsamen Erfahrungen, um sich endlich über sein eignes Wesen zu beruhigen.

Ich habe mit Andacht die Blätter von der Hand meines Vaters gelesen; seine Stimme tönt wie die Stimme eines unsichtbaren Geistes jenseit eines breiten Stromes zu mir herüber; er sagt in seiner Verklärung mit andern Worten eben das, was ich soeben behauptet habe. – O Du, der Du so sicher stehst, mit so vieler Eitelkeit Dich selbst und Deine Vollendung betrachtest, bedenke, daß wir allgesamt nur schwache Sterbliche sind, und so wie Du glaubst, daß ich endlich noch zu Deiner Meinung übertreten werde, so bin ich überzeugt, daß Dich nur Dein Eigensinn hindert, meine Gedanken für richtiger zu halten, als Du bisher getan hast.

Ihr Edlen und Vollendeten! die ihr aus dem verklärten Himmel mit Hohn auf die Welt hinunterseht, und doch so sehr den gefallenen Engeln ähnlich seid! – Glaubst Du nicht, daß ich Deinen ganzen Brief verstanden habe, selbst die Stellen, von denen Du vielleicht glaubtest, ich würde den Sinn, der sie niederschrieb, nicht entdecken? – Warum hast Du mir keine Sylbe von dem verlornen Prozesse meines Vaters geschrieben? – Er ist verloren, und mein Vater und Amalie sind mir auch verloren! – Du konntest es aber nicht unterlassen, mir die Krankheit Deines Vaters zu melden, weil Dir die Hoffnung Deiner baldigen unumschränkten Freiheit zu sehr im Sinne lag; eine heimliche Freude führte bei dieser Stelle Deine Feder, das wirst Du mir nie ableugnen können, wenn Du aufrichtig bist. Um Dich aber vor Dir selbst zu rechtfertigen, gebieten Dir Deine Grundsätze die Wartung des Kranken, die Liebe eines Sohnes für ihn, – o *mehr* kannst Du ja gar nicht tun, Du beweinst dann noch seinen Tod, – und welch ein vortrefflicher Mensch bist Du nicht bei alle dem! – O hinweg mit diesen Grundsätzen, mit allen ähnlich klingendem Galimathias! – Larven, die den Eigennutz verbergen sollen, die der Dünkel erfunden hat, um sich zu verschönern. O glaube mir, man kennt die Menschen, wenn man sich selbst kennt. – Und ich kann Dir auch diesen Eigennutz, diese heimliche Freude nicht verübeln, nur bin ich verdrüßlich, daß Du alles so absichtlich zu verstecken suchst, und mit glänzendem Firnis anzustreichen.

Du ziehst Dich von mir zurück, seit unsre Meinungen sich getrennt haben, und Deine Freundschaft für mich entstand vielleicht bloß, weil ich Deine Eitelkeit nährte. Ich schien ein so schönes Echo von Dir zu werden, eine Kopie von Dir, die das Original nur um so mehr heben sollte, Deine ganze Liebe äußerte sich im Hofmeistern, und eben darum wurdest Du eifersüchtig, weil Du in dem irrigen Wahne standest, ich spreche jetzt die Worte eines andern nach. – O welche Wut hat die Menschen denn besessen, daß sie stets ihre Meinungen verbreiten wollen! – Daß sie aus allen, mit denen sie umgehen,

Spiegel zu schleifen suchen, in denen sich ihre eigne werte Person präsentiert! – Wo ist denn hier die reine, gepriesene Liebe? O ihr Prahler, die ihr euch selber so augenscheinlich widersprecht!

Ach, wenn ich den trüben Strom meiner Erfahrungen hinuntergehe, und daran denke, aus wie seltsamen Vorfällen sich so oft mein Leben zusammenfügte! Wie gedemütigt stehe ich dann an denselben Plätzen, an denen ich mich ehemals so groß und edel fühlte, bloß weil ich mir selber meine innern Empfindungen abstritt. – Eitelkeit, sagt' ich, verband uns vielleicht, und ich möchte jetzt hinzusetzen, daß ich nicht mehr daran zweifle.

Erinnerst Du Dich noch des Tages, an welchem zuerst aus einer langweiligen Bekanntschaft unsre sogenannte Freundschaft entstand? – Wir waren auf einem Spaziergange, es war ein schöner Tag, und wir bestiegen den Berg, auf welchem schauerlich und wild die Ruinen eines alten Schlosses liegen. – Du klettertest mir mit jugendlichem Mute voran, um mich in der Kühnheit zu übertreffen, und mein Wetteifer vermehrte sich mit Deiner Geschicklichkeit. Wir standen oben, und sahen mit Entzücken in die romantische Gegend hinab; ich hatte Dich bewundert, aber Dir war es noch nicht genug, Du stelltest Dich jetzt auf den äußersten Punkt eines hervorragenden, zerbröckelten Gesteins, so daß mir hinter Dir schwindelte. Ich sah Dich frei in der Luft schweben, und eine unbegreifliche Lust ergriff mich, Dich von der Spitze des Felsen in die Tiefe hinunterzustoßen; je mehr ich mich dieser Begierde erwehren wollte, desto heftiger ward sie in mir; endlich um mich selbst zu überwältigen, riß ich Dich mit gewaltigen Armen zurück, und schloß Dich an meine Brust, und weinte laut; Du weintest mit, denn Du glaubtest, meine Tränen wären nur Zeugen meiner Liebe, meiner Besorglichkeit für Dich; – und so band Dich ein bloßer, schrecklicher Irrtum an mich. Hätte ich Dir mein Gefühl gestanden; so hättest Du mich mit Abscheu zurückgestoßen, und einen verworfenen Menschen genannt: Du wärest von dem Augenblicke an mein Feind geworden. – Aber jetzt gesteh' ich Dir dies Gefühl, weil Du doch immer so strenge Wahrheit verlangst; wie sich dieser ganze Brief in dem verkleinernden Glase Deiner Seele abspiegeln wird, kann ich nicht berechnen. – Wer sich selbst etwas näher kennt, wird die Menschen für Ungeheuer halten. – Lebe wohl. –

6

Mortimer an Eduard Burton

Roger-place in Hampshire.

Ich vereinige meine mit Amaliens Bitten, um Sie zu bewegen, uns mit Ihrer Schwester hier auf einige Tage zu besuchen. Ich finde mich hier außerordentlich glücklich und froh. – Ach, lieber Freund, folgen Sie meinem Beispiele, verlieben Sie sich, und heiraten Sie dann, dies ist die schönste Epoche, das fühl' ich jetzt innig, die der Mensch erleben kann. Mag man doch vom Genusse der Philosophie und von den wunderbaren Empfindungen, die uns das Studium der schönen Wissenschaften gewähren soll, sprechen, was man will, es gibt immer Augenblicke im Leben, in denen der Mensch die Leere fühlt, die ihn dabei umgibt, wie wenig alle seine Beschäftigungen mit ihm selbst zusammenhängen. Aber wenn zwei Seelen miteinander verbunden sind, und der eine den andern mit jedem Tage mehr versteht, und sich ihr Band immer fester schlingt, wenn man selbst neue Schwachheiten entdeckt, und dabei doch sieht, wie innig diese mit den Vortrefflichkeiten zusammenhängen, – o so fühlt man sich fest an diese Erde gekettet, auf der man vorher nur Gast und Fremdling war. Der Baum, der schon verdorren will, und den der Gärtner nun plötzlich in andere fruchtbare Erde setzt, so daß sich seine Wurzeln mit neuer Kraft ausstrecken und durch den Boden schlagen, diesem Baume muß ohngefähr so zumute sein, wie mir jetzt gegen ehedem in meinem freien Stande war, als ich mich noch für nichts, als für mich selbst interessierte.

Lächeln Sie immerhin über mich, was tut es mir? Nennen Sie mich einen Schwärmer, und ich will Ihnen danken. Zeigen Sie mir den Menschen, der im Grunde nicht schwärmt, wenn er sich froh und glücklich fühlt.

Ich weiß es selbst recht gut, daß, so wenig ich auch eigentlicher enthusiastischer Verliebter bin, ich doch selbst nach einigen Monaten noch etwas kälter sprechen werde, als jetzt; aber wahrlich bloß darum, weil ich mich dann an mein Glück schon etwas gewöhnt habe, nicht, weil ich es weniger innig fühlen werde. – Ach, wir wollen lieber die ganze Untersuchung fahrenlassen, so sehr der Mensch auch dahin neigt, alle seine Empfindungen zu zergliedern, ob sie es gleich nicht vertragen wollen.

Daß die meisten Leute in einem bejammernswürdigen Irrtume ihre Sinnlichkeit für hohe Liebe und für das Ebenbild der Gottheit halten, ist gewiß, und hat mir selbst ehedem zu manchen witzigen Einfällen Gelegenheit gegeben: aber die Zeit ist jetzt vorüber, wo mir der höhere Mensch nicht denkbar war, der beide Empfindungen in eine verbindet, und eben dadurch beide veredelt. Wenn der Mensch sich in keiner Stunde durch diese Verbindung gestört fühlt, dann glaub' ich hat er seine schönste Vollendung als Mann erhalten, er ist über niedriger Wollust und über schaler, fein ausgesponnener und langweiliger Zärtlichkeit gleich weit erhaben.

Mein Landsitz begrüßte uns mit einem der schönsten Tage, als wir hieher zogen, und das Wetter ist sich seitdem fast gleich geblieben. Ich lerne mich jetzt in die Reize des Landlebens und einer schönen Einförmigkeit ein, die in der Ferne oft so langweilig aussieht, aber nur deswegen, weil sie nicht wie eine Weihnachtspyramide mit Freuden ausgeputzt ist, die ins Auge fallen; aber der stille, leise Genuß, der unser Herz ausfüllt, ohne daß es selbst der Gegenstand unserer Liebe weiß, dies ist eigentlich die reinste Freude dieser Erde, durch keine

Worte und durch kein Klapperwerk entweiht. Candaules fühlte sich gewiß nicht glücklich, als er durchaus einen Zeugen seines Glückes haben wollte: in den meisten Fällen ist eine solche stürmende Prunkglückseligkeit nur Eitelkeit; wir sind nur glücklich, damit uns andere beneiden sollen. – Hinweg damit, und hinweg mit aller Deklamation darüber! –

Kommen Sie und sehn Sie mich selbst und mein kleines Paradies um mich her; Neid, mehr zu besitzen, Widerstreben gegen eine Eingeschränktheit, die uns doch so wohltätig und nötig ist, diese Laster sind es, die jeden Menschen aus seinem Paradiese vertreiben, das er sonst ungestört genießen könnte: ach, und wer einmal über die glückliche Grenze gekommen ist, dem stellt sich auch ein Engel mit einem feurigen Schwerte entgegen, daß er nicht zurück kann. Unsere vorige Seligkeit sieht dann in der Ferne so dürftig aus, wie mit entblätterten Bäumen und verdorrten Gebüschen. – Leben Sie wohl, Sie sehn schon, daß ich zum Poeten geworden bin.

7

Amalie Wilmont an Emilie Burton

Roger-place.

Mortimer schreibt nach Bonstreet, und ich will also einen Brief an Sie, liebste Freundin, mit einlegen. Ich bin hier außerordentlich froh und gesund, ich wünsche, daß Sie uns hier besuchten, und mit uns die frische Luft und angenehme Gegend genössen. Kommen Sie, sobald Sie können. – Ich bin in große Versuchung gekommen, Ihnen meinen hiesigen Aufenthalt zu beschreiben, weil ich gern schwatze, wenn ich mich so recht glücklich fühle. –

Sehn Sie, vor unserm Hause ist eine große Allee von schönen Bäumen, die weit hinunter gehn, bis sie sich in ein angenehmes Wäldchen verlieren; unter den Bäumen trinken wir des

Morgens Tee, und gehn dann spazieren. Auf der andern Seite des Hauses hat man eine schöne weite Aussicht über Wiesen und Ebenen, die alle so frisch, wie hingegossen daliegen: ich kenne schon alle Dörfer in der Nähe, und so weit mein Auge sieht, bin ich nun zu Hause. Bei unsrer Wohnung ist zugleich ein sehr schöner Garten mit Teichen und niedlichen Brücken, alles so hübsch hell und natürlich, nicht mit Felsen vollgepackt, oder voll ängstlicher dunkler Alleen bergauf und -ab, die einen nur ermüden und ängstigen, und aus denen man sich oft gar nicht wieder herausfinden kann; nein, dieser Garten sieht recht aus wie das Leben eines glücklichen Menschen; dunkle Alleen mit hohen Bäumen, die sich oben wie das Dach einer Kirche wölben, die wie seine ernsten schönen Tage dastehn, in denen er sich und die Zukunft jenseits des Grabes denkt; Blumenstücke, in denen sich immer die Winde jagen, und blaue und rote Schmetterlinge mit ihren breiten Flügeln sich herumtreiben, das Bild seiner launigen Stunden, in denen ohne Zusammenhang eine frohe Empfindung die andre drängt; kleine Gebüsche, die zerstreut wie die heitern Tage umherstehen, wo man sich schon im voraus auf einen andern freut, der so nahe ist, daß man ihn und viele andre bequem mit den Augen abreichen kann.

Und denn die Menschen hier! – Ich gehe sonntags mit großer Andacht in die Kirche, was ich in der dumpfen Stadt niemals konnte. Dort war mir immer, als wenn ich von einem Gefängnisse in das andre ginge. – Aber hier ist alles, selbst die Art, wie man zu Gott betet und ihm dankt, weit natürlicher; man kann sich hier die alten Erzählungen von der großen Frömmigkeit, von der hohen Liebe der Menschen zu Gott und untereinander recht lebhaft denken. – O liebe Freundin! ich fühle, daß ich hier nach und nach weit besser werde, als ich sonst war, ich lerne die Menschen mehr kennen, und liebe sie mehr, ich bin nicht so eitel auf mich, wie wohl sonst in manchen Stunden, weil man sich gar zu leicht von seinen Bekanntinnen drehen und verdrehen läßt, aber ich achte mich hier in der freien Natur mehr, und bin, wenn ich so sagen darf, manchmal ordentlich wie stolz auf mich. – Ich sollte meinen, der glückliche Mensch müßte sich immer so fühlen. – In den ersten Tagen war mir alles hier so einsam, von Eltern und vom Bruder entfernt, alles kam mir wie eine Wildnis vor. – Mortimer, der viel gereist ist, und sich nicht mehr erinnern kann, wie lieb man das Haus hat, wo man geboren ist, lächelte über mich, und dies trübselige Gefühl verlor sich auch sehr bald.

Was mich am meisten froh macht, ist, daß ich nun doch oft Gelegenheit habe, manchen Armen zu trösten, und auf Tage glücklich zu machen. – Ach, wie viel hab' ich oft in London gelitten, wenn ich aus dem Fenster, aus dem warmen Zimmer das Elend der Menschen sah, und gern helfen wollte und nicht konnte. Ich verschenkte oft alles, was ich hatte, und schämte mich innerlich, wenn ich berechnete, wie viel mir mein unnützer Putz, Tapeten, Spitzen und dergleichen Kindereien kosteten, die ich noch alle hätte entbehren können. Ich weinte oft, wenn ich nichts mehr wegzugeben hatte, und gelobte kindisch, wie viel ich einst tun wollte, wenn ich einmal durch einen Zufall reicher würde. – Jetzt sind mir die Gemälde des Jammers aus den Augen gerückt, und ich bilde mir ein, daß plötzlich alle getröstet sind, und im Überflusse leben, weil ich sie nicht mehr vor mir sehe. Hier hab' ich freiere Hand, weil ich mehr dazu anwenden darf, und weniger Gegenstände meines Mitleids finde. Es ist das schönste Gefühl, einen Armen wieder auf einen Tag beruhigt zu haben, der wie eine lange Wüste vor ihm lag, durch die er noch wandern müßte. Die Männer sind doch seltsame Wesen! Mein Mortimer gehört nicht zu den härtesten, und doch scheint er in manchen Stunden für die kleinern Empfindungen ganz gefühllos. Ich hatte neulich einen ordentlichen Streit mit ihm. Schon seit einigen Wochen trieb sich hier eine arme Französin herum, sie schien aus einem guten bürgerlichen Hause, und erzählte viel von ihren Eltern, die ihr früh in der Jugend gestorben waren, und von mancherlei Unglücksfällen, die sie seitdem erduldet hatte. Ich will gerne glauben, daß manches davon erdichtet war; aber verdient ein Unglücklicher darum weniger unser Mitleid, weil er es nicht jedem Fremden vertrauen will, durch welche Schwächen er so unglücklich ward? Ich dachte mich in die Lage der Frau hinein, und wollte sie in meine Dienste nehmen, aber Mortimer setzte sich dagegen, und zwar aus keinem bessern Grunde, als weil sie ausgezeichnet häßlich und dabei einäugig sei, er sagte, daß er einem solchen Wesen nie trauen könne. – Bedenken Sie, liebe Emilie, bloß weil sie häßlich war! – Aber ich gab mich nicht eher zufrieden, bis mein kleiner Eigensinn die Oberhand behalten hatte; und so ist jetzt die Düpuis, oder Charlotte, wie wir sie auch nennen, Aufwärterin in meinem Hause. – Wollten wir alle Physiognomien, die uns nicht anziehen, als fremde, widerwärtige Wesen betrachten, wie oft würden wir da ungerecht sein! – Aber ich muß aufhören zu schwatzen; leben Sie wohl, teure Freundin. –

8

Eduard Burton an Mortimer

Bonstreet.

Ich beneide Ihnen Ihr ruhiges, anspruchloses Glück, und wünschte, ich könnte ein Zeuge davon sein, aber die Krankheit meines Vaters, die mit jedem Tage bedenklicher wird, vernichtet alle ähnliche Plane und Entwürfe. Sein mürrisches Wesen, mit seiner Schwachheit verbunden, der Groll, den er auf die ganze Welt geworfen hat, verderben mir alle Laune; indessen trag' ich diese Schwächen des Alters gern, und sehe alles nur als eine notwendige Äußerung seiner Krankheit an. – Aber dann hat mir noch ein Brief von Lovell so alle Munterkeit, alle Energie des Herzens genommen, daß ich mich recht innig bedrängt fühle, von tausend Empfindungen angefallen, die ich bisher gar nicht kannte. Ich bemerke jetzt zuerst einen ungeheuren Irrtum, der mich durch mein ganzes Leben begleitet hat, der jetzt zum erstenmale in seiner ganzen Gräßlichkeit auf mich zutritt; ich fühle es, daß ich bisher einsam gelebt habe, und meinen Schatten für meinen Freund hielt, und ihn liebte; sind wir denn alle nicht vor dieser Selbsttäuschung gesichert, daß wir unsere Empfindungen in andre übertragen, und so uns nur selbst aus ihnen herauslesen? – Ich lege Ihnen Lovells Brief bei; bis jetzt konnte ich mir ihn bei jedem Briefe recht lebhaft vorstellen, ich sah im Geiste alle den jugendlichen Leichtsinn, gepaart mit der Reue und einer innern Langeweile, wie er dann von neuem noch lauter in seine Harfe schlug, und mir noch poetischer schrieb, um sich selbst zu betäuben; ich sah jede Miene und Gebärde, und nahm darum nicht alles ganz so ernsthaft, wie es auf dem Papiere stand. Aber plötzlich ist mir Lovell ganz fremd geworden, er hat gleichsam die ganze Larve abgenommen, und erscheint nun in seiner natürlichen Gestalt; dieser Menschenhaß, diese Verachtung seiner selbst, die nur aus Bewußtsein der Verworfenheit entstehen kann, dies Geständnis – o sagen Sie, würden Sie für einen solchen Menschen je einen freundschaftlichen Zug empfinden können? *Diesen* Brief kann ich unmöglich beantworten, denn ich würde keine Worte finden können; und wozu auch die Antwort, da ich es innig fühle, daß er mich ganz und auf ewig von William getrennt hat? Eine Frau, die ihren Mann geliebt hat, kann den Scheidebrief nicht mit einer tieferen Rührung betrachten, als mit der ich diesen Brief ansehe. – Oder, sagen Sie, Mortimer, sollte es möglich sein, daß dies nur ein Gemälde des Menschen sei, und daß jeder nur die Seiten zeige, die der Zufall bei ihm herausgetrieben hat? – Aber nein, es ist nicht möglich, könnt' ich mich davon überzeugen, o so würd' ich mich still und beschämt niedersetzen, und heiße Tränen darüber vergießen, daß ich ein Mensch bin, und dann sterben. Aber nein, es ist nicht möglich, kein ähnliches Gefühl hat sich je in mir geregt, nein, die Menschen sind besser, denn ich bin besser, und welche Anmaßung, daß ich eine Ausnahme vom Geschlechte sein sollte? – Und doch will immer noch die Liebe gegen Lovell wieder zu mir zurück! – Ich bin voller Schmerzen und Unruhe; leben Sie recht wohl; den besten Gruß an Ihre Gattin.

9

William Lovell an Rosa

Rom.

Sie haben recht, Rosa, daß uns das Ungewöhnliche und Seltsame sehr oft näher liegt, als wir gemeiniglich glauben, ja, daß es oft mit dem Gewöhnlichen ganz dasselbe ist, nur daß es sich hier in einer andern Beziehung zeigt, als dort. Ich habe soeben den Brief Balders vor mir, und vergleiche ihn mit einigen Ideen meines Vaters, die er kurz vor seinem Tode niederschrieb, und ich finde, daß beide dasselbe nur mit andern Worten sagen, daß ich alles selbst schon außerordentlich oft gedacht, nur niemals ausgedrückt habe. Die verschiedenartigsten Meinungen der Menschen, zwischen denen ungeheure Klüfte befestigt scheinen, vereinigen sich wieder im Gefühle, die Worte, die äußern Kleider der Seele, sind es nur, die sie verschieden erscheinen lassen. Unsre kühnsten Gedanken, unsre frechsten Zweifel, die alles vertilgen, und gleichsam durch eine ungeheure Leere streifen, durch ein Land, das sie selbst entvölkert haben, beugen sich wieder unter einem Gefühle, das die verlaßne Wüste wieder anbaut. Die verschiedenen Gedankensysteme der Menschen sind nur zufällige Kunstwerke, die jeder sich so oder so aufbaut, und mit diesen oder jenen Zieraten aufputzt, je nachdem es ihm gutdünkt. So wie dieser die Tragödie, jener die Komödie liebt, ein andrer das lyrische, ein andrer das didaktische Gedicht; so macht sich der eine die stoische, der andre die akademische oder epikurische Philosophie zu eigen; aber alles sind nur die Außenwerke des Menschen, das Gefühl ist er selbst, das Gefühl ist die Seele, der Geist, die Philosophie der Buchstabe dieses Geistes; tote Zeichenschrift, wenn der Mensch sich nicht am Ende über alle Philosophie und Systeme, selbst über das System der Systemlosigkeit erhebt. Dieses Gefühl stößt so Zweifel als Gewißheit um, es sucht und bedarf keiner Worte, sondern befriedigt sich in sich selbst, und der Mensch, der auf diesen Punkt gekommen ist, kehrt zu irgend einem Glauben zurück, denn Glaube und Gefühl ist eins: so wird selbst der wildeste Freigeist am Ende religiös, ja er kann selbst das werden, was die Menschen gewöhnlich einen Schwärmer nennen, und wobei sich die meisten, die das Wort aussprechen, nichts denken. Irgend ein Glaube drängt sich der Seele auf, bei allen Menschen ein und eben derselbe, nur erscheint er verschieden, weil ihn die grobe, unbeholfene Sprache entstellt. – Und wenn es kein Gefühl in uns geben kann, das uns nicht auf Wirklichkeit hinweist, das nicht mit dem wirklichen Dinge gleichsam korrespondiert, so läßt sich aus dem Hange zum Wunderbaren gewiß weit mehr folgern, als man bisher getan hat. Das Bewußtsein unsrer Seele und der tiefe innige Wunsch nach Unsterblichkeit, das Gefühl, das uns in ferne unbekannte Regionen hinüberdrängt, so daß wir uns eine Nichtexistenz gar nicht denken können, diese Gefühle sprechen am lautesten und innigsten für das Dasein der Seele, so wie für ihre Fortdauer. – Aber wenn ich nun diesen überzeugendsten von allen Beweisen auch auf die Existenz der Gespenster, auf das Dasein von ungeheuren Wundern und Schrecklichkeiten anwenden wollte? Und lasse ich ihn hier fallen, so fällt er dort von selbst. – Und was nennen wir denn *Wunder*? Die Menschen bezeichnen damit bloß das Ungewöhnliche, nicht das an sich Wunderbare, denn in manchen Stunden könnt' ich mich vor einem Baume, einem Tiere, ja vor mir selbst innerlich entsetzen. – Wer sind die fremden Gestalten, die mich umgeben und so bekannt mit mir tun? Mein Auge hat sich von meiner Kindheit an sie gewöhnt, und mein Sinn sich vertraulich an ihre Formen geschmiegt; aber wenn ich diese Bekanntschaft aufhebe, und sie mir als neu und zum erstenmale gefunden vorstelle? – O und wer bin ich selbst? – Wer ist das Wesen, das aus mir heraus spricht? Wer das Unbegreifliche, das die Glieder meines Körpers regiert? Oft kommt mir mein Arm, wie der eines Fremden entgegen; ich erschrak neulich heftig, als ich über eine Sache denken wollte, und plötzlich meine kalte Hand an meiner heißen Stirn fühlte. – Ich erinnre mich aus meiner Kindheit, daß uns die weite Natur mit ihren Bergen in der Ferne, mit dem hohen gewölbten blauen Himmel, mit den tausend belebten Gegenständen wie mit einem gewaltigen Entsetzen ergreifen kann; dann streift der Geist der Natur unserm Geiste vorüber, und rührt ihn mit seltsamen Gefühlen an, die wankenden Bäume sprechen in verständlichen Tönen zu uns, und es ist, als wollte sich das ganze Gemälde plötzlich zusammenrollen, und das Wesen unverkleidet hervortreten und sich zeigen, das unter der Masse liegt und sie belebt; wir wagen es nicht den großen Moment abzuwarten, sondern entfliehn, ohne hinter uns zu sehen, und halten uns an einer von den tausend Kindereien fest, die uns in den gewöhnlichen Stunden interessieren. – Oft ist mir jetzt, als wollte das Gewand der Gegenstände entfliehen wie von einem Sturmwinde ergriffen und ohnmächtig fällt mein Geist zu Boden, und die Gewöhnlichkeit kehrt an ihre Stelle zurück. In uns selber sind wir gefangen und mit Ketten zurückgehalten; der Tod zerreißt vielleicht die Fesseln, und die Seele des Menschen wird geboren. –

Aber sagen Sie mir, Rosa, warum mir sonst diese Gedanken fern blieben, ob sie gleich in mir lagen? Warum ich Balders Worte damals nicht verstand, ob sie ihm gleich im stillen mein Geist nachsprach, so wie er sie schon lange vor ihm so gesprochen hatte? Warum sind wir uns selbst oft so fremd, und das Nächste in uns so fern? Wir sehn oft in uns hinein, wie durch ein künstlich verkleinerndes Glas, das die Hand, die ich mir vorhalte, tausendmal kleiner macht, und wie auf hundert Fuß von mir entrückt. –

10

Rosa an William Lovell

Rom.

Ich kann Ihre Frage nicht so beantworten, lieber Freund, daß Sie mit meiner Antwort zufrieden sein werden. Die Gedanken und Empfindungen drehen sich im Menschen wie zwei Zirkel herum, die sich in einem Punkte berühren, an diesem wissen wir nicht zu unterscheiden, was Idee und Gefühl ist, und wir halten uns dann für vollendet. Die Zirkel drehn sich weiter, und wir glauben uns dann wieder verständiger, weil wir beides zu sondern wissen. Der Mensch ist sich selbst so rätselhaft, daß er entweder gar nicht über sich nachdenken, oder aus diesem Nachdenken sein Hauptstudium machen muß: wer in der Mitte stehenbleibt, fühlt sich unbefriedigt und unglücklich. – Ich sinne oft dem Gange meiner Ideen nach, und verwickele mich nur um so tiefer in diese Labyrinthe, je mehr ich nachsinne. So viel ist gewiß, daß wir gewöhnlich viel zu sehr den gegenwärtigen Moment vor Augen haben, und darüber unser ganzes voriges Leben außer acht lassen; die gegenwärtige Empfindung verschlingt alle früheren, und die jetzige Idee macht, daß uns alle vorhergehenden nicht mehr als Ideen, sondern als kindische ungeschickt entworfene Skizzen erscheinen. Daher leugnen wir uns so oft unsre innerste Überzeugung ab; und so wie der Mörder den noch halbbelebten Leichnam ängstlich mit Erde bedeckt, so verscharren wir mutwillig Empfindungen, die sich in uns zum Bewußtsein emporarbeiten wollen. – O, wenn wir doch Teleskope erfinden könnten, um in das tiefe Firmament unsrer Seele zu schauen, die Milchstraße *der* Ahndungen zu beobachten, die nie unserm eigentlichen Geiste näher rücken, sondern wie Nebelflor die Sonne in uns verdunkeln, ohne daß man sagen kann: jetzt geschieht es!

Die Träume sind vielleicht unsre höchste Philosophie, die Schlüsse der Schwärmer sind für uns deswegen vielleicht unverständlich und lückenvoll, weil wir es nicht begreifen, wie in ihnen Vernunft und Gefühl vereinigt ist. So kömmt mir das jetzt ehrwürdig vor, was ich noch vor einem halben Jahre belachte, und ich möchte jetzt manchmal über das lächeln, was mir damals so wichtig erschien. – Es ist nichts in uns Festes, lieber William, mit unsrer veränderten Nahrung werden wir andere Menschen; je nachdem unser Blut schnell oder langsam fließt, sind wir ernsthaft oder lustig; sollten alle diese Erscheinungen von gar keinem Gesetze in oder außer uns abhängen, wie wenig Wert hätten dann die jedesmaligen Resultate! – Doch oft scheint das äußerlich Zufall, was eine lange berechnete innerliche Notwendigkeit war; und so gleicht der Mensch vielleicht den Trauerspielen ihres Shakespeare, wo, wie Sie mir selber oft gesagt haben, der Schluß so oft von einem plötzlich eintretenden Vorfalle abzuhängen scheint, da er doch schon in den ersten Versen des Stücks, in allen Kombinationen gegründet liegt, und daher notwendig war.

Wir übersehn immer nur die Stelle unsers Lebens, auf der wir stehn, und alle unsre Gedanken, Empfindungen und Handlungen sind nur auf dieser Stelle einheimisch, jeder steht anders, alle Gesinnungen brechen sich in verschiedenen Richtungen, und laufen nur für den geradeaus, in dem sie sind; daher wollen wir, wenn wir nichts anders sein können, nachsichtig sein, und nicht den Nachbar beurteilen und tadeln, der uns von unserm Standpunkte vielleicht in einer seltsamen Verkürzung erscheint. –

11

William Lovell an Rosa

Rom.

Es müßte nichts schöner sein, als sich selbst recht genau kennen zu lernen, und, lieber Freund, wenn man sich recht fleißig beobachtet, warum sollte es der Mensch nicht auch hierin zu einer gewissen mechanischen Fertigkeit bringen können, wie in so manchen andern Sachen, die uns doch so durchaus geistig vorkommen? so daß wir am Ende eine Festigkeit des Blickes erhalten, der die ungewissen, flatternden Gestalten fest und stehend werden läßt. Mir sind wenigstens seit einiger Zeit tausend Sachen aus den fernsten Jahren, aus den verworrensten Gemütsstimmungen eingefallen, an die ich bisher entweder gar nicht dachte, oder sie mir doch nicht so deutlich auseinandersetzen konnte. Man steigt vielleicht immer höher, alles erscheint dann immer mehr als Zufälligkeit, was wir jetzt als unser Wesen betrachten, bis wir uns unserm eigentlichen Selbst immer mehr nähern, je mehr wir unser jetziges Selbst aus den Augen verlieren. – Wenn ich manchmal in der Abenddämmerung sitze und über mich sinne, da ist es manchmal, als schwingt sich mir etwas im Herzen empor, ein Gefühl, das mich überrascht und erschreckt und dabei doch so still und selig befriedigt: ich greife dann mit dem Gedächtnis, wie mit einer Hand darnach, um es mir selber aufzubewahren. Aber sonderbar, Rosa, es ist *in* mir, und verschwindet mir dann doch gänzlich wieder, so daß ich seiner nicht habhaft werden kann. Alle meine Gedanken stehn mir zu Gebot, alle meine Erinnerungen und Anschauungen; aber dies ist ein Gefühl, das feiner und geistiger ist, als alles übrige; aber *was* ist es und *woher* kömmt es und *wohin* geht es, wenn es nicht mehr in mir bleibt? – Sollten diese Zustände vielleicht ebenso in uns sein, wie das Sonnenlicht in einer gläsernen Flasche, das kömmt und geht, so wie die Wolken ziehn; sie kann nichts dazu tun, und bildet sich doch vielleicht ein, alles wären nur Erleuchtungen, die sie willkürlich in sich selbst hervorbrächte.

Wie mag es überhaupt wohl um unsre Willkür stehn? Wer weiß, was es ist, was uns regelt und regiert, welcher Geist, der außer uns wohnt, und nur allmächtig und unwiderstehlich in uns hineingreift. Aus meinen Kinderjahren fallen mir manche Tage ein, wo ich unaufhörlich etwas Greuliches und Entsetzliches denken mußte, wo ich statt meinem stillen Gebete Gott mit den gräßlichsten Flüchen lästerte und darüber weinte, und es doch nicht unterlassen konnte, wo es mich unwiderstehlich drängte, meine Gespielen zu ermorden, und ich mich oft schlafen legte, bloß um es nicht zu tun, – nun Rosa, damals war ich gewiß unschuldig und unverdorben, und doch war diese Entsetzlichkeit in mir einheimisch, – *was* war es denn nun, das mich trieb, und mit gräßlicher Hand in meinem Herzen wühlte? – Mein Wille und meine Empfindung sträubten sich dagegen, und doch gewährte mir dieser Zustand wieder innige Wollust. –

O wir sollten überhaupt zu unsern Kinderjahren in die Schule gehn, und das lernen, was wir so gern verlernen, und es dann mit nichtiger Eitelkeit die Ausbildung unserer Seele nennen. Es ist, als wenn noch ein flüchtiger Schein einer früheren Existenz in die zarten Kinderjahre hineinspiegelte, wie der Widerschein eines Glanzes, bedeutend und doch rätselhaft; wie Töne klingt es herüber, durch die der Wind fährt, die einzeln schallen, und in denen man doch Zusammenhang wahrnimmt.

Als Kind träumt' ich einst, die ganze Welt ginge unter, und aus allen den ungeheuren Massen schmolzen einzelne Töne heraus, die sich nun durch den leeren Raum spielend bewegten und umeinandergaukelten, und sich verschlangen und bunt durcheinanderwühlten. Bald versank der helle Ton in den tiefern, und denn erklang ein wunderbares Gemisch; bald spaltete sich ein dumpfer tiefer Klang, wie ein Farbenstrahl in viele helle Streifen, die wie Sonnenstrahlen hochklingend ausfuhren, und wieder in den mütterlichen Ton zurückfielen. Ich hörte das wunderbarste Konzert, das mich in der ungeheuren Leere mit Schwindel erfüllte, so daß ich bald nichts mehr hörte, und in einen tiefen bewußtlosen Schlaf versank.

Ich weiß, daß dies für die meisten Menschen Unsinn ist, aber vielleicht ließe sich in dieser Ahndung der Wahrheit (denn das sind gewiß immer diese Spiele der Phantasie) ein sehr tiefer Sinn erforschen, wenn meine Beobachtung ebenso fein wäre, als der Sinn, der diese Erscheinung hervorbrachte, wenn ich nicht von den Armen des Irdischen zu fest gehalten würde, und sich immer wieder neue Bilder zwischen mein Auge und den beobachteten Gegenstand schöben: kurz, wenn ich mich in einer ebenso glücklichen Himmelsverklärung, in einem ähnlichen Traume kommentieren könnte.

12

Karl Wilmont an Emilie Burton

Roger-place.

Erschrecken Sie nicht, ums Himmels willen nicht, teuerste Freundin, wenn Sie diesen Brief eröffnen und die Unterschrift gewahr werden; lesen Sie ihn lieber zu Ende, und tun Sie, als wüßten Sie nicht von wem er käme; o erstaunen Sie wenigstens so sehr, daß Sie in Gedanken immer weiter lesen, und sich nur beim Schlusse von Ihrer Verwunderung erholen können. Hören Sie mich wider Ihren Willen, so wie ich wider meinen Willen unaufhörlich an Sie denken muß. – Und doch, – *was* werde ich Ihnen nun sagen? – Meine Feder und mein Kopf stockt; ich hatte keine Ruhe, ich wurde hin- und hergetrieben, und eine unbekannte Gewalt mahnte mich, an Sie zu schreiben, – nun gut, und hier sitze ich, und weiß wahrhaftig nicht eine Sylbe, nachdem ich den Anfang niedergeschrieben habe. –

Meine Gedanken wandern von Osten nach Westen und von Süden nach Norden, und gehn nach allen Richtungen, und kommen aus allen Richtungen, wie die Ameisen in den Stock meines Kopfes zurück, und alle schleppen so schwer und mühsam, ich denke wunder welche neue Systeme und Erfindung, welche unendliche Rechnungen und Auflösungen von algebraischen Rätseln sie mit sich führen, die Entdeckung vielleicht, die Meereslänge zu messen, oder den Luftball zu dirigieren, – und wenn ich sie nun am Eingange mustere, so schleppt sich dieser mit Ihrem Bilde, dieser mit einer lahmen Sonette, jener mit einem künstlichen Seufzer, dieser mit einer Anekdote, die Sie irgend einmal erzählt haben, – ach, und können sie mir etwas Schöners bringen? Ich lege alles auf den Winter und die teure Zeit hin, und denke mich in der Einsamkeit daran zu erquicken. Ach, eine bittersüße Erquickung!

Ich möchte manchmal alle Leute, die das Unglück und unsre verdammten Verhältnisse erfunden haben, zum Henker wünschen! Müssen wir denn in dieser öden lumpigen Welt noch so tun, als wenn wir wunder wie viel gewonnen hätten, wenn man uns die schwarzen Brandstellen zeigt, an denen vorher so herrliche Bäume standen? Es ist jetzt in der ganzen Welt ein unglückliches Jahr, ein Mißwachs an Glück, das Unkraut, das zwar auch Blüten hat, hat den Weizen verdrängt, – und keiner von den Arbeitern will es merken, und wenn einer hie und da über die herrliche Ernte die Achseln zuckt, so wird er noch obenein für einen Felddieb erklärt, und mit Hunden gehetzt und mit Verwünschungen verfolgt.

Ich reiste von London hieher, um ruhiger zu werden, und ich bin nun unzufriedener, als je. O Emilie, verzeihen Sie den rauhen Ton meines Briefes, verzeihen Sie den ganzen Brief, ach verzeihen Sie mir, daß ich so unbeschreiblich an Ihnen hange. –

Wir sprechen täglich von Ihnen und von Ihrem lieben Bruder, wir ersetzen uns durch häufige Erzählungen von Ihnen Ihre Gegenwart, so gut wir es können: aber ich denke leider nur desto öfter an Sie, je mehr von Ihnen gesprochen wird, um so mehr fühl' ich Ihre Entfernung. –

Wir pflanzen und säen im Garten, und haben alle eine glückliche Hand. Meine Schwester wird hier ganz zur Bäuerin, und lebt in ihren Stauden und Blumen, und pflegt jeder mit einer mütterlichen Sorgfalt; ich suche indes von einem Ende des Gartens zum andern, im Felde und im benachbarten Walde ein Etwas, das ich selbst nicht kenne; ich strebe Sie zu vergessen, und mich Ihrer recht lebhaft zu erinnern. – Neulich säeten wir alle Kresse, und recht zierlich die Namen unsrer ganzen Familie; ich säete ein E, und gab vor, es sei Ihr Bruder Eduard, Ihnen aber will ich gestehn, daß es *Emilie* war, und sehn Sie meine Freude: mein E steckte zuerst seine kleinen grünen Köpfchen aus der lockern Erde hervor, und sah sich nach mir um, und nun steht es in voller frischer Grüne, schön geschlungen und sanft; ich werde schon sorgen, daß es nicht abgeschnitten werde, sondern mir einbilden, die kleinen Stauden lernen Ihren Namen säuseln, wenn sie größer werden. –

Wie kindisch Ihnen mein ganzer Brief vorkommen mag! Ich schäme mich, denn es ist gewiß der schlechteste, den ich in meinem Leben geschrieben habe, und daß der nun gerade in *Ihre* Hände geraten muß!
Es wird Abend, und mein Trübsinn nimmt zu, je mehr die Sonne hinuntergeht; o noch eine Bitte, teuerste Freundin, wenn Sie diesen Brief zu Ende gelesen haben, so würdigen Sie mich einer kleinen Antwort, wenn es auch nur einige Worte sind, die Sie meiner Schwester einlegen, damit ich doch so stolz sein kann, daß ich etwas von Ihrer Hand besitze, das einzig und allein an mich gerichtet ist.

Ich siegle schnell, und schicke den Brief fort, damit ich mich nicht von neuem schäme.

13

Emilie Burton an Karl Wilmont

Bonstreet.

Ich fühle es zwar recht gut, daß ich nicht schreiben sollte, allein es ist derselbe Fall, wie mit Ihnen, ich tu' es wider meinen Willen. Lieber, seltsamer Freund, warum machen Sie sich mutwillig Ihr Leben so unruhig und freudenleer? Wenn ich Sie überführen könnte, daß Sie unrecht haben, so sollte mich ein sehr langer Brief gar nicht gereuen, aber ich glaube, daß Sie sich selbst alles ebenso gut und noch besser sagen, was ich Ihnen sagen könnte, daher ist meine Weisheit überflüssig. Es ist zwar schon eine alte Bemerkung, daß die Menschen nie so sind, wie sie sein sollten und könnten; allein versuchen Sie es einmal, diese Bemerkung durch Ihre Handlungen zu widerlegen, und Sie werden finden, daß es weit leichter ist, als man gemeiniglich glaubt. Wenn ich mündlich mit Ihnen sprach, waren Sie oft gutmütig genug, mir recht zu geben und zu tun, als hielten Sie sich für überzeugt, aber ich wette, daß Sie jetzt, indem ich Sie nicht sehe, die Achseln über mich zucken. – So sind die Männer, ihre Freundschaft ist Galanterie, und diese Galanterie verbietet ihnen, offenherzig zu sein, weil sie uns für so törigt und schwach halten, daß wir nur Schmeicheleien und Komplimente ertragen können. –

Mein Vater ist sehr schwach, und ich bin sehr um ihn besorgt: dieser Kummer hat mir alle gute Laune geraubt.

Sehn Sie, wie freigebig ich bin! Sie verlangten nur einige Worte, und ich schicke Ihnen einen ganzen Brief, der noch überdies moralischen Inhalts ist. – Grüßen Sie Ihre liebe Schwester, und leben Sie recht wohl.

14

Willy an seinen Bruder Thomas

Paris.

Lieber Bruder, mir kömmt nun unser liebes England schon ganz nahe vor, so weit es mir auch bei meiner ersten Reise war. Ich bin jetzt schon wieder in Paris, und meine übrige Reise ist mir nur noch wie ein Traum. Ach lieber Bruder, es war mir alles recht sonderbar, als ich wieder durch dieselben Gegenden und Steingebirge reiste, durch die ich mit meinem Herrn Lovell gefahren bin; oft war ich so in Gedanken, daß ich meinte, ich reise noch mit ihm, und dann war ich so zutraulich und behende mit dem Franzosen, wie mit meinesgleichen. Ich wurde recht betrübt, wenn ich dann beim hellen Scheine der Lichter das fremde Gesicht sah, und ich hatte dann ein ordentliches Heimweh nach meinem Herrn, wenn er mich auch nicht mehr liebt.

Sei nicht böse über mich, lieber Bruder, wenn ich mich so gar sehr darauf freue, Dich wiederzusehn; ich kann es ebenso wenig leiden, wie Du, wenn alte Leute sich wie die Kinder gebärden, es ist auch gar nicht mein Fall, und ich mache immer nur so viel unnützes Geschwätz, weil ich zu dem Rechten, was ich Dir sagen will, die Worte nicht finden kann. Es ist doch mit dem Menschen eine kuriose Einrichtung! Ich kann überhaupt mit dem Sprechen und Schreiben noch immer nicht recht ins reine kommen, es laufen mir immer tausend Worte aus dem Munde heraus, die ich nicht haben wollte, und das sind die unnützen Worte, die ich so wenig wie ein andrer Mensch gebrauchen kann, die echten und gediegenen aber sitzen mir inwendig fest, und wollen sich nicht losarbeiten. Noch närrischer ist es, daß ich manchmal wohl auch so einen recht vernünftigen Brocken herausbringen könnte, aber dann ist mir, als wenn ich mich ordentlich schämte, so gescheut wie andre Menschen zu sein, und ich rede denn lieber dumm, um nur die Last wieder loszuwerden. Ich glaube, Thomas, es gibt mehr solche Leute, wie ich bin, und die Anzahl der Dummen ist nicht so groß, als man gewöhnlich glaubt, drum hab' ich auch immer einen ordentlichen Respekt vor jedem einfältigen Menschen, weil ich immer meine, er trägt unter seinem schlechten Überrocke ein kostbares Unterfutter.

Wenn ich erst zu Hause bin, und Dich besuche, will ich Dir sehr viel von meiner Reise erzählen. Das ist denn doch am Ende meine ganze Freude, die ich in der langen Zeit gehabt habe.

Hier in Paris bin ich ordentlich wie zu Hause, so bekannt ist mir noch alles, und alles ist noch gerade so, wie damals, als ich hier war. Es ist eine närrische Gotteswelt, in der wir leben, und sie könnte gewiß besser sein, wenn alle Menschen sich nur für Arbeiter in dem Weinberge hielten, aber alle wollen essen, und viele tun doch gar nichts, sondern verderben noch im Gegenteile die Reben, und stören andre Menschen in der Arbeit; und das soll denn heißen, daß sie den ganzen Weinberg regieren und in Ordnung halten.

Je mehr die Menschen nach obenhin klettern, je mehr vergessen sie, daß sie auch nur Menschen sind, sie kennen dann ihre armen Brüder nicht mehr, und Gott nicht mehr. Die Gottesfurcht wohnt überhaupt nur bei den armen und geringen Leuten, die haben sie als ein ordentliches Privilegium und wie ein Schmerzengeld, weil sie viel irdische Übel zu leiden haben; sie dürfen sich auch in ihrem Stande der Furcht des Herrn nicht schämen; sie ist ihr einziger Hausrat und bestes Einkommen. – Ich denke an alle die Sachen, weil ich Dir schon damals schrieb, lieber Bruder, daß es mir hier nicht gefalle. Jetzt geh' ich nun in keine Komödie, aber es tut mir auch gar nicht leid. Wenn die Leute, die da so mit Bequemlichkeit über eine Prinzessin weinen, die ihren Galan nicht heiraten soll, nur wüßten, wie viel und größeres Elend es in der Welt gibt. Aber darum wollen sie sich nicht bekümmern, und es rührt keinen, weil die armen Menschen nicht so geputzt sind, und sich nicht mit so schönen Reden aussteuern können.

In die Kirchen darf ich nicht allzugut hineingehn, sonst würd' ich es öfter tun; aber ich könnte mir bei Gott eine Verantwortung zuziehn, und die Musik, das Messelesen und die abgöttischen Gebräuche könnten auch meinem Glauben einen heimlichen Schaden beibringen; denn welcher Mensch kann so ganz und gar für sich gutsagen? Meidet das Böse, so werdet ihr mit ihm in keine Bekanntschaft geraten; und so hätte mein Herr William nur immer denken sollen, so wäre er gewiß noch derselbe fromme Herr, der er war. Sieh, lieber Bruder, da hast Du nun wieder solch weitläuftiges und einfältiges Geschwätz von mir, wie ich es nicht besser habe machen können. Gott segne Dich und erhalte Dich gesund, denn in einigen Wochen bin ich bei Dir!

Willy, Dein Bruder.

15

William Lovell an Rosa

Rom.

Ich war durch unser gestriges Gespräch außerordentlich erhitzt, und ging, wie berauscht, nach Hause. Es waren so viele der fernsten Erinnerungen in mir geweckt, die noch immer in wiederholten Gängen durch meinen Busen zogen. Es ist manchmal, als wollte sich das Rätsel in uns selber aufschließen, als sollten wir plötzlich die Anwendung aller unsrer Empfindungen und seltsamen Erfahrungen kennen lernen. Die Nacht umgab mich mit hundertfachen Schauern, der monderhellte durchsichtige Himmel wölbte sich wie ein Krystall über mir, und spiegelte die seltsamsten Empfindungen wie Schatten in diese Welt hinein. – Rosalinens wehmütige Gestalt war mit unter den bunten Schatten, sie ging neben mir, und verlor sich im krausen Dunkel jedes Baums, und stand im hellen Mondscheine wieder da: wie Tapeten voll seltsamer Geschichten gewirkt, hing die ganze Natur um mich her. Vergangenheit und Zukunft waren auf eine wunderbare Weise dargestellt, ich ahndete eine Menge von trüben und fröhlichen Empfindungen gleichsam im voraus.

Es fällt mir oft ein, warum ich gerade so und nicht anders empfinde, und warum ich vorzüglich auf diese Frage geführt bin, die mir gewiß in keiner andern Seelenstimmung beifallen würde. Die Vorstellung unsrer Individualität ist die seltsamste, die uns überraschen kann.

Ich bin äußerst begierig, nun endlich den wunderbaren Mann kennen zu lernen, von dem wir fast täglich gesprochen haben. Ich kann mir sehr gut einen Menschen vorstellen, der eine unumschränkte Gewalt über alle Gemüter hat, die ihn umgeben; aber es muß das interessanteste Studium sein, einen solchen näher kennen zu lernen, selbst zu fühlen, auf welche Art er an unsern Ideen und Gefühlen reißt, und sich so gleichsam zu ihm hinaufzuheben, indem wir lernen, wie er auf uns würkt, und er begreift, wie er auf uns würken kann. Ich wünsche seine Bekanntschaft, und fürchte mich doch vor unsrer ersten Unterredung. Sie haben gewiß viel zu freundschaftlich das Wort geführt, und er findet mich vielleicht einfältig und abgeschmackt, denn so sehr ich auch eine Zeitlang die höhere Achtung vor allen Menschen hatte, so war es mir doch leichter, mit ihnen umzugehn, und mein Benehmen freier, als jetzt, da ich die meisten verachte. Wenn ich einen Mann von Verstand zum erstenmale sehe, bin ich leicht in Verlegenheit, ich fühle mich so entfernt von ihm, die fremde Art, dieselben Gedanken, die ich habe, zwar auch zu denken, aber in seinen Begriffen anders zu ordnen, macht mich verwirrt, und durch die Bemühung, mich ihm recht verständlich zu machen und näher zu bringen, werd' ich immer weiter von ihm entfernt, vorzüglich aber, wenn ich noch obenein bemerke, daß er sich nach mir bequemen will. – Ich wollte, man könnte sich immer erst nach einigen Vorreden kennen lernen, so wie man manche Schriftsteller nur nach einigen vorausgeschickten, allgemeinen Ideen verstehen kann. – Leben Sie wohl.

16

Rosa an William Lovell

Ihre Besorgnisse, lieber Freund, sind ungegründet; der Mann, von dem wir gesprochen haben, gehört nicht zu jenen verständigen Leuten, die mit dem Fragmente ihrer Vernunft so ungeschickt umgehn, es so linkisch handhaben und widerwärtig regieren, daß man von ihrer Aufklärung keinen Genuß empfängt, sondern nur Verworrenheit der Begriffe, und Resultate, die fremd und unpassend unter den eigenen Mobilien unsers Gehirnes stehen. Diesem Manne wird es leicht, sich alle Gedanken, selbst die entferntesten, zu vergegenwärtigen, und sie zu seinen eigenen zu machen, für ihn gibt es keine *fremde* Seele, und darum behandelt er keine mit der Verachtung, die wir so oft an andern sogenannten verständigen Menschen, mit so tiefem innerlichen Widerstreben gewahr werden. Wenn ich Ihnen sage, daß er Sie vielleicht schon besser kennt, als Sie glauben, so ist dadurch wahrscheinlich alle Ihre Furcht gehoben, und damit Ihre Bekanntschaft nicht beim erstenmale jene steife, widerwärtige Art erhalte, mit der man nach hergebrachten Formeln, wie in einem Spiele, sich seltsam genug die gegenseitige Vertraulichkeit abgewinnen will, so sollen Sie ihn auf einem Spaziergange treffen, wenn Sie heut abend nach Sonnenuntergange die Ruinen vor dem Kapenischen Tore besuchen.

Leben Sie wohl.

17

William Lovell an Rosa

O Freund, welche seltsame Nacht hab' ich gehabt! welche Empfindungen hab' ich kennen gelernt! – Wie verhüllte Spiegel hing es in meinem Innern, heut ist der Vorhang hinuntergezogen, und ich erblicke mich selbst in veränderter Gestalt, und tausend seltsame Gegenstände um mich her.

Ich kann immer noch nicht zur Ruhe und zur Besinnung kommen; ich weiß noch immer nicht, was ich denke oder schreibe; ich liege noch wie in einem Traume, und hefte mein Auge auf das Papier und die hingeschriebenen Worte, um zu erwachen.

Ein andermal, morgen will ich Ihnen erzählen, wenn ich etwas beruhigter bin. Ich werfe mich ins Bette, um mich vor dem Grauen zu verbergen, das mir nachschleicht.

18

William Lovell an Rosa

Rom.

Ich habe zu Ihnen geschickt, und vom Boten leider vernehmen müssen, daß Sie schon wieder nach Tivoli abgereist sind, ich hätte Sie so gern gesprochen und Ihren Rat und Beistand erbeten.

Ich habe in dieser Nacht nur wenig geschlafen, und bin im Schlafe von unangenehmen Träumen verfolgt. Ach Freund, ich kann Ihnen unmöglich sagen, was ich alles empfunden und gelitten habe, mir ist, als wenn sich vom gestrigen Abende eine Epoche durch mein ganzes künftiges Leben ausstrecken würde, viele Ahndungen sind mir näher getreten, und tausend ungewisse Zweifel haben sich inniger mit meiner Natur verbunden.

Ich ging vor das Kapenische Tor. Der letzte Schimmer der Abendröte glänzte in dem durchsichtigen Moose, das an den Ecken der Gebäude hängt, alles umher vereinigte sich zu großen Massen, und die Schatten kamen immer größer von Osten her, ich wandelte mit stillem Erstaunen und vorbereitender Furcht unter den Ruinen, und dachte an meinen Vater und Rosalinen, und an jene Zeit, als diese Trümmern hier stattliche Landhäuser waren. – O ich bin heut ruhig genug, um Ihnen alles weitläuftig zu beschreiben, das helle Morgenlicht glänzt über mein Papier, und ich schildere Ihnen meine gestrige Empfindung nur wie eine poetische Fiktion.

Ach ist nicht alles nur Erfindung und Gedicht, was vergangen ist? Die Gegenwart ist nur ein Traum, die Vergangenheit dunkle Erinnerungen aus dem Traume, die Zukunft eine Schattenwelt, deren wir uns einst auch nur mit Mühe erinnern werden.

In Rosalinens Fenstern brannte kein Licht, keine Lautentöne erklangen durch die Nacht, keine Schatten bewegten sich auf dem grünen Rasen. Ich konnte es nicht unterlassen, dicht zum verlassenen Hause hinzugehn, und meine Arme, wie in Gedanken, nach dem verödeten Gebäude auszustrekken: ich konnte es nicht begreifen, warum die Hütte jetzt unbewohnt war, alles in meinen Erinnerungen war so ungewiß und doch so quälend, ich trat schnell vom Hause hinweg, und die Welt lag so *dürr* und *ausgestorben* da, ich hörte Menschenschritte, die dumpf und unerquicklich in der Einsamkeit widerhallten, Vögel mit ziehenden Gesängen und rauschende Bäume, alles, alles umher, wie mühsam zusammengebracht, um die Totenstille zu unterbrechen. Jeder Ton hatte seinen Klang verloren, der uns entzückt und begeistert, jeder Gegenstand die Bedeutung, die ihm unsre erhitzte Phantasie beilegt. Die Berge standen fern hin auf wie Totenhügel, das ganze Menschengeschlecht kam mir arm und bejammernswürdig vor, wie sie alle mit den Füßen schon in ihren Gräbern wandeln, und immer tiefer und tiefer untersinken, nach Hülfe schreien, und kläglich die Hände ausstrekken, aber kein Vorübergehender sie hört und keiner sich der armen Verlassenen erbarmt. – Keine Dämmerung und Morgenröte wollte sich an meinem Horizonte emporringen, unermüdet lag die melancholische Nacht mit ihren Flügeln über mir, ach und ich konnte nicht weinen und schluchzen, ich konnte meinen heißen dürren Jammer nicht in Tränen und Töne auflösen, kein Mitleid mit mir selbst stieg wie eine Blume in meinem Herzen auf, um mich mit ihrem poetischen Dufte zu laben, keine goldene Täuschung kam meinen müden Sinnen zu Hülfe; ich fühlte mich wie in einem Gefängnisse unter Millionen Elenden verriegelt, dürr und kalt die Mauern um uns her, ach ich glaubte nicht der *einzig* Verstoßene zu sein, und konnte mich *darum* nicht trösten.

Ich hatte vergessen, wen ich erwartete, als mir eine schreckliche, ach nur zu bekannte Gestalt näher trat. Die Furchtbarkeit meiner Empfindung kam in sichtbarer Bildung auf mich zu, und ich entsetzte mich innig. – Was soll ich hier von kindischen Träumereien reden, an die ich selbst nicht glauben kann, warum soll ich mich wie ein Knabe gebärden, wenn mich ein seltsamer oder auch nicht seltsamer Zufall überrascht? – Aber es mag sein, mir ist als habe mein Vater schon diesen wundervollen Andrea gekannt, den ich nun zum drittenmale mit innigem Entsetzen und in immer nähern Beziehungen auf mich gesehen habe.

Ich weiß nicht, was ich gesprochen haben mag, ich weiß ebenso wenig, was jener sagte, und was mich umgab. Wie wenn alle meine seltsamsten Träume wirklich würden, wie wenn ich jetzt zum eigentlichsten Leben erwachen wollte, wie wenn die ganze Natur mich plötzlich festhielte, und jeder Baum und jeder Stern mit geheimnisvollen Winken auf mich hindeutete, – wie wenn sich jetzt jedes Rätsel von der Kette, die es lange zurückhielt, losreißen wollte, – so Rosa, – o ich habe keine Worte für dies Gefühl, – so wie einem Verbrecher, der sich plötzlich in seinen widersprechenden Lügen gefangen fühlt, und dem nun das Wort im Munde erstarrt, – so war mir in meinem Innern.

Im innersten Grausen sprach ich beherzt, ja frech, so wie im Rausche; der Alte schien verwundert. Ich sagte tausend Dinge, die ich nie gedacht habe, und die ich auch nur in diesen Augenblicken zur Hälfte dachte; ich war mir meiner selbst nur dunkel und ungewiß bewußt, und es stand kein fremder Mann vor mir; ich sprach nur zu mir selber, und wie Wolken, Lichter und Schatten flatterten Gedanken durch meinen Kopf, wie wunderbare Töne von fremden ziehenden Vögeln erscholl es in meinem Innern, wie Mondschein, mit dem der Glanz der Morgenröte kämpft, und beide ihre strahlenden Gewebe durcheinanderspinnen, so seltsam erleuchtet war mein Gemüt.

Wir gingen auf und ab, und ich hörte ihn sprechen wie einen fernen Wasserfall, wie rätselhafte Donner, die beim Sonnenschein aus der Ferne den gerundeten Himmel hinanklimmen. – Wir verließen die Ruinen, und ich folgte ihm schweigend nach seiner Wohnung.

Ein blasses Licht erhellte sein altes, abgezehrtes Gesicht, in dem jede Falte und jeder Zug eine andere Sprache redeten. Wie wenn sich plötzlich der wohlbekannte Bruder an der Seite des Bruders in einen alten Mann umwandelt, so müßte jener die Empfindungen haben, die mich peinigten. Er ward mir so bekannt, und blieb mir doch so fremd, ich mußte ihn lieben und hassen, o ich hätt' ihn erwürgen mögen, um nur des Kampfes, um nur der Zweifel los zu werden. – Und ich kannte ihn dennoch, und sein Bild war von Jugend auf tief meiner Phantasie eingeprägt!

Es ist ein mühsames Geschäft zu leben, unaufhörliche Zweifel und Furcht, Pein und Angst, das ganze Heer der Erinnerungen, alle jagen uns durch furchtbare Waldlabyrinthe, wo wir in jedem dunklern Gange, in jeder neuen Krümmung ein seltsames und grauenvolles Unding erwarten, wir haben nicht Zeit zu überlegen, nicht Zeit, vor uns zu sehn, nicht Atem, um zu klagen, – bis wir niederstürzen, und alle Furchtbarkeiten zugleich über uns herfallen, und das ereilte Wild zerfleischen. Bis man erwacht, heißen unsre Phantasien Träume, bis dahin unser Dasein Leben.

Ich trat ans Fenster. Ein kleiner Rasenplatz und Rosalinens Hütte gerade vor mir; ich sah in dem kleinen Garten deutlich die wankenden Malven stehn, und der Mond stieg jetzt dunkelrot herauf, und sah zuerst in ihr Fenster hinein, und fand sie nicht. – Der Alte muß mich hier oft gesehn haben, wie ein Geist hat er mich umgeben, ich schämte mich nicht vor ihm, sondern sah ihm nur um so unbefangener ins Auge. Dann flog ich mit meinen Gedanken zu Rosalinen hinüber, und ich sah sie sitzen, und stumm und zwecklos in die Saiten der Laute schlagen, ich tröstete sie über ihren Tod, und sah ein bitteres Lächeln auf ihrem Gesichte; dann hört' ich mich von meinem Vater rufen, mit denselben Tönen, mit denen er mich in der Kindheit zu sich lockte, ich hörte den großen Hund, den treusten Freund meiner Knabenjahre, bellen, – und alles verschwand dann, und ich saß dem alten freundlich melancholischen Andrea und seinem grübelnden Auge gegenüber. –

Und jetzt sitz' ich hier und bin einsam, und sehe ihn doch im nebenstehenden Stuhle sitzen. Ich werde ihn wiedersehn und werde anders fühlen, und er wird vergehen, so wie ich, und keiner wird unsrer denken. –

19

Bianca an Lovell den Liebling ihrer Seele

Rom.

Ist es Dir denn möglich, mich so ganz zu vergessen? Unsere munteren Gesellschaften haben an Dir ihre Seele verloren, und jede Freude ist stumm und sitzt verlassen im Winkel. Denkst Du gar nicht mehr an unsere heiligen Bacchanale zurück und an die stürmende Fröhlichkeit, die uns so wild und göttergleich begeistert? Sind Dir Deine schwermütige Träumereien und Dein leeres Nachsinnen lieber als das Mädchen das Dich so innig liebt? – Schenke uns wenigstens den heutigen Abend, den wir allen Scherzen gewidmet haben und laß mich durch ein paar Worte die Du mit dem Boten zurückschicken kannst Deinen Entschluß erfahren. –

Bianca.

Ich komme.

W. Lovell.

20

Rosa an Andrea Cosimo

Tivoli.

Daß meine Reise hieher eine Art von Verbannung ist, fällt mir immer schwerer auf das Herz, je mehrere Tage ich von Rom entfernt bin. Daß ich gerade in diesem Zeitpunkte Deinen Umgang entbehren muß! Zu einer Zeit, wo ich mich immer mehr zu Dir hingedrängt fühle, wo sich gleichsam die Flügel meiner Seele voneinanderfalten, um mich desto inniger an Dein Herz zu schließen. Du hast mich seit einiger Zeit mit neuen Ideen und Gefühlen überschüttet und eine neue Welt hat sich in mir eröffnet, eine Schaubühne, die unaufhörlich mit den wunderbarsten Szenen wechselt. Ich betrachte mein Leben seit jenem merkwürdigen Abende als ein neues, es hat sich mir ein Weg zu Deiner Seele gebahnt, den ich weiter zu verfolgen brenne. Aber warum verwirfst Du mich und würdigst mich nicht Deines fernern Vertrauens? Darf ich den Argwohn schöpfen, daß Du Dich dem jugendlichen Lovell inniger hingibst? Was kannst Du jetzt noch ferner mit ihm wollen, da sein Vater tot ist? Ist es mir überhaupt erlaubt, zuweilen über Deine Plane im stillen nachzugrübeln, und zuweilen einen würklichen Eigensinn und weitläuftige mir unnütz scheinende Maschinerie anzutreffen? Doch ich will schweigen, um mir nicht Dein Mißfallen zuzuziehn.

21

Andrea Cosimo an Rosa

Rom.

Es kann und soll nicht anders sein als es ist, überlaß es mir meine Plane zu ersinnen und zu regieren, wenn sie Dir gleich noch wunderlicher erscheinen sollten. Was kümmert es Dich, wenn ich mir ein seltsames Spielwerk erlese, das mir die Zeit ausfüllt und auf meine eigene Art meinen Geist beschäftigt? Wenn ich bemerke, auf welche sonderbare Art die eine Seele auf die andere wirken kann? Du hast wohl mehrere Nächte unter Karten und Würfeln hingebracht; so vergönne mir, daß ich mir aus Menschen ein Glücksspiel und ernsthaft lächerliches Lotto bilde, daß ich ihre Seelen gleichsam entkörpert vor mir spielen lasse, und ihre Vernunft und ihr Gefühl wie Affen an Ketten hinter mir fühle, und danke dann dem Himmel, daß ich Dich als Freund und nicht als Spielzeug gebrauche.

22

William Lovell an Rosa

Rom.

Sie fragen mich: wie ich lebe. Ich bin seit langer Zeit in einer Verfassung, daß ich nicht ohne Sie leben kann. Ich habe Sie immer nötig, um jeden Gedanken und jedes Gefühl in Ihren Busen auszuschütten. – Mir ist jetzt oft zumute als wären

Flügel an meine Brust gewachsen die mich immer höher und höher heben und durch die ich bald die Erde mit ihren Armseligkeiten aus den Augen verlieren werde.

Ich sehe jetzt den alten Andrea täglich; ich habe noch nie einen Menschen mit dieser hohen Bewunderung betrachtet, ich habe aber auch noch nie eine Seele angetroffen, die alles, was sonst schon einzeln die Menschen vortrefflich macht, so in sich vereinigte. Die Erinnerung macht mir jetzt eine seltsame Empfindung, daß ich ehedem vor seiner Gestalt zurückschauderte; und doch will sich noch zuweilen ein quälendes dunkles Andenken in mir emporarbeiten. – O Rosa, könnte man sich doch in manchen Stunden vor sich selber verbergen! Ach was kann uns nicht betrüben, und uns mit scharfen Empfindungen anfallen, da wir alle so nackt und wehrlos sind? Je mehr man die Menschen lieben möchte, um so mehr wird man mißtrauisch sein, ob sie es auch verdienen; keiner kennt den andern, jede Gesinnung geht verlarvt durch unsern eigenen Busen: wer vermag es, das Edle vom Unedlen zu sondern?

Schon seit lange hatte mir Andrea versprochen mich in eine Gesellschaft von Männern zu führen, die sich um ihn, wie um einen Mittelpunkt versammelt haben, und so gleichsam eine Schule bilden; ich brannte, um sie kennen zu lernen. Gestern wurde ich dort eingeführt.

Mir war während der Zeit manches durch den Sinn gegangen, der Argwohn als wenn Andrea das Haupt irgend einer geheimen Gesellschaft sei, da man sagt, daß unser Zeitalter von der Wut besessen sei, auf diese Art seltsam und geheimnisvoll zu wirken. Ich hatte so manches von abenteuerlichen und unsinnigen Zeremonien sogar in Büchern gelesen, und alles war mir immer als äußerst abgeschmackt erschienen; ich machte mich daher gegen Gebräuche und Einweihungsfeierlichkeiten gleichsam fest, und als ich Andrea hinbegleitete, war mir das Gefühl sehr gegenwärtig, daß nichts auf mich wirken würde, was sonst unsre Phantasie so leicht in Aufruhr setzt. Ich erstaunte und schämte mich zu gleicher Zeit als ich ohne weitere Umstände in ein Haus und dann in einen geräumigen Saal geführt ward, in welchem sich die Gesellschaft schon versammelt hatte. Ich hatte mich gegen Abenteuerlichkeiten gewaffnet und doch überlief mich nun ein feierliches Grauen als mir jeder von ihnen auf eine simple Art die Hand gab und mich als Freund und Bruder begrüßte. Ich stand versteinert unter ihnen wie damals, als ich das erste große Raphaelsche Gemälde betrachtete, denn noch nie habe ich so viele charaktervolle Köpfe nebeneinander gesehn, noch nie hab' ich in einer großen Gesellschaft ein so ruhiges und gedankenreiches Gespräch gehört.

Als ich mich etwas genauer umsah, entdeckte ich bald mehrere Bekannte, die mit mir Nächte durchschwärmt, oder beim Spiele durchwacht hatten. Sie kennen ja auch den launigen witzigen *Francesco*, der uns mit seinen Einfällen so oft unterhalten hat, aber in dieser Gesellschaft war es mir nicht möglich, über ihn zu lachen, oder einen Spaß von ihm zu fordern, so ernst und ehrwürdig saß er unter den übrigen, von denen manche ihm aufmerksam zuhörten. *Adriano*, an dessen Einfalt wir uns so oft belustigt haben, hatte einen großen Zirkel um sich her versammelt und sprach mit großem Enthusiasmus und ebenso vielem Verstande; ich konnte nicht müde werden ihn anzuhören, und mich über meinen bisherigen Irrtum zu verwundern. Es war mir, als wäre ich plötzlich in die Gesellschaft von abgeschiedenen Geistern entrückt, die im Tode alles Irdische von sich werfen, und selbst ihren Brüdern unkenntlich sind. – Alle begegneten dem alten Andrea mit der ausgezeichnetsten Achtung, alle beugten sich vor ihm, wie vor einem höheren Wesen, und meine Ehrfurcht vor meinem alten Freunde ward dadurch nur um so größer.

Es ist, als wenn uns in der stillen Nacht tiefere Gedanken und ernstere Betrachtungen begrüßten, denn mit jeder Stunde ward die Gesellschaft feierlicher, der Gegenstand ihres Gesprächs erhabener. Ich habe nie mit dieser Andacht in einem Tempel gestanden, noch in keinem Buche habe ich diese Gedanken gefunden, die mich hier durchdrangen. In solchen Stunden vergißt man seine vorige Existenz gänzlich, und nur die Gegenwart ist deutlich in unserer Seele. Ich werde diese Nacht nie vergessen.

Wir gingen erst am Morgen auseinander. Ein glühendes Rot streckte sich am Horizont empor und färbte Dächer und Baumwipfel; die freie Morgenluft und der helle Himmel kontrastierten seltsam mit dem dunklen nächtlichen Zimmer. Scharen von Vögeln durchflatterten die Luft mit muntern Tönen, die Bewohner der Stadt schliefen fast noch alle und unsere Schritte hallten die Straßen hinab. – Könnt' ich begreifen warum diese sinnlichen Eindrücke mich stets so innig rühren! Der frische Morgen ist mir immer das Bild eines frohen und tätigen Lebens, die Luft ist gestärkt und teilt uns ihre Stärke mit, das wunderbare Morgenrot strömt eine Erinnerung der frühesten Kindheit herauf und fällt in unser Leben und unsere gewöhnlichen Empfindungen hinein, wie wenn ein roter Strahl an den eisernen Stäben eines Kerkers zittert, in dem ein Gefangener nach Freiheit seufzt.

23

Rosa an William Lovell

Tivoli.

Auch ich, lieber Lovell, fühle mich jetzt, ohne Ihre Gesellschaft, einsam. Die Freundschaft wird unserer Seele schon darum ein unentbehrliches Bedürfnis, weil sie immer ein Herz sucht, dem sie sich ganz und in jeder Stunde mitteilen darf. Die Trennung unterbricht diese schöne Harmonie, denn die Briefe sind nur lahme und ungeschickte Boten, sie wissen die Stimmung nicht, in der sie uns antreffen, wenn sich im mündlichen Gespräche die Seelen fast unmittelbar berühren. Ich kann mir Sie und den alten Andrea recht lebhaft beieinander denken, ich sehe Ihren Enthusiasmus, denn ich weiß es aus eigener Erfahrung, wie viel dieser Greis nur durch einige Worte auf unsere Seele vermag. Ich kenne auch das Rätselhafte und fast Furchtbare das ihn umgibt, er erscheint uns in jeder Stunde in einer veränderten Gestalt und es kostet ihn nichts, sich und eine ganze Gesellschaft plötzlich in einen andern Ton zu stimmen; alle Ideen des menschlichen Geistes stehen ihm außerordentlich behende zu Gebote, er kann sich in jede Meinung kleiden, und es ist daher schwer, ja beinahe unmöglich, seine wahre von seinen erborgten abzusondern. Ich habe schon oft den Argwohn gehegt, daß er für jeden Menschen mit dem er umgeht, eine eigne Maske hat, er ist alle Ideen und Stimmungen des Menschen durchlaufen, ein jeder findet sich daher in ihm selber wieder. Seltsam aber ist es, daß ein solcher Mann alles, nur nicht einen gewissen Eigensinn verbergen kann, den zu maskieren selbst dem Unerfahrensten nur wenig kostet, er verachtet die Menschen im allgemeinen und jeden insbesondere, und in manchen Stunden ist er schwach genug, daß er sich diese Verachtung merken läßt, um einen recht vollkommenen Triumph zu genießen. Ich glaube, auch Sie werden bald diese Bemerkungen an ihm machen, und dies würde mir dann um so mehr eine Bestätigung sein, daß ich mich nicht geirrt hätte. Es klingt freilich etwas anmaßend, daß ich einen so tiefen Menschen durchschauen und beurteilen will, indes kann ich es vielleicht eben darum, weil ich seine Vortrefflichkeiten verstehe und bewundere, und wie Sie in Ihrem Briefe sagen: man ist vielleicht um so argwöhnischer, je mehr man wünscht, die Menschen zu lieben.

24
William Lovell an Rosa

Rom.

Soll ich es Ihnen gestehen, Rosa, daß mir Ihr Brief gewissermaßen wehe getan hat? Denn es ist einmal eine Schwäche der menschlichen Seele die sie vielleicht nie ablegen kann, daß ihr gewisse Bemerkungen Schmerzen machen. Beim Anblicke aller Vortrefflichkeiten scheint das menschliche Herz mit der Bewundrung zugleich einen gewissen Neid zu fühlen: ist der Eifer, irgend einem Muster ähnlich zu werden, wohl etwas anders? Wir suchen daher gern bei vorzüglichen Menschen eine Seite heraus, die unserm Tadel unterworfen sein könnte, bloß um uns selbst als besser zu achten. Dieser Neid ist der Quell von allem, was wir in den gewöhnlichen Bedeutungen im Menschen gut und schlecht nennen, und eben darum, weil ich dies einsehe, sollte mich Ihr Brief auf keine Weise unzufrieden gemacht haben. Ich kann über meinen alten Freund durchaus nicht Ihrer Meinung sein, am wenigsten kann ich jene Schwäche an ihm finden, die Sie bemerkt haben wollen. Er ist für mich eine Kolossalstatue unter den gewöhnlichen Menschenbildern, ich finde stets in ihm einen Hauptgedanken und dieselbe erhabene Gemütsstimmung; er versetzt mich jedesmal, oft wider meinen Willen in die seltsamsten Empfindungen, wie es sonst zuweilen wohl nur wunderbare Töne können, die unsre Seele gewaltsam nach dunklen, seltsamen Gegenden entführen.

Wenn ich ihn oft betrachte und mich stumm in Gedanken verliere, so möcht' ich ihn in manchen Stunden für ein fremdes, übermenschliches Wesen halten, ich habe mir im stillen manche wunderbare Träume ausgesponnen, die ich mich schämen würde, Ihnen so mit kaltem Blute niederzuschreiben, so sehr sie auch meine Phantasie gefangen halten. Er begegnet oft auf eine unbegreifliche Weise meinen Schwärmereien mit einem einzigen Worte, das sie mir deutlicher macht, und in ein helleres Licht stellt.

Neulich war ich durch seine Reden in eine ungewöhnlich feierliche Stimmung versetzt, er sprach von meinem gestorbenen Vater und schilderte ihn genau nach seiner Gesichtsbildung und Sprache. Ich war gerührt und er fuhr fort, ja er sprach endlich ganz mit seinem Tone und sagte einige Worte, die sich mein Vater angewöhnt hatte, und die ich unendlich oft von ihm gehört habe. Ich fuhr auf, weil ich dachte, mein Vater sei wirklich zugegen, ich fragte ihn, ob er ihn gekannt habe und er beteuerte das Gegenteil; ich war in die Jahre meiner Kindheit entrückt und sah starr auf die Wand, um nicht in meiner Täuschung gestört zu werden. Plötzlich fuhr wie ein Blitz ein Schatten über die Wand hinweg, der ganz die Bildung meines Vaters hatte, ich erkannte ihn und er war verschwunden, seltsame Töne, wie ich sie nie gehört habe, klangen ihm nach, das ganze Gemach ward finster und der alte Andrea saß gleichgültig neben mir, als wenn er nichts bemerkt hätte.

Ein gewaltiger Schauder zog meine Seele heftig zusammen, alle meine Nerven zuckten mächtig, und mein ganzes Wesen krümmte sich erschrocken, als wenn ich unvorsichtig an die Tore einer fremden Welt geklopft hätte, und sich zu meiner Vernichtung die Flügel öffneten und tausend Gefühle auf mich einstürzten, die der gewöhnliche Mensch zu tragen zu schwach ist. – Andrea erscheint mir jetzt als ein Türhüter zu jenem unbekannten Hause, als ein Übergang alles Begreiflichen zum Unbegreiflichen. Vielleicht löst Ein Aufschluß alle Rätsel in und außer uns, unser Gefühl und unsre Phantasie reichen vielleicht mit unendlichen Hebeln da hinein, wo unsre Vernunft schier zurückbleibt; am Ende verschwindet alle Täuschung, wenn wir auf einen Gipfel gelangen, der der übrigen Welt die höchste und unsinnigste Täuschung scheint. Balder kömmt mit seinen Erscheinungen in meine Seele zurück, – o Rosa, was ist Unsinn und was Vernunft? Alles Sichtbare hängt wie Teppiche mit gaukelnden Farben und nachgeahmten Figuren um uns her, was dahinter liegt wissen wir nicht, und wir nennen den Raum, den wir für leer halten, das Gebiet der Träume und der Schwärmerei, keiner wagt den dreisten Schritt näher, um die Tapeten wegzuheben, hinter den Kulissen zu blicken und das Kunstwerk der äußern Sinne so zu zerstören, – aber wenn, – o Rosa, nein ich schwindele, es ist mir innerlich alles so deutlich und ich kann keine Worte finden; aber ich mag sie auch nicht suchen. Sie werden ebenfalls diese Gefühle kennen und mir alles übrige erlassen.

25

Rosa an William Lovell

Tivoli.

Sie haben zum Teil recht, lieber Freund. Ihre Gefühle kann ich auf keine Weise tadeln, denn ich bin zu gut mit diesen bekannt, aber lieber Freund, kann denn der große Mensch nicht das Größte und Kleinste in sich vereinigen und liegt nicht eben darin seine höchste Größe? Doch ich will lieber abbrechen, denn wir streiten beide am Ende nur über Worte.

Manche Ihrer Gedanken über Andrea sind mir aus der Seele geschrieben, in seiner Gegenwart fühle ich mich immer wie in der Nähe eines Überirdischen. Auch manches ist mir begegnet, was ich mir auf keine Art zu erklären weiß. Als ich neulich mit ihm hier in Tivoli war, waren wir fast täglich zusammen und unser Gespräch fiel vorzüglich auf den Aberglauben und die wunderbare Welt, vor der unser Geist so oft steht, und dringend Einlaß begehrt. Meine Phantasie ward mit jedem Tage mehr erhitzt, alle meine bisherigen Zweifel verloren immer mehr von ihrem Gewicht; Sie können sich vorstellen, welchen seltsamen Eindruck Ihre Briefe damals auf mich machen mußten, in denen Sie immer mit so vielem Eifer von Rosalinen sprachen. An einem schönen Abende schweiften wir vor den Toren umher, unsre Gespräche wurden immer ernsthafter und ich vergaß es darüber ganz, zur engen unangenehmen Stadt zurückzukehren. Es war indes dunkle Nacht geworden und wir trennten uns. Alle meine Begriffe waren verwirrt, die Finsternis ward noch dichter und ich näherte mich, wie es schien, immer noch nicht der Stadt. Ich versuchte einen neuen Weg, weil ich glaubte, ich habe mich verirrt, und so ward ich immer ungewisser. Die Einsamkeit und die Totenstille umher, erregte mir eine gewisse Bangigkeit; ich strengte mein Auge noch mehr an, um ein Licht von der Stadt her zu entdecken, aber vergebens. Endlich bemerkt' ich, daß ich einen Hügel hinanstiege und nach einiger Zeit befand ich mich oben, neben der Kirche des heiligen Georgs. Der Wind zitterte in den Fenstern und pfiff durch die gegenüberliegenden Ruinen, ich glaubte in der Kirche gehn zu hören und ich irrte mich nicht; mit hallenden Tritten kamen zwei unbekannte Männer aus dem Gewölbe und fragten mich, was ich suche. Ihre unbekannte Gestalt, der feierliche Ton ihrer Stimme und eine kleine Blendlaterne, die nur mich und den einen von ihnen beleuchtete, machte mich schaudern. Ich fragte furchtsam nach dem Wege zur Stadt, und der eine von ihnen erbot sich, mich bis an das Tor zu bringen, der andre versprach so lange bei der Kirche zu warten.

Die kleine Laterne erhellte sparsam unsern Weg und Bäume und Stauden glitten uns, mit einem durchsichtigen Grün bekleidet, vorüber, mein Begleiter war stumm und ich ging wie im Traume hinter ihm. Jetzt waren wir nahe am Tore und der Mann mit der Laterne stand still; wir nahmen mit wenigen Worten Abschied und ein breiter Schimmer fiel auf sein Gesicht. Ich fuhr zusammen, denn es war ganz das bleiche Antlitz einer Leiche, die Augen waren wie weit hervorgetrieben, die Lippen blaß und wie in einem Totenkrampfe verzerrt: ich glaubte ein Gespenst zu sehn, und erschrak nur noch inniger, als ich nach einigen Augenblicken die Züge *Andreas* erkannte. Jetzt wandte er sich um, und ging zurück, ich stand noch wie versteinert, und rief endlich laut und halb wahnsinnig: Andrea! – In demselben Augenblicke verschwand die Gestalt und das Licht, und betäubt und zitternd ging ich in die Stadt.

Aber wie fuhr ich zusammen, als mir *Andrea* vor meiner Wohnung entgegentrat und mich fragte, wo ich so lange geblieben sei. Ich konnte ihm nur wenige Worte sagen und die ganze Nacht hindurch lag ich in einem abwechselnden Fieber.

Und war es nicht eben die Gestalt unsers Andrea, mit Schrecken denke ich daran, die der unglückliche Balder so oft in den Exaltationen seiner Phantasie beschrieb? – Und doch hatte er ihn niemals gesehen. – Wer weiß, ob er mich nicht jetzt umgibt, indem ich diesen Brief schrieb, und jeden Gedanken kennt, den ich denke! –

26

Andrea Cosimo an Rosa

Rom.

Warum hab' ich von Dir Argwöhnischen, nicht schon einen zweiten Brief erhalten? Ich bin auf Nachrichten von Dir begierig, weil ich mich von je für Dich interessiert habe. Ob Du es in dem Grade, wie ich Dich schätze und liebe, verdienst, ist eine andre Frage; indessen muß man sich darum bei den Menschen nie bekümmern; mein Eigensinn, den Du an mir neulich getadelt hast, besteht bloß darin, daß ich nie einen Gegenstand wieder fahrenlasse, den meine Zuneigung einmal ergriffen hat; nur unterlaß die Forderung, daß ich Dir, wie ein Kind, von meinen Gedanken Rechenschaft ablegen soll. Erwarte erst das Ende jeder Prüfung, um meines ganzen Vertrauens wert zu sein und begnüge Dich jetzt damit, daß Du von allen der erste bist, der Ansprüche darauf machen kann.

Wenn Dir also meine Liebe oder Achtung noch irgend etwas wert ist, so verschone mich mit ähnlichen Briefen, als Dein letzter war.

27

William Lovell an Rosa

Rom.

Ich habe nie, Rosa, mit diesem Blicke ins Leben gesehn; wie vorübereilendes Schattenwerk, wie wandelnder Rauch, der über die Heide schreitet, so nichtig fliegt alles durcheinander. Ich weiß nicht, ob ich wache oder träume, denke oder rase, die widerwärtigsten Gedanken und Gestalten haben sich innig miteinander verknüpft, und tausend Zweifel und Irrtümer, Schrecken und Truggestalten hängen wie ein Netz um mich her, das mich nicht wieder freigibt.

Mein Herz ist die Höhle des Aeolus geworden, in dem alle Stürme durcheinandermurren und sich mit wildem Grimme von ihren Ketten losreißen wollen. O, lassen Sie mich diesen *Andrea* begreifen, und ich will mich zufriedengeben und ich will alles übrige vergessen.

Ist die Welt nicht ein großes Gefängnis, in dem wir alle wie elende Missetäter sitzen, und ängstlich auf unser Todesurteil warten? O wohl den Verworfenen, die bei Karten oder Wein, bei einer Dirne oder einem langweiligen Buche sich und ihr Schicksal vergessen können!

Doch der schwarze Tag bricht endlich, endlich herein. Er *kann* nicht ausbleiben. Alle vorhergehenden Tage waren nur Vorbereitungen zum letzten schrecklichen. Die finstre Parze findet endlich die Stelle, wo sie den Faden zerreißt. – O wehe uns, Rosa, daß wir geboren wurden!

O des klagenden Toren! mit ohnmächtiger Kraft sperrt sich das arme Tier, in den Stall zu gehn, wo das schlachtende Messer seiner wartet. Die Zeit, dieser unbarmherzige Henkersknecht, schleppt dich hinein, das Tor schlägt hinter dir zu und du stehst einsam unter deinen Mördern.

Was kann der Mensch wollen und vollbringen? Was ist sein Tun und Streben? –

O daß wir wandern könnten in ein fremdes, andres Land; ausziehn aus der Knechtschaft, in der uns unsre Menschheit gefangen hält!

Gräßlich werden wir zurückgehalten, und die Kette wird immer kürzer und kürzer. Alle täuschenden Freuden schlagen rauschend die Flügel auseinander und sind im Umsehn entflogen. Der Putz des Lebens veraltet und zerfällt in Lumpen; alle Gebrechen werden sichtbar.

Einsam steh' ich, mir selbst meine Qual und mein Henker, in der Ferne hör' ich die Ketten der andern rasseln. – Schauder stehn vor unserm Gefängnisse zur Wacht. – Da läßt sich keiner bestechen, – eisenfest und unwandelbar stehn sie da. – –

Ich habe den Ruf vom jenseitigen Ufer gehört; ich habe den seltsamen Wink verstanden, und das Boot eilt schon herüber, mich abzuholen; ich trage meine Sünden in meiner Hand und gebe sie als Fährgeld ab. – – Die Wogen rauschen, es schwankt das Boot, das Steuer ächzt, und bald tret' ich an das düstre fremde Gestade, und in doppelter Vereinigung kommen mir alle meine Schmerzen entgegen.

Gestern war ich bei Andrea und seiner Gesellschaft. Sie sprachen viel durcheinander und saßen in Reihen hinab, wie gefüllte Bilder aus Erde. Alle waren mir fremd und armselig, mit allen, selbst mit dem wunderbaren Andrea hatt' ich ein inniges Mitleiden. Sie waren ernst und feierlich, und mir war, als müßt' ich lachen. – Daß Gedanken und Vorstellungen den sogenannten Frohsinn aus unserm Gesichte verjagen können, ist bejammernswürdig.

Ich streckte meine Hand aus und berührte den Nächstsitzenden; und wie ins Reich der Vernichtung griff ich hinein und war ein Glied der zerbröckelnden Kette. Ich gehörte nun mit zum Haufen, und war mir selber fremd und armselig, so wie die übrigen.

Aller Augen waren starr auf die Wand geheftet, in allen spiegelte sich der Widerschein des Todes. Die Kerzen brannten dunkler, die Vorhänge rauschten geheimnisvoll, das Blut in meinen Adern wollte aufsieden und erstarrte.

Töne schlugen das Ohr mit seltsamer Bedeutung, wie Arabeskengebilde fuhr es durch meinen Sinn; ich erwartete etwas Fremdgestaltetes und lechzte nach etwas Ungeheuerm. Und ich vergaß hinter mir zu sehn und stand unter meinen Freunden einsam, wie in einem Walde von verdorrten Bäumen.

Schatten fielen von oben herunter und sanken in den Boden. Dämpfe standen wie Säulen im Gemache, Dämmerung wankte hin und wider wie ein Vorhang. Die Seele vergaß sich selbst und ward ein Bild von dem, was sie umgab.

Es kreiste und wogte gewaltig durcheinander, wie ein Unding das zum Entstehen reif wird, so kämpfte die Masse gegen sich selbst. – Es schritt näher und glich einer Nebelgestalt; vor mir vorüber wie ein pfeifender Wind, – und o, – *Rosaline*!

Sie war es, ganz, wie sie lebte. Sie warf einen Blick auf mich und wie ein Messer traf er meine Augen, wie ein Berg mein Herz. Ich sträubte mich gegen meine innerliche Empfindung und es zog mich ihr nach; – ich stürzte laut schreiend nach ihrem Gewande und stieß mit dem Kopfe an die Mauer.

Ich erschrak nicht, verwunderte mich nicht und erwachte auch nicht. Wie andre Elemente umgab mich alles, ich sah die Freunde wieder, ich hörte wieder die Bäume und Wasser, die ganze Mühle der gewöhnlichen Welt, mit allen ihren Gängen.

Andrea und die übrigen waren stumm und kalt, aber sie standen fern, fern von mir hinunter, ich kannte sie alle und verstand sie nicht, ich kam zurück und war nicht unter ihnen.

Man öffnete die Fenster; die Morgenluft brach herein, der Himmel war wie eine Platte buntgestreifter Marmor, die Wände der Welt waren wie immer mit ihren seltsamen Gewächsen ausgelegt, und wie ein wildes Tier, so fiel eine nüchterne Empfindung mein Herz an.

Wo steht die letzte Empfindung, daß ich zu ihr gehe? Wo wandeln die seltsamsten Gefühle, daß ich mich unter sie mische? Daß ich von *diesem* Traume erwache und einen andern noch fester träume!

Wolken fliehn und kommen wieder, das seltsamste Morgenrot wird Tagesschein. – So wird es mit diesem Herzen gehn. – Leider, daß ich das schon jetzt empfinde!

28

William Lovell an Rosa

Rom.

Wie alles mich immer bestimmter zu jenen Schrecken hinwinkt, denen ich entfliehen wollte! Wie es mich verfolgt und drängt, und doch die gräßliche Leere in mir nicht ausfüllt! – Wie in einem Ozean schwimm' ich mit unnützer Anstrengung umher; kein Schiff, kein Gestade, so weit das Auge reicht! unerbittlich streckt sich das wilde Meer vor mir aus, und Nebel streichen verspottend wie Ufer herum, und verschwinden dann wieder.

Nebelbänke sind unser Wissen und alles, was unsere Seele zu besitzen glaubt; der Zweifel rauft das Unkraut zusamt dem Getreide aus, und in der leeren Wüste schießen andre Pflanzen mit frischer Kraft hervor, deren Farben noch schöner und glänzender spielen. Der Mensch muß denken und eben darum glauben, schlafen und also träumen; es ist möglich, daß alle Gestalten nur in mir wandeln, alles ziehende Schattenbilder in der Höhlung meines Auges, Schwingungen meiner Gehirnfibern, die ich nach dem allgemeinen Übereinkommen die äußern Gegenstände benenne.

Der Wechsel der Jahreszeiten zerstört die Berge und Felsen, die ewigen Pfeiler der Erde zerbröckeln sich durch Regengüsse, der Mensch durch den Lauf seines Bluts, ein

Totenwurm in ihm, der ihn von innen heraus zernagt. Jedes Ding ist Bild und Gegenbild zugleich, es erklärt sich selbst und man sollte nie fragen: Wie hängt diese Erscheinung mit jener zusammen? – Der Geist des Forschens ist die Erbsünde, die uns von unsern ersten gefallenen Eltern angestammt ist.

Alles, was ich sonst meine Gefühle nannte, liegt tot und geschlachtet um mich her, zerpflücktes Spielzeug meiner unreifen Jugend, die zerschlagene magische Laterne, mit der ich meine Zeit vertändelte; bunte Farben und Schattenspielwerk!

Ich nenne mir manchmal den Namen *Amalie* oder *Rosaline*, um alles, wie mit einem Zauberspruche, wieder zum Leben zu erwecken, aber auch die Erinnerung ist abgeblüht, und wenn ich mein ganzes Leben hinuntersehe, so ist mir, als wenn ich über ein abgemähtes Stoppelfeld blicke; ein trüber Herbst wandelt näher, der Nebel wird dichter, und der letzte Sonnenschein erlischt auf den fernen Bergen.

Ich möchte in manchen Stunden von hier reisen und eine seltsame Natur mit ihren Wundern aufsuchen, steile Felsen erklettern, und in schwindelnde Abgründe hinunterkriechen, mich in Höhlen verirren, und das dumpfe Rauschen unterirdischer Wasser vernehmen, ich möchte Indiens seltsame Gesträuche besehen, und aus den Flüssen Wasser schöpfen, deren Name mich schon in den Kindermärchen erquickte, Stürme möcht' ich auf dem Meere erleben, und die ägyptischen Pyramiden besuchen; – o Rosa, wohin mit dieser Ungenügsamkeit? und würde sie mir nicht selbst zum Orkus und in Elysium folgen? –

Und lern' und erfahr' ich denn nicht hier in Rom genug? Genügt mir nicht dies tiefe wunderbare Leben, in dem die Wunder mit den Stunden wechseln? Wohin von hier? Das Gewand der ganzen Erde ist kahl und dürftig, – o Balder, ich möchte dich in den tiefen Gebirgen aufsuchen, um von Dir zu lernen und mit Dir zu leben.

Sollte es möglich sein, daß ich schon hinter dem Vorhang stände, der die jenseitige Welt von den hiesigen Menschen sondert? Es ist vielleicht und ich erschrecke nicht mehr vor dem Gedanken. –

Mein Geist knüpfet sich immer vertrauter an Andrea, ich verstehe ihn, so viel sich zwei Menschen verstehen können, die immer das nämliche meinen und ganz etwas anders sprechen; in jedem Körper liegt die Seele, wie ein armer Gequälter in dem Stiere des Phalaris, sie will ihren Jammer und ihre Schmerzen ausdrücken, und die Töne verwandeln sich und dienen zur Belustigung der umgebenden Menge. – Sein feiner Sinn vermischt stets die Vernunft mit seinem innersten Gefühle, er baut sich keine Überzeugungen, um bequem in ihnen zu wohnen, er sucht nichts in sich zu verändern und auszurotten. –

Doch ich vergesse ganz, was ich erzählen wollte. Man vergißt über Worte sich und alles übrige, wir sprechen selten von uns selbst, sondern meist nur darüber, wie wir von uns sprechen könnten, jeder Brief ist eine Abhandlung voll erlogener Sätze mit einem falschen Titel überschrieben, und so möcht' ich denn gern fortfahren zu schwatzen, wenn mich mein Gefühl nicht zu sehr ängstigte und zur Erzählung einer seltsamen Begebenheit hinrisse.

Es war vorgestern, als ich mit einer großen Gesellschaft zu einem prächtigen maskierten Balle fuhr. Ich liebe diese Maskeraden, weil sie mich stets in eine fröhlich wehmütige Stimmung versetzen. Das Rauschen der seltsamen Gestalten durch die Säle und auf den Treppen, das rätselhafte Gezische und Geflüster, die Unbekanntschaft mit allen Menschen umher, alles ist für mich ein stilles Gedicht über das menschliche Leben, ein Schauspiel, worin die Schauspieler selbst ihre Rollen nicht verstehn, und sie dennoch meisterhaft darstellen. – Ich sah hier Pantalons und Pierrots durcheinanderspringen, die Musik klang verworren in das bunte Geräusch hinein, die Kerzen flimmerten durch die Säle und glänzten gegen den Putz von schönkoeffierten Damen, ich stand an einen Pfeiler gelehnt und sah ohne Sehnsucht und ohne Ruhe in das große Findelhaus der menschlichen Narrheiten hinein.

Von je hat mich die Maske, die mich nach und nach erhitzt, die gezwungene Art, aus den ausgeschnittenen Augen hervorzusehn, in eine Art von Trunkenheit versetzt; es währte daher nicht lange, so spielte alles nur, wie eine Traumgestalt um mich herum, und ich fuhr manchmal heftig auf, um mich nur wach zu erhalten; ich konnte in manchen Momenten gar nicht glauben, daß ich wirklich lebe, so seltsam umgab mich alles; wie den Kindern war mir, die durch einen roten geschliffenen Stein die Sonne und die wunderbar gespaltene Welt umher betrachten. Es war als sähe ich in einen schiefhängenden Spiegel hinein, der mir eine andere weit entfernte Welt darstellte, die unser Geist nur zuweilen flüchtig besucht, wenn unser Körper in tiefen Träumen liegt.

Eine weibliche Gestalt strich kokettierend zu wiederholten Malen bei mir vorüber. Ich hatte schon oft das Rauschen ihres seidnen Gewandes gehört und ward jetzt erst aufmerksamer. Mir war, als wenn sie mich recht geflissentlich vor allen übrigen Masken auszeichnete und eine Bekanntschaft mit mir suchte. Wir näherten uns mit den gewöhnlichen Formeln, und mir ward es wunderbar leicht, recht abgeschmackt zu sein; es sammleten sich daher bald mehrere Karikaturmasken, die mich ungemein witzig fanden. Die Eitelkeit, (die gewiß wie ein elektrischer Draht bis in das tiefste Fundament der Seele geht) ward in mir wach, und die Gegenstände umher erhielten eine bestimmtere Form, ich bemühte mich nun, die Lobsprüche meiner Bewunderer zu verdienen und mir die Zuneigung der unbekannten schönen Maske zu erhalten. Das Gelärm umher war lauter, mir aber bedeutender als bis jetzt, ich sah wieder mit freien Blicken umher und fand mich willig in die Torheiten der bunten Bilder, die wie ein belebtes magisches Kartenspiel um mich sprangen.

O was ist der Mensch mit seinen Empfindungen, die so oft an den letzten Grundstein seines Gebäudes rühren und dann wieder verschwinden und sich vielleicht nie wieder anmelden? Meine Sinnlichkeit erwachte und ich verfolgte die unbekannte Maske bald durch das dickste Gedränge, ich begleitete sie, als sie in eins der Zimmer ging, um sich mit Eis zu erquicken.

Hier sah ich den schönen Wuchs genauer und die zarten Arme, ich bat und flehte, aber sie wollte um keinen Preis die Maske vom Gesichte nehmen. –

Ich verlor sie im Saale wieder aus den Augen, dessen Getön und Gebrause mir jetzt nach der augenblicklichen Ruhe, nach der stillern Erleuchtung des Zimmers innig zuwider war. Ich ging noch ein paarmal auf und ab, verlor mich wieder in Träumereien, und ging dann fort, um in meinen Wagen zu steigen. Zu meinem Erstaunen finde ich die oft gesuchte Maske vor der Tür, sie vermißt ihren Wagen, ich biete ihr den meinigen an, und, o welche Freude! sie schlägt das Anerbieten nicht aus. –

Nun waren wir allein im Wagen, und ich wandte alle meine Beredsamkeit an, um sie zu bewegen, die entstellende Maske abzunehmen. Sie tut es endlich mit einer kaltblütigen Bewegung, – und o, – die Haare richten sich mir noch empor, – – *Rosaline sitzt neben mir!*

Sie warf mir einen drohenden Blick zu, und wie ein lauter Donnerschlag warf es sich in den Wagen hinein. – Nun hört' ich bloß das Rasseln der Räder, wie eine ganz ferne Kaskade, – ich fand mich am Morgen in meinem Zimmer wieder. –

Alles ist Trug und Schein um uns her, aber warum wir uns selbst Phantasien erschaffen, die unser Inneres so gewaltig umrütteln, o *wer* kann das ergründen? –

Meine Hände zittern noch, wenn ich daran denke, und doch ist es vorüber und ich zweifle jetzt selbst daran, daß es war. Weiß ich doch kaum, was ich jetzt tue und denke. –

29

William Lovell an Andrea Cosimo

Rom.

In manchen Stunden, wenn ich so recht innig fühle, wie alles umher und in uns nur Dunst und Rauch ist, möcht' ich Dich fragen: aber was ist denn der Mensch und sein eigentliches Selbst? Was können wir in ihm gut und böse, töricht und verständig nennen? – Alles ist ein vorübergehend Rätsel, fades Wortspiel und langweiliger Zeitvertreib.

30

Andrea Cosimo an William Lovell

Rom.

Jedermann hat seine eigene Stimme und nur wenige wissen, was sie mit dieser sagen wollen. Die ganze Welt ist nichts als ein Gemälde, wo jedes Auge die Farben anders sieht. Auch meine Worte gehören nur mir zu und passen im Munde keines andern. –

Warum suchen wir immer nur Unterschiede zu machen? Alles in der Natur hat seinen nahen und fernen Endzweck, wenn wir ihn auch nicht gewahr werden, weil wir Menschen sind, und immer wider unsern Willen uns selbst zur Achse des Universums machen und machen müssen. Ebenso ist es in uns selber. – Die Unterschiede erfand nur der blödere Sinn, um die Menschen in Reihen zu stellen; welcher Edle hatte nicht dieselben Neigungen und Triebe, dieselben Vorsätze, die der faßte, den wir einen Bösewicht nennen? Der Mensch kann nur unterscheiden nach den Erscheinungen, die äußerlich und zufällig aus seinem Bruder heraustreten. Ich möchte keinen verdammen und keinen vergöttern, es ist alles Ein

Gefolge, in dieselben Gewänder eingehüllt, mir alle gleich unkenntlich und gleich gut, ein Trauerzug, der auf Bergeswegen dahin geht, und hinter einem dunkeln Walde verschwindet.

31

Andrea Cosimo an William Lovell

Rom.

Freilich, lieber William, täuscht uns alles in und außer uns, aber eben deswegen sollte uns auch nichts hintergehen können. Wo sind denn nun die Qualen, von denen ich so oft muß reden hören, die unsre Irrtümer, unsre Zweifelsucht, der erste Sonnenstrahl unserer Vernunft uns erschaffen? Es ist die Zeit, die auf ihrem Wege durch die große weite Welt auch durch unser Inneres zieht, und dort alles auf eine wunderbare Weise verändert. Veränderung ist die einzige Art, wie wir die Zeit bemerken, und weil wir die Fähigkeit haben zu denken, haben wir auch zugleich die Fertigkeit verschiedenartige Gedanken hervorzubringen. Weil eine Gedankenfolge uns ermüdet und am Ende nicht mehr beschäftigt, so macht eben dies eine andere notwendig; und dies nennen die Menschen gewöhnlich eine Veränderung ihres Charakters und ihrer Seele, weil sie sich immer viel zu wichtig finden, und sich gern über und über so mit Lichtern bestecken möchten, daß man sie aus dem Glanze gar nicht herausfinden kann. Kann sich denn aber das Wesen verändern, das wir unsre Seele nennen? Hat es Teile, die von ihm losgerissen, oder die ihm angesetzt werden? Wechselt es sich mit einem andern aus? – O Freund, wir wechseln mit den Federn mit denen wir schreiben, die Seele mit ihrem Spielzeuge, den Gedanken, die von ihr selbst ganz unabhängig und nur ein feineres Spiel der Sinne sind.

Alles, was wir in uns kennen, ist Sinnlichkeit, dorthin führen alle Fußtapfen, die wir in der einsamen Wüste entdecken, zu dieser einzigen Höhle werden wir immer wieder zurückgeführt, so seltsam sich der Weg auch krümmen mag. Nur in der Sinnlichkeit können wir uns begreifen, und sie regiert und ordnet das Gewebe, das wir immer von unserm Geiste getrieben glauben. Bloß hierauf können sich alle Plane und Entwürfe, Wünsche und stille Ahndungen gründen; in dieser Körperwelt bin ich mir selbst nur mein erstes und letztes Ziel, denn der Körper ordnet alles nur für seinen Körper an, er findet bloß Körper in seinem Wege, und eine Verbindung zwischen ihm und dem Geiste ist für unser Fassungsvermögen unbegreiflich. Die Seele stehet tief hinab in einem dunkeln Hintergrunde und lebt im weiten Gebäude für sich, wie ein eingekerkerter Engel: sie hängt mit dem Körper und seinen vielfachen Teilen ebenso wenig zusammen, wie der Verbrecher mit der Stadt in der er gefangen sitzt; wie man ebenso wenig glauben würde, daß alle Straßen mit den Toren und Türmen umher bloß für den Gefangenen angelegt wären.

Was kann ich also für meine Seele tun, die wie ein unaufgelöstes Rätsel in mir wohnt? die dem sichtbaren Menschen die größte Willkür läßt, weil sie ihn auf keine Weise beherrschen kann? und wie kann ein Körper gut oder böse sein? – Er *ist*, das ist sein Verbrechen und seine Tugend, sein Dasein ist seine Strafe, und seine Wohltat, und wer hat dies nicht schon in sich selber empfunden?

Damit die verächtlichen Maschinen sich brüsten können, haben sie Namen und Unterschiede wie bunte, klägliche Ordenszeichen erfunden; nur der Pöbel hat die tiefe Achtung vor diesen.

Was bleibt uns übrig, William, wenn wir alle leere Namen verbannen wollen? – Freilich nichts zu philosophieren und mit Enthusiasmus für die Tugend und gegen das Laster zu reden, kein Stolz, kein Gepränge mit Redensarten, aber immer noch ebenso viel Raum um zu leben.

Die Empfindung geht daher einen kürzern und richtigern Weg, als der grübelnde Verstand; denn das Gefühl ist der Haushofmeister unserer Maschine, der erste Oberaufseher, der dem alten pedantischen Verstande alles überliefert, der es weitläuftig und auf seine ihm eigene Art bearbeitet. Gefühl und Verstand sind zwei nebeneinander laufende Seiltänzer, die sich ewig ihre Kunststücke nachahmen, einer verachtet den andern und will ihn übertreffen.

Wenn wir nicht bloße Maschinen sind, so reißt sich die Seele einst gewiß von allem los, was sie so lästig gefangen hält, sie wird nicht schließen und unterscheiden, nicht ahnden und glauben, sondern im raschen, reißenden Fluge nach ihrem ungekannten Vaterlande eilen, wo sie wirken und ungefesselt dauern kann.

Wenigen wundervollen Menschen war es vielleicht gegönnt, sich schon hier, von den Gauklern, ihren Sinnen, noch umgeben, kennen zu lernen, und in ihre innerste, verborgenste Tiefe zu schauen. Aber die Natur widerstrebt mit allen ihren Kräften, sie sind seltsame Wunderdinge, die sich vor sich selber entsetzen; die Fugen sind gerissen, der Geist sieht unmittelbar, ohne Sinne und ohne das Mittelglas des Verstandes, in das Dasein und die Gegenstände hinein und der Körper schaudert unter heftigen Zuckungen.

32

Balder an William Lovell

Heut scheint die Sonne freundlich und ich denke an Deinen Namen, denn er ist wie blauer Himmel. Da war mir, als hört' ich Deinen Gang hinter mir in den Gebüschen und ich sah mich um. Aber der Wind kletterte nur in den Bäumen umher, und pflückte einige reife Blätter, die er der Erde, seiner Mutter, zum Verzehren hinlegte. Nun hab' ich noch in meiner Schreibtafel ein Blatt Papier und ich will es nehmen, und jetzt mit Dir sprechen; vielleicht findet sich einst ein Mann, der es zu Dir hinüberträgt.

Wechselnd gehn des Baches Wogen
Und er fließet immer zu,
Ohne Rast und ohne Ruh,
Fühlt er sich hinabgezogen,
Seinem dunkeln Abgrund zu.

Also auch des Menschen Leben,
Liebe, Tanz und Saft der Reben
Sind die Wellenmelodie,
Sie verstummt spat oder früh.

Ewig gehn die Sterne unter,
Ewig geht die Sonne auf,
Taucht sich rot ins Meer hinunter,
Rot beginnt ihr Tageslauf.

Nicht also des Menschen Leben,
Seine Freuden bleiben aus,
Ist er nur dem Tod gegeben,
Er behält ihn dort im dunkeln Haus. –

So werd' ich jetzt gezwungen, nach einem gewissen Klange zu reden, der wie ein Wasserfall in meiner Seele auf- und niedersteigt. Mich besuchen oft Leute in meiner einsamen Waldwohnung, und sagen es ganz laut, so daß ich es höre, ich sei ein Prophet von Gott gesandt. Die guten Leute meinen es aber in ihrem Sinne recht gut, nur schieben sie das meiste auf meinen Bart, der mir wider meinen Willen so lang gewachsen ist.

Die Sonne spielt fröhlich zwischen den dunkelgrünen Zweigen herab und ich sehe, wie jedes Tier sich in ihr goldnes Netz so gern und willig fängt. Die ganze Natur ist begeistert und die Waldvögel singen lange und schöne Lieder, und die Bäume stimmen drein mit lautem ehrwürdigem Rauschen und wie Harfensaiten zittert und klingt alles um mich her, und ich singe innerlich Gesänge, ohne daß ich es weiß.

Alte graue Helden treten
So vertraulich zu mir her,
Ehrfurchtsvolle Priester beten,
Und es rauscht das griech'sche Meer.
Circes Weberstühle sausen,
Die Charybdis strudelt wild,
Pan erwacht, die Wälder brausen,
Jäger starren und es flieht das Wild.
Lanzenkämpfer taumeln rüstig
Sich auf Rossen auf und her,
Und Ariost ersinnet listig
Seine wundervolle Mär.
Vom Orlando, Rodomont,
Ach in seinen Liedern sonnt
Sich der Dichter, plötzlich bricht er ab
Ihn verschlingt das offne Grab.
Ach und keine Verse sprechen
Sanften Trost dem Armen zu,
Alle Harfensaiten brechen
Um ihn her die fürchterlichste Ruh.

Ich denke noch daran, daß wir oft über alles sprachen, was ich jetzt immer wirklich vor mir sehe.

Alle diese Leute sind nicht tot, sondern nur verdunkelt, sie kommen, wenn ich sie rufe, und vertragen sich brüderlich mit mir.

Denkst Du noch zuweilen an mich, wie ich an Dich und Deine Torheiten denke? Es ist mir jetzt ein neues ruhiges Leben angegangen, ich weiß es nicht zu sagen, wie sehr ich innerlich froh bin. Eine andere stillere Seele ist in mich eingegangen, und die hat über mich eine bessere Herrschaft angefangen.

Ich weiß nicht in welchem Waldgebirge ich wohne, denn ich erkundige mich nie mehr nach Namen. Es sieht um meine Wohnung wunderlich und doch schön aus. Felsen stehn hoch und ernsthaft da, und Ulmen und Pappeln, und an den senkrechten Wänden hängt der Efeu dick wie Riesenlocken herunter. Es ist alles hier um mich lebendig und voll Freundschaft, die Bäume grüßen mich, wenn ich aufwache, der Himmel zieht purpurrot über meinen Kopf weg und seine bunten Lichter spielen um mich herum und necken mich. – Ach Freund, wenn man die Blumen und Pflanzen näher kennen lernt, was sie dann anders sind, als man gewöhnlich glaubt, sie sind klüger als die Leute denken, und haben auch mehr Gewalt, als man meint. Die Menschenwissenschaft kennt nur einen Teil ihrer geheimen Kraft.

Blumen sind uns nah befreundet,
Pflanzen unserm Blut verwandt,
Und sie werden angefeindet,
Und wir tun so unbekannt.

Unser Kopf lenkt sich zum Denken
Und die Blume nach dem Licht,
Und wenn Nacht und Tau einbricht
Sieht man sich die Blätter senken.
Wie der Mensch zum Schlaf' einnickt,
Schlummert sie in sich gebückt.

Schmetterlinge fahren nieder,
Summen hier und summen dort,
Summen ihre träge Lieder,
Kommen her und schwirren fort,
Und wenn Morgenrot den Himmel säumt,
Wacht die Blum' und sagt, sie hat geträumt,
Weiß es nicht, daß voll von Schmetterlingen
Alle Blätter ihres Kopfes hingen.

O was würden die Menschen in der Nacht erblicken, wenn sie plötzlich in ihren Träumen aufwachen könnten. Der Traum steht vor ihnen und weiß wenn der Mensch nicht mehr schläft, der gewöhnliche Betrug gibt auf den ersten Wink acht und rennt wieder an seine Stelle. – Aber ich war einmal krank und sah alles mit Augen, und griff es mit diesen Händen, mit denen ich jetzt schreibe, ich weiß selbst nicht warum; da hielt ein jedes Wunder ordentlich stand und ich lachte über die andern Menschen.

Auch die Vögel und die Tiere, die Berge und die Felsen sind anders, als die Menschen sich einbilden wollen es zu wissen. Es ist nur zu weitläuftig, sonst könnt' ich hier viel davon schreiben und es würde doch weder Dir noch einem andern Menschen nützen, denn wer's nicht schon vorher weiß, kann mich doch immer nicht verstehn. So geht es mit allem Guten. Jeder Mensch spielt sein eigenes Instrument und hat einen andern Takt und ein anderes Lied abzuspielen.

Da hab' ich hier in einem Felsen einen Menschen gefunden, der alles so sehn kann, wie ich. Daß sich die Klugen doch so gern aus der Welt zurückziehn! Aber in der Einsamkeit denkt und fühlt die Seele anders, sie wird nicht durch das unordentliche Gezwitscher und Gepolter unterbrochen. In der freien Natur ist alles mit der Seele verwandt und auf einen Ton gestimmt, in jedes Lied stimmt sie freiwillig ein und ist das Echo und ebenso oft der Vorsänger von allem was ich denke: ein kleiner Vogel kann mir vielen Verstand in meinen Kopf hereinlocken. Der Mensch ist taub und kann mich nicht reden hören; aber wozu brauchen Menschen die Sprache? Sie ist unnütz und eine seltsame Erfindung. Sie ist erfunden, um zu lügen, nicht um die Wahrheit zu reden, denn sonst wäre sie besser und verständlicher; ein boshafter Lügner weiß alles damit zu machen, dem Verständigen fällt sie zur Last.

Wir leben wie Brüder beieinander und er hat gar kluge Einfälle. Uns beiden kommt die Welt anders vor, wie den übrigen Leuten, und doch ist die Kunst nur so klein und einfach.

Ich halte mir auch Tauben, die ganz zahm geworden sind und doch ihren natürlichen Mut und Verstand behalten haben. Ich habe sehr viel von ihnen gelernt, wenn sie manchmal so unter sich mit dem Kopfe nickten und girrten und sich ihre Zeichen machten, mit denen sie manchmal über den Menschen spotten. Diese und die Lämmer, die mit mir essen, sind die unschuldigsten und besten Geschöpfe von der Welt, und wenn sie Dich kennten, würden sie Dich grüßen lassen. Es ist nur um die Reise zu tun, so könntest du hier mit mir leben.

Von den großen Dingen, die ich weiß, kann und darf ich Dir nichts schreiben. Es ist bloß darum ein Geheimnis, weil Du es nicht verstehn würdest.

Den Namen Gottes denen nennen,
Die ihn nicht mit dem Herzen kennen,
Ist Missetat.
Es hängen um mich Geisterchöre,
Und sprechen laut, daß ich es höre: –
Sie halten Rat.
»Laß Mensch jetzt deine Zunge schweigen,
Bis sich die runden Jahre neigen«,
So tönt's herab;
»Was willst du vor der Zeit enthüllen?
Den Durst nach dieser Weisheit stillen
Ja Tod und Grab!«

Und so will ich denn lieber enden, um mir kein Mißfallen zuzuziehn.

Lebe wohl, William, so schreibe ich hier in meinen Bergen. – Die Stauden winken mir, zu ihnen zu kommen, und ein Wort mit ihnen zu sprechen, denn sie halten alle viel von mir; meinen Rosen muß ich noch Wasser zu trinken geben, und dann muß ich die kranke Pappel besuchen, die der Wind eingeknickt hat. Es ist ganz mein freier Wille, aber ich habe es mir selbst zum Gesetze gemacht; ich helfe ihnen in vielen Sachen, und die Blumen und Bäume hier würden sich sehr grämen, wenn ich einmal fortzöge.

Die Lämmer wundern sich, weil ich schreibe, was sie von

mir noch nicht gesehn haben. Die unschuldigen Tiere können nur auf ihre Art sprechen, und es ist auch eben so gut.

Lebe recht wohl, ich will das Blatt einem fremden Manne geben.

33

William Lovell an Rosa

Rom.

Wohin soll ich mich mit meinen Gedanken und Empfindungen wenden? Überall bin ich mir fremd, und überall find' ich mit meinen Ideen einen wundervollen Zusammenhang. Der höchste Klang des Schmerzes und der Qual fließt wieder in den sanften Wohllaut der Freude ein, das Verächtliche steht erhaben und die Erhabenheit fällt zu Boden. Wie im Abgrunde der See Geschmeide und Kostbarkeiten unter Schlamm und neben verweseten Gerippen glänzen, so seltsam liegt alles in meinem Innern durcheinander.

Es funkelt Gold in wilden Trümmern,
  Tief im verborgenen Gestein,
Ich sehe ferne Schätze schimmern,
  Mich lockt der rätselhafte Schein.

Und hinter mir fällt es zusammen,
  Ha! um mich her ein enges Grab,
Die Welt, der Tag entflieht, die Flammen
  Der Kerzen sinken, sterben ab.

Die Hand klopft zitternd an die Wände,
  Der unterird'sche Wandrer schaut
Nach Licht und Rettung, ohne Ende
  Das Dunkel! – Ihn erquickt kein Laut.

Er hämmert in den Felsgemächern
Mit einer dumpfen Lebensgier,
Gefangen von den dunkeln Rächern,
Zur Strafe seiner Wißbegier.

Da äugelt aus der fernsten Ritze
Ein blaues Lichtchen nach mir hin,
Ich krieche zu der schroffen Spitze,
Und taste mit entzücktem Sinn,

Und ach, es ist das Goldgestein,
Das mich zuerst hieher versucht,
Nun labt mich nicht der Flimmerschein,
Der boshaft mich zuerst versucht.

Es sehnt der Geist sich nach dem Bande,
Das ihn mit zarter Fessel hielt,
Als er sich wie im Vaterlande
In seiner stillen Brust gefühlt.

Doch fern ach! liegt das heimische Gestade,
Am wilden Taurien verirrt,
Kniet er umsonst und flehet Gnade,
Das blut'ge Opfermesser klirrt!

Doch Blumen blühn in diesen Schrecken,
Die hell mit rotem Purpur glühn,
Die Todesschatten, die ihn decken,
Sie lassen prächt'ge Funken sprühn.

Liegt alles nur im Sinnenglücke?
Vereint sich jeder Ton zum Chor?
Für tausend Ströme eine Brücke?
Gehn alle Pilger durch dasselbe Tor?

So öffnet mir die dunkeln Reiche,
Daß ich ein Wandrer drinnen geh',
Daß ich nur einst das Ziel erreiche
Und jedes Wunder schnell versteh'.

Eröffnet mir die finstern Pforten,
An denen schwarze Wächter stehn,
Laßt alle gräßlichen Kohorten,
Mit mir durch jene Pfade gehn!

Je wildre Schrecken mich ergreifen,
Je höher mich der Wahnsinn hebt,
So lauter alle Stürme pfeifen,
Je ängstlicher mein Busen bebt,

So inniger heiß' ich willkommen
Was gräßlich sich mir näher schleift,
Dem ird'schen Leben abgenommen,
Zum Geisterumgang nun gereift.
Alles Wilde, was ich je gedacht,
Alle Schrecken, die ich je empfunden,
Rückerinnrung aus der trübsten Nacht,
Grauen meiner schwärz'sten Stunden,
O vereinigt euch mit meinen Freuden,
Stürmet alle um mich her,
Schlinget euch an alle meine Leiden,
Flutet um mich gleich dem wilden Meer,
Daß das Morgenrot sich in dem Abgrund spiegle,
Graun und Schrecken meine Heimat sei,
Daß der Wahnsinn immer rascher mich beflügle,
Und zum dunkeln Tor der Hölle zügle,
Nur Erynnen! gebt mich von den Zweifeln frei!

O Rosa, hier hätten Sie nun von neuem Gelegenheit, über mich zu spotten, aber ich finde immer mehr, daß man manches nur in Versen und in einer Art von Wahnsinn sagen könne, die prosaische Sprache widerspricht diesem Unsinn in jeder Zeile.

Lesen Sie doch aufmerksam Balders wunderbaren Brief, der wie der Gesang eines fremden, verirrten Vogels zu uns herübertönt.

Ich möchte Ihnen gern noch so vieles schreiben und kann keine Worte und keine Begriffe finden, es ist alles in mir wüst und verlassen, wie eine Gegend nach einem Erdbeben. –

Ich kann in mir selber keine Ruhe finden. Geben Sie mir nur Eine Überzeugung und ich bin zufrieden. Dieser Zweifel ist der Henker, der unsre Seele auf die Folter legt. Andrea mag mir dagegen sagen, was er will: es ist die Arbeit der Danaiden in der Unterwelt, immer wieder von neuem und stets von neuem dieselben Gedanken ohne Erfolg durch unsern Kopf rinnen zu lassen.

34

Willy an seinen Bruder Thomas

Kensea.

Lieber Bruder.

Ich habe Dich also doch nun wirklich endlich gesehen, und ich bin nun wieder umgekehrt, und sitze und denke hier in Kensea wieder an Dich, wo ich nach dem Willen meines lieben verstorbenen Herrn als ein Verwalter bleiben soll, bis mein Herr William aus Italien zurückkömmt. Wie ist die Zeit und das menschliche Leben doch so gar flüchtig! Es ist nicht anders, als wenn wir nur solche Bilder wären, die auf den Schießplätzen den Schützen oft vorbeigezogen werden, man sieht sie kaum, so sind sie auch schon wieder weg.

Hier leb' ich nun recht ruhig und von der ganzen Welt abgesondert. Ich denke oft an den guten alten Lord Lovell, der nun auch gestorben ist, und an alles, was ich so zeit meines Lebens erfahren habe. Ich bin innerlich recht zur Ruhe gekommen und es ist mir, als wenn ich mich immerfort im stillen grämte. Das ist nun hier dasselbe Haus, in das ich als ein junger Bursche so munter und flink eintrat und mir alles in der Welt so herrlich und wie angeputzt vorkam; ich dachte immer: Ei, Willy, du bist jung, wie vieles Glück kann Dir noch begegnen, nur frisch und munter! Ich schrieb Dir damals auch einen langen und recht übermütigen Brief, denn ich bildete mir auf die blanken Tressen auf meinem Rocke nicht wenig ein; es war mir mein Blut so warm, daß ich ordentlich glaubte, die ganze Welt sei nur mir zu Gefallen erschaffen. – Und nun, lieber Bruder, wenn ich daran denke, wie manche schwere Krankheit ich seitdem überstanden habe, wie oft es Dir so recht schlecht gegangen ist, daß ich herzlich weinen mußte, was alles der gute Lord Lovell gelitten hat, wie wir uns beide nur im Grunde wenig gesehn hatten, wie ich mit der Herrschaft bald hier und bald da gewohnt habe, und wie ich nun als ein alter abgelebter Mann wieder über dieselbe Schwelle schritt, über die ich als ein junger Bursche sprang, – o lieber Bruder, so kann ich Dir gar nicht sagen, wie seltsam mir dabei zumute wird. Ich möchte sagen, ich hätte mich damals bloß in einen jungen Menschen verkleidet, oder mich nur jung angestellt, so unnatürlich kömmt es mir von damals vor. Herr Mortimer und seine Frau ist einmal hier durchgefahren und er hat mich bei der Gelegenheit besucht. Er ist munter und gesund und dabei recht freundlich gegen mich.

Ich gehe fleißig in die Kirche und halte mich jetzt mit meinen Gedanken mehr zu Gott, als jemals. Alles übrige ist doch nur eitel und vergänglich.

Der Garten hier ist gegen ehemals recht verwildert und ich kann ihn mit dem Gärtner unmöglich wieder recht in Ordnung bringen; das liebe Unkraut hat sich allenthalben eingeschlichen und tiefe Wurzel gefaßt; wir tun beide was wir können, aber es will immer nichts fruchten.

Bleib ja gesund, lieber Bruder, daß wir uns vor unserm Tode noch einmal sehn können, endlich muß es doch ans Sterben gehn, da hilft kein Widerstreben und dann wollen wir sanft und geruhig in dem Herrn entschlafen.

35

Thomas an seinen Bruder Willy

Bonstreet.

Deine Briefe, lieber Willy, sind mir jetzt immer gar zu fromm. Es ist freilich wohl wahr, daß man sich in Deinem Alter von dem Irdischen etwas abziehen kann, und man tut ganz recht und wohl daran, aber alles Ding, Willy, hat auch sein Maß und Ziel. Wir sind in der Welt, um zu arbeiten, und etwas zu tun und dazu möchte man alle Courage verlieren, wenn man immer nur an die Vergänglichkeit der Dinge denken wollte, darum bilde ich mir manchmal ein, daß manches, was ich tue und verfertige, ewig dauern würde, und mir ist ganz wohl dabei zumute.

Was Du mir von Deinem Garten schreibst, will ich gar gern glauben, weil Du und der Gärtner vielleicht nicht mit dem Dinge umzugehen wissen. Auch gehören zu solchem Werke viele Arbeiter und Gartenknechte, wie Du wohl auch hier an meinem Garten in Bonstreet wirst gesehn haben; die Natur hängt einmal nach dem Verwildern hin, und darum muß man Tag und Nacht dagegen arbeiten.

Der alte Lord Burton ist recht gefährlich krank und ich glaube, daß er schon zum Grabe reif ist. Die Untertanen sind alle vergnügt, und seine Kinder sind die einzigen, die ich weinen sehe. Es ist ihre Pflicht, als Kinder, sonst hat er von den andern nicht leicht eine Träne verdient; er bekehrt sich vielleicht noch in seinen letzten Stunden, welches ich von Herzen wünschen will. Auf den Sohn hoffen wir aber alle recht mit Sehnsucht, und ich denke, es soll denn auch mit meinem Garten hier ein ander Ansehn gewinnen. Ich habe mit allen meinen Herrschaften bisher immer Unglück gehabt; die alte Dame in Waterhall ließ den Garten fast ganz verwildern, und der alte Lord Burton hat gar keinen recht guten Geschmack, und man darf ihm nichts einmal dagegen sagen, sonst wird er noch obendrein böse. So alt ich bin, so hör' ich es doch gerne, wenn fremde Herrschaften so den Garten und den Fleiß des Gärtners loben, und der Sohn, der junge Herr, hat auch schon manchmal mit mir darüber gesprochen, außer seit sein Vater so krank ist, wo er ordentlich melancholisch geworden ist. Man soll den hiesigen Garten gewiß weit und breit loben, die Leute sollen weit hieher reisen, um ihn zu sehn. Siehst Du, Willy, noch in meinen alten Tagen denke ich Ehre einzulegen, ich tue nicht so verzagt wie Du. Lebe wohl und bleibe nur gesund.

36

Andrea Cosimo an William Lovell

Rom.

Ist denn Dein umherschweifendes, unruhiges Gemüt nun endlich zur Ruhe gebracht? Deine wilden Zweifel sind aufgelöst und Du wirst Dich und die Welt wieder unbefangener betrachten können. Ich habe alles für Dich getan, was ich tun konnte, und der ungestümste Zweifler hätte dadurch befriedigt werden müssen.

37

William Lovell an Andrea Cosimo

Ich danke Dir, daß Du mich endlich aus den verworrenen Labyrinthen wieder zum Lichte des Tages geführt hast, denn meine Seele erlag allen den ungeduldigen Zweifeln. Aber jetzt ordnet sich alles Unstete und Umherschweifende in meinem Gemüte wie an Fäden die alle in Einem Mittelpunkte zusammentreffen. Du hast mich von der Wirklichkeit einer wunderbaren Welt überzeugt und alles hat sich in mir zufriedengegeben, alle Ideen und Empfindungen nehmen wieder ihre natürliche Stelle ein und die Harmonie mit mir selbst ist hergestellt.

38

William Lovell an Rosa

Rom.

Endlich, Freund, bin ich beruhigt, ich habe die höchsten Spannungen der Phantasie überstanden und ein gewöhnlicheres Leben nimmt seinen Anfang. Andrea hat mich endlich von seiner Lehre überzeugt und ich fühle mich innerlich beruhigt, ich bin an eine stille ruhige Insel nach einem wilden Sturme verschlagen. Folgen Sie meinem Beispiele, Rosa, und werfen Sie sich einer Überzeugung in die Arme, um beruhigt zu werden. Überzeugungen muß der Mensch haben, um sein Dasein ertragen zu können, um nicht vor sich selbst und dem Abgrunde den er in seinem Innern entdeckt zurückzuschaudern. Ich mag diese Notwendigkeit keine Schwäche nennen, denn durch Glaube und Überzeugung fühlt sich der Mensch stark; seine Zweifel waren nur ziehende Wogen die ihn an das feste Gestade trugen.

39

Mortimer an Eduard Burton

Roger-place.

Ich habe seit lange, teurer Freund, keine Nachrichten von Ihnen erhalten, und ich gerate fast in die Besorgnis, daß Sie ebenfalls krank sind. Mit Ihrem Vater hat es sich wahrscheinlich nicht gebessert, denn sonst würden Sie mir wohl einige Nachricht davon gegeben haben.

Ich fühle mich in der Einförmigkeit des Landlebens noch immer sehr glücklich; es scheinen mir lauter Mißverständnisse zu sein, wenn die Menschen so emsig nach ihrem Glücke suchen, selten denkt man sich bei dem Worte Glück etwas Deutliches, und die Wandrer gehn nun oft auf wunderbaren Wegen um das Ziel herum. Amalia ist ebenso froh und gesund, als ich bin, und ich möchte sagen, daß sie mit jedem Tage heiterer wird.

Ich habe mich jetzt daran gewöhnt, eine eigene Haushaltung zu führen, und ich und meine Frau haben uns noch nie gestritten, ein paar recht freundschaftliche Zänkereien abgerechnet, die über ein häßliches Weib entstanden, die Amalia aus zu großer Gutherzigkeit in ihre Dienste genommen hat. Dies Wesen hat ganz das Ansehen einer verzauberten Fee, wenigstens habe ich noch in keinem Märchen eine Beschreibung von einer häßlichern gefunden, ihre Physiognomie ist mir im höchsten Grade zuwider, es ist nicht meine Schuld, wenn ich sie zugleich für boshaft halten muß.

Leben Sie recht wohl und antworten Sie mir bald.

40

Eduard Burton an Mortimer

Bonstreet.

Ich konnte Ihnen bisher nicht schreiben, teurer Freund, weil die Krankheit meines Vaters, die mit jedem Tage zunahm, mich zu sehr beschäftigte und zerstreute. Sie ahnden es vielleicht aus diesem Anfange, daß er nicht mehr ist, und diese Nachricht war es, die der Inhalt meines Briefes werden sollte. Ja Mortimer, er hat endlich alle Schmerzen die ihn folterten überstanden, und auch ich bin nun ruhiger. Seine Seele schied schwer von ihrem Körper, der sie doch nicht mehr zurückhalten konnte; ich kann es nicht unterlassen, ihn stets von neuem zu beweinen, wenn es mir wieder lebhaft einfällt, daß er nicht mehr ist, so viel ich auch in manchen Stunden von ihm habe leiden müssen. Ach, ich habe alles, alles vergessen, denn er war in seinen letzten Stunden so freundlich und zärtlich gegen mich; er hätte sich mit der ganzen Welt so gern versöhnt, und sprach oft mit vieler Rührung von Lovell, seinem gestorbenen Feinde. – Vor seinem Tode hat er noch viele Papiere verbrannt, die er mit nassen Augen betrachtete.

Leben Sie recht wohl und glücklich, ich werde Sie auf einige Tage besuchen, um mich zu zerstreuen. Morgen ist das Begräbnis.

William Lovell

Drittes Buch

1

Eduard Burton an Mortimer

Bonstreet.

Mein Sinn ist wieder frei, und die Natur umher wieder heiter. Die tiefe Traurigkeit kann mit allem Rechte zu den gefährlichen Krankheiten gerechnet werden. Ich bin jetzt genesen, und der Schmerz der Rückerinnerung ist weit sanfter und geistiger; wenn ich jetzt nur noch einige Geschäfte in Ordnung gebracht habe, so sehn Sie mich auf einige Tage in Ihrer Wohnung.

Wozu die Klagen, die ungestümen Stürme gegen ein unabänderliches und gewiß gütiges Schicksal? – Er ist hinab, zur Ruhe gegangen, und es ist menschlich die Arme nach dem Verschwindenden auszustrecken; aber war denn das Leben sein Gewinn und sein Glück? Der Mensch betrachte den Himmel mit seiner Sonne und mit seinen Sternen, und alle ängstlichen Zweifel in seiner Brust werden vergehen, das Wohlwollen das wir in uns selbst empfinden, ist die Seele der ganzen Natur, ein Strom aus dem allgemeinen Meer der Liebe, aus Gott der sich in jedes Herz mit leisem Rieseln senkt. – Der gemeinste und der höchste Sinn haben hier nur einen und denselben Trost.

Aus jeder herben Empfindung entspringen bald fröhliche Gefühle und ich glaube, daß meine Schwester schon jetzt mit Hoffnungen ihre Phantasie schmückt, die sie bis jetzt unterdrücken mußte. Es ist mir nie so recht gelungen, ihr eigentlicher Vertrauter zu werden, aber ich verarge ihr dies neue Leben nicht, obgleich Lovell in seiner jetzigen Stimmung schreckliche Sätze darin über die Menschen entdecken würde. – O wie schmerzt es mich, so oft ich diesen Namen niederschreibe!

Leben Sie recht wohl, Emilie läßt Ihre Gattin herzlich grüßen.

2

Karl Wilmont an seinen Freund Mortimer

London.

Du vermutest mich vielleicht noch in Bonstreet und wunderst Dich den Brief von London datiert zu sehn? Nein, Mortimer, ich wünschte nicht, daß Du lange in Deinem Erstaunen bleiben mögest, denn ich fühle es, daß ich hier sein muß.

Ich habe vier glückliche Tage in Bonstreet, an Emiliens Seite verlebt, und bei Gott, es hat mich noch nicht einen Augenblick gereuet, daß ich wieder so schnell abgereist bin. Ich sollte unwürdig genug sein, sie sogleich mit ihrer reichen Aussteuer zu heiraten und dann gemächlich von ihrem Vermögen zu leben? Es kam bloß auf mich an, aber bei der ersten Nachricht von Burtons Tode ging mir der Gedanke durch den Kopf, daß ich ein unwürdiger Mensch wäre, wenn ich es täte. Du weißt, daß ich mehrere gute Empfehlungen an den Minister hatte, und er nahm mich freundlicher auf als ich erwarten konnte: bei ihm arbeite ich jetzt. Ich teilte Emilien sogleich als ich in Bonstreet ankam meinen Plan mit und sie konnte ihn auf keine Weise mißbilligen. Das Bewußtsein ihrer Liebe begleitet mich an meinen Arbeitstisch und die schwersten Geschäfte lächeln mich an; wir sind beide noch jung, und so mag unsere Vereinigung noch immer ein Jahr oder etwas länger aufgeschoben bleiben; in dieser Zeit denke ich befördert zu werden und ihr dann doch mit einem kleinen Glücke entgegenzukommen.

Ich lächle über mich selber wie ich bisher alles ernstere, festere Leben verabsäumt habe, sie nur so oft als möglich zu sehn suchte, und daß ich jetzt hier sitze, freiwillig von ihr verbannt und mir noch aus meinem kältern Sinn ein großes Verdienst mache. Aber bisher war sie mir ungewiß und ich verlängre nun gern meine poetische Idyllenexistenz, das goldne Zeitalter der reinen Liebe, das doch nachher auf immer verloren ist.

Meine Lebensgeister sind sehr munter, und mir ist immer als wenn ich bei Emilien wäre. Die Stadt mit allen ihren Annehmlichkeiten und Unannehmlichkeiten gefällt mir, denn ich bin wie mit einer neuen und klügern Jugend beschenkt. Wie herrlich das Leben mit seinem Treiben und seinem Gewühle vor mir liegt! Wer wollte sich nicht gern unter die Schwimmer auf diesem glänzenden Strome mischen?

Zuweilen mache ich mir Vorwürfe darüber, daß ich innerlich so froh bin. Die Menschen, (und ich mit eingerechnet,) sind ausgemachte Narren. Einen trüben, verkehrten Sinn, in dem sich alle Gegenstände dunkel und unkenntlich abspiegeln, halten sie viel leichter für den Rahm der Tugend, als die frohe Gemütsstimmung. Ich freue mich ja nicht über Burtons Tod, nicht daß er mir aus dem Wege gegangen ist, – o nein, nur über die Ebene, die plötzlich, ohne mein Zutun, vor meinen Füßen liegt. Die Menschen sind darin ganz gute Geschöpfe, und wohl mir, daß auch ich mir jetzt so recht wichtig und bedeutend vorkomme, daß ich alle Vorstellungen auf mich und mein künftiges Glück beziehe! Man lasse doch alle große kosmopolitische Plane, allen Kummer über Weltbegebenheiten fahren, und liebe sich und die Menschen recht innig, die der gütige Himmel dicht um uns angepflanzt hat! Dieser Empfindung, diesem Vorsatze will ich folgen, und Du mein lieber Mortimer, bist mit unter meine Geliebten eingeschlossen; aber auch meine Schwester die Du grüßen sollst, und jeden der sonst im Hause nach mir frägt, selbst die häßliche Charlotte nicht abgerechnet, die Dir so zuwider ist.

3

Mortimer an Karl Wilmont

Roger-place.

Deinen Gruß an Charlotten magst Du bei der ersten Gelegenheit selbst bestellen, denn ich spreche nur ungern mit ihr, die übrigen sind besorgt und alle sagen von Herzen Dank, daß Du Dich ihrer mit einem so fröhlichen Wohlwollen erinnerst. Dein Brief, Karl, hat mir sehr gefallen, denn eine liebenswürdige Menschlichkeit führt darin das Wort, wir sollten alle so empfinden, und die Menschen würden sich aus dieser dürren Erde einen Garten machen.

Nein, Du brauchst Dir keine Vorwürfe zu machen, lieber, unbefangener Mensch. Liegt es denn nicht in unserer Natur, daß wir das Glück willkommen heißen, wo wir es finden? Deine Seele hat ihre Unschuld behalten und Du wirst nie schlecht empfinden, und wenn auch bei der Betrübnis andrer Dein Mund sich zum frohsten Lachen zieht.

Mit Deinem Plane bin ich ebenfalls sehr zufrieden, die Tätigkeit wird Dich zum Manne machen, denn das ist der große Vorteil der Beschäftigung, daß sie unsern Geist reifer macht, wenn sie gleich in sich selbst oft keinen großen Wert hat. Die meisten Menschen wissen immer nicht, was sie mit ihrer Zeit anfangen sollen, wenn sie nicht von einer geordneten Tätigkeit mitgenommen werden, sie werden dann nur gar zu leicht auch im Geiste müßig und faul und sind nachher für jede Arbeit unbrauchbar, wenn sie auch gerne arbeiten wollten, ihr Dasein wird dann durch ewige unbedeutende Zerstreuungen zerschnitten und sie werden sich selbst zur Last. Du wirst bald fühlen wie Dein Geist durch eine nicht übertriebene und verworrene Tätigkeit elastischer wird und Emilie wird mehr als einen Gewinn davon haben.

Alle Deine Wünsche mögen in Erfüllung gehn, nur erliege nicht unter Deinen Vorsätzen.

4

Emilie Burton an ihre Freundin Amalie

Bonstreet.

Morgen, liebe Freundin, reise ich mit meinem Bruder von hier ab, um Sie auf einige Tage zu besuchen. Ich bin jetzt wie aus einem Kerker erlöst, seit ich nicht mehr so traurig bin; man fühlt nie so tief, wie wenig alle Vernunftgründe vermögen, man bemerkt nie so sehr, wie schwach wir sind, als wenn ein recht heftiger Schmerz unsre Seele durchdringt. Alle unsre Freuden und Hoffnungen fliehen dann plötzlich hinweg, und bleiben in einer unkenntlichen Ferne stehn; die Verzweiflung breitet sich in unserm ganzen Innern aus und wir kommen uns selber als Kinder vor, daß wir uns über irgend etwas freuen konnten.

Aber nach einem heftigen Schmerze, wenn die Brust sich erst durch Schluchzen freiern Atem gemacht hat, fühlen wir unser Leben dann auch mit frischem Wohlbehagen; und wie freue ich mich jetzt, Sie nach einer so langen Trennung wiederzusehn! – Mein Herz wird sich in Ihrem Gespräche erleichtert fühlen, und Sie werden mir dann so vieles, so mancherlei erzählen müssen. – Ich erschrecke manchmal innig, wenn ich plötzlich daran denke, wie alles sich in und um uns verändert; wie manches ist jetzt anders als es noch vor einem Jahre war, und wie anders waren wir, als wir noch zwei Jahre jünger waren! Mich befällt es manchmal, daß ich glaube, der Mensch könne für nichts in sich gutsagen; und wie betrübt ist dieser Gedanke!

Warum fang' ich an so weitläuftig zu werden, da wir uns nun bald mündlich sprechen? – Denken Sie wohl noch zuweilen an den armen Lovell? Was er jetzt treiben mag, der arme in sich verunglückte Mensch! – Ich möchte ihn wohl noch einmal wieder sehn. – Leben Sie wohl.

5

Bianca an William Lovell

Rom.

Ich sehe Dich jetzt nur so selten, Du eigensinniger Träumer! und dann nur auf einzelne flüchtige Augenblicke! Es ist mir eingefallen, wenn ich manchmal Dein verdrüßliches Gesicht ansehe, daß Du selbst nichts weißt, was Du von Dir und von mir haben willst. Umsonst werden alle Scherze und jeder Mutwille wach, wenn Du bei mir bist; Du bleibst in Deiner Verschlossenheit, und lächelst nur zuweilen halb mitleidig, halb erzwungen, um mich nur nicht rasend zu machen. – Ist das derselbe Lovell den sich vor einem Jahre mein lüsternes Auge wünschte?

Laura ist bei mir und wir haben eben von Deiner unerträglichen Laune gesprochen. Daß wir uns so an Dich gewöhnt haben, ja daß wir Dich so lieben, ist um zu verzweifeln! Es fehlt nicht viel, daß wir Sonette auf Dich machten; aber nimm Dich in acht, daß es nicht im Ernste Satyren werden!

O ihr Männer! seid ihr nicht unbegreifliche Toren, daß Ihr erst mit so vielen Erniedrigungen um unsre Gunst bettelt, und sie verachtet, wenn ihr endlich erhört seid! Müßtest Du Dich nicht hoch glücklich schätzen, daß zwei römische Mädchen, ich und meine Freundin Laura, Dich so lieben? nicht für Dein Geld, sondern weil Du Lovell bist. Aber Du bist ein kalter, nördlicher Satan, der mich martert und mich mit meiner innigen Liebe verächtlich stehnläßt und vorübergeht! – Ich will auch nicht mehr an Dich denken, ich will Dich bei andern Männern vergessen!

Aber besuche mich nur heut noch, wenn Du Dich nicht besser zu beschäftigen weißt, ich will meine ganze Phantasie aufbieten, Dich fröhlicher zu machen.

Hast Du Verdruß, Händel und Prozesse vielleicht in Deinem Vaterlande? – O laß alles fahren und freue Dich des Lebens und der Liebe! Was ist alles übrige? – Nicht der Mühe wert um davon zu reden. – O das habe ich Dich so oft an meinem Busen beschwören hören, Du Ungetreuer! Komm und sei jetzt nicht meineidig, sondern wiederhole Deinen Schwur. – Wenn Du es willst, soll Laura bei mir bleiben.

Sehr närrisch macht sich die Feder in meinen zum Schreiben ungelenken Fingern, aber möchten die ungeschickten verwirrten Streiche doch Zaubercharakter sein, die Dich unaufhaltsam herbannten!

6

Francesco an William Lovell

Rom.

Sie waren gestern ganz ohne Zweifel böse auf mich, weil ich Sie mit Adriano bei Ihrer Bianca störte, aber ich hoffe, ich habe mich doch im ganzen so schnell wieder entfernt, daß Sie nicht unversöhnlich sein werden. Ich reiche Ihnen mit aller meiner Gutmütigkeit die Hand zum Frieden, denn es wäre unverzeihlich, wenn wir beide noch vor Ihrer Abreise Feinde werden sollten.

Wenn ich nicht etwas zu fett wäre, so würde ich Sie begleiten und bei der Gelegenheit auch einmal andre Länder, als Italien zu sehn bekommen; aber so bin ich in mir selber gefangen, denn das Reisen bekömmt mir nie. Sonderbar, daß wenn man es sich gut schmecken läßt, man es nachher mühsam findet, einen Berg zu erklettern. – Indessen es lassen sich nicht alle Genüsse und alle Vortrefflichkeiten verbinden.

Wenn ich mir meine neugierige Seele denke, die so in schweren unbeholfenen Fesseln sitzt, und doch gern manches Neue lernen und erfahren möchte, so bekomme ich ein ordentliches Mitleiden mit mir selber. Als ich noch zuweilen weit zu Fuße ging, nahm ich mir vor, den größten Teil der Welt recht genau zu betrachten, und jetzt habe ich nun alles im verjüngten Maßstabe, in Kupferstichen vor mir und muß mich daran begnügen. – Doch, was hat man von einer ganzen Reise, wenn man wiederkömmt?

Trinken Sie ja nicht gleich kalt Wasser, wenn Sie aus dem Wagen oder vom Pferde steigen, denn ich habe es aus eigner Erfahrung, daß das sehr schädlich ist.

Bleiben Sie einem Frauenzimmer zu gefallen nie einen Tag länger an einem Orte; man hat nur Undank davon.

Lassen Sie fleißig nachsehn ob keine Linse am Wagen fehlt, damit Ihnen nicht plötzlich ein Rad abläuft und Sie einen gewaltigen Stoß bekommen.

Nehmen Sie auf jeden Fall einige Flaschen vorzüglich guten Wein mit, man weiß sonst manchmal nicht, was man in den schlechten Wirtshäusern anfangen soll, wo man oft in den miserabelsten Speisen die Zähne bewegt um nur mit dem Wirte keine Händel zu bekommen.

Die Postillione sind am besten, wenn sie halb betrunken sind.

Wenn Sie Ihren Freunden Naturseltenheiten mitbringen sollen, so ist es am bequemsten daß Sie diese auf der letzten Station kaufen, und dann schwören, Sie hätten sie mit eigenen Händen aus dem oder dem Berge gebrochen; man kann manchen Leuten damit eine sehr fröhliche Stunde machen.

Nehmen Sie sich besonders vor dem Morgentau in acht; es ist widerwärtig auf einer Reise krank zu werden.

Unterlassen Sie es nie, an die Aufwärterinnen einige Liebkosungen wegzuwerfen, Sie bekommen durch dieses Hausmittel allenthalben weit bessere Suppen.

Die Rechnungen der Wirte braucht man nie zu überrechnen, denn richtig addiert werden sie selbst vom einfältigsten; man spart beim Einsteigen in den Wagen damit einige Zeit.

Ihren Bedienten behandeln Sie ja recht schlecht, sonst ist er auf der Reise Ihr Herr. In einem fremden Lande können Sie ihm am meisten bieten, weil er schon Gott dafür danken wird, wenn Sie ihn nur wieder zurückbringen.

Ich halte Sie für meinen wahren Freund, denn ich bin wenigstens der Ihrige, und darum habe ich Ihnen einige Kenntnisse mitgeteilt, die ich mir ehemals auf meinen Reisen abstrahiert habe. Der ganze Brief macht wenigstens daß Sie auf der Reise vielleicht an mich zuweilen denken, damit habe ich schon genug und übergenug gewonnen, und gegen unsern Andrea will ich recht damit prahlen, daß ich Ihnen manchen vortrefflichen Rat auf den Weg gegeben habe.

Besuchen Sie mich aber noch morgen abend, Sie werden eine Gesellschaft von lustigen Freunden finden.

7

Bianca an William Lovell

Rom.

Und Du willst uns also wirklich verlassen? Ich sehe Dich nun in langer Zeit nicht, vielleicht nie wieder? – Willst Du auf der Reise zuweilen an Deine Bianca denken? Doch darauf darf ich kaum hoffen und meine Zudringlichkeit wird mich Dir nur noch verhaßter machen. Ich habe gehört, daß Du schon morgen früh abreisen willst und so wünsche ich Dir denn alles mögliche Glück. Wenn Du mich liebtest, würdest Du mich heut noch zum letztenmale besuchen, aber ich zweifle, daß Du kömmst. Ich möchte Dich so gern sprechen, aber Dir liegt nichts daran, – und so magst Du denn gehn. – Lebe wohl.

8

William Lovell an Rosa

Chambery.

Ich habe mich nirgends aufgehalten, und darum haben Sie bis jetzt noch keinen Brief von mir erhalten, hier aber will ich nun mehrere Tage von den Beschwerlichkeiten der Reise ruhn.

Ich hätte nicht noch jenen lustigen Abend bei unserm Francesco genießen sollen, denn die Einsamkeit, die Entfernung von Ihnen und allen unsern Freunden drückt mich nun um so schmerzhafter. Schon unter der Munterkeit, unter dem lauten Lachen sah ich in Gedanken meinen einsamen Wagen zwischen düstern Bergen fahren, und nun sitz' ich hier in einer fremden Stadt, so ganz abgesondert, tief in Betrachtungen und Erinnerungen mancherlei Art versenkt.

Ich wollte vor meiner Abreise noch Bianca besuchen, allein halb war es unmöglich, halb hab' ich es vergessen. Nichts ist für mich widriger und betrübter als jeder Abend vor einer Abreise, man ist ermüdet und verwirrt vom Einpacken und Anordnen, wobei endlich die Finsternis hereinbricht, und man mit dem Lichte bald in dieses, bald in jenes Zimmer wandert, um nur nichts zu vergessen; Koffer und Mantelsäcke werden dann zugeschlossen, und wir werden so recht darauf aufmerksam gemacht, wie unser ganzes Leben aus so elenden Bedürfnissen zusammengeflickt ist, wie wir mit einem Praß von unnützen Notwendigkeiten beladen, wie wir an uns selbst so wenig, ja fast nichts sind. Das ängstliche Herumtreiben der Aufwärter, die größere Leere der Zimmer, der Gedanke der Reise, – alles gibt dann eine dunkle Allegorie von der widrigen Maschinerie des menschlichen Lebens, wo alle Räder und alle Getriebe so kreischend hervorschreien, wo das Bedürfnis die erste bewegende Kraft ist. Dann gehn Berge und Täler wie Schatten meinem Sinn vorüber, ich erwarte den Anbruch des Tages mit einer Ängstlichkeit, als wenn ich sterben sollte.

Mit dem ersten Ruck des Wagens hören dann gewöhnlich meine Beklemmungen auf, ich vergesse denn, daß ich den Ort, den ich verlasse, vielleicht nie, oder mit ganz umgeänderten Gefühlen wiedersehe. – Und kann man denn allenthalben zugleich und allenthalben der nämliche sein? Oder sollen wir ewig von einem Orte zum andern ziehn, – ach Rosa, ich bin sehr unzufrieden und verdrüßlich! – grüßen Sie Andrea und alle meine Freunde herzlich, sein Sie versichert, daß ich zurückkehre, so bald es möglich ist.

In den wildesten Gegenden der Piemontesischen Gebürge fühlte ich mich oft auf eine seltsame Art glücklich, ich dachte an den Vorfall mit den Räubern, der mir vor ohngefähr anderthalb Jahren hier begegnete. Ich glaubte oft, daß Balder jetzt aus einem dunkeln Gebirgpfad heraustreten müßte, oder daß niemand anders als Amalie in der Kutsche vor mir fahren könne, oft hatten auch die Gesichter, denen ich begegnete, eine auffallende Ähnlichkeit mit jenen, die ich suchte. Ich weiß selbst nicht, was mich zu so seltsamen Erwartungen stimmte, noch weniger warum ich es so innig wünschte, daß meine Träume zur Wirklichkeit werden möchten.

Lassen Sie mich Ihnen einige Empfindungen mitteilen, die ich nicht unterlassen konnte, im Wagen niederzuschreiben.

Mit trübem Auge
In finstrer Nacht,
Geht durch das Leben
Das Kind geleitet
Vom ernsten Führer,
Den es nicht kennt.
   Im Tal, am lauten Wasserfall
Stehn beide Wandrer still,
Der Führer spricht zum Horchenden:
   Sieh, hier blühen alle Blumen,

Alle Wünsche, alle Freuden,
Pflücke, denn wie fließend Wasser
Rauscht das Leben dir vorüber.
  Fort weicht die Gestalt
Und tiefbekümmert
Sieht ihr mit langem Blicke
Der einsam Verlassene schmachtend nach.
  Wind säuselt in den Blumen,
Wellen murmeln so wie zum fröhlichen Tanz,
Da beugt sich der Fremdling
Und mäht mit raschen zitternden Händen
Die kleine Stelle
Auf der er steht.
  Und Blumen und Gräser
Und giftiges Unkraut
Und stachlicht Gewürme
Fühlt zitternd die Hand.
Und halb erschrocken
Und halb entschlossen
Wirft Gräser und Unkraut,
Gewürme und Blumen
Das Kind mit Gewinsel
In die Fluten des lauten abrollenden Stroms.
  »Wo sind die Freuden?
Wo sind meine Wünsche?
Du hast mich betrogen
Und einsam verlassen
Zittr' ich noch einmal
Die Hand nach den täuschenden Blumen zu strecken.«
  Da fließt des Mondes goldnes Licht
Durch Tal und Wies' und über den Strom
Und rätselhaft steht rings die Gegend
Im Glanz des Abends.
»Wo find' ich die Heimat?
Wo find' ich Gefährten?
Ich sehe nur Schatten,

Die dunkel und dunkler
Vom Strom herüber,
Bald hierhin, bald dorthin
Wie Wolken gehn.
Liegt alles jenseits,
Was ich mir wünsche
Und herzlich suche?
Ich höre Töne,
Sind's ferne Wasser,
Sind's tönende Wälder,
Sind's Menschenstimmen?
So fremd und vertraulich,
So ernst und so freundlich
Klingt's fern herüber.
Ach wie trotzig braust der Strom sein Lied fort,
Ziehende Vögel spotten meiner in der Ferne,
Wolken sammeln sich um den Mond und nehmen ihn mit sich,
Ach kein Wesen, das meiner sich erbarmte.
Ist *dies* das Leben,
Voll Lieb und Freude?
Wo find' ich die schöne,
Verlassene Heimat?« – –

Wie mag sich in meinem Vaterlande jetzt alles verändert haben? – Wie habe ich mich selbst verändert! – Und doch bin ich innerlich noch so sehr dasselbe Wesen.

Das Wetter ist sehr trübe und ich will mich niederlegen, um zu schlafen.

9

Eduard Burton an Mortimer

Bonstreet.

Ich schicke Ihnen hier einige Papiere, die Sie, wie ich glaube, mit Intresse lesen werden. Unsre neulichen herzlichen Gespräche geben mir ein Recht, nicht geheimnisvoll gegen Sie zu sein, ob ich Sie gleich ersuche, diese Blätter in keine andre Hände zu geben, denn sie sind von meinem Vater.

Vorn habe ich mehrere Bogen weggeschnitten, die, wie es scheint, zu Exerzitien in der Sprache gedient haben, durch einen Zufall hat er in diesem Buche dann für sich weitergeschrieben und so sind diese Geständnisse entstanden. Es gibt vielen Aufschluß über seine Art zu denken und über den Menschen vielleicht überhaupt. Er hat es selbst späterhin angemerkt, was er in seiner Jugend geschrieben hat.

Mich hat die Lektüre betrübt und nachdenkend gemacht. – Ist es nicht wunderbar, daß sich aus einem Schreibebuche der Charakter eines Menschen zum Teil entwickeln konnte?

Auch in seiner Krankheit hat er noch daran geschrieben, er suchte das Buch selbst und ließ es sehr emsig suchen, weil er mir es selbst geben wollte, aber es war nirgends zu finden. Jetzt hab' ich es bei dem Aufräumen der Zimmer von ohngefähr unter dem Bette entdeckt, in welchem er starb. –

Schicken Sie es mir zurück, sobald Sie es geendigt haben.

10

Einlage des vorigen Briefes

In meinem sechszehnten Jahre geschrieben.

Ja ja, Herr Wilkens ich habe Ihre Regeln recht gut verstanden, und vielleicht besser als Sie es glauben. Ihr ganzer Unterricht bezieht sich am Ende dahin, daß ich die Sprache zu meinem Nutzen gebrauchen lerne, und dann ist der Mensch gebildet. Habe ich mich nicht noch gestern an einem schwierigen Briefe üben müssen, in welchem eine gut angebrachte captatio benevolentiae gleich im Anfange mein Hauptaugenmerk sein mußte?

Ich bin seit gestern gegen jedermann besonders gegen die Bedienten sehr auf meiner Hut, denn ich sehe in jedem freundlichen Gesichte, in jedem ehrerbietigen Gruß nur eine captatio benevolentiae und gegen meinen Vater habe ich sie selbst auf die glücklichste Art benutzt, denn ich habe nun endlich die schöne goldne Uhr, nach der so lange mein Sinn trachtete. – Nur muß ich dafür sorgen daß niemanden diese Betrachtungen über meine Lehrstunden in die Hände fallen.

Es ist aber, als wenn der Unterricht aller meiner Lehrer, ja selbst meines Vaters nur dahin ginge, daß ich lügen und mit den Worten spielen lernte, wenigstens ist die kluge Schmeichelei gewiß die Poesie, die am unmittelbarsten auf die Seele wirkt. – Ich glaube, alle Komplimente die meinem Vater gemacht werden, und die er zurückgibt, sind nur Repetitionen aus einem frühern Unterrichte.

Ich muß selbst die Probe an den Menschen machen, die mich umgeben, vorzüglich am Koch und am Gärtner. Wenn der Satz richtig ist, so hat vielleicht jedermann eine schwache Seite, die man ihm abgewinnen muß, um ihn nach Gefallen zu benutzen. Das wäre wenigstens ein sehr lustiges Leben, wenn mir plötzlich alle Trauben des Gartens, alle Leckerbissen der Küche, ja selbst alle Goldstücke meines Vaters zu Gebote ständen.

Der Schlüssel zur ganzen Welt könnte am Ende nichts anders, als die gepriesene captatio benevolentiae sein.

Es muß aber doch Menschen geben, die auf dieselben Gedanken gefallen sind, und ich fürchte mein Vater und die mehresten alten Herren die ihn besuchen, gehören zu diesen. Gegen diese müßte man denn wie gegen einen ausgelernten Schachspieler sein Spiel maskieren, sich als unbefangen und dumm gutmütig ankündigen, und so ihre Aufmerksamkeit einschläfern. Ich will wenigstens gegen meinen Vater sehr auf meiner Hut sein, denn wenn man einmal die Spur eines Menschen entdeckt hat, so muß es leicht sein, ihm zu seinem versteckten Lager zu folgen.

Wenn Herr Wilkins nur nicht wieder darauf fällt, daß ich Verse machen soll, eine andre Art Lügen zu bauen, die ich verabscheue, weil sie zu gar nichts führt. Man sage mir doch ja nicht vor, daß Empfindungen diese trostlosen abgezirkelten Zeilen hervorbringen; ich habe schon manchen weinen sehen, aber nie auf eine ähnliche Art sprechen gehört. Ich begreife auch nicht, wie ich oder irgend jemand durch ein fingiertes Trauerspiel gerührt werden kann. – Diejenigen die Tränen vergießen können, sind am Ende wieder eine andere Art von Lügnern vor sich selber, so wie jene, die die herzbrechende Verse niederschreiben konnten. – So leben wir am Ende auf einer unterhaltenden abwechselnden Maskerade, auf der sich der am besten gefällt, der am unkenntlichsten bleibt, und lustig ist es, wenn selbst die Maskenhändler, unsere Geistlichen und unsere Lehrer, von ihren eigenen Larven hintergangen werden.

Zwei Jahre nachher.

Gottlob! daß ich endlich von meinen lästigen Lehrern befreiet bin! Nichts als Worte und Phrasen. Ich habe bei diesem Unterricht nur die Menschen kennen gelernt, die ihn mir erteilten, die so schwach und blöde waren, daß sie es gar nicht bemerkten, wie sie von mir und meinem Eigensinne abhingen.

Nichts kann mich so sehr aufbringen, als die Unbeholfenheit im Menschen, jene Blindheit in der sie nicht sehen, welche Talente zu ihrem Gebote stehen, und wie Fremde ihnen plötzlich Zügel und Gebiß anlegen, und aus einem freien Tiere ein dienstbares machen. Durch ein paar unbesonnene Streiche ist der Kammerdiener meines Vaters, der sonst ein gescheuter Mensch ist, so in mein Interesse verwickelt, daß er es jetzt gar nicht wagt, ehrlich oder gegen mich zu handeln. Der Verwalter ist der gutherzigste Narr von der Welt, aber er hält mich für einen noch größern, und dadurch habe ich sein unbedingtes Zutrauen gewonnen.

In der Sprache muß man sich gewisse Worte und Redensarten merken, die wie Zaubergesänge dazu dienen, eine gewisse Gattung von Leuten einzuschläfern. Auf jeden Menschen würken Worte, nur muß man ihn etwas kennen, damit man die rechten nimmt, um sein Ohr zu bezaubern. Der Verwalter hört nun gern von Ehrlichkeit der Menschen reden, er liebt es wenn man auf Niederträchtigkeit schimpft; wenn ich dies tue, und die Worte mit einer gewissen Hitze ausspreche, so weiß er sich vor Freuden nicht zu lassen, und drückt mir in seinem Entzücken die Hände. Auf diese Art muß man den Schatz unserer Sprache studieren, um die wahre Art zu sprechen zu finden. Es fällt mir immer ein, daß die Menschen offenbar Narren sind, die so reden wollen, wie sie denken, die ganze Welt dadurch beleidigen, und sich nur Schaden stiften. Ich denke für mich und spreche für die andern, folglich muß ich nur sagen, was diese gern hören. Es wird auch niemand erwarten, daß ich die sogenannte Wahrheit rede, so wenig wie ich es von einem andern fordere, denn sonst müßte ich nie jemanden etwas Schmeichelhaftes sagen, so wenig wie ich von irgend einem ein Kompliment bekommen würde. Die Sprache ist nur dazu erfunden um etwas zu sagen, was man nicht denkt; und wie selten *denkt* man selbst ohne zu lügen!

Die sogenannten Wahrheitsfreunde sind daher Menschen, die ausgemachte Toren sind, die selbst nicht wissen, was sie wollen, oder sie sind eine andere Art von Lügnern. Sie haben sich in den Kopf gesetzt, daß in ihrer Wahrheitssagerei ihr Charakter bestehe, und sie sagen daher von sich und andern Leuten eine Menge Sachen die sie wirklich nicht denken, sie wollen sich auf diese Art etwas auszeichnen, und sich freiwillig verhaßt machen. Sie sehen nicht ein, daß unsere ganze Sprache schon für die Begriffe und Dinge, die sie bezeichnen soll, äußerst unpassend ist, daß schon diese die Unwahrheit sagt, und daß es daher unsere Pflicht ist, ihr nachzuhelfen.

Der Grund von allen unsern Künsten, von allen unsern Vergnügungen, von allem was wir denken und träumen, – was ist er anders als Unwahrheit? – Plane und Entwürfe, Tragödien und Lustspiele, Liebe und Haß, alles, alles ist nur eine Täuschung, die wir in uns selber erzeugen; unsere Sinne und unsere Phantasie hintergehen uns, unsere Vernunft muß daher falsche Schlüsse machen, alle Bücher die geschrieben sind, sind nur Lügen, wovon die letzteren die ersteren in ihrer Blöße darstellen sollen; und doch soll ich den kleinen Teil meines Körpers, die Zunge, der Wahrheit widmen? Und wenn ich es wollte wie kann ich es?

Ein Jahr nachher.

Mein Vater ist gestorben, und die ganze Welt wünscht mir Glück, mit Worten die wie Kondolenzen gestellt sind. Viele suchen sich mir zu empfehlen, und manche darunter meine schwache Seite ausfindig zu machen. Die Menschen die meinem Vater viel zu danken haben, ziehen sich ganz zurück, und tun als wenn er nie auf der Erde gewesen wäre. Alte Weiber, die mich als Kind manchmal auf ihren Schoß genommen haben, präsentieren mir ihre Töchter, die sich mit allen Reizen aussteuern. Die Bedienten haben Pensionen und sind froh, selbst der Verwalter dem etwas an seinem Gehalte zugelegt ist. – Wo sind denn nun die Menschen, die so viel fühlen wollten? Wer kann denn nun noch mit seinen Empfindungen prahlen? – Ein Bettler geht unten vorbei den ich weinen sehe, weil mein Vater ihm wöchentlich etwas gab. Er weint weil er fürchtet, daß er jetzt sein Einkommen einbüßen wird. – – Ich habe ihm etwas heruntergeschickt, und er geht mit einem frohen Gesichte fort; er weinte vielleicht bloß um mein Mitleiden zu erregen.

Die Menschen sind gewiß nicht wert, daß man sie achtet, aber doch muß man sich die Mühe geben, mit ihnen zu leben. Ich will sie kennen lernen, um nicht von ihnen betrogen zu werden, denn wie kann ich dafür stehen, daß nicht irgend einmal meine Eitelkeit, oder irgend eine andre meiner Schwächen meine Vernunft verblendet?

Alles schmeichelt mir jetzt, selbst die Menschen von denen ich weiß, daß sie mich nicht leiden können und mich verachten. Alle denken, wenn sie mich erblicken, an mein Vermögen, und alle Bücklinge und Erniedrigungen gelten diesem Begriff, der nur auf eine zufällige Weise mit mir selber zusammengefallen ist. Diese Vorstellung von meinem Reichtum beherrscht alle die Menschen, die in meine Atmosphäre geraten, und wohin ich trete, folgt mir diese Vortrefflichkeit nach. Ich kann es also niemand verargen, wenn er sein Vermögen und seine Herrschaft über die Gemüter zu vergrößern sucht, denn dadurch wird er im eigentlichsten Verstande Regent der Welt. Ein goldner Zauberstab bewaffnet seine Hand, der allen gebeut. Dies ist das einzige, was noch mehr würkt, als alle möglichen captationes benevolentiae.

Solange man bei recht vielen Leuten den Gedanken erzeugen kann, daß man ihnen wohl nützlich sein könnte, hat man recht viele Freunde. Alle sprechen von Aufopferung und hohen Tugenden, bloß um uns in eine solche heroische Stimmung zu versetzen. Diese Situation aber gibt zugleich Gelegenheit, sie auf mancherlei Art zu nutzen, und sie so zu verwickeln, daß sie am Ende schon froh sind, wenn sie nur aus den Netzen freigelassen werden.

Man lebt in der Gesellschaft wie ein Fremdling, der an eine wilde barbarische Küste verschlagen ist; er muß seine ganze Bedachtsamkeit, alle seine List zusammennehmen, um nicht der Rotte zu erliegen, die ihn mit tausendfachen Künsten bestürmt. Wenn man es vermeiden kann, daß das Leben ein Hasardspiel wird, so hat man schon gewonnen. Seltsam daß alle zu gewinnen trachten, und manche doch die Karten nicht zu ihrem Vorteile mischen wollen! Für den Klügern muß es keinen Zufall geben.

Im zwanzigsten Jahre.

Der junge Lovell ist ein Narr, recht so, wie man sie immer in den Büchern findet. Ich habe das wunderbare Glück gehabt, ihn zu meinem Freunde zu machen. Er spricht gerade so wie die Dichter die er sehr fleißig liest, und ich möchte wetten er macht selber Verse. Er hat mir schon in den ersten Tagen alles vertraut, und es ist schade daß seine Geheimnisse so unbedeutend und kindisch sind. Sein Vater ist ebenfalls ein einfältiger Mensch, aber er scheint mir doch nicht ganz zu trauen, es muß irgend etwas in meinen Mienen oder Gebärden liegen, was ich noch wegzuschaffen suchen muß. Unser Körper muß in allen unsern Wendungen mit unserer Sprache korrespondieren, und das ist dann die eigentliche Lebensart.

Freundschaft ist eines von den Worten, die im Leben am häufigsten genannt werden, und man muß ebensowohl Freunde als Kleider haben, und von ebenso verschiedener Art. Freunde die mit uns spazieren gehn, und uns Neuigkeiten erzählen; Freunde die uns mit Leuten bekannt machen, mit denen wir gern in Konnexion kommen möchten. Freunde die uns gegen andere loben, und uns Zutrauen erwerben; andere Freunde, von denen wir im gesellschaftlichen Gespräche manches lernen, was zu wissen doch nicht unnötig ist; Freunde die für uns schwören; Freunde die, wenn wir es so weit bringen können, und die Gelegenheit es erfordert, sich für uns totschlagen lassen. Aus dem Lovell könnte vielleicht einer von den letzten gemacht werden, denn er gibt mir selbst freiwillig alle die Fäden in die Hand, an denen er gelenkt werden kann. Ich halte es für eine Notwendigkeit, daß ich mich hüte, mich irgend einem Menschen zu vertrauen, weil er in demselben Augenblicke über mir steht.

Lovell ist etwas jünger als ich, und er macht vielleicht noch dieselben Erfahrungen, die ich schon jetzt gesammelt habe. Das Alter ist bei gleichjungen Menschen oft sehr verschieden, und ich bin mir durch einen Zufall vielleicht selbst um viele Jahre vorausgeeilt; ich fühle wenigstens von dem Jugendlichen und Kindischen nichts in mir, das ich an den meisten Jünglingen und an Lovell so vorzüglich bemerke. Mich verleitet die Hitze nie, mich selbst zu vergessen; ich werde durch keine Erzählung in einen Enthusiasmus versetzt, der mir schaden könnte. Mein Blick richtet sich immer auf das große Gemälde des verworrenen menschlichen Lebens, und ich fühle, daß ich mich selbst zum Mittelpunkte machen, daß ich das Auge wieder auf mich selbst zurückwenden muß, um nicht zu schwindeln.

Jeder redet im Grunde eine Sprache, die von der des andern völlig verschieden ist. Ich kann also mich, meine Lage, und meinen Vorteil nur zur Regel meiner Denk- und Handelsweise machen, und alle Menschen treffen zusammen, und gehen einen Weg, weil alle von demselben Grundsatze ausgehn. Ein buntes Gewebe ist ausgespannt, an dem ein jeder nach seinen Kräften und Einsichten arbeitet, ein jeder hält das was er darin tut, für das Notwendigste; und doch wäre der eine ohne den andern unnütz. Inwiefern mein Nachbar würkt, kann ich nur erraten, und ich muß daher auf meine eigene Beschäftigungen acht geben.

Viele Menschen wissen gar nicht, was sie von den übrigen fordern sollen, und zu diesen gehört Lovell. In Gedanken macht er sehr große Prätensionen an meine Freundschaft. Ich fordre von den Menschen nicht mehr, als was sie mir leisten; und dies vorher zu wissen, ist der Kalkül meines Umgangs; je gewisser ich diesen rechne, je mehr kenne ich die Menschen, und das ganze übrige Leben von Zuneigung und Wohlwollen uneigennütziger Freundschaft, und reiner Liebe, ist nichts als poetische Fiktion, die mir gerade so vorkömmt, wie die Gedichte an die Diana und den Apollo in unsern Dichtern. – Wer sich daran erlustigen kann, dem gönne ich es recht gern, aber allen diesen Menschen die im Ernste davon sprechen können, ist die Binde der Kindheit noch nicht von den Augen genommen. Diese sind nützliche Mobilien für den ältern und klügern Menschen der sie auf eine gute Art anzustellen weiß.

Bald nachher geschrieben.

Immer ist es mir zuwider gewesen, wenn ich den Namen *Cromwell* nennen höre, oder ihn lese, um das Muster eines schlechten und ausgearteten Menschen aufzustellen, denn es wird mir fast bei keinem Charakter so leicht und natürlich, mich in ihn hineinzugedenken, und so für mich alle seine seltsamen Widersprüche aufzulösen. Alle die Laster die man ihm gewöhnlich vorwirft, sind es nur deswegen, weil die Menschen nicht die Fähigkeit besitzen, ihre Seele in Gedanken mit einem andern Charakter zu bekleiden; sie sind zu sehr in sich selbst eingesperrt, und dies macht ihren Blick beschränkt. Vielleicht daß die Unterschiede überhaupt aufhörten, wenn sich die Menschen die Mühe gäben, den Erscheinungen näher zu treten, die ihnen in der Ferne ganz anders geformt zu sein scheinen.

Cromwell war vielleicht der reinste und eifrigste Schwärmer, als er sich im Anfange zur Partei der Puritaner schlug. Wider sein Erwarten fand er, daß es leichter sei, die Menschen unter seinen Geist zu beugen, als er im Anfange gedacht hatte. Er durchdrang mit seinem scharfen Blicke die Gemüter aller derer die ihn umgaben, er bemerkte es, auf welchen Armseligkeiten meistenteils das Ansehen beruhte, das er unter seinen Freunden hatte, und er schämte sich vor sich selber, und verachtete die Menschen. Seine Schwärmerei und sein Enthusiasmus waren es vorzüglich, die die Menge an ihn band, denn der Schwärmer zieht einen weiten Feuerkreis um sich herum, und selbst in die kälteren Menschen gehen Funken über, die sie unwillkürlich mit Liebe und Wohlwollen zu ihrem Anführer drängen. Er sah ein, daß er in einzelnen Stunden, wenn ihn jener glückliche Enthusiasmus verließ, diesen auf eine erzwungene, und halb gewaltsame Art ersetzen müsse, und er erstaunte, da er fand, daß die Begeisterung sich auf die Art, sogar wider ihren Willen, vom Himmel ziehen lasse. Denn im Menschen liegt ein seltsamer und fast unbegreiflicher Vorrat von Gefühlen, dicht neben der Ahndung liegt die Empfindung und die Idee die wir ahndeten; der Lügner kann auf seine eigene Erfindungen schwören, ohne einen Meineid zu tun, denn er kann in diesem Augenblicke völlig davon überzeugt sein. Die wunderbarste Geistererscheinung kann vor mir stehen, und doch nur von meiner Phantasie hervorgebracht sein. – Auf die Art mußte der große Mann bald zweifelhaft werden, was in ihm wahr, was falsch, was Erdichtung, was Überzeugung sei, er mußte sich in manchen Stunden für nichts als einen gemeinen Betrüger, in andern wieder für ein auserwähltes Rüstzeug des Himmels halten. Wie durcheinander mußte sich bei ihm alles das verwirren, was die gewöhnlichen Menschen ihre Moralität nennen! Kann man nun wohl dieselben Forderungen an ihn machen, die man an jene tut? –

Das Glück folgte ihm auf seinen Fußstapfen, und welcher Sterbliche kann sich wohl von der Schwachheit losreißen, den glücklichsten Erfolg seiner kühnsten Plane nicht für den wahren Orakelspruch der Natur und der Gottheit zu halten? Fast jeder Unglückliche zweifelt an seinem Werte, er hält nur gar zu oft sein Unglück für seine Strafe. So glaubt der Sieger im Glück seinen Lohn zu finden, seine Bestätigung von oben her. Vom Erfolge begünstiget, schrieb er neue Zirkel in seine Plane, und alles erfüllte sich immer auf die wunderbarste Weise. Durch ein unruhiges tatenreiches, und glückgekröntes Leben, sah er sich plötzlich wie durch einen muntern Traum an die Spitze des Staats gestellt, und sein ganzes voriges Leben war nur Zubereitung und Gerüst zu diesem großen Momente.

An ihm war die Wohlfahrt seiner Partei gekettet; und was war natürlicher und einem Menschen verzeihlicher, als daß er jetzt seine Persönlichkeit mit seiner Sache verwechselte? Er glaubte für seine Partei zu kämpfen, wenn er nur noch für seine eigene Sicherheit stritt, und aus dem Wege räumte was ihn in seinem Gange hindern könnte. Er mußte sich gleich groß und gleich wunderbar vorkommen, er mochte sich nun als einen Liebling des Himmels betrachten, oder als einen Helden, der alles durch seine eigene Kraft gewonnen, und in Besitz genommen hatte, ja, diese beiden Gedanken mußten sich in seinem Kopfe beinahe begegnen. Er vertraute sich jetzt mehr als jemals, und trauete den Menschen die ihn umgaben noch weniger als vordem. Fortuna hatte ihre volle Urne gleichsam in seinen Schoß geschüttet, und er glaubte nun selbst an ihrer Stelle zu stehen; sein Stolz und seine Eigenliebe, die Bewundrung seiner selbst ist daher ebenso denkbar als verzeihlich.

Er konnte gegen seine Freunde nicht dankbar sein, denn er glaubte durch eigene Kraft alles errungen zu haben, er konnte sie nicht achten, da er sie nicht kannte. Ihre Verehrung seiner aber, so wenig Autorität sie auch für ihn hätte haben sollen, trug er doch gern und ganz zu seinen Verdiensten über, denn denen Menschen die uns loben, übertragen wir gern die Beurteilung unsers Werts; ja wir glauben oft, daß diejenigen ihn am besten zu schätzen wissen, die selbst am meisten ohne Verdienste sind. Die größte Inkonsequenz der Menschen, die Gegend, in der vielleicht in jeder Seele die meisten Verächtlichkeiten liegen, ist, wie ich glaube, das Gebiet der Eitelkeit. Jede andre Schwäche ist unzugänglich, oder man muß wenigstens fein und behutsam die Brücke hinüber schlagen, um das Ufer nicht selbst einzureißen; aber die Eitelkeit verträgt selbst die Behandlung der rauhesten Hände.

Ich will mir heute ernsthaft vornehmen, nie daran zu glauben, wenn man meinen Gang, meine Häuser, meinen Scharfsinn, oder meine Gesichtsbildung lobt, und wer weiß ob ich nicht darauf falle, mir einzubilden, daß in meinem Garten die besten Blumen stehen, und daß hier dann ein elender Schmeichler seine volle Ernte findet! Der Himmel ist vielleicht so grausam mir in den Kopf zu setzen, ich hätte mehr Geschmack als andere Menschen. – O! statt memento mori sollte man in seine Taschenuhr setzen lassen: Hüte dich vor der Eitelkeit!

Cromwell war so glücklich viele wirkliche Freunde zu finden, ob er gleich keinen liebte; er konnte sie zu Aufopferungen auffordern, und keiner wagte es, ihn um ähnliche Opfer zu mahnen, da ihn keiner in seiner Gewalt hatte. Alle fürchteten ihn, und er wußte wie weit er jene nicht zu fürchten hatte; er war daher nicht tollkühn. Er hatte es empfunden, wie fein die Grenzen im Menschen zwischen Empfindungen sind, die wir Extreme nennen, weil wir sie uns wie den Nord- und Südpol gegenüber denken: aber zwischen gut und böse, zwischen Freund und Feind, dem Pietisten und Gotteslästerer, dem Patrioten und dem Landesverräter liegt nur eine Sekunde. Cromwell wußte dies, und setzte seine Freunde daher in keine Spannung gegen sich.

Je mehr ich seinen Charakter überdenke, je menschlicher finde ich ihn; nur daß er ein großer Mensch, ein leuchtendes Meteor war. Wer ihn ein Ungeheuer nennt, hat nie über ihn, oder über sich selber nachgedacht.

Er hatte das Unglück einen einfältigen Sohn zu haben.

Drei Jahre nachher.

Die Menschen sind Narren, denn obgleich einer den andern betrügt, so nehmen sie doch nichts so sehr übel, als daß sie betrogen werden, besonders wenn man sie auf eine andre Art hintergeht, als sie die übrigen Menschen täuschen.

Lovell ist mein unversöhnlicher Feind, wenn er erfährt, daß ich mit daran arbeiten half, ihm seine zärtliche Braut zu entführen, und er würde es nie zur Entschuldigung dienen lassen, daß Waterloo auch mein Freund und sogar mein Oheim sei. – Aber da der ganze Plan doch verunglückt ist, so denke ich mich auf jeden Fall wieder mit ihm zu versöhnen.

Aber Waterloo, ob er gleich mein Oheim ist, ob er gleich älter ist, wie ich glaube, als vierzig Jahre, ob er gleich schon große Reisen gemacht hat, ist dennoch ein weit größerer und in die Augen fallenderer Narr, als der jugendliche Lovell. Er glaubt alles zu haben, indem er Witz hat, er meint die Menschen genug zu kennen, wenn er nur weiß, wodurch er sie zum Lachen bewegen kann, er wäre vielleicht ein guter Komödiendichter geworden, aber zum Umgange mit Menschen ist er verdorben. – Er beklagt sich über mich, daß ich ihn hintergangen habe, ob ich gleich mit ihm einerlei Plan verfolgt hätte. Aber die besten und amüsantesten Coups müßten offenbar ganz unterbleiben, wenn es nicht erlaubt sein sollte, daß ein Schelm den andern hinterginge. Er macht mir Vorwürfe, daß ich nun der einzige bin, der bei dem ganzen Handel etwas gewonnen hat; aber das war ja eben der Bewegungsgrund, warum ich mich einmengte, weil ich die Gewißheit hatte, daß ich auf jeden Fall gewinnen müsse. – Wenn ich hintergangen wäre, ich würde mich nie beklagen, sondern mich nur zu rächen suchen.

Waterloo ist abgereist, und wie ich eben höre, gestorben. Er ist vielleicht närrisch genug gewesen, sich selbst umzubringen.

In meinem vierundzwanzigsten Jahre.

Ich hoffe, es soll mir gelingen, die Tochter der reichen Lady Sackville zur Frau zu bekommen. Die Mutter spielt die Aufgeklärte und die Tochter ist ziemlich empfindsam und pietistisch. Die Mutter spottet über die Tochter, die Tochter zuckt die Achseln über ihre irreligiöse Mutter. Beiden muß ich beitreten, um ihr Vertrauen zu gewinnen.

Wie platt sind doch alle die Komödien, in denen eine ähnliche Situation dargestellt wird! Eine Karikatur treibt sich immer zwischen allen mit schlecht erfundenen Lügen herum, um am Ende an allen seinen Spöttern zu scheitern. Ich finde es ebenso leicht, als sicher, sich als Mittelsperson zwischen widersprechende Charaktere einzuschieben, denn man muß sich jedem nur unter gewissen Bedingungen nähern, die aber so gestellt sein müssen, daß jener glaubt, es komme nur auf eine nähere Bekanntschaft, auf ein vertraulicheres Gespräch an, um auch diese Bedingungen wegzuschaffen. Die Mutter glaubt, ich spiele nur aus Liebe zu ihrer Tochter den Religiösen und um diese nachher von ihren Irrtümern zurückzubringen; die Tochter ist überzeugt, nur aus großer Liebe zu ihr finde ich die Mutter erträglich. Man darf nur ernsthaft vor sich selber heucheln, so ist die Heuchelei das leichteste Handwerk auf der Erde. Alle unsere Gespräche in der Welt, unser Umgang, unsre Freundschaftsbezeugungen, unsre Vergnügungen, alles ist nur Heuchelei, folglich kommt es mir als gar nichts Schwieriges, ja nicht einmal als etwas Neues vor, hier eine Art von Rolle zu spielen, um eine reiche Frau zu bekommen.

Ich bin schon so glücklich gewesen, einige Liebhaber zu verdrängen, und wenn ich an den Tod oder an andere betrübte Gegenstände in der Gesellschaft meiner Geliebten denke, so wird es mir ganz leicht, eine melancholische Miene zu machen, und empfindsame Sachen zu sagen. – Oft verschiebe ich viele ernsthafte Betrachtungen, die sich mir aufdrängen, bis ich dorthin komme, und Tochter und Mutter sind immer mit mir zufrieden, und ich kann auf die Art noch Zeit in meinen Geschäften sparen. Diese Sparsamkeit kömmt mir jetzt selber lächerlich vor, aber genug, daß es mir bequem ist.

Ich will dieses Buch aufbewahren, um mir im Alter das Vergnügen zu machen, es wieder durchzulesen. Man kann dann nur eine richtige Vorstellung von sich selber haben, wenn man solche Proben von den ehemaligen Kleidern aufbewahrt. Aus diesem Grunde würde ich fast in jeder Woche etwas niederschreiben, wenn ich nicht zu träge wäre.

Warum sollt' ich nicht auf eine recht gute Art den empfindsamen Verliebten spielen können, da es viele Dichter gibt, die sich poetisch irgend eine Liebschaft ersinnen, um poetische und herzrührende Verse darüber zu machen? Meine Rolle ist bei weitem leichter, da ich doch einen wirklichen Gegenstand, und noch überdies mit einem reichen Vermögen ausgestattet, vor mir habe.

In meinem fünfundvierzigsten Jahre geschrieben.

Eine sonderbare Empfindung befällt mich, da ich dies alte, staubige Buch wieder in die Hände nehme und durchblättere. Ich kehre aus der Welt und zur Ruhe zurück, und finde hier nun die skizzierte Geschichte meiner Jugendideen. Manches finde ich noch wahr, und ohne daß ich es wußte, habe ich mir während meines geschäftigen Lebens den hier beschriebenen Charakter Cromwells zum Muster gewählt. Gefiel mir dieser Charakter, weil verwandte Züge in mir lagen; oder entwikkelten sich diese, weil ich das Bildnis dieses Menschen immer mit Wohlgefallen betrachtet hatte? – Doch diese Spitzfindigkeit zerfällt in sich selber.

In der Welt hat mir der Zufall den verhaßten Lovell stets gegenübergestellt, er kreuzte durch alle meine Plane und unaufhörlich mußt' ich mit ihm kämpfen. Er war gleichsam das aufgestellte Ziel, an dem ich meinen Verstand und Scharfsinn üben mußte.

Meine Gemahlin ist tot und nur in den letzten Jahren war ich so glücklich einen Sohn und eine Tochter von ihr zu bekommen. Ihr ist jetzt wohl, denn sie fühlte sich immer unglücklich. Sie gehörte zu den Menschen, die sich durch abgeschmackte Erwartungen den Genuß ihres Lebens selber verbittern. Man sollte es schon in den Schulen lernen, was man von der Welt und den Menschen fordern kann, um sich und andre nachher nicht zu peinigen. Ich war keiner von den Menschen, wie sie ihr einige Dichter geschildert hatten, diese luftigen, bestandlosen Wesen hatte sie ihrer Phantasie fest imprimiert, und an diese Chimären maß sie alle wirkliche Menschen, die ihr aufstießen. Daß sich die Menschen aus diesem wirklichen prosaischen Leben so gern einen bunten, schön-illuminierten Traum machen wollen, und sich dann wundern, wenn es unter den Rosen Dornen gibt, wenn die Gebilde umher ihnen nicht so antworten, wie sie es mit ihrem träumenden Sinne vermutet hatten! – Wer kann es mit diesen Narren aushalten?

Man gebe mir den abgefeimtesten Schurken, den Menschen, der in einem Atem zehn Lügen sagt, den Eiteln, der hoch von seinem eigenen Werte aufgeblasen ist, den rohen, ungebildeten Menschen, dem die gemeinste Lebensart fehlt, und ich will mit allen fertig werden, nur nicht mit dem, der allenthalben die reine Bruderliebe erwartet, der mit den Menschen, wie mit Blumen oder Nachtigallen, umgehen will.

Nach einem Jahre.

Mein Sohn *Eduard* fängt an, mir in einem hohen Grade zu mißfallen. Er wird altklug, ehe er noch Verstand genug hat, um listig zu sein. Solche frühreife Tugend ist gewöhnlich nichts, als ein Gefühl des Unvermögens, eine Empfindsamkeit, die späterhin zur völligen Schwachheit wird.

Emilie ist halb das Bild ihrer Mutter, und halb eine Kopie nach ihrem Bruder. Ich hoffe beide werden noch richtigere Ideen über das Leben gewinnen. Stolz darf man nicht auf sich sein, denn das erzeugt eine Menge empfindsamer Torheiten, aber man muß sich schätzen, um sich nicht unter die übrigen

Menschen zu erniedrigen, um ihnen nicht dadurch unmittelbar Gelegenheit zu geben, daß sie Vorteile über uns gewinnen.

Nach mehrern Jahren.

Mein Sohn wird mit jedem Tage ein größerer Tor und er läßt es mir sogar merken, daß er mich und meine Grundsätze nicht achtet. Er schließt sich mit Innigkeit an jedes übertriebene und unnatürliche Gefühl. Es schmerzt ihn nicht, daß er sich dadurch von meinem Herzen entfernt, denn er ist unter Luftgestalten einheimisch.

Die Erfahrungen, die mir aus dem Gewühle der Welt hieher gefolgt sind, haben mich nun völlig beruhigt. Ich habe es deutlich erfahren, in wie hohem Grade die Menschen verächtlich sind. Alle meine jugendlichen Vermutungen haben sich erfüllt, und es war heilsam, daß ich so ausgerüstet unter die boshafte Schar trat. Argwohn ist die Wünschelrute, die allenthalben richtig zeigt, man irrt sich in keinem Menschen, wenn man gegen jeden mißtrauisch ist, denn selbst die Einfältigsten haben Minuten der Erleuchtung, in denen sie uns Schaden zufügen.

Wenn man mit Leuten umgeht, die aus Unwissenheit, oder weil sie selbst keinen Grund davon anzugeben wissen, rechtschaffen sind, so muß man ihre Tugend nie auf die Probe stellen, wenn sie uns dadurch nützlich bleiben sollen; denn in dem Augenblicke, in welchem sie darüber nachdenken, werden sie verwandelt, und wenn sie auch ihre Ehrlichkeit noch aus dem gegenwärtigen Gedränge bringen, so kann man sich im nächstfolgenden zweifelhaften Falle niemals auf sie verlassen. – Wie viel ist aber die Ehrlichkeit wert, wenn sie nur darin besteht, daß der Mensch gar nicht weiß, daß man ihm diesen Vorzug beilegt? Selbst der Pöbel hat diese Armseligkeit der Tugend bemerkt und ein Sprichwort darüber gemacht, daß der ein Dieb bleibt, der nur einmal gestohlen hat. – Scheint es nicht, als wenn es völlig etwas Physisches wäre, was wir im Menschen immer zum Geistigen erheben wollen, daß sich die Erscheinung durch eine einzige Umwälzung in einem einzigen Momente verlieren kann?

Ich bin darum nur wenig hintergangen, weil ich den Betrug immer als möglich voraussetzte.

Ich fühle mich sehr matt, und meine Ideen werden schwach und unstet. Dies unnütze Buch ist mit mir alt geworden, es läuft zu Ende, so wie vielleicht mein Leben. Alles hat für mich heut dunkle und melancholische Umrisse; Lovell ist vor einem Monate gestorben und ich bin nicht viel älter, als er.

Ich habe nur schlecht geschlafen, und ihn bleich und abgefallen beständig in meinen abgerissenen Träumen gesehn. Sein Andenken verfolgt mich noch nach seinem Tode und mattet meine Kräfte ab.

Ich bin wieder gesund gewesen und dachte es würde nun Jahre lang so bleiben, und doch bin ich nun von neuem krank geworden. Eine seltsame Wehmütigkeit hat mich ergriffen. Der Mensch hängt mit allen seinen Ideen bloß von seinem Körper ab.

Sollte ich Dir doch vielleicht unrecht getan haben, alter Lovell? – Warum richtet sich mein Gedanke so unaufhörlich nach Dir hin, wie die Magnetnadel nach Norden? – Ich habe Dir vergeben, vergib Du mir auch, unsre Spiele und Kämpfe sind jetzt geendigt.

Ich fühle mich freundlicher nach meinem Sohne und nach allen Menschen hingezogen. – Wer weiß, in welchem gesundern Teile meines Körpers meine vorige Empfindung lag, wer weiß, aus welchem umgeänderten meine jetzige entspringt!

Das Leben und alles darin ist nichts, alles ist verächtlich und selbst, daß man die Verächtlichkeit bemerkt. – – –

11

William Lovell an Rosa

Paris.

Ich bin nun wieder in Paris, das zuerst die Bühne meiner Irrtümer war. Ich weiß nicht wie ich das Gefühl nennen soll, mit welchem ich hier herumstreife. Ich kenne noch die Häuser bei denen ich es damals vorzüglich bereuete, bei denen mich eine besonders schmerzhafte Empfindung darüber anfiel, daß ich Amalien während einiger Tage vergessen hatte.

Ob sie noch lebt und wie sie leben mag! – Mir kömmt alles frisch und neu in die Erinnerung, was ich ehemals für sie empfand.

Die Blainville ist mit einem Chevalier de Valois von hier fortgegangen, der sich nach einigen Erzählungen in England erschossen hat. Was aus ihr geworden ist, weiß man nicht.

In wenigen Tagen reise ich von hier ab. – Alle Straßen und alle Gesellschaften sind mir zuwider.

Ich wünsche und fürchte das englische Ufer. – Doch kalt und phlegmatisch dehnt sich die Zeit weiter und kümmert sich nicht um unser geängstigtes, pochendes Herz, – es muß doch endlich alles und selbst das Leben vorüber sein.

12

Willy an seinen Bruder Thomas

Kensea.

Lieber Bruder, ich schreibe Dir heute einen Brief und in wenigen Tagen mache ich mich auf, um zu Dir zu kommen; denn ich habe keine Ruhe, ich habe keine Rast, es treibt mich weg und ruft mir in die Ohren, daß ich Dich vor meinem

Tode noch einmal sehen soll, daß ich unter Deinen Augen sterben soll.

Schon seit einigen Tagen ist mir so gar heimlich und einsam zumute, die Fahne des Kirchturms knarrt so betrübt, und wenn ich am Abend am Fenster stehe, ist es, als wenn ich auf dem Kirchhofe schwarze Männer stehen sehe, die mit den Fingern nach mir hinweisen. Ich habe im stillen geweint und gebetet und bin mir dabei hier so verlassen vorgekommen, und so auch alle Menschen um mich her, sie waren mir alle fremd. – Der Tod treibt sich hier im Hause herum, das ist nicht anders, lieber Bruder, und nach mir sucht er, das ist gewiß, und darum will ich fort von hier und zu Dir hin.

Sieh, ich habe so an Dein altes freundliches Gesicht gedacht und an Deine Art zu reden, und an alles, was Du an Dir hast und was mir immer so gefällt und das Dein Name Thomas so recht ausdrückt und beschreibt. Und da hab' ich geweint und mir die weite Reise von neuem vorgenommen. Diese Nacht ist es aber erst recht gewiß geworden.

Sieh, mir träumte, als stünde ich in einer wüsten, schwarzen Gegend, rund mit Bergen eingefaßt. Und oben von den Bergen kuckte ein Kopf herüber, und das war mein Herr Lovell, ich kannte gleich das alte, blasse Gesicht. Da fing ich vor Freude laut an zu schreien, und ich glaubte, mir hätte nur immer geträumt daß er gestorben sei, und jetzt käme es nun heraus, daß es nur eine Einbildung von mir wäre. Er sagte ganz freundlich: Guten Tag, lieber Willy! – Ich wollte gleich munter die Berge hinaufklettern und ich nahm mir vor, mich nicht zu schämen, sondern ihm dreist um den Hals zu fallen. Er mußte es merken, denn er sagte: Bleib nur Willy, wir sehn uns bald. Und in demselben Augenblicke wurde sein Gesicht ganz jämmerlich, noch eingefallener und beinahe wie ein Totenkopf. Ich fing an zu weinen, als ich das sah, und streckte die Arme nach ihm aus, aber er schüttelte stillschweigend mit dem Kopfe, und es war nun, als würd' er ordentlich recht mit Gewalt heruntergezogen. Da konnt' ich's nicht lassen, sondern ich wollte nachsehn, was aus ihm geworden wäre, ich fing an zu laufen, um die Berge hinaufzuklettern, aber sieh, da liefen sie vor mir weg, und ich wurde ungeduldig und rannte immer schneller, und die Berge fuhren weg vor mir, geschwinder wie das beste Pferd im Wettrennen. Jetzt standen sie ganz weit weg, so daß sie nur noch so groß aussahen, wie Kinderköpfe, das war mir bedenklich; ich kehrte mich um, und hinter mir waren die übrigen Berge ebenso weit weggelaufen. Es war alles um mich her so weit, eben und schwarz, wie die See. – Da kam mir ein großer Schwindel in den Kopf, und ein schreckliches Grausen auf den ganzen Körper, denn ich merkte nun, daß ich den Herrn Lovell als einen Geist gesehen hatte. Es war mir immer, als wollte ein schwarzes Ungeheuer aus dem Himmel herunterschießen, um mich zu verschlingen, oder als wenn der Himmel selber brechen wollte. Ich vergaß alles Vorhergehende beinahe und fürchtete mich doch noch immer fort; meine ganze unsterbliche Seele krümmte sich in mir zusammen und ich rief den allmächtigen Gott um Hülfe an.

Da wacht' ich mitten in der dunkeln Nacht müde und ermattet auf, und es war mir noch immer, als stünde ich noch in der schwarzen Wüste. –

Siehst Du, Bruder, der verstorbene Herr hat mich gerufen, ich muß kommen und nun will ich nur noch von Dir Abschied nehmen. Es ist ja so nur noch so wenige Zeit übrig, in der wir uns lieben und gut sein können, wir wollen also das wenige noch mitnehmen.

Gott segne meinen Herrn William, ich wünschte, ich könnte auch von dem noch Abschied nehmen, und daß er mir noch zur völligen Versöhnung die Hand drückte, daß ich doch ganz als ein guter Freund von ihm zu seinem Herrn Vater in den Himmel ankommen könnte und einen Gruß von ihm bestellen.

Wie gesagt, in etlichen Tagen bin ich bei Dir und wenn Du mich auch wieder für etwas närrisch hältst, lieber Bruder, so mache mir doch ein freundliches Gesicht, wenn ich komme.

Ende des zweiten Teils.

William Lovell.

We make ourselves fools, to disport
ourselves;
And spend our flatteries, to drink those
men,
Vpon whose age we roid it up again,
With poisenous spite and ensy. Who
lives, that's not
Depraved, or depraves? who dies, that
bears
Not one spurn to their graves of their
friend's gift?

SHAKSPEARE

Dritter Band.

Berlin und Leipzig,
bey Carl August Nicolai.
1796.

William Lovell

Erstes Buch

1

William Lovell an Rosa

Dover.

Es ist nicht anders, ich stehe wirklich hier, und sehe nach den weißen, schroffen Klippen hinauf, die mich so entzückten, als ich damals von England Abschied nahm. Ich bin endlich wieder zurückgekommen, und alles Vorige liegt hinter mir; es ist nicht anders, und konnte vielleicht nicht anders werden.

Ich glaubte daß mich eine frohe Rührung ergreifen würde, wenn ich den Boden meines Vaterlandes wieder beträte, aber dürr und verdrüßlich bin ich noch immer, noch immer fühle ich dieselbe widrige Empfindung in mir, mit der ich landete.

Ich danke dem Andrea unaufhörlich, daß ich jetzt in den widerwärtigsten Situationen mit einer großen Kälte in das Leben sehen kann, denn ein Gefühl das er mir gegeben hat, begleitet mich allenthalben. Die Verächtlichkeit der Welt liegt in ihrer größten Betrübnis vor mir, ich stoße sie nur um so geringschätzender von mir, je wunderbarer ich mir selbst erscheine. Durch meine Ahndungen und seltsamen Gefühle, hat er mich vom Dasein einer fremden Geisterwelt überzeugt, ich habe eigenmächtig meinen Zweifeln ein Ziel gesetzt, und ich freue mich jetzt innig, daß ich auf irgend eine Art mit unbegreiflichen Wesen zusammenhänge, und künftig mit ihnen in eine noch vertrautere Bekanntschaft treten werde. Unaufhörlich begleitet mich diese Überzeugung, und alle Gegenstände umher erscheinen mir nur als leere Formen, als wesenlose Dinge. Ich errege oft jene geheimen unbegreiflichen Gefühle in mir, in der Nacht, oder in der Einsamkeit, jene seltsamen schauernden Ahndungen die uns unwiderstehlich wunderbaren Mächten entgegendrängen. So, Freund, ist die Welt mir in manchen Stunden nichts, als ein buntes, bestandloses Schattenspiel, Wogen die den Bach hinunterlaufen ohne zu wissen wohin.

Alle betrübten Stunden die ich hier in England erleben werde, stehen gleichsam noch hinter den Kulissen und warten nur auf ihr Stichwort, um schnell hervorzutreten, ich muß in meiner Rolle fortfahren, und vor keinem plötzlichen Auftritt erschrecken.

Der nördliche Himmel hier, mit seinen großen und tiefhängenden Wolken, macht einen seltsamen Eindruck auf mich, nachdem ich mich in so langer Zeit in Italien verwöhnt habe. Die Umrisse der Berge und Wälder bilden sich so hart und widrig in dieser rauhen Luft, ich fühle schon jetzt ein Heimweh nach Italiens lauem Himmel, nach Ihnen und Andrea und meinen übrigen Freunden.

2

Eduard Burton an seinen Freund Mortimer

Bonstreet.

Wir haben nun endlich unser gewöhnliches Leben wieder angefangen, und die Zeit fließt uns eben und ohne widrige Abschnitte vorüber. Viele Menschen irren darinnen sehr, wenn sie nur immer streben recht viele frohe und glänzende Epochen in ihren Lebenslauf zu bringen, denn jede dieser Epochen zieht mehrere Tage nach sich, die durch ihre Nüchternheit unsere Seele leer und melancholisch machen; je einförmiger und ruhiger die Zeit vorüberfließt, um so mehr genießt man seines Lebens. Wir beide, lieber Freund, haben uns in diesen Genuß eingelernt, und ich hasse jetzt das Planmachen, wodurch man immer in einer fernen Zukunft lebt, unsinnigerweise die Gegenwart verschleudert, und sich im Leben gleichsam übereilt, um nur desto früher zu jenem Ziele zu kommen, das man sich aufgesteckt hat.

Gestern kam der alte *Willy* ganz matt und atemlos hier an, um seinen Bruder Thomas zu besuchen. Er war die letzten Meilen, so alt er auch ist, zu Fuß gelaufen, um seinen Bruder nur desto früher zu sehen. Der alte Mann hat sich eingebildet, er müsse jetzt sterben, und darum will er noch vorher von Thomas Abschied nehmen. Die Ermüdung, so wie sein Aberglaube haben es wirklich dahin gebracht, daß er krank geworden ist, und jetzt im Bette liegt. Er hat mich aber innig durch seine Liebe gegen seinen Bruder gerührt, den seine eingebildete Klugheit hindert ihn wieder ebenso zu lieben. Viele Menschen, besonders unter den gemeinern, schämen sich ein Herz zu haben, sobald sie nur einigen Verstand zu haben glauben. Willy spricht viel vom Lovell, und mit einer außerordentlichen Inbrunst; mir standen die Tränen in den Augen, als ich ihm zuhörte. Meine ganze Seele streckt sich in mir aus, sooft ich diesen Namen nennen höre, es ist jedesmal als wollte man mir einen Vorwurf damit machen, weil er nicht mehr mein Freund ist. – Und konnt' ich anders handeln? – Tat ich nicht alles um mir seine Liebe aufzubewahren? – Aber er hat sein Herz verspielt, und kann mich nicht mehr lieben.

Leben Sie wohl, und ersetzen Sie mir durch Ihre Freundschaft den Verlust der seinigen.

3

Thomas an den Herrn Fenton, Gärtner in Kensea

Bonstreet.

Sie werden es verzeihen wertgeschätzter Herr, und Kollege, wenn mein Bruder vielleicht einige Tage länger ausbleibt, als er sich anfangs vorgesetzt hatte, und Sie indessen die Aufsicht des ganzen Gutes besorgen müssen, denn er ist hier krank geworden, so daß er wohl so bald noch nicht wird zurückreisen können. Er ist ein klein wenig närrisch der alte Mann, und das werden Sie ebenso gut wissen als ich. Alte Leute haben, wie man zu sagen pflegt, ihre wunderlichen Launen, und mein Bruder hat sie gewissermaßen im vollsten Grade.

Er hat mir viel von Ihrem Garten erzählt, und es tut mir recht sehr leid, daß Sie mit dem wilden Werke so viele Mühwaltung vorzunehmen haben. Ich habe jetzt gottlob! einen Gönner an meinem Herrn, der die Kunst schätzt und viel an die Vortrefflichkeit des Gartens wendet. Ein solcher Gönner fehlt Ihnen freilich, und doch ist er gewissermaßen unentbehrlich, um etwas Großes zustande zu bringen, denn ohne Geld, und ohne die nötigen Arbeiten läßt sich in dieser Welt nur wenig ausrichten.

Mein Bruder glaubt, daß er hier wird sterben müssen, denn er ist noch so sehr von der alten Welt, und wenn ihm etwas träumt, so glaubt er auch immer, daß es eintreffen muß, was denn die vernünftigen Leute mit Recht einen Aberglauben nennen können, denn er weiß würklich nicht viel von einer bessern Aufklärung, wie man zu sagen pflegt. – Ich denke aber wohl, daß er in einigen Tagen sowohl gesunder, als auch vernünftiger werden wird. Gott gebe seinen Segen dazu, damit er bald wieder an seine Geschäfte gehen könne!

Verzeihen Sie übrigens, wertgeschätzter Herr und Kollege, daß ich mir die Freiheit genommen habe, Ihnen mit meinem schlechten Briefe beschwerlich zu fallen; da aber mein Bruder noch bis dato die Feder nicht führen kann so habe ich solches für meine Pflicht gehalten. – Ich wünsche eine fortdauernde Gesundheit und langes Leben, und nenne mich

Ihr
wertschätzender Freund *Thomas*,
Gärtner in Bonstreet.

4

William Lovell an Rosa

London.

Ich treibe mich jetzt wie ein abgerissener Zweig in den Fluten und Wirbeln des wühlenden Lebens auf und ab. Ohne Ruhe bin ich bald hier, bald dort, bald in einem gemeinen Wirtshause, unter den niedrigsten, aber originellsten Menschen, bald in einer Gesellschaft von Spielern, bald auf den öffentlichen Spaziergängen, bald in den vollgedrängten Theatern. Ich bin in einer unaufhörlichen Träumerei versunken, und das Gewühl um mich erhebt mich und macht mich froh.

In manchen Stunden verlier' ich mich selber. Sagen Sie mir, Rosa, ob meine innere Ahndungen recht haben. Mein Vater, Pietro und Rosaline starben durch mich, Amalia ist durch mich vielleicht unglücklich geworden; wer weiß wie manches Auge meinetwegen naß ist, von dem ich nichts weiß, und dem ich mittelbar und ungekannt Schmerzen übersendet habe. – Ich kann manchmal alles vergessen, was ich vormals darüber dachte, und eine heiße Röte breitet sich dann von innen heraus über meine Wangen. – Und doch, – wie wenig sind alle diese Menschen wert! Wen unter ihnen kann man bedauern? Von wem sollen wir uns in unserm Wege zurückhalten lassen? – Ich richte mich durch jene hohen Ahndungen und wunderbaren Gefühle, durch jene göttliche Überzeugung wieder auf, deren die übrigen Menschen entbehren müssen.

So wenige Menschen mich hier auch kennen, so hüte ich mich doch sehr erkannt zu werden. Neulich sprach ich einen Bekannten des jungen *Valois*, der mit der Blainville hierhergereist war, er hat sich wirklich erschossen, aber von der Comtesse wußte er mir keine Nachricht zu geben.

Manche Straßen hier reden mich mit einer wunderbaren Sprache an, vorzüglich die in denen Amalia wohnt. Ich bin schon mehrmals Ihrem Hause vorübergegangen, aber weder am Fenster noch auf irgend einer Promenade habe ich sie gesehen. Auch noch keine Nachrichten habe ich von ihr erhalten können, aber sie muß hier in London sein. – Gestern war ich im Theater, es wurde *Macbeth* gegeben, und ich war mit einer echten Jugendempfindung in die Darstellung vertieft. Alle Ideen umgaben mich auf eine wunderbare Weise, und die Musik der Zwischenakte machte, daß ich mich selbst und alles um mich her vergaß. – Im letzten Akte zog ein Gesicht in einer Loge meine ganze Aufmerksamkeit auf sich, denn es glich Amalien vollkommen. Ich vergaß das Stück, und suchte mir nur die Erinnerung ihrer recht gegenwärtig zu machen, um sie mit diesem Bilde zu vergleichen. Sobald man ein Gesicht beobachten will, das uns bekannt vorkömmt, so gerät man bald in einen gewissen Schwindel und Zweifel, denn alles überzeugt uns und widerspricht uns dann wieder, man schwört dafür, und leugnet es wieder, und alles wechselt immer beinahe in einer Sekunde.

Ich war noch immer verwirrt, und in tiefen Gedanken, als das Stück schon geschlossen war. Ich drängte mich mit den andern hinaus, und erwartete an der Treppe die Herunterkommenden. Viele Gesichter liefen durcheinander, und meine Augen wurden müde sie zu bemerken, um dasjenige was ich erwartete, herauszufinden. Endlich erschien die Dame die ich für Amalien hielt, und in einem Augenblicke schoß mir die Überzeugung durch den Kopf, daß sie es auch wirklich sei –. Und bei Gott sie war es! – Hundert Menschen liefen mir vor und wieder zurück, es war mir unmöglich näher zu kommen. Man stieß und drängte mich und ich stieß und drängte ebenfalls, und die Gestalt war verschwunden. Meine Augen fanden sie nachher nicht wieder.

Es muß Amalia gewesen sein, es ist nicht anders möglich. Ihre Schleppe, und der Saum ihres Kleides war mir in dem Momente heilig, als ich ihm nachzufolgen strebte. Ich haßte die Menschen recht innig, die mich durch ihr wildes widriges Gedränge hinderten ihr zu folgen.

Ich kann es nicht unterlassen ganz gegen Sie aufrichtig zu sein, weil ich es gegen irgend jemand sein muß. Und kann ich für meine Empfindungen, die mich unwillkürlich ergreifen und quälen, und beseligen?

Daß nur nicht ein Zufall macht, daß ich auf Mortimer treffe, und er mich erkennt! – Am liebsten gehe ich in der Dämmerung, oder am Abend spazieren, und es ist überdies schwierig, in diesem großen Gewühle von Menschen erkannt zu werden.

5

William Lovell an Rosa

Bonstreet.

So bin ich denn endlich wieder hier, hier wo der Frühling meines Lebens zu blühen anfing, und wo ich immer noch einzelne Ruinen davon wiederfinde? – Wie ist hier alles noch so, wie ich es damals verließ, jede Hecke, und jeder Teich erinnert mich an meine damaligen Empfindungen.

Hier war's, wo Melodien aus jedem Baumwipfel sumseten; hier hing der Morgen-Himmel voll goldener Hoffnungen; jeder Ton in der Natur klang mir Gesang, und ich ging unter einem ewigen lautrauschenden Konzerte. – Und was ist nun aus allem dem geworden? – Und was war es auch das ich hoffte? – Jugendlich und unbesonnen kannt' ich mich selbst nicht, und wußte nicht was ich von mir und der Welt verlangte.

Ich saß wieder in demselben Zimmer des Wirtshauses, in dem ich damals einen so empfindsamen Brief an Eduard Burton schrieb, wohl gar wenn ich nicht irre, Verse machte. Es ist eine niedrige unangenehme Stube, und mir würde jetzt kein poetischer Gedanke dort einfallen. Die Gegend umher, die mir im Mondschein damals so romantisch vorkam, ist nichts als ein weiter grüner Heideplatz, mit einigen Bäumen, in der Ferne sieht man Wald. Wie närrisch war damals die ganze Welt für mich ausgeputzt!

Auch die Stelle im Walde habe ich wiedergekannt, auf der ich damals von Amalien Abschied nahm, als sie von Bonstreet nach London reiste. Alle diese Plätze sind stumm geworden, ich finde sie widerwärtig und armselig, da sie mir damals so teuer, so überaus teuer waren. Manchmal ist es, als liefe noch durch die Gebüsche säuselnd eine der lieblichen Erinnerungen, aber sie können nicht zu mir, sie treten scheu vor mir zurück.

Verkleidet bin ich schon einigemal im Garten hier in Bonstreet auf und ab gegangen. Hier hatten alle Empfindungen, alle Erinnerungen in den grünen Lauben, auf den schönen Rasenstellen, unter den dichten Zweigen der Alleen geschlafen; sie wachten auf, als mein Fuß den Garten betrat, und kamen mir alle stürmend entgegen. Alle haben mich begrüßt, und jeder Baum scheint mich zu fragen: wo ich so lange geblieben sei? Ach Rosa! die Tränen stiegen mir in die Augen, und ich konnte keine Antwort geben.

Die hohen Bäume in der Allee rauschen noch in gebrochenen Tönen einige Stellen des Ossian, den ich ihr immer am Morgen vorlas; dieselbe Sehnsucht ergriff mich wieder, als ich oben auf dem Hügel dem Flusse nachsahe, der sich zwischen dem Felsenufer hindurchwindet; alles ist mir noch befreundet, nur ich mache allen Gegenständen ein fremdes Gesicht. – Ach! ich bin ein Träumer, – ich möchte sagen: Die leblose Natur hat inniger an mir gehangen, als je die Menschen. –

Lange stand ich vor der Linde still, in der ich meinen und Amaliens Namen eingrub. Nur wenig haben sich die Züge durch den Wachstum des Baumes verändert. – Wie vieles nahm ich mir damals vor, als ich diese Züge langsam und bedächtlich dem Baume einschnitt! –

Vieles im Garten ist geändert, und seit dem Tode des alten Burton mit mehrerem Geschmacke angelegt. – Mich dünkt Andrea weiß es schon daß Burton gestorben ist. – Aber alle Veränderungen hier haben mir wehe getan. Ich wollte manche der alten Anlagen besuchen, und fand eine neuere, bessere. Der Gärtner den ich durch einen Zufall traf, hat mir vieles darüber gesagt, er ist ein Bruder von meinem Willy.

Willy selbst ist hier zum Besuche, und ich erschrak, als ich ihm gestern plötzlich begegnete, aber er hat mich nicht erkannt.

Ich habe mich nach manchen Sachen genau erkundiget, und darauf einen Plan gegründet, um in das Haus zu kommen. Daß ich nicht erkannt werde, dafür will ich schon sorgen, und diese Schwierigkeit ist im Grunde die unbedeutendste.

Wie schwach ist der Mensch! – Seit wie lange glaubte ich nun schon, über alle diese Eindrücke erhaben zu sein, und doch haben sie mich nun mit neuer Gewalt angefallen, und dann lach' ich wieder über mich, und finde mich selbst kindisch.

Vielleicht ist es eine Notwendigkeit, daß der Mensch unaufhörlich mit seinem Wesen wechselt, wenigstens liegt darin ein großer Genuß seines Lebens. – Bunt wie das Chamäleon trägt er bald diese bald jene Farbe, je nachdem die Sonne scheint, oder sich verdunkelt.

Leben Sie wohl; bald erhalten Sie von mir nähere Nachrichten.

6

Mortimer an Eduard Burton

Roger-place.

Ich schicke Ihnen hier das Manuskript Ihres Vaters zurück, das ich mit großer Aufmerksamkeit gelesen habe. Wie viele Wege gibt es in unserm Verstande, die den Menschen so leicht auf eine falsche Bahn bringen können! Die Sucht über uns selbst zu grübeln, liegt in uns, und doch lernen wir beim aufmerksamsten Studium nichts und alles Einfache, und Gute verliert sich aus uns bei diesen Betrachtungen. Der Mensch gewöhnt sich dabei gar zu leicht, sich nur als ein spekulierendes Wesen, als eine abstrakte Idee anzusehen, und mit eben den Augen die übrigen Geschöpfe zu betrachten. – Ich sage Ihnen für Ihr Zutrauen vielen Dank; solche Aufsätze sind Wegweiser und Leuchttürme für andere Menschen.

In mir ist wieder die Sucht aufgewacht, eine kleine Reise zu machen, und wenn ich durch nichts gehindert werde, will ich auch diese Neigung nächstens befriedigen. Dann besuche ich zugleich Sie, und ihre liebenswürdige Schwester. – Amalia ist auf ein paar Tage in der Stadt gewesen, um ihre Eltern, und ihren fleißigen Bruder zu besuchen. – In einigen Monaten hoffe ich Vater zu sein, und ich bin neugierig wie mich diese neue Würde kleiden wird.

7

Emilie Burton an ihre Freundin Amalie

Bonstreet.

Liebe Freundin, ich fühle mich zum Schreibtische ordentlich mit Gewalt hingezogen, um mich mit Ihnen zu unterhalten. Sie haben so oft Ihren Kummer in Briefen gegen mich ausgeschüttet, und ich denke eben darüber nach, ob jetzt vielleicht an mich die Reihe ist. Ich habe oft von Rührung reden hören und selbst gesprochen, aber bis jetzt ist es nur ein Wort für mich gewesen, dessen eigentliche Bedeutung ich erst heute habe kennen lernen.

Schon seit einigen Tagen hält sich ein kranker armer Mensch in unserm Hause auf, dem mein Bruder aus Mitleid ein klein Zimmer hat einräumen lassen, weil der Gärtner für ihn bat. Die Bedienten haben ihn bis jetzt verpflegt, und wir bekamen ihn fast gar nicht zu sehn, denn er hielt sich immer außerordentlich still und eingezogen, und jedermann im

Hause glaubte, daß seine Krankheit vorzüglich in einer tiefen Melancholie bestehe.

Mein Bruder war gestern ausgeritten und ich saß allein im Garten. Sie kennen die Laube, in der ich am liebsten bin, wo man nur den einen schmalen Gang hinuntersehn kann und allenthalben von dichten Hecken eingeschlossen ist. Ich las und arbeitete, und bemerkte nach einiger Zeit den Kranken, der tiefsinnig im Gange auf und ab ging, bald mit verschränkten Armen stille stand und den Blick starr auf den Boden heftete, bald Blumen abriß und sie mit seinen Tränen benetzte. Ich war auf alle seine Bewegungen aufmerksam, denn aus jeder schien ein tiefer Kummer zu sprechen. Ich weiß selbst nicht, auf welche wunderbare Weise mein Herz in mir bewegt ward, es war mir ganz wie bei einer guten Tragödie zumute, wo ein unbekannter Elender unsre ganze Teilnahme an sich reißt.

Ich konnte es nicht unterlassen, ich mußte aufstehn und ihm näher treten. Er schien bewegt und erschreckt, als er mich erblickte, er wußte nicht, ob er gehen sollte, oder bleiben. Ich redete ihn freundlich an, um ihn über seinen Kummer zu trösten. Er antwortete und jedes Wort enthielt ein tiefes Gefühl seines Unglücks, mit jeder Antwort ward meine Rührung größer und ich konnte am Ende meine Tränen nicht verbergen.

Was ist es doch, was unser Herz oft so gewaltsam zusammenzieht? Wer kann jene Gefühle beschreiben, die wir Rührung nennen, und wer kann ihre Entstehung begreifen? – Wenn das Mitleid in unser Herz eintritt, o Freundin, dann breitet es sich gewaltsam wie mit Engelschwingen darin aus, daß unser armes irdisches Herz erzittert und sich zu klein für den göttlichen Fremdling fühlt, dann möchten wir in diesem schönen Augenblicke sterben, weil wir empfinden, daß unser voriges Leben kalt und dürr dagegen war, weil wir es wissen, daß die Zukunft nach diesem schönen Augenblicke nur leer und nüchtern sein wird: wir möchten ganz in wollüstigen

Tränen zerfließen, wir können uns nicht darüber zufrieden geben, daß wir nach dieser Seligkeit noch leben sollen. Ach das Herz begehrt zu brechen, und die Seele den Flug aufwärts zu nehmen, – nein, ich kann keine Worte für diese Gefühle finden, ob mir gleich auch jetzt die Augen voll von großen Tränen sind. – Kann es denn wirklich Menschen geben, die nie das Mitleid empfunden haben, die nie Tränen vergossen? – O denen sei es erlaubt, die Unsterblichkeit ihrer Seele zu bezweifeln, ihnen sei es vergönnt, die Menschen zu hassen, denn sie müssen es nicht begreifen können, warum man sie liebt. –

Ich kann nicht dafür, liebe Freundin, daß ich hier deklamiert habe, denn meine ganze Seele hat sich in mir aufgetan. Sie kennen ja auch diese zarten Regungen des Herzens, Sie werden mich verstehen, und mich keine Schwärmerin nennen. Mit Männern kann man überhaupt nicht so sprechen, sie sind viel zu sehr in die Geschäfte des Lebens verwickelt, um ihre Gefühle rein und hell in ihrem Busen zu behalten, sie handeln und denken und eben dadurch wird alles übrige in ihnen verdunkelt. Nur der Mann von dem ich Ihnen erzählen wollte, und den ich beinahe ganz vergessen hätte, nur er, vielleicht unter seinem Geschlechte der einzige, ist fähig mich ganz zu verstehn, aber er kommt aus der Schule des Unglücks und der Leiden, die dem Herzen die verlorne Menschlichkeit wiedergeben.

Zeigen Sie niemanden diesen Brief, liebste Freundin, denn er ist nur für Sie allein geschrieben, jedes andre Auge würde ihn entweihen und nur über meine Schwachheit spotten. So wenige Menschen verstehen es, fröhlich zu sein, und noch weit weniger zu trauern, der Schmerz redet sie in einer himmlischen Sprache an und sie können nur mit ihren unbeholfenen, irdischen Tönen antworten. Wer sich freuen oder wer weinen will, ziehe sich ja zu Blumen und zu Bäumen zurück.

Der Unbekannte redete sehr herzlich und bald schien mir seine Sprache so bekannt. Es kamen wunderbare Erinnerungen in meine Seele; ich betrachtete ihn genauer und auch seine Gesichtszüge schienen mir nun nicht mehr fremd. – O Amalie, welche Empfindung ergriff mich, als ich in dem armen Verstoßenen, in dem kranken Bettler einen alten, wohlbekannten Freund von mir entdeckte, – und wie er sich mir nun selbst zu erkennen gab und viel von den Menschen und ihrer Grausamkeit sprach, – wie Tränengüsse aus seinen Augen stürzten und er zu meinen Füßen sank und um Vergebung flehte, – o Freundin, ich wußte nicht, ob ich lebte, oder tot sei, – ob ich mich nicht plötzlich im Lande der wunderbarsten Träume befinde, – ach, ich kann immer noch nicht zu mir selbst kommen.

Seinen Namen darf ich Ihnen noch nicht nennen, so wie er auch unserm ganzen Hause ein Geheimnis ist, aber bald, bald will ich Ihnen alles auflösen, und Sie werden ebenso sehr erstaunen. – Alle Gegenstände flimmern mir seit diesem Augenblicke vor den Augen, ich kann nichts recht fest angreifen, und mein Gemüt ist zu den seltsamsten Vorfällen und Verwandlungen vorbereitet. Meine Augen wollen unaufhörlich weinen und jeder freundlich lachende Mund rührt mich innig: eine große Wehmut hat mir alle Gegenstände der Welt in die Ferne gerückt und der Schreck beim Erkennen zittert immer noch in mir fort.

Wunderbar gehn die Schicksale und Leiden der Welt und noch nie ist mir dieser fürchterliche Gang so deutlich vor die Augen getreten. Ich habe noch wenig gelitten, und ich möchte nun fürchten, daß ich noch viel zu leiden habe.

Sehn Sie, liebe Amalia, so melancholisch hat jener Unglückliche Ihre Freundin gemacht; der ganze Brief ist ein Beweis von der Spannung meiner Phantasie. – Leben Sie recht wohl und glücklich.

8

Karl Wilmont an Mortimer

London.

Ich habe doch hier, bei aller meiner Philosophie manche ungeduldige Stunde, und ich glaube, ich habe so gut wie jeder andre Verliebte ein Recht dazu. – Ich will versuchen, ob ich mich dadurch zerstreuen kann, wenn ich an Dich einen Brief schreibe.

In den ersten Tagen kam es mir so außerordentlich leicht vor, von Emilien entfernt zu sein, daß ich ordentlich im stillen wünschte, man möchte mir eine schwerere Probe auflegen. Es ging mir grade wie dem Kranken, der eine gefährliche Krisis überstanden hat, sich in den ersten Tagen nach dieser schon für genesen hält, und sich nicht genug darüber wundern kann, wie ihn die übrigen Menschen noch bedauren: aber bald fühlt er die Krankheit und Mattigkeit in allen seinen Gliedern von neuem, er wird von neuem ungeduldig und vergißt die schmerzhaften Tage gänzlich, die jetzt hinter ihm liegen. – Du wirst mir wenigstens zugeben, daß der Mensch immer bei dieser kuriosen Einrichtung seiner Natur die herrlichsten Ursachen hat, unzufrieden zu sein.

Wie unermeßlich lang kommt mir jetzt oft bei meinen Arbeiten ein Bogen vor, den ich vollschreiben soll, da er mir in den ersten Tagen nur wie ein Spaziergang war. Alle dummen und klugen Streiche laufen in der Welt doch wahrhaftig auf eins hinaus. Du nennst es nun selbst einen vernünftigen Plan, daß ich beim Minister angestellet bin, und wie wenig hab' ich daran gedacht, als ich mich anstellen ließ? Wahrlich, ich ließ mich eben mit der phlegmatischen Unbefangenheit zu ihm schleppen, als wäre die Reise nach einem Alehouse gegangen; meine allerdummsten Streiche haben mir weit mehr Kopfbrechens gekostet. – Ich glaube, ich könnte der edelste und tugendhafteste Mann von der Welt werden, ohne daß ich ein Wörtchen davon wüßte. – Lieber Mortimer, wenn das irgend einmal der Fall sein sollte, so mache mich doch um des Himmels willen aufmerksam darauf, damit ich nicht so in meiner Dummheit hin außerordentlich edel bin und selbst gar keine Freude daran habe.

Du bist mir zum erstenmale in Deinem Leben mit Deinem neulichen, so überaus ernsthaften Briefe ein wenig närrisch vorgekommen. Seit Du ein Ehemann bist, führst Du einen gewissen altklugen Ton und übst Dich an mir zum künftigen Erzieher Deiner Kinder. Du bist bei weitem nicht mehr so launigt, als ehedem, ich wette, daß Du jetzt nie einen Perioden anfängst, ohne zu wissen, wie Du ihn endigen willst; und doch gefiel mir eben das sonst so sehr an Dir, wo Du selbst einen weisen Spruch zuweilen anhubst, ohne zu wissen, wie er schließen solle. Du verlierst vielleicht nach und nach das wahre Leben und wirst am Ende nur eine Ruine vom ehemaligen Mortimer, wenn ich Dich denn besuche und Du hinter Deinem Tische mit dem ernsthaften Gesichte sitzest; so muß ich in Gedanken alle Deine ehemaligen Vortrefflichkeiten in Dich hineinlegen, um nicht auf die Meinung zu geraten, daß ich den leibhaftigen Grandison vor mir sehe.

Aber laß uns einmal ernsthaft sprechen. – Dein neulicher Brief kann Dir unmöglich ganz ernst gewesen sein, denn was Du da von den Geschäften und der Elastizität sagst, ist so altfränkisch, so philosophisch und so unwahr, daß ich beinahe Lust hätte, Dir alle meine Geschäfte zu übertragen, damit Du es selber mit Händen griffest, wie sehr Du gelogen hast. Du hast in Deiner ländlichen Ruhe gut sprechen, aber wenn Du nur die langweiligsten, unbedeutendsten Sachen mit einer Emsigkeit und Genauigkeit abschreiben müßtest, als wenn daran die Seligkeit von zehn Märtyrern hinge, wenn Du es nur selber fühltest, wie bei einer solchen Arbeit die Wände umher immer enger zusammenrücken, und das Herz ängstlich klopft und Du nach dem letzten Worte mit der fliegenden Feder hinrennst, als wenn das Haus einfallen wollte. Dann holt man Atem, um es von neuem durchzulesen, und kaum ist man eine halbe Stunde ausgegangen, so findest du schon neue Stöße, die auf deine Abfertigung warten. – Wo da die Elastizität herkommen soll, kann ich gar nicht einsehn. – Die Gedanken im Kopfe werden immer dünner, und gehn am Ende gar aus; statt daß ich sonst Stellen aus dem Tristram Shandy auswendig wußte, übe ich meine Memorie jetzt an den mancherlei Titulaturen.

Ich bin mir in manchen Stunden schon ungemein abgeschmackt vorgekommen, daß ich mir so viele edelmütige Bedenklichkeiten ausgedacht und Emilien nicht auf der Stelle geheiratet habe. – *Glück!* ist das nicht das höchste Wort im Leben, unsre erste Pflicht, ein Wort, gegen das jede Delikatesse albern erscheint? – Doch ich bin einmal eingespannt, und so werde ich denn auch wohl aushalten müssen.

9

Emilie Burton an ihre Freundin Amalie

Bonstreet.

Ich bin auf Ihre Antwort begierig, da Ihr Herz mit dem meinigen immer so sympathisiert hat. – Ach, liebe Freundin, ich kann Ihnen nicht alles so sagen, wie ich es gerne möchte, ich spare dies Vertrauen noch für eine andre Zeit auf.

Welch ein Mensch ist jener Unbekannte, von dem ich Ihnen neulich schrieb! – Er ist ganz über das kleinliche Leben hinüber, in dem sich die gewöhnlichen Menschen so ängstlich abarbeiten. Sein Geist ist durch und durch geläutert und gereinigt und er gehört nicht mehr der Erde an. Ich kann es nicht unterlassen, ihn zu bewundern, sooft ich ihn sehe oder spreche, er hat eine andre als die gewöhnliche Menschensprache. – Wenn ich an ihn denke, geht immer eine innige Rührung durch meine Brust, ich möchte fast beständig in seiner Gesellschaft sein, sein tiefes Urteil über das und über jenes hören, und ihm mit meinem Troste den Gram etwas aus seinem düstern Angesichte schmeicheln.

Niemand kennt ihn hier und niemand weiß daß ich ihn kenne, ich muß Ihnen seinen Namen auch noch verhehlen, weil es sein Wille so ist und weil er gegründete Ursachen dazu hat.

Es ist so etwas Wunderbares um ihn her, daß man sich in seiner Gegenwart wie in eine andre Welt entrückt fühlt. Alle, selbst die alltäglichsten Ideen, erhebt er zur höchsten Poesie, so daß er wie ein fremder Geist auf dieser Erde wandelt. Wenn ich dabei an sein Unglück denke, so kann ich nicht müde werden, von ihm zu sprechen, mich freut es, daß er mich seine Freundin nennt, da ihn kein Wesen auf dieser Erde weiter liebt. – O, denken Sie sich den schrecklichen Gedanken: ich bin das einzige Geschöpf, das sich für ihn interessiert!

Wozu sind die Millionen Menschen auf dieser Erde, da so wenige nur Einen finden, der sie liebt! – Ach, sie kömmt mir wüst und entvölkert vor, wenn ich daran recht lebhaft denke, sie ist nur eine große Erdmasse, voller stummen Leichen, die in und auf ihr sind. Sind sich alle die Armseligen selber genug? Haben sie kein Bedürfnis nach Liebe und Mitempfindung? – Sie sterben alle, ohne gelebt zu haben, sie sind Leichen, die sich bewegen, und denn auch die Fähigkeit zu essen, an die Natur abgeben und sich hinlegen und verwesen.

Nennen Sie mich nicht trübsinnig, liebe Amalie, denn es ist so: Der ganze Lebenslauf des Unbekannten enthält nur diese Wahrheit. – Leben Sie recht froh und recht glücklich! –

10
William Lovell an Emilie Burton

Hier sitz' ich nun, teureste Emilie, in meinem engen einsamen Zimmer und denke und träume nur Sie. Mein Fenster stößt auf den Gang, in welchem ich schon damals mit Amalien so oft an Ihrer Seite saß – Amalie, die mich vergessen, die mich niemals geliebt hat. – Ach, Unglücklicher! und du darfst noch klagen? Hat sich der huldreichste Engel nicht deiner mit einem himmlischen Mitleid angenommen? – Kannst du von dieser irdischen Erde noch mehr Glück, noch eine höhere Wonne erwarten?

Ach, Emilie, immer, immer möcht' ich bei Ihnen sein und den süßen Ton Ihrer tröstenden Stimme hören, immer den sanften Augen begegnen, die dem Verstoßenen, dem Elenden so kostbare Tränen schenkten. Die ganze Welt verkennt und verläßt mich. Ihr harter Bruder hat mir seine Freundschaft aufgekündigt. – O, mag er sie zurücknehmen, wenn ich nur die Zuneigung seiner göttlichen Schwester behalte. – Was kümmern mich die Augen der übrigen Welt, wenn mich nur die Ihrigen bemerken und nicht zürnend auf mich blicken!

Sie kennen, Sie dulden und lieben den Menschen, o das hab' ich daran erfahren, daß Sie mich nicht verstießen, als ich die freche Erklärung wagte, als ich Ihnen entdeckte, warum ich verkleidet dieses Haus betreten habe. – O Himmel, was kann ich denn auch für die heißen Empfindungen meines Herzens? – Ist es ein Verbrechen, Sie zu lieben? – O ja so bin ich ein Verbrecher, verachten und hassen Sie mich und mit dem Ende dieses unerträglich schweren Lebens ist meine Sünde abgebüßt. – Aber nein, Sie haben mir verziehen, Sie haben sich meines Elendes mit der Gütigkeit eines Engels erbarmt, Sie wollen mich gegen meine wilde Verzweiflung schützen, Sie haben es mir zugesagt, – o warum bin ich denn nicht froh und glücklich? – Weil ich immer noch an diesem Glücke zweifle, weil ich in diesem Leben gelernt habe, daß uns alle Hoffnungen hintergehn, weil ich es nur für eine schuldlose Verstellung halte, um mich auf einige Tage zu trösten. – O Emilie! bedenken Sie, wie ich denn zu meinem gewöhnlichen Leben wieder erwachen werde!

Warum sollte aber nicht ein Unglücklicher in seinem dürren Lebenslaufe, unter den unzähligen leeren Larven, die ihm begegnen, auch einmal einen Boten des Himmels antreffen, der ihm von oben her Frieden verkündigt? – Ach, mein ganzes verschlossenes, verwelktes Herz würde sich wieder wie eine Blume aufrichten, die ein warmer Frühlingsregen trifft. Ein schöner Regenbogen würde den Horizont meines dunkeln Daseins umarmen, und Hoffnung, Liebe, Glück und Seligkeit würde aus jedem Sterne der Nacht, wie aus einem goldnen Auge auf mich herniederblicken.

Wenn ich leben soll, so müssen Sie mir diese Hoffnung nicht nehmen; wenn ich lächeln soll, o so müssen Sie sie erfüllen.

11

Emilie Burton an William Lovell

Ich halte es für meine Pflicht, Sie zu beruhigen; – doch nein, das Wort ist zu kalt und ängstlich. – Ich bin es meinem klopfenden Herzen schuldig; ich kann nicht anders, wenn ich auch wollte. Aber ich will nun so und nicht anders. – Können Sie einen größern Beweis fordern, als daß ich Ihnen schreibe, daß ich Ihr Geheimnis verschweige, daß ich gern und geheim mit Ihnen spreche? – Ach, könnten Sie alle die Tränen sehn, die ich um Ihrentwillen vergieße, Sie würden nicht länger zweifeln.

Und darf ich denn mehr tun? – Hab' ich nicht schon zu viel getan? – O unglücklicher Lovell, Sie haben Ihre Emilie vielleicht mit unglücklich gemacht; Sie haben vielleicht den schwarzen Samen in diesem friedlichen Hause ausgestreut, – und dann, – was soll ich denn tun? Was soll ich denn sagen? –

O beruhigen Sie sich und lesen Sie nicht alle Worte zu ernsthaft und aufmerksam. – Mir ist es, als wenn mein Herz in mir springen wollte, ich kann kaum mehr Atem schöpfen. –

12

William Lovell an Emilie Burton

Und ich soll nicht seufzen und klagen? Nicht trauern und verzweifeln? – Mehr hat Emilie getan als sie durfte? – O dann wird es sie auch gereuen, dann, – o dreimal unglücklicher Lovell, – dann ist auch kein Herz auf der weiten Erde das für dich schlüge! – Ach nein, denn das einzige, das übrig war, bereut es, daß es gewagt hat, dich zu bemitleiden! –

13

Emilie Burton an William Lovell

Ich fürchtete Ihre Klagen und Ihren betränten Blick, das war's, warum ich Sie heute gern vermeiden wollte. – Gott! Und nun Ihr Gespräch im Garten! – O ich fühle noch das Erstarren in allen meinen Adern. – O Lovell, Sie haben mich heut viel dulden lassen, ich sagte es, Sie machen mich zur Gefährtin Ihres Unglücks.

14

William Lovell an Emilie Burton

O würden Sie die Gefährtin meines Unglücks! Wie schnell würde der arme Lovell der frohste und glücklichste unter den Menschen werden! – Aber nein, Sie haben sich ganz deutlich von mir zurückgezogen; – o warum hofft' ich denn auch noch auf Freuden? – Bin ich nicht langsam zum höchsten Elende gereift und nun sollte sich plötzlich alles umwandeln? – – Nein, ich will fort, fort ohne Trost und Abschied, über niemand soll mein Elend zur Hälfte kommen; besser daß ich vergehe! –

O daß ich nie hieher gekommen wäre! – Daß ich nie die letzte Blume gefunden hätte, die ein höhnischer Fuß zertritt! – Leben Sie wohl! – Ach wohin soll ich mich wenden? – Wohin? – Der Tod wohnt in allen Weltgegenden, für ein Grab ist die Erde noch allenthalben gut genug!

15

William Lovell an Rosa

Bonstreet.

O Rosa! was, *was* sind die Menschen? – Warum bedauerte ich je Rosalinen und Pietro? Vergaß mich Rosaline, und allen ihren Schmerz nicht auf einen Tag in Ihren Armen? – *Amalie* hat mich vergessen, und ist an *Mortimer* verheiratet, und *Emilie*, die Schwester des jungen *Burton* – Doch lassen Sie mich erst zu Atem kommen, denn ich muß hier aus vollem Halse lachen; – O! gewiß, mein Vater ist nicht aus Gram über mich gestorben. –

Eduard besitzt ganz ruhig meine Güter, ohne daß ihm sein zartes Gewissen einen Vorwurf darüber macht. Hat er sie doch in einem rechtmäßigen Prozesse gewonnen. – O! um *diese* Menschen sollte man sich noch härmen? – Man sollte fürchten ihnen Unrecht zu tun? – O, nein! ich bin nun ganz ruhig darüber.

Doch ich wollte Ihnen meine Lage schildern, ich wollte Ihnen von Emilien erzählen.

Ich stellte mich als ein verarmter Kranker, der Gärtner sprach von mir mit Burton, und dieser ließ mich in das Schloß bringen, mir ein Zimmer anweisen, und mich mit Essen und Trinken versorgen. Emilie kannte ich schon etwas aus vorigen Zeiten, und ich beschloß mit ihr einen Versuch zu machen. Ich konnte darauf rechnen, daß sie vorzüglich neugierig war, wer ich sein möchte, ich suchte daher ihre Aufmerksamkeit noch mehr auf mein stilles, melancholisches Wesen zu richten. Es gelang mir. Ihr Bruder war an einem Tage abwesend, und ich sehe sie allein nach dem Garten gehen, und sich in ihre Lieblingslaube setzen. – O Rosa! Sie hat sich wirklich sehr verschönert, seitdem ich sie nicht gesehen habe; ihr Wuchs ist sehr graziös, und ihr Auge klug und sanft.

Sie hat einen gewissen Verstand, den sie besonders an sich schätzt; sie hat viele Bücher gelesen, und manches darüber gedacht, daher ist sie im Leben ihrer Sache immer sehr gewiß; sie meinet daß es keine kritische Fälle gebe, in denen man zweifeln könne, wie man sich zu betragen habe. Ich brauche Ihnen, Rosa, wohl nicht zu sagen, daß diese Geschöpfe grade am leichtesten zu gewinnen sind, daß sie selber jedem Plane entgegenlaufen, und eben durch ihre Weisheit einfältiger sind, als die Dümmeren.

Ich ging trübsinnig in dem Gange auf und ab, der an ihre Laube stieß, und sie bemerkte mich sehr bald. Sie konnte ihre Neugierde nicht unterdrücken, sondern stand auf und trat mir näher. Unser Gespräch nahm eine sehr schwermütige Wendung, und ich sagte vieles über die Welt und über die Menschen, was ich wirklich so meinte: meine Rolle ward mir also dadurch um vieles leichter. Ich bemerkte daß sie weinen mußte, und als sie auf die stärkste Art gerührt war, entdeckte ich ihr, wer ich sei.

Ich konnte auf ihrem Gesichte bemerken, daß die wunderbarsten Empfindungen schnell in ihrem Innern wechselten. Sie war auf eine solche Überraschung, auf den Schmerz der darin lag, nicht vorbereitet; um sie völlig zu verwirren, suchte ich sie daher noch einmal, und am kräftigsten zu überraschen.

Ich warf mich plötzlich zu ihren Füßen nieder, und gestand ihr, daß zu dieser Verkleidung, zu meinem Aufenthalt im Schlosse, mich allein eine heftige Liebe zu ihr vermocht habe; dies solle mein letzter Versuch sein, ob es irgend ein menschliches Herz gebe, daß sich meiner noch annehme, um mich mit dem Leben, und dem Schicksale wieder auszusöhnen. – Sie war schön, und wie in einem Schauspiele, spielte ich meine Rolle, auf eine wunderbare Weise begeistert, fort; es gelang mir alles was ich sagte, ich sprach mit Feuer und doch ohne Affektation. – Sie stand unbeweglich vor mir, und wußte immer noch nicht, wie sie alles in ihrem Kopfe reimen sollte.

Haben Sie mich nicht gehört, schönste *Emilie*? rief ich aus.

Sie fuhr auf, und gab eine unverständliche Antwort, ich erhob mich, und setzte meine Klagen fort. Sie erweichte sich sehr für mich und mein Unglück traf ihr Herz. Ich klagte über Amalien und ihren Bruder, über die ganze Welt, die mich von sich gestoßen habe; ich nahm meine Zuflucht zu ihrem weichen und zärtlichen Herzen, und schwur, daß sie mich nicht verwerfen könne, sondern daß sie mitleidiger sein würde, als die übrige Welt.

Nie, Rosa, habe ich so gut gesprochen, und nie so tief empfunden. Es war als wenn sich mein ganzes Herz in mir eröffnete, und ich mußte über mich selbst erstaunen. – Ach was ist Wahrheit und Überzeugung im Menschen! Ich war jetzt von allem überzeugt was ich da sagte, ich war schwermütig, und in sie verliebt, ich hätte mich wirklich in diesem Augenblicke ermorden können. O! man rede mir doch künftig nicht von den Menschen die sich verstellen. Was ist die Aufrichtigkeit in uns?

Emiliens Rührung ward immer heftiger, und sie legte am Ende ihre Hand in die meinige; sie hatte meinen Worten geglaubt, und ihr Herz neigte sich mir unwiderstehlich entgegen. Sie sagte mir: daß Sie mich trösten wolle, wenn sie mich trösten könne, daß sie mich gern für mein Unglück entschädigen wolle, wenn es in ihrer Gewalt stehe. Die ganze Szene schloß sich in der Manier wie sie angefangen hatte.

Jetzt suchte ich sie nun immer mit den Augen: wenn es möglich war, sprach ich sie allein im Garten, da wir aber oft gehindert wurden, suchte ich ihr ein kleines Billet zuzustekken. – Es ward beantwortet, wie ich gar nicht gehofft hatte; nun hatte ich die deutlichsten Proben ihrer Liebe. Das Billetschreiben ging fort, und meine Schwermut machte, daß ich ihr nie weniger interessant vorkam.

Gestern war sie ganz allein im Garten, denn ihr Bruder war ausgeritten, um jemand in der Nachbarschaft zu besuchen. Es war gegen Abend, und ich suchte sie auf. Wir gingen auf und ab, und unser Gespräch ward immer hitziger, und verwickelter; wir kamen zur Laube zurück, der Mond schien, und wir setzten uns auf die Rasenbank nieder.

Sie war sehr weich gestimmt, und ich bemerkte die Tränen deutlich, die heimlich aus ihren Augen tröpfelten; rasch umarmte ich sie, und küßte ihre Tränen weg, dann fielen meine Lippen auf ihren zarten Mund. Sie wußte nicht, was sie antworten sollte, sie war völlig in meiner Gewalt, davon war ich innig überzeugt. Sie lehnte ihren Kopf an meine Schulter, und fing laut an zu weinen, dann umarmte sie mich freiwillig, und drückte einen herzlichen Kuß auf meine Lippen. – Ich liebte sie innig in dieser Minute, ich drückte sie an meine Brust, und unsere Seufzer begegneten sich. Ungewiß war alles umher und in mir, ich wußte nicht ob ich Amalien, oder sie, oder Rosalinen in den Armen hielt; der ganze Sturm meiner Sinnlichkeit wachte in mir auf, und sie war gefallen, als sie es noch kaum bemerkt hatte.

Als sie wieder ihrer Sinne mächtig wurde, wußte sie nicht, ob sie mir Vorwürfe machen, oder ob sie weinen sollte. Ich tröstete sie durch Küsse, wir gingen stumm Hand in Hand aus dem Garten, am Eingange küßte ich sie noch einmal, dann ging sie fort.

Ich ging im Mondlicht durch die dicht belaubten Gänge; jetzt fiel mir ein, daß sie mit dem jungen Wilmont so gut wie verlobt sei. – Ich wußte nicht, sollte ich lachen, oder heiße, brennende Tränen vergießen: mein Mund zog sich zum höhnischen Lächeln, und große Tränen fielen aus meinen Augen.

Ist *das* der Mensch, und der edlere Mensch? Welch elendes, verächtliches Gewürme! – Was mag sie jetzt denken, wenn sie überlegt, wohin sie von ihrer regen Empfindsamkeit geführt ist?

Ich könnte meine Eitelkeit sehr nähren, und mir einbilden, sie liebe mich ganz unbeschreiblich, und nur diese grenzenlose Liebe habe den Fall ihrer Tugend verursacht. – Aber die Schwäche des Menschen allein hat sie dorthin getrieben. – Und wenn sie mich auch liebte, wie könnt' ich eitel darauf werden? – Denn was ist Liebe? – Ein vorübergehend dunkel Gefühl, und ein Wort. – Sie liebt vielleicht auf einige Tage den Begriff des Unglücklichen in mir, und haßt mich, wenn sie mich näher kennen lernt. –

Burton bringt mich auf, sooft ich ihn nur sehe; schon mehr als einmal war ich im Begriffe, mich ihm zu entdecken, um meiner Hitze nur freien Lauf zu lassen, aber bald, bald muß ich ihn für das strafen, was er gegen mich verbrochen hat.

Leben Sie wohl! Da ich diesen Brief jetzt nicht gut fortschicken kann, so will ich ihn so lange liegen lassen, bis Sie ihn zugleich mit einem zweiten erhalten.

16
Eduard Burton an Mortimer

Bonstreet.

Wie soll ich diesen Brief anfangen, mein Freund, wie soll ich ihn endigen? – Noch nie bin ich auf diese Art erschüttert gewesen, noch nie so sehr aller meiner Besinnung beraubt. Ich sitze hier einsam auf meinem Zimmer und weine, und bin noch immer erstarrt. – Daß ich das erleben mußte! – Haben Sie Geduld mit mir, lieber Mortimer, ich kann mich noch immer nicht trösten.

Seit einigen Tagen hatte ich einen armen Kranken in meinem Hause aufgenommen, der mich durch einen meiner Leute um eine Freistätte auf einige Tage hatte bitten lassen. Man beschrieb ihn mir als so schwermütig, und unglücklich, daß ich mich lebhaft für ihn interessierte.

Ich ließ mir heute am Morgen, wie gewöhnlich, ein Glas Wein vom Bedienten bringen, er stellte es hin, und ich wollte eben zu frühstücken anfangen, als der alte Willy plötzlich bleich und mit weinenden Augen hereinstürzte, und mich beschwur den Wein nicht anzurühren; ich wußte nicht was ich sagen sollte; und Willy stand immer noch wie in einer Begeisterung vor mir.

Ich fragte ihn endlich: was ihm fehle; ich glaubte er sei wahnsinnig geworden, er wollte nicht bestimmter antworten, er zitterte am ganzen Körper, er stammelte und vermochte nicht deutlich ein Wort hervorzubringen. – In den Wein ist etwas hineingeschüttet! rief er endlich laut. – Ich weiß selbst nicht, wie mich die Verwirrung darauf brachte, daß ich ihn fragte: ob er es getan habe? Aber sein Zittern, seine Angst, seine bleiche Gestalt schienen mir ein solches Geständnis vorzubereiten. – Da weinte der alte Mann, und schluchzte laut, sein Gemüt ward durch diesen Argwohn noch verwirrter; ehe ich es bemerkte faßte er zitternd nach dem Glase, und trank es aus.

Seine Kräfte verließen ihn, er sank in einen Stuhl; ich rief um Hülfe, und es währte nicht lange, so offenbarten sich die Wirkungen eines Giftes. Er war fast ohne Besinnung, und wollte doch noch immer nicht sprechen; sein Bruder warf sich auf ihn, und bedeckte ihn mit Tränen und Küssen, alle weinten und drangen in ihn, daß er reden sollte. Ich konnte bei diesem Anblicke meine Tränen nicht zurückhalten, ich konnte nicht begreifen, wie sich das Rätsel auflösen würde. – Wie von einer hohen Angst gedrückt, rief er nun plötzlich den Namen *Lovell* aus. Ach! und der Ton schnitt durch mein Herz, er sagte seinem Bruder ein paar Worte heimlich, – alle erstarrten – jener fremde verstellte Kranke, – niemand anders als *Lovell* war es, – er hatte den Wein vergiftet.

Was ich in dieser Minute empfand kann ich nicht beschreiben. Wie dürftig ich mich plötzlich fühlte, daß ich ein Mensch war! – Ach, Mortimer es gibt Stunden im Leben, deren Hefen selbst das höchste Glück nicht aus dem Herzen wieder wegspülen kann, das fühle ich jetzt innig. – Mein ganzes künftiges Leben ist durch diesen Augenblick krank geworden; ein Pfeil ist in meine Brust gedrungen, den ich nicht wieder werde herausziehen können, ohne zu verbluten.

Es war schrecklich, wie dem alten Willy jetzt seine zu rasche Tat gereute, wie er dann weinte und schluchzte, weil er den Namen seines Herrn genannt hatte, und wie er dann wieder nicht leben wollte, wie er sich freuete, daß er sterben müßte, weil sein Lovell die Bahn der Tugend so ganz verlassen habe. Dann phantasierte er wieder und war mit seinen Gedanken weit weg, und kam nur wieder zu sich, um über Lovell von neuem zu weinen.

Wie wenn ich aus einem Traume erwacht wäre und die Begriffe noch nicht zu ordnen wüßte, so stand ich unter ihnen, ich konnte jetzt nicht an die Menschheit, nicht an die Freundschaft glauben. – Ach! und mein Kopf schwindelt noch jetzt.

Endlich verlangte der sterbende Willy seinen Herrn noch einmal zu sprechen. Man holte ihn. Alles im Zimmer ging mit mir herum. Ich sah wie Willy niedersank, sich auf seine Hand beugte und sie küßte, – er war es, – ich erkannte ihn, und taumelte aus dem Zimmer und fand mich dann auf ein Sofa niedergesunken.

Wie schwer mein Herz in mir pochte! – Mir ward leichter, als die Tränen endlich ausbrachen. – Aber ganz leicht wird mir nie wieder werden.

Willy ist gestorben. –

Ich habe die Vorhänge heruntergelassen denn das Licht beleidigt meine Augen. – Mein Kopf schmerzt heftig. – Ich fühle ein inniges Mitleiden mit mir selber, – und doch möchte ich mich hassen und verabscheuen.

Ist es denn möglich: daß *dies* aus dem Menschen werden kann? – O Freund! ich möchte sterben. In einzelnen Sekunden fühle ich eine selige Ruhe durch mein Herz gehen, und dies habe ich schon einigemal für den Anfang des Todesschlafes gehalten. – –

Aber ich muß mich ermannen. – Ich muß den ganzen Vorfall meiner schwachen reizbaren Schwester zu verbergen suchen; ich muß für Lovells Sicherheit bedacht sein! – Wo werde ich den Mut hernehmen, nur die Augen aufzuschlagen? – Aber es muß sein. –

Leben Sie recht wohl, lieber Freund. – Was ist so plötzlich aus mir und meinem Hause geworden!

Ach! die arme Amalia! – Es ist wohl am besten, Sie verschweigen ihr alles; wie soll *ihr* Herz das ertragen, da schon das meinige bricht? – Ich wünsche manchmal, ich hätte das Gift getrunken, dann wäre mir jetzt besser.

17

Eduard Burton an Mortimer

Bonstreet.

Mein Brief hat Sie gewiß recht sehr erschreckt; auch Sie müssen trübe und melancholisch sein, da Sie ihn auch gekannt haben, da auch Sie sein Freund waren. – Jetzt bin ich etwas mehr gesammelt, ich habe ihn gesprochen, und ich zwinge mich ruhiger zu sein.

Ich ging auf sein Zimmer, er war finster und in sich verschlossen, er wollte mich nicht ansehen. – So mußt' ich ihn nach so langer Zeit wiederfinden!

Lovell! rief ich unwillkürlich aus. –

Was verlangen Sie, sagte er schwer und mit einem unterdrückten Tone.

Es fiel nun eine dichte Scheidemauer zwischen uns. Ich hatte ihn nicht so erwartet. Er war mir plötzlich ganz fremd geworden, und ich konnte unmöglich darauf kommen, ihn um seine Absichten zu fragen, und um die Gründe seiner Verkleidung oder Niederträchtigkeit.

Dies ist also der Mensch, in dem mein Geist den Bruder ehemals zu entdecken glaubte; diesem wollt' ich mein ganzes Leben widmen?

Er hat sich außerordentlich verändert, er ist bleich und entstellt, sein Auge unruhig, sein Blick starr, ganz das Bild eines Menschen der mit sich selber zerfallen ist.

Willys Tod ist ruchtbar geworden, und ich muß ihn noch in dieser Nacht fortzuschaffen suchen, um ihn den Gerichten und dem Gefängnisse zu entziehen.

Wär' es zu verwundern wenn ich in dieser Situation alle Besinnung verlöre? – Ach ich sagte Ihnen ich wäre ruhiger, ich bin bloß noch verwirrter, und das hat meinen scharfen Schmerz etwas abgestumpft.

So ist meine Jugend wiedergekehrt, – *so* sind meine Träume in Erfüllung gegangen! Er sollte hier nahe bei mir in Waterhall wohnen, wir wollten uns fast täglich sehen, wir wollten nur Ein Leben genießen, und gleichsam mit Einer Seele haushalten, und *nun*! – Warum hat das Schicksal alles so umgeändert, und mir nichts, gar nichts übrig gelassen? – Wenn meine Augen noch weinen könnten, würd' ich unaufhörlich weinen. – Und könnten denn meine Tränen alles wieder umändern?

Haben Sie Geduld mit mir, lieber Mortimer. – Ich weiß nicht, welchen Eindruck alle diese Vorfälle auf Sie gemacht haben.

18

Eduard Burton an Mortimer

Bonstreet.

Er ist fort; es ist Nacht, und ich will Ihnen noch schreiben, weil ich doch nicht schlafen kann.

Die Erde kömmt mir vor wie ein dunkles Reich von Schatten, wie ein Traumland, worin nichts wesentlich, nichts beständig ist; der Schein des Tages ist ein betrügerisches Licht, nur das Dunkel der Nacht ist die wahre Farbe dieser düstern Kugel. – Wir sehen dunkle Schatten in der Ferne stehen, und nennen sie Freundschaft und Liebe, als Fremdlinge ziehen sie vorüber, und ein schwärzeres Dunkel folgt ihnen nach. Die Menschen sehen in dieser schwarzen Nacht nur aus, wie eine dichtere Finsternis, kein Strahl in ihrem Herzen, ach! kein Funke in ihrer Brust. – Dies Gefühl das mich jetzt durchdringt, hatten gewiß die Einsiedler, die sich in schwarzen einsamen Wäldern anbauten, und mit Felsen und Bäumen die Gesellschaft der Menschen vertauschten. – Die stillste Einsamkeit ist mir jetzt erwünscht, der ferne Gesang der Nachtigall stört mein Gemüt, das Rauschen der Bäume tönt mir zu froh und heiter. Ich glaube nicht, daß ich ihn wiedersehe, und wenn ich seine Briefe noch einmal überlese, so scheint es wie ein goldener Traum in meine Seele hinein. – Alles Schöne und Poetische in der Natur ist plötzlich für mich untergesunken, ich sehe nur Tod und Verwesung, ich kann an keinen Edelsinn mehr glauben, ja ich kann meinem eigenen Herzen nicht vertrauen. Die Blumen und Kräuter, die Pflanzen von denen sich der Mensch nährt, kommen mir vor wie verführerische Winke, wie bunte Nichtswürdigkeiten, die aus der finstern kalten Erde ein boshafter Dämon emporsteckt, um uns wie Kinder zutraulich zu machen; wir folgen nach, argwöhnen nichts, und werden so in unser schwarzes, enges Grab gelockt.

Ich bin sehr erhitzt, weil ich einige Nächte nicht geschlafen habe, und ich weiß nicht genau was ich niederschreibe. –

Um Mitternacht eröffnete ich Lovells verschlossenes Zimmer. Es war alles still im Hause, die Bedienten schliefen, ich hatte die Schlüssel zu mir gesteckt, und eine Laterne angezündet. Ich sagte ihm er solle mir folgen, weil er in meinem Hause nicht mehr sicher sei. Er antwortete nichts, sondern betrachtete mich mit einem düstern Blicke und stand auf.

Wir gingen über die schallenden Gänge, und ich sah mich zuweilen nach ihm um; ein bleicher Schein meines Lichtes fiel auf sein Gesicht, und entstellte es auf eine wunderbare Weise. – Ich schloß das Haus auf, und wieder hinter mir zu. Der Himmel war dick und schwarz rund umher bezogen.

Wie im Traume ging ich mit ihm fort, keiner von uns ließ einen Laut vernehmen, wie zwei Gespenster schlichen wir durch den Garten. – Es war mir wunderbar, als wir den Lauben und den Bänken vorübergingen, wo ich so oft mit ihm gesessen hatte; die Bäume neigten sich wehmütig, als wir unter ihren Wipfeln hinweggingen. – Arm in Arm war ich sonst hier mit Lovell auf und ab gegangen, hier hatte sich uns mit Entzücken die Welt Ossians und Shakespeares aufgeschlossen, hier hatte ich ihn am Morgen zuerst gesucht, und noch der Abend traf uns in diesen Gebüschen, wenn die übrigen schon längst zu den Zimmern zurückgekehrt waren, – hier hatte er mir sein ganzes Herz enthüllt, und ich ihm das meinige; – o! und nun gingen wir mit dicht verschleierten Seelen nebeneinander; kein Mund öffnete sich, keine Hand streckte sich nach einem Drucke aus.

Wir kamen an das Gartentor, und ich benutzte diesen Stillstand, um ihm einen Wechsel in die Hand zu geben. Er sagte nichts, sondern steckte ihn mechanisch ein. – Stillschweigend gingen wir nun wieder den Fußsteig im Walde hinab, die Laterne schoß nur einzelne bleiche Strahlen durch die schwarze Nacht des Forstes, alle Bäume sahen seltsam aus. In einzelnen Momenten grauste mir vor der Einsamkeit, mein Herz zitterte wenn ich mir wiederholte, daß die Gestalt die neben mir geht *Lovell* sei.

So waren wir an die Grenze von Bonstreet gekommen. Ich stand still, er ebenfalls. Ich konnte ihn nicht ansehen, und nicht sprechen; und doch schien er es zu erwarten, daß ich ihm etwas sagen sollte. Im Herzen arbeiteten tausend Empfindungen durcheinander, und ich wartete nur auf einen Laut von ihm, ach! um ihm um den Hals zu fallen, um zu weinen und ihm alles zu vergeben. – Aber er blieb stumm, und jedes Wort blieb in meine Brust zurückgedrängt. – Wir standen immer noch still, und die Zeit schien mit uns still zu stehen, und nur auf den ersten Ausbruch der Angst zu warten, um alles in einem rascheren Laufe wieder einzuholen.

Hier muß ich zurückgehen, sagte ich endlich mit schwacher Stimme, und kehrte mich um. – Es war als wenn sich die ganze Welt, und mein eignes Herz von mir abwendete, und ich stand wieder, und sah nach dem stummen tief in sich versunkenen Lovell hin. Der Bruder des Missetäters kann in der Stunde der Hinrichtung nicht mehr empfinden als ich jetzt fühlte.

Er redete immer nicht, und es ging plötzlich wie ein eiskalter Wind durch das Innerste meines Herzens, ich haßte ihn jetzt nicht, aber ich wendete mich gleichgültig um, und ging einige Schritte in den Wald zurück. – Das Licht war heruntergebrannt, und die Laterne erlosch; – ich hörte seinen Fußtritt, der sich von mir entfernte. – Dickes Dunkel war umher, und der glimmende Docht beleuchtete nur auf einen Augenblick noch eine kleine grüne Stelle auf dem Boden.

O! jetzt hätt' ich ihn gegenüber haben mögen! ich hätte ihn mit Tränen und Küssen erstickt. – Sein Schritt tönte schon viel schwächer, – ach! ich sehe ihn nicht wieder, sagte ich zu mir selber, und die Tränen rannen heiß und dicht gedrängt über meine Wangen. – Ich sehe ihn nicht wieder, und es ist *Lovell*! – Ich wollte ihm nach, und stieß an einen Baum, ich sank zur Erde, und rief so laut als ich konnte, von gewaltigem Schluchzen unterbrochen: Lebe wohl, recht wohl! – Ich weiß nicht ob er mich gehört hat, ob er es verstanden hat.

Ich lag auf der feuchten Erde, und streckte mich ganz aus, ich verbarg mein heißes Gesicht in dem nassen Grase. Ich schlief beinahe ein.

Kalt und ohne Besinnung suchte ich dann den Rückweg. Wie ein großes eisernes Gefängnis, hing der dunkle Himmel um mich her.

In meinem Zimmer sitze ich nun hier, und die Morgenröte bricht schon hervor. Lovell sieht sie jetzt auch, und unsere trüben Gedanken begegnen sich vielleicht.

Ach Freund, mich quält eine gewaltige Unruhe; – habe ich nicht dem Armen zu viel getan? – Bin ich nicht verführt worden, schon seinen letzten Brief an mich zu ernsthaft zu nehmen? – Warum habe ich ihn nicht so wie die vorigen beantwortet? Alles wäre dann vielleicht anders geworden. – Ich war viel zu sehr von mir eingenommen, und darum verletzte dieser Brief meine Eitelkeit. Ich konnte nicht wissen in welcher Stimmung er geschrieben war; und doch war ich meiner Sache so gewiß, daß ich anfing, Lovell verloren zu geben. – O! es war unrecht von mir, es war schlecht, Mortimer, wenn Sie aufrichtig sind. – Ich bin nun schuld an Lovells Verzweiflung, und an seinem Unglücke; ich verdiene seinen Haß und seine Verachtung, und das war es auch, warum er nicht mit mir sprechen wollte. – O! wenn ich nur einen Händedruck von ihm mitgenommen hätte: so könnte ich mich doch zufriedengeben.

Jetzt geht er nun einsam auf dem kalten Felde, und weicht den Menschengesichtern aus, und ich bin die Ursache daß er sich vor ihnen fürchtet! – Sein Eduard, der Freund seiner Kindheit, ist von ihm abgefallen, jedes Menschen Auge kündiget ihm nun Krieg an. – Wohin soll ich mich vor mir selbst verbergen? –

Wenn er nur gesagt hätte: Eduard, lebe wohl, o! so hätt' ich doch die Hoffnung, daß er mir vielleicht vergeben habe. – Aber ich scheuchte ihn mit meiner Hartherzigkeit zurück.

Wie soll ich künftig einem fühlenden Menschen unter die Augen treten? – Ach wie sehr bin ich in mir selber gedemütiget! – Ich kann nicht weiter, mein Körper zittert, – ich will mich schlafen legen. – Leben Sie recht wohl, lieber Mortimer, verachten Sie mich nicht, und stoßen Sie mich nicht zurück; ich will besser werden, ich verspreche es Ihnen.

19

Eduard Burton an Mortimer

Bonstreet.

Sie werden von meinen Briefen bestürmt, lieber Mortimer. – Man weckt mich eben mit einer schrecklichen Nachricht auf: – Emilie wird vermißt!

Ein Schlag trifft nach dem andern mein Herz. – Wo kann sie sein? – Sie wird allenthalben gesucht, und ich sitze hier und zittre in banger Erwartung. –

Noch keine Nachricht! noch keine Spur! Man geht auf dem Gange. Nein! Sie ist es nicht. – Gott! wo kann sie sein! – Sie kann nicht fort sein, und doch ist sie nicht da, und es ist schon spät nach Mittag. –

Ich will sie selbst suchen. – Aber vielleicht ist sie nur im Garten spazieren gegangen; – vielleicht hat sie im Dorfe eine arme Familie besucht –

Willy wird soeben begraben; wenn sie nur von dem ganzen Vorfalle nichts erfahren hat!

Wie mein Herz klopft! – Mein Blut drängt sich gewaltig nach meinen Augen. –

Noch keine Nachricht! Sie ist nicht im Garten, sie ist nicht im Dorfe. – – –

Ich bin auf ihrem Zimmer gewesen, und das Rätsel hat sich nun auf eine schreckliche Art aufgelöst. – In eben dieser Nacht, in der ich um Lovell klagte, ist sie entflohn und mit ihm entflohn. – Können Sie es glauben, können Sie's nur denken? Alle Begriffe in meinem Kopfe verwirren sich. – Beide waren einverstanden. – O Lovell! Nun hast du meinem Herzen den letzten Stoß gegeben. –

Ich lege Ihnen den unvollendeten Brief bei, den sie an ihre Freundin geschrieben hat. – Sie tun wohl am besten, ihn Ihrer Gattin nicht in die Hände zu geben. – Hätt' ich ihn selber nicht gelesen! –

O! ich beschwöre Sie, eilen Sie wenn sie irgend etwas von meiner unglücklichen Schwester hören; eilen Sie, sie zu retten.

Nun bin ich ganz einsam, nun ist mir nichts übrig geblieben, und ich habe nun wenigstens den Trost, daß ich nichts mehr verlieren kann.

Aber daß sie sich so weit verirren konnte! – O Gott! Warum brechen alle Leiden so plötzlich über mich herein?

20

Einlage des vorigen Briefes

Emilie Burton an ihre Freundin Amalie

Bonstreet.

Endlich, endlich muß ich es Ihnen bekennen, daß jener Unbekannte, von dem ich sprach, *Lovell* ist. – Sie werden erschrecken, Sie werden bei dem Namen zittern; – O! Amalie, Sie haben ihn nie gekannt, Sie haben sein Herz nie genug gewürdiget. – Wie wäre es möglich gewesen, daß ich seinen Tränen, seinen Klagen hätte widerstehen können? – Sein Jammer hat mein Herz getroffen, und nein, Amalie, ich kann mir keine Vorwürfe darüber machen.

Ach der Arme! er ist von der ganzen Welt verstoßen, und höhnisch von jedem Herzen zurückgewiesen, er sieht sich um, ob sich nicht noch irgendwo ihm eine Seele wohlwollend entgegenneigt, und nirgends, nirgends. – Ohne Freunde, ohne Liebe muß er seinen Kummer tragen; ja Amalia, ich habe mein Glück dem seinigen aufgeopfert, ich will ihm folgen, und seine harten Schicksale mit ihm teilen. – Mein Bruder hat kein Herz, da er ihn so unbarmherzig verstoßen kann, ich bin die einzige in der Welt die ihn liebt, die einzige die ihn wieder mit der Welt und den Menschen versöhnen wird. – Ist mein ganzes Leben nicht verdienstlich genug, wenn ich diese eine Seele von der Verzweiflung gerettet habe?

In dieser Nacht fliehe ich mit ihm fort, ich folge ihm, wohin er mich führt. – Ach Amalie! Sie haben ihn schnell vergessen. – Der Wagen hält eine Meile von hier im Walde, um ein Uhr bin ich dort. Ich kann von meinem Bruder nicht Abschied nehmen, weil er jetzt Lovell haßt. Ich aber kann mich nicht von ihm trennen, ich habe ihm meine Liebe und Seele zugeschworen, diese Liebe hat sein Leben gerettet, sie wird ihm seinen Frühling wiederbringen.

Meinetwegen war er hier in Bonstreet ungekannt, gleich am zweiten Tage entdeckte er sich mir. Er gehört mir nur einzig an, und niemand weiter in der Welt, so wie ich allein die Seinige bin.

Und wenn ich ihn auch nicht liebte, so würd' ich ihm doch folgen, so innig hat er mich erschüttert, so sehr bin ich von seinen schweren Leiden durchdrungen. Ich würde ihm meine Gegenliebe heucheln, bloß um ihn wieder zu trösten, mit Freuden würde ich mein eigenes Herz aufopfern, bloß um das seinige zu retten.

Sie werden mich eine Schwärmerin nennen, aber glauben Sie mir, ich kann nicht anders, Amalia. – Wenn er fort ist, was sollt' ich dann noch hier bei meinem Bruder im einsamen Schlosse? hier unter den kalten, widerwärtigen Gesichtern? – Nein ich muß ihm folgen, auch wenn ich nicht wollte.

Grüßen Sie Ihren Bruder. – Ich weiß nicht was er sagen wird, aber ich kann meinem Schicksale nicht entgegen handeln. – Jeder muß nach seiner Überzeugung leben, und ich fühle in mir daß ich recht tue. – Ich fürchte Karls Hitze, suchen Sie ihn daher zu beruhigen, wenn es irgend möglich ist. – Er hat mich nie recht herzlich geliebt, das habe ich immer sehr deutlich empfunden, so wenig wie ich ihn lieben konnte. –

Wie in der Zukunft alles werden wird, kann ich jetzt nicht wissen, aber in diesem Augenblicke kümmert es mich wenig.

Ich hätte Ihnen noch mehr zu sagen, aber die Zeit wird zu kurz; grüßen Sie Mortimer, – entschuldigen Sie mich bei den harten Menschen, die mich verdammen, und bleiben Sie immer meine Freundin.

Ihrem Bruder sagen Sie: er soll mich vergessen, und es wird auch geschehen. Sie selbst, liebste Freundin – –

21
William Lovell an Rosa

Nottingham.

Wie mögen Sie in Rom und Tivoli leben? Ich denke kaum noch an meine Existenz, so bunt und verworren wirft sich alles übereinander. Ich fange Zufälle und Begebenheiten auf, ohne zu wissen, was ich mit ihnen tun soll.

Wenn ich aus meinem Herzen nur den innigen Widerwillen fortschaffen könnte, mit dem ich jede menschliche Gestalt betrachte, wenn ich den Neid unterdrücken könnte, gegen jedermann, der lächelt und froh ist! – Warum müssen sich Tausende unter den nichtswürdigen Menschen glücklich fühlen, und nur ich allein bin in mir selbst zu Boden getreten?

Sie sehn aus der Überschrift, daß ich nicht mehr in Bonstreet bin, alles ist mißlungen, ich bin in Verzweiflung. Eduard hat triumphiert und ich bin besiegt. – Doch nein, ich habe mich wenigstens an ihm gerächt.

Als ich in Bonstreet war, erwachte alles in mir, wie er die Güter meines Vater gewiß auf eine unrechtmäßige Weise besitze, wie mir nun nichts übrig sei, als das unbedeutende Waterhall und das armselige Kensea. Der Haß stand verdoppelt in meiner Brust auf, wenn ich bedachte, daß dies derselbe Mensch sei, der immer so viel über Edelmut und Tugend geschwatzt habe. Es kam mir von neuem in den Sinn, wie mir von je alle Plane mißlangen, wie der heimtückische Mortimer mir nun Amalien entrissen hat, wie sie selbst mich so schnell vergessen konnte, der Eigensinn meines Vaters, die Niederträchtigkeit des alten Burton, – o alles kam so frisch und neu in meine Seele, daß ich mit den Zähnen knirschte, daß ich wütend daran dachte, wie armselig es um mein eignes Herz aussehe, daß ich mir zürnend vornahm, mich endlich zu rächen, Bosheit gegen Bosheit zu setzen und durch einen großen Streich dem Kriege ein Ende zu machen. Wir können nichts anders tun, als siegen oder besiegt werden; die sogenannte Tugend ist nur Geschwätz und besteht meistenteils nur in Trägheit oder Einfalt, bei den andern ist sie erzwungen, oder hängt mit ihrem Vorteile zusammen; sie ist ebenso gut ein Gewerbe, wie irgend ein anderes.

Meine Liebschaft mit der abgeschmackten Emilie ging indessen immer ihren Gang fort. Durch meine zerstörte Zufriedenheit bin ich nun wenigstens manchem aberwitzigen Mädchen interessant; wahrlich, bei jedem Verlust ist doch immer noch irgend ein Gewinn.

Nach jenem Abend, von dem ich Ihnen neulich erzählte, wußte sie nicht recht, wie sie sich mit mir nehmen solle, ihre Empfindsamkeit war etwas gestört, und ihr eigentliches Gefühl mehr in Bewegung gebracht. Aber sie empfand es jetzt, daß sie mir einzig angehöre, sie war leicht dahin zu bereden, daß sie mit mir entfliehen wolle, ja sie war auf dem Wege, es mir selber anzutragen, wenn ich es nicht getan hätte. Tag und Stunde ward festgesetzt, und sie war mit ihrem Plane und ihrer hohen Aufopferung außerordentlich zufrieden.

O über die Abgeschmacktheit der Menschen! Ich kenne nichts Alberners und Verächtlichers, als dies Geschlecht. Der Klügere tut recht, sie zu hassen und zu verfolgen.

Ich glaubte schon in jeder Rücksicht sicher zu sein und dennoch hatte mich ein Mensch im Schlosse erkannt, mein alter Bedienter Willy. Ohne daß ich es merkte, war er auf alle meine Bewegungen sehr aufmerksam, er beobachtete mich beständig und seine Blicke waren mir oft ängstlich. Die Liebe dieses Menschen hat mich von je verfolgt, und jetzt hat sie mich elend, ja unsinnig gemacht. – Ich haßte Eduard aus dem tiefsten Herzen und dachte dabei unaufhörlich an meine Aufträge, unbemerkt, wie ich glaubte, schüttete ich an einem Morgen ein feines Gift in ein Glas mit Wein, um mich so zu rächen und alles wieder gut zu machen.

Bald darauf entsteht ein gewaltig Gelaufe im Hause, Türen werden zugeschlagen, man schreit laut nach Hülfe, ich werde endlich mit Gewalt von meinem Zimmer heruntergeschleppt, – und Willy hat mich bemerkt, Eduard gewarnt, und endlich in einer Art von Verrückung und um zu beweisen, daß er recht habe, selbst den Wein getrunken. Er war schon halb ohne Bewußtsein, das Gift wirkte auf den alten schwachen Körper unmittelbar, das in dem stärkern, jugendlichern erst nach einigen Wochen seine Folgen gezeigt hätte. – Willy küßte meine Hände, weinte und klagte, ich war völlig betäubt. Er sank zu meinen Füßen nieder und beschwur mich auf meine Seligkeit bedacht zu sein. Ich wußte nicht, was ich sagen sollte und ward endlich gerührt. Ich weinte laut, und mir war zumute, wie einem Kinde. – Willys Bruder konnte sich über dessen Tod gar nicht zufriedengeben, er heulte laut und die Bedienten weinten mit ihm. Das ganze Zimmer ertönte vom Klaggeschrei, Eduard war nicht zugegen.

Aber bald versiegten meine Tränen, ein kalter Haß ging durch mein Herz und durch meine ganze Brust, ich sah mich mit gleichgültigem Auge um, ob nicht in jedem Winkel eine Furie stünde, mit Schlangen in den Haaren. Ich wünschte sie alle herbei, und ich hätte mich vor keiner entsetzt. – Ich berechnete jetzt, wie lange der Schmerz wohl noch in allen diesen Menschen kämpfen würde, und es war interessant zu beobachten, wie nach und nach die gewöhnliche Trägheit zu jedem zurückkehrte. Sie erschienen mir nun wie unbeholfene Maschinen, die an groben Fäden bewegt werden, sie drehen die verschiedenen Gliedmaßen nach vorgeschriebenen Regeln, und setzen sich dann wieder in Ruhe. Keiner schien mir lebendig und ich ging kalt auf mein Zimmer zurück und konnte mich gar nicht davon überzeugen, daß Willy gestorben sei.

Und was ist denn das Leben, und was ist es denn mehr, wenn einer von ihnen sich um einige Tage früher in die Erde legt? Rafft Krieg und Pest nicht Tausende hinweg? Werden nicht Tausende Schlachtopfer ihrer Leidenschaften? Und wenn ich unversehends die Hand ausstrecke und plötzlich einer zu Boden stürzt, das sollte mich kümmern und mir Ruhe und Schlaf rauben? – Man sollte gar nichts in der Welt ernsthaft nehmen. Eine schreckliche Seuche kömmt mir vor, wie ein ungeschickter Spieler, der unter dem Spiele die Schachfiguren mit dem Ärmel durcheinanderwirft. Man kann nur darüber lachen.

Am andern Tage kam Eduard auf mein Zimmer. O wie verhaßt war mir seine kalte, philosophische Miene, der mitleidige Blick, mit dem er mich von oben herab betrachtete! Wie zerreißen die Menschen unser Herz, die sich für edel und vollendet halten und nie etwas erfahren und gelitten haben! die in ihrer sichern Landheimat von den Wogen und Stürmen des Meers, von Schiffbruch und schrecklichen Gefahren, wie von Fabeln reden hören und lächelnd den Kopf schütteln! – Welche Geduld ist hier eisern genug, um nicht zu brechen? Man möchte bei einem solchen Anblicke rasend werden!

O ihr Sichern und Überzeugten! ihr richtet, und wisset nicht, was ihr tut. Ihr würfelt mit plumpen Händen darum, was ihr gut und was ihr böse nennen wollt, ihr seid kalte und alberne Zuschauer, die eine Tragödie in einer Sprache spielen sehen, die sie nicht verstehen, und die sich nur zunicken und bedeutende Winke geben, um einer vor dem andern seine Unwissenheit zu verbergen.

Eduard sprach nur wenig mit mir, er spielte den gnädigen Herrn; es war mir lieb, daß er bald ging. Er verdiente nicht, daß ich ihm antwortete, und er bemerkte es recht gut, wie sehr ich ihn verachtete.

Es nahte sich die Nacht, in der ich mit Emilien entfliehen wollte. Ich war eben im Begriffe aus dem Fenster zu klettern, als sich die Tür eröffnete und Burton mit einer kleinen Laterne hereintrat. Er sagte mir, ich solle ihm folgen, weil ich in seinem Hause nicht mehr sicher sei. Wir gingen stillschweigend durch den Garten und er gab mir ein Papier in die Hand, das, wie ich nachher gesehen habe, ein ansehnlicher Wechsel war. Hinter dem Garten liegt ein Wald und wir gingen auf einem schmalen gewundenen Fußsteige. Ich wartete immer darauf, daß Burton sprechen solle, aber er war heimtückisch und still. In meinem Innern war ich dürr und ausgestorben, alles kam mir vor, wie ein Scherz, und aus einer gewissen Furcht hätt' ich ein paarmal die Stille beinahe durch ein lautes Gelächter unterbrochen.

Wir standen endlich still. Wir schwiegen und wie drükkende Gewitterluft ängstigten mich diese Minuten. Ich suchte nach Gedanken um das Gräßliche, das darin lag, zu verscheuchen, – ich wollte fort, und verzögerte dann gern wieder den Moment der Trennung, – es war eine von jenen seltsamen Pausen, in denen die Seele unschlüssig ist, ob sie über den Körper gebieten soll, in denen sie an ihrem Willen zweifelt und sich an der trägen Maschine nicht auf eine bedenkliche Probe stellen will.

Durch ein paar Worte unterbrach Eduard das Stillschweigen und ging zurück; er kehrte wieder um, als wenn er etwas vergessen hätte, dann ging er wieder, und eine große Träne preßte sich in mein Auge, eine Angst drängte fürchterlich aus der Brust zur Kehle hinauf; mir war, als wenn ich ersticken sollte. Ich ging einige Schritte und suchte durch meinen lauten Gang mein Schluchzen zu übertönen. – Ich sah zurück, er hatte die Laterne schon ausgelöscht, damit ich ihn nur desto früher aus dem Gesichte verlieren möchte.

Was empfand ich in diesem Augenblicke! – Rosa, Sie können es nicht begreifen. – Ich habe ihn noch vor einigen Jahren so innig geliebt, ich glaubte damals, daß es ihm eine Kleinigkeit sei, sein Leben für mich zu versprützen – und jetzt, in dieser Stunde meines Lebens, in der er wußte, daß er mich nie wiedersehen würde, jetzt ließ er mich gehen, ohne ein Wort zum Abschiede zu sagen, ohne meine Hand zu nehmen, ohne ein Lebewohl! Ich habe ihm so oft die Hand gedrückt, ohne daß er es verdiente, er hätte es ja wohl auch jetzt tun können, und wenn es auch nur Verstellung gewesen wäre.

Doch besser, daß es nicht geschehen ist. Ich war zu weich; hätt' er nur ein gutes Wort gesagt, so wär' ich ihm an die Brust gestürzt, und hätte ihm alles bekannt, ich wäre wieder in meine Kindheit zurückgesunken, ich hätte alle meine Erfahrungen abgeschworen; ich hätte ihm die Flucht Emiliens, und alles entdeckt, ich wäre in der gewaltigen Rührung vielleicht zugrunde gegangen. – Er verdiente es nicht, wie sehr ich ihn liebte; alles kam mir zurück, was er mir einst gewesen war, und was ich von ihm gehofft hatte; – es war mir als wenn er mich riefe, und ich stand stille und wollte umkehren, aber es war nur der Schall des Windes im Forste.

Ich wußte immer noch nicht, ob ich nicht dennoch zurückgehen sollte; je weiter ich fortschritt, je ängstlicher klopfte mein Herz, – ach und er hat sich nicht nach mir umgesehen, er hat nicht weiter an mich gedacht.

Ich war zweifelhaft, ob ich nach dem Orte hingehen sollte, wo Emilie auf mich wartete. Alles war mir jetzt zuwider. Ich hätte mich niederwerfen mögen, und weinen und sterben. Aber mein Haß kehrte endlich zurück. Sonderbar! daß er mich selbst auf den Weg nach Emilien hatte bringen müssen, den ich ohne ihn in der finstern Nacht vielleicht verfehlt hätte! – Sie hatte schon seit einer halben Stunde ängstlich auf mich gewartet, ich setzte mich in den Wagen, und wir fuhren davon.

Emilie hielt mich fest in ihren Armen; der Wind ging scharf, und ein feiner Regen trieb in den halb offenen Wagen hinein. Meine Lebensgeister waren erschöpft; ich schlief ein, und erwachte nur, als sich ein blasses Morgenrot am Himmel heraufzog.

Wie nüchtern kam mir die ganze Welt mit ihren Bergen, Wäldern und Menschen entgegen! Ich hatte angenehm geträumt, und die würkliche Natur stand schroff und unbeholfen vor mir da; Emilie neben mir, mit ihrer affektierten hochbetrübten Miene. Wie ein bettelhaftes Winkeltheater kam mir die ganze Welt vor, o! ich hätte aus ihr entlaufen mögen. – Und was würde mich noch auf dieser trüben Dunstkugel zurückhalten, wenn es nicht die Hoffnung wäre, Sie, Andrea, und meine übrigen Freunde bald wieder zu sehen? mich der unbekannten, geheimnisvollen Welt noch mehr zu nähern, und als der Schüler einer höhern Weisheit mit Recht jede irdische verachten zu können?

Ich bin mit Burtons Schwester unter fremden Namen hieher gereiset, und ich merke es sehr deutlich, daß sie es sich selber nicht gestehen will, daß sie sich nicht mehr so sehr für mich interessieret. Natürlicherweise! weil es wahrscheinlich ja gewiß ist, daß ich gegen sie kälter geworden bin.

Leben Sie wohl. Sie werden diesen Brief mit einem frühern zu gleicher Zeit erhalten.

22

Eduard Burton an seinen Freund Mortimer

Bonstreet.

Wie ich mich jetzt hier einsam fühle, lieber Mortimer, kann ich Ihnen nicht beschreiben. Ich gehe oft noch in Gedanken nach dem Zimmer meiner Schwester, um sie dort anzutreffen; ich suche sie im Garten auf, und gehe mit weinenden Augen jeder Laube vorüber, weil sie nicht drinnen sitzt. – Ich fühle jetzt nicht mehr recht deutlich warum ich lebe, denn alle Wesen, die mit mir in so naher Beziehung standen sind mir entrissen. – Sollte ich auch meine Schwester niemals wiedersehen? – Wenn ich nur wüßte, wo ich sie suchen sollte, wenn nur nicht ein Fieber meinen Körper erschöpft hätte. – Und dann ist es ja ihr Wille gewesen, mich zu verlassen; Sie würde mich jetzt nicht einmal gerne sehen.

O! wie vielen Menschen habe ich Unrecht getan! War ich durch ein kränkendes, menschenfeindliches Mißtrauen nicht Ursache, daß der arme, geängstete Willy nach dem Gifte griff, und es austrank, um mich von seiner Unschuld zu überzeugen? Ich habe seitdem oft an den alten frommen Mann gedacht, und ich kann mich recht in seine Seele versetzen; halb wahnsinnig, aus Gram über Lovell den er so innig liebte, in der schrecklichsten Verlegenheit, mich zu warnen, und doch seinen Herrn nicht zu verraten, überrascht und erschreckt durch meinen Argwohn, – von allen Seiten gedrängt, greift er zerstreut und unwillkürlich nach dem Tode, um nur seinem Leben ein Ende, und seine Unschuld deutlich zu machen. – Hätt' ich ihm nicht mit Liebe entgegengehen sollen, um seinen Jammer zu lindern? – Ach Mortimer, ich war es, der ihm die schrecklichste Minute seines Daseins erleben ließ; ich war schuld an seinem Tode.

Hab' ich nicht durch eigne Schuld Lovells Seele verloren? Konnt' ich ihn nicht vielleicht mir und sich selber wiedergeben? – Ich war gespannt, und mein Schmerz hatte mich so weit überwältigt, daß ich unmenschlich war. Durch meine Kälte habe ich meine Schwester von hier vertrieben; kein Mensch liebt mich, keiner fragt nach mir, alle fliehen weit von mir weg, um mich nur aus dem Gesichte zu verlieren.

Nein, Mortimer! ich will mich nie wieder so überraschen lassen. Ich will alle Menschen, ohne irgend eine Ausnahme, lieben, und mir so ihre Gegenliebe verdienen. Ach! wenn auch Schwächen und Gebrechen an ihnen sichtbar sind, sie sollen mich dadurch nicht wieder zurückstoßen, denn eben das sind ihre Kennzeichen daß sie Menschen und meine Brüder sind. Warum wollen wir denn auch immer die Bessern, und die Schlechtern voneinander sondern? Können wir es mit diesen schwachen irdischen Augen? Ach! Mortimer, wenn wir sie alle lieben, so tun wir keinem Unrecht. – Müssen sie nicht alle in einer kurzen Zeit sterben und in Staub zerfallen? Wir sollten uns beständig in acht nehmen, keines dieser gebrechlichen Gebilde zu verletzen. Mögen sie doch lachen und uns hassen und verfolgen; – o! ich will lieber von Tausenden betrogen werden, als Einem Unrecht tun.

Könnt' ich nur alles wieder gut machen! Aber Lovell ist fort, und es ist zu spät. – Wir können unsere Übereilungen gewöhnlich nur bereuen; und eben das sollte uns bewegen, uns mehr vor ihnen in acht zu nehmen.

23

William Lovell an Rosa

London.

Ich bin wieder hier auf dem großen Tummelplatz einer dichtgedrängten, geräuschvollen Welt. Ich konnte unmöglich länger in Emiliens Gesellschaft bleiben, die mir mit ihrer aufdringlichen Liebe alle Laune verdarb. – Sie ist noch in Nottingham, und ich habe bei ihr eine notwendige Reise nach einer der nächsten Städte vorgegeben. Wenn sie erfährt daß ich nicht dort bin, mag sie zu ihrem Bruder zurückkehren.

Der Haß und die Liebe der Menschen ist mir jetzt in einem gleich hohen Grade zuwider, es soll sich keiner um mich kümmern, so wie ich nach keinem zurücksehe, um ihn mit einem freundlichen oder verdrüßlichen Gesichte zu betrachten. – Für mich gibt es nichts Widrigers als das Aufdringen der Menschen, um mir ihre Freundschaft, ihre Liebe zu schenken; es sind Narren die nicht wissen, was sie mit sich selber machen sollen, und daher andere Narren nötig haben, um mit ihnen aus Langeweile zu sympathisieren. Wie verächtlich ist die kindische Empfindsamkeit einer Emilie, die gleichsam seit Jahren darauf gewartet hat, um ihre tragische Aufopferung an den Mann zu bringen. Sollte ich nun ein so großer Tor sein, und ihre theatralische Affektation für Ernst nehmen, und mich wunder! wie sehr gerührt fühlen? – Man kann wirklich etwas Besseres tun, als jede Narrheit der Menschen mitmachen, und der ist der verächtlichste Tor, der diese Narrheiten abgeschmackt findet, und sich dennoch scheut sie als Kindereien zu behandeln. – Sie weint jetzt vielleicht, und bald trocknet sie aus Langeweile ihre Tränen, dann ist sie böse auf mich, dann schämt sie sich vor sich selber, und dann hat sie mich vergessen.

Daß sie sich selbst auf einige Zeit ihr häusliches Glück zerstört hat, ist ihre eigene Schuld; daß sie sich nach dem Übereinkommen jetzt vor manchen Menschen schämen muß, kann mir zu keinem Vorwurfe gereichen. Ich übte eine Rolle an ihr, und sie kam mir mit einer andern entgegen, wir spielten mit vielem Ernste die Komposition eines schlechten Dichters, und jetzt tut es uns wieder leid, daß wir die Zeit so verdorben haben.

Ich bin indessen durch *Kensea* gereist, den Ort wo ich jetzt eigentlich wohnen sollte. – Ein altes gotisches Gebäude steht hier in einer wüsten waldigen Gegend, der Garten ist verwildert, alle Bedienten sehen aus wie Barbaren, das ganze Haus hat ein kaltes unbequemes Ansehen, viele Fenster sind zerschlagen, die eine Mauer hat Risse. – O! mit welchem Widerwillen habe ich alles betrachtet! – *Hier* sollt' ich leben, in einer dunkeln, langweiligen drückenden Einsamkeit? – Von der ganzen Welt abgerissen, wie ein vertriebener Bettler? einer scheuen Eule gleich, die vor dem lästigen Tageslichte endlich einen düstern Schlupfwinkel findet? – Nein, die ganze weite Welt steht mir freundlich offen, und ich kehre dem einsiedlerischen Schlosse verächtlich den Rücken. So wie ich hier leben würde, kann ich es allenthalben; und in einem fremden Lande, unter einem andern Klima würde mich keine Sklaverei so hart drücken.

Ich lebe hier in London unter dem bunten Gewühle; ich spiele und mache ansehnliche Gewinste. Dies rasche und doch ungewisse Leben, in dem die Leidenschaften unaufhörlich in Bewegung gesetzt sind, hat einen großen Reiz für mich. Und welche lehrreiche Schule, um hier die Menschen erst völlig verachten zu lernen! – Wie der niedrigste Eigennutz, die kleinsten Begierden sich in den Gesichtern so hart und widrig abspiegeln! Wie jeder nur alles für sich hinraffen möchte, und dem Verlust und der Verzweiflung seines Nachbars gelassen zusieht. – Ich bin schon einigemal schwach genug gewesen, meinen Gewinst wieder zurückzugeben, um nur die Mienen der Niederträchtigen, die mir so unausstehlich waren, wieder aufzuheitern. Dann nennt man mich *großmütig* und *edel.* O, es ist um toll zu werden!

Lange werde ich es unter diesen Menschen nicht mehr aushalten, ich muß zu Ihnen zurück. Ich sehe Italien jetzt als mein Vaterland an, denn *Andrea* ist dort. Ich erstaune oft, mich hier unter diesen gemeinen Menschen zu finden, wenn ich an die wunderbare Welt denke mit der er mich vertraut machte. Ich kann Ihnen die Empfindung nicht beschreiben, die mich zuweilen schon mitten in einem Gespräche befallen hat, wenn ich plötzlich daran dachte: daß ich sonst mit Andrea gesprochen hatte. In diesen Augenblicken fühle ich mich hier ganz am unrechten Orte, ich fühle eine Sehnsucht fortzugehn, daß ich mich dann nicht zu lassen weiß. Ich möchte oft alle wunderbaren Phantome herbeirufen, die mir dort vorübergingen; ich möchte mich in die grauenvolle Nacht hinuntertauchen, aus der die Schauder emporsteigen, die so gewaltig das schwache menschliche Herz ergreifen und es beinahe zerdrücken. O! wenn doch die Zeit erst wieder da wäre, in der meine ungeduldige Brust völlig mit Wundern gesättiget würde, in der ich völlig die Erde und ihre Menschen und auch mich selbst vergessen könnte! –

24

Emilie Burton an William Lovell

Nottingham.

Lieber Lovell, Sie halten nicht Wort, Sie sind nun schon sechs Tage länger ausgeblieben, als Sie mir bei Ihrer Abreise versprochen hatten. O sechs ewig lange Tage und heute ist es schon der siebente. Gott! wenn Sie nicht gezählt hätten, wenn Ihnen die Tage nicht so lang wie mir vorgekommen wären!

Ach nein, William, so lang können sie Ihnen nicht geworden sein, aber das kann und will ich auch nicht verlangen; denn mir war, als wenn die Zeit indessen still stände und mir langsam und bedächtig einen Tropfen ihres Schmerzes nach dem andern auf das Herz fallen ließe. Ich habe viel unterdes gelitten, und ich fürchte, daß ich krank werde. Mein Kopf ist in Verwirrung und alle meine Glieder zittern.

Ach Lovell, kehre schnell, schnell zurück. Ich weiß mich in der Einsamkeit nicht zu lassen: ach, ich bedarf Deiner Hülfe in mehr als einer Rücksicht, Du weißt, daß ich kein Vermögen mitnehmen konnte, und das wenige, das ich hatte, ist fort. Was soll ich anfangen, wenn Du noch länger ausbleibst? Aber nein, Du kömmst, Du bist nicht grausam, Du bist nicht leichtsinnig; und beides müßtest Du sein, wenn Dich meine Bitte nicht rührte.

Ich werde hier auf das benachbarte Dorf ziehn, das uns beiden auf der Reise hieher so sehr gefiel, dort wirst Du mich antreffen.

Mein Brief wird Dich doch finden? – Es wäre ein Unglück, wenn Du nicht grade da wärest, und er müßte einen Tag oder noch länger liegenbleiben. Lovell, ich würde untröstlich sein.

Ich habe schlimm geträumet, denn es war im Schlafe als habest Du mich verlassen und ich hörte Dich ganz deutlich über meine Schwäche und meine Liebe lachen. Da tat sich die ganze Welt wie ein Gefängnis eng und immer enger über mir zusammen, alles Helle wurde dunkel, die ganze Zukunft war schwarz und ohne Morgenrot. – Aber nein, Du liebst mich? nicht wahr Lovell? – O, die Träume werden uns nur geschickt, um unser armes Leben zu ängstigen; schon von Kindheit auf haben sie mich dadurch gequält, daß sie mir alles als nichtig und verächtlich zeigten, was ich so innig liebte. Ich will mich dadurch nicht irremachen lassen.

Aber warum bist Du noch nicht gekommen? – O Lovell, wenn Dir meine Liebe zur Last gefallen wäre! – Mir fällt jetzt so manches ein, was ich wohl ehedem in Büchern gelesen, und nachher wieder vergessen habe. O, es wäre schrecklich! – Aber wie könnte Liebe und Wohlwollen Dich ängstigen, wie könntest Du es vergessen, daß ich Dir alles aufgeopfert habe? – Ach nein, – wär' es möglich, o so würd' ich wünschen, daß ich dann auch alles vergessen könnte.

Du siehst, wie schwermütig ich geworden bin; das macht bloß die Einsamkeit und weil ich Dich nicht sprechen höre. Du hast mir zuerst Deine Liebe angetragen, und jetzt solltest Du mich vergessen? – Ich habe um Dich Tage und Nächte hindurch geweint, und Du solltest jetzt nicht kommen, um meine Tränen zu trocknen? – Nein, es ist nicht möglich, wenn ich daran glauben könnte, o so wäre mir besser ich wäre nie geboren worden.

Meine Schwachheit nimmt zu, ich fühle mich sehr krank; glaube ja nicht, William, daß ich übertreibe, komm ja sogleich; und findest Du mich denn vielleicht etwas besser, als Du glaubtest; so sei nur, ohne daß ich es sage, überzeugt, daß mich die Hoffnung, Dich wiederzusehen, stärker machte.

25

Karl Wilmont an Mortimer

Bonstreet.

Himmel! was habe ich hier erfahren müssen! – Unbefangen reist' ich von London hieher, weil es mir dort keine Ruhe mehr ließ, und nun bin ich hier, – o Mortimer, nicht wie im Traum und doch nicht wie wachend, mit kochendem Herzen und ohne Besinnung, entschlossen etwas zu tun, und doch weiß ich nicht, was. – O der schönen Reise! – meiner Aussichten, meines Glücks!

Kann ich Worte finden, um Dir zu sagen, was ich denke und fühle? – Ich bin bis jetzt wie ein Kind durch die Welt gegangen, und ich nehme nun mit Entsetzen wahr, daß sie weit seltsamer, weit abgeschmackter, und weit unglückseliger ist, als ich geglaubt hatte. – O ich möchte mir den Kopf an einen Baum zerstoßen, ich möchte mich selbst zerreißen, daß es so und nicht anders ist. – Wer konnte nun diesen Schlag erwarten? Hab' ich hierbei irgend etwas verschuldet? Eine unsichtbare Gewalt greift nach meinem Herzen und zerquetscht es, und ich kann nichts weiter tun, als an der Wunde sterben.

Mit meinen Geschäften hat es nun von selbst ein Ende, mit meinem Glücke, vielleicht mit meinem Leben. – Emilie hat mich also nie geliebt? – O, was ist doch der Mensch! Wer kann ihn verstehn, wer darf über ihn urteilen? – Und ich hätte sie nicht geliebt? – O das ist eine schreckliche Lüge! Ich konnte nicht weinen, und ich schämte mich, die Empfindungen meines heißen Herzens bei jeder Gelegenheit zu äußern; o ich war zu gut um Emilien zu gefallen, ich putzte meine Empfindungen zu wenig auf, ich konnte nicht lügen, so wie der niederträchtige Lovell, – o Emilie! so warst Du denn auch nur eins der gewöhnlichen Weiber, die es nicht unterlassen können, sogar ihre Empfindungen zu schminken, die die natürlichen guten Menschen verachten, und ihre Zuneigung den Elenden schenken, die sie durch Grimassen und studierte Seufzer, durch theatralische Stellungen und auswendig gelernte Worte unterhalten!

Nie hab' ich einen Menschen so wie diesen Lovell gehaßt! Sein Name brennt schmerzhaft in meiner Brust, wenn ich ihn nur durch einen Zufall nennen höre. Es flimmert mir alles vor den Augen, wenn ich an ihn denke; ich könnte ihn mit den Zähnen zerreißen, den nichtswürdigen Komödianten! – Aber ich werde ihn irgend einmal finden und dann soll er mir standhalten und Rechenschaft ablegen: dann soll er mir nicht entfliehen, und er soll mir alles doppelt bezahlen.

O daß uns der Gedanke der Rache im Unglücke nicht erquicken kann! – O ich Tor! daß ich in London saß und mit dem Fleiße einer Ameise arbeitete! – Dies ist mein Lohn. – War bei dieser Emilie meine übertriebene, ungehirnte Delikatesse wohl angewendet? – Doch, sie hat mich nie geliebt, – o wenn ich mich nur davon überzeugen könnte! Aber ich werde von meinen unsteten Gedanken hiehin und dorthin geworfen, keine Idee wird in meinem Kopfe einheimisch. – Ach, Emilie! Wo bist Du jetzt vielleicht und sprichst reuig meinen Namen aus? – Könnt' ich Dich finden und dann mich rächen!

Ich möchte so lange Wein trinken, bis ich alle Besinnung verlöre und mich denn zum festen Schlafe hinwerfen, denn mir ist wie einem Mörder, der von allen Seiten verfolgt wird. Ich kann mir selber nicht entfliehn.

Ich muß sie suchen, ich muß ihn finden, ich will das ganze Land nach ihnen durchstreichen; irgendwo müssen sie sein. – Lebe wohl, bis ich Dich selbst auf meinem Zuge besuche.

26

William Lovell an Rosa

Roger-place.

Ich habe ansehnliche Summen gewonnen, und ich denke bald damit England zu verlassen. Es ist nichts leichter, als eine Rolle in der Welt zu spielen und es gibt tausend Arten sich interessant zu machen. Man riß sich nach mir, weil ich mir in London einen sonderbaren italiänischen Namen gegeben hatte und immer viele Seltsamkeiten von mir vermuten ließ; ich erzählte zuweilen einigen Freunden abenteuerliche Bruchstücke aus einer erdichteten Geschichte, die es dann nicht unterließen, sie jedermann wieder unter dem Siegel der Verschwiegenheit anzuvertrauen. Man war in allen Familien neugierig, mich kennen zu lernen, in vielen Gesellschaften gab ich den Ton an und entschied, wenn streitige Fälle vorkamen. Man fand mich ungemein klug, weil ich ein paarmal etwas gesagt hatte, was ich selbst nicht verstand, man dachte darüber nach, und es gab mir selbst Stoff zum Spekulieren. Es läßt sich für und gegen jede Idee in der Welt sprechen, und es ist daher gar keine Kunst, mit jedermann zu streiten, und da ich nach meiner Überzeugung immer der Skeptiker sein muß und ihn manchmal noch mehr spiele, als ich es bin, so wird es mir leicht, selbst den Gescheitesten scheinbar zu besiegen. Frauenzimmern besonders gefiel ich ungemein, erstlich, weil ich blaß und krank aussahe, dann weil sie mich für einen Fremden und für eine Art von Atheisten hielten. Sie mögen nichts in der Welt so gern bewundern, als wovor sie sich fürchten, ja Furcht und Bewunderung ist bei ihnen einerlei. – Sie boten immer ihren ganzen Verstand auf, um eben die Ideen zu äußern, die ich meinte, und stets trafen sie auf ganz verschiedene. Ihr Verstand besteht überhaupt mehr in Schlauheit, als Überlegung; sie überlegen, nachdem sie einen Schluß gemacht haben, und ihre Philosophie ist aus Eigensinn entstanden, und wird daher immer mit Hartnäckigkeit verteidigt. Sie kennen die Menschen nie, die sie lieben, weil sie sich keine der Bemerkungen, die sie über diese gemacht haben, eingestehn, und kein Wesen ist daher so leicht zu hintergehn, als ein verliebtes Weib. Wen sie hassen, kennen sie bis auf seine verstecktesten Züge, ja sie kennen ihn besser, als er sich selbst, sie finden seine vorzüglichsten Schwachheiten heraus und beweisen daraus augenscheinlich, daß aus ihnen zugleich das fließe, was die übrigen Menschen an einem solchen gut und lobenswürdig nennen. Wenn sie neue Ideen in ihren Kopf aufnehmen; so besteht ihr Denken darin, daß sie selbst ihre vorigen Gedanken überlisten und sie dann despotisch vertreiben, ohne sie nachher auch nur der Mühe wert zu halten, daß sie darüber sprechen, und wer das Unglück hat, diese Ideen grade zu äußern, den halten sie unter allen Einfältigen für den Einfältigsten. In jedem Lustrum wechseln sie mit einigen Hauptgedanken, die sich ganz verschieden organisieren, je nachdem sie heiraten, oder ledig bleiben; je älter sie werden, je mehr beleidigt man sie durch Nachlässigkeiten und um so weniger durch wirkliche Beleidigungen: aber selbst in der höchsten Vertraulichkeit, selbst in der aufrichtigsten Stimmung kann man es nie dahin bringen, daß ein Weib gegen einen Mann *ganz* aufrichtig sei; denn das Gefühl verläßt sie nie, daß die Männer ein fremdartiges Tiergeschlecht sind, und diese verletzen durch ihre Unbeholfenheit ihren feinern Sinn auch unaufhörlich. Wer bis in sein zwanzigstes Jahr nur unter Weibern lebte, müßte nachher alle Männer betrügen können.

Wie komme ich aber zu dieser weitläuftigen Charakteristik? – Nichts kam mir in den Gesellschaften so abgeschmackt vor, als das Drängen der jungen und alten Männer, um bei Tische neben irgend einem weiblichen Geschöpfe zu sitzen, wie sie sich dann glücklich priesen und affektierten, als wenn dies ihnen mehr, als alles gälte. Wenn man dies Geschlecht erst gekannt und genossen hat, so kann man durch diese Ziererei ganz schwermütig werden. – Aber unser Leben läuft in einer ewigen Affektation fort, und wer sie nicht mitmacht, den nennen die übrigen einen affektierten Narren.

Manche unter den vorzüglichsten Schönheiten hätten mich vielleicht gar geheiratet, wenn ich hätte darauf schwören wollen, daß ich entweder bald sterben oder zeitlebens so närrisch bleiben würde. Keins von beiden war mein Wille, und ich ließ mich daher gar nicht in nähere Traktaten ein.

Ich ward endlich des Gewühls müde und reiste ab. Ich konnte es nicht unterlassen, Roger-place zu besuchen, den Ort, wo Mortimer mit Amalien wohnt: von hier erhalten Sie diesen Brief. Es trieb mich fast wider meinen Willen hieher, und nun will ich Amalien noch einigemal sehn und dann abreisen.

Sie geht alle Morgen mit Mortimer spazieren, denn es ist eine angenehme Allee vor ihrem Hause, die sich in einen schönen Wald verliert; dann trinken sie Tee. Amalie ist recht heiter und Mortimer hat sich ganz umgeändert, er kommt mir weit menschlicher oder vielmehr weiblicher vor. Amalie sieht älter und verständiger aus. – Ich habe einigemal des Abends unter den rauschenden Bäumen gelegen und nach ihren Fenstern hinaufgesehn. Ich war gestern in Versuchung, hineinzusteigen. Mein Herz kocht Haß und Wut gegen Mortimer, und doch wüßt' ich jetzt grade nicht warum. Aber ich hatte Amalien nicht vergessen, ich log es nur mir und andern, und darum hätte sie auch mich nicht vergessen sollen; und Mortimer, der meine Liebe gegen sie so tief verachtete, hätte sie mir nicht entreißen sollen! – O und was ist es denn mehr? Würde ich ihrer nicht ebenso wie Emiliens überdrüssig werden? – Doch nein, denn diese habe ich nie geliebt.

Es ist eine sehr häßliche Aufwärterin im Hause, diese will ich zu sprechen suchen; es müßte sonderbar kommen, wenn ich sie nicht auf meine Seite brächte. Wenn ich erst die genauern Umstände weiß; so läßt sich auf diese vielleicht ein kluger Plan gründen.

Ob Amalie auch zu den Weibern gehört, von denen ich vorher sprach? Ich habe sie damals zu sehr geliebt, um sie zu beobachten und damals haßt' und liebt' ich die Menschen überhaupt noch, ohne sie vorher zu kennen. Jeder Mensch hat eine Periode im Leben, in der Liebe und Freundschaft mit der Selbstliebe zusammenfallen; von beiden weiß er sich dann keine Gründe anzugeben.

Leben Sie wohl und grüßen Sie Andrea. –

27

William Lovell an Rosa

Roger-place.

Es gibt Stunden im Leben, Rosa, in denen sich uns der Idealismus fast unwiderstehlich aufdrängt, Zufälle treten oft zusammen, so kindisch wunderbar aneinandergereiht, daß wir die Welt umher auf einzelne Augenblicke für ein Hirngespinst halten *müssen.* Ich bin noch immer in dieser Stimmung, wenn ich an alles zurückdenke; es kommt mir oft in der Welt nichts so seltsam vor, als daß irgend ein Zufall mit einem früheren zusammenhängt, so daß wir oft wirklich auf die Idee von dem geführt werden, was die Menschen gewöhnlich *Schicksal* nennen.

Ich habe nämlich in jener häßlichen Aufwärterin, von der

ich Ihnen sagte, eine alte Bekannte wiedergefunden. Ich suchte sie auf, und wir waren bald miteinander vertraut, sie nannte meinen wahren Namen, und ich erschrak. Es war, als wenn ein böser Genius aus ihr sprach, der mich nun meinen Feinden verraten würde. Ich betrachtete sie genauer, und konnte mich doch durchaus nicht erinnern, sie irgendwo gesehn zu haben. – Endlich entdeckte sie sich mir, und o Himmel! – es war niemand anders, als die *Comtesse Blainville*!

Lange wollte ich es nicht glauben. Die Blainville, jenes junge, lebhafte, reizende Weib, – und hier stand ein Ungeheuer vor mir, von Pockengruben entstellt, einäugig, mit allen möglichen Widrigkeiten reichlich ausgestattet, – und dennoch war sie es, selbst unter der groben Hülle lagen einige ihrer ehemaligen Züge, wie fern, verborgen.

Ihre Geschichte kann ich Ihnen mit wenigen Worten sagen. Der Graf Melun starb bald, nachdem er sie geheiratet hatte, sie ließ sich durch ihren Liebhaber den Chevalier Valois zu jeder Verschwendung verleiten; sie verließ mit ihm Paris und ging nach England, ihr Vermögen war bald vom Valois verspielt, sie ward krank, denn die Blattern offenbarten sich an ihr, der Chevalier erschoß sich, sie genas, aber ihre Schönheit, ihre Jugend war jetzt zugleich mit ihrem Vermögen dahin. Sie suchte Hülfe bei den Menschen, weil sie diese nicht kannte, und diese stießen sie verächtlich von sich, wie sie es auch in ihrer Stelle getan haben würde; zur drückendsten Armut erniedrigt, suchte sie endlich Dienste, und Amalie, hier in Roger-place, nahm sich ihrer an. Und hier muß ich sie nun treffen; meine beiden Geliebten in einem seltsamen Kontraste nebeneinander.

Ich habe ihr das strengste Stillschweigen gelobt, so wie sie mir: Mortimer, der sie einst so schön fand, weiß es nun nicht, daß sie in seinem Hause wohnt. Sie liebt mich noch, wie es scheint; – o Rosa, Sie sollten sie jetzt sehn!

Es ist schauderhaft, wenn ich überlege, daß dies Ungeheuer doch schon damals verlarvt in dem schönen Weibe lag, das ich umarmte, – bei jedem Weibe und Mädchen fällt mir jetzt der

Gedanke ein: Die Alte, die mit grauen Haaren, abgefallen, mit roten Augen und auf einer Krücke vorüberhinkt, war auch einmal jung und hatte ihre Anbeter, sie dachte damals nicht daran, daß sie sich ändern könne; ihrem begeisterten Liebhaber fiel es nicht ein, über sich selbst zu lachen, denn er kannte die Gestalt nicht, gegen die er seine Deklamationen richtete. – O hinweg davon! – Aber was sind alle Freuden dieser Welt? – Es ist mir ein widriger Anblick, wenn ich ein Paar gehn sehe, das zärtlich gegeneinander tut. In der Kindheit wünschen wir uns Glasperlen, dann Liebe, dann Reichtum, dann Gesundheit, dann nur noch das Leben; auf jeder Station glauben wir weitergekommen zu sein und fahren doch im Kreise herum, so daß wir nie sagen können: jene Gegend liegt jetzt fern von mir.

28

William Lovell an Rosa

Southampton.

Ich muß zurückkehren, denn ich weiß mich hier in England nicht mehr zu lassen. – O es gibt Menschen, die noch unendlich tiefer stehen, als ich, die Schandtaten mit einer Kälte begehn, als wenn sie gar nicht anders könnten und müßten.

Ich zittre noch, wenn ich daran denke, wie tief ich hätte sinken können, wie nahe ich dem Versuche war, der mich ganz aus der Reihe der Menschen ausgerottet hätte. – Ich fühle es, daß ich bisher in meiner Frechheit zu weit ging, ich war meiner selbst zu sehr versichert, und dachte nicht daran, wie nahe jedes Verbrechen, wie dicht es mir vor den Füßen lag. Meine Empfindung verabscheut das Laster, ob mir gleich die Sophismen des Verstandes beweisen wollen, daß es kein Laster gibt, und auch Sie, Rosa, und auch Andrea, – es ist unmöglich, Sie können nicht davon überzeugt sein.

Ich will England verlassen, um wieder zu mir selbst zu kommen. O, lieber Rosa, ertragen Sie heute noch einmal meine Stimmung, so wie Sie es schon so oft getan haben; ich fühle mich heute so ganz anders, als sonst, so ganz von dem Mute verlassen, der gewöhnlich aus mir spricht. Alles ist noch die Folge einer Begebenheit, die mich in Roger-place zu Boden geworfen hat.

Ich kann Ihnen die Empfindungen nicht beschreiben, mit denen ich dort herumging; bald im Haß gegen Mortimer, der mir unauslöschlich schien und doch bald wieder von einer tiefen Selbstverachtung verdrängt ward, dann war mir alles gleichgültig und ich stand wie ein müßiger Zuschauer in der Welt da, der an ihren mannichfaltigen Rollen keinen Anteil bekommen hatte. Wenn ich denn Amalien wieder sah, o so ergriff mich eine so heiße, so eine brünstige Sehnsucht, sie in meine Arme zu schließen, an meinen Mund, an mein schlagendes Herz zu drücken, sie nur in Einem armseligen Augenblicke *mein* nennen zu können, daß mich ein Zittern und eine Fieberhitze ergriff. Es war, als gehörte es zu meinem Leben, als sei es der letzte und einzige Zweck, weswegen ich bisher gelebt hätte, ihr nur noch einmal zu sagen, daß ich noch lebe, daß ich sie noch, wie ehemals, liebe. Ich glaubte, daß ich nach diesem Augenblicke ruhig und zufrieden sein würde, daß ich dann Tod und Leben mit gleich festem Auge betrachten könnte. Alle Empfindungen meiner früheren Jugend kamen zurück, ich wünschte im Momente der Erkennung an ihrem Halse zu sterben, kein Gefühl und keinen Gedanken weiter nach diesem Stillstande meiner Seele zu erleben. – O wär' ich, wär' ich gestorben! Tod und Grab sind das einzige Asyl des verfolgten Elenden. Dürft' ich diese Wohnung der Ruhe besuchen, losgeschüttelt vom wilden Getümmel der lebendigen Welt: aber alles, worauf ich mich freute, kömmt mir kalt und freudenleer näher, und geht so vorüber, ich bleibe einsam zurück, und sehe dem Zuge nach, der sich nicht weiter um mich kümmert. Ich will auch auf keine Freude weiter hoffen, ich will die kalte Luft als meinen Freund umfangen, ich will tot sein, in der toten Masse, die mich umgibt, kein Gefühl soll mir näher treten, ich will alle Sehnsucht, alles Schmachten nach Liebe in diesem Busen vertilgen und mir wie ein frecher, hohnsprechender Bettler selber genügen, – ach, meine Sehnsucht ist jetzt nach der Verwesung hin gerichtet, nach der kalten Erde, die endlich dies klopfende Herz zur Ruhe bringen wird. Mir ist, als sollt' ich mit dem Messer dem siedenden Blute einen freien Ausweg machen, das in meinem Hals drängt und nach dem Gehirne strömt.

Was werden Sie zur Blainville sagen? Was empfinden, wenn Sie es hören, wie tief der Mensch sinken kann? – Seit sie mich erkannt hatte, verfolgte sie mich unaufhörlich mit ihren freundschaftlichen Liebkosungen, sie erinnerte mich an unsere Vertraulichkeit in Paris und auf welche Art sie mich damals hintergangen habe; ich spottete über mich selbst, und wünschte doch innerlich die Unschuld und Unbefangenheit jener Zeit zurück. Ich entdeckte ihr meinen Wunsch, Amalien nur einmal zu sehn und zu sprechen, und sie versprach mir ein Mittel auszufinden, wenn ich mich dazu verstehen wollte, ihr eine Nacht hindurch Gesellschaft zu leisten. O Freund, wie kamen mir in dieser Nacht Liebe, Wollust, und alle Freuden dieser Welt vor!

»Ein ungesäuberter Garten, wo alles in Samen schießt und mit Unkraut und Disteln überwachsen ist; – o pfui, pfui der Welt!« –

Ich erröte noch jetzt, wenn ich daran zurückdenke; es ist, als wenn ich von je alle Gelegenheiten begierig ergriffen hätte, um mich selbst zu erniedrigen. In dieser Nacht versprach mir die Blainville, eine Gelegenheit zu verschaffen, Amalien im Garten hinter dem Hause allein zu sprechen. Mortimer reise am folgenden Morgen fort, und sie wolle denn auf dem Abend einen gewaltigen Rauch und ein unschädliches Feuer erregen, ein gewaltiges Geschrei erheben, alle Bedienten würden mit den Anstalten beschäftigt sein und Amalie würde sich auf ihren Rat nach dem Garten retten; dann wolle sie mir das Haus eröffnen und mich zu Amalien führen.

Schon früh am Morgen sah ich Mortimer zu Pferde steigen und wegreiten. Mit welcher Unruhe erwartete ich den Untergang der Sonne! Amalie ließ sich nicht blicken, und ich konnte auch die Blainville nicht wieder sprechen. Endlich ward es Abend; ich ging in der Allee vor dem Hause auf und ab, die Bäume rauschten gewaltig und verkündigten ein herannäherndes Gewitter, ich sah ein Licht in Amaliens Zimmer brennen und mein Herz klopfte ängstlich und ungestüm. Die letzte Blume meines Glücks sollte jetzt gewaltsam hervorgetrieben werden, und meine ganze Seele war nach diesem Augenblicke hingespannt.

Der Himmel ward dunkler, der Wind sauste stärker und ich sah bange und unverwandt nach dem Hause hin. Kein Laut von innen, vom Dorfe aus der Ferne hört' ich den Nachtwächter und das Bellen der Hunde.

Endlich sah ich einen starken Rauch aus dem Fenster von der Seite dringen. Es blieb noch immer ruhig. – O wie beklommen ward mir, als jetzt eine Nachtigall über mir in den Bäumen laut zu schlagen anfing. Sie können es nicht fassen und nicht begreifen, Rosa, kein Mensch kann mir dies Gefühl nachempfinden.

Die Bedienten mußten schon schlafen gegangen sein, denn es regte sich nichts im ganzen Hause und doch stieg schon eine helle Flamme aus dem Fenster zum Dache hinauf, der Rauch stieg in größern Wolken zum Himmel und wälzte sich nach der Vorderseite hin. Es entstand noch immer kein Geschrei, die Blainville eröffnete mir auch nicht die Tür; das Licht in Amaliens Zimmer blieb ruhig an seiner Stelle. Ich zitterte vor Ungeduld, vor Angst und Vergnügen. Wie man im Traume zuweilen auf einer schwindelnden Höhe steht, sich vor dem Abgrunde entsetzt und dennoch weiß, daß man hinunterstürzen wird, wie man denn in unbeschreiblicher Angst den Augenblick des Hinabfallens wünscht, so, grade so kamen mir diese Sekunden vor. Ich konnte nicht begreifen, wo die Blainville so lange zögerte: ich ging heftig auf und ab und stand dann wieder still, ich traute meinen Augen und meinen Ohren nicht, daß alles, gegen die Abrede, noch still blieb und sich die Tür noch immer nicht eröffnete, und dennoch rückte die Zeit unaufhaltsam und fürchterlich weiter. Die Flammen brannten hell zum Dache hinauf, Ziegel stürzten herunter, der Widerschein zitterte in den grünen Bäumen, das ganze Haus war mit Rauch umgeben und jetzt glaubte ich eine schwache Stimme zu hören, die nach Hülfe rief. Als ich noch ungewiß war, was ich tun sollte, eröffnete sich Amaliens Fenster, sie sah heraus und fuhr mit einem Schrei des Entsetzens wieder zurück: lauter und geängstigter rief sie dann um Hülfe; das Zimmer war voller Rauch, ich sah es deutlich. Da fiel mir plötzlich eine Stelle aus einem ihrer Briefe ein, den sie mir Unwürdigen noch nach Paris schickte und in dem sie mit liebenswürdiger Besorglichkeit schrieb, weil sie seit lange keine Nachrichten von mir erhalten hatte:

Ich sehe Sie ohnmächtig gegen die Wellen kämpfen, – oder in einem brennenden Hause vergebens nach Rettung rufen. –

Das schrieb sie mir damals als ich sie über die elende Blainville vergessen hatte, dieselbe Blainville, die jetzt die verzehrenden Flammen gegen ihre Wohltäterin ausschickte. – Wie ein Wirbelwind faßte es mich nun an, es war das Schicksal selbst, das mich allmächtig ergriff; – ich nahm eine große Leiter und legte sie an das Fenster, – ich wußte nicht, was ich tat. – Ich stand in Amaliens Zimmer, sie lag ohne Besinnung auf einem Sofa. Ich drückte sie an meine Brust, meine Arme umschlossen ihren zarten Körper und so trug ich sie die Leiter hinab und legte sie auf eine Rasenstelle unter den Bäumen nieder. – Sie sah mich mit einem matten Blicke an, ich kniete neben ihr nieder. – Alle meine Sinne wandten sich gleichsam um, ich dachte nichts, und sah sie nur vor mir liegen, und die holden blauen Augen und den sanften, menschenfreundlichen Mund, von dem sonst mein Name so oft getönt war. – Sie zitterte und ich stammelte einige Worte, ich weiß selbst nicht was, dann drückt' ich mein Gesicht an ihren Busen, ich wünschte zu sterben, – meine heiße Wange ruhte dann an der ihrigen, und sie war kalt, – ich hielt sie für tot und umarmte sie noch einmal, – ein verworrenes Getümmel umgab das brennende Haus, – dann stand ich auf und eilte fort, – sie rief mir etwas nach, ich habe es nicht verstanden. Ich wollte umkehren, aber mir selbst zum Trotze ging ich weiter. –

Im Walde sank ich unter einem alten Baume nieder. – Ich hörte ein Geschrei aus der Ferne, und große Funken stiegen zum Himmel und erloschen dann: ich sah ihnen kalt nach, und weinte endlich laut und heftig. – Die Winde rauschten durch den Wald und wie Millionen scheltender und verhöhnender Zungen bewegten sich die Blätter tönend umher; verlassen von allem was lebt, verlassen von der leblosen Natur stieß ich meinen Kopf verzweifelnd gegen den Stamm des Baumes: eine wüste Dunkelheit erfüllte mein Inneres, ich war von mir selbst abgetrennt, und betrachtete und bemitleidete mich als ein fremdartiges Wesen. – O ich hätte nur einen Hund haben mögen, der sich winselnd an mich gedrückt hätte, er hätte mich getröstet, ich hätte ihn für meinen Freund gehalten.

Das Gewitter brach jetzt herein. Laute Donnerschläge hallten den Wald hinab und Regengüsse rauschten durch die Bäume. Die ganze Natur schien zu erwachen und sich zu entsetzen. Blitze flogen durch das Dunkel und schienen mich zu suchen, Tiere winselten aus der Ferne, Eulen flogen scheu umher, und die großen Wolken arbeiteten sich mühsam durch den Himmel. – Vom Regen durchnäßt schlief ich endlich ein, als sich das Getöse vermindert hatte.

Der Morgen grauete als ich erwachte, der Traum verflog und übergab mich meiner eigenen Existenz wieder. – Ich wandte keinen Blick zurück, sondern ging in gerader Richtung fort; jedem Menschen ging ich aus dem Wege, ich schlich um die Dörfer herum. –

Ich freue mich jetzt darüber, daß ich Amalien gerettet habe; – aber für Mortimer! – Doch ich will fort; sie soll mich weiter nicht kümmern, ich will sie und alles vergessen. –

Sie sehn mich bald wieder. –

29

Mortimer an Eduard Burton

Roger-place.

Ich schreibe, um Ihnen einen sonderbaren Vorfall zu melden. Ich bin innig erschüttert und ich wünsche nur, daß diese Begebenheit für Amalien keine üblen Folgen haben möge.

Vorgestern ritt ich nach einem Dorfe ohngefähr dreißig Meilen von hier, weil ich gehört hatte, daß sich dort seit einiger Zeit ein Frauenzimmer aufhalte, von der man nicht genau wisse wer sie sei. Manches in der Beschreibung paßte auf Ihre unglückliche Schwester, so daß ich sogleich hineilte, sie selbst zu sehen. Es war aber die Tochter eines armen Edelmanns, die sich nach vielen erlittenen Unglücksfällen mit ihrem armen Vater in das Dorf niedergelassen hatte. Ich war von ihrer Erzählung gerührt, und kehrte schon gestern wieder zurück. – Wie erstaunt' ich aber als ich näher kam, und mein Wohnhaus so ganz verwüstet fand! Allenthalben die deutlichsten Spuren eines Brandes und ein Nebengebäude rauchte selbst jetzt noch. Amalie war krank.

Ich erfuhr, daß an dem Abend meiner Abwesenheit wirklich Feuer ausgekommen, das aber bald durch die Anstalten und durch einen einfallenden Regenguß gelöscht worden sei. Amalie war als noch niemand weiter das Feuer bemerkt hatte, von einem Fremden gerettet, den niemand weiter nachher gesehn hatte.

Das Ganze erhielt aber noch ein weit abenteurlicheres Ansehn, als man jetzt die erstickte Charlotte fand, die sich in der Angst oder Zerstreuung aus einer verschlossenen Türe nicht hatte retten können, ob sie gleich den Schlüssel in der Tasche hatte. Man fand zugleich eine Brieftasche bei ihr, die ich untersuchte, und zu meinem Erstaunen aus einigen Papieren sah, daß eben diese häßliche Charlotte die Comtesse Blainville war, die ich in Paris gekannt hatte. – Seit dieser Entdeckung habe ich allerhand seltsame Vermutungen, die auf der einen Seite aber so unwahrscheinlich sind, daß ich sie Ihnen nicht einmal mitteilen mag. – Ich danke Gott, daß der ganze Vorfall sich noch so glücklich geendigt hat.

Amalie weiß noch immer nicht das unglückliche Schicksal Ihrer Schwester, sie will daher durchaus einen Brief an diese einlegen; ich kann ihr ihr Verlangen nicht abschlagen, ohne Verdacht bei ihr zu erregen, ihr aber noch weniger die Geschichte ihrer Freundin entdecken, weil es sie jetzt zu sehr erschüttern würde. Sie erhalten also in diesem Briefe zugleich einen andern an Ihre Schwester.

30

Einlage des vorigen Briefes

Amalie an ihre Freundin Emilie Burton

Roger-place.

Schon seit lange, liebe Emilie, habe ich auf Briefe von Ihnen gehofft, ich wollte Ihnen nicht eher antworten, bis Sie mir Ihrem Versprechen gemäß den Namen des interessanten Unbekannten genannt hätten. Ihr Stillschweigen aber und ein Vorfall, den Sie schon durch Mortimers Brief werden erfahren haben, macht daß ich Ihnen früher schreibe. – Ach, Emilie, ich habe die Furcht des Todes auf eine recht fürchterliche Art empfunden. Ich las am Abend, weil ich allein und Mortimer auf einige Tage verreist war; ich war müde und wollte schon schlafen gehen, als ich in meinem Zimmer einen Rauch bemerkte. Ich konnte nicht begreifen, wo er herkäme; ich ging umher, der Dampf verstärkte sich, ich mußte husten, in einem Augenblicke aber ward er so stark, daß ich zu ersticken fürchtete; ich wollte das Zimmer verlassen, allein ich hatte die Tür schon verschlossen, und konnte jetzt in der Dunkelheit, in der Verwirrung den Schlüssel nirgends finden. Das Atmen ward mir schwer, und ich fühlte es, wie mich mein Bewußtsein nach und nach verließ. Ich rief nach Hülfe, aber meine Stimme war nur schwach. In der größten Angst öffnete ich endlich das Fenster und Dampf und Feuerflammen fuhren mir entgegen. – Niemand war in der Nähe, ich sah einen unvermeidlichen furchtbaren Tod vor und neben mir: ich sank ohnmächtig nieder. – Wie in einem Wagen fühlte ich mich nun fortgeführt, eine kalte Luft wehte mich an, ich erwachte und lag unter den Bäumen vor meinem Hause. Es war finster, die Flammen erhellten die Nacht; Getümmel von Bedienten in der Ferne, und ein Unbekannter kniete neben mir. Ich wußte nicht, ob ich träumte, oder wachte; der Fremde, der mich gerettet hatte, schloß mich in seine Arme, – ich bin *Lovell*! keuchte er mir mit erstickter Stimme entgegen. – Mein Bewußtsein verließ mich wieder; die seltsamsten Bilder, die fernsten Erinnerungen gingen durch meinen Kopf – o Lovell, – Unglücklicher, – lieber Lovell! rief ich ihm laut nach, denn er war schon davongeeilt. –

O was empfand ich nun, liebste Emilie! – Ich habe so oft gewünscht ihn nur noch einmal zu sehen, und nun kömmt er und verschwindet in demselben Augenblicke wieder. – Warum hab' ich ihm nicht manches sagen können, was ich schon seit so langer Zeit auf dem Herzen habe? – Warum ist er hieher gekommen, und durch welchen Zufall muß er es gerade sein der mich rettet? – Ich habe ihm nicht einmal danken können, – ach! ich habe viel deswegen geweint, daß ich ihn nicht gesprochen habe.

Die Bedienten trugen mich ins Gartenhaus; ein schreckliches Gewitter tobte jetzt in der Luft; alles vereinigte sich, mich zu betrüben.

Die arme Charlotte hat man in einem Zimmer tot gefunden; o wie bemitleide ich sie, da ich selbst das Schreckliche ihrer Lage empfunden habe! – Sie hat sich gewiß nicht retten können; auch darüber habe ich geweint. – Ach wie viel Unglück, liebe Freundin, gibt es im menschlichen Leben!

31

Eduard Burton an Mortimer

Bonstreet.

Wie hat mich die Einlage Ihres Briefes von neuem gerührt! Es ist keine Emilie mehr hier, an die ich sie, wie wohl sonst geschah, hätte abgeben können. Und noch immer keine Nachrichten von meiner Schwester? – Wilmont ist umhergestrichen und wiedergekommen; er hat nichts von ihr erfahren können. Er will jetzt von neuem umherreisen; ich fürchte für seine Gesundheit. – Sie haben eine Unglückliche getroffen, die Sie anfangs für meine Schwester gehalten haben, und auch Wilmont hat mir von mehrern erzählt, die ihn oft auf die Vermutung brachten, daß es wohl die arme Emilie sein könnte. Sehn Sie, Mortimer, wie viele Menschen noch außer uns leiden. – Wenn ich doch nur in diesem Gedanken einigen Trost finden könnte!

Das Gefühl der Einsamkeit quält mich fast zu Tode, alle Zimmer sind mir zu eng, die Luft im Garten ist mir nicht frei genug. Unaufhörlich träume ich von Emilien; – gibt es einen Kummer, der größer wäre, als den man über einen lieben Gegenstand empfindet?

Ich wünsche es oft innig, krank zu werden, und so zu sterben, denn es ist ja doch niemand, der über mich weinen würde. – Ich suche den Armen wohlzutun, aber was ist das dagegen, wenn ich Emilien wohltun, wenn ich den unglücklichen Lovell wieder zu meinem Freunde machen könnte? – Jedes Almosen, das ich gebe, jede Linderung, die ich verschaffe, ist nur ein kleiner Abtrag von meiner großen Schuld.

Ich war vor einiger Zeit schwach genug, daß ich Emilien und Loveln an dunkeln Stellen meines Gartens Denkmäler errichten wollte; ich vergaß über diese kindische Spielerei meinen Schmerz während eines halben Tages, aber da ich wieder einige ihrer Kleidungsstücke sah, da ich meinen

Schreibtisch öffnete, und mir etwas Geschriebenes von ihr in die Hände fiel, o da kam der Jammer von neuem über meine Seele, und ich empfand es, daß mein armes, zerrissenes Herz keiner Denkmäler brauche, um zu trauern. Es ist betrübt, daß wir alles gern putzen und verschönern mögen und oft über den Putz und die Zufälligkeiten die Sache selbst vergessen. – Dein bloßer Name, Emilie, ruft alles in meine Seele zurück; alle Erinnerungen ehemaliger Freude, jede Liebkosung von Dir, jeden Scherz, die Spiele der Kinderjahre, – ach Mortimer, ich möchte manchmal verzweifeln, wenn es mir so ganz frisch wieder einfällt, daß alles nun wirklich vorüber ist, daß es nicht ängstliche Einbildung von mir, sondern daß es *wirklich* ist. – O ich glaube, daß ich nicht genug leiden, daß ich nicht laut genug klagen kann.

Könnt' ich doch die Vergangenheit zurückrufen! O ihre zärtlichste Liebe sollte mir nun gewiß nicht entgehen, sie sollte jetzt gewiß nicht vor mir fliehen! – Aus übelverstandener Männlichkeit, mit einem schlecht angebrachten Ernste war ich von je zu kalt gegen sie: ich fühlte oft die schönste brüderliche Liebe, die wärmste Zuneigung gegen sie, daß ich hätte an ihre Brust sinken mögen und sie umarmen und küssen, als wäre sie eben von einer schweren Krankheit genesen, oder als wäre sie von einer langen Reise zurückgekommen. Aber dann überraschte mich wieder die kleinliche Furcht, nicht für affektiert oder sonderbar zu gelten, und ich blieb in dem gewöhnlichen Tone des Umgangs; ich war oft gegen ihre herzlichsten Äußerungen zurückstoßend, und das hat sie mir am Ende fremd gemacht; sie hat mir ihre Gefühle nicht zugetraut und aus Verdruß und Schmerz hat sie ein näher verwandtes Herz suchen wollen. – Auch gegen Lovell war ich immer zu kalt, ich fühlte seine Übertreibung in der Freundschaft, und um nicht in denselben Fehler zu fallen, war ich frostig. – O die Menschen wissen es gar nicht, sie können es nicht wissen, wie sehr ich sie liebe, – und darum möcht' ich sie wieder hier haben, um ihnen alles zu sagen, und mich zu erkennen zu geben, um wie ein Verirrter die Heimat wiederzufinden. – Aber, ach! der Rückweg ist mir verschlossen; ich bin in meinen gegenwärtigen Gefühlen eingekerkert und sie werden meine Heimat bleiben.

32

William Lovell an Rosa

Southampton.

Sie erhalten jetzt aus England meinen letzten Brief, denn in einigen Tagen will ich abreisen. Ich habe meinen Mut wieder, den ich neulich ganz verloren hatte; ich bin wandelbarer wie Proteus oder ein Chamäleon, das gebe ich Ihnen gern zu. – Die Nichtswürdigkeit des ganzen Menschengeschlechts hat mich von neuem getröstet, ich gebe mich über mich selbst zufrieden, weil ich so sein muß und nicht anders sein kann.

Die Betrübnis ist so gut eine Trunkenheit, wie die Freude, beide verfliegen, und um so früher, je heftiger sie sind: im Augenblicke des Affekts aber will man nur schwer daran glauben, und dies ist auch sehr gut, denn sonst würden wir nur immer ein träges phlegmatisches Dasein schleppen, das nicht aus der Stelle will; alle Leidenschaften werden wie muntre Pferde angespannt, um die schwerfällige Masse über Hügel und Berge, durch Täler und Ströme, immer zu und unaufhaltsam fortzureißen: wohin? – daran denkt man nur, wenn man wieder Schritt vor Schritt weiterschleicht.

Ich sehne mich jetzt oft nach der Einsamkeit, denn ich bin mit den Menschen zu bekannt, als daß sie noch Interesse für mich haben könnten. Sie täuschen mich nicht mehr und alles Vergnügen an diesem Schauspiele ist dahin, es erscheint mir fade und abgeschmackt. Die Menschen sind weit besser dran, die sich und ihre sogenannten Brüder noch gar nicht kennen, denn ihnen sieht das Leben bunt und angenehm aus, sie trauen jedem und werden von jedem betrogen; eine Überraschung folgt dicht auf die andere, und sie bleiben in einer beständigen Verwickelung, in einem unaufhörlichen Erstaunen. – Aber jetzt lächle ich und drücke die Hand, ich mache Gebärden, wie man es verlangt, und sammle andre von andern ein und doch bin ich dabei nicht beschäftigt. Ich schwöre, wie die übrigen, auf tausend Sachen, und weiß nicht, wovon die Rede ist, ich bejahe und verneine und bin dieser und dann wieder jener, eine Kugel, die sich rasch allen Seiten wenden kann, – aber wie langweilig, wie zuwider ist mir nun auch jedes Gesicht! Keiner erreget meine Aufmerksamkeit, weil ich ihn bis auf seinen kleinsten Gedanken auswendig weiß.

Ich sprach in einem meiner Briefe über die Weiber, – aber o Himmel! – was sind denn die Männer? – Wenn ich die Menschen achten müßte; so würde ich mir doch nur die Weiber auswählen, denn dies unbeholfene, linkische, aufgeblasene und kriechende Tier, das wir *Mann* nennen, – o ich kenne nichts Verächtlichers, als diese widersprechende Mischung von Verstand und Narrheit, Festigkeit und veränderlichem Wesen. – In der Jugend hängen die Männer von den Blicken, von dem Lächeln der Weiber ab: sie suchen zu gefallen und formen sich nach hingeworfenen Winken, sie halten sich für die Herren der Welt und lassen sich einer Nichtswürdigkeit wegen tyrannisieren. Ihre kühnsten Wünsche, ihre frechsten Plane sind nur Lakaien und nachtretendes Gefolge der sinnlichen Begierde. – Der stupide Bauer schätzt sich glücklich, wenn der vorbeifahrende Minister seinem Gruße dankt, er glaubt einfältig, es sei ihm nur allein geschehn, und unterläßt nicht, es der ganzen Dorfschaft zu erzählen: und der Minister sieht dreimal öfter in den Spiegel, wenn ihn ein Mädchen angelächelt hat, das ihn bis dahin kalt betrachtete. – Nach jedem Betruge glaubt der Mann, das sei nun auch das letzte Weib, das ihn hintergangen habe: er hält am folgenden Tage eine andere für vollständig tugendhaft, er schwört darauf, alle übrigen wären nichts wert gewesen, aber diese nur, diese sei ordentlich für ihn geboren, dann ist er auf jeden Blick eifersüchtig, dann fängt er jedes ausgesprochene Wort auf, damit es ja kein anders Ohr, als das seinige, beglücke. – Ein ewiger, rastloser Kampf, beständige Disharmonie, alle Kräfte und Anlagen widersprechen sich, er will herrschen, und ist Sklave, er will lieben und haßt, Blicke lenken ihn gegen seinen Willen, er verachtet die Eitelkeit und ist selbst eitel, – er, – o er verdient wahrlich am Ende nicht, daß man sich die Mühe gibt, über ihn zu sprechen! –

Wenn nun das Blut langsamer durch die Adern fließt, dann treten die Leidenschaften nach und nach in den Hintergrund zurück. Das Hirngespinst des Stolzes besetzt den Thron allein. Vorher konnte der Mann nur von Weibern regiert werden, jetzt aber von jedermann. Kinder haben ihn in den Händen und werfen sich ihn abwechselnd, wie ein Spielzeug, zu. Wer ihm schmeichelt, ist sein Freund, und selbst wenn er das Grobe, das Unzusammenhängende in der Schmeichelei bemerkt, so beleidigt sie ihn doch nicht, er läßt sich freiwillig fangen, er glaubt selbst an alle Vortrefflichkeiten, die ihm der unverschämteste Poet in einem Geburtstagsgedicht beilegt. Er ist eine Blume, die von allen Insekten ausgesogen wird, er denkt über sich selbst nie mehr nach, sondern hat sich völlig unter fremden Urteilen gebeugt, er kennt sich selbst nur vom Hörensagen, und meint, andre Leute hätten für unsre Vorzüge und Fehler ein schärferes Auge, als wir selbst. Der größte Dummkopf kann dann diese Maschine zu seinem Vorteile regieren, und der klügere Mensch wird die ganze Welt nur für eine große Fabrik ansehn, in der diese Maschinen hingestellt sind, und die er zu seinem Vorteile in den Gang bringen muß.

Ich will fort, und zu Ihnen zurückkehren, ich brenne vor Begierde, von Andrea mehr zu erfahren, und zu lernen; je mehr ich diese Welt hasse und verachte, je mehr fühle ich mich zu jener überirdischen hinzugezogen, die mir Andrea aufschließen will. Diese Bekanntschaft ist die letzte frohe Aussicht, die ich habe.

Leben Sie wohl!

33

Emilie Burton an Mortimer

C... bei Nottingham.

Sie werden erstaunen, indem Sie diesen Brief eröffnen; Sie werden vielleicht unwillig, wenn Sie die Unterschrift sehen, aber der Freundschaft wegen, die Sie für meinen Bruder haben, würdigen Sie mich, meine Worte anzuhören. – Mein unglücklicher Irrtum wird Ihnen schon bekannt sein, verschonen Sie mich also mit der Erzählung, wie ich elend ward. O teurer Freund (wenn ich Sie noch so nennen darf) wüßten Sie, wie viel ich gelitten habe, Sie würden mir gern vergeben.

Ich scheue mich an meinen Bruder zu schreiben, ich schäme und fürchte mich ihn zu sehn; ich habe ihn zu sehr beleidigt. Seine Liebe würde mir weh tun. Ich verließ ihn in einer Trunkenheit, in einer Raserei, ich wußte nicht was ich tat. Ich folgte einem Unwürdigen, dem ich mein ganzes Herz gegeben hatte. – Ich bildete mir mancherlei ein; ach, schon auf dem Wege, schon eine Stunde nachher, als ich das Haus verlassen hatte, erwacht' ich; der glänzende Irrtum, die Täuschung, die Eigenliebe, alles verschwand; ich sah ein, daß Lovell mich nicht liebte, ach! und ich entdeckte in meinem eigenen Herzen, daß es ihn nie geliebt hatte. Ich sah meine Verächtlichkeit ein, die erzwungene Spannung einer hochfliegenden Phantasie, die Sucht etwas Eigenes und Besonderes zu empfinden, – ach, wie ich mich seit der Zeit verachtet und gehaßt habe! – Aber ich habe hinlänglich dafür gelitten. – O teureste, teureste Amalie, vergib mir, daß ich mich immer über Dir erhaben fühlte, daß ich Dein Betragen und Deine Gefühle unaufhörlich meisterte. – O Gott! wie groß, wie heilig erscheinst Du mir jetzt in Deinem einfältigen Wandel!

Ich kann die Feder kaum halten, – ich fühle mich sehr schwach. – Er hat mich verlassen, unter fremden Menschen lieg ich hier ohne Hülfe, krank, auf dem Totenbette, das fühl' ich; der Gram, die Verzweiflung, sie haben die Kraft meines Lebens hinweggenommen. O, er hätte mich doch nicht so verlassen sollen, das hatt' ich doch nicht um ihn verdient!

Warum verließ ich jenes ruhige, schöne Glück, das bei mir wohnte; Liebe und Wohlwollen, die mich von allen Seiten umgaben? – Ach! mein Bruder! wenn er mir nur vergeben hat! wenn er nur keine Träne um seine unwürdige Schwester vergießt! – Doch wünscht' ich ihn zu sehn, ihn um Vergebung zu bitten: ach, ich würde seinen Anblick nicht aushalten können.

Erbarmen Sie sich meiner und besuchen Sie mich; helfen Sie mir; vergelten Sie den armen Leuten hier, was sie an mir getan haben. –

O Amalie! liebste Freundin! – wenn ich Ihr Angesicht noch einmal sehen könnte! –

Ich kann nicht weiter. –

34

Mortimer an Eduard Burton

Nottingham.

O Freund, sein Sie ein Mann, bezähmen Sie Ihren Gram. – Ihre Schwester ist nicht mehr. Ich fand sie bloß um sie sterben zu sehn.

Meine Augen sind noch immer von Tränen naß, ob ich gleich fast nie geweint habe; aber diese Szenen haben mich ganz erschüttert und alle Standhaftigkeit in mir umgeworfen. Sie nannte Ihren Namen oft, sie wünschte Sie herbei, sie läßt Sie durch mich um Verzeihung bitten. – Wilmont war grade bei mir, als der Brief ankam, er ritt mit mir hieher. – Als sie ihn sah, wandte sie mit der größten Betrübnis ihr Gesicht abwärts. Karl sah fürchterlich aus. Er starrte mit seinen Augen immer gerade vorwärts, – sie schluchzte, – ein großer

Krampf drückte an ihrem matten Herzen, – o ich wünsche eine solche Szene nicht noch einmal zu erleben. –

Trösten Sie sich; und doch kann ich Ihnen nichts zu Ihrem Troste sagen: ich bedarf selbst eines tröstenden Freundes.

O Lovell! wie viele Seufzer und Tränen brennen auf Deiner Seele!

Leben Sie wohl, ich kann nichts weiter hinzufügen. –

35

Karl Wilmont an Eduard Burton

Nottingham.

So ist es denn aus, völlig aus! – Alle Hoffnungen sind tot! – Ach Emilie! Emilie! – O könnt' ich Dir folgen! – Aber bald; erst muß ich aber den Niederträchtigen aufsuchen und strafen. – Er kann nicht mehr in England sein, ich will fort und ihn finden. – Dann, Emilie, sehn wir uns wieder. – Sie nannte seinen Namen, noch ehe sie starb; es war ein Feldgeschrei zur Rache! –

Leben Sie wohl, Freund! Trösten Sie sich, ich will nicht getröstet sein. – Mortimer nannte meinen neulichen Brief unmenschlich und er hat recht, ich bin kein Mensch mehr, ich mag es nicht sein; ein Dämon der Rache bin ich, der jetzt durch die Welt zieht, die Strafe, die den Verbrecher aufsucht. – Leben Sie wohl! –

36

Eduard Burton an Mortimer

Bonstreet.

Ich kann mich kaum überwinden, Ihnen einige Worte zu schreiben. Meine Hände zittern, Tränengüsse haben meine Augen verdunkelt. – O Gott! ich habe sie nicht noch einmal gesehn! – Sie hat sich in der Stunde des Todes nicht an *mich* gewandt. – Siehst du, Eduard, so wirst du geliebt! – Ach, was kann ich sagen? – Ich kann nur schluchzen und jammern! – Mußte es *so* mit Emilien endigen? – Und durch Lovell, durch *Lovell* mußte mir dieser Jammer zubereitet werden? – O Emilie! hättest du mir vertraut, früher vertraut, so hätte ja noch alles können gut werden! – Aber nun, – wüst und tot ist alles; keine Aussicht, keine Hoffnung!

Der Kirchhof sieht mir so schön und freundlich aus; ich wünschte dort zu ruhen. –

Ach Willy! Du tatest recht, daß du starbest. – Was gibt es hier für Freuden? –

William Lovell

Zweites Buch

1

Andrea Cosimo an Adriano

Rom.

Du bist nun schon seit zwei Wochen von Rom entfernt, und noch habe ich keine Nachrichten von Dir erhalten. Welche Geschäfte können Dich in Florenz so sehr beschäftigen, daß Du Deinem Freunde nicht eine kleine, armselige Stunde schenkst? – Findest Du es gar nicht der Mühe wert, auch in der Entfernung unsern Umgang fortzusetzen? und überdies kann ich bis jetzt noch gar nicht einsehen, warum diese Entfernung aus Rom notwendig war. Deine Eltern und Verwandten hatten bis dahin ohne Deine Person leben können: und ich kann nicht begreifen was Deine Gegenwart jetzt so unentbehrlich machen sollte. Willst Du Dich wieder in jene enge Welt verkriechen, die Du seit einem Jahre mit so vieler Freude verlassen hast? Bist Du in Deiner Vaterstadt von kleinlichen Verhältnissen gefesselt, die so oft den Menschen anders stellen und ihn anders handeln lassen, als er es mit freierem Willen tun würde? Dann solltest Du wenigstens den Rat eines ältern Freundes hören. Wenn es kein ander Mittel gibt, muß man solche Verbindungen mit Gewalt zerreißen, man muß Eine unangenehme Stunde veranlassen, um sich tausend zu ersparen. Aber ich fürchte, Du bist zu einem solchen Entschlusse zu schwach, Du duldest lieber tägliche Martern als nur auf eine Viertelstunde die Pein auf die Menschen zu wenden die Dir das Leben verbittern; glaube mir, daß man jede Verbindung aufheben kann, wenn man nur ernstlich will; dem festen, eigensinnigen Mute erliegt am Ende jeder

Mensch. Oder solltest Du vielleicht Tor genug sein, Dich in Florenz verliebt zu haben und deshalb nicht zu uns zurückkehren? Nun, so wünsche ich Dir recht baldige Erhörung, damit Du schnell wieder in einen Menschen verwandelt werdest. –

Ich bin es überdrüssig, noch weiter etwas hinzuzusetzen; antworte mir wenigstens auf diesen Brief, damit ich die Ursache erfahre, warum Du mich so ganz vernachlässiget hast. Oft sind wir nur unbesonnen und verächtlich, weil wir uns den Magen verdorben haben; es kann sein, daß Du krank bist; in diesem Falle hoffe ich, daß wir uns wiedersehen, sobald Du Dich gebessert hast. – Lebe wohl.

2

Adriano an Andrea Cosimo

Florenz.

Ich freue mich über Deinen Brief, weil er mir ein Beweis Deiner Freundschaft ist, und es tut mir jetzt sehr leid, daß ich Dir nicht schon früher Nachricht von mir gegeben habe. Deine Vermutungen finden bei mir nicht statt, denn ich bin weder verliebt, noch in einer ängstlichen Lage festgehalten, sondern mein Aufenthalt hier ist nur die Erfüllung einer Pflicht, an die mich mein Herz schon längst erinnerte. Mein edler Freund wird nicht von mir verlangen, daß ich jetzt plötzlich meine Eltern, die kränklich sind, verlasse, die die Gegenwart eines geliebten Sohnes, wo nicht heilen aber doch in einen leidlichern Zustand versetzen kann. Glaube nicht, daß dies eine Empfindsamkeit ist, die ich aus Affektation in meine Lage hineinlege, um das Drückende derselben nicht zu fühlen; ich denke, ich bin nie in Versuchung gewesen, in diesen Fehler zu fallen; es sollte mir überhaupt wehe tun, wenn Du über diesen Brief spotten könntest, wenn ich mir dadurch Deinen Unwillen zuzöge. Ich bin aber überzeugt, daß Du mich wahrhaft liebst, und ich kann daher unbekümmert sein. Sobald es möglich ist, sehe ich Dich wieder; ich nenne mich indes immer noch

Deinen Freund,
Adriano.

3

Adriano an Francesco

Florenz.

Schon seit ich von Rom entfernt bin, wollte ich Ihnen schreiben, ja ich wollte Sie schon vor meiner Abreise einmal mündlich sprechen, allein eine gewisse Blödigkeit hielt mich immer davon zurück. Ich bin wirklich darin unglücklich, daß ich meinem Verstande gegen die übrigen Menschen zu wenig zutraue, ich muß erst in einen gewissen Enthusiasmus gebracht werden, und dann traue ich meinen Überzeugungen vielleicht wieder zu viel: wenn ich also bis jetzt gegen Sie zurückhaltend war, so schieben Sie es allein auf diese Unentschlossenheit, auf kein Mißtrauen, das ich wahrlich gegen Sie am wenigsten kenne.

Andrea hat mir geschrieben, und sein Brief ist ein Beweis seines Unwillens darüber, daß ich Rom verlassen habe; und dennoch, was kann ihm an mir liegen, da er andre Freunde hat, mit denen er öfter und lieber umgeht? Was kann ihn wenigstens bewegen, mir einen *solchen* Brief zu schreiben? – Doch, ich will ohne Umschweife zu Ihnen sprechen.

Seit einem Jahre kenne ich Sie und Andrea, und ich hielt im Anfange Andreas Bekanntschaft für das höchste Glück meines Lebens. Er gab meinem Geiste eine gewisse enthusiastische Richtung, die ich bis dahin noch nicht gekannt hatte. Meine Seele ward durch ihn für mündig erklärt, und sie erschrak im ersten Augenblicke über das große Vermögen, das ihr jetzt plötzlich zu Gebote stand, und eben dieses Erschrecken war die Ursache, daß ich es viel zu hoch anrechnete; ich hatte viel gewonnen, aber doch noch nicht die Kunst, mich selbst zu beobachten, und richtig zu schätzen. Es liegt vielleicht etwas Wahres darin, daß der Mensch, der zuerst den ganzen Gebrauch seines Verstandes lernt, dem Verliebten gleicht, beide bringen sich und ihren Zustand viel zu hoch in Anschlag, beide halten den Gegenstand ihrer Liebe für den einzigen in der Welt. Andrea nahm mir Vorurteile und Irrtümer; ich hatte vieles bis dahin angenommen, ohne je darüber gedacht zu haben, meine eigene Seele war mir gleichsam fremd geblieben, und ich hatte das große Feld des Denkens nicht gekannt, und auch keine Sehnsucht nach dieser Bekanntschaft gefühlt. Andrea lehrte mich die große Kunst, alles auf mich selbst zu beziehn und so die ganze Natur meinem Innern näher zu rücken. Wie hab' ich diesen Mann damals verehrt! mit welcher Liebe habe ich in der ersten Zeit an ihm gehangen!

Nicht, daß ich ihn nicht noch jetzt achtete, aber meine ehemalige Liebe hat er verloren. Er hat oft über mich gespottet, daß ich mit meinem Verstande immer nur gradeaus will, und alle Gedanken rechts und links am Wege liegen lasse, er hat mir immer eine gewisse Einfalt zugesprochen, und ich weiß, daß mich sein Scherz nie erbittert hat, denn er hatte vollkommen recht: es fehlt meinem Geiste jene Fähigkeit gänzlich, durch das ganze Gebiet verwandter Gedanken zu streifen, eine Überzeugung zu finden, und gegenüber den Zweifel dazu zu suchen, alle Kombinationen zu ahnden und sie dann mit dem Scharfsinne würklich zu entdecken, mit den Analogien zu spielen, und die entfernteste kühn mit der ersten zu verbinden; mein Blick ist beschränkt, die Natur hat mir wie einem Zugpferde die Augen zu beiden Seiten bedeckt, und ich kann immer nur die gebahnte Straße vor mir sehen. Dränge mein Blick in die ungeheuren Abgründe der Zweifelsucht, die neben meinem Wege liegen, und sähe er seitwärts die unübersteiglichen Gebirge, so würde ich vielleicht scheu werden, und mein wilder Geist über unebene Wege mit mir davonrennen, um sich in die Abgründe zu stürzen.

Ich fand daher die Zweifelsucht, als die erste Veranlassung des Denkens sehr ehrwürdig, aber ich erschrak vor dem Gedanken immer nur zweifeln zu können, keine Wahrheit, keine Überzeugung aus dem großen Chaos der kämpfenden Gedanken zu erringen. Wenn der Geist zweifeln *muß*, und sich auf dieses Bedürfnis die wahre Verehrung des Skeptizismus gründet, so verlangt eben dieser Geist auch endlich einen Ruhepunkt, eine Überzeugung und ich kann also darauf auch die Notwendigkeit der Überzeugungen gründen.

Sollten wir denn auch die trostlose Aussicht haben, unser Leben hindurch zu denken, Gedanken gegen Gedanken und Zweifel gegen Zweifel unaufhörlich abzuwägen, indes die Waage ewig in einem ermüdenden Gleichgewichte steht? Sollte unser Geist nur immer die Reihe von Gedanken wie bunte Bilder mustern, ohne sich selbst in einem einzigen zu erkennen?

Als die Zeit vorüber war, in der mich meine Eitelkeit vorzüglich an Andrea knüpfte, glaubte ich doch in ihm selbst eine gewisse Unvollendung zu entdecken, die Sucht, mehr durch seine Gedanken zu glänzen und zu erschrecken, als die Wahrheit und das letzte Bedürfnis der Seele zu suchen. Er verachtet die übrigen Menschen so wie sich selbst, ihm ist daher nichts in seinem Innern ehrwürdig, er spielt mit den Menschen nur so wie mit seinen Gedanken, er ist nichts als ein gefährlicher philosophischer Scharlatan, bei dem ein witziger Einfall und ein scharfsinniger und großer Gedanke einerlei ist, der sich selbst bis auf den Grund zu kennen glaubt, indem er nur seine Fähigkeiten und Anlagen bemerkt hat. Er ist, wenn ich mich so ausdrücken darf, die Skizze zu einer kollossalischen Figur, aber die Vollendung, die Verteilung des Lichtes und Schattens fehlt ihm gänzlich.

Sie werden dies nur für eine Hypothese annehmen, wofür ich es auch nur ausgeben will, denn ich kann Ihnen nur beschreiben, wie mir Andrea vorgekommen ist. Andern scheint er vielleicht nicht so, und es ist dann nur notwendige Bedingung meiner Art zu denken, daß ich ihn so und nicht anders sehe.

Ich glaube, daß Sie mich kennen und daß Sie es mir zutrauen, wie gern ich mich unter den größern Fähigkeiten einer höhern Seele beuge; ich werde mich nie darüber wundern, wenn ein Freund eine Gefälligkeit von mir und Nachsicht gegen seine Meinungen verlangt, denn es werden sich Gelegenheiten finden, wo ich von ihm dasselbe fordre; – aber welcher Freund wird den andern tyrannisieren wollen, wie es Andrea doch unaufhörlich tat? Hielt er uns nicht alle wie ein Heer von Dienern, die auf alles schwören mußten was er sagte, die bestimmt waren, ihm in den wunderlichsten und seltsamsten Grillen nachzugeben? Ja, ist es Ihnen nie eingefallen, daß er uns nicht vielleicht zu noch schlimmeren Absichten gemißbraucht hat? – O gewiß, nur waren Sie zu gutmütig, den Argwohn in sich deutlich werden zu lassen und meine Zurückhaltung veranlaßte die Ihrige.

Wozu waren jene seltsamen nächtlichen Versammlungen, in denen er uns immer in eine gewaltsame Spannung zu versetzen suchte? Ich war Tor genug, einigemal dort mit Heftigkeit zu deklamieren, um von einer Schar von Dummköpfen bewundert zu werden, die bei Andrea in der verächtlichsten Knechtschaft stehen. – Aus welchen Ursachen kettete Andrea den jungen Lovell so fest an sich? Wozu jene Gaukeleien und Erscheinungen, von denen Sie doch so wenig wie ich werden hintergangen sein, und die den jungen Engländer fast wahnsinnig machten? Ich stand seitwärts und zum erstenmale schlich sich ein verachtender Widerwille gegen Andrea in mein Herz. – Wozu Lovells geheimnisvolle Abreise? – Was will er mit diesem jungen Menschen, und warum muß er uns als mittelbare Maschinen brauchen, seine Plane, seien sie auch welche sie wollen, durchzusetzen? –

Alle diese Gedanken fielen mir schon seit lange ein, aber ich traute mir selber nicht. Ich hatte Andrea sonst so sehr verehrt, daß ich es für wahrscheinlicher hielt, daß ich seine Größe nicht begreifen könne, als daß er nicht ganz groß sein sollte: aber seit ich hier in einem ruhigern Leben und unter einfachern und einfältigern Menschen bin, kömmt mir alles von Rom aus so seltsam wie ein Traum vor. Andrea erscheint mir in einem andern Lichte und alles, was sonst in mir nur ferne, leise Ahndung war, ist nun zur Gewißheit geworden. Aus diesem Grunde werde ich nicht nach Rom zurückkehren, um mich nach und nach dem Andrea und seinen Gesellschaftern fremd zu machen; denn mögen Sie es Einfalt nennen oder wie Sie wollen, ich habe jetzt vor ihm und seinen Meinungen eine gewisse Scheu; ich möchte mein Herz und meinen Verstand beruhigen, und er würde alles anwenden um beides zu zerstören. Ich könnte leicht durch neue Wendungen zu einer vielleicht noch schlimmern Verehrung hingerissen werden, wer weiß, welche Schwächen er noch in mir entdeckte, die er zu seinem Vorteile nützen könnte! – Freilich ist es etwas Törichtes, sich vor sich selber und vor etwas, das man noch nicht kennt, zu fürchten, aber vieles Törichte ist sehr menschlich, das fühl' ich, und vielleicht eben darum gut, und deswegen will ich nach diesem Gefühle handeln. Ich bin nicht leichtsinnig genug, um ein Rosa, und nicht Enthusiast genug, um ein Lovell zu werden, und beide sind vielleicht schon sehr unglücklich.

Sagen Sie mir über meinen Brief Ihre aufrichtige Meinung. – Leben Sie wohl.

4

Francesco an Adriano

Rom.

Mich freut das Zutrauen, das Sie in Ihrem Briefe zeigen, ich kann Ihnen nichts weiter darauf antworten als, daß ich glaube, Sie haben recht, und daß ich sogar darauf schwören wollte, daß Sie recht haben. – Sie kennen mich sehr gut, wenn Sie meinen, daß ich im stillen ebenso wie Sie über Andrea gedacht habe, aber ich gestand mir selbst nicht, wie ich dachte, es war mir grade so wie einem, der sich selbst gern eine Krankheit ableugnen möchte, um sich nur eine langweilige, mühselige Kur zu ersparen. Nun ich aber die erste Medizin genommen habe, kann ich unmöglich wieder zurücktreten, ohne alles zu verderben.

So wie man sich an alles in der Welt gewöhnt, so hatte ich mich auch daran gewöhnt, unsern Andrea zu bewundern, ich schob dabei immer die Schuld auf mich, wenn mir mancherlei an ihm seltsam und abenteuerlich vorkam. – Man kann wirklich annehmen, daß wir, so wie Andrea und alle Menschen, in einem gewissen Grade wahnsinnig oder toll sind, wir glauben es aber nur von denen, bei denen diese Tollheit eine solche Konsistenz erhalten hat, daß sie zur sichtbaren Einheit wird und daß man sie als ein seltsames Kunstwerk betrachten kann. Aber jedermann hat irgend etwas an sich, das wahrhaftig nicht im mindesten mit seinem ordinären, sogenannten Verstande zusammenhängt. Ich habe Leute gesehen, die Geschmack hatten, und die abgeschmacktesten verschimmelten Scharteken mit einem solchen Eifer zusammenkauften, als wenn es ihre Lieblingsschriftsteller gewesen wären; andere, die philosophische Schriften über alles rühmten und von einigen behaupteten, daß man sie nicht oft genug lesen könne, die sie aber nie lasen; Freigeister gibt es, die vor ihrem Schatten zittern, Abergläubische, deren Handlungen ewig ihren Überzeugungen widersprechen. Es ist als wenn dieser Kampf von ungleichartigem Wesen in uns das hervorbrächte, was wir einen gewöhnlichen Menschen nennen; wer von dieser Komposition abweicht, auf der einen oder andern Seite ausschweift und alle Tollheit oder allen Verstand in sich erstickt, der ist einer von jenen ungewöhnlichen Menschen, die wir wohl anstaunen, aber nicht begreifen können, einer von jenen schrecklichen Magiern, die wir in Felsenschlüften, oder in Tollhäusern besuchen; wir übrigen stehn am Kreuzwege zwischen einem Heiligen und einem Wahnsinnigen. – So macht' ich mir im Andrea jenes Närrische zum Menschlichen, und fand ihn darum nur um so liebenswürdiger, es war das, was seine Glorie verdunkelte, die wahre Narrenkappe, an der man den Menschen von den Tieren und den Engeln unterscheiden kann.

Andrea gab dem kalten, einfachen Menschen sehr viele Blößen. Er geht mit seinen sogenannten Freunden auf eine seltsame Art um, er scheint selbst mutwillig das von sich zu entfernen, was man Zutrauen und Wohlwollen nennt, um es dann doch auf einem andern mühseligern Wege wieder zu suchen; er ließ uns in Zweifel, ob wir seine Geistererscheinungen für Spaß oder Ernst nehmen sollten, aber alles dies schrieb ich auf die Rechnung der schon oft erwähnten Tollheit, die mich nach und nach ansteckte, so daß sie mir am Ende gar nicht mehr seltsam vorkam, so sehr sie mir auch im Anfange aufgefallen war. – Jetzt aber bin ich ganz und gar Ihrer Meinung, ich ahnde Plane und Maschinerien, und dies wird mich bewegen, mich ebenfalls von Andrea zurückzuziehn. – Wenn es nur möglich ist! Ich bin zu bequem, um große Schritte zu tun und die kleinen dienen bei einem solchen Menschen nur dazu, uns ihm wieder näher zu bringen. – Wir sollten an Rosa schreiben, vielleicht daß er uns die besten Winke geben könnte, da er immer mit Andrea am vertrautesten gewesen ist. – Sagen Sie mir doch, wie Sie über diesen Vorschlag urteilen.

Lovell ist mir immer als ein Narr vorgekommen, aber seine Narrheit ist eine tragische, und das tut mir um so mehr leid, da ich ihm gut bin.

5

Adriano an Francesco

Florenz.

Sie zweifeln an der Möglichkeit, sich von Andrea loszumachen? Er selbst sagt in einem andern Bezuge in seinem Briefe an mich, daß es uns leicht sei, uns von jeder Verbindung loszureißen, und daß dem standhaften Eigensinne endlich ein jeder Mensch erliege. Ich glaube nur, daß Sie bei diesem Entschlusse einige kühne Schritte werden tun müssen, denn beides läßt sich unmöglich vereinigen, sich von ihm zu entfernen und ihm doch diese Entfernung unmerklich zu machen. Je mehr Sie ihn auf die Bemerkung hinleiten, um so viel leichter haben Sie Ihr Spiel gewonnen, denn er wird gewiß nicht mehr als Einen vergeblichen Versuch anstellen, Sie wieder zurückzubringen, dazu verachtet er die Menschen viel zu sehr. Ob Rosa unsrer Meinung sein werde, ist eine andre Frage: und wenn er auch unsre Überzeugung hat, ob er dann auch zu uns übertreten werde. Ich kann mir Verhältnisse denken, die den Menschen nach und nach so verstricken, daß sein Wille gänzlich zum Schweigen gebracht wird, daß er in eine sklavische Abhängigkeit versinkt; dies ist vielleicht mit Rosa der Fall. Schreiben Sie ihm indessen, wenn er sich noch in Tivoli aufhält. –

6

Francesco an Adriano

Rom.

Ich bin Ihrem Rate gefolgt und ich finde, daß selbst Unbequemlichkeiten bei weitem nicht so unbequem sind, als man sich im Anfange vorstellt. Andrea hat mein verändertes Betragen bemerkt, aber er scheint keine besondre Teilnahme darüber zu äußern. Es ist wirklich gut, daß Sie mich in Ihrem neulichen Briefe auf alles aufmerksam gemacht haben. Warum sollen wir denn nicht auf unsre eigne Hand vernünftig sein dürfen, und immer nur auf die Bestätigung dieses Andrea warten? Darf er denn nur unserm Kopfe das Privilegium erteilen, zu denken? – Ich könnte es niemals übers Herz bringen, irgend einen Menschen auf eine ähnliche Art zu beherrschen; ich würde mich vor mir selber schämen.

Hat denn nicht jede Schule und jede Sekte etwas sehr Verächtliches? Muß jeder Stifter und jedes Oberhaupt einem Bärenführer gleichen, der seine Untergebenen zu gewissen Künsten abrichtet, die sie nach seinem Belieben wiederholen? Warum soll ich nun nicht so denken dürfen, wie mir der Kopf gewachsen ist? –

Ich habe an Rosa geschrieben und ich bin auf die Antwort begierig. –

7

Rosa an Francesco

Tivoli.

Sie haben mir durch Ihren Brief sehr weh getan, lieber Francesco. Soll ich Ihnen sagen, daß Sie recht haben, soll ich den Versuch machen, Ihnen das Gegenteil zu beweisen? Beides wag' ich nicht. Schon seit lange bin ich von allen Seiten mit Irrtümern und Zweifeln umgeben; ich kann keinen Schritt vor und keinen zurück tun, ohne zu straucheln. Wie glücklich sind Sie und Adriano, da Sie sich so ungebunden fühlen, da Sie überzeugt zu sein glauben!

Sie können sich meine Lage vielleicht gar nicht vorstellen. In einer Ungewißheit, daß ich darüber würfeln möchte, wie ich von Andrea denken soll, bald zu einer tiefen Verehrung hingerissen, bald von einem niedrigen Argwohn angelockt, – mir bewußt, wie sehr ich gegen mich selbst geheuchelt und wie viel ich ihm zu danken habe, – o Francesco, es wäre um wahnsinnig zu werden, wenn man diesen Gedanken nachhängen wollte. Was habe ich je gedacht, was nicht ursprünglich aus Andreas Kopfe gekommen wäre? Ich fühle und bekenne meine Schwäche. Sollte ich ihn aufgeben, so würde ich mit ihm alles dahingeben, was mich zusammenhält, ich habe so vieles getan, um ihm nahe zu kommen und alles sollte nun vergeblich sein!

Und dann ist es unmöglich! Ich kann Ihnen nicht sagen, warum, aber glauben Sie mir, es ist unmöglich. Wenn der Mensch wüßte, zu welchen Folgen ihn ein ganz gleichgültig scheinender Schritt führen könnte, er würde es nicht wagen, den Fuß aus der Stelle zu setzen.

Am wenigsten kann ich mir jene Lügen vergeben, die ich mir selber vorsagte; in einer gewissen Spannung sucht man das Wunderbare und stellt selbst das Gewöhnliche auf eine seltsame Weise. Diese Übertreibung drückt mein Herz schwer nieder, ob ich gleich nicht ganz Ihrer Meinung sein kann, daß Andrea nicht in einem hohen Grade Verehrung verdiene; wenn wir ihn auch nicht begreifen können, so berechtigt uns das noch gar nicht, ihn gänzlich zu verwerfen.

Ich habe oft abgesetzt und war sehr oft ungewiß, ob ich den Brief abschicken sollte. Mögen Sie ihn indes nehmen, wie Sie wollen, bei einem billigdenkenden Manne wird er mich entschuldigen.

8

Andrea Cosimo an Rosa

Rom.

Alle meine Freunde scheinen mir jetzt fremd zu werden. Adriano ist nach Florenz gereist und kömmt nicht zurück, den wohlbeleibten Francesco habe ich schon seit einer Woche nicht gesehn, und auch Du lässest nichts von Dir hören. Es scheint, als wäre ich euch allen zu alltäglich geworden und als müßtet ihr mich eine Weile ungenützt liegenlassen, um mich neu und unterhaltend zu finden. Es ist mir neu, daß man auf die Art ein Spiel aus mir macht, das nur als Seltenheit belustigen kann und oft wiederholt schal und ermüdend wird. – Wie verächtlich sind jene Menschen, die sich aus kindischer Furchtsamkeit von mir entfernen, weil vielleicht manches, was ich ihnen sagte, eine gewisse Blödigkeit in ihrem Innern verursachte, daß sie sich selbst als Rätsel, oder als bejammernswürdige Maschinen vorkamen. Sie ziehn als Knechte an dem Joche ihrer Vorurteile und Irrtümer, sie sind die erniedrigten Lasttiere bestandloser Träume, die sie ängstigen dürfen, weil sie nicht wagen die Augen aufzutun und zu erwachen. Mögen sie denn in ihrem Schlummer liegenbleiben und die wirkliche Welt und sich selbst nie kennen lernen.

Aber warum habe ich Dich seit so langer Zeit nicht gesehen, warum hast Du mir nicht geschrieben? Gehörst Du etwa auch zu jenen Menschen, die einen Gedanken nicht zu denken wagen, weil er ihre bequeme Verdauung stört? Ist das eure Freundschaft und eure Seelenstärke? Willst Du den elenden Lovell nachahmen, der nicht weiß, was er denken und was er empfinden soll? Der über die Erde in seiner Einfalt geht, sich in Dornen ritzt und meinet, unterirdische Riesen stächen nach ihm mit gewaltigen Speeren? Der sich über Vorfälle entsetzt, mit denen Kinder schon vertraut sein sollten? Habe ich mich darum aus dem großen Haufen der Menschen zurückgezogen, um unter den ausgewählten Freunden dieselbe verächtliche Brut anzutreffen, der ich entrinnen wollte?

Noch an dem Grenzsteine meines Lebens treffe ich die Überzeugung an, daß jenes menschliche Gepräge in jedem Bilde steht, das wir antreffen; so verschiedenartig es auch scheint, so ist es doch nur ein Stempel.

Wenn Du aber so sehr von Deiner Wahrheit überzeugt bist, so mache den Versuch, mich zu widerlegen. Biete alle Deine Seelenkräfte auf, um mich aus dem Felde zu schlagen, das ich bis jetzt behauptet habe. Welchen Gedanken hast Du je ausgesprochen, den ich Dir nicht geliehen habe? Wer anders als ich hat Dich aus einer kümmerlichen Existenz herausgehoben und Dich mit dem Leben bekannt gemacht? Was wärst Du ohne mich und was würde aus Dir werden, wenn ich Dich jetzt plötzlich wieder fallen ließe?

Mögt ihr doch alle zu eurer Sklaverei wieder zurückkehren, da ihr mit der Freiheit nicht umzugehen wißt! Ihr liebt die Fesseln und euren Block, an den ihr geschlossen seid, um nur nicht in die Gefahr zu geraten, in der Irre zu gehn. Ich brauche euch nicht; ich habe nichts weiter von euch gelernt, als daß ich meinen Irrtum einsehe, daß ich euch noch für etwas besser hielt, als ihr wirklich seid. –

9

Rosa an Andrea Cosimo

Tivoli.

Du irrst, Andrea, wenn Du mein Stillschweigen für etwas mehr als eine gewöhnliche Nachlässigkeit in der Freundschaft hältst. Wie könnte ich es je vergessen, was Du mir warst, seit ich Dich kennen lernte? Wie kannst Du von mir glauben, daß jene Menschen mehr als Du auf mich würken könnten? Ich müßte alles vergessen, was ich je gedacht und von Dir gelernt habe. – Wie Schulknaben kommen sie mir vor, die ihrem Meister entlaufen wollen. Sie dachten damals nur, um Dir einen Gefallen zu erzeigen, nicht um sich selbst wohlzutun; ihr Magen liegt ihnen jetzt näher am Herzen als der Kopf, sie kehren unter den großen Haufen ihrer Brüder zurück, und bitten jeden, den sie auf dem Kaffeehause treffen, in Gedanken um Verzeihung, daß sie irgend einmal haben klüger sein wollen als er. Sie gehn nun und grasen auf der dürren Gemeinweide des Wissens und Denkens, sie schonen ihrer Seele und ihrer neuen Kleider, um sie nicht zu früh abzutragen und auf die Festtage nichts übrig zu behalten. – O mir ekelt, wenn ich mir ihren Zustand recht lebhaft vorstelle; sie kommen mir vor, wie Knaben, die auf einem Karussell nach Ringen stechen, und wenn sie einen erwischen, sich nach Beifall umsehn und wunder! meinen was sie erobert haben. – Nein, Andrea, zu diesen wird sich Rosa nie gesellen können, und wenn er es auch noch weniger verdiente, Dein Freund zu sein. – Aber Du bist seit einiger Zeit unwillig auf mich. – Was kann ich für Lovell? –

Ich mache mich eben fertig, um nach Rom zu reisen. Ich will Dir zeigen, wie sehr ich Dich liebe, wie sehr ich Dich verehre und auf welche Art Du mir unrecht getan hast.

10

Rosa an Francesco

Tivoli.

Ich schrieb Ihnen neulich in der Eil, um nur Ihren Brief zu beantworten, aber jetzt habe ich der Sache reiflicher nachgedacht, und ich schreibe Ihnen jetzt, um Ihnen meine ernstliche Meinung zu sagen.

Ihr Argwohn und Ihre Besorgnisse hatten mich auf einige Tage angesteckt, denn es macht eine große Veränderung in unserm Gemüte, wenn man uns einen bekannten und geliebten Freund plötzlich in einer andern Gestalt darzustellen sucht. Was sind aber alle jene Besorgnisse, die Sie in Ihrem Briefe äußerten, wenn man sie genauer betrachtet? Vieles ist in der Welt nur Redensart, wenn man es untersucht, was ausgesprochen sehr wichtig klingt; und dies ist, wie ich glaube, auch hier der Fall. – Sie fragen: wozu können nicht Andreas Behauptungen führen? – Ich glaube, daß man so etwas niemals fragen müsse: denn es kann doch nichts Schlimmers daraus entstehn, als daß diese Neigung zum Forschen, dieser Trieb nach dem Unendlichen, ja diese Furcht vor uns selber schon in uns ist. Was kann von außen zu meiner Seele hinzukommen; und wie klein heißt das von mir selber denken, daß eine Gedankenreihe, ein Mechanismus meines Gehirns, mich verderben könne? Es ist die Furcht der Kinder, die sich scheuen, den Namen Satans auszusprechen, weil er ihnen unmittelbar darauf erscheinen könnte. Man bekämpfe Gedanken durch Gedanken und sehe dann, welche als Sieger zurückbleiben.

Ich komme jetzt nach Rom, aber ich bitte Sie, nicht weiter mit mir darüber zu sprechen, denn ich werde immer dieser Meinung bleiben. –

11

William Lovell an Rosa

Paris.

Ich bin auf der Rückreise nach Italien, ich schreibe Ihnen diesen Brief aus Paris. – Hier befinde ich mich besser, als auf der Reise hieher; wenn man die Menschen in einem dicht gedrängten Gewühle sieht, so sind sie weit erträglicher, aber in armseligen Dörfern oder kleinen Städten, in der Einsamkeit mit einigen von ihnen zusammengebannt, – o eine solche Sklaverei macht jedesmal einen schrecklichen Eindruck auf mein Herz. Man sieht sie dann so einzeln und abgerissen, und jede Armseligkeit an ihnen erscheint dann vergrößert. Wie sie alles nur auf sich, einzig auf sich beziehn! Wie der armseligste Bauer meint, daß man ihm sein Haus und seinen wüsten Garten beneide, – wie jeder von der Narrheit und von den Schwächen des andern spricht, ihn mustert und sich so unendlich über ihm erhaben fühlt! – Wie keiner daran denkt, daß er einst mit den Würmern und den wilden Blumen des Kirchhofs verwandt werden wird, – ach! wie sie den ekelhaften Körper, jeglicher auf seine eigene Art, ausputzen und verherrlichen! –

O, ich möchte gar nicht daran denken, wenn sich mir diese Gedanken nicht unaufhörlich aufdrängten.

Hier in den betäubenden Zirkeln, in denen sich alle Maschinen auf die lebendigste Weise bewegen, und jeder den andern durch witzige Einfälle, oder durch Reichtum, oder Glück, oder Schönheit verdrängt, hier in diesen bunten abwechselnden Szenen ist mir um vieles besser. Man rührt sich mit unter den beweglichen Puppen, man lacht, trinkt und spielt, und vergißt dabei, daß man ein Mensch ist; eben je mehr man unter ihnen ist, je mehr vergißt man, daß man zu ihnen gehört.

Ich spiele viel und ich habe bei weitem nicht so viel Glück, als in England. – Tadeln Sie mich nicht, denn ist nicht alles, was wir Genuß der Seele nennen, etwas das darauf hinausläuft? Ob ich mit Worten, oder Karten, Definitionen, Würfeln oder Versen spiele, gilt das nicht alles gleich? – An die Karten und ihre wunderbaren, unerwarteten Abwechselungen kann man alle Empfindungen knüpfen; das Glück steigt und fällt, wie Ebbe und Flut, mit jedem Spiele beginnt ein neues Schicksal und unser Innres bewegt sich harmonisch mit den Abwechselungen der bunten Bilder. Die Seele interessiert sich für diese gefärbten Zeichen und wird vertraut mit ihnen, und das Leben bleibt in einem unaufhörlichen muntern Schwunge, die Leidenschaften sinken nie unter, Freude und Schreck wechseln und jagen immer schneller und schneller das Blut durch die Adern, – was kömmt gegen diese Empfindungen das unbeholfene Geld in Rechnung, das man zuweilen verliert? Jeder Mensch braucht eine Erschütterung, der eine sucht sie im Theater, der andere in irgend einem Steckenpferde, dem er sich mit der innigsten Liebe hingibt; ein andrer macht Plane, ein vierter ist verliebt, – das Spiel ersetzt mir alles, es entfernt mich vom Bewußtsein meiner selbst und taucht mich in dunkle Gefühle und wunderbare Träumereien unter. Es ist oft, als käme man dem eigensinnigen Gange des Zufalls auf die Spur, als ahndete man die Regel, nach der sich die durcheinandergezogenen Kreise bewegen.

Auf der Fahrt von Southampton nach Guernsey hatten wir einen heftigen Sturm. Der Blitz zersplitterte den einen Mast und die Wogen donnerten und brausten fürchterlich. Wir alle kämpften mit der Furcht des Todes und dicke Nacht lag um uns her. Die Winde strichen pfeifend über das empörte einsame Meer hin, und beim Leuchten des Blitzes sahn wir den Aufruhr der Flut; das Geschrei der Matrosen dazwischen, das Wehklagen der Geängstigten, – o es waren fürchterliche Stunden! Nie hab' ich mich so verlassen gefühlt und dem blinden Ohngefähr so gänzlich preisgegeben. Mit der Kälte der Verzweiflung erwartete ich riesengroße Wogen, die das Schiff verschlängen, krachende Blitze, die es zerschmetterten, den Orkan, der es auf eine Klippe schleuderte. Eine fremde, bis dahin unbekannte Gewalt, die Liebe zum Leben, der Instinkt alles Lebendigen stand in meiner Brust auf und beherrschte mich und mein Bewußtsein. Ich lernte zum erstenmale die Furcht, die Angst vor dem Tode kennen; ich klammerte mich an den Mast so fest, als wenn ich das Schiff durch meine eigne Kraft über den Fluten emporhalten wollte. Ich wünschte nur zu leben, und vergaß jedes andere Glück und Elend der Erde; der Tod war mir jetzt ein gräßliches, riesenmäßiges Ungeheuer, das seine Hand kalt und unerbittlich nach mir ausstreckte; von allen Seiten hatten mich seine Wächter eingesperrt und das Entrinnen war unmöglich! Wie lieb gewann ich in diesen Augenblicken den Arm, der mich an den gefühllosen Mast kettete, wie sehr liebt' ich mich selbst! –

Das Wetter ward endlich ruhiger und alle erwachten wie aus einem schweren Traume, das Land, das wir erreichten, kam uns so neu und doch wie ein alter Freund vor. –

Ich mag nicht noch eine solche Stunde erleben, und wie leicht ist es möglich, daß sie mich plötzlich überrascht. – Ach, noch weit entsetzlicher ist das einsame Krankenbette, in das der Tod nach und nach mit hineinkriecht, sich mit uns unter einer Decke verbirgt und so vertraulich tut. – Ich entsetze mich in manchen Stunden davor, daß ich irgend einmal sterben muß; man denkt daran nur so selten ernsthaft, und doch ist es wahr. Wie zittert der Sünder vor dem Tage seiner Hinrichtung – und kann einer von uns diesem Schicksale entgehn? – Ach, das Leben ist verächtlich und fürchterlich, aber der Tod ist entsetzlich und abscheulich; der arme, geängstigte Mensch steht in der Mitte und weiß nicht, wonach er greifen soll. – Wie kaltblütig uns die Dichter immer *Sterbliche!* anreden, und wie wenig wir selbst meistenteils dabei empfinden!

12

Eduard Burton an Mortimer

Bonstreet.

Wie geht es Ihnen, lieber Mortimer? Ich habe lange keine Nachrichten von Ihnen bekommen. – Der alte Sir Ralph mit seiner Tochter, von denen Sie mir jetzt schreiben, wohnt jetzt in meiner Gegend, und er scheint sich in seinem einsamen Hause recht wohl zu befinden. – Es ist eine Erquickung meines Herzens, es ist eine Schuld, die ich abbezahle, wenn ich diesen Leuten wohltue. Ich besuche sie oft, und ich muß Ihnen gestehn, daß ihr Umgang mich fast am meisten getröstet hat.

Der alte Mann, der gut erzogen war, und nun am Rande des Grabes in die schrecklichste Armut versinkt, halb blind, mit allen Bequemlichkeiten des Lebens vertraut, und nun plötzlich von allem entblößt, der gern ein Stricker sein möchte, wenn er nur könnte, der sein Elend so innig fühlt und sich doch, so sehr er Hülfe wünscht, davon zu sprechen schämt: er ist mir nach und nach so interessant geworden, daß es mir vorkömmt, als fehle mir irgend etwas, wenn ich ihn an einem Tage nicht gesehn habe.

Seine Tochter ist ein reizendes Bild der Unschuld, ohne alle Prätension und voller Scham. Sie wundert sich über Glück und Unglück gleich wenig in der Welt, und nicht aus Standhaftigkeit, sondern weil sie so unbefangen ist, daß sie glaubt, es muß so sein. Sie ist ein erwachsenes Kind, das mit allen Gegenständen spielt, die es erreichen kann. – O wohl dir, glückliches Wesen! Wie bunt und lustig sieht dir selbst in deinem Elende die Welt aus, du gehst mit neugierigem Auge hindurch, und betrachtest eifrig jede Nichtswürdigkeit als etwas sehr Merkwürdiges. – Sie genießt das Leben wie man sonst nur ein Kunstwerk genießt, es ist ihr ein großer Jahrmarkt, mit nett ausgeputzten Seltenheiten. –

Ach ich denke an Emilien zurück. Alle meine Sorgen, alle schlaflosen Nächte fallen mir ein, wenn ich ein liebenswürdiges Gesicht sehe. Wo ich mich freuen will, tritt mir eine schwarze Erinnerung entgegen, und wenn ich mich zuweilen vergesse, so mache ich mir nachher über meinen Leichtsinn nur desto schmerzhaftere Vorwürfe. Als nun ihr Rausch nach und nach entfloh, was muß sie da gelitten haben! als sie sich die Entdeckungen in dem Innern ihrer Seele gestand und alles wie nichtiges schales Spielzeug dalag, das sie in der Entfernung immer mit so vieler Ehrerbietung betrachtet hatte. Ihre hohe Empfindung hatte sie für etwas einziges gehalten, sie hatte unvollendete schöne Eigenschaften darin geahndet und sich selbst als ein Wesen betrachtet, das mit seinen großen und mannigfaltigen Fähigkeiten unbekannt sei. Dies ist der gefährlichste Stolz im Menschen, er macht ihn frech und zuversichtlich auf Gaben, die er nicht besitzt, und unglücklich, wenn die Seele endlich selbst jene eingebildeten Schwingen versuchen will. – Wenn das Sterben ein Erwachen vom Leben ist, so war sie schon vor dem Tode auf eine ähnliche Art erwacht, das beweist ihr letzter Brief. Sie muß es innig gefühlt haben, daß sie nur geträumt und nicht gelebt habe; wie muß sie erschrocken gewesen sein, als sie sich beim Erwachen an einem so fernen und fremden Orte wiederfand?

Ach Emilie! Dein Name tönt in meinen Ohren so süß, meine ganze Kindheit liegt in dem Laute. – Ich schwärme oft und bilde mir ein, daß sie mich hört, daß sie es sieht, wenn ich ihre Papiere küsse und mit meinen Tränen benetze. – Ich habe aus dem Gedächtnis ihr Bildnis gezeichnet, und es ist, nach meiner Meinung, sehr ähnlich, bei jedem Zuge, der mir gelang, entstürzten Tränenströme meinen Augen, es war als wenn sie selbst plötzlich wieder aus dem Papiere hervorbrechen würde, und mir sagen, alles, alles sei nur eine unnütze Angst gewesen, daß sie mir dann, wie in der Kindheit, den Kopf herumdrehen würde, und ich müßte dann über den grausamen Schelmstreich lachen. – Ach! Mortimer, wir sind und bleiben immer Kinder, wir schämen uns nur am Ende unsers Spielzeugs.

Was mich in meinen Schmerzen am meisten niederschlug, war, daß die Natur und alle Gegenstände umher so kalt und empfindungslos schienen. In mir selbst war der Mittelpunkt aller Empfindungen, und je mehr ich aus mir hinausging, je weiter lagen die Empfindungen auseinander, die in meinem Herzen dicht nebeneinander wohnten. – Aus dieser Ursache fühlt sich der Unglückliche in der Welt unter allen Geschöpfen so fremd, denn man nimmt auf seinen Schmerz nie Rücksicht genug, man achtet ihn nie so, wie er es wünscht. – Die Menschen, die mich umgaben, trockneten bald ihre Augen, andre hatten nie geweint, noch entferntere Emilien nie gekannt. – Ich schalt auf alle und war ungerecht. Dieses mannichfaltige und widersprechende Interesse der großen Menschheit sollte uns im Gegenteile im Unglücke trösten, denn dadurch wird unser Egoismus bekämpft. –

Leben Sie wohl und antworten Sie mir bald.

13
Mortimer an Eduard Burton

Roger-place.

Es ist im Leben nicht anders, es wechselt alles wie Sonne und Mond, wie Licht und Finsternis. Hoffnung und Furcht ist die Lebenskraft, die unser Herz in Bewegung erhält und in jedem Moment der Leidenschaft sollten wir schon auf diese Abwechslung rechnen. Das Leben ist nichts anders, als ein ewiges Lavieren zwischen Klippen und Sandbänken, die Freude verdirbt unser Herz ebenso sehr als die Qual, und eine feste Ruhe und gleichförmige Heiterkeit ist unmöglich. Unglück macht menschenfeindlich, mißtrauisch, verschlossen, der Mensch wird dadurch ein finstrer Egoist, und indem er auf alles resigniert, hat er den Stolz sich selbst zu genügen. Das Glück ist die Mutter der Eitelkeit, selbst der Vernünftigste wird sich im stillen für wichtiger halten, als er ist; Eitelkeit und Selbstsucht lassen den Menschen vielleicht nie ganz los, im ewigen Kampfe mit ihnen besteht am Ende sein Verdienst; und selbst, daß der Mensch irgend etwas Verdienstliches an sich haben will, ist wieder Eitelkeit. –

Ich spreche aus dem Herzen, lieber Burton. Ich bin noch einer von den kältern Menschen, und doch bin ich immer mit Wogen gestiegen und gesunken. – Wenn ich einmal melancholisch würde, so könnte ich mit *Hamlet* sagen:

»Ich bin noch keiner der Schlimmsten, und doch könnt' ich mich solcher Verbrechen anklagen, daß es besser wäre, man hätte mich nicht geboren.« –

Im Glücke war ich stolz und eigensinnig, beim kleinsten Unglücke glaubt' ich, daß es mir nur allein begegne, jedermann hatt' ich dann im Verdachte, daß er mich verfolge und hasse, ich hielt die Menschen sogleich für viel besser und schlechter, als ich war; ich übertrieb alles auf eine kindische Art, um mir nur recht unglücklich, zuweilen, um mir selbst nur recht schlecht vorzukommen. Ich unterschied mich von andern nur dadurch, daß ich weniger sprach und mich mehr verstellte, daß ich einige Philosopheme hersagte, die mir immer zu Gebote standen und die die Augen der Menschen verblendeten. – Wahrlich, wir sind am Ende alle Brüder einer Mutter.

Trauen Sie es mir wohl zu, daß ich lange für mich glaubte, Lovell habe mein Haus angezündet, weil er mir meinen Frieden beneide? Ich hatte eben keine Gründe zu diesem Argwohne, als mein mißtrauisches Herz. – Aber ich habe es ihm auch mit diesem Herzen wieder abgebeten.

Von welchen Zufälligkeiten hing es nun vielleicht ab, daß ich nicht wirklich schlecht wurde? – Und wer steht mir denn dafür, daß ich am Ende gut bin, wie ich es glaube?

Ach, ich muß die Feder niederlegen, denn ist nicht auch das, daß ich so über mich spreche, wieder Eitelkeit? – Es gibt gewisse Gedanken, die man zu den Kuriositäten der Seele rechnen sollte. – Ich möchte diese Idee gerne weiter ausspinnen, denn ich habe eine Ahndung, daß noch mehrere Gedanken in ihr liegen, aber mein Kopf versagt mir seine Dienste: in dieser chaotischen Dunstkugel kömmt nur selten die Gestalt zum Vorscheine, die man zitiert. –

Ich bete alle Nächte für Amaliens Niederkunft – und ist es nicht wieder die Hoffnung, die mir diese Laune gibt, die vielleicht unbarmherzig genug gegen ihre Melancholie anrennt? – Aber verzeihen Sie mir und dem Menschen, und leben Sie wohl.

14

Eduard Burton an Mortimer

Bonstreet.

Ihr Brief hat mich nicht beleidigt, sondern getröstet. Warum verstand ich jenen, der mich zuerst gegen Lovell aufbrachte, nicht ebenso gut? Bin ich denn nicht aller derselben Schwächen schuldig, ach! und noch vielen andern. – Eben unser Herz, das uns von innen veredelt und bessert, indem Empfindungen auf- und niedersteigen, um es zu erwärmen und zu reinigen, eben dies bewegt uns am Ende wieder, diese Empfindungen für ganz etwas einziges zu halten, sie viel zu hoch uns selber anzurechnen, und dadurch eine Scheidemauer zwischen uns und die übrigen Menschen zu ziehn. In Lovells Bekenntnissen finde ich jetzt mich selbst wieder, nur daß er übertreibt, wie denn alles übertrieben ist, was man absondert, um es einzeln hinzustellen, damit es andre fassen und begreifen. Unser Sprechen besteht darin, daß wir ganze Haufen von Ideen als Eine Idee hinstellen, wir nehmen die Phantasie zu Hülfe, um der fremden Seele zu erläutern, was uns selbst nur halb deutlich ist; und auf diese Art entstehn Gemälde, die dem kälteren Geiste, der nicht gespannt ist, Mißgeburten scheinen. Es ist ein Fluch, der auf der Sprache des Menschen liegt, daß keiner den andern verstehn kann, und dies ist die Quelle alles Haders und aller Verfolgung; die Sprache ist ein tödliches Werkzeug, das uns wie unvorsichtigen Kindern gegeben ist, um einer den andern zu verletzen. – Ach, habe ich nicht dadurch Lovell und Emilien verloren?

Vielleicht verstehn Sie mich auch nicht ganz, denn Ihr Brief hat mich in eine gewisse Erhitzung versetzt, in der mir diese Ideen sehr geläufig sind.

Ich sehe Ralph und seine Tochter täglich. Sie ist in ihrer Unschuld verehrungswürdig, und diese Menschen söhnen mich nach und nach mit der Welt und ihren Bewohnern wieder aus. – Ich wünsche Sie bald als einen glücklichen Vater begrüßen zu können. Es ist doch recht erfreulich, wenn jeder die kleine Stelle, auf der er steht, für die vornehmste auf der Erde hält.

15

Mortimer an Eduard Burton

Roger-place.

Es ist endlich entschieden, lieber Freund, Amalie ist außer Gefahr, und ich bin der Vater eines jungen hoffnungsvollen Sohnes. Man kann nicht in die Zukunft sehn, sonst würde ich mich vielleicht noch mehr freuen, als es geschieht; Amalie ist sehr glücklich.

Ob denn auch bei mir jene Eitelkeit eintreten wird, die mir an andern Vätern oft so sehr mißfallen hat? Man kann freilich für nichts stehn, am wenigsten für irgend eine menschliche Schwäche, allein ich glaube es doch nicht. Ich habe schon sehr genau auf mich achtgegeben, aber ich muß Ihnen gestehn, daß mir das Schreien meines Kindes ebenso unharmonisch vorkömmt, als das aller übrigen, daß ich es nicht schön finde, so wie es bis jetzt ist, daß ich auch noch keinen Funken von Verstand oder Genie an ihm entdeckt habe; ich habe Väter gekannt, die darin unendlich scharfsichtiger waren, als ich, die es übel nahmen, wenn sich jemand beim Gekreisch ihres Sohnes die Ohren zuhielt, oder meinte, daß er die Fragen, die man an ihn tat, wohl noch nicht verstehn möchte. Es gibt nichts Widrigers, als das Geziere der Eltern mit ihren Kindern, die bewundert werden, wenn sie den Mund oder die Augen auftun.

Ich bin nicht so lustig, als es neue Väter gewöhnlich zu sein pflegen; der Anblick des Kindes macht mich sehr ernsthaft. Kann ich wissen, von welchen Zufälligkeiten, die schon jetzt eintreten und die ich nicht einmal bemerke, sein künftiges Schicksal abhängt? Die ganze unendliche Schar der Gefühle und Erfahrungen wartet auf ihn, um ihn nach und nach in Empfang zu nehmen. Glück und Unglück wechselt, er wird in alle Torheiten eingeweiht und glaubt sich in jeder verständig. So treibt er den Strom des Lebens hinunter, um endlich wieder, wie wir alle, unterzugehn.

Wenn ich lange über so etwas nachdenke, kömmt mir das Leben, selbst bei meiner glücklichen Situation, unangenehm vor. Es kann auch nicht das letzte und höchste sein, da wir so oft das Leere und Unzusammenhängende darin empfinden. Jedesmal, wenn wir ernsthaft werden, ohne zu wissen warum, erinnern wir uns vielleicht dunkel eines besseren ehemaligen Zustandes. Dem Schwärmer ist es vielleicht gegönnt, diese flüchtigen Erinnerungen festzuhalten, und er entfernt sich daher mit jedem Tage mehr vom gewöhnlichen Leben.

Auf diesem Wege könnte man aber auf eine recht vernünftige Art verrückt werden, und dieser Zustand mag nun in sich selbst so vortrefflich sein, als er will, so sieht er doch in der Entfernung zu abschreckend aus, als daß ich ihm sollte näher kommen.

Leben Sie recht wohl und schreiben Sie mir bald einen recht heitern Brief.

16

Adriano an Francesco

Florenz.

Jetzt zeigen sich die Folgen, lieber Francesco, von Andreas Groll. Er muß auch hier viele Freunde haben, die seinem Winke gehorchen, denn ganz gegen alle Erwartung habe ich die Ratsstelle nicht bekommen, um die ich mich bewarb. Alle Wahrscheinlichkeiten waren für mich, denn die meisten Leute, die Einfluß haben konnten, waren meine Freunde oder Verwandten, und dennoch fiel ich durch. Es ist am klügsten, wenn ich mich nicht sehr dieses mißlungenen Versuchs wegen kümmere; ich werde jetzt mit meinen Eltern auf einem Landhause in der Nähe der Stadt leben. Im Grunde ist mir eine Wohltat geschehn, denn ich habe nun alle Zeit für mich, und habe nicht nötig, mich mit unangenehmen Geschäften zu quälen. Nur meinem Vater tut es leid, der mich gern in Tätigkeit sehn möchte, und weil er darüber verdrüßlich ist, bin ich es auch. –

17

Francesco an Adriano

Rom.

Danken Sie doch Gott, daß Sie durchgefallen sind, lieber Freund; Sie wissen Ihr Glück gar nicht zu schätzen, wenn Sie nur irgend betrübt darüber sind. Ich erschrecke immer, wenn ich nur das Wort, Geschäfte, nennen höre. Sie sind gewiß noch nie in Geschäften gewesen, daß Sie eine Sehnsucht darnach fühlen, oder sie irgend jemand zu Gefallen übernehmen wollen. Ich war sonst einmal eingespannt, und da kann ich aus der Erfahrung sprechen. Lieber Freund, es gibt gar nichts so Fürchterliches, als wenn man irgend etwas zu tun hat; da sitzt man denn in seinem Stuhle, die Geschäfte vor einem hoch aufgepackt, und je länger man sich besinnt, je höher werden sie: dann soll man ausgehn und allerhand besorgen, und man bliebe lieber zu Hause; ein andermal muß man zu Hause bleiben, und man ginge bei dem schönen Wetter lieber spazieren. – Nein, lieber Freund, glauben Sie mir, wenn ich ein Dichter wäre, mein erstes Gedicht wäre ein Lob der Faulheit; aber ich lobe sie dadurch vielleicht am besten, daß ich keine Verse auf sie mache.

Wenn Andrea uns jetzt zu verfolgen sucht, so müssen wir uns entweder gar nicht darum kümmern, oder Gleiches mit Gleichem zu vergelten trachten: aber das erste ist bei weitem bequemer, und darum finde ich dies Mittel auch vorzüglicher. Ich wünsche nichts so sehr, als daß er mich in Ruhe lasse, ich will ihm gewiß nicht zur Last fallen.

18

Rosa an Adriano

Tivoli.

Sie kommen also wirklich nicht zu uns zurück? Wir alle sprechen unaufhörlich von Ihnen, wir alle wünschen Sie wieder in unsre Gesellschaft. Ich habe gehört, daß Sie in Florenz Verdrüßlichkeiten haben, Sie sollten daher wieder nach Rom kommen, um sich zu zerstreuen, Andrea findet gewiß Mittel Sie zu trösten. Wer eigensinnig war, Adriano, hat nur noch selten seine Absichten durchgesetzt, und wenn die Umstände sich nicht nach uns fügen wollen, so zeigt sich der Mensch eben darin am vernünftigsten, daß er sich nach ihnen fügt: denn was soll er auch sonst tun? Jeder Mensch kann und darf zwar seine eigne Meinung haben, und es ist gewissermaßen gut, wenn er es in diesem Leben so weit gebracht hat, aber sehr oft ist es unsre Pflicht, diese Meinung zu verleugnen und auf eine Zeitlang die Gesinnung eines andern zu adoptieren. Was ist es auch für ein Opfer, das ich dadurch bringe? Wir sind oft einem Freunde zu Gefallen zurückhaltend, und sollten es zu unserm eigenen Vorteile nicht sein dürfen? – Sagen Sie mir doch, wo hier das Vernünftige, oder das Philosophische liegt? Ich bemerke nur eine kleinliche Eingeschränktheit, Vorurteil statt eines freieren Sinnes. – Sie haben vielleicht jetzt Zeit genug übrig, mir nur mit einigen Zeilen zu antworten. –

19

Adriano an Rosa

Florenz.

Sie irren, Rosa, wenn Sie vielleicht glaubten, daß Ihre Spötterei mich aufbringen würde, noch mehr aber, wenn Sie der Meinung waren, mich dadurch zu überzeugen. Ich mag und kann Ihnen hier meine Gründe nicht weitläuftig auseinandersetzen, warum ich jetzt noch nicht nach Rom zurückkehren werde. Ich wünschte durch mein ganzes Leben einen geraden Weg vor mir zu haben, den ich übersehn kann, von dem ich weiß, wohin er mich führt. Ich mag lieber nicht weit kommen, als mich aufs Ungewisse einem unbekannten Fußsteige vertrauen.

Das Gleichnis wird Ihnen vielleicht lächerlich dünken, – aber mag's! Es ist vielleicht notwendig, daß manche Menschen uns verachten, damit uns andre wieder schätzen. – Ich besitze freilich nicht jene Fähigkeit, jede Meinung sogleich zu verstehn und in ihr zu Hause zu sein, ich bin ungelenk genug, manches für Unsinn zu halten, weil ich es nicht begreifen kann, aber verzeihen Sie mir meine Schwäche so wie ich Ihre Größe bewundre. – Ich spotte jetzt nicht, Rosa, sondern es ist mein völliger Ernst; ich habe über mich selbst nachgedacht und gefunden, daß alle meine Schwächen mit meinen bessern Seiten zusammenhängen, wie es vielleicht bei jedem Menschen ist: die gewaltsamen Änderungen sind auf jeden Fall immer ein sehr mißliches Unternehmen, es gibt keine so geschickte Hand, die mit dem Unkraute nicht zugleich die guten Pflanzen ausraufte. Lassen Sie mich darum lieber so, wie ich bin, Sie möchten mich sonst ganz verderben.

Auch daß ich dies fürchte, ist eins von den Vorurteilen, die Sie verlachen. Aber, lieber Freund, entkleiden Sie den Menschen von allen Vorurteilen, und sehn Sie dann, was Ihnen übrig bleibt. Genaugenommen, müßten wir an allem, und selbst wieder an den Zweifeln zweifeln, denn jede Meinung ist am Ende doch nur Vorurteil, Sie können sich für keine verbürgen. Die Sucht, ganz als freier Mensch zu handeln, führt am Ende wieder den schlimmsten Vorurteilen, oder dem Wahnsinne entgegen. Ich will lieber manches glauben, um nur mit mir selbst zur Ruhe zu kommen. Sagen Sie mir aufrichtig, ob Sie es sind, ob es auf Ihrem Wege möglich ist?

Doch lassen Sie mich lieber die ganze Untersuchung abbrechen, denn sie führt doch zu nichts.

20

Rosa an Andrea Cosimo

Tivoli.

Gib jene elenden Menschen auf, denn Du hast nichts an ihnen verloren. Sie fürchten sich vor sich selbst und noch mehr vor jeder fremden Seele; man sollte wahrlich am Ende glauben, unser Geist sei den Gesetzen der Elektrizität unterworfen, so wunderbar stoßen sich manche Verstandskräfte zurück und wollen sich unter keinen Bedingungen näher kommen. Lies selbst den einfältigen Brief, den mir Adriano geschrieben hat; nach seiner Meinung bestand der Sündenfall unsrer Eltern darin, daß sie ihr erstes Vorurteil ablegten. Schon wenn ich einen Menschen auf diese Art sprechen höre, wird es mir in der Seele bange; die Ängstlichkeit, mit der sie gewöhnlich Verstand und Dummheit, Vorurteil und Aufklärung absondern wollen, tut mir immer innerlich weh. Daß die Toren nicht fühlen, wie lächerlich sie werden, indem sie sich selber so wichtig und ernsthaft vorkommen. Sie sind der Mittelpunkt der Welt, und nachdem sie sich für diese oder jene Meinung erklären, wird die Weltgeschichte eine andere Wendung nehmen. – Ich glaube, Du wirst diesen Adriano nie entbehren.

21

Andrea Cosimo an Rosa

Rom.

Wenn ich oft das Heer der Sterne betrachte und mir dabei die Nichtigkeit des ganzen menschlichen Lebens einfällt, so möcht' ich zuweilen alle meine Plane und Ideen aufgeben. Allein die wahre Standhaftigkeit besteht darin, auch von seinen eignen Ideen nicht abzuhängen, sondern sich selbst wie einen fremdartigen Gegenstand zu beherrschen. – Ich habe Adriano aufgegeben, er ist ein Tor, aber Du ein noch größerer, daß Du meintest, ihn durch einen Brief zurückbringen zu können.

22

Rosa an Francesco

Tivoli.

Warum hören wir gar keine Neuigkeiten von unserm launigen Francesco? Maulen Sie auch mit mir, so wie Ihr ernsthafter Freund Adriano? Lassen Sie ihn gehn, denn er weiß vor lauter Philosophie nicht, was er tut. – Haben Sie sich vielleicht an Andrea gestoßen, so bedenken Sie auch, daß jedermann seine Freunde zu prüfen wünscht, und daß sich Ihnen bei Gelegenheit alle Zweifel aufklären werden. Es ist aber unbillig, um mich keines härtern Ausdrucks zu bedienen, wenn man schon im voraus überzeugt ist; dann helfen freilich keine Einwendungen. Warum wollen Sie aber für eine Sache schwören, von der Sie nicht unterrichtet sind? Sie tun eben dadurch das Unrecht, das Sie gerne vermeiden wollten: diese Ängstlichkeit ist bei weitem gefährlicher, als eine dreiste Zuversicht. –

23

Francesco an Rosa

Rom.

Sie sind sehr gütig, daß Sie sich meiner noch erinnern – etwas, das ich aus Ihrem neulichen Briefe nicht schließen konnte. Sie sprechen von Gefahren, und sagten doch selbst, daß Sie sich in einer Gefahr befänden, die größer ist, als jede andre, die mich vielleicht einst treffen kann. Jene dreiste Zuversicht hat mich nun einmal verlassen und ich weiß nun nicht, wie ich sie wiederbekommen soll. Ihr neulicher Brief war auch eben nicht gar zu zuversichtlich – ein Beweis, daß es leichter sei, einen Rat zu erteilen, als ihn zu befolgen. Sie tadeln meine Philosophie, aber die Ihrige ist mir viel zu spitzfindig, als daß sie mir bequem sein sollte, und ich liebe die Bequemlichkeit so sehr, daß ich sie sogar beim Denken mit in Betrachtung ziehe.

Mögen Sie übrigens diese Erklärung für Scherz nehmen, denn ich glaube sogar, daß wir einen viel zu großen Unterschied zwischen Ernst und Scherz machen. In manchen Stunden kömmt mir nichts auf der Welt ernsthaft vor. – Ob ich mich in Andrea geirrt habe, weiß ich nicht: aber in welchem Menschen irrt man sich wohl nicht? Sie irren sich in mir und ich wahrscheinlich in Ihnen. Und warum ist uns denn Andrea so notwendig? Können wir beide nicht auch ohne ihn Freunde sein? Ich sehe wenigstens die Hindernisse nicht. – Leben Sie wohl.

24

Bianca an Laura

Rom.

Besuchen Sie mich doch, liebste Freundin, ich habe den ganzen Tag geweint. Der Arzt hat mir heute morgen endlich angekündigt, daß ich die Schwindsucht habe. Ich weiß vor Betrübnis nicht zu bleiben. – Ich habe gebeichtet, allein ich bin nur wenig getröstet; kommen Sie und heitern Sie mich durch einige lustige Erzählungen auf.

Wen haben Sie denn jetzt zum erklärten Liebhaber? O erzählen Sie mir doch von ihm recht viele Torheiten, damit mir die Welt nur wieder etwas lustig vorkömmt. – Ob denn die Schwindsucht immer so gefährlich sein mag, als man sagt? – Ach, liebe Freundin, der Gedanke an den Tod ist sehr bitter. – Wenn Sie nicht kommen, weiß ich nicht, wie ich den Abend zubringen soll. Ich werde dann wieder weinen und beten. – Aber kommen Sie ja, ich beschwöre Sie.

25

Laura an Bianca

Ich kann Sie heute unmöglich besuchen, aber morgen. Alle unsre Bekanntschaften haben mich verlassen und ich habe eine Zeitlang recht einsam gelebt; aber seit gestern habe ich wieder einen guten Freund angetroffen. – Mit Ihrer Krankheit wird es mit der Zeit wohl besser werden, Sie müssen nur nicht die Hoffnung verlieren, denn die Hoffnung ist die beste Arznei. – Wenn Sie aber wirklich die Schwindsucht hätten, so könnte diese Krankheit für andre leicht ansteckend sein; wenigstens sagt man es so. Aber ich will doch morgen zu Ihnen kommen, aber Sie müssen auch hübsch heiter und lustig sein, denn wenn ich jemand sehe, der weint, so werde ich gleich mit betrübt, und nichts in der Welt fällt mir so zur Last, als die Betrübnis. Man sollte nie betrübt sein, wenn man es möglich machen könnte, es ist so nicht viel an dieser Welt, und wir müssen sie uns also nicht noch mutwillig verbittern. Der junge Lovell hat mir sonst mit seinem sauren Gesichte manche böse Stunde gemacht und ich weiß nicht, warum mir an einem Manne die Ernsthaftigkeit noch fataler ist, als an einem Frauenzimmer. – Schicken Sie mir doch etwas von Ihrer Schminke, die meinige ist zu Ende und ich kann noch keine neue bekommen. Es ist doch wirklich unangenehm, daß die Haut davon so gelb wird, ich bemerke das seit drei Wochen: auf jedem Topfe steht, daß die Schminke unschädlich sei, und doch ist es dann nicht wahr, wenn man es untersucht. – Was haben Sie für einen Arzt? – Armes Kind, ich kann mir Ihre Betrübnis recht denken und Sie haben auch Ursache dazu; aber Sie müssen sich dennoch trösten, denn das Klagen und Weinen macht es doch nur schlimmer. Wenn Sie ausgehn dürfen, so kommen Sie heute vor Abend etwas zu mir.

26

William Lovell an Rosa

Paris.

Ich weiß nicht, warum ich immer noch hier bin. Ich sollte endlich zurückkehren. Es ist unbegreifliche Trägheit von mir, daß ich noch nicht in Rom bin. Wie kann man so ganz von aller Kraft, von aller innern Stärke verlassen sein!

Mein Glück im Spiele hat aufgehört und doch bin ich an den Tisch wie festgezaubert. Wenn ich Karten sehe, läuft mein Blut lebendiger, und ich träume nur von glücklichen, oder unglücklichen Spielen. Ich verstehe jetzt, was man unter der Leidenschaft des Spiels sagen will. Ich habe schon ansehnlich verloren, das Geld was ich aus England mitbrachte und einen großen Teil von B. Geschenk: ich ärgre mich darüber nicht, aber über die platte Freude der jämmerlichen Menschen, die von mir gewinnen. Sie halten das blinde Glück für einen Vorzug, der ihnen eigentümlich ist, sie verachten mich, indem ich verliere. Ich lerne jetzt zuerst den Wert des Geldes empfinden, und kann doch nicht zurück, wenn ich die verdammten Bilder sehe. – Raten Sie mir, was ich tun soll. Und weiß ich nicht alles im voraus, was Sie sagen werden? O, es ist um toll zu werden, daß man so närrisch ist!

Der Begriff von Zeit ist mir jetzt fürchterlich. Wenn ich einen Tag vor mir habe, ohne zu wissen, was ich mit ihm anfangen soll, – o, und dann den Blick über die leere Wüste von langweiligen Wochen hinaus! Und wieder eine Stunde nach der andern von der Zeit zu betteln, sich vor dem Gedanken des Todes zu entsetzen! Wie elend ist der Mensch, daß er sterben muß und wie höchst unglückselig müßte er sein, wenn er ewig lebte! Wie toll und unsinnig ist unser Leben durch diese unaufhörlichen Widersprüche!

Sie kennen die Menschen auch, Rosa, und Sie verachten sie ebenso, wie ich. O, ich möchte in manchen Stunden ein Komplott gegen diese Tiere machen, schwarze Verräterei, daß keiner auf der Erde zurückbliebe.

Wie verächtlich ist alles um mich her, durch seine Sinnlichkeit, die ihn unerbittlich an Nichtswürdigkeiten fesselt. Alles, was Freude, Schönheit, Genuß und Witz heißt, bezieht sich immer unmittelbar auf die gröbste Sinnlichkeit; das Menschengeschlecht ermüdet nicht bei denselben frostigen Späßen, die Phantasie bekömmt keinen Ekel vor sich selber. O, mir zittert oft das Herz, wenn ich die Menschen um mich her lachen sehe, wenn ich junge Leute betrachte, die sich in ihrer Verächtlichkeit so glücklich fühlen. Kein Gedanke hebt dies Geschlecht über seine jämmerliche Eingeschränktheit hinaus. Ach, wenn ich dann aus ihrer Gesellschaft unter den freien Himmel trete, und die ewige Schar der unendlichen Welten über meinem Kopfe funkeln, wenn ich mich mit Schwindeln in die Millionen dieser Erden verliere und andre und noch höhere ahnde, wenn ich den Mond betrachte und Städte, Berge und Wälder auf seiner Scheibe entdecken möchte, – und ich komme dann zu mir und zur gewöhnlichen Heimat meiner Gedanken zurück! Karten, Würfel und unzüchtige Gespräche. Die Seele leugnet sich selbst ihre Schwingen ab und wohnt mit Wohlbehagen in einem schmutzigen Kerker, weil der Äther und die Sonne und jede freie und glänzende Bahn eine strenge Rechenschaft von ihr fordert.

O Rosa! Wie oft erwachen jetzt kindliche Gefühle in meiner Brust, die wie unvermutete, längstvergessene Freunde bei mir einkehren und den Hauch des ehemaligen Frühlings mit sich bringen. Bilder von Gegenden, die mich sonst schwermütig entzückten, kommen in mein Gemüt und machen mich von neuem melancholisch: es reichen süße Stimmen über alle Abgründe zu mir herüber und nennen sehnsuchtsvoll und anlockend meinen Namen. Ach, wie unaussprechlich unglücklich macht mich alles! – Und dann kehre ich zu den Karten und zu meinen gemeinen Gesellschaftern zurück.

Oft, wenn ich mich in wüste Träume verliere und die Erde mit allen ihren Schätzen wie ausgebrannte Schlacken vor mir lieget, geht Amaliens Name wie die erste Blume nach dem Winter in meinem Herzen auf. Wie von vorüberfliegenden Engeln werd' ich dann gegrüßt, wie Morgenrot umgibt es mich, das mühsam nach mir hinüberklimmt. Dann möcht' ich die unendlichen Gefilde des Himmels vergessen und zur Erde, wie zu einer lieben Hütte zurückkehren. – Ach, meine Träume sind mehr wert, als die Wirklichkeit! Und mußt' ich erst die Wirklichkeit so kennen lernen, um auf diese Art träumen zu können?

27

Karl Wilmont an Mortimer

Paris.

Ich habe keine Ruhe und kann ihn auch nicht finden. Es ist mir oft, als triebe es mich in ein Haus hinein, daß er dort sein müsse, und wenn ich hineintrete, ist er doch nicht da. Eine unbeschreibliche Ungeduld quält mich Tag und Nacht, ich träume nur von ihm, und oft glaub' ich am Morgen, daß er zu mir in das Zimmer hereintrete. Ich laufe an öffentlichen Örtern herum, ohne zu sehn und zu hören. Dann empört sich meine Wut in mir von neuem und eine gänzliche Erschlaffung aller Kräfte folgt dieser Anspannung. – Wenn ich an alles zurückdenke, so möchte ich manchmal an der Wirklichkeit zweifeln, ich gerate dann in einen Taumel, in dem mir alles gleichgültig ist. Dann könnt' ich meine Rache aufgeben und mich mit Lovell versöhnen.

Ach, wie kömmt mir das Leben vor? Von Torheiten wird es zusammengehalten, damit es nicht zerfällt; je älter und schwächer der Mensch wird, je mehrere dieser Narrheiten fallen ihm aus, und der Tod besteht am Ende darin, daß die letzte Torheit aus dem Menschen springt und so dem Geiste Platz macht; und so sterbe ich vielleicht, wenn ich meine Rache ganz aufgebe. Denn was will ich denn damit, oder was kann sie mir helfen? Man möchte zuweilen alles nur für Scherz halten.

Ich verzweifle an mir selber; ich wünschte, dies klägliche Leben wäre erst zu Ende, damit mir besser und ruhiger würde. – Und doch muß ich ihn suchen und finden, dann werde ich sterben! – Lebe wohl.

28

Eduard Burton an Mortimer

Bonstreet.

Was sagen Sie, lieber Freund, wenn ich ganz offenherzig gegen Sie werde? – Doch weiß ich nicht schon Ihre Meinung im voraus? Und es kann sein, daß eben dies die Ursache ist, warum ich noch frage.

Ich sehe den alten *Ralph* und seine Tochter täglich, Betty hat sich meines Herzens bemächtigt, ich kann es mir selber nicht ableugnen, mein Blut fließt wieder froher durch die Adern, die Welt und das Leben sind mir wieder lieb. Wenn ich ihr nun meine Hand gebe und ich dann ein stilles und glückliches Leben mit ihr führe; – kann ich mehr und anders wünschen? Das Bild Ihres häuslichen Glücks hat mich zuerst auf diesen Wunsch geführt. – Ich mag nichts weiter hinzusetzen; leben Sie wohl.

29

Mortimer an Eduard Burton

Roger-place.

Was kann ich Ihnen sagen? – Erwarten Sie keine langweiligen Späße von mir, denn ich betrachte jetzt manche Dinge in der Welt recht ernsthaft; ich ließ es mir wohl ehedem zuschulden kommen, über manche Arten des menschlichen Glücks zu spotten, aber die Zeiten sind jetzt vorüber. – Heiraten Sie das Mädchen und kümmern Sie sich um die ganze übrige Welt nicht; so lautet mein Rat. Es freut mich, daß die Menschen dadurch glücklich werden, die ich damals so innig bemitleidete, als ich sie zum erstenmale sah.

Mein kleiner *Georg* ist frisch und gesund, Amalie läßt grüßen.

30

Ralph Blackstone an Eduard Burton

Dieselben haben mir gestern Ihre gütige Meinung eröffnet und ich will nun nach der bewilligten Bedenkzeit meine Meinung über den gütigen Antrag sagen. Sie erhalten sie hiemit schriftlich, wie wir ausgemacht hatten. Ich kann über die Ehre und über den gütigen Vorschlag nichts sagen, ich kann nichts dagegen einwenden, gnädiger Herr, als daß wir es nicht verdienen. – Doch das Glück verdient der Mensch nie, und habe ich doch auch mein bisheriges Unglück nicht verdient. – Ich bin, indem ich schreibe, gerührt bis zu Tränen, meine Augen tun mir weh und das Schreiben wird mir ungemein sauer, denn ich habe seit lange keine Feder in die Hand genommen. Mag es denn also geschehn wie der Himmel will; meine Tochter betet Sie an, noch aber weiß sie keine Sylbe von dem Plane. Sie wird vor Freude aus den Wolken fallen, sie wird sich in ihrem Glücke nicht zu finden wissen. Doch, das lernt sich bald, leichter als Elend, die menschliche Natur neigt mehr zum Glücke hin, und das ist auch natürlich. Ich bin aber selbst wie im Traume, denn ich flehte freilich wohl oft zu Gott um Lindrung meines Elends, aber doch nicht um so viel Freude und Ehre; dergleichen freche Gedanken sind mir nie in den Sinn gekommen. Ich glaube, daß manche Menschen schon auf dieser Welt zu Engeln werden, und zu solchen Menschen gehören Sie ganz gewiß und ohne Zweifel: solche Menschen muß es geben, damit man an Gott und an seine Barmherzigkeit glaubt. – Nehmen Sie meine Schreiberei nicht übel, gnädiger Herr, in der Jugend wußte ich eine Büchse gut loszuschießen, aber mich nicht in Worten gut auszudrücken, und Sie wissen, wie es geht, im Alter holt man so etwas nur selten nach: aber Sie nehmen wohl den guten Willen für die Tat, und ich wünschte wirklich von Herzen, es stünde hier eine recht feine und zierliche Antwort, die Hand und Fuß hätte, wie man zu sagen pflegt, und Lebensart verriete und in lauter ehrerbietigen Ausdrücken abgefaßt wäre. Es ist mir aber nicht gegeben, und ich nenne mich auf meine einfältige Art

Ihren ergebensten Freund und Diener,
Ralph Blackstone.

31

William Lovell an Rosa

Paris.

Und sollt' ich den letzten Pfennig wagen und verlieren, so muß ich weiter spielen und entweder nichts übrig behalten, oder meinen Verlust wieder gewinnen! Rund ist das Rad der Glücksgöttin und sie ist blind. Ich will es mit dem Zufalle und mit allen Teufeln aufnehmen; bleiben Sie mir doch, bleibt mir doch Andrea übrig. Was ist Furcht und Vorsicht? – Schwache Stützen des Schwachen! – Ich kann auch ohne ihre Hülfe auskommen, und es ist bis jetzt geschehn. Trinken, trinken will ich, bis sich alle Zufälle nach meinem tollen Willen bequemen, und wenn alles schief geht, je nun, so darf ich ja nur an Sie schreiben und die Summen Geldes kommen auf meinen Wink zu mir herübergeflogen. Nicht wahr, da kann ich der übrigen jämmerlichen Menschen lachen?

Tod und Hölle! Ich habe von je im stillen vermutet, daß Andrea große Schätze besitzt, und ich bin ja doch, wie Sie wissen werden, sein bester Freund! Mir wird er's ja nicht fehlen lassen, wenn es so weit kommen sollte, oder ich würde ihn öffentlich für einen Schurken erklären! Öffentlich, verstehn Sie mich wohl, das will viel sagen.

Ich bin schon darauf aus gewesen, die dunkeln heimlichen Regeln in den Hasardspielen ausfindig zu machen, es liegt gewiß alles nur an Kleinigkeiten, allein ich kann es nicht deutlich herauskriegen. Je nun, mag's laufen! Ich will einmal mit Andrea darüber sprechen.

Ich freue mich darauf, daß ich ihn wieder sehe. Er soll mir Geister zitieren, bis mir der Verstand vergeht; das soll ein lustiges Leben werden. Mit einer Wette habe ich zwei Bouteillen Champagner gewonnen und die sind nun fast leer; ich muß jetzt so armselig wetten, sehn Sie, weil ich, unter uns gesagt, nicht mehr viel Geld übrig habe. So geht's in der Welt! –

Was machen Sie jetzt? Ich habe seit lange nichts von Ihnen gehört. Wie kömmt das? Sie sind im Briefschreiben noch saumseliger als ich, das ist ein großer Fehler von einem Menschen, der ein guter Freund sein will. – Apropos von guten Freunden! Ich glaube, ich habe keinen einzigen mehr in Paris, seit die Leute merken, daß ich kein Geld mehr habe: das ist eine magnetische Kraft des Metalls, die man bis jetzt noch nicht bemerkt hat; die Naturgeschichte könnte dadurch eine große Verbesserung leiden. Denn was die Leute oft Liebe, Instinkt, Sympathie, häusliches Glück nennen, – was ist es oft anders, als die Attraktion des gemünzten Metalles?

Ich muß fort. Man wartet beim Spieltische auf mich. Es wäre doch viel, wenn man das Glück nicht zwingen könnte. Sterben will ich eher, als verlieren: die Leute nennen es Aberglauben, wenn man manches beim Spiele beobachtet, aber ich habe mir eine Menge von Sachen ausgedacht, die gewiß helfen, und die kein Aberglauben sind. – Was nennen wir denn *Aberglauben*? Haben wir eine andre Weisheit? Eine ohne Aberglauben? Am Ende ist es ein Aberglaube, daß ich existiere; ein Satz, den ich so auf gut Glück annehme, weil es mir so vorkömmt. Aber wer ist jenes *Ich*, dem es so vorkömmt? – Die Frage kann mir keiner beantworten, und das wäre doch wahrhaftig äußerst notwendig.

Leben Sie wohl, Rosa, und schicken Sie mir bei Gelegenheit etwas Geld; denn wenn ich auch gewinne, es kann nie schaden, wenn man Geld hat, das werden Sie hoffentlich auch zugeben. – Was machen unsre übrigen Freunde? Ich kann mir denken, wie sich Andrea nach mir sehnt, trösten Sie ihn, denn ich werde bald zurückkommen.

32
Betty an Amalie

Bonstreet.

O liebste, liebste Freundin! Ich kann Ihnen noch immer nicht beschreiben, wie mir zumute ist. – Wir haben Sie recht hieher gewünscht und Ihre Kränklichkeit recht bedauert; bei der Hochzeit nämlich. Mein Vater hat mir freilich wohl gesagt, ich soll mich in meinem Glücke nicht übernehmen, aber das läßt sich leicht sagen und schwer tun. Ich weiß immer noch nicht, wie mir zumute ist, ich ziehe mich manchmal am Arme, um zu erwachen. Wenn ich im Garten, oder im Dorfe spazieren gehe, so grüßen mich alle Leute sehr freundlich und betrachten mich als ihre Herrschaft, Eduard darf ich bei seinem Vornamen und ihn Du nennen, denselben Menschen, den ich bis jetzt nur aus der Ferne, wie eine Gottheit, angebetet habe. Mein Vater ist fröhlich und hat einigemal vor Rührung geweint, mit seinen schwachen Augen kannte er mich gestern in den neuen Kleidern selbst nicht, – ach, liebste Freundin, kann man wohl dem Himmel für eine solche Veränderung genug danken? Gewiß nicht. Wenn doch meine Mutter noch lebte und alle diese Herrlichkeiten sähe! Die ist nun im Kummer und Elend gestorben, und jetzt könnte ich sie so schön trösten. Aber es hat nicht sein sollen, und es ist, so wie es ist, schon Glück genug. – Wer hätte das damals gedacht, als Sie mich und meinen Vater mit so himmlischer Güte in unsrer Armut unterstützten? O, und Eduard ist ein himmlischer Mensch; er läßt es mich gar nicht fühlen, daß ich ohne ihn nichts war, er spricht mit mir, als wenn ich sein Glück gemacht hätte. So gute Menschen, wie ihn, gibt es gewiß nicht viele. – Sie hätten nur hier den Aufwand bei der Hochzeit sehn sollen; nun, Herr Mortimer kann Ihnen ja erzählen, ob es nicht kostbar war. – Besuchen Sie uns doch sobald Sie können. –

33

Amalie an Betty

Roger-place.

Ich freue mich über Ihr Glück, liebste Freundin, fast ebenso sehr, als Sie selbst. Es gibt nichts Erfreulichers, als den Anblick von glücklichen Menschen. Ach! man sieht sie in dieser Welt so selten. Bleiben Sie immer so vergnügt, als Sie jetzt sind, und erhalten Sie mir Ihre Freundschaft. Ich werde Sie besuchen, sobald ich wieder Kräfte gesammelt habe.

34

Betty an Amalie

Bonstreet.

Wie freue ich mich, Sie wiederzusehn und Ihnen hier alles zu zeigen! Ich getraue mich oft noch gar nicht, zu tun, als wenn ich hier zu Hause wäre. Geben Sie mir einen Rat, wie ich mir immer die Liebe Eduards erhalten kann, auf welche Art ich sein Wohlwollen und seine Zuneigung verdienen soll. Er tut mir alles zu Gefallen, wenn er nur irgend glaubt, daß es mir Vergnügen machen könnte, er ist so gut, daß ich mich immer schäme, daß ich nicht besser bin: aber ich will das zusammengezogen von ihm lernen. Mein Vater läßt sich Ihnen recht sehr empfehlen; der alte Mann beschäftigt sich jetzt vorzüglich mit dem Gartenbau und mit der Jagd; die Jagd ist ihm etwas recht Neues, und er trifft ordentlich noch, so schwach auch seine Augen sind. Es wird jetzt überhaupt vielleicht mit seinen Augen besser, da er fröhlicher lebt und sich nicht mehr so zu grämen braucht, wie sonst. – Leben Sie wohl, liebste Freundin, und spotten Sie nicht über meine Briefe.

35

William Lovell an Rosa

Paris.

Lieber Rosa, ich habe nun mein Vermögen völlig, durchaus verloren. Ich erinnere mich dunkel meines neulichen Briefes und seines Inhalts, verzeihen Sie mir, er mag enthalten, was er will, denn ich schrieb ihn in einer Stimmung, in der ich mich selbst nicht kannte. Es geschieht zuweilen, daß wir gegen unsern Willen etwas sagen oder tun, was der Freund immer als völlig ungeschehen ansehn muß. Ich weiß nicht, wie ich zu Ihnen nach Italien kommen soll: ich bereue jetzt meinen Wahnsinn und verachte mich eben dieser Reue wegen. Hätt' ich jetzt nur die Hälfte, nur das Viertel von jenen Summen zurück, die ich in England als Dummkopf an Dummköpfe verschenkte! Gegen mich ist keiner so großmütig gewesen, die übrigen Menschen sind klüger, und halten ihren Gewinst für ihr förmliches Eigentum. O, in welcher Welt ist man gezwungen zu leben! Alles zieht sich von mir zurück, meine vertrautesten Freunde kennen mich nicht mehr, wenn sie mir auf der Straße begegnen, und noch vor kurzem waren sie lauter Höflichkeit, lauter Demut. Im Grunde ist das menschliche Geschlecht und vor allem der kultivierte Teil desselben eine große Herde von Kannibalen. Im gewöhnlichen Umgange sieht man Verbeugungen gegeneinander, die höchste Aufmerksamkeit, daß keiner den andern verletze, oder auf irgend eine Art beleidige, man tut als würde man durch Hochachtung, durch Blicke und Komplimente beglückt, – o, und wenn diese Menschen dadurch reich werden könnten, sie zerrissen denselben Gegenstand lebendig mit den Händen, ja mit den Zähnen. – Es hat hier Kerls gegeben, die mir eine entfallene Feder, eine kleine Münze, mit der größten Ehrerbietung wieder reichten, zehn beeiferten sich um die Wette, mir den Dienst zu tun, und jetzt würden alle zehn mir keinen Taler geben, und wenn sie mich dadurch von dem Verhungern retten könnten. – Noch nie, als jetzt, habe ich den Druck der Armut gefühlt und ihre Leiden sind fürchterlich, man kann leicht die Menschen verachten, wenn sie sich mit ihrer Verehrung zu uns drängen, aber jetzt wird es mir schwer. Ich wage es kaum, den Reichen ins Gesicht zu sehn, ich habe eine sklavische Ehrfurcht vor den Vornehmen, und es ist mir, als gehörte ich gar nicht in die Welt hinein, als wäre es nur eine vergönnte Gnade, daß ich die Luft einatme und lebe; ich fühle mich in der niedrigsten Abhängigkeit. – Dulden Sie es nicht, lieber Rosa, daß Ihr Freund auf diese Art leidet, machen Sie es mir möglich, daß ich Sie und Italien wiedersehe. Sollte es nötig sein, so entdecken Sie Andrea meine Lage, und er wird keinen Augenblick zaudern und sich bedenken. Sollt' ich hier noch länger bleiben müssen? Schon leb' ich unter den niedern Volksklassen und esse in den Wirtshäusern in der Gesellschaft von gemeinen Leuten, die jetzt auf ihre Art ebenso höflich gegen mich sind, wie noch vor kurzem die Reichen; wenn ich nun auch das wenige Geld ausgegeben habe, so werden sie mich ebenfalls verachten und laufenlassen. Jede Bezeugung der Höflichkeit kränkt mich jetzt innig, weil sie mich an meine ganze Lage erinnert. – Retten Sie mich, Freund, und ohne Zögern, ich beschwöre Sie! Sie haben von meiner Verlegenheit keinen Begriff; jene Summen, die wir ehedem der armseligen Bianca und Laura gaben, wären jetzt große Schätze für mich, ich beneide manchem Bettler das, was ich ihm in bessern Zeiten gab, ich habe noch nie eine solche Ehrfurcht vor dem Gelde empfunden. – Denken Sie sich das hinzu, was Ihnen ein Freund sagen könnte, um Sie zu bewegen: – doch, ich vergesse, mit wem ich spreche; ich weiß ja, daß ich zu Rosa rede, alle meine Besorgnisse sind unnütz, die gemeinen Menschen leben nur hier. – Es reut mich jetzt lebhaft, daß ich nicht schon früher abgereist bin, allein bin ich darum um so besser dran? – Leben Sie wohl, ich sehe mit Sehnsucht einer Antwort entgegen.

36

Rosa an William Lovell

Rom.

Ihre Briefe, lieber William, haben die lebhafteste Teilnahme bei mir erregt. Ich halte es für den betrübtesten Anblick, wenn ein Freund, der unser Herz so nahe angeht, sich und seine Vorsätze so sehr aus den Augen verliert. Ihre Briefe sind alle ein Beweis eines gewissen zerrütteten Zustandes, der Sie verhindert, sich selbst in Ihrer Gewalt zu haben. Mit Freuden würde ich Sie aus Ihrer unangenehmen Lage ziehn, wenn es auf irgend eine Art in meiner Gewalt stände, aber ich weiß nicht, ob Sie es nie bemerkt haben, als Sie hier waren, (wenn es nicht ist, so muß ich es Ihnen jetzt offenherzig gestehn) daß ich in der allergrößten Abhängigkeit von Andrea lebe. Er sucht mich selbst immer in einer gewissen Verlegenheit zu erhalten, aus Ursachen, die ich freilich nicht begreifen kann. Er ist eigensinnig, so sehr er mir auch meistenteils gewogen scheint, und ich darf nicht leicht irgend etwas Wichtiges, oder nur Auffallendes gegen seine Einwilligung tun. Ich habe ihn seit lange nicht gesehn, so sehr ich ihn auch seit einiger Zeit aufgesucht habe, es war mir daher unmöglich, ihm Ihre Lage zu entdecken, und ich kann mich auch nicht verbürgen, ob er etwas oder viel für Sie zu tun imstande wäre, da ich ihm schon zur Last falle, da er Sie immer für reich gehalten hat, und da es vielleicht der Fall ist, daß Sie seine Aufträge nicht auf die glücklichste Art ausgerichtet haben. Doch, wie ich Ihnen sage, alles dies kann ich nicht beurteilen, und ich hoffe, daß er sich ganz zu Ihrem Besten erklären wird, sobald ich ihn spreche.

Mich wundert nur, und es ist mir in der Welt unbegreiflich, wie Sie so gänzlich unvorsichtig handeln konnten. Die Art Ihrer Verschwendung scheint Sie gar nicht belustigt zu haben, und dennoch konnten Sie diesem Hange nicht widerstehn. Sie verachten die Menschen, und dennoch haben Sie recht darnach gestrebt, sich von ihnen abhängig zu machen, weil Sie das Drückende der Abhängigkeit noch nie empfunden haben. Warum rissen Sie sich nicht aus Ihren langweiligen Zirkeln los und kamen früher zurück? Sie hätten mir, Ihrem Freunde, dadurch die Unannehmlichkeit erspart, Ihnen eine so dringende Bitte abschlagen zu müssen. Überhaupt, um aufrichtig zu reden, wie konnte der verständige Lovell in den Irrtum jener gemeinen Menschen verfallen, die morgen auf mein Eigentum Anspruch machen, weil ich gestern mit ihnen in Gesellschaft lustig gewesen bin. Das ist eben das Kennzeichen der rohern Menschen, die nicht eine Stunde vertraulich sein können, ohne auf den Gedanken zu kommen, zu borgen, sie setzen dadurch sich und den andern in eine fatale Situation. Die feinern Menschen werden immer suchen nebeneinander, statt einer durch den andern, zu leben: sie werden jeden andern Dienst eher, als die Unterstützung durch das Eigentum, verlangen, denn auf jeden Fall muß der andre sich derangieren, er muß sich Bequemlichkeiten versagen, die ihm vielleicht zu Bedürfnissen geworden sind. – Doch alles das, lieber Lovell, sagt' ich nicht im Bezuge auf Sie, denn könnt' ich Ihnen helfen, so würde ich es sogleich, ohne weitere Einleitung, tun, denn es ist mir eben ein Beweis von der Größe Ihrer Verlegenheit, daß Sie alle diese Vorstellungen beiseite gesetzt haben, aber um so mehr bedaure ich es auch, daß ich nicht imstande bin, Ihnen zu helfen. – Leben Sie recht wohl indes, und suchen Sie bald zu uns zu kommen, ich will mit Andrea Ihrentwegen sprechen, sobald ich ihn finde.

37
William Lovell an Rosa

Paris.

Es ist gut, Rosa, alles was Sie mir da schreiben, und doch auch wieder nicht gut. Sie haben recht, und doch kann ich es nicht glauben; am Ende ist alles einerlei. Nur Vorwürfe hätten Sie mir nicht machen sollen, denn diese habe ich wenigstens nicht so verdient. In der Gesellschaft muß man vergessen, daß man unter Menschen lebt; und ich will es auch vergessen. O der schönen, der teuren Freundschaft! Doch lassen Sie es gut sein, Rosa, ich will nicht weiter daran denken. – Ich war ein Tor, auf Hülfe zu hoffen, das sehe ich jetzt sehr deutlich ein, vergessen Sie es auch und rechnen Sie es zu meinen übrigen Torheiten, die Sie so oft bemitleidet haben.

Und was will ich denn auch mehr? Lebe ich nicht hier noch ebenso, wie sonst? Was kann man mehr verlangen, als zu leben? Ich bin jetzt mit dem Elende der unglücklichsten Geschöpfe vertraut, keine Menschenklasse ist mir nun mehr fremd; ich habe viel erfahren und gelernt. – Ich wohne jetzt unter Bettlern und lebe in ihrer Gesellschaft, ich sehe es, wie sich die Menschheit im niedrigsten Auswurfe zeigt, wie alle Anlagen, alle Niederträchtigkeiten hier in ihrer schönsten Blüte prangen: es zerreißt mir oft das Herz, wenn ich den Anblick des Jammers genau betrachte, wie sie von allen Bedürfnissen entblößt sind und ihre Sinnlichkeit sie beherrscht, wie sie gierig verschlingen was sie zusammengebettelt haben und ohne Tränen für ihr eignes Elend sind; wie sie sich verleumden und gegenseitig verachten, wie es unter ihnen selbst Prahler und Verschwender gibt, – ach! was soll man zu den Menschen sagen?

Neulich lag ich im Sonnenschein in der Ecke eines freien Platzes. Ein altes zerlumptes Weib kam und führte ihren blinden Sohn an der Hand; sie setzten sich nicht weit von mir nieder. – Mutter, fing der Blinde an, es brennt mir so auf den

Augen, die Sonne scheint gewiß, wie du immer sagst. – Ja, sagte die Mutter, liebes Kind, setze dich hier nieder und ruhe aus. – Er hob langsam den Kopf in die Höhe, als wenn er den Himmel und seinen Sonnenschein suchen wollte.

Die Alte kramte nun jetzt ihre Beute aus. Brot mit Stücken rohen Fleisches, einige kleine Würste, Kuchen, alles lag vermischt in einem schmutzigen leinenen Sacke; sie biß oft von den einzelnen Stücken mit großer Gier etwas ab; dann gab sie dem Sohne einen Kuchen und befahl ihm, hier zu bleiben und ihre Rückkehr abzuwarten.

Der Junge betastete den Kuchen mit allen Zeichen der Freude und des Wohlbehagens: er drehte den Kopf oft nach der Sonne, als wenn er sich gewaltig anstrengte, um endlich einmal zu sehn. Ein anderer Bettelbube schlich sich indessen näher, hob plötzlich den Kuchen von der Erde auf und lief schnell davon. Der Blinde suchte nun seine Nahrung, auf die er sich gefreut hatte, und fand sie nicht; schwermütig senkte er den Kopf nieder, und wie an alle Leiden gewöhnt und auf alle mögliche Unglücksfälle vorbereitet, legte er sich hin und schlief ein. Sein Schlaf war wie ein Ausruhn in einer bessern Welt. – Ich schlich mich davon, um nicht, wenn die Mutter zurückkäme, für den Dieb angesehn zu werden.

Dies ist das Bild der Menschheit! – O, wie ist meine Phantasie mit Schmutz und ekelhaften Bildern angefüllt! – Wie oft leid' ich hier in der größten Versammlung der Menschen heimlichen Hunger, und keiner weiß es, und keiner fragt darnach. – O Amalie, wenn du es wüßtest, gewiß, du würdest mir helfen. – Doch nein, nein, auch du gehörst den Menschen an; du würdest dir eine Bequemlichkeit versagen müssen, die dir vielleicht zum Bedürfnisse geworden ist. – Ich würde dich nicht darum bitten, wenn ich dich auch vor dem Lager meines Elends vorübergehen sähe. – Es soll aber anders werden! Es muß sich ändern! Es gibt keine Liebe und ich kann bei dieser keine Hülfe suchen; ich muß mir durch mich selber helfen. Ist es nicht schändlich, daß ich hier liege und in meiner Trägheit jede Gelegenheit vorbeischlüpfen lasse? – Es ist endlich Zeit, daß ich mich zusammenraffe. Sie werden mich nicht tadeln, Rosa, und Sie haben auch kein Recht dazu. – Leben Sie wohl, bis Sie einen bessern Brief von mir erhalten.

38

William Lovell an Rosa

Chambery.

Es ist gelungen, Rosa, es ist gelungen, und ich bin wieder mutiger. Ich Tor! daß ich nun schon seit lange die Menschen kenne und diese Kenntnis doch noch nicht benutzte! Nein, ich will nicht mehr ruhig neben ihnen, sondern durch sie leben; Sie haben unrecht, Rosa, offenbar unrecht, denn unser Verstand, die Notwendigkeit, alles fordert uns dazu auf. Sie haben mir müssen standhalten, das Glück hat mir gehorchen müssen, und alles ist nun wieder gut.

Schon seit lange waren mir durch eine zufällige Bekanntschaft einige Spielerkniffe geläufig geworden, die ich närrisch genug war, niemals anzuwenden. Ich Narr saß immer mit meinen ehrlichen Händen da und hob tölpisch und unbeholfen die Karten ab, indes mein Geld und mit ihm die Achtung der Menschen, aller Lebensgenuß, jede Freude von meiner Seite schwanden. Wenn ich mir jetzt nicht als der größte Dummkopf vorkomme, Rosa, so sollen Sie mich nie wieder Ihren Freund nennen: ich tat in meiner Einfalt mehr, als je die berühmtesten Philosophen, zusammengenommen, getan haben, ich war ehrlich, in der schlimmsten Situation meines Lebens, ich verschenkte mein Geld, wenn ich gewonnen hatte, und war die Großmut selbst, ich übte die größte Selbstverleugnung aus, indem ich beim verdrüßlichsten Verluste, der mich elend machte, kalt blieb und ganz vergaß, daß ich ein Betrüger sein konnte. O der dummen, ungehirnten Ehrlichkeit! Nachher lag ich mit meiner Ehrlichkeit auf den Marktplätzen und bettelte, statt zu morden, ich flehte das Wohlwollen der Menschen an, statt ihnen ihr Eigentum mit Gewalt zu entreißen: o Himmel! es waren oft dieselben Menschen, die durch mich waren reich geworden und die mir nun so kalt und mit so vieler Verachtung vorübergingen, als wenn ich der unbekannteste und verworfenste Gegenstand wäre! Und doch hatten sie mich wahrscheinlich, ja gewiß, um mein Geld betrogen, und sie fuhren jetzt durch ihren Diebstahl in Kutschen und ich lag mit meiner Ehrlichkeit am Wege und bettelte! – Das empört jeden Menschen und auch mein Blut ward endlich erhitzt. Ich schwur mir selbst, daß es anders werden sollte, und wahrhaftig, es ist nun auch anders geworden. Ich tat nichts weiter, als daß auch ich meinen Beitrag zum allgemeinen Betruge lieferte, daß ich die Künste spielen ließ, die in meiner Gewalt waren. – Warum gab es Narren, die sich mit mir einließen? Sie haben mir nur meine verlorne Zeit und die Niederträchtigkeit ihrer Brüder bezahlt: jetzt ist nun alles wieder von allen Seiten richtig; ich bin sogar mit den Menschen auf eine gewisse Art wieder ausgesöhnt, soviel man sich mit ihnen wieder aussöhnen kann, wenn man sie einmal gekannt hat, und wär' es auch nur in dem kleinen Raume einer Stunde.

Ich spielte anfangs nur niedrig und nach und nach höher und immer höher. Sie hätten sehn sollen, Rosa, wie alle die Menschen sich wieder um mich versammelten, und mir schmeichelten, und herzlich gegen mich waren, die mich noch vor wenigen Tagen auf der Straße hatten liegen und hungern lassen. Ihrer aller Leben, aller Vermögen stand mir zu Gebote; man bewunderte die seltsame Laune des kühnen Engländers, der sich so gut habe verstellen können, um sich auf einige Zeit mit dem Elende der menschlichen Natur recht bekannt zu machen. Ich hätte jedem eine Pistole vor den Kopf schießen mögen, wenn ich nicht gehofft hätte, von ihnen zu gewinnen und mich so zu rächen. Es geschah; mein eignes schönes Geld floß in meine Börse zurück, und je reicher ich wurde, je mehr Freunde bekam ich wieder. Die ganze Welt mit allen ihren Freuden war mir nun wieder aufgeschlossen. – O Geld! allmächtiges Geld! Ich will deinen Besitz künftig nicht wieder so gutmütig fahrenlassen, ich habe dich nun erst kennen und schätzen gelernt, ich verehre deine Allmacht! –

Ich möchte in manchen Stunden anfangen, meine eigne Geschichte und meine Empfindungen über mich und die Menschen niederzuschreiben. Wenn ich mich so mancher Bücher erinnere, die ich ehedem gelesen habe, und in denen uns die tugendhaften Menschen so viele Langeweile machen, indes die Lasterhaften wie Vogelscheuchen dastehn, um die Leser scharenweise, wie Sperlinge, von der Bahn des Bösen zurückzuschrecken, – und mir dann einfällt, daß irgend ein eingebildeter Dummkopf sich hinsetzen könnte, um meine Geschichte, die er stückweise durch die dritte oder vierte Hand erfahren hat, bedächtig aufzuschreiben, so möchte ich lachen und selbst die Feder nehmen, nicht zu meiner Rechtfertigung, denn diese brauche ich nicht, sondern bloß um zu zeigen, wie ich bin und wie ich denke. Meilenweit stehn jene Armseligen, die in drei Büchern die Menschen studiert haben und die sie nun selbst schildern wollen, von der Menschheit zurück. Sie haben nichts erfahren und nichts geduldet, sie sind nur von den kleinlichsten Leidenschaften gestreift, kein Sturm ist an ihrem Herzen vorübergefahren, und voll Vertrauen setzen sie sich nieder und maßen sich an, die Herzen der Menschen zu richten und ihre Gefühle darzustellen. Wie jämmerlich würde ich mich in einem solchen Buche ausnehmen! Wie würde der Verfasser unaufhörlich meine guten Anlagen bedauern und über die Verderbtheit meiner Natur jammern, und gar nicht ahnden, daß alles ein und eben dasselbe ist, daß ich von je so war, wie ich bin, daß von je alles berechnet war, daß ich so sein mußte. – Doch, keiner wird so närrisch sein, sich um mich und meine Geschichte zu bekümmern; im Herzen eines jeden Bekannten steht sie anders geschrieben, und alle, nur ich selbst nicht, lesen sie vielleicht falsch.

Jetzt will und kann ich zu Ihnen zurückkehren; ich bin

schon auf dem Wege. Ich habe alles vergessen, Rosa, und Sie dürfen mir ohne Scheu oder Zurückhaltung näher kommen; ich hoffe, auch Sie haben alles das von mir vergessen, was mich in Ihrer Gesellschaft in Verlegenheit setzen könnte: für vernünftige Menschen muß nie eine Verlegenheit entstehen können, denn das höchste, was sie tun können, ist, daß sie gestehn, daß sie irgend einmal Narren waren, und das versteht sich ja immer von selbst, und sie sind von neuem Narren, indem sie es gestehn. Also können wir beide darüber ganz ruhig sein. – Grüßen Sie vor allen Dingen Andrea; er wird doch nicht krank sein, da Sie ihn damals so lange nicht gesehn hatten? – Leben Sie wohl, bald seh' ich Sie wieder. –

39

Ralph Blackstone an Mortimer

Bonstreet.

Wie befinden Sie sich, lieber Freund, wenn ich Sie so nennen darf? – Doch, warum sollte ich es nicht dürfen? Sie sind ja mein bester und mein aufrichtiger Freund; ohne Ihre Hülfe wäre ich ja damals schon mit meiner Tochter Todes verblichen. Ach, ich glaubte damals nicht, unter den Menschen noch Hülfe und Erbarmen anzutreffen, und da kamen Sie gerade und fanden mich durch einen glücklichen Zufall. Was wäre aus mir geworden, wenn Sie mich nicht angetroffen hätten? Ich kann es immer noch nicht vergessen. Manche Menschen wissen gar nicht, was Elend heißt, und sie können sich die große menschliche Not, aber auch die menschliche Dankbarkeit nicht vorstellen, und es ist ihnen nicht zu verargen, wenn sie glauben, es gäbe gar keine dankbare Menschen. Es gibt auch viele undankbare Leute in der Welt, aber ich denke, daß ich nicht zu diesen gehöre; nachher gibt es solche, die, wenn sie aus der Armut in einen gewissen Wohlstand versetzt sind, sich nachher ihrer ehemaligen Armut schämen und wünschen, daß alle Menschen die Wohltaten und Unterstützungen vergessen möchten, die sie ihnen in schlimmern Zeiten erwiesen haben, ja sie suchen sie sogar selbst zu vergessen, und daraus entsteht wieder eine andre Art von Undankbarkeit, die aus einer falschen Scham herrührt; man kann nicht sagen, daß die Ursache ganz schlecht sei, aber der Erfolg davon wird oft recht niederträchtig. Ich glaube, daß der Mensch auf recht verschiedenen Wegen schlimm werden kann, aber dafür hat der Mensch auch seinen Verstand, um sich vor solchen Abwegen zu hüten. Nehmen Sie mir mein weitläuftiges Geschwätz nicht übel, denn es kommt wirklich aus dem Herzen. – Ich lebe hier sehr froh und vergnügt, wie ein Vogel in den Lüften und in den grünen Baumzweigen. Ich suche, soviel es mir in meinem Alter noch möglich ist, meinem Schwiegersohne auf irgend eine Art nützlich zu sein, ich führe daher eine fleißige Aufsicht über den Garten, und mit meinen Augen bessert er sich täglich und zusehends, so daß ich diesem Geschäfte mit Bequemlichkeit vorstehen kann. Mit dem Gärtner, der ein etwas eigensinniger, aber sonst ganz guter Mann ist, habe ich manchen Streit, er bildet sich ein, einen gewissen guten Geschmack zu haben und will mir den Garten immer viel zu künstlich machen. Man muß aber bei einem Manne eine Schwäche übersehn, wenn er sonst gute und lobenswürdige Eigenschaften hat, und die kann man wirklich dem alten Thomas nicht so ganz und geradezu abstreiten: nur hat er ein Unglück, welches vielen ältern Leuten begegnet, daß er sich für klüger hält, als er wirklich ist, er macht mir daher oft mit seinen langwierigen Gesprächen eine ziemliche Langeweile. Er wurde neulich sehr böse, als er manches, was er eingerichtet hatte, wieder einreißen mußte, aber die Ordnung machte es nötig. Die Jagd hatte mein Schwiegersohn und sein seliger Vater fast ganz eingehn lassen, aber ich denke sie noch mit Gottes Hülfe wieder in Flor zu bringen. Es wäre sonst wirklich um das schöne und herrliche Revier schade.

Meine Tochter ist immer munter und vergnügt, dabei ist sie außerordentlich gesund und liebt ihren Mann ungemein; und wie sollte es auch möglich sein, daß sie ihn nicht liebte? Jedes Kind muß ihm gut sein, und ich habe hier auch noch keinen Menschen getroffen, der ihn nicht leiden möchte; selbst die schlechten Menschen mögen ihn gern, nur von einem gewissen Lovell habe ich hier unter der Hand manches gehört, der sein unversöhnlicher Feind sein soll, das muß dann gewiß ein äußerst schlechter Mensch sein. Er ist aus Italien hieher gekommen und hat hier die italiänische Mode mit Vergiften einführen wollen, aber das geht in unserm England nicht so, wie er vielleicht gedacht hat, und darum hat er auch heimlich wieder abreisen müssen. Man sagt, er sei in der Fremde gestorben, und ein solcher Mensch verdient auch nicht, daß er lebt, denn er wendet sein Leben nur zum Schaden und zur Ärgernis seiner Nebenchristen an, und das ist auf keinen Fall recht und löblich. – Ich habe diesen ganzen Brief meiner Tochter diktiert, weil sie schneller und fertiger schreibt, als ich. Leben Sie recht wohl und glücklich; ich nenne mich

Ihren aufrichtigen Freund
Ralph *Blackstone.*

40

Betty an Amalie

Bonstreet.

Wie befinden Sie sich, teuerste Amalie? – Wenn Sie ebensoviel an mich denken, wie ich an Sie, so denken Sie recht oft an mich; doch das darf ich nicht hoffen. Sie sind immer so gut und Ihre Briefe sind so gut, daß ich glaube, ich könnte auf Erden keine bessere Freundin finden. Nach Eduard liebe ich Sie und meinen alten lieben Vater am meisten, der zwar zuweilen etwas viel spricht, es aber doch immer herzlich gut meint. Manche Leute haben ihm daraus zuweilen einen Vorwurf gemacht, aber man lasse doch den alten Mann, wenn es ihm nur Vergnügen macht. Sehn Sie, in seinem Elende konnte er sich manchmal recht gut trösten, wenn er selbst lange Reden über das Unglück, oder über seine Standhaftigkeit hielt; er sagte selbst, daß im Sprechen eine große Erleichterung stecke. Freilich, wird mein Vater keinem andern Menschen so liebenswürdig vorkommen, wie ich ihn sehe, indessen wird ihn doch gewiß jeder für einen guten und rechtschaffenen Mann halten, und das ist für mich weit mehr, als die Liebenswürdigkeit. Mich freut es immer von neuem, daß er sich jetzt so glücklich fühlt, da er wieder Bedienten befehlen, und ausreiten, und Anordnungen über die Jagd treffen kann, und Eduard tut ihm alles Ersinnliche zu Gefallen.

Mir ist oft recht sonderbar zumute, wenn ich jetzt unter Eduards Büchern manche wiederfinde, die ich in meiner unglücklichen Lage las und die mich oft trösteten; ich habe sie von neuem und mit einer unbeschreiblichen Sehnsucht durchgelesen, sie haben mich wieder gerührt und ich halte sie in großen Ehren. Ach, von je hab' ich unsern armen *Otway* recht innig bemitleidet, der so großen Mangel litt, um den sich niemand kümmerte, und aus dem doch so oft ein recht himmlischer Engel schreibt: wie konnten die Menschen so wenig für ihn sorgen! Sie verdienen es gar nicht, daß sie ihn lesen dürfen. – Ich möchte alle jene Bücher wieder zurückhaben, mit denen ich im trüben Wetter so vertraut ward, die ich mit verweinten Augen und mit einem mattklopfenden Herzen las: ich kann mich in manchen Stunden so zurückfühlen, daß ich noch jetzt über manche Vorfälle von neuem weinen muß, und wenn ich dann meine Tränen auf den Wangen fühle, so ist mir oft plötzlich, als wäre alles noch ebenso, als wären alle bisherigen Freuden nur ein leichter Schlummer gewesen. Wenn man erst über das Unglück hinüber ist, so erinnert man sich seiner mit einer gewissen stillen und unbeschreiblichen Freude. – Leben Sie recht wohl.

41

William Lovell an Rosa

Aus den piemontesischen Bergen.

Ich bin wohl recht der Narr des Schicksals, möcht' ich mit *Lear* ausrufen. Hierhin und dorthin werd' ich gestoßen; wie eine wunderbare Seltenheit gehe ich durch alle Hände, jedermann betrachtet mich genau, und ich kann es nicht unterlassen, mich über mich selbst zu verwundern. – Ich weiß noch nicht, wie Sie diesen Brief erhalten werden, aber ich muß mich zerstreuen, ich muß mich beschäftigen, und darum schreibe ich Ihnen. – Ich bin nun hier in einer ganz neuen Situation, ich kann nicht fort und möchte doch nicht gerne bleiben: doch, ich will Ihnen ruhig erzählen, wie ich hiehergekommen bin.

Ich reisete mit meinem neuerworbenen Gelde von Chambery aus, mein Herz war ziemlich leicht, mein Gemüt zuweilen heiter gestimmt, die ganze Welt kam mir vor wie eine große Räuberhöhle, in der alles gemeinschaftliches Gut ist und jedermann soviel an sich reißt, als er bekommen kann; kaum besitzt er es, so wird es ihm von neuem entrissen, um auch dem neuen Eroberer nicht zum Genusse zu dienen. Ich vergab Burton, ich vergab mir selbst, denn jedermann tut nur, was er vermöge seiner Bestimmung tun muß: wir sind von Natur eigennützig, und durch diese Einrichtung der Natur Räuber, die sich dessen, wonach sie gelüstet, mit Gewalt oder mit Schlauheit zu bemächtigen suchen. Dies ist der Grundsatz der Politik im großen und kleinen, es gibt keine andre Philosophie wie diese und es kann keine andre geben, denn jedes System nähert sich dieser Klugheit mehr oder weniger, sie ist mehr oder weniger darin versteckt, alle Spitzfindigkeiten des Verstandes ruhen am Ende auf dem Egoismus. Warum sollen wir also nicht gleich lieber den einfachen Satz annehmen, vor dem jedermann zurückzuschrecken affektiert und an den doch jeder glaubt?

Ich bin seit kurzer Zeit mehr mit mir einig geworden, das heißt eigentlich, ich betrachte die Ideen kälter, die ich bis jetzt nur ahndete und deren dunkles Vorgefühl mich in eine Art von Erschütterung setzte. Ich habe jene Gutmütigkeit abgelegt, die mich vor andern oft so lächerlich und mich selbst so unruhig machte. Ich ertrug sonst die Affektation der Menschen mit einer unglaublichen Geduld. Stundenlang konnte ich einem zuhören, der sich für einen unglücklichen oder verfolgten Tugendhaften hielt, ohne eine Miene zu verziehen. Welche Unverschämtheit besitzen diese Menschen, alle ihre Lehrsätze, alle ihre niedrige Heuchelei einem Wesen vorzutragen, das vor ihnen steht und an dem sie doch einen Kopf gewahr werden! Kann man sie besser bestrafen, als wenn man ihnen zeigt, wie sehr man sie verachtet, wenn man sie dadurch bewegt, sich selbst auf eine Stunde zu verachten? Ich tat es jetzt und ward in der ganzen Welt als ein Boshafter verschrieen: jene jämmerlichen Wesen sprachen mir das menschliche Gefühl ab, weil ich mit ihren kläglichen, zusammengeflickten Leiden nicht sympathisieren wollte. Bosheit ist nichts, ein Wort; es gibt keine Bosheit; diesen Satz will ich gegen die ganze Welt verteidigen.

Aber ich wollte Ihnen ja meine Geschichte erzählen. Von Chambery machte ich die Reise zu Pferde. Es war ein wunderbarer Weg, und ich verirrte mich, ich hatte die große Straße ganz verlassen und befand mich nun auf Nebenwegen, die bald ausgingen, bald dahin zurückzukehren schienen, woher ich kam. Ich fand nur einzelne Hütten, in denen ich einkehren konnte, und die Kohlenbrenner, oder Holzhauer, die ich dort traf, wußten den Weg selber nicht, den ich suchte. An einem Morgen, als ich einen steilen Hügel hinaufritt, befiel mich eine seltsame Beklemmung so gewaltig, als wenn sie mein Herz zerdrücken wollte, alles um mich her war mir plötzlich so bekannt, keine dunkle, sondern eine ganz deutliche Erinnerung trat mir entgegen, daß ich an diesem Platze schon gewesen sei. Ein wüster Rauch lag auf den fernen Bergen, und eine grauenvolle Dämmerung machte die tiefen

Abgründe noch furchtbarer. Mit gewaltigem Schrecken ergriff mich das Gefühl der Einsamkeit, es war, als wenn mich die Gebirge umher mit entsetzlichen Tönen anredeten; ich ward scheu, als ich die großen und wilden Wolkenmassen so frech am Himmel über mir hängen sah. Ich stand mit dem Pferde still, um über meinen eigenen Zustand nachzusinnen: jetzt brach ein Sonnenstrahl herein und ich erkannte plötzlich mich und die Gegend. – Es war dieselbe, Rosa, Sie werden sich ihrer noch erinnern, in der ich von Räubern angefallen wurde, als ich mit Ihnen zuerst nach Italien reiste: es war derselbe Ort, an welchem mich Ihre verkleidete Geliebte so tapfer verteidigte. Die Spitzen der fernen Berge hoben sich wieder, wie damals, golden aus dem Nebel heraus, das tiefe Tal flimmerte in tausend bunten Sonnenstreifen: ein Wagen fuhr den großen Weg mühsam den Berg herauf. – Ich bildete mir ein, daß Sie mit Balder darin säßen, Willy vorne auf dem Bock: ich sah genauer hin und es war mir sogar, als könnte ich die Gesichtszüge des alten Willy erkennen. Ich folgte dem Wagen mit den Augen und konnte mich immer noch nicht von meinen Träumereien losreißen, als ein Schuß, der mein Pferd zu Boden streckte, mich aus meiner Betäubung aufriß. Vier Menschen stürzten aus dem Gebüsche auf mich zu: alles war mir wie ein wiederholtes Possenspiel und ich sah mich kalt nach dem blonden Ferdinand um, daß er mir mit seinem Hirschfänger zur Hülfe eilen solle. Aber er kam nicht, er war nicht da, und ich gab mich ohne Gegenwehr gefangen; ich übergab den Räubern selbst alles Geld, das ich bei mir hatte: sie schienen über meine Kaltblütigkeit erstaunt. – Man schleppte mich auf geheimen Wegen zu ihrer Wohnung. Ich wußte immer noch nichts von mir selbst, nicht aus Verzweiflung, sondern weil ich ungewiß war, ob ich schliefe, oder wachte, ich glaubte, ich dürfte mir nur recht ernsthaft Mühe geben, aufzuwachen, und es würde auch geschehen, das heißt, ich würde sterben.

Als ich einige Stunden so zugebracht hatte, schlug mir ein ansehnlicher Mann vor, ein Mitglied ihrer Gesellschaft zu werden. Sie erraten es vielleicht, Rosa, daß ich ohne alles Bedenken diesen Vorschlag annahm. Dieser lächerlich wunderbare Umstand fehlte meinem Leben noch bis jetzt, er schloß sich so herrlich an alles Vorhergehende, er bestärkte mich so in meinem Traume, ich war so überzeugt, daß ich hier sein müsse und nicht anderswo sein könne, daß ich den Räubern, als sie mich kaum gefragt hatten, schon mein Jawort gab. – Und sagen Sie selbst, was kann unser Leben anders sein, als ein leeres groteskes Traumbild? Wir halten es immer für etwas so Ernsthaftes, und es ist eine plumpe, unzusammenhängende Farce, der nüchterne, verdorbene Abhub einer alten, bessern Existenz, eine Kinderkomödie ex tempore, eine schlechte Nachäffung eines eigentlichen Lebens.

Jetzt sitze ich nun hier in einer tiefen Einsamkeit, denn alle meine Gefährten sind ausgegangen. Der Wind pfeift durch die gewundenen Felsen, die Zweige knarren laut und die tote Stille wiederholt jeden Schall. Nichts als Felsen, Bäume und ferne Gebirge sieht mein Auge, das Geschrei des Wildes tönt durch die feierliche Ruhe. Einzelne Wolken ziehn schwer durch die Gebirge; der Sonnenschein geht und kömmt wieder. – Warum sitz' ich nun hier und denke und schreibe an Sie? – Was soll ich hier? – Und doch kann ich noch nicht fort: die Räuber haben aus meinem Äußern geschlossen, ich könnte ein tüchtiges Mitglied ihrer Gesellschaft werden, und darum wollen sie mich behalten. Aus einem verdorbenen Menschen wird vielleicht noch ein ganz guter Räuber aus mir. Zum Menschen bin ich verdorben, das heißt, daß ich für einen Menschen jetzt viel zu gut bin: man muß seinen Verstand und seine Gefühle nur bis auf einen gewissen Punkt aufklären, tausend Dinge muß man blindlings und auf gut Glück annehmen, um ein Mensch zu bleiben. – Leben Sie wohl, ich will in diesem Briefe bei Gelegenheit fortfahren, weil ich noch nicht einsehe, auf welche Art Sie ihn bekommen sollen. –

Es ist Nacht, und ich muß jetzt schreiben, weil ich meinen Gesellschaftern nicht gerne diesen Brief sehen lassen möchte. Ich habe eigentlich nichts zu schreiben, aber ich bin nicht ruhig genug, um einzuschlafen. Es liegen einige erbeutete französische Tragödien da, die mich aber anekeln: ich ärgre mich, daß ich nichts von Shakespeare hier habe, der mein Gefühl vielleicht noch mehr empörte, um es zu beruhigen.

Ich komme mir hier in der dunkeln einsamen Hütte wie ein vertriebener Weiser vor, der die Welt und ihre Albernheiten verlassen hat. Wenn ich mir einen solchen Eremiten recht lebendig vorstelle, so wird mir gleich recht verständig zumute. Balder sollte jetzt mit mir diese Wüste bewohnen, ich würde jetzt recht leicht mit ihm sympathisieren.

Ich möchte scherzen, um die Schauer von mir zu entfernen, die mich umgeben. Der Wind rauscht einsam über die Wälder daher und die Sterne stehn wehmütig über Bäume und Felsen: Mondschein schimmert herüber und dichte Schatten fallen von den Bergen herunter. Ich strecke in Gedanken die Hand aus, um der Hand eines Freundes zu begegnen, vorzüglich sehn' ich mich nach dem alten ehrlichen Willy: ich bilde mir ein, er sitzt neben mir und führe ein tiefsinniges Gespräch mit ihm. Es ist, als wollten wohlbekannte Stimmen aus der Wand herausreden, und ich entsetze mich vor jedem Schalle. Wirft das Licht nicht seltsame Schatten gegen die Mauer? Wer kann wissen, was ein Schatten ist und was er zu bedeuten hat? – Schläfrige Nachtschmetterlinge sind zum offnen Fenster hereingeschlüpft und wüst' und träge summen sie jetzt durch das Gemach: in immer engern Kreisen treiben sie sich um die Flamme des Lichtes, um sich zu versengen und zu sterben. Ein Zweig des Baumes klatscht gegen mein Fenster, er fährt auf und nieder und verdeckt mir bald die Sterne, bald zeigt er sie mir im bläulicht grünen Luftraume. Ich weiß nicht, warum mich alles erschreckt, warum der Himmel mit seinen Sternen so wehmütig über mir steht. – In der Einsamkeit liegt eine Bangigkeit, die unsre ganze Seele zusammenzieht; wir entsetzen uns vor der großen, ungeheuren Natur, wenn kein

Sonnenschein die große Szene beleuchtet und unsern Blick und unsre Aufmerksamkeit auf die einzelnen Partien richtet, sondern wenn die Finsternis alles zu einem unübersehlichen Chaos vereinigt. Dann gehen wir völlig im wilden, ungeheuern Meere unter, wo Wogen sich auf Wogen wälzen und alles gestaltlos und ohne Regel durcheinanderflutet. Nirgends kann man sich festhalten; unsre Welt sieht dann aus wie eine ehemalige Erde, die soeben in der Zertrümmerung begriffen ist – und wir werden unbemerkt mit verschlungen.

Ich wünsche in Rom zu sein und Andrea zu sehn und zu sprechen. – Das Leben hier mißfällt mir seiner Einförmigkeit wegen, mein Geist muß jetzt einen andern Schwung nehmen, oder ich gebe mich selbst verloren. Eine größere Seele muß mich jetzt beschützen, oder ein Elend, wie es vielleicht noch keinem Menschen zuteil ward, ist mein Los. –

Wer ist das, der unter unsern Wipfeln hinweggeht? so scheinen mir die Bäume nachzurufen; jede Wolke und jeder Berg macht eine drohende Gebärde, – ach, und die Menschen um mich her! sie demütigen mich am meisten. Auf eine betrübte Art sind sie sich selbst genug, ihre Trägheit und einen jämmerlichen Leichtsinn halten sie für Stärke der Seele; sie bemerken die Leere in ihrem Geiste nicht, die Anlage im Verstande, die ohne die mindeste Vollendung liegenblieb. Sie sind nichts als redende Bilder, die den Menschen und mich verachten, weil sie sich selbst nicht achten können.

Sie sprechen oft viel von einem Rudolpho und Pietro, die sich immer durch ihre Bravheit ausgezeichnet hätten und die bei einem Überfalle umgekommen wären. Sie wissen es nicht, Rosa, daß sie durch mich und durch Ihren Ferdinand umkamen; sie würden mich sogleich ermorden, wenn ich es ihnen entdeckte. – Ich habe ihre Leichensteine besuchen müssen, die ihnen die ganze Gesellschaft gesetzt hat; sie dienen diesen Menschen zur Kirche. –

Warum könnt' ich nicht nächstens Rosalinen, oder meinen Vater wiederfinden? – In dieser seltsamen Welt ist nichts unmöglich. –

Der Morgen bricht an, der Mondschein wird bleicher, ich will mich niederlegen, um noch einige Stunden zu schlafen. – Jetzt habe ich vor dem Schaudern Ruhe: die Gespensterzeit ist vorüber. – Sie lachen vielleicht, Rosa, – leben Sie wohl.

Ich durchsuche heute meine Brieftasche und finde noch ein altes, uraltes Blatt darin; es ist ein Gedicht, das ich einst auf Amaliens Geburtstag machte. Das Papier ist schon gelb und abgerieben, die Worte kaum noch zu lesen: darin lag ihre Silhouette, die ich im Garten in Bonstreet an einem schönen Nachmittage schnitt. Mein ganzes Herz hat sich bei diesen Entdeckungen umgewandt. Alles Ehemalige, Längstverflossene und Längstvergessene kömmt zu mir zurück, ich sehe sie vor mir stehn, ich höre die Bäume im Garten von Bonstreet rauschen, die ganze Landschaft zaubert sich vor meine Augen hin. – Ich will Ihnen die Phantasie hiehersetzen, die mich so innig gerührt hat.

Erster Genius

Wo find' ich wohl den Bruder?
Schwärmt er im Regenbogen?
Schwebt er auf jener Wolke?
Bald müssen wir uns finden,
Die Sonne sinkt schon unter.

Zweiter Genius

Hier bring' ich Tau von Blumen,
Den Duft von jungen Rosen,
Und aus der Abendröte
Die kleinen goldnen Punkte:
Nun laß uns fürder eilen
Und holden Abendschimmer
Ihr auf die Wangen streuen,

Den Mund ihr röter färben,
Mit lichter Ätherbläue
Die sanften Augen tränken,
Und in die blonden Locken
Die goldnen Lichter streuen,
Die wir vom Regenbogen,
Vom Abendschein erbeutet.

Beide

Wir schweben auf Blumen,
Wir tanzen auf Wolken
  Vorüber dem Mond.

Es leuchten uns freundlich
Zum nächtlichen Tanze
  Die Stern' und der Mond.

Dann sammeln wir Blumen,
Dann suchen wir Kräuter,
  Von uns nur gekannt,

Und kehren zum Schutze
Der glücklichsten Menschen
  Vom Wandern zurück.

Der Dichter

Schützende Genien, wenn ihr zu ihr flieget
Und die Schönste mit neuer Schönheit schmücket,
O so hört noch, höret die fromme Bitte:
Nehmet die Seufzer, nehmt die schönsten Tränen,
Tragt das treueste Herz als Gabe zu ihr,
Dann ach! wird sie meiner gewiß gedenken! –

Die Verse sind schlecht und die ganze Idee ist gesucht, aber ich schrieb es damals mit der wärmsten Empfindung nieder; meine Spannung erlaubte mir es nicht, mich in die Schranken einer natürlichen und einfachen Empfindung zu halten. Jedes Wort dieses Gedichts bringt mir tausend süße und schmerzliche Erinnerungen zurück, die Vergangenheit zieht mir schadenfroh durch das Herz, noch schöner vielleicht, als sie damals war. –

Seid mir gegrüßt, ihr frohen goldnen Jahre,
So sehr ihr auch mein Herz mit Wehmut füllt!
Ach! damals! damals! – immer strebt mein Geist zurück
In jenes schöne Land, das einst die Heimat war.
Das goldne, tiefgesenkte Abendrot,
Des Mondes zarter Schimmer, der Gesang
Der Nachtigallen, jede Schönheit gab
Mir freundlich stillen Gruß, es labte sich
Mein Geist an allen wechselnden Gestalten
Und sah im Spiegel frischer Phantasie
Die Schönheit schöner: Willig fand die Anmut
Zum Ungeheuren sich, und alles band sich stets
In reiner Harmonie zusammen. – Doch
Entschwunden ist die Zeit, das eh'rne Alter
Des Mannes trat in alle seine Rechte.
Mich kennt kein zartes, kindliches Gefühl,
Zerrissen alle Harmonie, das Chaos
Verwirrter Zweifel streckt sich vor mir aus.
Von jäher Felsenspitze schau' ich schwindelnd
In schwarze, wüste, wildzerrißne Klüfte.
Ein wilder Reigen dreht sich gräßlich unten,
Ein freches Hohngelächter schallt herauf,
Und bleiche Fackeln zittern hin und her.
Dämonen, fürchterliche Larven feiern
Mit raschem Schwung ein nächtlich Lustgelage.
Wer ist der schwarze Riese unter ihnen? –

Er nennt sich Tod und streckt den bleichen Arm
Nach mir herauf! – Hinweg du Gräßlicher! –
Was rührt sich in den Bäumen? – Ist's mein Vater?
Er will zu mir! er kommt mit Rosalinen
Und langsam geht Pietro hinter ihm,
Auch Willys Kopf streckt sich aus feuchtem Grabe! –
Hinweg! – ich kenn' euch nicht! – zur Höll' hinab!! –
Doch laut und immer lauter rauscht die Waldung,
Es braust das Meer und schilt mit allen Wogen, –
Und in mir klopft ein ängstlich feiges Herz. –
Ihr alle richtet mich? verdammt mich alle? –
Du selbst bist gegen dich? – O Tor, laß ja
Den Geist in dir, den frechen Dämon nie
Gebändigt werden! Laß das Schicksal zürnen,
Laß Lieb' und Freundschaft zu Verrätern werden,
Laß alles treulos von dir fallen: ha! was kümmern
Dich Luftgestalten? – sei dir selbst genug!

Was meinen Sie, Rosa? – Wenn ich über mich selbst ein Trauerspiel machte, müßte sich da diese Tirade nicht am Schlusse des vierten Akts ganz gut ausnehmen?

Die Räuber verachten mich jetzt von Herzen, weil sie sehn, daß ich zu ihrem Gewerbe ganz unbrauchbar bin. Sie gehn aus und lassen mich meistenteils zurück, um die Wohnungen zu bewachen.

Einer von ihnen ist erschossen. Ich bin zuweilen der Zeuge der niederschlagendsten Szenen, ich möchte mir oft selber entfliehen. – Ich bin wieder allein und schwarze Gewitterwolken bedecken den ganzen Horizont. – Wie wüste und verlassen ist alles um mich her! – Der Blitz zuckt durch den schwarzen Wolkenvorhang und ein Donnerschlag läuft krachend durch die Gebürge. Ein wildes Gebrause von Regen und Hagel stürzt herab, alle Bäume wanken bis in ihren Wurzeln. –

Ich erinnere mich meines Aufenthaltes in Paris. – Wie ist es möglich, daß manche Menschen, die ich dort kannte, noch den Wunsch nach dem Leben haben können? – Von allem, was das Leben teuer und angenehm macht, waren sie entblößt, sie mußten sich unter Schimpf und Verfolgung von einem Tage zum andern hinüberbetteln, sie wurden von Not und Mangel erdrückt und dennoch sahen sie dem näherschreitenden Tode mit einer bleichen Wange entgegen. – Ich kann es nicht begreifen und würde es in einer Erzählung nicht glauben.

Nein, ich muß mir vor mir selber endlich Ruhe schaffen. – Soll mir alles nur dräuen und kein Wesen liebevoll die Hand nach mir ausstrecken? Ist für mich der Name Freundschaft und Wohlwollen tot? – Und wenn der Himmel noch lauter zürnte, so will ich mich dennoch nicht entsetzen. In einer noch höhern Wildheit, im stürmendsten Wahnsinne will ich einen Zufluchtsort suchen und mich dort gegen alles verschanzen! Ich will so lange trinken bis mir Sinne, Atem und Bewußtsein entgehn, und so als ein taumelnder Schatten zum Orkus wandern, damit mir dort alles noch seltsamer und unbegreiflicher erscheine.

Hoch möcht' ich mit den Stürmen durch des Himmels Wölbung fahren, mich in das schäumende Meer werfen und gegen die donnernden Wogen kämpfen, mit den Abgründen, mit den tiefen, undurchdringlichen Schachten der Erde will ich mich vertraut machen und endlich, endlich irgendwo die Ruhe entdecken. –

Und warum will ich ruhig sein? Warum dies lächerliche Streben nach einer Empfindung, die an sich nichts ist? die nur aus einer Abwesenheit von Gefühlen entsteht? – Nein, ich will anfangen, in den Folterschmerzen, im Kampfe des Gewissens meine Freuden zu finden! – Alle Verbrecher, alle Bösewichter sollen leben! Der Tugend, der Gottheit zum Trotz sollen sie sich nicht elend fühlen! ich will es so und ich hab' es mir selber zugeschworen.

Mit meinen jämmerlichen Gesellen ist nichts anzufangen, sie trinken und spielen nicht. Raub und Mord und Mord und Raub ist ihr einziges Beginnen, und wenn sie spielen, ist man in Gefahr, von ihnen umgebracht zu werden.

Wie mir der Kopf, wie mir alle Sinne schwindeln. – Es gibt nichts Höheres im Menschen, als den Zustand der Bewußtlosigkeit; dann ist er glücklich, dann kann er sagen, er sei zufrieden. Und so wird er im Tode sein. Dumpfe Nacht liegt dann über mir, kein Stern leuchtet zu mir in den finstern Abgrund hinein, kein Schall aus der Oberwelt findet den Weg dahin, unauflöslich an gänzliche Vergessenheit gebunden lieg' ich dann da und bin nicht mehr ich selbst, ich kenne mich nicht mehr und die Steine umher sind meine Brüder, – nun, warum sollt' ich mich denn also vor dem Tode fürchten? Er ist nichts, er hebt die Furcht auf, er ist die letzte Spitze, in der alle menschliche Gefühle und Besorgnisse zusammenlaufen und in Nichts zerschmelzen.

Wohl mir, wenn der Tod erst mein Gehirn und Herz zertreten hat, wenn Steine über mir liegen und Gewürme von meinem Leichname zehren! –

Der Mensch ist nichts als ein alberner Possenreißer, der den Kopf hervorsteckt, um Fratzen zu ziehn, dann drückt er sich wieder zurück in eine schwarze Öffnung der Erde und man hört nichts weiter von ihm.

Mein Blut läuft schmerzhaft schnell durch meine Adern. Aber es wird einst stille stehn, kein Wein wird es dann schneller herumtreiben und nach dem Gehirne jagen, es wird stehn und verwesen. –

Wo die Menschen bleiben! – Wenigstens mag ich noch jetzt nicht allein sein, dazu habe ich im Tode noch Zeit genug.

Reisen Sie ja nicht hieher, Rosa, glauben Sie mir, wir würden Sie ohne alle Barmherzigkeit rechtschaffen plündern, denn hier gilt keine Freundschaft, keine Ausnahme der Person. Ja, wir schonen nicht einmal andrer Diebe; so strenge halten wir auf Gerechtigkeit. –

O Freund, was kann der Mensch denken und niederschreiben, wenn er ohne Besinnung ist! Jetzt, da ich nüchtern bin, schäme ich mich vor mir selber, ich wache in mir selbst auf, und alles wird zunichte, was schon in sich selbst so nichtig war. Seit ich hier bin, ist mein Herz mehr zerrissen als je, ich habe mich nie vorher mit diesen Augen betrachtet. In der düstern Einsamkeit reißen sich alle Sophismen, alle Truggestalten mit Gewalt von mir los, ich fühle mich von allen jenen Kräften verlassen, die mir sonst so willig zu Gebote standen. Eine schreckliche Nüchternheit befällt mich, wenn ich an mich selbst denke, ich fühle meine ganze Nichtswürdigkeit, wie jetzt nichts in mir zusammenhängt, wie ich so gar nichts bin, nichts, wenn ich aufrichtig mit mir verfahre. O es ist schrecklich, Rosa! sich selbst in seinem Innern nicht beherbergen zu können, leer an jenen Stellen, auf denen man sonst mit vorzüglicher Liebe verweilte, alles wüst durcheinandergeworfen, was ich sonst nach einer schönen und zwanglosen Regel dachte und empfand: von den niedrigsten Leidenschaften hingerissen, die ich verachte und die mich dennoch auf ewig zu ihrem Sklaven gemacht haben. Ohne Genuß umhergetrieben, rastlos von diesem Gegenstande zu jenem geworfen, in einer unaufhörlichen Spannung, stets ohne Befriedigung, lüstern mit einer verdorbenen, in sich selbst verwesten Phantasie, ohne frische Lebenskraft, von einem zerstörten Körper zu einer drückenden Melancholie gezwungen, die mir unaufhörlich die große Rechnung meiner Sünden vorhält; – nein, Rosa, ich kann mich selber nicht mehr ertragen. Wäre Andrea nicht, so würde ich wünschen, ewig ein Kind geblieben zu sein, der Dümmste zu sein, den Sie nicht eines Wortes, nicht Ihres Anblicks würdigen, ach, ich wäre zufrieden auch mit Ihrer Verachtung, ich würde von keiner andern Heimat wissen und mich in der dunkeln, beschränkten Hütte glücklich fühlen. Aber ich weiß, daß noch nicht alles verloren ist, die größere und bessere Hälfte meines Lebens ist noch zurück. Andrea hat den Schlüssel zu meiner Existenz, und er wird mir wieder ein freieres Dasein aufschließen: er wird mich in eine höhere Welt hinüberziehn und ich werde dann die Harmonie in meinem Innern wieder antreffen. So muß es sein, oder es gibt für mich keinen Trost auf dieser weiten Erde, keinen Trost im Grabe, vielleicht keinen Trost in einer Unsterblichkeit. Glauben Sie nicht, Rosa, daß ich in einer trüben Laune übertreibe, daß ich mich mit Beschuldigungen überlade, um mir nur die Entschuldigung wieder desto leichter zu machen: nein, ich habe dies in allen Stimmungen empfunden, selbst im Wahnsinne der Trunkenheit, schwebte diese Überzeugung fürchterlich deutlich vor meinen Augen, nur habe ich sie mir selber abgeleugnet; ich kann jetzt mit diesen Lügen nicht weiterkommen, ein unbestechlicher, unsichtbarer Genius verdammt mich von innen heraus, und was mich am meisten zu Boden wirft, ist, daß ich mir nicht als ein Ungeheuer, sondern als ein verächtlicher, gemeiner Mensch erscheine. Wäre das erstere der Fall, so läge in der Vorstellung selbst ein Stolz und also auch ein Trost. – O, Sie glauben es nicht, wie abgeschmackt ich mir vorkomme, wenn ich irgend einen Schluß machen, oder etwas Gescheutes sagen will, alles erscheint mir dann so ohne Zusammenhang mit mir selber, so aus der Luft gerissen, so im Widerspruche mit dem jämmerlichen Lovell, daß ich wie ein Schulknabe erröten möchte.

Sie sehn, Rosa, ich muß zurück und Andrea muß mich von mir selbst erlösen.

42

Amalie an Betty

Roger-place.

Ihre Briefe, liebste Freundin, sind mir immer sehr willkommne Boten. Ich finde darin den natürlichen Menschen und sehr oft mich selber wieder; Sie sagen mir manchmal sehr viel, indem Sie gar nichts zu sagen glauben. Bleiben Sie stets in dieser schönen Unbefangenheit und Sie werden immer glücklich sein und Ihren Eduard immer glücklicher machen, Sie stehn im reizendsten Blütenalter des Lebens, genießen Sie Ihrer jugendlichen und spielenden Phantasie. Ich habe es bisher nie glauben mögen, daß sich der Mensch innerlich so verändern könne, daß ihm seine Einbildung die Welt umher und seine Träume weniger frisch und bunt abspiegelte: allein so sehr ich dies auch für eine bloße Redensart hielt, so habe ich doch jetzt die Erfahrung an mir selber gemacht. Manches, was mir sonst erhaben vorkam, fällt mir jetzt als kindisches Spielwerk auf, und manches Gemeinere hat jetzt mein Sinn geadelt. Manche Träumereien und seltsame Gefühle liegen mir jetzt nicht so nahe wie sonst, ich fühle mich mit festeren Ketten an die Erde geschlossen und ich liebe sie mehr, als ich meine vorige Freiheit liebte. Ich halte jetzt das Leben nicht mehr für einen Taumel, sondern ich finde es ernsthafter, ob es mir gleich prosaischer vorkömmt: man sollte nie ein anderes suchen, um das wirkliche zu finden, denn sonst lockt uns leicht die abenteuerliche Wendung so sehr an, daß wir der Rückkehr vergessen.

Vergeben Sie mir mein Geschwätz, liebe Betty, aber Sie werden vielleicht ebenso empfinden, wenn Sie Mutter sind; ich wollte Ihnen nur meine jetzige Empfindung schildern und in diesem Bestreben ward die Beschreibung zu weitläuftig. Ich komme mir jedesmal einfältig vor, wenn ich etwas Ernsthaftes sagen will, und doch liegt das Ernsthafte meinem Herzen immer so nahe. Die Affektation scheint in der menschlichen Natur so einheimisch zu sein, daß, wenn wir uns auch nicht zieren, doch immer ein leiser Verdacht in uns anschlägt, es könnte doch wohl mit dem ganzen Wesen nur Affektation sein, denn wir haben uns hundert- und tausendmal auf dieser Schwäche ertappt, und das verleidet uns dann am Ende alle ernsten Empfindungen. Man traut den Frauenzimmern auch immer so wenig Verstand zu, daß wir uns am Ende selbst an dieses Vorurteil gewöhnen und vielleicht wirklich darüber dumm werden; denn sehr oft ist man das, was man zu sein glaubt, und nur deswegen, weil man es glaubt.

Mein kleiner Georg hat glücklich die Zähne überstanden, und ich glaube, ich könnte noch länger und noch weitläuftiger schwatzen, wenn ich mir nicht mit Gewalt Einhalt täte. – Leben Sie wohl. –

43

Ralph Blackstone an Mortimer

Bonstreet.

Es geht alles glücklich und über die Maßen wohl mit den Verbesserungen; ich halte es für meine Schuldigkeit, Ihnen einige summarische Nachrichten davon zu geben, weil Sie sich für den hiesigen Garten vorzüglich interessierten. Die alten Linden, die vertrocknet waren, sind abgehauen und ausgegraben, es fand sich der Name Ihrer Gemahlin in der einen, neben ihr stand *Lovell* eingeschnitten; man hat junge Birken dort gesetzt; der Teich ist ausgetrocknet, weil der Garten doch an Wasser Überfluß hat: einiges Nadelholz am Abhange des Berges ist fortgeschafft, weil es oben die schöne, herrliche Aussicht einschränkte. Manche kleine Verbesserungen werden Sie noch antreffen, wenn Sie sich wieder selbst einmal herbemühen wollten; der Garten kann sich nun bald vor jedem Kenner sehen lassen; manches freilich könnte besser sein, aber man muß nicht alles in der Welt auf die beste Art haben wollen, sonst bleibt es am Ende ganz schlecht. – An mir liegt freilich nicht die Schuld, sondern immer nur an dem Gärtner Thomas, von dem ich Ihnen schon neulich schrieb, daß ich vielen Streit mit ihm hätte; ein Mensch, der seinen wahren und echten Geschmack gar nicht ausgebildet hat und der nun doch immer in allen Sachen recht haben will. Nun ist das eine sehr große und fast unausstehliche Prätension, selbst von einem sehr gescheiten Menschen, und nun vollends von einem Manne, der nicht drei vernünftige Gärten zeit seines ganzen Lebens gesehn hat. Aber es ist ein schlimmer Umstand bei diesem Manne, er wird sehr gekränkt, wenn man ihm zu sehr widerspricht, oder ganz gegen seinen Willen handelt, er hat eine Art von empfindsamen Eigensinn, den man gar nicht brechen kann, ohne ihm selber das Herz zu brechen. Er war neulich heftig gerührt, als ich ein Blumenbeet angebracht hatte, von dem er nichts wußte. Er hielt mir das Unrecht, das ich ihm, als einem so alten Manne, tue, daß ich seinen Respekt bei den Gartenknechten vermindre, recht beweglich vor, und ich alter Narr ließ mich übertölpeln und wurde ordentlich mit gerührt. Seit der Zeit sind wir nun sehr gute Freunde, ich tue ihm sehr vieles zu Gefallen und er tut mir auch dagegen manches zu Gefallen: ich habe es mir überlegt, daß ich lieber den Garten und den guten Geschmack, als einen lebendigen Menschen etwas kränken will, und darum sehe ich jetzt durch die Finger und lasse manchmal fünfe gerade sein.

Von der Jagd sind Sie ebenso wenig, wie mein Schwiegersohn, ein großer Liebhaber, und darum will ich Ihnen von ihren Fortschritten lieber nichts erzählen. Mein Schwiegersohn ist willens, das benachbarte Gut *Waterhall* zu kaufen, und ich glaube, daß er vernünftig daran tut, denn es ist zu einem sehr billigen Preise zu haben. – Ich empfehle mich Ihrer fernern Gewogenheit und nenne mich

Ihren ergebensten Freund
Ralph Blackstone.

44

William Lovell an Rosa

Nizza.

Wohin soll ich mich wenden? – Ein entsetzlicher Schreck hat mich bis hieher gejagt, und nun weiß ich nicht, ob ich hier bleiben, ob ich rückwärts, oder vorwärts gehen soll.

Die Räuber waren endlich meines müßigen Lebens überdrüssig, sie forderten, daß auch ich ein nützliches Mitglied der Gesellschaft werden sollte. Man gab mir ein Pferd, und ich mußte an einem Morgen mit zwei andern ausreiten.

Wir lagen noch nicht lange am Wege, als ein Reiter in großer Eile vorübertrabte, wir lenkten auf einen verborgenen Fußsteig ein, so daß wir ihm entgegenkamen. Er schien uns nicht zu fürchten, denn er suchte nicht auszuweichen, wir stießen aufeinander – und o Himmel! nie werd' ich diesen Augenblick vergessen, – *Karl Wilmonts* Gesicht stand vor mir, bleich und entstellt. – Kaum erkannte er mich, als in seinen Augen ein höheres Feuer aufloderte. Ich sah' es, wie er nach meinem Blute lechzte, er sprach den Namen *Emilie* aus und stürzte wie ein wildes Tier auf mich ein. – Ich konnte seinen Blick nicht aushalten, er zwang mich unwiderstehlich zu entfliehn: ich hörte ihn hinter mir, indem er gräßliche Flüche ausstieß; mein Haar stand empor, das Pferd lief mir immer noch nicht schnell genug, eine unbeschreibliche Angst drängte mich vorwärts und ich spornte unbarmherzig das Tier. – Meine beiden Gefährten waren weit zurück, und als ich mich nachher noch einmal umsah, war auch Wilmont verschwunden. –

Wo ist er geblieben? – Soll ich nun nach Rom kommen, soll ich nach Frankreich zurückkehren? Wo bin ich vor diesem Verzweifelten sicher? Aller Mut, der mir sonst zu Gebote steht, verläßt mich, wenn ich an ihn denke. Er kömmt, um mich zu suchen; – und wenn er mich nun findet? – Wie vermag ich's, ihm standzuhalten? –

Tausend Zweifel peinigen mich. Verdammt sei diese Unentschlossenheit!

45

Karl Wilmont an Mortimer

Pisa.

Ich hatte ihn, bei meiner Seele, ich hatte ihn schon! Aber er ist mir wieder entkommen, der schändliche Bösewicht. – Von Räubern ward ich in den Piemontesischen Alpen angefallen, und denke Dir, Mortimer, er war unter ihnen. Ich erkannte ihn sogleich und er erkannte mich und flohe. – Mein lahmer Gaul kam nicht nach. Schon gegen mir über, daß ich ihn erreichen konnte, hatt' ich ihn gehabt und nun war er wieder von mir hinweggeflohn. Mein Pferd stürzte endlich an einem hervorragenden Stein und brach ein Bein, ich lag eine Weile ohne Besinnung; als ich wieder zu mir selbst kam, sah ich ihn nirgends mehr. – Aber ich muß ihn finden! – Wüßt' ich nur, wohin ich mich wenden sollte! – In welchen Schlupfwinkel hat sich der Elende jetzt vor meiner Wut verkrochen? – Aber darüber bin ich unbesorgt; endlich muß ich ihn treffen, Emiliens Geist wird meine ungewissen Schritte leiten: fand ich ihn doch da, wo ich ihn am wenigsten vermutet hatte.

Grüße meine Schwester.

William Lovell

Drittes Buch

1

Eduard Burton an Mortimer

Bonstreet.

Ich muß Ihnen melden, lieber Freund, daß ich noch das angenehme Gut Waterhall gekauft habe, weil es mir bequem liegt und eine schöne Abwechslung macht, wenn man dort einmal eine Zeitlang wohnen will. Ich könnte mich freilich wohl mit Bonstreet begnügen, allein die Bedingungen waren so vorteilhaft, daß ich der Lust gar nicht widerstehn konnte. Jetzt müssen Sie mich bald einmal besuchen, um die neuen Einrichtungen zu bewundern, die mein Schwiegervater gemacht hat, er hat Ihnen gewiß etwas davon geschrieben, denn er spricht davon zu jedermann.

Man hat mir die zuverlässige Nachricht gegeben, daß Lovell in Frankreich gestorben ist; sein Erbe verkauft dessen Güter. – Lovells Andenken wird mir mein ganzes Leben hindurch teuer und schmerzhaft sein; ihm ist gewiß wohl, da er nun gestorben ist. Manche Zufälle erneuern noch oft meinen Schmerz, wenn sie mir die Vergangenheit so recht lebhaft ins Gedächtnis zurückbringen. Doch, die Zeit heilt jede Wunde, diesen Ausspruch habe ich an mir selbst als wahr befunden. –

2

Mortimer an Eduard Burton

Roger-place.

In einigen Wochen komme ich zu Ihnen, und dann will ich mit eigenen Augen die Verwandlungen in Bonstreet betrachten, die ich bis jetzt nur aus Beschreibungen kenne. Ihr Schwiegervater hat mir in mehreren Briefen davon geschrieben, und alles hat meine Neugierde äußerst rege gemacht. Der alte Mann hat für mich einen sehr liebenswürdigen Charakter, seine Schwächen sind in ihm so hervorstechend und eben darum so wenig beleidigend. Durch gewisse Torheiten kann mich ein Mensch sehr zu seinem Vorteile rühren, wenn er sie unbefangen zur Schau trägt und zwar viel darauf hält, aber doch nicht allen seinen Nebengeschöpfen damit in den Weg tritt. Ich mag die Eitelkeit nicht so grimmig anfeinden, die den Menschen oft aufrecht hält, wenn ihn alles übrige verläßt; sie ist eine gutmütige Torheit, die ihn über alle seine übrigen Torheiten tröstet, sie ist der Wundarzt in der Welt des Menschen, und der Mensch leidet gewiß am meisten, wenn dieser sein Chirurgus krank darnieder liegt; wenn ihn die Eitelkeit verläßt, oder er seine Eitelkeit verachtet, so durchlebt er die unglücklichsten Stunden seiner Existenz. Wenn sich nun ein Mann irgend ein Spielzeug aussucht und sehr ernsthaft damit umgeht, soll man ihn denn deswegen tadeln? Der alte Blackstone rührt mich immer durch seine Briefe, der jetzt, der Sorgen entbunden, seine Talente wieder will glänzen lassen; er ist dabei der gutmütigste Mensch von der Welt und wünscht keinen andern zu kränken. An den Torheiten erkennen wir erst das recht Menschliche im Menschen, sie machen am Ende den Menschen aus. Ich will mich über alle Schwächen zufriedengeben, die ich mit der Zeit noch an mir bemerken sollte, sie hören nie auf, und man grämt sich nur darüber, indem man anfängt sich kennen zu lernen, dann will man sich gern für überaus vortrefflich halten und findet dann so viel närrisches Unkraut unter dem Weizen, daß man den Weizen oft gar nicht gewahr wird; ist man aber erst mit sich selbst vertraut, so ist man auch an diese Überraschungen so gewöhnt, daß man am Ende nicht mehr in die Versuchung fällt, sich für vortrefflich zu halten, und – seltsam! – eben in dieser Lage ist man vielleicht am besten. Im Grunde sind überhaupt die Menschen immer gut, man sollte sich nicht anmaßen, über die feinen Nuancen und Schattierungen ein Urteil zu sprechen, denn indem mir die eine Torheit anklebt, muß ich notwendig eine andre falsch beurteilen, und durch Torheit sind doch Menschen den Menschen verwandt, und man sollte nicht immer selbst soviel von den Familienfehlern sprechen. – Leben Sie recht wohl.

3

Thomas an den Herrn Ralph Blackstone

Waterhall.

Wohlgeborner Herr,

Ich habe die Ehre Ihnen zu melden, daß ich mit den Einrichtungen des hiesigen Gartens, sozusagen, über Hals und Kopf beschäftigt bin. Es bringt mir viele Mühe, aber ich denke immer, es soll mir auch einige Ehre bringen, und damit gebe ich mich denn über die Mühe zufrieden. Dieselben werden wissen, daß wir in dieser Welt fast gar nichts ohne Mühe haben, und obgleich die gemeinen Leute immer zu behaupten pflegen, umsonst sei der Tod, so müssen sich doch die meisten ganz außerordentlich bemühen, ja fast quälen, ehe sie nur ans eigentliche Sterben kommen; ich meine nämlich die letzten Züge, in denen man immer zu liegen pflegt; mit dem letzten Atemholen müssen wir das bequeme Luftholen für unser ganzes Leben bezahlen.

Der Garten hier ist in einige Unordnung geraten; ich muß Ew. Wohlgeboren die Ehre haben zu versichern, daß ich hier sonst schon einmal Gärtner gewesen bin und noch jeden Busch und jeden Steg kenne, aber damals hatte ich keine freie Hand, denn die gnädige Besitzerin hatte, wenn ich der Wahrheit die Ehre geben soll, nicht sehr viel Geschmack, es war ihr nur darum zu tun, daß der Garten grün sei, und damit war dann alles gut und fertig. Dieselben aber werden wohl einsehn, daß das noch lange keinen Garten ausmacht, und wir beide wissen es am besten, was wir in Bonstreet für Arbeit gehabt haben und gewiß noch haben werden. Seit unsere Eltern aus dem Paradiese getrieben sind und auf die Erde ein Fluch gelegt wurde, hängt sie ganz außerordentlich nach dem Verwildern hin, nun muß der Mensch immer dagegen streiten und arbeiten, um nur alles in der gehörigen Ordnung zu halten; und so sind die Gärten entstanden. Die Gartenkunst ist gewiß eine große Kunst, und ich höre, daß man jetzt auch ordentliche gedruckte Bücher darüber hat, und das verdient sie auch ganz ohne Zweifel. Ew. Gnaden schätzen auch die Kunst nach ihren Würden und lassen sich sogar selbst mit der Arbeit ein, das muntert dann unsereinen auf, alle seine Kräfte daran zu wagen. Ich wünschte nur, ich wäre erst hier mit allem fertig, um nach unserm Bonstreet zurückkommen zu können. – Ich empfehle mich Ihrer fernern gnädigen Freundschaft und habe die Ehre mich zu nennen

Ew. Wohlgeboren
ergebenster Freund und Diener
Thomas.

4

William Lovell an Rosa

Mayland.

Ich bin jetzt entschlossen, zurückzureisen, ich will in Rom meinen Andrea aufsuchen, bei ihm bleiben und von ihm lernen. Wilmont mag mich dann in seiner Gesellschaft treffen und ich bin überzeugt, der freche Jüngling wird vor dem Greise zurückzittern. Andrea wird ihm dann seine Rache und seine Wut als etwas Verächtliches vorstellen, und ich bin dann so vor ihm gesichert. Vermag es dieser Greis nicht durch einige Worte, uns die Welt und uns selbst als etwas Beweinenswürdiges darzustellen, wer würde nicht sich und alle seine Plane dabei vergessen? Sind Sie nicht auch der Meinung, daß es in Andreas Gesellschaft unmöglich sei, ein gemeiner oder gewöhnlicher Mensch zu bleiben? Auf jeden Fall reise ich jetzt nach Rom zurück, es ist wenigstens der einzige Ort auf der Erde, wo ich mich hinwünsche. –

5

Bianca an Laura

Es wird mit jedem Tage schlimmer, liebste Laura; es will mir nichts mehr einen rechten Zeitvertreib machen, sondern alles kömmt mir so gemein und verächtlich vor. Ist es nicht genug, daß ich krank bin? Muß mir auch das noch zustoßen? Und kein Mensch bekümmert sich recht um mich, ich bin mir selber ganz überlassen, wär' es ein Wunder, wenn ich jetzt melancholisch würde? – Sie besuchen mich auch fast gar nicht; ist Ihre Freundschaft nur für die frohen und gesunden Tage? Ach, wenn sie mich erst werden begraben haben, werden Sie es gewiß bereuen, und dann ist es zu spät; bedenken

Sie das, liebe Laura. Sie sind freilich jetzt gesund und noch ziemlich jung, aber die Zeit wird auch vorübergehn, und dann werden Sie sich ebenso wie ich nach einer Freundin umsehn. Glauben Sie mir, liebes Kind, die Einsamkeit ist unsereinem fürchterlich, man erinnert sich an tausend Sachen, die man schon längst vergessen zu haben glaubte. – Genaugenommen, Laura, haben wir nicht recht gelebt; doch, das steht nun nicht mehr zu ändern.

6

Laura an Bianca

Wie ich es gleich befürchtete, liebste Freundin, Sie sind viel zu ängstlich, das verdirbt jedermann die Laune, der Sie besucht, und ich muß Ihnen aufrichtig gestehn, daß man Sie eben darum ungern besucht, denn die menschliche Natur hat einen Widerwillen gegen alle Traurigkeit und Finsternis, alles in der Welt kömmt einem dann gleich so klein und unbedeutend vor, und auf diese Art nutzt sich am Ende das Leben so wie ein Kleid ab. Sie nehmen auch alles gar zu genau, liebe Bianca; wer wollte es im Leben genau nehmen? Sind nicht Priester und Prälaten bei uns gewesen und haben sich mit uns gefreut? Auf sie fällt größere Schuld, als auf uns selbst, denn sie haben uns in unserm Lebenswandel bestärkt. Beichten Sie, liebste Freundin, und sein Sie dann außer Sorgen, gegen alles ist Hülfe, nur nicht gegen den Tod, und diesen werden Sie durch Ihre Traurigkeit beschleunigen. Wenn ich Sie öfter besuchen soll, müssen Sie durchaus lustig sein. Sie sagen mir, ich werde alt werden. Ich fange wirklich selbst an, so etwas zu merken. Es ist eine schlimme Sache mit der Zeit, die immer so unmerklich weiterrückt und die, wenn man sich dann umsieht, einen ungeheuern Weg zurückgelegt hat. Man muß aber an so etwas gar nicht denken, das ist mein Grundsatz,

Bianca, es gibt ja noch tausend andre Dinge in der Welt, die unsern Verstand und unsre Phantasie beschäftigen können. Leben Sie recht wohl, und vergessen Sie nicht wieder, was ich Ihnen gesagt habe.

7

William Lovell an Rosa

Padua.

Ich komme bald, Rosa, sehr bald, ich brauche nur noch eine kleine Frist, um auf dem Wege manches zu erfahren, was ich schon seit lange gerne wissen möchte. Ich sagte es schon neulich, daß es nichts Wunderbares gibt und daß sich alles um mich her vereinigt, um mich an Seltsamkeiten zu gewöhnen.

Ich streifte gestern abends durch die Gassen der Stadt, der Mondschein und die kühle Luft lockten mich heraus. Ich wollte mich einmal wieder im Taumel der Phantasie vergessen, wie ich mich denn jetzt zuweilen mit Vorsatz in einen gewissen poetischen Rausch versetze, um alle Gegenstände anders zu sehn und zu fühlen. Einzelne Mädchen streiften in den einsamen Gassen umher, und es währte nicht lange, so folgte ich einer nach ihrer abgelegenen Wohnung. Warum mich diese gerade und keine andre anzog, weiß ich nicht zu sagen.

Als in der Stube ein Licht angezündet war, sah ich ein entstelltes schmutziges Geschöpf vor mir, mit triefenden Augen, von mittlerer Größe und, wie alle ihres Gelichters, mit einem schamlosen Betragen. Als wir uns genauer betrachteten, schrie sie laut auf, und ich erinnerte mich ihrer Züge dunkel. Sie befreite mich bald von meiner Ungewißheit und nannte mir ihren Namen. Denken Sie sich mein Erstaunen, Rosa, als ich erfuhr, daß es niemand anders, als die kleine Blondine war, die Sie von Paris mitgenommen hatten, die unter dem Namen Ferdinand Sie begleitete.

Sie wußte jetzt nicht recht, wie sie sich mit mir nehmen solle; sie fing an, auf die unverschämteste Weise in der Stube umherzuschwärmen, freche Lieder zu singen und mich dann in ihre Arme zu schließen; ich blieb ernsthaft, und plötzlich brachen ihre Tränen, wie ein lange zurückgehaltener Strom, hervor, sie warf sich in einer Ecke des Zimmers auf den Boden und schluchzte laut. Ich war ungewiß, ob ich bleiben sollte; ihre Stellung rührte mich, sie hatte das Gesicht mit den Händen verdeckt, es schien, als wollte sie sich aus Scham in die Mauern hineindrängen. Ich ging endlich zu ihr und richtete sie auf; sie wandte ihr Gesicht ab, sie konnte vor Zittern und heftigem Weinen sich nicht aufrecht erhalten und sank in einen kleinen Sessel. Wie von gewaltigen Krämpfen ward sie hin- und hergeworfen; nach diesem heftigen Sturme erlebte sie endlich einen Stillstand aller Empfindungen, und sie sah mich nun mit einem unbeschreiblich beruhigten Gesichte an.

Ich mußte weinen, Rosa, alle Erinnerungen, alle Empfindungen drangen so lange auf mich ein, bis ich meiner Schwäche freien Lauf ließ. Dadurch schien sie getröstet und aufgerichtet zu werden. Wir sprachen nun miteinander, die Erhitzung hatte ihr Gesicht angenehmer gemacht, sie sah nicht mehr so verzerrt aus.

Ich glaube, ich habe Ihnen schon ehemals erzählt, daß sie mich einst in Rom in einem Billette vor Ihrer Gesellschaft gewarnt habe, sie sagte mir jetzt die Ursache davon, sie habe einst durch einen Zufall gehört, daß Sie irgend einen Plan auf mich hätten, der mir schädlich sein könnte. – Doch diese Kinderei ist längst vergessen und ich hörte kaum darnach hin, als sie mir von neuem davon erzählte. Es kommt mir jetzt lächerlich vor, daß mich jenes kleine Billet und jener Argwohn damals so sehr erschreckten. Es ist im Laufe des Lebens etwas Läppisches, sich immer für verfolgt zu halten, die Menschen nicht zu verstehn und sich auch keine Mühe zu geben, sie kennen zu lernen, sondern statt dessen sie bloß zu fürchten. Sie hatten den Plan mich klüger zu machen, und es ist nachher auch geschehn; freilich, mag das wohl etwas Unerlaubtes sein, etwas, das die meisten Menschen fürchten und dem sie aus dem Wege gehn. Klüger zu werden ist das größte Verbrechen, das man sich in der Welt nur immer erlauben kann, dadurch empört man alle Menschen gegen sich, es heißt die Ordnung der Dinge umstoßen und sich gegen die Gesetze der Natur auflehnen, nach denen der Mensch mit jedem Jahre mehr zusammenschrumpfen und in eine immer engere Einfalt hineinkriechen muß. Die sich von dieser Notwendigkeit losmachen, werden daher von allen übrigen Bürgern dieser Erde verfolgt, die auf Recht und Ordnung halten.

Als wir uns beide etwas getröstet und beruhigt hatten, fragte ich sie um ihre Geschichte, die mir in diesem Augenblicke unendlich interessant war. Es waren ihr aus einem ehemaligen Leben so viele schöne Fragmente von Unschuld übrig geblieben, daß ich mich innig sehnte zu hören, wie sie gerade so tief und immer tiefer gesunken sei. Sie sah mich lange mit einem aufmerksamen Blicke an, dann sagte sie, daß sie meine Neugier befriedigen wolle.

Ich bin noch jetzt gerührt, und ich will versuchen, Ihnen die eigenen Worte des Mädchens herzusetzen, soviel ich mich ihrer noch erinnern kann.

Ich bin, fing sie an, in einer Vorstadt von Paris geboren. Das erste, was ich von der menschlichen Sprache verstand, war, daß ich keine Mutter mehr hatte; die erste Empfindung, die ich kennen lernte, war der Hunger. Mein alter Vater saß, das ist meine frühste Erinnerung, vor meinem Bette und weinte, indem er eine Laute in den Händen hielt, auf der er ein wunderbares Lied spielte. Als ich nur sprechen konnte, suchte er mich mit diesem Instrumente bekannt zu machen und mir die Kunst, es zu spielen und mit Gesang zu begleiten, beizubringen, soviel es in seiner Gewalt stand. Alle meine Erinnerungen aus der Kindheit ruhen auf Lautentönen aus, alle meine Empfindungen, mein ganzes Leben ist aus diesen wunderbaren Tönen herausgeflossen; sie umschließen wie ein unübersehliches, melodisches Meer die Grenze meiner Erinnerung und meiner Kindheit. Fromme Ahndungen und

Gefühle schweben leise von dort herüber und ziehn langsam meinem Herzen vorbei, es ist, als wenn mich einer ruft, dessen Stimme ich nicht kenne, den ich nicht verstehe. – Ach! wenn ich jetzt manchmal in der tiefen einsamen Nacht Lautentöne höre, – zuweilen dieselben Lieder, die ich sonst spielte, – o Lovell, mein Herz wollen diese Töne aus mir herausreißen. –

Als ich etwas größer geworden war, mußte ich meinen Vater auf seinen Wanderungen durch die Stadt und in den nahgelegenen Gärten begleiten. Noch oft spät in der Nacht zogen wir durch die Straßen, indem mein Vater die Laute spielte und ich dazu sang, und bei manchen Stellen eine kleine Handpauke schlug. Wir erhielten auf die Art ein mageres Almosen, das wir am folgenden Tage verzehrten. Mein Vater fürchtete sich vor Gespenstern, und sah oft in den Ecken etwas stehn, vor dem er sich innig entsetzte: er teilte mir diese unbekannte und unbegreifliche Furcht mit, und die Welt und das menschliche Leben kamen mir dadurch noch seltsamer vor. – Bei Tage saßen wir oft unter einer großen und lärmenden Gesellschaft von gemeinen Leuten, und ließen unsre Lieder hören; das Getümmel, die Verschwendung, Unmäßigkeit und die wenige Aufmerksamkeit auf uns rührte mich ganz außerordentlich; mein Vater tröstete mich dann und sagte mir, daß dies so die Weise der Menschen sei, daß daraus das menschliche Leben bestehe. – O wie lebhaft und schmerzlich fällt mir heute alles, alles wieder ein, was ich immer zu vergessen suchte.

Ein paar arme Mädchen gesellten sich zu mir und manchmal waren wir jugendlich lustig, und es kam mir dann ordentlich vor, als gehörte ich auch mit zur Welt, ich war dann in mir selber dreister. – Wenn ich aber wieder unter die übrigen Menschen trat, so schlug mich jeder gute Anzug nieder, jede vorbeifahrende Kutsche beschämte mich und ich verachtete mich selbst ebenso, wie mich alle übrigen Menschen verachteten. – Die mutwilligen Gespräche der Mädchen versetzten mich dann wieder in einen gewissen Rausch, den ich selbst in der Freude nur als eine Trunkenheit ansah und in denselben Augenblicken recht gut wußte, daß ich zu einer nüchternen Selbstverachtung, zu einer elenden, kriechenden Geistesdemütigung wieder erwachen würde. – Ich verachtete aber meine Freundinnen ganz von Herzen, ja ich weinte über sie, als ich bald nachher von meinem Vater hörte, daß sie sich in ein schlechtes Haus als gemeine Dirnen hingegeben hätten. – Wer hätte mir damals sagen können, – o, und doch ist es gar nicht wunderbar, es ist so begreiflich, – ach! Lovell, der Mensch ist in sich nichts wert.

Unser Unglück wurde noch vergrößert; von innigem Grame, von vielen vergossenen Tränen ward mein Vater blind. Ich war ihm jetzt ganz unentbehrlich; ich war jetzt sein einziger Trost. Ich tat ihm alle Dienste gern und willig, ich liebte ihn nur um so mehr, je unglücklicher er war. Meine Phantasie hatte jetzt, bei der gänzlichen Unterdrückung von außen, einen hohen Schwung genommen, ich war innerlich zufrieden, und ersetzte mir durch erhabene Träume den Verlust der wirklichen Welt.

Spät in der Nacht las ich oft noch die Schilderung der großen Richardsonschen Menschen, mich erquickte die Welt voll erhabener Geister, die mich dann umgab, und ich war überzeugt, daß die Menschen mich nur nicht genug kennten, um sich mit mir auszusöhnen. Dann war ich über alles Ungemach getröstet, dann war ich über alle Leiden beruhigt, die mich einst noch treffen könnten. Welchen Eindruck machten aber dann wieder die gemeinen Gesichter auf mich, von denen ich durch meinen Gesang ein Almosen erbetteln mußte: ihre plumpen Späße, ihre groben Zweideutigkeiten, die ich ertragen mußte, taten mir dann innerlich im Herzen wehe. Ich war gezwungen, einer kleinen Münze wegen jede Demütigung zu ertragen. Warum hängt der innere Mensch so sehr von der groben äußern Natur ab!

Ach, Lovell, was mögen Sie von mir denken, daß ich jetzt noch so sprechen kann? – Nicht wahr, Sie möchten lächeln? Die Zeit geht grausam mit dem armen Menschen um; erst stellt sie ihn als ein schönes und liebenswürdiges Kunstwerk hin, und dann arbeitet sie so lange an ihm, bis er endlich selbst eine Satyre auf seinen ehemaligen Zustand wird. – Ich bin ganz erhitzt, verzeihen Sie mir meine umständliche, poetische Erzählung.

Jetzt kam eine Zeit, die ich nie vergessen werde, die mir immer ein Rätsel bleiben wird. So widrig mir anfangs die elenden Witzeleien, die unausstehlichen Liebkosungen dieser gemeinen Menschen gewesen waren, so gewöhnte ich mich doch am Ende daran, ja sie gefielen mir sogar. Ich horchte während dem Singen auf ihren unzüchtigen Witz, und wiederholte mir in Gedanken die Einfälle, die ich gehört hatte. Mein Blut war in einer beständigen Erhitzung, ich lebte wie in einer unaufhörlichen Trunkenheit. Meine Bücher waren mir jetzt zuwider, sie kamen mir lächerlich vor: die schöne Natur zog meine Blicke und meine Aufmerksamkeit nicht mehr auf sich, sie kam mir vor wie eine strenge, langweilige Sektenpredigerin. Meine Phantasie ward in gemeinen und unangenehmen Bildern einheimisch, alle meine vorigen Vorstellungen erschienen mir albern und unwürdig. – Zuweilen war es dann wieder, als wenn ich aus meinem Schlafe erwachte: dann erinnerte ich mich meiner vorigen schönen Empfindungen, ich bekam dann einen Abscheu vor mir selber, mein Leben kam mir in diesen Augenblicken wüste und dunkel vor, ich beschloß, mich zu meinem sonstigen Zustande zurückzuretten, – aber dann trat es mir wieder wie ein steiler Berg entgegen, mein gemeiner Sinn ergötzte sich wider meinen Willen an schändlichen Vorstellungen und das schöne Land der kindlichen Unschuld lag wieder weit zurück und wie von einem schwarzen Nebel verfinstert. Um diese Zeit sah mich Rosa durch einen Zufall, ich gefiel ihm, er kam mir entgegen und ich machte die andre Hälfte des Weges, er lehrte mich das Laster kennen, und ohne Besinnung, ohne einen Gedanken verließ ich meinen armen, unglücklichen, blinden Vater, und folgte ihm. – Ach, er wird nun wohl schon gestorben sein; aber ich bin bestraft, sein Fluch ist mir nachgefolgt. – – –

Sie hielt hier ein und weinte von neuem. Ich erinnerte mich jetzt eines alten blinden Bettlers, den ich in Paris gekannt und der mir selbst einmal von einer undankbaren, entlaufenen Tochter erzählt hatte. Es ist ganz ohne Zweifel derselbe. An manchen Tagen war er wahnsinnig und sang wilde und prophetische Lieder, indem er dazu auf seiner Laute phantasierte: dann liefen ihm die Jungen in den Gassen nach, um ihn zu verspotten. –

Sie hatte sich jetzt wieder erholt und fuhr nun in ihrer Erzählung fort:

Es erwachte jetzt ein ganz neues Leben in mir, ich sah mich zum erstenmale geschätzt und geliebt, in guten Kleidern, vertraut mit einem Menschen, den ich noch vor wenigen Tagen als ein fremdartiges Wesen, als einen Gott verehrt hatte. Ich kaufte jetzt alle Zuversicht, allen Genuß zurück, die ich bis dahin entbehrt hatte. Meine Munterkeit wurde zur Frechheit, denn ich hielt mich für eines der vorzüglichsten Geschöpfe in der Welt, ich hatte den Unterschied unter den Menschen nie gelernt, ich kannte jetzt nur die reichern und ärmern, mir fehlte jetzt zu einem angenehmen Leben nichts, und ich verachtete jetzt alle Menschen, die nicht so gut leben konnten wie ich. – In diesem Zustande sah ich Sie, Lovell, und ein Gefühl, wie ich es noch nie gekannt hatte, bemächtigte sich meiner. Es war die Liebe, die mir bis dahin fremd geblieben war. Ohne zu wissen, was ich tat, rettete ich Ihr Leben bei jenem Überfalle der Räuber. Meine Zuneigung wuchs mit jedem Tage, aber ich bemerkte, daß Rosa eifersüchtig wurde. Ach, Lovell, von jetzt lebt' ich ein schweres Leben, denn alle meine Empfindungen lagen im Kampfe miteinander, meine Gefühle waren so rein und schön, und eben durch sie erhielt ich einen Aufschluß über meine eigene Verächtlichkeit. – Sie wissen, wie ich Sie bat, zu mir zu kommen; Rosa überraschte uns. Seit der Zeit war ich ihm zuwider, ja er haßte mich endlich und überließ mich meinem Schicksale. – Ich konnte von Ihnen damals nichts weiter erfahren, als daß Sie mit einer gewissen Rosaline lebten: als ich dies hörte, wagte ich es nicht, zu Ihnen zu kommen, ich fürchtete mich auch vor Rosa. – Es fanden sich einige Menschen, die mich einer nach dem andern unterhielten, denn ich war einmal an diese Lebensart gewöhnt und hatte viele Bedürfnisse. – Ich sank immer tiefer, ich verließ Rom und zog von einer Stadt zur andern, – und nun, Lovell, – Reue im Herzen, ohne Geld, mit den gemeinsten Geschöpfen verschwistert, krank – – –

Sie konnte nicht weitersprechen. Ich war erschüttert, ich gab ihr alles Geld, das ich bei mir hatte, und verließ sie. – Ich will sie heute besuchen und sie mit mehrerem Gelde versorgen, damit sie wenigstens ihre Gesundheit wiederherstellen kann.

Sie hätten sie nicht so ganz verlassen sollen, Sie haben nicht recht getan. – Doch, bin ich mit Rosalinen nicht noch schändlicher umgegangen? – Leben Sie wohl.

8

Ralph Blackstone an Thomas

Bonstreet.

Es ist hier noch immer alles beim alten, mein lieber Thomas, außer daß im Garten wieder manche kleine Veränderungen vorgefallen sind. Ich finde doch, daß Er bei allen den Anlagen unentbehrlich ist, denn die übrigen Menschen sind dumm und es ist nichts mit ihnen anzufangen. Ich habe noch allerhand neue Projekte im Kopfe, die sich vielleicht noch mit der Zeit ausführen lassen. Er muß nur den Garten in Waterhall bald zustande zu bringen suchen, denn im Grunde gehören wir beide zusammen, wenn wir uns auch manchmal ein wenig gestritten haben. Vier Augen sehn immer weiter, als zwei, das ist mein Wahlspruch und ich finde es immer bestätigt, daß ich daran nicht unrecht habe. Man muß nur immer suchen, in der Welt irgend etwas zustande zu bringen, es mag auch dann sein, was es will; es ist zwar nichts Merkwürdiges eben, wenn wir den hiesigen Garten beide verschönern, es wird immer noch keinen Einfluß auf die Weltgeschichte haben, aber es ist dann doch immer sehr angenehm und sehr löblich. Wenn man im kleinen etwas Gutes tut, so kann man es doch berechnen, wie weit es sich erstreckt, und das ist immer sehr viel wert; von dem Guten aber, das im großen geschieht, oder geschehn soll, kann man nie wissen, wie weit es gehn wird, es geht oft gar zu weit und ist nachher nicht mehr zu ändern, eben weil es gleich in der Anlage zu groß war. Er tut mir daher einen sehr großen Gefallen, lieber Thomas, wenn Er so bald als möglich wieder zurückkommt, mit Ihm kann man reden, und Er ist ein Mann, der den Verstand da hat, wo er hingehört; das kann man nicht von allen Leuten sagen, Thomas, denn manche haben ihn in den Fußsohlen, andre im Rücken, andre auf der Zunge, das sind solche Leute, die man zu gar nichts brauchen kann. Er sieht, wie hoch ich Ihn schätze, und Er wird darum machen, daß Er bald zurückkömmt. Ich nenne mich

Seinen Freund

Ralph Blackstone.

9

Betty an Amalie

Bonstreet.

Ich glaube Ihren letzten Brief zu verstehn, liebe Amalie. Es ist wahr, daß man sich gewiß einmal von dem bunten Spielzeuge des Lebens trennen muß, aber es ist denn doch eine betrübte Wahrheit, es ist eine Erfahrung, die ich lieber an mir nicht machen möchte. Ich kann es mir noch gar nicht vorstellen, daß ich irgend einmal in meinem Leben recht gesetzt und verständig sein sollte, ich habe vor tausend Kleinigkeiten noch eine recht große Achtung und kann nie an etwas Wichtiges denken. Es ist, als wenn mir ein jeder große Gedanke ordentlich aus dem Wege ginge, um nur meinem Kopfe nicht zur Last zu fallen. Im Grunde liegt mir die Kinderzeit noch recht nahe und es kömmt mir oft vor, als wenn ich nur so die Erwachsene spielte. – Es findet sich aber alles in der Welt, und so wird auch wohl mein Gemüt mit der Zeit ernsthafter werden; schon daß ich darauf gekommen bin, ist vielleicht eine heimliche Veranstaltung dazu. – Ach, liebe Amalie, meine Briefe klingen immer recht einfältig, wenn ich sie von neuem durchlese, ich scheue mich dann, sie abzuschicken, weil ich Ihnen damit gar nichts schicke, aber Sie sind immer so gut, sich irgend etwas Kluges herauszuziehn, was Sie im Grunde nur in Ihrem eigenen Kopfe lesen: machen Sie es mit diesem Briefe wieder ebenso. – Leben Sie recht wohl.

10

William Lovell an Rosa

Florenz.

Es neigt sich alles zum Ende, mein Leben kömmt mir vor, wie eine Tragödie, von der der fünfte Akt schon seinen Anfang genommen hat. Alle Personen treten nach und nach von der Bühne und ich bleibe allein übrig.

Ich besuchte in Padua das Mädchen am folgenden Morgen wieder. Meine Rührung hatte den ganzen Tag über fortgedauert, ich stellte mir recht lebhaft vor, wie sehr sie mir danken würde, und als ich nun hinkam, fand ich sie im hitzigen Fieber, so daß sie mich gar nicht wiedererkannte. Ich ließ das Geschenk zurück, das ich für sie bestimmt hatte, aber ich hatte sehr unangenehme Empfindungen. Es war alles so leer und prosaisch in mir, indem ich mir doch noch eine recht erschütternde Szene gedacht, ja beinahe darauf gehofft hatte. Jetzt war es, als wenn ich zu einer Unbekannten gegangen wäre. Alle meine Empfindungen, als ich sie zuerst gesehn hatte, kamen mir nun albern vor, es war mir, als hätte ich nur vor mir selber affektiert. – Ich reiste ab, und ein Zufall, oder eine seltsame Laune, verschlug mich nach *Genua*.

Ich labte mich hier am Anblicke des großen allmächtigen Meeres. Mein Geist ward in mir größer und ich fühlte mich einmal wieder über die Menschen und über die Natur hinausragen. Die unübersehliche Fläche redete mich erhaben an und ich antwortete ihr innerlich mit bestimmter Kühnheit. Alle meine Sorgen, die mich sonst so schwer drückten, waren hinweggeflogen, und ich war frei und unbeängstigt. Aber Wolken stiegen am fernen Horizonte auf und mit ihnen trübe Zweifel in meiner Seele, alles stand wieder still, die Uhr zeigte wieder jene traurige, schwarze Stunde, – ich ward mir selbst wie ein entsprungener Gefangener zurückgegeben. O über den verhaßten Wechsel in unserm Innern!

Ich ging an einem Morgen durch eine einsame Straße, und hinter einem vergitterten Fenster glaubte ich *Balders* Gesicht zu sehn. Ich erstaunte, ich erkundigte mich unten im Hause nach ihm, man bestätigte, daß er dort wohne, und wies mir mit einem Lächeln, das ich nicht verstand, die Treppe nach seinem Zimmer. – Ich trat hinein, er war es wirklich, er erkannte mich sogleich und umarmte mich mit großer Herzlichkeit. Er war gut gekleidet, seine Miene war ganz geändert, sein Auge schien heiter und ungetrübt. Er war ganz zu den gewöhnlichen Menschen wieder zurückgekehrt, er war froher und menschlicher, als er selbst damals war, als ich ihn in Paris zuerst kennen lernte. Mein Erstaunen war ohne Grenzen und ich konnte mich immer noch nicht überzeugen, daß jener unglückliche, wahnsinnige Balder wirklich vor mir stehe.

Wir frühstückten miteinander, und ich konnte nicht müde werden, ihn aufmerksam zu betrachten. Sein Gesicht war voller und gesunder, in seinen tiefliegenden Augen waren einige Spuren des Wahnsinnes zurückgeblieben, ob sie gleich ziemlich hell und lebhaft waren. Alle seine Bewegungen waren lebendiger, er war durchaus körperlicher geworden, und deswegen kam er mir in einzelnen Momenten ganz fremd vor. Das Zimmer war ordentlich und aufgeräumt, nur an der hintern Wand lag ein großer roter Mantel über den Boden und über Stühlen ausgebreitet.

Balder war sehr gesprächig, und wir unterhielten uns von manchen Vorfällen aus der Vergangenheit. Ich bat ihn endlich, mir zu erzählen, durch welche Zufälle er sich plötzlich so sehr verändert habe; sein Gesicht ward trauriger, indem er darüber zu reden anfing; ich will es versuchen, Rosa, Ihnen seine eigenen Worte niederzuschreiben.

Du wirst vielleicht, fing er an, meinen seltsamen Brief aus den Apenninen erhalten haben, denn daß ich dort gewohnt hatte, erfuhr ich nachher. Ich kann mich jenes Zustandes nur noch dunkel und mit Mühe erinnern. Ich weiß, daß mich ein unaufhörlicher, wunderbarer Traum umgab. Mein Bewußtsein lag gleichsam fernab in mir verborgen, die äußere Natur schimmerte nur dunkel in mich hinein, mein Auge starrte vorwärts und die Gegenstände veränderten sich dem stieren, angestrengten Blicke. Zu allen meinen Empfindungen und Ideen führten gleichsam keine Tasten mehr, die sie anschlagen konnten, sondern eine unbekannte Hand fuhr über den Resonanzboden auf den gespannten Saiten umher und gab nur dunkle, verworrene und einsylbige Töne an. Wie in Bergwerken eine Leuchte oft hin und wieder geht und das Licht an den Quarzwänden und dem nassen Gestein wunderbar zurückschimmert, so erschien mir der Gang meiner Vorstellungen in mir selber.

Plötzlich ergriff mich wieder, so wie in meinen gesundern Tagen, das Gefühl einer heftigen Unruhe, ich fand mich in mir selber unzufrieden. Das fernstehende prosaische Leben kam wieder näher auf mich zu und eine unbeschreibliche Sehnsucht zog mich nach sich. Ich kam zu mir selbst zurück und fand mich wie sonst eingeengt und gepreßt, ich wünschte und wußte nicht was: in der Ferne, in einer andern Heimat schien alles zu liegen, und ich verließ endlich den Ort, wo ich so lange gewohnt hatte.

Andre Gegenden begrüßten mich wieder mit denselben Empfindungen, die ich sonst gehabt hatte, die Zirkel und das Getümmel des menschlichen Lebens ergriffen mich von neuem, ich legte meine seltsame Kleidung ab und beschloß nach Deutschland, nach meiner Heimat, zurückzureisen. Es war als wenn sich die verschlungenen Gegenstände mehr voneinander absonderten, was zusammengehörte, flog zusammen, und ich stand in der Mitte der Natur. Die Posthörner nahmen nun wieder über Berge und Seen nach fernen Gegenden meine Seele mit sich, der Trieb zur Tätigkeit erwachte wieder und das dumpfe, unverständliche Geräusch, das mich bisher innerlich betäubt hatte, verlor sich immer ferner und ferner.

Ich hatte noch einiges Geld übrig behalten und mit diesem kam ich in *Genua* an. – O Freund, ich wußte nicht, daß ich hier meine frühste Jugend wiederfinden sollte, ein neues Leben, um es nachher noch einmal zu verlieren. – Ich lernte hier ein Mädchen kennen, – o Lovell, du lächelst und verachtest mich, – nein, ich kann dir nicht sagen, wer sie war, du kannst es nicht begreifen. Ich hatte schon einst vor langer Zeit meine Henriette begraben, ich hatte viel auf ihrem Grabe geweint und hier fand ich sie nun ganz und gar wieder und sie hieß Leonore. – Ach, wie glücklich war ich, als sie mich wieder liebte, als sie meine Gattin ward.

Ich weiß nicht, wie es geschah, aber jetzt verließ mich alle meine Schwermut, ich konnte selbst nicht mehr an meinen ehemaligen Zustand glauben. Mein Leben war ein glückliches, gewöhnliches Menschenleben, und keiner meiner Gedanken verlor sich auf jener wüsten Heide, auf der bis dahin meine Seele rastlos umhergestreift war. Ich ließ mir mein Vermögen aus Deutschland überschicken, die Familie meiner Gattin war reich, es fehlte meinem Glücke nichts weiter, als daß mich das Schicksal in Ruhe ließ. – – –

Er hielt hier ein und fing an zu weinen. Ich kann nicht

sagen, was ich alles empfand. Ist dies derselbe Mensch, sagte ich zu mir, der sonst das Leben mit allen seinen Menschen so innig verachtete? der von jeder Menschenfreude auf ewig losgerissen war? Ein Weib also konnte jene entsetzlichen Phantasien verscheuchen, die ihn belagert hielten? – Dabei ergriff mich ein Schauder, daß eben der Balder, den ich im heftigsten Wahnsinne gesehn hatte, jetzt als ein ganz gewöhnlicher Mensch vor mir stand.

Er fiel in meine Arme und fing von neuem an zu sprechen: – Ach Lovell! rief er aus, auch diese hat mir der Tod entrissen. Und ich darf den Kirchhof, ich darf ihr Grab nicht besuchen! Wie sehn' ich mich oft nach meiner einsamen Wohnung in den Apenninen zurück! – –

Ich wollte ihn trösten; ich ließ einige Worte über den gewöhnlichen Gang des menschlichen Lebens fallen.

Recht! rief er mit großer Bitterkeit, das Leben würde kein Leben sein, wenn es nicht nach dieser tyrannischen Vorschrift geführt würde. Wir sind nur darum auf kleine armselige Augenblicke glücklich, um unser Unglück nachher desto schärfer zu fühlen. Es ist der alte Fluch, der auf der Veränderung liegt; Glück muß mit Unglück wechseln, es ist nicht anders möglich, und eben darin besteht unser Leben und unser Elend.

Er war heftig erschüttert und ich ging im Zimmer auf und ab; ich näherte mich dem Mantel und wollte ihn in Gedanken aufheben. Halt! rief mir Balder plötzlich zu, um Gotteswillen halt ein! – Seine Stimme war ganz unkenntlich, ich stand erschrocken still und sah ihn befremdet an. – Da unten, sagte er mit zitterndem Tone, liegen die Denkmäler, die man Henrietten gesetzt hat. – Neugierig hob ich den Mantel auf, – und wie entsetzte ich mich, als ich einen dicken Pfahl und starke Ketten erblickte. Einige Glieder der Kette fielen rasselnd herunter und Balder tobte nun wie ein wildes Gespenst im Zimmer auf und ab, er rannte mit dem Kopfe gegen die Wände, er schrie und zerfleischte sich das Gesicht, er warf sich laut lachend auf den Boden nieder.

Bösewichter! schrie er mit einer gräßlichen Stimme, so geht ihr mit mir um? – Das ist also der Mensch? – Gebt sie mir zurück und nehmt diese Ketten wieder! –

Die Raserei erstickte bald seine Sprache. Sein Gesicht war jetzt blau und aufgetrieben, alle Glieder seines Körpers bewegten sich mit einer unglaublichen Schnelligkeit, in seinen gräßlichen Bewegungen lag etwas Niedriges und Komisches, das mein Entsetzen noch vermehrte. Jetzt sprang er auf mich zu und warf mich mit einem gewaltigen Stoße gegen die Wand, er grinste mich mit einem höhnischen Lächeln an und drückte seine Faust gegen meine Brust; es war mir unmöglich mich von ihm loszumachen. Noch nie hab' ich ein so inniges Entsetzen gefühlt, als in diesem Augenblicke: ich wußte nicht mehr, welche verzerrte Gestalt vor mir stand, ich war in Versuchung, laut aufzuschreien und zu singen, und aus einem fast unwiderstehlichen Triebe Balders gräßliche Possen nachzuahmen. Schon fühlt' ich wie mir Sinne und Bewußtsein vergingen, ich mußte mich ganz sammeln, um imstande zu sein, nach Hülfe zu rufen.

Mehrere Menschen mit großen Ruten und Knütteln traten herein. Balder ließ von mir ab. Man schleppte ihn nach dem Winkel des Zimmers und schloß ihn an den Block. Er ließ alles ruhig geschehn und lächelte nur dazu; als er sich aber festgeschlossen fühlte, brach seine Wut von neuem aus, er schleuderte sich wie ein wildes Tier in den Ketten hin und wieder, alle seine Sehnen und Muskeln waren angespannt, sein Gesicht glühte, seine Augen waren keine menschlichen. Er stemmte sich mit den Ketten, um sich vom Blocke loszureißen, so daß die Ringe laut erklangen: seine Wärter schlugen jetzt ohne Erbarmen auf ihn zu, aber er schien keine Empfindung davon zu haben. Unter der Anstrengung aller Kräfte schien er größer zu werden, sein Gesicht war rund und glühend wie der Vollmond: ich konnte den Anblick nicht länger aushalten, ich verließ schnell das Zimmer. Noch unten, noch auf der Straße hört' ich ihn schreien; Tränen kamen in meine Augen.

So hab' ich ihn wiedergefunden; doch beruhigen Sie sich, Rosa, er ist schon nach zweien Tagen in dieser Raserei gestorben. Alles, was er mir erzählt hatte, ist wahr, gleich nach dem Tode seiner Frau ist er wieder rasend geworden, in Zwischenzeiten ganz kalt und vernünftig. Die Verwandten seiner Frau haben für seinen Unterhalt gesorgt.

Scheint diesem Unglücklichen der Wahnsinn nicht von der Geburt an schon mitgegeben zu sein? Zuerst ging er langsam alle Grade desselben durch, bis er durch eine neue Liebe schneller und rascher zum letzten Extreme hingetrieben ward. – In einigen Tagen sehn Sie mich in Rom. –

11

Adriano an Francesco

Florenz.

Je länger ich hier bin und je mehr ich über Andrea nachdenke, je seltsamer, ich möchte sagen, je alberner kömmt er mir vor. Es fügen sich in meinem Gedächtnisse erst jetzt so manche Züge zusammen, die mir bedeutender als damals erscheinen. Es ist für mich schwer einen Menschen zu beurteilen, solange ich ihn vor mir sehe, solange seine Freundschaftsbezeugungen, seine Aufmerksamkeit für mich meine eigene Aufmerksamkeit bestechen. Ich muß Ihnen gestehn, daß ich mir jetzt nichts Lächerlicheres denken kann, als irgend eine geheime Gesellschaft mit großen Anstalten und tief angelegten Entwürfen; ich begreife jetzt selbst nicht, wie ich mich vor diesem Gedanken irgend einmal fürchten konnte. Ich kann es nicht unterlassen, die Menschen jetzt zu verachten, die sich so ernsthaft in die Mitte der Welt hinstellen, und dann verlangen können, man soll sich vor ihnen entsetzen, jeder simple Bauer, der auf dem Felde arbeitet und nachher ein Weib nimmt, ist mir bei weitem ehrwürdiger. Muß denn alles am

Menschen schwülstig und aufgedunsen sein? Will keiner den Weg zu jener Simplizität gehn, die den Menschen zum wahren Menschen macht, und zwar aus keiner andern Ursache, als weil uns dieser Weg zu sehr vor den Füßen liegt? Es ist sehr schlimm, daß der feinere Verstand gewöhnlich nur dazu dient, die Einfalt zu verachten, statt daß wir lieber den Versuch machen sollten, ob wir nicht auf einem bessern Wege zu denselben Resultaten kommen könnten. Es ist ein ewiger Streit im ganzen menschlichen Geschlechte, und keiner weiß genau, was er von dem andern verlangt; die Menschen stehn sich wie zwei gedungene Heere gegenüber, die sich einander bekämpfen, ohne daß einer den andern kennt. Ich will dies ganze Leben aufgeben, ich will mich mit mir selbst und mit meinem Verstande zur Ruhe setzen, so weit es sich tun läßt; ich bin es überdrüssig, unnütze Reisen hin und her zu machen. – Mag mein Leben doch recht prosaisch weiterlaufen, dieser Zweifel soll mich nun nicht mehr kümmern, denn ich werde es dann nur um so höher achten; mein Vater wünscht, daß ich heirate, damit er noch Enkel sieht, und ich will das auch bei der ersten Gelegenheit tun. Jene seltsamen Stimmungen, jene sonderbaren Exaltationen, mit denen uns Andrea bekannt machen wollte, sind der verbotene Baum im Garten des menschlichen Lebens, nichts will uns nachher genügen, die Welt tut sich immer enger und enger zusammen, nichts genügt dem Menschen mehr, jede unschuldige Menschenfreude tritt scheu vor ihm zurück, denn er findet sie lächerlich und abgeschmackt. Was meinen Sie, Francesco, wollen wir uns nicht unter jene verachteten Spießbürger einschreiben lassen? Wir laufen wenigstens mit der Menge, und können uns darum um so sicherer halten.

12

Francesco an Adriano

Rom.

Recht so, Adriano! Sie glauben nicht, in welche lustige Stimmung mich Ihr Brief versetzt hat. Es ist, als seh' ich uns beide schon verheiratet, die Bräutigamswochen überstanden und dann als gesetzte und wohlkonditionierte Ehemänner. Das ganze menschliche Leben, alle Plane, alle Romane und alles was gedacht und geträumt wird, läuft am Ende denn doch nur auf eine einfache, ganz prosaische Heirat hinaus. Wir schließen den Roman unsers Lebens mit dieser alltäglichen, aber stets interessanten Entwickelung. – Ich glaube, Sie haben bei Ihrem Briefe eine Ahndung von meinem Zustande gehabt. Ich habe hier nämlich ein Frauenzimmer kennen gelernt, – ein Frauenzimmer, – verlangen Sie keine Beschreibung von mir, denn die ist mir viel zu umständlich, aber wenn ich Ihnen sage, daß ich sie *interessant* finde, so hoffe ich, ich habe Ihnen damit alles gesagt. Man kann mir von einem Frauenzimmer alles mögliche erzählen, ein guter Freund kann mir ihre Schönheit, ihren Verstand, ihren Witz, ja sogar ihren Reichtum loben, ohne daß ich auf den Gedanken fallen werde, der gute Freund möchte sich vielleicht verheiraten: sobald er mir aber von einem Frauenzimmer sagt, es sei *interessant*, so fass' ich ihn genauer ins Auge, ich betrachte alle seine Züge, um zu bemerken, in welcher Rücksicht er sich nachher als Ehemann verändern wird.

Hab' ich mir nun nicht schon seit meinem sechszehnten Jahre eine Menge von vortrefflichen Bemerkungen über die Frauenzimmer gemacht? Ich versichre Sie, wenn ich in irgend einer Sache scharfsinnig bin, so ist es in den Beobachtungen, die ich Ihnen über die Weiber mitteilen könnte. Wenn ich manchmal alles für mich allein überlegte, so war ich hinlänglich überzeugt, nicht nur, daß mich keine mehr hintergehn würde, sondern daß auch nie irgend ein weibliches Geschöpf eine große Gewalt über mich haben könnte. Die Probe nachher hat aber nie mit dem ausgerechneten Exempel zusammenstimmen wollen. Ich habe schon tausend Ausnahmen von meinen Regeln gemacht, ja mehr Ausnahmen als Regeln gefunden und nachher wieder eingesehn, daß meine Regel doch dauerhafter sei, als ich vermutet hatte. Lieber Adriano, ich habe wunderbare Erfahrungen über meine Erfahrungen gemacht, ich habe endlich nach einem mühseligen Studium eingesehn, daß ich ein Narr bin. Das Wort ist leicht ausgesprochen, aber Sie werden es nicht glauben wollen, wenn ich Ihnen sage, daß ich zwanzig Jahre daran studiert habe, um die ganze tiefe Bedeutung dieses kleinen einsylbigen Wortes einzusehn. Wenn wir die Menschen zu kennen glauben, kennen wir sie vielleicht am wenigsten, eben weil wir es glauben, weil wir in einer Wissenschaft (in der Menschenkenntnis nämlich) einen Standpunkt gefunden zu haben glauben, in der es durchaus keinen gibt: wenn ein Nebel auf der Landschaft liegt, so scheint uns die Aussicht oft am weitesten. – Was ich sagen wollte: fühlen Sie bei dem Namen *Caroline* nicht eine ganz besondere Wallung in Ihrem Blute? Ich sehe im Geiste schon alles voraus, wie es mit mir kommen wird, ich will mich geduldig darein ergeben, denn zu ändern ist es doch nicht mehr, weil ich mit ihr schon verlobt bin und weil ich auch zweitens gar keine Änderung wünsche. Zum Glücke habe ich so viel Vermögen, daß ich und meine künftige Frau gemächlich davon leben können; dann will ich auch, so wie Sie, über alle möglichen geheimen Gesellschaften lachen. Wenn ich etwas dünner wäre, dächte ich vielleicht anders, und ich werde vielleicht noch prosaischer, wenn ich dicker werde; indessen Adriano, wir sind nach meiner Meinung alt genug, um alle Kindereien ablegen zu können. Man kann sich aber nicht besser gegen Torheiten waffnen, als wenn man sich mit einer recht großen Torheit bepanzert, die uns vom Kopfe bis zu den Füßen bedeckt, und darum eben will ich jetzt heiraten. Ich will mich in alle die Kleinigkeiten, in alle

Albernheiten eines glücklichen Ehegatten und übervorsichtigen Vaters einstudieren, damit alle übrigen Possen des Lebens keinen Platz mehr an mir finden, wo sie einkehren könnten. Man sichert sich gegen die Schwärmerei dadurch am besten, daß man für die Aufklärung ein Schwärmer wird, und so will ich es auch meinerseits machen. – Aber mein Geschwätz, das ich für einen freundschaftlichen Brief ausgebe, wird zu weitläuftig; ich breche daher ab.

13

William Lovell an Rosa

Rom.

Ich bin hier, Rosa, in Rom wieder. Kommen Sie doch, liebster Freund, so schnell als möglich, sogleich zu mir hinüber. Ich bin erst heut abend hier angekommen, kaum seit einer Stunde bin ich hier. Ich wohne in demselben Hause, das ich sonst bewohnt habe. Es ist mir ganz seltsam, ich sehe aus dem Fenster, und dieselbe alte, wohlbekannte Straße streckt sich wieder vor mir aus. Ich habe es nicht unterlassen können, ich habe schon einen Spaziergang durch die benachbarten Gassen machen müssen. Ich bin vielen Gesichtern begegnet, die mir schon damals bekannt waren, weil man sie immer auf den Straßen sieht; ich kann Ihnen nicht beschreiben, mit welcher Liebe ich die bekannten Paläste und Kirchen betrachtet habe. – Ich möchte fast noch Andrea besuchen, aber ich will dennoch bis morgen warten. Wie harr' ich auf den ersten Klang seiner Worte! wie wohl wird sein ernstes Gesicht meinem wunden Herzen tun! – O Andrea! – er kann es nicht wissen, wie sehr ich ihn liebe, er würde mir's nicht glauben, wenn ich's ihm sagte. In ihm liegt jetzt alles versammelt, was mir sonst teuer und schätzenswürdig war. – Wie ungeduldig werd' ich den morgenden Tag erwarten! – Kommen Sie,

Rosa, eilen Sie, ich beschwöre Sie; noch nie hat ein Freund den Freund mit der Ungeduld erwartet, mit der ich Sie hieherwünsche.

14

William Lovell an Rosa

Rom.

Ich weiß nicht, was ich denken, ich weiß nicht, was ich sagen soll. Mein Gemüt ist in der gespanntesten Unruhe. Sie kommen nicht, Rosa, und seit drei Tagen wünsch' ich Andrea zu sprechen und er läßt mich immer zurückweisen. Er sei krank, läßt er mir sagen. Was soll ich denken? Was soll ich beginnen? Kann er mich nicht auch in der Krankheit sprechen? O, schreckliche Gedanken, vernichtende Gedanken steigen in meinem Gehirne auf. Warum muß er mich zurückweisen? –

Bianca habe ich gesehn, sie ist bleich und abgefallen, die Schwindsucht nimmt ihre Kräfte hinweg. Ihr Anblick hat mich erschreckt, denn er brachte ein sonderbares Bild in meinen Kopf, ich kann mich aber nicht erinnern, welches. Francesco ist kalt und zurückgezogen, er wird jetzt heiraten, ich weiß nicht, ob Sie es schon wissen. Alle übrigen, die ich sonst häufig bei Andrea sah, tun, als kennten sie mich nicht. – O Himmel! welche Ursache kann es geben, daß Andrea nicht mit mir sprechen will! Soll dies der Schlußstein meines trüben Lebens werden? So schal und nüchtern sollte sich nun alles endigen? – O nein, es ist nicht möglich, er wird mich endlich vor sich lassen, und geschähe es auch nur, um meines Andringens los zu werden. Ich weiß jetzt keinen meiner Sinne recht zu gebrauchen, fast ohne Bewußtsein geh' ich umher. – Erbarmen Sie sich, Rosa, und kommen Sie zu mir nach Rom, dann wird alles gut werden, dann wollen wir beide Andrea mit Bitten bestürmen: lassen Sie mich jetzt nicht vergeblich bitten, kommen Sie ja.

15

William Lovell an Rosa

Rom.

Ich kann Ihnen kaum schreiben. – Warum sind Sie nicht gekommen, oder warum haben Sie mir wenigstens nicht geantwortet? – Ach, ich weiß auch selbst nicht, was ich alles frage.

Ich habe Andrea gesprochen. Mit Zittern ging ich gestern wieder hin; man sagte mir, ich könnte hineintreten. Nur in wenigen Momenten meines Lebens bin ich von einer Freude so ganz und gar durchdrungen gewesen, so sehr durch ein plötzliches, unerwartetes Entzücken überrascht. – O wie teuer, wie unaussprechlich teuer hab' ich diese kurze Freude bezahlen müssen!

Ich trat in Andreas Zimmer. Er lag auf einem kleinen Ruhebette und schrieb; er hob die Augen bei meinem Eintritte nicht empor. Er war sehr eingefallen, sein ganzes Gesicht war nur ein Skelett von seinem ehemaligen, die Augen brannten heftiger als je. Ich wagte nicht, mich zu regen, so vertraut ich auch sonst mit ihm gewesen war, sondern ich stand in einer ehrerbietigen Entfernung. – Endlich bemerkte er mich, oder er hörte vielmehr nur auf zu schreiben. – O Rosa, mit welchem Blicke durchbohrte er mich! Es war, als wenn sich meine Seele in mir furchtsam zusammenkrümmte, so entsetzlich ward ich von diesem durchschneidenden Blicke getroffen. –

Nun, Lovell? fragte er mit einer matten Stimme.

Ich wußte nichts zu antworten; ich fing an zu zittern. Alles, was ich je gedacht hatte, ging in raschen, verwirrten Zügen durch meinen Kopf. Ich wußte mich selbst nicht zu lassen.

Was willst du? fragte er mit einer eisigen Winterkälte, mit einem verdammlichen, schändlichen Tone, als wenn er mich necken und mit meiner ehemaligen Vertraulichkeit verspotten wollte.

Ich konnte mich nicht länger halten: ich mußte laut weinen. Andrea! rief ich, aber er konnte nur mein Schluchzen hören, so sehr erstickte der Ton in sich selber.

Du weinst? fragte er lächelnd.

Soll ich es nicht? rief ich aus; bin ich nicht ganz elend? –

Elend? – Und, – o Rosa! hören Sie's, fühlen Sie's, wenn es eine andre Menschenbrust, so wie ich, fühlen kann, – o Rosa, nun fing er an so laut und so gräßlich zu lachen, daß es mir durch Mark und Bein drang, daß sich mir die Haare aufrichteten. – Hab' ich mich wohl schon je in der Welt so fremd gefühlt, als sie mir plötzlich in diesem Augenblicke ward?

Ich wußte nicht, ob ich rasete, ob Andrea wahnsinnig sei; er lachte noch immer fort, und so eifrig, als wenn er mit diesem Lachen der Menschheit den Kauf aufkündigen wollte. – Mein Entsetzen war ihm ein Spaß, meine tödliche Todesblässe ein lustiges Spiel. –

Wie ich zur Türe wieder hinausgekommen bin, weiß ich jetzt nicht, aber ich stand plötzlich draußen, dann war ich auf der Straße und fremde Menschengesichter rannten vor mir vorüber, und alle waren mir lieber und verwandter, als Andreas Blick.

Wo ist nun alles hin, was ich hoffte und wünschte? Zukunft und Vergangenheit sind erloschen und die Spuren von beiden gleich unsichtbar. – Kann ich jetzt etwas anders tun, als sterben? – Doch, auch dazu gehört Ruhe.

16

Eduard Burton an Mortimer

Bonstreet.

Ich kann Ihnen immer nichts schreiben, lieber Freund, als daß ich noch glücklich bin und so glücklich zu bleiben hoffe; es ereignen sich keine Veränderungen hier, außer einigen unbedeutenden im Dorfe, die Sie unmöglich interessieren können. Von unserm Garten gibt Ihnen mein Schwiegervater Nachricht, so daß ich durchaus nicht weiß, was ich Ihnen schreiben soll. Das Leben fließt uns vorüber, ohne daß wir daran weiter denken, daß dies das sogenannte Leben sei, und da wir so unaufmerksam sind, kommen wir auch gar nicht darauf, Bemerkungen über uns selbst zu machen. Es ist auch eine üble Sache um diese Bemerkungen, wir tragen oft erst nachher das in uns hinein, was wir gerne bemerkt haben möchten, und glauben dann selbst daran, um uns nur zu beruhigen.

Die Gesundheit besteht darin, daß man seinen Körper nicht empfindet; und wahrhaft glücklich ist man nur dann, wenn man gar nicht weiß, daß man glücklich ist.

Betty ist immer wohl und vergnügt; ich glaube, sie ist jetzt schwanger. Wir werden in die stilleren Freuden des Lebens eingeweiht und die Zukunft zeigt uns aus der Ferne ein großes, bis oben angefülltes Fruchthorn. Das Schicksal scheint jetzt immer freundlich gegen uns zu bleiben und wir machen daher auch dem Schicksale ein freundliches Gesicht. Mehr kann offenbar von beiden Parteien nicht verlangt werden.

Die Freude meines Schwiegervaters macht mich oft sehr fröhlich und erfüllt mein Herz mit einer milden, warmen Menschenfreundlichkeit. Der Anblick von glücklichen Menschen bessert uns ebenso gut, ja vielleicht noch schöner, als der von unglückseligen; man kann nichts anders als Wohlwollen empfinden, wenn man Gesichter gegenüber sieht, bei denen sich in jeder Torheit, in jeder kleinen Eitelkeit das heiterste und wohlwollendste Gemüt abspiegelt. Wer wollte da auf die Schwächen der Menschen zürnen, wer seine Feder schärfen, um etwas recht Bittres und Schneidendes dagegen zu sagen? Ich vermöchte es nicht, und selbst wenn ich weniger froh und glücklich wäre.

Grüßen Sie Ihre Gattin; Betty hat mir sehr viele Grüße und Worte aufgetragen, da sie heute zu träge ist, selbst etwas zu schreiben. Antworten Sie mir, wie es Ihnen geht, Sie sind jetzt auch ein sehr saumseliger Briefschreiber. – Etwas zu bessern und zu tadeln werden wir an uns finden, so lange wir leben, und wir wollen Gott bitten, daß er uns nicht alle Fehler auf einmal nehme. –

17

Mortimer an Eduard Burton

Roger-place.

Ich kann Ihnen ebenfalls nichts anders erzählen, als was Sie mir in Ihrem Briefe schreiben: soll ich noch hinzusetzen, daß es mich freut, daß Sie so froh und glücklich sind? Sie werden es glauben, wenn Sie es gleich nicht schwarz auf weiß haben.

Wenn ich manchmal vor dem Spiegel stehe und zu mir sage: da siehst du nun den vortrefflichen Herrn Mortimer vor dir, der einmal in Italien und zweimal in Frankreich gewesen ist, der so manches Kluge gedacht und so manchen Menschen kennen gelernt hat, – so muß ich jedesmal über mein Bild im Spiegel und über mich selber lachen. Ich erinnere mich dann der unzähligen Entwürfe und Vorsätze, der so schön berechneten Plane für mein Leben, der mannichfachen Bemerkungen, die ich über den Menschen in meiner Seele niedergeschrieben und wieder ausgestrichen habe. Unser Leben ist nichts, als ein ewiger Kampf der neuen Eindrücke mit der eigentümlichen Bildung unsers Geistes: wir glauben oft, daß unser Charakter auf immer eine neue Wendung nimmt, und plötzlich sind wir dann wieder ebenso, wie wir gewöhnlich waren. Ich habe mich über alle Heiraten lustig gemacht, bis ich selbst heiratete; nun glaubte ich, gäbe es nichts Ernsthafteres in der Welt, und jetzt wäre es mir doch wieder möglich, in die unschuldigen Scherze mit einzustimmen. Es gibt eine Urverfassung in uns selbst, die nichts zerstören kann, sie wird plötzlich wieder da sein, ohne daß wir es selbst begreifen können, wie wir uns so schnell in einen ganz alten ehemaligen Menschen haben umändern können. Daß wir aber mit einem gewissen neuen und bessern Verstande zu dieser alten Verfassung zurückkehren, glaube ich selbst, denn sonst müßte man bei diesem zirkelmäßigen Leben in Verzweiflung fallen: aber so liegt in diesem Wiederkehren ein großer Trost, der, daß wir uns innerlich nie aus den Augen verlieren können, soviel wir uns auch manchmal äußerlich bemühen, es zu tun.

18

William Lovell an Rosa

Rom.

So ist es denn nun aus? völlig aus? – Ich weiß mich noch immer nicht zu fassen. Ich möchte laut schreien und klagen, ich möchte es in die ganze weite Natur hineinheulen, wie elend ich bin. – O wie unbeschreiblich nüchtern und armselig endigt sich nun alles, was mich einst in so hohe Begeisterung setzte, was mir eine so selige Zukunft aufschloß. – O eine wilde, blinde Wut ergreift mich, wenn ich daran denke, wenn ich mir alles und jeden Umstand von neuem in die Seele zurückrufe: eine Raserei erschöpft nicht alles, was ich fühle, es gibt keine Äußerung, die menschliche Natur könnte sie nicht aushalten, so wie ich meinen Schmerz und Verlust darstellen müßte.

Und warum das? werden Sie fragen. – Ach, Rosa, bei Ihnen ist es bloße Neugier, die so fragt. – Sie sind ein glücklicher Mensch. Ich kann mein Unglück an den Gefühlen keines andern Wesens ermessen. – So hören Sie denn: – *Andrea ist tot.* –

Ich sah ihn sterben. – Nie habe ich einen Menschen in seiner letzten Stunde so gesehn. Er lachte und verwünschte dann sich und die Welt; er schien selbst den Tod und seine Zuckungen als ein lächerliches Possenspiel anzusehn, das keine Aufmerksamkeit verdiente: er verbarg und unterdrückte sein Zittern, er schien die Angst des Todes zu besiegen. – Über mein zerrißnes Herz, über meine zermalmte Glückseligkeit lachte er immer wieder von neuem und sagte, das käme mir nur so vor, weil ich ein Narr sei. Dann stöhnte er wieder dazwischen, und nannte den Namen Gottes mit bebenden Lippen, und schlug dann wieder ein helles Gelächter auf. Ich konnte mich am Ende nicht mehr finden, wo ich war, in einem Wahnsinnstaumel war ich von der Erde und aus mir selber hinausgerückt, ich konnte zuletzt mit kaltem, starrem Auge die Todeszuckungen Andreas betrachten, sein pochendes Herz, seine schwer arbeitende Brust. – Als wenn ein fremdes, ungekanntes Wesen in ihm hämmerte und zum Tageslichte heraus wollte, so lag er mit seinen Krämpfen vor mir da, und ich lachte am Ende selbst über die seltsamen Verzerrungen seines alten Gesichts. – Und nun war er tot. – Kein Atemzug, kein Pulsschlag mehr in ihm: es graute mir nicht, ich entsetzte mich nicht vor dem Leichnam, und doch stürzte ich mit bebendem Knie zum Zimmer hinaus.

Und nun fühlte ich's mit aller Gewalt des ganzen schrecklichen Gefühls, – *daß nun alles aus sei*, – keine Wiederkehr einer Empfindung, kein Zittern und Zagen, sondern alles eine dumpfe, nüchterne Gewißheit; alles in ein jämmerliches Grab hineingesunken, was einst mein war und mein werden sollte. – Fühlen Sie's, Rosa? – Nein, es ist nicht möglich.

O ich könnte – – ach, was? – wahnsinnig werden! sterben! – sonst seh' ich nichts. – Ich drohe mir selber, um vor mir selber zu zittern, ich fühle mich bis in mein innerstes Wesen hinein vernichtet, bis in die letzte Tiefe meiner Gedanken zerstört.

Wollen Sie mich besuchen? – Sie werden es nicht tun, weil ich Sie nicht unterhalten kann. – Ich weiß nicht mehr, was ich empfinden soll: alles in der Welt kömmt mir gleich armselig vor, und so ist es auch. Aber warum es gerade so kommen mußte? So, wie ich es am wenigsten erwartete? –

O Rosa, wie herzerhebend müßte jetzt das Gefühl sein, sich als einen recht großen Bösewicht zu kennen; sich selbst zu fürchten und zu achten: dies Glück war mir nicht gegönnt. –

Wollen wir in Gesellschaft sterben?

19

Adriano an Francesco

Florenz.

Ich sehe aus Ihren Briefen, daß wir auf eine beinahe wunderbare Weise sympathisieren, denn werden Sie es mir wohl glauben wollen, wenn ich Ihnen sage, daß ich wirklich schon Bräutigam bin? Bei einer Heirat ist das Glück, so wie im ganzen übrigen Leben, ein Zufall, und das lange Wählen ist daher völlig unnütz. Wir leben wie in einem großen Lotto, wo Nieten und Gewinste unkenntlich durcheinanderliegen, das Aussuchen und Besinnen ist nur lächerlich. So hab' ich jetzt, ohne es selbst zu wollen, eine Stelle bekommen, die ansehnlicher und einträglicher ist, als jene, um die ich anhielt; die feine Klugheit will zwar immer den Gang des Lebens und seiner Zufälle erraten, allein sie irrt sich doch weit häufiger, als ihre Berechnungen eintreffen; ich setze die Klugheit darin, alle Zufälle auf eine Art aufzufangen, daß sie mir nicht schaden können, hierbei läuft man weit weniger Gefahr. Ich wende statt der *Vorsicht* immer, wenn ich so sagen darf eine

Rücksicht an, denn für mich ist es unmöglich, mit Vorsichtigkeit vorsichtig zu sein; die meisten tun auch hierinnen zu viel, wie in allen Regeln, die sie sich im Laufe ihres Lebens abstrahiert haben; man kann selbst auf Extreme verfallen, indem man immer nur den Mittelweg gehen will. –

20

Francesco an Adriano

Rom.

Wenn Sie Bräutigam sind, so bin ich imstande Ihnen zu melden, daß ich schon ein Ehemann bin. Ich halte das lange Entschließen ebenfalls für Torheit, die Mädchen müssen suchen je eher je lieber unter die Haube, so wie die Männer unter den Pantoffel zu kommen, denn was hilft es am Ende, wenn man sich seinem Schicksale auch noch so lange widersetzt? Wir haben nun das Ende aller unsrer Schicksale erlebt, die, aufrichtig gesprochen, eben nicht sehr verflochten waren, indessen, es ist besser, daß wir ohne vorhergegangene Verwickelung die Entwickelung erlebt haben: die Mißverständnisse in dem Lustspiele des Lebens sind für mich immer etwas äußerst Langweiliges gewesen. Wir treten nunmehr von der Bühne der menschlichen Torheiten ab und errichten ganz in der Stille ein Privattheater. Ich halte den für sehr glücklich, den das Schicksal nicht mit in die weitläuftigen Verwickelungen der Welthändel zieht, er steht unter einem schimmernden Dache, und man mag mir sagen, was man will, ein Platzregen macht wenigstens naß, wenn er auch übrigens unschädlich sein sollte.

Andrea ist hier gestorben und aus dieser Ursache haben Sie wahrscheinlich ein Amt erhalten. Lovell ist zurückgekommen, und sieht sehr krank und verdrüßlich aus. Er dauert mich inniglich, sooft ich ihn sehe.

21

Eduard Burton an Mortimer

Bonstreet.

Meine Betty hat mir eine Tochter geboren, die wir *Amalie* genannt haben. Warum soll ich heucheln und nicht lieber gestehn, daß ich mich ganz außerordentlich freue? Ich habe nicht jene Größe der Seele, die mich immer über die Erde und ihre kleinen Glückseligkeiten hinüberhebt. Das Leben tut sich bei mir immer enger zusammen, ich habe alle Reisen und alle meine jugendlichen Plane aufgegeben, jedem glänzenden Glücke entsagt, aber eben dadurch eröffnet sich mir eine immer hellere Ebene, die Aussicht der Zukunft wird immer breiter und glänzender. Unglück und Schmerz sind wie ein heftiger Regen, der zwar die Pflanzen niederschlägt, sie aber nachher nur desto frischer wieder aufrichtet: so ist es auch vielleicht mit mir und mit meinen Empfindungen gewesen. Lovells Schicksal wird mir immer wie ein Gewicht in meiner Seele liegen und so die Spannung derselben erhalten. Ich habe von ihm viel gelernt, ich habe gesehn, wie leicht bloßer Eigensinn und die Sucht, etwas Besonderes zu sein, den Menschen viel weiter locken können, als er anfangs gedacht hat, ich bin dadurch gegen die Unglücklichen toleranter geworden, die wir oft zu schnell und zu strenge Bösewichter nennen, da wir ihnen nur den Namen der Toren beilegen sollten: ihre Torheit dient uns nur nicht zum Gelächter, sondern wir fürchten sie, und darum werden wir so strenge Richter. – Es kommt mir in manchen Stunden vor, als wäre ich seit zwei Jahren außerordentlich alt geworden; wenn ich mich zurückerinnere, so dünken mich diese Jahre eine Ewigkeit.

Wir müssen irgend ein Mittel ausfinden, lieber Mortimer, um uns öfter zu sehn; wie wär' es, wenn Sie das nahgelegene *Waterhall* von mir zu einem billigen Preise kauften und Ihr Roger-place einem andern überließen? Dann wären wir ganz nahe Nachbarn, dann könnte ich Sie recht genießen. Je mehr ich darüber nachdenke, je fester wird der Gedanke bei mir, so daß es mir sehr wehe tun würde, wenn er Ihnen mißfiele. Ich habe das Gut in einen bessern Stand setzen lassen, der Garten, der sonst ganz verwildert war, ist wieder eingerichtet, die Gegend um Waterhall ist bei weitem schöner und interessanter, als die um Roger-place: kurz, Sie sehn wohl ein, ich möchte Sie gerne überreden. Antworten Sie, lieber Freund, was Sie zu meinem Vorschlage denken.

22

Mortimer an Eduard Burton

Roger-place.

Ich wünsche Ihnen Glück und zwar recht von Herzen. Wir können jetzt ein recht schönes Parallelleben führen, und so langsam und unvermerkt in das Alter hineinkriechen. Es gibt eine Periode im Leben, in der der Mensch plötzlich alt und reif wird; bei manchen Menschen bleibt diese Periode freilich ganz aus, sie bleiben immer nur Subalternen in der großen Armee, ihnen ist es nie vergönnt, den Plan und die Absicht des Ganzen zu übersehn, sondern sie müssen sich unter elenden Mutmaßungen und lächerlichen Hypothesen abquälen; sie werden immer fortgetrieben, ohne daß sie wissen, wohin sie kommen: ich glaube, daß wir beide uns freier umsehn können und jetzt in den Zufällen selbst das Notwendige entdecken, die Rechenschaft von ihnen zu fordern verstehn, warum sie so und nicht anders eintreten. Insofern die Kunst, glücklich zu sein, die Kunst ist, zu leben, insofern besitzen wir diese Kunst.

Sie haben doch auch den Vorsatz, sich bei Ihrem Kinde nicht auf eine sogenannte gute oder feine Erziehung einzulassen, keine von den jetzigen Moden mitzumachen, die schon die Kinderseelen im achten Jahre mit Eitelkeit füllen und sie so verderben. Ich habe beschlossen, meinen Georg ganz einfach aufwachsen zu lassen, ich hoffe, er soll auf die Art am ersten ein guter und einfacher Mensch werden; Kinder merken nichts leichter, als wenn sie mit einer gewissen Wichtigkeit behandelt werden; dies ist die Ursache, warum viele sich schon früh selbst sehr wichtig vorkommen, jede Art von Affektation wird dadurch bei ihnen erzeugt, sie halten sich für Genies und außerordentliche Menschen, und denken nie daran, sich und der Welt Beweise davon zu geben. Ich bin überzeugt, daß Lovell von seinem Vater mit zu vieler Sorgfalt erzogen wurde, und daß dies die erste Quelle seiner Torheit und seines Unglücks war. Die Liebe der Eltern artet gar zu leicht in etwas aus, das keine Liebe mehr ist, sondern an lächerliche Ziererei und Weichlichkeit grenzt, besonders wenn sie nur ein einziges Kind haben: dies soll dann mit allen Vortrefflichkeiten überladen werden, es darf sich nicht der kleinsten Zugluft des gemeineren Lebens aussetzen, die doch so oft dazu dient, unsern Geist abzuhärten und ihn männlich zu machen, und daher kömmt es denn, daß wir an diesen Sonntagsgeschöpfen meistenteils so wenig Energie und Kraft bemerken; ein Mensch, der Geschwister hat, ist schon deswegen glücklicher. Ich wurde offenbar nur deswegen besser als meine gestorbenen Brüder, weil mich meine Eltern vernachlässigten, ja fast verachteten; sie glaubten, ihre Sorgfalt sei an mir doch verloren, und daher gaben sie mir die Erlaubnis, mich selbst erziehn zu dürfen: ich erzog mich freilich durch Ungezogenheiten, aber immer noch besser, als ganz verzogen zu werden. Ich ward häufiger gedemütigt, als meine Brüder, und eben dadurch stolzer; ein gewisser Stolz ist die Feder, die den Menschen in den Gang bringt, die den Wunsch in ihm erzeugt, von keinen fremden Meinungen und Gesichtern abzuhängen, und die ihm die Kraft gibt, diesen Wunsch sich selber zu erfüllen.

Wenn wir nun alt sind, erleben wir vielleicht die Freude, daß unsre Kinder sich verheiraten. Doch, ich will mir das nicht in den Kopf setzen, wenn diese Kinder nicht selbst auf den Gedanken kommen sollten, wenn sie nämlich die Zeit erleben, in der der Mensch sich verlieben muß. Man sollte überhaupt keine Plane für die Zukunft machen, am wenigsten solche, deren Ausführung nicht von uns selber abhängt. – Ich bemerke aber, daß ich, seit ich Vater geworden bin, unaufhörlich in Sentenzen spreche; eine Sache, die ich sonst nie an einem andern Menschen leiden konnte, denn es ist im Grunde nichts weiter, als die Sucht, sich selbst immer in kleine Stücke zu zersägen und beständig Proben von unsrer Vortrefflichkeit herumzureichen: unsern Geist in vielen Silhouetten abzuzeichnen und diese dann aus dem Fenster an die Vorübergehenden auszuteilen. Dies ist die Schwäche, wodurch manche Menschen so unausstehlich werden, als ein moralischer Schriftsteller im Umgange nur sein kann, der uns immer seine längstvergessenen Bücher repetiert.

Jetzt will ich auf Ihren Vorschlag kommen. Der Gedanke ist mir gewiß ebenso erfreulich, als er Ihnen nur immer sein kann, denn ich wäre beinahe schon bei dem Verkaufe von *Waterhall* so unverschämt gewesen, Sie zu überbieten, doch es ist besser, daß es nicht geschehn ist, denn ich kann es jetzt auf eine ehrlichere Art bekommen. Roger-place kann ich gerade jetzt unter sehr vorteilhaften Bedingungen verkaufen, und alles vereinigt sich, um mich zu bewegen, nach Waterhall zu ziehn. Amalie hat sich zwar an den hiesigen Aufenthalt sehr gewöhnt und sie liebt ihn gewiß außerordentlich, indessen hat sie mir doch schon ihre Einwilligung gegeben: sie freut sich ebenfalls sehr, Ihrer liebenswürdigen Gattin näher zu kommen. – Kurz, ich reise morgen ab, um Sie zu besuchen, Waterhall zu sehn, und mich mit Ihnen über die Bedingungen zu vereinigen: ich denke aber daran, daß ich eben deswegen diesen Brief hier abbrechen kann.

23

Thomas an den Herrn Ralph Blackstone

Waterhall.

Gnädiger Herr,

Der Garten wäre nun hier insoweit fertig und es fehlt im Grunde nichts weiter als daß ich noch auf den Befehl warte, nach Bonstreet zurückzureisen. Ich hätte selbst im Anfange nicht gedacht, daß man aus der hiesigen Wildnis noch soviel zu machen imstande sei: doch Gottes Segen und fleißige Arbeit kann beinahe Wunderwerke hervorbringen, das bin ich hier gewahr geworden. Wie würde sich die alte gnädige verstorbene Frau wundern, wenn sie jetzt wieder aus dem Grabe auferstehn sollte! Sie würde gar nicht glauben wollen, daß es dasselbe Gut sei, und sie würde es sogar schlechter finden als vorher, denn darin kenne ich sie; sie war, wenn ich der Wahrheit die Ehre geben soll, ein wenig eigensinnig, wie es denn im Grunde alle alten Frauen sind, besonders aber die vornehmen: sie haben dann nur noch an dem Befehlen in der Welt ihre Freude.

Ich bin ordentlich neugierig, Ew. Gnaden und den Garten in Bonstreet wiederzusehn. Es mag sich unterdessen manches auf Ew. Gnaden Befehl verändert haben. Das Erdreich hier in Waterhall ist beinahe besser, als auf unserm Gute, weil es tiefer liegt, das Wasser in der Nähe macht es frischer. Das Obst, das hier gezogen wird, ist offenbar schöner, als das unsrige, ich habe es selber gegessen, und kann daher recht gut darüber urteilen. – Ich empfehle mich Ihnen, gnädiger Herr, mit der ergebensten Bitte, mich nun bald nach Hause kommen zu lassen.

Thomas.

24
Ralph Blackstone an Thomas

Bonstreet.

Es ist mir sehr lieb zu hören, lieber Thomas, daß Er in Waterhall fertig ist; Er kann sich also aus diesem Grunde zur Abreise nur immer fertig machen. Hier hat sich indessen mancherlei zugetragen, was wohl große und beträchtliche Veränderungen nach sich ziehen dürfte. Vor allen Dingen muß ich Ihm nur melden, daß ich jetzt Großvater bin und mein Kopf mit allerhand wichtigen Gedanken angefüllt ist. Es ist eine junge Tochter, die meine Betty zur Welt gebracht hat, und ich überlege eben jetzt immer, wie man sie wohl am besten erziehn könnte. Das wendet meine Gedanken nun von dem Garten und von den Baumschulen gänzlich ab, denn eine junge menschliche Seele ist ein zarterer und besserer Baum, der den Menschen näher angeht. Ich habe meine Tochter, wie die ganze Welt sagt, sehr gut erzogen, ich werde daher auch wohl noch imstande sein, einen kleinen Enkel zu erziehn. Alles dies hat mich bewogen, einen Entschluß zu fassen, der Ihm, Thomas, gewiß sehr lieb sein wird: ich will Ihm nämlich künftig ganz allein die Einrichtung und Bearbeitung des Gartens überlassen, ich behalte mir nur die Jagd vor, um dort so zu schalten und zu walten, so wie es mich gutdünkt. Auch habe ich noch einen andern Plan entworfen, nämlich den, die hiesigen Fischteiche zu verbessern: wir müssen oft Fische aus fernen Gegenden kommen lassen, und das ist sehr unangenehm, sie haben dann bei weitem nicht ihren guten und natürlichen Geschmack; dem Übel muß auf irgend eine Art abgeholfen werden, und ich weiß es auch schon, wie ich mich dazu anstellen will. Vielleicht weiß Er mir einen tüchtigen Mann vorzuschlagen, der unter meiner Aufsicht die Besorgung über sich nehmen könnte. – Komm' Er jetzt übrigens nur nach Bonstreet, oder vielmehr bleibe Er nur da, bis wir Ihn abholen, denn wir alle werden hinreisen und Herr Mortimer noch obendrein mit uns, denn unter uns gesagt, ich habe ein Vögelchen singen hören, daß Herr Mortimer das ganze Gut Waterhall gekauft hat; doch, das bleibt in den ersten drei Tagen noch unter uns, bis es ihm abgetreten wird, welches sehr bald geschehen soll. Es ist uns um eine gute Gesellschaft in der Nähe zu tun, und dazu ist Herr Mortimer ganz ohne Zweifel ein sehr tüchtiger Mann. – Wegen Seiner Verdienste, lieber Thomas, soll Er auch Zulage bekommen, und wenn Er es wünscht, eine ganz stille und ruhige Pension genießen, denn Er ist schon alt, muß Er wissen, und wenn Ihm der Garten nicht gar zu sehr am Herzen liegt, so mag Er nun nur die ganze Arbeit wegwerfen. – Lebe Er recht wohl, bis wir uns persönlich wiedersehn; mein Schwiegersohn läßt grüßen.

25

William Lovell an Rosa

Rom.

Nun ist es entschieden. – Es fehlt nichts weiter. – Ich kann mich nun hinlegen und sterben, denn alles, alles ist vorüber. – Lesen Sie das beigelegte Paket, es ist von Andrea, es ist sein Testament, in dem er mich unbarmherzig verstößt, in dem er nichts von mir wissen will. – Es ist wahrscheinlich dasselbe, woran er noch in seiner Krankheit schrieb, als ich ihn besuchte. –

Kann ich noch etwas sagen, oder auch nur denken? – O Gott, ich bin aus dem Reiche der Schöpfung hinausgeworfen. – Lesen Sie und fühlen Sie dann, wenn es möglich ist, wie jedes Wort mich zermalmt hat. – Ach, Rosa! – Es ist, als wenn ich zuweilen über mich selber lachen und spotten könnte. – Weinen kann ich nicht, und doch würde es mir wohltun: – ach, jetzt ist alles einerlei.

26

Einlage des vorigen Briefes

Ich erwarte Deine Zurückkunft, Lovell, und bis dahin will ich für Dich diese Aufsätze schreiben, damit Du endlich die so sehnlich gewünschte Erklärung erhältst. Du hast recht, wenn Du glaubst, daß es nicht möglich sei, immer unter Träumen umherzugehn, daß der Geist endlich nach einer trocknen Überzeugung schmachtet, und diese soll Dir auch jetzt werden. – Ich habe alle Deine Briefe an Rosa gelesen und alles hat mich in meiner Meinung von Dir bestätigt; ich habe Dich jetzt kennen lernen und Du sollst nun auch erfahren, soviel es möglich ist, wie ich beschaffen bin.

Du wirst aber alle meine Gedanken vielleicht zu ernsthaft nehmen und sie eben darum weniger verstehn: es ist sehr Deine Sache, aus allzugroßer Heftigkeit in einer Idee einen ganz andern Gedanken zu finden, als der andere gemeint hat. Du gehörst zu jenen Lesern, die in allen Büchern nur sich selber suchen, und nicht die Fähigkeit besitzen, sich in fremde Körper hineinzudenken. – Ich hoffe, Du sollst durch einige Nachrichten erschüttert, durch manche Ideen sollst Du klüger werden, und wenn beides geschieht, will ich meine Zeit und Mühe nicht bereuen. – Meine Krankheit zwingt mich zu irgend einer Beschäftigung; ich will Dir also diese Papiere als ein Denkmal von mir zurücklassen, als ein Testament, als die Erbschaft selbst, die Du von mir erwarten kannst. Wenn Du dadurch auch nur um Eine Idee bereichert wirst, so hast Du genug gewonnen.

Meine Jugend

So wisse denn, daß ich *Waterloo* heiße und ein Engländer bin. Ich bin mit Deinem Freunde Burton nahe verwandt, denn ich bin der Oheim seines Vaters, Du kennst durch Deinen Vater vielleicht schon meinen Namen, ja Du mußt sogar oft mein Gemälde gesehn haben, welches in einem von euern Zimmern hängt.

Ich habe schon seit lange darauf gedacht, meine Geschichte kurz niederzuschreiben, nur habe ich noch nie eine gelegene Zeit dazu finden können: jetzt, da ich nichts zu tun habe, da alle meine Bekannten mich verlassen, will ich mir die Vergangenheit zurückrufen, um mit ihr und mit mir selber zu tändeln, so wie ich bisher mit den Menschen spielte. –

Mein Vater war ein rauher und strenger Mann, ich war sein einziges Kind. Er hatte sein Vermögen in den bürgerlichen Kriegen verloren, er lebte daher auf dem Lande äußerst sparsam und eingezogen, die Eitelkeit und die Pracht der Welt kannte ich nur vom Hörensagen. In einem einsamen Tale wuchs ich auf, und fast immer mir selbst überlassen, entwikkelten sich in meiner Seele wunderbare Träume, die ich für die Wirklichkeit ansah. Frömmigkeit erfüllte mein Herz, ich war in einem beständigen andächtigen Taumel, es verging alles vor meinen Sinnen und Gedanken, wenn ich mir Gott und die Unsterblichkeit vorzustellen suchte. Heilige Stimmen liefen oft durch den Wald, wenn ich allein dort lag, alle Wipfel vereinigten sich dann zu einem leise brausenden Chor, und der Gesang der Vögel erschallte munter dazwischen, wie ein Wettgesang der weltlichen Freuden mit dem Segen des Himmels. Ich schlummerte oft ein und faßte dann die größten und frömmsten Entschließungen; dann hob ich meine Hände kindlich zum Himmel empor, und alle Gefühle zerrannen in meinem Herzen und vereinigten sich in einen Punkt. Tränen stürzten dann aus meinen Augen und endigten so meinen hohen Taumel. Ich hatte von der großen Liebe Gottes zu den Menschen gehört, und dies Gefühl hielt ich für diese Liebe, denn es war, als wenn mein Herz ein magnetischer Mittelpunkt wäre, der vom Himmel unwiderstehlich angezogen würde und den die körperliche Hülle kaum noch auf der Erde zurückhielte. Mein Vater war selbst im Alter fromm geworden, und seine Gespräche dienten sehr dazu, meine Phantasie noch mehr zu erhitzen.

Enthusiasmus

Ich hielt mich in meinem Sinne, wenn ich die Geschichte, oder andre Bücher über Menschen las, für einen ganz vorzüglichen Geist. Ich traute keiner andern Brust die Empfindungen zu, die wie eine sanftwechselnde Musik in meinem Herzen auf- und niederstiegen. Diese Vorstellungen hoben mich über die ganze Natur hinaus, ich vergaß alle Dürftigkeiten des Lebens und war nur in reinen Strahlen einheimisch.

Fast jeden Menschen beherrscht in der Zeit, wenn er vom Kinde zum Jünglinge übergeht, ein hoher Enthusiasmus; der ist glücklich, der sehr schnell den Zirkel aller täuschenden Empfindungen durchläuft, um endlich, wenn er die Runde gemacht hat, sich selber anzutreffen. Die hohe Reizbarkeit dient dazu, uns in tausend Torheiten zu verwickeln, aber auch, uns über diese Torheiten zu belehren; je feinere Sinnlichkeit ein Mensch besitzt, um so eher ist es ihm möglich, recht früh klug zu werden.

Ich möchte den jugendlichen Enthusiasmus, so wie manches andre im Menschen, nichts als eine Anlage nennen, die sich zur Geschicklichkeit ausbilden läßt. Es ist eine Kunst, die man sich durch Übung erwirbt, keine von den Armseligkeiten zu erblicken, die uns in der spätern Zeit oft zurück- und auf der Erde festhält, wenn uns eben ein fliegender Taumel ergreifen will: wir stellen in der Jugend alles in einen dunkeln Hintergrund, was vor uns hin die schöne Aussicht verdecken könnte. Man nimmt sich nur vor, ein großer Mensch zu werden, solange man die Menschen und sich selbst nicht kennt: es ist ein Spiel, das uns erhaben vorkömmt, weil wir uns so lange zwingen, bis wir es so finden. Dem kälteren Menschen erscheint der Enthusiasmus gerade so, wie derjenige, der kein Spiel versteht, denen zusieht, die sich mit vieler Aufmerksamkeit mit einem scharfsinnigen Kartenspiele beschäftigen.

Der Enthusiast meint, die ganze Welt sei nur darum da, um seine Entwürfe darin auszuführen, die Welt sei nur darum so sonderbar aus Übeln und Vortrefflichkeiten zusammengesetzt, damit er durch die Überwindung der Schwierigkeiten ein desto größeres Verdienst erringe. Er würde nicht mehr gut sein wollen, wenn es leicht wäre, gut zu sein, und wenn es alle Menschen mit ihm zugleich wären.

Liebe

Bei den meisten Menschen ist der Enthusiasmus für das Große und die Tugend nur eine Vorbereitung zur *Liebe*, es ist derselbe Trieb, der sich nur in die Allgemeinheit verliert und Ideen sucht, weil er keinen Gegenstand vor sich hat: die Liebe verarbeitet die Menschen eine Zeitlang und führt sie nachher zur Sinnlichkeit, einem Wege, auf dem sie verständiger, aber auch weit größere Toren als vorher werden können. Es ist der Kreuzweg, auf dem die meisten sich in verwickelten Irrgängen verlieren und umzukehren glauben, wenn sie immer tiefer in die Wildnis hineinrennen.

Mein Vater starb, als ich sechszehn Jahr alt war, ein tauber Schmerz erdrückte und verfinsterte meinen Geist, ich glaubte alles verloren zu haben; ein Irrtum, den jeder Mensch beim ersten Verluste begeht, weil er noch nicht in den Wechsel des Lebens eingelernt ist. – Ich trieb mich lange in der Einsamkeit herum, um meinem Schmerze nachzuhängen und aus ihm nach der ersten Betäubung eine Art von Kunstwerk zu bilden, in welchem ich mir wieder gefiel. Ich zog nach und nach meine vorigen Ideen in meinen jetzigen Zustand hinein, und so war es, als wenn sich ein sanfter Mondschimmer über mir bildete, in dessen melancholischer Dämmerung ich gerne wandelte.

Ich lernte eine Familie in der Nachbarschaft kennen, oder vielmehr, ich besuchte sie nur fleißig, weil mein Vormund mich dort eingeführt hatte. Antonie, die einzige Tochter des Hauses, lenkte nach kurzer Zeit alle meine Aufmerksamkeit auf sich; die Dämmerung um mich her ward immer traulicher, und ich hatte am Ende meinen Schmerz vergessen, indem ich immer noch sehr unglücklich zu sein glaubte.

Mein ganzes Leben bekam einen neuen Schwung und es ward mir auf eine andere Art lieb. Alle meine großen Entwürfe fielen zusammen, meine große heroische Biographie kroch in einen Seufzer ein, ein einziger holdseliger Blick erfüllte alle meine Wünsche.

In dieser Zeit ist man von allen Frauenzimmern gern gesehn, weil man sie verehrt und für göttliche Wesen hält; sie sind immer in der Gesellschaft eines jungen unerfahrnen Menschen glücklich und unbefangen; je blöder, je verlegener er sich nimmt, je lieber ist er ihnen, wenn sie ihn öffentlich auch noch so sehr verspotten. Als ich in mehreren Familien bekannt ward, war ich bei allen Frauenzimmern eine ordentliche Modeware; alle bildeten sich ein, daß sie mich erziehn wollten, um mich zu einem ganz vorzüglichen Menschen zu machen, jede entdeckte in mir Talente, die sich unter ihrem hohen Schutze gewiß vortrefflich in mir entwickeln würden. Es ward nun an mir so fein erzogen, daß ich es sogar in meiner damaligen Verstandesblödigkeit bemerkte, man wandte alles an, um mich eitel und verkehrt zu machen, meine Erzieher arbeiteten recht mühsam dahin, daß ich sie verachten mußte, weil sie eine noch höhere Verehrung von mir erzwingen wollten.

Antonie war das einzige Mädchen, das sich nicht um mich zu kümmern schien. Ich hörte so oft mit Verachtung von ihr sprechen, daß ich mir selbst am Ende einbildete, sie wäre mir verächtlich; man sagte von ihr, daß sie keinen Verstand besitze, und es schien auch so, denn sie sprach nur selten und sehr furchtsam mit, wenn die übrigen ihre feinen Ideen auf eine glänzende Art entwickelten. Wenn ich allein bei ihr war, fühlte ich mich aber auf eine unbegreifliche Art zu ihr hingezogen, im einfältigen, fast kindischen Gespräche wurde mir dann der Verstand aller übrigen weit zurückgerückt, sie interessierten mich dann nicht, ich konnte sie selbst in der Erinnerung nicht achten. Ich wunderte mich oft über diese seltsamen Widersprüche, ich überlegte oft in der Einsamkeit, wodurch ich so wunderbar gestimmt werden könne, daß ich immer dic entgegengesetzte Seite fände und sie jedesmal für die wahre hielte. In kurzer Zeit ward dieser Widerspruch in mir gehoben, denn ich gab mich gegen meine Überzeugung Antonien ganz hin, die Gesellschaft aller übrigen Menschen war mir schal und ermüdend, ich lebte nur für sie, ich dachte nur sie, ich träumte nur von ihr. – Selbst jetzt in der Erinnerung könnt' ich mir, ein achtzigjähriger Greis, jene schöne Zeit zurückwünschen.

Vielleicht haben nur wenige Menschen so geliebt, wie ich, denn noch in keinem Dichter habe ich meine damaligen Empfindungen ganz wiedergefunden. Es sind nur Stückwerke, jämmerliche Fragmente, wenn ich andre Menschen davon reden höre, ihre Phantasie hat es nicht gewagt, sich ganz in den reinen Ätherstrom der Liebe unterzutauchen, sie haben immer noch ängstlich zur dürren Erde zurückgeblickt, als sie sich von den allmächtigen Fittigen aufwärts getragen fühlten. – Meinem Ohre gab die ganze Natur jetzt nur einen einzigen Ton an, es war als wenn die Poesie mit himmelbreiten Flügeln über die Welt hinrauschte, und Sonne, Mond und Sterne anrührte, daß sie tönten: alles Volk stand unten und staunte aufwärts, vom neuen Glanz, von der nie gehörten Harmonie betäubt und verzaubert.

Ohne daß ich oft vernahm, was sie sagte, konnte mich der bloße Ton ihrer Stimme in Entzücken versetzen, alle meine Gedanken schliefen gleichsam in Blumen und in süßen Tönen, meine Seele ruhte in der ihrigen aus, und in einem Elemente, das für den Menschen zu fein ist, schwamm und spielte ich umher.

Meine übrigen Freundinnen sahen nun mit Hohngelächter auf mich hinab, sie gaben mich verloren und meinten, ich werde nun ebenso einfältig bleiben, als es meine Geliebte sei. Ich verstand Antoniens himmlische Unschuld, die ihren eigenen Wert nicht kannte, die sogar errötete, wenn man sie nur für gut hielt.

Ich wünschte tausendmal, für Antonien sterben zu können, für sie irgend ein Verdienst zu erringen. Ich wünschte sie arm und in Unglück, um sie zu retten, in Todesgefahr, ich flehte, daß wenn sie mich nicht lieben könne, so wie ich sie liebte, der Himmel sie möchte sterben lassen, damit ich dann Ruhe hätte, damit ich auf ihrem Grabhügel so lange weinen könnte, bis ich ihr nachstürbe. – Der Mensch kann nie in irgend etwas groß sein, ohne zugleich ein Tor zu sein.

Ich bemerkte nur zu bald, daß sie mich nicht liebte; sie war zwar immer freundlich gegen mich und mehr, wie gegen manchen andern, allein sie war mit mir nie in Verlegenheit: sie erriet mich und doch kam sie mir nicht entgegen, in jedem Worte, das sie sprach, fühlte ich es innig, daß sie mich nicht liebe. Alle meine Empfindungen peinigten mich mit Folterschmerzen, ich wußte nicht, was ich wollte, ich begriff nicht, was ich dachte, alles war im Widerspruche mit sich selber, die Natur umher ward wieder stumm, die dürre Wirklichkeit kroch wieder langsam und träge aus ihrem Winkel hervor, in den sie sich versteckt hatte: es war, als würde das Instrument mit allen seinen klingenden Saiten in tausend Stücke geschlagen.

In einer recht vertraulichen Stunde gestand sie mir nun selbst, daß sie mich nicht lieben könne, weil sie schon an einen reichen jungen Menschen versprochen sei, dem sie ihr ganzes Herz hingegeben habe.

Alles in mir löste sich auf. Ein tauber Schmerz saß in meinem Herzen und dehnte sich immer weiter und weiter aus, als wenn er das Herz und die Brust zersprengen wollte, und doch kam ich mir zugleich albern und abgeschmackt vor. Ich verachtete meine Tränen und Seufzer, ich hielt alles in mir für Affektation, alle lebendige Poesie flog weit von mir weg, alle Empfindungen zogen vorüber wie etwas Fremdes, das mir nicht zugehörte. –

Der Liebhaber kam, um sie abzuholen. Sie reiste ab, und dachte nicht daran, in welcher Einsamkeit sie mich zurückließ: ich hatte ihr noch selber alles zur Reise einpacken helfen. Die Zimmer waren ausgeleert, und in der Mitternachtsstunde ging ich dem öden Hause vorüber, und hörte nur noch drinnen eine Wanduhr, die ewig und langweilig ihre wiederkehrenden Schwingungen abmaß. Es war mir, als hörte ich den Takt, der kalt und empfindungslos das menschliche Leben abmißt: ich ahndete im voraus den Gang der Zeit und alle die trüben Veränderungen, die sich träge in der Einförmigkeit ablösen und gähnend wiederkehren.

Melancholie

Es ist, als wenn die Liebe wie ein Frühlingsschein im Anfange unsers Lebens hingelegt wäre, damit wir diese schöne Empfindung in uns recht lange nähren und fortsetzen, damit uns der schönste Genuß der Seele durch unser ganzes Leben begleite, und durch die bloße Erinnerung uns dies Leben teuer mache. Wenige nur wagen es, nachdem sie durch dies goldene Tor gegangen sind, das Leben und seine Freuden zu verachten, sie kommen sich dadurch selbst als etwas Großes und Erhabenes vor, und dies ist die eigentliche Grundlage von dem, was die Menschen *gut* nennen. Begrüßte uns nicht die Liebe am Eingange des Lebens, so würden sich alle Menschen ohne Mühe von ihren Vorurteilen losmachen können, keiner würde sich um die Tugend kümmern und keiner über den Verlust seiner jugendlichen Gefühle Reue empfinden. Aber so wird uns ein Talisman mitgegeben, der uns beherrscht, ohne daß wir es wissen.

Ich fühlte mich jetzt von der ganzen Welt losgerissen, ohne allen Zusammenhang mit irgend etwas, das in ihr war. Oft lag ich ganze Tage hindurch im Walde und weinte, mit unsichtbaren Wesen führte ich Gespräche und klagte ihnen mein Leid. Oft war es, als wenn die Natur und die rauschenden

Bäume meinem Herzen plötzlich näher rückten, und ich streckte dann meine Arme aus, um sie mit einer unnennbaren Liebe zu umfangen, aber dann fiel es wieder vor meine Seele nieder, ich war in meinem Schmerze mit mir selber nicht befreundet, und alles übrige erschien mir kalt und ohne Interesse. Menschen, die dann in der Ferne vorübergingen, beneidete ich, indem ich sie verachtete: ein verworrenes Gewühl von tausend Gestalten lag drückend in meiner Phantasie; keine konnte sich losarbeiten, um als ein einzelnes, anschauliches Bild dazustehn. – Dies sind die Empfindungen eines jungen unentwickelten Menschen, der nach etwas greift, das er selbst nicht kennt.

Das hohe Ideal der Tugend und der Vortrefflichkeit des Menschen kam jetzt in meine Seele zurück. Ich nahm mir vor, alle meine Gefühle in dieser Vorstellung zu verbinden, ich sah jetzt meine unglückliche Liebe als ein Opfer an, das ich der Tugend und der Notwendigkeit gebracht hatte. Ich fand in vielen Stunden Trost in diesem Gedanken, und ich nahm mir von neuem vor, ein recht edler und vollendeter Mensch zu werden, alle die gewöhnlichen Armseligkeiten wegzuwerfen und mich ganz der hohen Vorstellung zu weihen, die mein Herz erweiterte. Dieser Vorsatz ist es eigentlich nur, der den Menschen so oft über diese Welt hinüberhebt, denn in der langsamen und weitschweifigen Ausübung geht bald aller Enthusiasmus verloren. Mir ging es aber bei weitem übler. Die Menschen witterten etwas von meinen Ideen, die sie Schwärmerei nannten, um mich zu bessern, verfolgten sie mich nun mit falschem Witze, mit Sticheleien auf die gemeinste Weise. Alles, was ich tat und sagte, war ihnen nicht recht und zu jugendlich; sie ließen mir nicht die Zeit, selbst Erfahrungen zu machen, um meine Torheiten einzusehn, sondern ich sollte in einem Treibhause klüger werden.

Es ist gewiß leicht, ein großer Mensch zu werden und zu bleiben, wenn sich uns sogleich große Unglücksfälle in den Weg werfen, die die Bahn zu versperren drohen. Dann nimmt ein solcher Mann alle seine Kräfte zusammen, um keinen Schritt zurück zu tun. Gefängnis und Ketten, Todesgefahr und allgemeiner Haß sind nur Mittel, die seine Seele stärken und verhärten, er lebt in einem unaufhörlichen Kampfe gegen die wilden Massen, die ihn umgeben, und dieser Kampf erhält ihn munter und lebendig. Eigensinn wird endlich seine Haupttugend werden, an dem sich seine übrigen Tugenden nur lehnen, er wird sich selbst verachten, wenn er fühlt, daß er innerlich nachzugeben im Begriff ist, und auf die Art wird die Spannung seiner Seele niemals nachlassen. Das Bild eines solchen Mannes ist groß, wenn man will, aber noch größer wäre der, der seinen Vorsatz durchführt, wenn er gleich nicht bemerkt wird, dem nichts Großes entgegengeht, sondern der in einer schalen Unbedeutenheit lebt und von allen verachtet wird; vor dem der eine Tag so wie der andere vorübergeht, und um den sich die Zeit und das Unglück gar nicht zu kümmern scheint. Ein solcher Mensch wird seinen Wert bald aufgeben, alles wird ihm nur ein Hirngespinst scheinen, und er wird entweder zu den ganz gewöhnlichen Menschen hinabsinken, oder sich an diesen zu rächen suchen.

Wie oft ward mein guter Wille verkannt und das beste in mir verhöhnt: wem ich mit meiner Freundschaft entgegenging, der wies mich kalt zurück, meine jugendliche Empfindung nannte man *sich gemein machen*. Alle Menschen waren klüger, verständiger und besser, als ich, und ich glaubte es am Ende selbst; ich verachtete mich jetzt ohne Grund, so wie ich mich vorher ohne alle Ursache verehrt hatte; ich hielt es am Ende nicht der Mühe wert, an mich selbst zu denken, es war mir lächerlich, daß ich mich verbessern wollte, die Welt und ich selber ward mir gleichgültig, und so schlief ich von einem Tage zum andern hinüber, ohne Wünsche und ohne Reue, in mir selber ausgestorben und ohne Lebenskraft, neue Blüten zu treiben.

Denn Blüten sind gewöhnlich nur das, was wir schon Früchte nennen, und die Früchte selbst sind für uns nur deswegen ein Bild der Vollendung, weil sie unsern Bedürfnissen zustatten kommen: in ihnen liegt der Stamm, der in der Zukunft wieder Blüten und Früchte bringen würde. –

Plötzlich erwachten in mir ganz alte und vergessene Träume. Bilder von Ländern, Landkarten, die ich in meiner Kindheit betrachtet hatte, gingen meiner Phantasie vorüber, ich hörte entfernte Ströme rauschen und sah einen fremden Himmel über mir. Eine unbeschreibliche Lust, die Menschen und die wohlbekannten Gegenden zu verlassen, ergriff mich, ich ahndete soviel Neues, und in dem Neuen soviel Mannigfaltigkeit, daß ich plötzlich mein Vermögen zusammenraffte, und in der größten Eile England verließ.

Sinnlichkeit

Es war alles nicht so, wie ich es mir gedacht hatte. Ich traf allenthalben dieselben Menschen wieder an, eben das flache, abgegriffene Gepräge, das mich in meiner Heimat innerlich so oft empört hatte. – Ich glaubte endlich, es sei Narrheit, anders sein zu wollen, ich zwang mich in diese Form hinein, und nun war ich ihnen lieb.

Schon vorher hatte ich von einigen sogenannten Vertrauten gehört, daß in meinem Gesichte etwas liege, das die Menschen im Anfange von mir zurückstieße; eine verborgene Widrigkeit, die man nicht genau zu beschreiben wisse, die mich aber bald lächerlich, bald wieder zu einem Gegenstande der Furcht mache. Nun wußt' ich doch, warum die Menschen mich haßten und verfolgten; weil meine Nase etwas anders stand als sie es wünschten, fanden sie mich verwerflich.

Ich überließ mich jetzt dem frohern Genuß des Lebens, alle meine dunkeln Empfindungen lösten sich in Sinnlichkeit auf, ich glaubte, das sei nur ein Weg dahin gewesen, eine Vorbereitung zu dieser Vollkommenheit.

Ich verachtete jetzt alles in mir selbst, was mir als groß und erhaben erschienen war; mir selbst zum Trotz zeichnete ich mir meine Liebe als das Lächerlichste vor, ich machte mich mit den widrigsten Vorstellungen vertraut, und galt nun bald allenthalben für einen witzigen Kopf, weil ich im Grunde den Verstand verloren hatte.

So durchschwärmte ich ohne Genuß Italien und Frankreich. Man sah mich allenthalben gern, und allenthalben war ich mir selbst zur Last: ich bemerkte endlich mit Schrecken, daß mein kleines Vermögen fast gänzlich verloren sei, ich war meinem Vaterlande ganz fremd geworden, weil ich ohngefähr sechszehn Jahre entfernt gewesen war; ein Zeitraum, der mich jetzt außerordentlich kurz dünkte. – Mit dem Gelde, das mir übrig blieb, beschloß ich nun nach England zurückzukehren, weil mir indes das Alte etwas Neues geworden war. – Ich betrat das englische Ufer, um hier neue Erfahrungen zu machen.

Klugheit

Ich kam mit der festen Überzeugung zurück, die Menschen zu kennen. Ich hatte im Laufe meines wilden Lebens nicht unterlassen, sie zu beobachten, aber ich war mir dieser Beobachtungen viel zu sehr bewußt, als daß sie hätten richtig sein können. Es ist schwer, die Menschen in der Gegenwart zu kennen, weit richtiger beurteilt man sie in der Entfernung, wenn wir nach und nach die wahrgenommenen Merkmale sammeln. Über meine Freunde in Italien fing ich daher an, ganz richtig zu denken, und doch brachten mich die Menschen, die ich in England traf, von neuem in Verwirrung: ich suchte mich in jede Gestalt, die mir aufstieß, hineinzustudieren, und darüber geschah es denn unvermerkt, daß ich selbst manches von dem Menschen annahm, den ich mir nur verständlich machen wollte; es ist dieselbe Erfahrung, die jeder Übersetzer macht, der während der Arbeit sein Original zu hoch anschlägt.

Meine ehemalige Geliebte traf ich als eine zänkische, eigensinnige Hausfrau wieder, selbst in ihrer Gestalt waren nur wenige Spuren ihrer sonstigen Liebenswürdigkeit zurückgeblieben. Wir gingen miteinander um, wie alle übrigen Menschen miteinander sprechen, und alle meine jugendlichen Empfindungen für sie erschienen mir schal und abgestanden, alle Festtage waren für mich im menschlichen Leben ausgestrichen, und mein Blick verlor sich in der unabsehlichen Folge der alltäglichen Stunden und Vorfälle, von keinem Gefühle aufgeputzt, von keiner Schwärmerei beglänzt. Wie albern erschien mir jetzt die Erinnerung meines ehemaligen Lebens und meiner jugendlichen Gefühle! Ich trat unter den Haufen der Menschen, und betrachtete jedes Gesicht mit einem kalten Blicke: keiner ging mein Herz näher an, als der andre.

Ich erhielt bald in vielen Häusern Zutritt, weil ich, ich weiß nicht durch welchen Zufall, den Namen eines witzigen Kopfes bekommen hatte. Man ist sehr oft in der Welt witzig, wenn man auf eine gewisse Art einfältig ist, wenn man jeden Einfall und Gedanken wagt, ohne an alle die Rücksichten zu denken, die der klügere Mensch nie aus den Augen verlieren wird. Ich sprach alles, was mir in den Sinn kam, und machte mich besonders durch abgeschmackte Anekdoten sehr beliebt; der wahre Witz wird in Gesellschaften selten geachtet und verstanden, die meisten Leute haben immer nur die Vorstädte des Verstandes und des Witzes kennen gelernt, sie behalten daher zeitlebens ihre kleinstädtischen, entfernten Begriffe von diesen Vortrefflichkeiten. Durch den allgemeinen Beifall, dessen ich genoß, ließ ich mich verleiten, immer witziger zu werden, ich fand Behagen an mir selbst, und setzte am Ende in meine Armseligkeiten einen ebenso hohen Wert, als es die übrigen Menschen taten. Man wird meistenteils durch den Umgang einfältiger und eitler, selten klüger und besser. Ich hatte damals überhaupt gerade soviel Verstand und Erfahrung, um mich sehr dumm zu betragen, der ganz Einfältige geht einen weit bessern und sicherern Weg, als der Mensch, dessen Klugheit im Wachstume ist; die einzig schädliche Dummheit ist jene halbe Klugheit, die sich allenthalben zurechtfinden will, alles zu ihrem Vorteile benutzen, das Widerspenstige auf eine feine Art verbinden und so durch einen feinen, unbemerkten Despotismus die ganze Welt regieren. Diese Klugheit war eben bei mir grün in die Höhe geschossen, so daß ich sie zwar bemerken, aber noch keine Früchte davon einernten konnte: diese unreife Klugheit kann höchstens einem Schriftsteller zugute kommen, der in seinen Büchern mit den Menschen machen kann, was er will, ohne daß sie sich eben zu sehr widersetzen; aber in der wirklichen Welt ist sie eben der Angelhaken, mit dem diese Goldfische von klügern Fischern gefangen werden. Man sollte daher entweder zeitlebens einfältig bleiben, oder schnell jene gefährliche Periode der Entwickelung zu überstehen suchen.

Damals lernte ich einen jungen Menschen, Deinen Vater, kennen. Er stand noch in der empfindenden Periode, und ich war ihm mit meiner Ausbildung so sehr gewachsen, daß er mich bald für das Muster eines Mannes hielt. Er wünschte nichts so sehr, als meine Freundschaft, und es traf sich, daß wir in kurzer Zeit recht vertraut miteinander wurden. Er entdeckte mir seine Liebe zur Lady Milford, und bat mich um meine Vermittelung, weil ich in dem Hause oft war, und viel beim Vater galt. Ich nahm mich seiner redlich an, und es kam so weit, daß die Verlobung in kurzem gefeiert werden sollte. Marie Milford war ein treffliches Mädchen, die mir mit jedem Tage mehr gefiel, und ohne daß ich sagen könnte, wie es geschah, war ich selbst in sie verliebt, noch ehe ich daran dachte, daß es möglich wäre. Ich dachte jetzt, Lovell von ihr zu entfernen, ich tat vieles, ohne genau zu überlegen, was und wie es sei, und so gelang es mir am Ende wirklich, daß ihm der Vater das Haus verbot. Der junge Burton, der Lovells Freund war, ward jetzt heimlich mein Vertrauter, wir errichteten einen ordentlichen Vertrag. So jung dieser Mensch damals auch war, so war er mir dennoch überlegen; ob ich gleich sein Oheim war, so konnte ich es doch nicht unterlassen, im stillen eine große Achtung für ihn zu empfinden. Es zeigte sich auch in der Folge, daß ich hierin recht hatte, ob ich mich gleich im ganzen in ihm geirrt hatte.

Marie war unglücklich, und alle meine Bemühungen, ihr Wohlwollen auf mich zu lenken, waren vergebens. Je mehr sie mir widerstand, um so heftiger wurde meine Begierde. Ich glaubte daher, daß diese Liebe noch stärker sei, als meine erste jugendliche zu Antonien. Der Vater ward immer mehr für mich eingenommen, und er wünschte nichts so sehnlich, als mich zum Schwiegersohne zu bekommen.

Ich hatte Lovell nach und nach und mit einigem Scharfsinne beim Vater verleumdet, ich hatte allen meinen Aussagen den Anstrich der Wahrheit zu geben gewußt, aber doch war die ganze Intrige ohne einen eigentlichen Plan angelegt, ich verließ mich mehr auf den Zufall und auf die Leichtgläubigkeit der Menschen, als auf mich selbst. Ich dachte eigentlich nur selten an den Erfolg, sondern ließ sich die Maschine selber umtreiben, so wie es die meisten Menschen machen, die eigentlich mehr ihre Plane ausbessern und den üblen Folgen derselben aus dem Wege treten, als daß sie ihre Plane durchsetzen. Diese Schläfrigkeit in der Bosheit macht, daß die Menschen noch so ziemlich miteinander fertig werden, daß es dem einen nicht sauer wird, den andern zu überlisten, und daß dieser sich wieder nicht sehr widerspenstig erzeigt, überlistet zu werden.

Die Tochter schien mir immer abgeneigter zu werden, und doch war sie bei Tage und in der Nacht mein einziger Gedanke. Ich gab mein ganzes voriges Leben verloren, und beschloß, durch ihren Besitz gleichsam von neuem geboren zu werden, mich und mein Glück in jeder Stunde recht bedächtlich zu genießen und mit mir selber ernsthafter umzugehen. Es schien mir jetzt, als habe ich alle meine Jahre in einem wilden, drückenden Rausche verschleudert, ich erschrak vor dem Gedanken, leer durch das Leben zu gehn und dann so hinzusterben. Und doch überfiel mich oft die Überzeugung, daß es so kommen würde und müsse, denn ich fühlte es in allen Stunden innig, daß sich Mariens Seele gänzlich von mir zurückneigte, wie eine Blume von dem kalten Schatten. Sie ward in einer Stunde offenherzig und gestand mir ihr Gefühl, wie alles sie von mir zurückstoße, mein Gesicht, mein ganzes Wesen, ein Etwas, das sie nicht beschreiben könne, das ihr aber völlig zuwider und in manchen Stunden sogar fürchterlich sei. Jetzt wußte ich, woran ich war, es zog in demselben Augenblicke ein grimmiger, ein entsetzlicher Haß durch meine Brust, ein Haß gegen die ganze Welt und gegen mich selbst, alle die feinen Nerven der Liebe und des Wohlwollens erstarrten, wie von einem beißenden Froste getroffen. Alle Blüten meines Geistes, alle Selbstachtung, jede Heiligkeit erstarben in meinem Innern. Aber ich nahm mir nun um so fester vor, sie unter jeder Bedingung zu besitzen, ihr und mir zum Trotze; sie von Lovell loszureißen, war jetzt schon meine Glückseligkeit.

Der bestimmte Tag, an dem ich mit ihr verheiratet werden sollte, nahte sich nun wirklich; alle Gäste waren da, Musik ertönte, Marie war traurig und der Vater froh, als Lovell plötzlich hereinstürzte, der bis dahin in London gewesen war, und nun sich alles zu meinem Schimpfe entwickelte, indes ich kaum ein einziges Wort finden konnte.

Alles verließ mich, ich mußte Burton nach meinem Versprechen einige hundert Pfund geben, die gerade den Rest meines Vermögens ausmachten; er hatte mich wider meinen Willen in seiner Gewalt.

Haß

Ich stand einsam da. Ich hatte nur Eine Empfindung in meiner Brust, die mein Herz zu zerreißen drohte; ein tiefer, unversöhnlicher, brennender Haß gegen Lovell. Mein ganzes Leben hätte ich daran setzen mögen, um das seinige zu verbittern. Ich konnte nicht an seinen Namen denken, ohne vor Wut zu zittern: mein Innres bewegte sich auf die gewaltsamste Weise, wenn ich an alle Vorfälle dachte, und ich dann sein Vorhaben gekrönt, ihn glücklich sah. Ich schwur es mir, ihn ewig nicht zu vergessen, mich nie im Herzen mit ihm auszusöhnen. Mein Leben hatte nun einen Faden gefunden, an dem es sich hinunterspinnen konnte.

Ich wußte es zu bewerkstelligen, daß er Gift bekam, allein er wurde wiederhergestellt; eine kleine Genugtuung war es mir, daß Marie im ersten Wochenbette starb, wie ich nachher erfuhr, allein die brennende Wunde in meiner Brust blieb immer offen. Ich verstand jetzt, was man unter dem Worte *Haß* begreife, mir war, als wenn mein Leben nun erst einen Zweck bekommen habe, und daß dieser in nichts anderm bestehe, als Lovell unablässig zu verfolgen und zu peinigen: mein dunkles ungewisses Dasein schloß sich hinter mir zu, und eine gewissere und ebnere Bahn lag vor mir. Ich empfand, daß dieser Haß die Hauptempfindung in meinem Leben sein würde; nach diesem Mittelpunkte zog sich alles. Ich knirschte mit den Zähnen und verachtete mich selbst, daß ich nichts weiter tun konnte, aber ich schwur es dem bösen Geiste in mir, mich zu rächen, sobald sich nur eine Gelegenheit zeigen würde.

Elend

Es war jetzt die Zeit gekommen, daß ich die Menschen wirklich sollte kennen lernen. Der Mensch ist nichts, wenn ihm seine Nebengeschöpfe fremd bleiben, und indem er sie kennen lernt, verliert er alles, was ihm Wert gab: er ist ein klägliches und wieder lächerliches Rätsel.

Alle Menschen entfernten sich nun von mir, ich war von allen Gesellschaften ausgeschlossen, ich suchte Hülfe oder nur Mitleid, aber ich ward kalt und höhnisch zurückgewiesen. Man hatte mich gesucht und an sich gezogen, und jetzt verachtete mich jeder Dummkopf, ohne daß er sich einen auch nur halbklugen Grund anzugeben wußte. Ich ärgerte mich innig über diese Menschen, die mich vorher ohne alle Ursache geschätzt hatten, und mich nun so plötzlich fallenließen, und sich dabei so hoch über mir erhaben dünkten. Ich war gebrandmarkt, und jedermann vermied mich als einen Angesteckten, sie hatten sonst einmal etwas von Tugend und

Rechtschaffenheit gehört, und nun meinten sie, die Leute könnten wohl gar denken, sie hielten nicht viel von diesen hohen Dingen, wenn sie sich mit mir abgäben. Es waren Menschen darunter, die nicht ihre einfältigsten Gedanken mit der Sprache von sich zu geben wußten.

Die weite Welt lag jetzt vor mir, aber ich begriff nicht, wie ich darin leben wollte. Mein ganzes Vermögen war verloren, ich hatte keine Freunde und keine Aussichten, keinen Mut, mir selber zu vertrauen, um das Verlorne wieder zu gewinnen. Ich hätte in London eine Zeitlang bleiben können, aber ich war es müde, Anekdoten zu erzählen, oder hin und her zu schwatzen, und mich abzuquälen, um einen witzigen Einfall zusammenzubringen. Die Menschen hatten mir selbst den Mut genommen, zu schmeicheln, um so ein kümmerliches Dasein durchzuschleppen.

Und mit Mariens Vermögen hätt' ich so gemächlich und so bequem leben können, sie hätte mich doch vielleicht endlich geliebt, denn es war unmöglich, daß der abgeschmackte, geistlose Lovell sie so innig wie ich lieben konnte; er allein war die Ursache meines Elendes. – So sprach ich oft mit mir selber, und mein Ingrimm ward durch die Menschen erhoben, auf die ich stieß.

Ich reiste wieder nach Frankreich, und vermied die Gesellschaft der Menschen soviel als möglich. Im Schatten von rauschenden Wäldern überlas ich nun oft alle die Erfahrungen, die ich in meinem Gedächtnisse aufbewahrt hatte, es taten sich viele Lichter da hervor, wo bis jetzt in meiner Seele dikkes Dunkel, oder verworrene Dämmerung geherrscht hatte. Nichts lehrt uns so sehr die Menschen verachten, als die Einsamkeit, jede Armseligkeit dieses Geschlechts erscheint noch ärmer, wenn man sich im einsamen Forste ihrer erinnert, indem ein Gewitter rabenschwarze Schatten hinunterwirft, und der Donner ungewiß über die zitternden Baumwipfel geht.

Ich suchte endlich Hülfe bei Menschen, die sonst meine vertrauten Freunde gewesen waren, und denen ich aus schlecht angebrachter Gutherzigkeit sonst tausend Dienste, selbst mit meinem Schaden, geleistet hatte. Keiner kannte mich wieder, einige wurden sogar auf meine Unkosten witzig, ich sah jetzt ein, daß Achtung und Freundschaft nur so lange dauern können, als jeder der sogenannten Freunde ohngefähr gleich viel Geld in der Tasche hat; sie erhalten sich wie Waageschalen, die nur im Gleichgewichte stehn, wenn in jeder von ihnen ein gleiches Gewicht liegt.

Mitten im volkreichen Paris lebte ich in der größten Einsamkeit, mein letztes Geld war ausgegeben und eine Krankheit überfiel mich. Ich mußte zum Schmählichsten meine Zuflucht nehmen; auf mein inständiges, wiederholtes Bitten nahm man mich in einem Hospitale auf. Ich kann nicht sagen, daß man für mich sorgte, denn selbst der trägste Gärtner behandelt die Blumen, die schon verwelken wollen, liebreicher und mit mehr Aufmerksamkeit, als hier die kranken, mit dem Tode ringenden Menschen gehandhabt wurden. Manche werden dennoch wieder gesund, und zu diesen gehörte auch ich. Man entließ mich, ein Geistlicher gab mir sogar fromme Wünsche mit, und die Sonne schien mir nun wieder auf der freien Straße entgegen. Ich war noch sehr schwach, abgefallen und bleich, aber dennoch ward niemand zum Mitleiden bewegt. Es gibt gar zu viele Elende! rief man mir von allen Seiten entgegen, weil selten ein Mensch so gewissenhaft ist, es aufrichtig zu gestehn, daß er sich nicht berufen fühle, die Not des Menschen zu erleichtern. Ich bettelte gleich dem Verworfensten, aber mein Anzug war noch zu gut, um das flüchtige Mitleid gefangen zu nehmen: wer mir einen Sous gab, hielt sich zugleich für berufen, mir tausend Bitterkeiten zu sagen, die mich noch mehr schmerzten, als Hunger und Krankheit, ja manche taten es gewiß nur, um eine Gelegenheit zu haben, ihre guten Lehren an den Mann zu bringen.

Ich ward immer aufgebrachter, und sah doch ein, daß mein Harm nur lächerlich war. Ich ward meines Lebens überdrüssig, das wie eine Kette um mich lag. Ich saß auf dem Pont neuf, und hatte schon seit Sonnenaufgang das Mitleid der Vorübergehenden angefleht. Hunger und Durst zehrten mich auf, ich erinnerte mich der Märchen von wohltätigen Zauberern und Kobolden, und sah jedem Vorübergehenden ins Gesicht, aber alle sahen zu sehr den Menschen ähnlich, als daß ich etwas hätte hoffen können. Die Sonne ging unter, und die roten Wellen winkten mir, der Fluß schien mir ein schönes goldenes Bette, in dem ich endlich alle Sorgen und allen Verdruß verschlafen könne. Immer gingen noch Menschen vorüber, und keiner von allen warf mir auch nur die kleinste Münze zu. Ich beschloß noch zwölf Vorübergehende abzuwarten, und mich dann, wenn mir von diesen keiner etwas gäbe, in den Strom zu stürzen.

Da es schon spät war, gingen die Leute schon seltner, ich verdoppelte mein Flehn, um nicht durch Nachlässigkeit an meinem Tode schuld zu sein, aber man hörte nun in der Dämmerung noch weniger auf mich. Schon waren elf Unbarmherzige vorübergegangen, und auch der zwölfte kam und sah sich nicht nach meinen Bitten um: schon war ich aufgestanden, um mich nun köpflings über das Geländer der Brücke in den Strom zu stürzen, als ich einen singenden Menschen hörte, der sich näherte. Ich hielt ein, um auch noch mit diesem einen Versuch zu machen, von dem ich schon im voraus überzeugt war, daß er vergeblich sein würde, denn der Spaziergänger war froh und guter Dinge. Er kam näher. Es war ein Betrunkener, der sich kaum mehr aufrecht zu erhalten wußte, sein Bewußtsein hatte ihn fast gänzlich verlassen, und er brummte ein unverständliches Lied zwischen den Zähnen hervor. Es kam mir vor wie eine Satyre auf mich selbst und auf die Menschheit, als ich mit demütigen Bitten sein Wohlwollen und sein christliches Herz in Anspruch nahm. Er stand still, betrachtete mich und lachte dann über mein kümmerliches Aussehen aus vollem Halse. Ich hätte beinahe mit eingestimmt. Mit einem widrigen Gesichte griff er jetzt in die Tasche, – und zog gähnend eine schwere Börse hervor, er machte sie auf und gab mir ein Goldstück: ich dankte und er ging fort. Kaum war er einige Schritte gegangen, als er aus

Nachlässigkeit die Börse verlor und es nicht bemerkte. So schnell ich konnte, lief ich hinzu, und hob sie auf: er hatte mich nicht gesehen, und ich war schon jenseit der Brücke, als er hinter mir drein keuchte und mich fragte, ob ich seine Börse nicht gesehn habe. Ich verneinte es fest, und er fing nun an zu suchen, er kroch die Brücke auf und ab, und ich mußte ihm helfen, wobei ich denn sein Unglück sehr beklagte. Er bog sich endlich über das Geländer, stieg hinüber, um auch dort nachzusehn, weil man in der Betrunkenheit selbst gern an den Orten sucht, wo sich die Sachen am unwahrscheinlichsten finden, er kam aus dem Gleichgewichte und stürzte in das Wasser. Da ich ihn nicht schreien hörte, ging auch ich stillschweigends fort. Ich weiß nicht, ob man ihn wieder ans Land gezogen hat.

Das Geld machte mich bald wieder ansehnlich; außerdem fand ich noch einige bedeutende Wechsel in der Börse; ich verließ die Stadt, und setzte bei der ersten günstigen Gelegenheit die Wechsel in bares Geld um; mit einem nicht unbeträchtlichen Vermögen ging ich unter einem erborgten Namen nach Italien.

Verstand

Ich kam nun mit dem festen Vorsatze aus der Schule, besonnener zu leben. Ich verglich mich mit den übrigen Menschen, und fand, daß sie häufig, ja meistenteils einfältiger waren, als ich, es gereute mich doppelt, daß ich mich so von ihnen hatte beherrschen lassen. Ich sah ein, daß wenn ich versteckter und feiner handelte, als sie, ich sie alle um desto eher würde beherrschen können. Denn soviel ist gewiß, daß man die Gesellschaft entweder verlassen muß, oder sich zum Beherrscher aufwerfen, oder sich beherrschen lassen. Es ist traurig genug, daß dies die Definition vom Worte Umgang ist.

Ich hatte es an allen Menschen mit so vielem Unwillen bemerkt, daß sie sich zuweilen recht kluge Regeln aus ihren Lebenserfahrungen abstrahiert hatten, daß diese ihnen aber immer nur dazu dienten, in Gesellschaften angenehm und sinnreich zu sprechen; sie dachten alle nur, um über ihr Denken zu reden, nicht aber um ihre Resultate in Ausübung zu bringen. Daher kömmt es dann auch, daß sie im Denken, so wie in einem Hasardspiele, wagen, daß sie oft ohne alle Überzeugung überzeugt tun, damit sie nur Gelegenheit finden, scharfsinnig zu sein. Diese kläglichste von allen Schwächen hatte ich schon seit lange verachtet; ich nahm mir vor, jeden Gedanken über die Welt und den Menschen recht genau zu nehmen, ihn treu aufzubewahren, damit er mir nützen könne. So legte ich es freilich wenig darauf an, über Menschen gut zu sprechen, aber desto mehr, sie von ihrer wahren Seite zu begreifen.

Jeder Mensch sucht aus seinem Leben etwas recht Bedeutendes zu machen, und jeder glaubt, er sei der Mittelpunkt des großen Zirkels. Keiner lebt im Allgemeinen, keiner kümmert sich um das große Interesse des Ganzen, sondern jeder weiß in diesem unendlichen Stücke nur seine kleine armselige Rolle auswendig, die oft nur so wenig zum Ganzen beiträgt. Man kann sich daher nicht besser gegen die verächtlichsten Schwächen der Menschen, gegen blinde Eitelkeit und kurzsichtigen Stolz waffnen, als wenn man sich das bunte Leben immer unter dem Bilde eines Schauspiels vorstellt; es ist ein wirkliches Drama, weil jedermann es dazu zu machen strebt, denn keiner kommt auf den Gedanken, so in den Tag, oder ins Blaue hineinzuleben, wie man zu sagen pflegt, sondern selbst zum kürzesten Auftritte bürstet ein unbemerkter Bediente seinen Hut ab, und will durch die Tressen auf dem Rocke blenden. Nie muß man sich ganz an einzelne Menschen verlieren, sondern immer daran denken, daß diese von andern wieder anders betrachtet werden, als wir sie betrachten; denn sobald jemand Einfluß auf uns hat, so ist unser Blick auch schon bestochen.

Vorsätze

Wie jedermann Vorsätze faßt, wär' es auch nur am Geburts- oder Neujahrstage, so faßte ich auch die meinigen. Wer nicht konsequent handeln kann, sollte lieber gleich unbesehen alle Handlungen aufgeben, weil er sich sonst beständig selber etwas in den Weg legen wird, und zwar eben durch den Versuch, sich manches aus dem Wege zu räumen. Ich hatte nun einmal eine gewisse Art zu leben und zu denken angenommen, und ich mußte so fortfahren, oder von neuem ins Hospital oder Narrenhaus geschickt werden. Ich überlegte aber, was man mir entgegensetzen könne, und fand es alles abgeschmackt. Daß die Welt nicht bestehen könne, wenn alle Menschen so dächten und handelten, dieser Gedanke ist es ja eben, der einzelne Köpfe aufrufen muß, von der gewöhnlichen Art abzuweichen, weil sie durch die Gewöhnlichkeit der andern Menschen imstande sind, ihr falsches Geld für echtes auszugeben. Sie sind in dem wilden Kampfe des menschlichen Lebens die Heerführer, die es wissen, wovon die Rede ist, die übrigen sind ihre Untergebenen, und die echt Tugendhaften die ewige schöne Ursache, daß dieser Krieg nie zu Ende kömmt, sie gießen die Kugeln und teilen sie gratis beiden Parteien aus. – Der wichtigste Einwurf ist nun, daß etwas in uns wohne, das in uns schlägt und zittert, wenn wir von dem Wege abweichen, von dem man sagt, daß ihn die Natur vorgezeichnet habe. Aber eben von diesem unsichtbaren Dinge, oder sogenanntem *Gewissen* konnt' ich mich nie überzeugen. Es gibt mehrere dergleichen fabelhafte Traditionen beim Menschengeschlechte, wodurch der größte Teil desselben wirklich in einer gewissen Furcht gehalten wird, die manchen in müßigen Stunden, wenn er nicht zu sehr gedrängt und getrieben wird, tugendhaft machen; es sind die philosophischen Nebenstunden, auf Schreibpapier gedruckt und mit Vignetten verziert. Ich beschloß, es mit dieser unsichtbaren Gewalt aufzunehmen, und ihr nicht minder, als dem gewöhnlichen Gerede, das man unter dem Namen *Grundsätze* so oft ablesen hört, Trotz zu bieten, und bis jetzt habe ich keinen Anstoß, keinen innern Ruf bemerkt, ob ich gleich jeden Fehler, der mir im Wege lag, mitnahm: es sind mannigfaltige Sünden von mir begangen worden, aber bis jetzt bin ich immer noch ruhig geblieben. – So hatte sich nach und nach das Ideal eines Menschen verändert, das ich mit ungeübtem Finger in der Kindheit entworfen hatte. Ich habe oft jene bekannten tugendhaften Bücher gelesen, um mir die Sache recht nahe zu bringen, aber weder Poesie noch Prosa haben in mir etwas angeschlagen, ob ich mir gleich jene armseligen gequälten Menschen ziemlich deutlich vorstellen kann.

Doch ich werde wirklich zu weitläuftig, und Du verstehst mich am Ende doch nicht ganz; ich will daher hier mehrere Jahre übergehen, um mich dem Schlusse meiner Erzählung zu nähern.

Geheime Gesellschaft

Als ich etwas älter geworden war, fand ich mich damit nicht beruhigt, daß mich die Menschen nicht betrügen konnten. Jeder Mensch hat irgend ein Spielwerk, ein Steckenpferd, dem er sich mit ganzer Seele hingibt, und da jetzt bei mir der Trieb zur Tätigkeit erwachte, so wünschte ich mir auch irgend etwas einzurichten, worin ich mit Vergnügen arbeiten könnte. Ich hatte von je einen großen Hang zu Seltsamkeiten in mir verspürt, und so war es auch jetzt die Idee eines geheimen Ordens, die mich vorzüglich anlockte. Man hatte mir so viel davon erzählt, ich hatte so oft behaupten hören, daß es ein außerordentlicher Mann sein müsse, der an der Spitze einer solchen Gesellschaft stehe, daß ich den Wunsch gar nicht unterdrücken konnte, mich selbst zu einem ähnlichen Oberhaupte aufzuwerfen. Die Menschen erschienen mir in einem so verächtlichen Lichte, daß ich es für die leichteste Sache von der Welt hielt, sie zu beherrschen, kurz, ich nahm mir vor, den Versuch anzustellen, mögte er gleich ausfallen, wie er wollte.

Ich hielt mich in Rom auf, und man hielt mich für einen eingebornen Italiäner. Mein seltsames, eingezogenes Wesen hatte schon die Aufmerksamkeit mancher Leute auf sich gerichtet, man konnte aus mir nicht recht klug werden, und es geschah daher sehr bald, daß ich für einen interessanten, ja für einen äußerst interessanten Menschen ausgeschrien wurde, im Grunde nur, weil man nicht ausfindig machen konnte, in welcher Gegend ich geboren war und wovon ich lebte. Ich ward nach und nach mit manchen jüngern und ältern Leuten bekannter, und es ward mir nicht schwer, sie um mich zu versammeln. Ich sah jetzt erst ein, wie leicht man die Menschen in einer gewissen Ehrfurcht erhalten könne, alles was sie nicht recht verstehen, halten sie für etwas ganz Außerordentliches, eben deswegen, weil selbst *sie* es nicht begreifen können.

Ich ließ nur einige, die ich für die klügeren hielt, mit mir vertrauter werden, die übrigen blieben stets in einer demütigen Abhängigkeit. Unsere Gesellschaft breitete sich bald in mehrern Städten aus, und bekam entfernte Mitglieder, und jetzt war es die Zeit, etwas durchzusetzen, denn sonst wäre sie immer nur ein albernes Possenspiel geblieben. Es war mein Zweck, das Vermögen andrer Leute auf ein oder die andre Art in den Schatz der Gesellschaft zu leiten, und es glückte mir mit manchem. Derjenige, der mehrere Grade bekommen und viel zum Vorteile der Gesellschaft gewirkt hatte, konnte dann auf die Teilnahme an dieser allgemeinen Kasse Ansprüche machen. So wurden alle mit Hoffnungen hingehalten, und jeder einzelne war zufrieden; nur wenige wußten um den Zweck des Meisters, und selbst diese durften nur mehr ahnden, als sie überzeugt sein konnten.

Ich fürchtete anfangs, daß klügere Menschen meinem Plane auf den Grund sehn möchten, allein diese Besorgnis fand ich in der Folge sehr ungegründet. Sobald man sich nur selbst für gescheiter hält, als die übrigen Menschen, finden es diese auch selbst so. Man muß sich nur nicht hingeben, sondern sich recht kostbar machen, nie ganz vertraut werden, sondern immer noch mit tausend Gedanken zurückzuhalten scheinen, so gerät jeder Beobachter in eine gewisse Verwirrung, sein Urteil ist wenigstens nicht sicher, und damit ist schon alles gewonnen. Jeder wird suchen, einem solchen wunderbaren Menschen näher zu kommen, und um ihn zu studieren wird man es unterlassen, ihn zu beobachten: selbst der scharfsinnigste Kopf wird besorgt sein, daß jener schon alle seine Ideen habe, und jede Widerlegung bei ihm in Bereitschaft stehe. Alle werden auf die Art die Eigenschaften zu besitzen streben, die sie jenem zutrauen, und so werden sie am Ende selbst die Fähigkeit verlieren, eine vernünftige Beobachtung anzustellen. – Den meisten Menschen tut es ordentlich wohl, wenn man ihnen imponiert, und sie kommen selbst auf demselben Wege entgegen. Es waren auch gar nicht die scharfsinnigen Köpfe, die mir auf die Spur kamen, sie bemerkten die Blößen gar nicht, die ich gab, als ich mich etwas zu sehr gehn ließ, als mich Dein einfältiges Benehmen in England aufbrachte und eine Krankheit mich verdrüßlich machte; sondern die Einfältigsten reichten mit ihrem kurzen Sinne gerade so weit, um auf meine Schwäche zu treffen. Ich kümmerte mich jetzt wenig um die Gesellschaft, weil ich fühle, daß sich mein Tod nähert, und so ist sie jetzt beinahe eingegangen.

Hang zum Wunderbaren

Dieser war es vorzüglich, der die Menschen an mich fesselte, weil alle etwas Außerordentliches von mir erwarteten. Die meisten Leute glauben über dem Aberglauben erhaben zu sein, und doch ist nichts leichter, als sie von neuem zu verwickeln. Es liegt etwas Dunkles in jeder Brust, eine Ahndung, die das Herz nach fremden unbekannten Regionen hinzieht. Diesen Instinkt darf man nur benutzen, um den Menschen aus sich selbst und über diese Erde zu entrücken. Ich fand, daß ich gar nicht nötig hatte, feine Sophistereien, oder seltsam schwärmerische und doch vernünftig scheinende Ideen zu gebrauchen, die die Aufklärung und den gesunderen

Verstand nach und nach untergrüben: der Sprung, den diese Menschen immer zu tun scheinen, ist wirklich nur scheinbar. Deswegen, weil nichts die Unmöglichkeit der Wunder beweisen kann, glaubt jedes Herz in manchen Stunden fest an diese Wunder.

So ist dieses seltsame Gefühl eine Handhabe, bei der man bequem die Menschen ergreifen kann. Ich habe dadurch mehr wirken können, als durch das klügste Betragen. Es war mein Grundsatz, daß wenn man die Menschen betrügen wolle, man ja nicht darauf ausgehn müsse, sie recht fein zu betrügen. Viel Feinheit würde voraussetzen, daß die andern auch einen feinen Sinn haben müssen, und dann wäre sie angewandt, aber eben dadurch verderben recht viele gute Plane, weil sie viel zu sehr kalkuliert waren, die nahe, unbeholfene Einfalt tritt dazwischen und zerreißt alle Fäden, die zum leisen Gefangennehmen dienen sollten. Wer recht vorsichtig und vernünftig ist, dem wird auch bei der feinsten Machination der Gedanke nahe liegen, daß man wohl darauf ausgehn könne, ihn zu täuschen, und so ist diese Feinheit in jedem Falle verlorne Mühe. Das Unwahrscheinliche und Grobe glauben die Menschen eben darum am ersten, weil es unwahrscheinlich ist, sie meinen, es müsse denn doch wohl irgend etwas Wahres dahinterstecken, weil sich ja sonst kein Kind dadurch würde hintergehn lassen. Ich habe oft über die weisen Herren lachen müssen, deren Seele ich im voraus so gut berechnen konnte, daß der Erfolg auch nicht um einen Gran anders war, als ich mir vorgestellt hatte.

Haben die Menschen in die Wissenschaft des Glaubens erst Einen Schritt hineingetan, so ist nachher kein Aufhalten mehr; sie fühlen sich nun über die aufgeklärten Menschen erhaben, sie glauben über den Verstand hinweggekommen zu sein, und jedes Kindermärchen, jede tolle Fiktion hat sie jetzt in der Gewalt. Ich könnte viele lächerliche Erfahrungen, die ich hierüber gemacht habe, niederschreiben, wenn es nicht zu weitläuftig wäre.

Rosa

Schon früh suchte ich einen Schildknappen zu bekommen, der mir immer meine Waffen nachtrüge, damit ich es um so bequemer hätte. Jedermann wird, wenn er sich einige Mühe gibt, einen Menschen antreffen, der es über sich nimmt, auf die Worte seines Meisters zu schwören, ihm jeden Gedanken auf seine eigene Weise nachzudenken, diese dann wie Scheidemünze auszugeben, und so den Ruf seines Herrn mit seinem eigenen zugleich zu verherrlichen. Man trifft allenthalben Menschen, die nichts so gern tun, als sich an einen andern hängen, den sie für klüger halten. – Einen solchen Schüler suchte ich mir aus, der zugleich für andre Absichten tauglich wäre. Ich fand bald einen jungen Menschen, der bei seinen armen Eltern in einer sehr drückenden Lage lebte; er schien nicht ohne Kopf, er konnte schnell etwas auffassen, dachte aber nie weiter, als es ihm vorgeschrieben war. Diese schnelle Langsamkeit schien mir gerade zu meinem Endzwecke am dienlichsten. Ich nahm ihn zu mir, und lehrte ihn den Genuß eines freieren Lebens kennen; er ward nach und nach meine hauptsächlichste Maschine, denn man darf einem jungen lebhaften Menschen nur die Aussicht auf ein angenehmes, untätiges Leben geben, so kann man ihn zu allem bewegen. Rosa ist ein ganz erträglicher Mensch, sein größter Fehler ist, daß er seinen Leichtsinn für Verstand hält; er hat gerade soviel Scharfsinn, um einzusehn, daß er einer Stütze bedarf, an der er sich festhalten kann. Ich konnte ihn recht gut gebrauchen, nur war er töricht genug, daß er zuweilen seine Aufträge zu gut besorgen wollte. So hatte er den Gedanken, den jungen *Valois* in unsre Gesellschaft zu ziehn, um das Vermögen der Blainville hieher zu bekommen, er hatte sich mit einem Narren eingelassen, der mit sich selbst nicht fertig werden konnte, noch weniger mit der Welt, und der sich am Ende erschießen mußte, um nur irgend einen Schluß, eine Art von vollendeter Handlung in seinen Lebenslauf zu bringen.

Das Gefühl hat dieser Rosa nie gekannt, ebenso wenig die eigentliche Denkkraft, er hat immer nur gesprochen, und sich dabei ganz wohl befunden. Für seine treuen Dienste habe ich ihm das Gut in Tivoli geschenkt. Ich hätte ihn leicht betrügen können, aber irgend einem Menschen muß ich ja doch mein Vermögen hinterlassen; ich hoffe immer noch, er soll es sehr schnell verschwenden.

Balder

Mit Dir kam dieses seltsame Geschöpf nach Italien, an das Du anfangs sehr attachiert warst. Er war mir wegen seiner Originalität interessant. Es war eine schöne Anlage zur Verrücktheit in ihm, um die es sehr schade gewesen wäre, wenn sie sich nicht entwickelt hätte. Da aber die meisten Menschen selber nicht wissen, was in ihnen steckt, so nahm ich mir vor, den Funken aus diesem seltsamen Steine herauszuschlagen. Ich habe immer das Seltsame geliebt, und so unterhielt es mich denn, als ich ein paarmal als ein Gespenst durch seine Stube ging, und er nachher nicht begreifen konnte, wo ich geblieben sei. Ich habe ihn nachher fleißig beobachtet, und ich fand zugleich, daß diese Vorfälle meine künftige Bekanntschaft mit Dir sehr gut präparierten. Nachher wurde mir dieser Mensch gleichgültig und langweilig, weil er sich immer zu ähnlich blieb, und er tat recht wohl daran, daß er fortlief.

Herr William Lovell

Ich muß fast lachen, indem ich Deinen Namen niederschreibe und nun von Dir die Rede sein soll. Soll ich weitläuftig von Dir sprechen, der Du fast Nichts bist?

Ich hatte Nachrichten von Dir und wußte um Deine Reise nach Italien. Rosa kam Dir bis Paris entgegen. Mein alter Haß gegen Deinen Vater wachte jetzt mit Gewalt in mir auf, ich glaubte jetzt die beste Gelegenheit gefunden zu haben, mich an ihm zu rächen. Dich selbst wollt' ich gegen ihn empören, Du solltest von ihm und von Dir selber abfallen, dann wollt' ich Dich zurückschicken. So ließ ich Dich durch alle Grade gehen, um Dich zu einer seltsamen Mißgeburt zu machen. Du kränktest Deinen Vater, und er starb nun weit früher, als ich es geglaubt hatte. Ich fuhr indessen mit meinen Künsten fort, weil die Maschinen einmal in den Gang gebracht waren und ich mich daran gewöhnt hatte, Dich als mein gehegtes Wild zu betrachten. Du wirst hier nicht von mir verlangen, daß ich Dir weitläuftig auseinandersetze, auf welche plumpe Art Du Dich hintergehen ließest, es würde Deiner Eitelkeit nur zu wehe tun. Es gelang mir, Dich immer in Spannung zu erhalten; ein Zustand, der am leichtesten die Vernunft verdunkelt. Jetzt hörte ich, daß der alte Burton gestorben sei, und ich schickte Dich nun mit Aufträgen nach England, die Du so ungeschickt wie ein unwissender Knabe ausrichtetest. Wenn Eduard nicht mehr lebte, und seine Schwester Dir zugehörte, oder auch aus dem Wege geschafft war, so hatte ich die nächsten Ansprüche auf das ansehnliche Vermögen dieser Familie, Du hättest dann Deine verlornen Güter wieder zurückbekommen, und alles wäre in einem ganz guten Zustande gewesen. Weil ich Dir aber damals noch nicht sagen mochte, daß ich *Waterloo* sei, so hast Du Dich wie ein wilder, unsinniger Mensch in Frankreich und England herumgetrieben, hast da manches fühlen und seltsame Dinge denken wollen, die für Dich gar nicht gehören. – Nun wirst Du zurückkommen und Dich selbst darüber wundern, daß es nicht so gegangen ist, wie Du es Dir vorgenommen hattest.

Du hast Dich bis jetzt überhaupt für ein äußerst wunderbares und seltenes Wesen gehalten, und bist doch nichts weniger; Du verachtest jetzt die Menschen mit einer gewissen Großsprecherei, die Dich sehr schlecht kleidet, weil Du nie imstande sein wirst, sie zu kennen, und wenn Du sie auch kennst, sie zu beurteilen und in das wahre Verhältnis gegen Dich selbst zu stellen. Du hast Dir seit lange eine unbeschreibliche Mühe gegeben, Dich zu ändern, und Du bildest Dir auch ein, gewaltsame Revolutionen in Deinem Innern erlitten zu haben, und doch ist dies alles nur Einbildung. Du bist immer noch derselbe Mensch, der Du warst, Du hast gar nicht die Fähigkeit, Dich zu verändern, sondern Du hast aus Trägheit, Eitelkeit und Nachahmungssucht manches getan und gesagt, was Dir nicht aus dem Herzen kam. Deine Philosophie war Eigensinn, alle Deine Gefühle nichts weiter, als ein ewiger Kampf mit Dir selber. Du hättest ein recht ordentlicher, gewöhnlicher einfältiger Mensch werden können; auf einem Kupferstich in einer Waldgegend, neben einer jungen Frau sitzend, würdest Du Dich ganz gut ausgenommen haben, aber nun hast Du alles daran gewandt, um ein unzusammenhängender philosophischer Narr zu werden. – Ich bin neugierig, Dich zu sehn, und so magst Du denn hereinkommen. – Wahrhaftig, ich kann aufhören, Dich zu beschreiben, denn da stehst Du ja nun leibhaftig vor mir. –

Zum Schluß

Einige Worte über mich selbst

Und wer bin *ich* denn? – Wer ist das Wesen, das hier so ernsthaft die Feder hält, und nicht müde werden kann, Worte niederzuschreiben? Bin ich denn ein so großer Tor, daß ich alles für wahr halte, was ich gesagt habe? Ich kann es von mir selbst nicht glauben. – Ich setze mich hin, Wahrheit zu predigen, und weiß am Ende auch nicht, was ich tue. – Ich habe mich auch in manchen Stunden für etwas recht Besonderes gehalten – und was bin ich am Ende? War es nicht sehr närrisch, mich unaufhörlich mit abenteuerlichen Spielwerken zu beschäftigen, indes ich in guter Ruhe hätte essen und trinken können? Ich freute mich sehr, das Haupt einer geheimen, unsichtbaren Räuberbande zu sein, ein Gespenst zu spielen, und andre Gespenster herbeizurufen, die ganze Welt zum Narren zu haben, und jetzt fällt mir die Frage ein, ob ich mich bei dieser Bemühung nicht selber zum größten Narren gemacht habe. – Ich bin vielleicht jetzt ernsthafter als je, und doch möchte ich über mich selber lachen.

Und daß ich mit solcher Gutmütigkeit hier sitze, und noch kurz vor meinem Tode mich mit Schreiben abquäle, um eine jämmerliche Eitelkeit zu befriedigen, ist gar unbegreiflich und unglaublich. – Wer ist das seltsame *Ich*, das sich so mit mir selber herumzankt? – O, ich will die Feder niederlegen, und bei Gelegenheit sterben.

27

William Lovell an Rosa

Rom.

Was sagen Sie nun zu Andreas grausamen Erklärungen? Ich kann manche Stellen gar nicht aus dem Gedächtnisse verlieren. – Wie freute ich mich, als mir eine Woche nach seinem Tode diese Papiere überreicht wurden! Ich hoffte nun noch eine Art von Beruhigung zu finden, und eben nun war alles vorüber.

Hab' ich mein ganzes Leben nicht verschleudert, um diesem entsetzlichen Menschen zu gefallen, um ihm näher zu kommen? War sein Umgang, die Hoffnung auf seinen Betrug nicht die letzte meines Lebens? Doch, das habe ich Ihnen ja oft genug in meinen Briefen gesagt.

Ich mag gar nicht mehr klagen, denn selbst dazu ist die Kraft in mir erloschen. Bianca ist gestorben, ich besuchte sie einige Tage vor ihrem Tode. Sie gestand mir, daß sie schon seit lange etwas auf dem Herzen habe, das sie mir entdecken müsse. Sie sagte mir, daß sie durch Andrea, oder eigentlich Waterloo, bewegt worden sei, auf einer Maskerade mich zu erschrecken und die Rolle der Rosaline zu spielen. Ich betrachtete sie genauer, und erschrak, als ich wirklich eine auffallende Ähnlichkeit entdeckte; ich konnte es aber immer noch nicht begreifen, daß ich mich so hätte können hintergehn lassen; um mich völlig zu überzeugen, schminkte sie sich daher etwas, färbte die Augenbraunen dunkler, kämmte die Haare in die Stirn hinein, und schlug um den Kopf ein lockeres seidnes Tuch. Ich schrie laut auf, als sie so wieder zu mir hineintrat; gerade so trug sich Rosaline, und ich weiß jetzt, warum ich mich neulich so innerlich entsetzte, als ich Bianca besuchte. Es ist aber unbegreiflich, wie Kleinigkeiten im Anzuge die Gesichter verändern können. Biancas matter Blick machte, daß ich sie in einzelnen Sekunden für Rosalines Geist hielt: in der Finsternis und im Wagen war mein Erschrecken damals noch viel heftiger, weil mich die Gestalt noch mehr überraschte. – Bianca sagte mir nun, daß sie mich schon vor meiner Abreise aus Italien gern gesprochen hätte, aber ich sei auf ihre dringende Bitte nicht zu ihr gekommen, sonst hätte sie mir wahrscheinlich schon damals den ganzen Vorfall erzählt. – An manchen Zufälligkeiten hängt oft ein wichtiger Teil unsers Lebens! Ich erinnere mich jetzt dieses Billets, und auch, daß ich aus Trägheit nicht zu ihr ging.

Ich habe mir oft im stillen eingebildet, daß Rosaline noch lebe, und daß ich sie gewiß einmal wiedersehen würde. Dieser Gedanke, so seltsam es auch klingen mag, hat mich heimlich in manchen Stunden beruhigt, ich glaubte selbst, daß das Wesen, das im Wagen neben mir gesessen hatte, die wirkliche Rosaline gewesen sei, – und nun ist mir auch *diese* Hoffnung genommen.

Ich darf wohl kaum noch fragen, wie es denn eigentlich mit der Erscheinung zusammenhängt, von der Sie mir einmal schrieben? –

Bianca wird heute begraben. Ich habe sie gesehn. Laura hat sie mit Blumen aufgeputzt, und die Leiche sieht wieder Rosalinen so ähnlich, daß mir ein Schauder durch alle Gebeine ging. Ich habe schon oft in den Kirchen vor den mit Gold, Blumen und Bändern geschmückten Reliquien gezittert: die Skelette mit den Kränzen und ihren entblößten Schädeln, das flimmernde Gold und die einzelnen Blumen, die um die leeren Augenhöhlen wanken, der gläserne Schrank, alles schien mir dann so seltsam und rätselhaft zusammengestellt, mich erschreckte hernach auch in den vollen blonden Locken der Blumenkranz. Und so lag Bianca vor mir.

Laura saß daneben und weinte. Sie nennt die Gestorbene unaufhörlich ein gutes, liebes Mädchen, und putzt sich so ihren Schmerz auf, und idealisiert sich selbst und ihren Zustand. Es ist gut, wenn es die Menschen noch können, denn es ist nötig, sich selber etwas vorzulügen; in mir ist die Kraft und der Wille dazu erloschen.

28

Rosa an William Lovell

Tivoli.

Lieber Freund, Andreas Papiere haben mich vielleicht ebenso gedemütigt, wie Sie dadurch niedergeschlagen sind. Ich kann mir jetzt Ihren Zustand recht lebhaft denken, ich fühle mit Ihnen.

Sie sollten mich nicht an jenen Brief erinnern, in dem ich Ihnen von Andreas wunderbaren Dopppelheit sagte; ich schäme mich, sooft ich daran denke. Nicht, daß die ganze Sache eine zu Andreas Besten erfundene Lüge gewesen wäre, sondern weil ich mich damals von diesem Menschen ganz wie ein Kind behandeln ließ, so daß ich mir gleichsam auf seinen Befehl tausend Dinge einbildete und sie fest glaubte. Er fand es für gut, mich noch früher als Sie zu verblenden, weil er allen Menschen nur bis auf einen gewissen Punkt traute, er wollte mich nicht ganz zu seinem eigentlichen Vertrauten machen, weil es denn doch immer in meiner Willkür stand, ihn zu verraten: es war ihm nicht genug, daß ich ihm verbunden war, er machte es mir unmöglich. Ich war zwar über seinen Charakter ungewiß, er kam mir aber doch nie so nahe, daß ich irgend eine bestimmte Idee über ihn hätte bekommen können: seine Klugheit bestand hauptsächlich darin, daß er alle Gelegenheiten vermied, um näher gekannt zu werden, er verlor sich darum so gern in allgemeine Ideen und große Tiraden, um die Aufmerksamkeit zuweilen von sich selber abzulenken.

Er erhielt mich hier in Tivoli, als er mich besuchte, in einer steten Spannung, alle unsre Gespräche drehten sich um die wunderbare Welt, und es kostete ihm wenig, meine Phantasie zu erhitzen, denn Sie wissen es selbst, in welchem hohen Grade er die Gabe der Darstellung besaß. Ich konnte den Wunsch in mir nicht unterdrücken, recht wunderbare Erfahrungen zu machen, und wenn man diesen Wunsch recht lebhaft hat, so kömmt man in Gefahr, diese seltsamen Erfahrungen auch wirklich anzutreffen. Die Phantasie ist für jeden Eindruck empfänglicher, und der Verstand ist bereit, sich unterdrücken zu lassen. Das Schlimmste dabei aber ist eine gewisse dunkle, gefährliche Eitelkeit, die uns mit der Phantasie im Bunde leicht für das Gewöhnliche etwas Abenteuerliches unterschiebt, damit wir nur nicht vergebens hoffen dürfen. So erging es mir in jener Nacht. Andrea ging zur Stadt zurück, und ich war immer noch voll von den seltsamen Geschichten und Ideen, die er mir mitgeteilt hatte, ich verirrte mich, und meine Bangigkeit nahm mit der Finsternis zu. Endlich traf ich auf jene Menschen. Der eine, der mich bis ans Tor brachte, hatte ein etwas seltsames Gesicht, allein erst nachher, als mich Andrea schon wiedergefunden hatte, fiel es mir ein, daß jener ihm entfernt ähnlich sehe, ja vielleicht dacht' ich nur, daß es interessant wäre, wenn er ihm ähnlich gesehn hätte. So stellte meine Phantasie das Bild zusammen, und nach einer halben Stunde glaubte ich es selbst, und entsetzte mich davor. Auf die Art entstand jener Brief, und ich war dabei selbst von allem überzeugt, was ich niederschrieb. – Die Phantasie hintergeht uns im gewöhnlichen Leben oft auf eine ähnliche Art, indem sie uns ihre Gedichte für Wahrheit unterschiebt, am ersten aber dann, wenn wir in einer wunderbaren Spannung leben. Die Lügen, die wir uns selbst vorsagen, sind im Grunde ebenso unverzeihlich, als die, womit wir andere hintergehn.

29

William Lovell an Rosa

Rom.

Wie wahr ist Ihr Brief, und wie schlimm ist's, daß es mit dem Menschen so bestellt ist, daß er wahr ist! – O wenn ich doch meine verlornen Jahre von der Zeit zurückkaufen könnte! Ich sehe jetzt erst ein, was ich bin und was ich sein könnte. Seit langer Zeit hab' ich mich bestrebt, das Fremdartige, Fernliegende zu meinem Eigentume zu machen, und über dieser Bemühung habe ich mich selbst verloren. Es war nicht meine Bestimmung, die Menschen kennen zu lernen und sie zu meistern, ich ging über ein Studium zugrunde, das die höheren Geister nur noch mehr erhebt. Ich hätte mich daran gewöhnen sollen, auch in Torheiten und Albernheiten das Gute zu finden, nicht scharf zu tadeln und zu verachten, sondern mich selbst zu bessern.

War es mir wohl in meiner Verworfenheit vergönnt, so über die Menschen zu sprechen? – O Amalie! dein heiliger Name macht, daß ich Tränen vergieße. Hätte mich Dein schützender Genius nie verlassen! – Wie glücklich hätt' ich werden können!

Was ist alles Grübeln und Träumen, was alle Freigeisterei? Luxus und Verschwendung, bei denen der arme menschliche Geist am Ende darben muß. – Ich könnte jetzt in ein Kloster gehn, ich könnte mich in eine Einsiedelei vergraben.

30

Rosa an William Lovell

Tivoli.

Lieber Lovell, Sie sollen einsehn, daß sowohl Andrea als Sie sich im mir geirrt haben. Ich denke mein Vermögen nicht zu verschwenden, sondern auf eine angenehme Weise zu genießen, und zwar in Ihrer Gesellschaft. Sie stehn jetzt einsam und verlassen in der Welt; kommen Sie zu mir nach Tivoli, hier ist Raum für uns beide, und in einer schönen Einsamkeit wird Ihr kranker Geist vielleicht etwas wiederhergestellt. Denken Sie nicht mehr an meinen unmenschlichen Brief, den Sie in Paris erhielten, damals war ich gezwungen, so zu schreiben, weil Andrea noch lebte, jetzt aber kann ich nach meinem eignen, bessern Willen handeln.

Wir sind durch Andrea klüger gemacht, und so mag denn seine trübe, hyperphysische Weisheit fahren! Wir wollen das Leben frisch und sinnlich genießen und uns um gar nichts anders kümmern. – Ich habe eine rechte Sehnsucht nach Ihnen, kommen Sie ja recht bald. Ich habe hier schon alles für Ihren Aufenthalt eingerichtet: wir wollen, denk' ich, das Versäumte im Leben wieder einholen. Sie sollen jetzt erfahren, wie sehr ich Ihr Freund gewesen bin, seit ich Sie kenne, und wie sehr mich oft die Rolle gedemütigt hat, die ich an Ihrer Seite spielen mußte. – Ich erwarte Sie also in einigen Tagen.

—

31

William Lovell an Rosa

Rom.

Ja, Rosa, ich nehme Ihren Vorschlag an, ich komme zu Ihnen, aber nicht um von neuem ein wildes und unstetes Leben zu beginnen, sondern mich ganz einer dunkeln, träumevollen Einsamkeit zu überlassen. – Wie tröstet mich der Gedanke, dort in Tivoli bei Ihnen zu wohnen! Ich will Ihren Garten bauen, bald auf der Anhöhe über die Wiesen und Felder hinsehn, bald mich im tiefen Grunde verlieren und immer an Vergangenheit und Zukunft denken. Was ich an den Menschen verbrochen habe, will ich durch Sorgfalt an Blumen und Bäumen wieder abbüßen. Wie ein schwacher Regenbogen in Gewitterwolken, so steigt die Aussicht meines künftigen Lebens empor: ich glaube, ich könnte dort manches vergessen, und in einem tiefen Traume meine vorigen unruhigen Träume begraben. Es ist mir, als könnte ich mich freuen, als würde ich wieder wohl und gesund werden.

Mir fällt ein altes Lied ein, das mir einst in England ein guter Freund übersetzte. Es ist ein indianisches Frühlingslied:

Der Frühling kömmt!
Die Wolken fliehn,
Der Himmel glänzt.
Der Frühling kömmt!
Und Regenbogen
Sind seines Wagens
Gleitende Räder.
Blumengekränzt,
In Sonnenstrahlen,
Schwebt unter säuselnden Winden,
Nieder der Gott.

Tausend Blumen bekränzen sein Haupt,
Tausend Blumen umflechten
Sein blaues Gewand.
Er lächelt, –
Aus goldenen Locken,
Vom blauen Gewande,
Fließen zur Erde die Blumen hinab –
Es blüht die Flur,
Es grünt der Hain,
Und jeder Zweig
Rauscht süßen Genuß
Dem Frühlingsgotte.
Wonnegesang,
Wonnegesang,
Rauscht durch den Palmenhain!
Durch die blühenden Bäume
Säuselt der West,
Mit den Blüten scherzend.
Da schüttelt er Blüten
Und duftende Blumen
Auf den grünen Rasen. –
Wenn Mondschein sie küßt,
Wenn Tau sie tränkt,
Mondschein des Frühlings,
Frühlingstau, –
Entschweben ihnen
Mit leisem Fluge,
Schöne blaue Schmetterlinge.
In den Blüten der rauschenden Bäume,
Unter den Blumen der duftenden Wiese,
Flattern und schwärmen sie hier und bald dort:
Sie suchen die Schwestern.
Sie suchen die Brüder,
In Blüten und Blumen,
Und küssen sie alle.

Haben sie die Zwillingskinder aufgefunden,
Nisten sie sich in dem väterlichen Baum ein,
Bergen sich in Blüten oder Blumen,
An der süßen Wiederkennung sterbend.

Ja, ich komme bald zu Dir, lieber Rosa. Warum sollt' es nicht möglich sein, daß die quälenden Geister endlich wieder von mir wichen und ich freier atmete? O wohl dem, der, wie diese blauen Schmetterlinge, in der Heimat, zu seinen kindlichen Gefühlen wieder zurückeilend, leben und sterben kann.

Ich will die Welt vergessen und ganz von ihr vergessen werden. An den einsamsten Plätzen will ich mir heilige Denkmale errichten, eins für Amalien, eins für meinen Vater, ein andres für Eduard; in einiger Entfernung von ihnen soll auch Rosaline ein Andenken bekommen. Dort will ich mich dann der stillen Betrachtung und meinen Empfindungen weihen; ich will mir einen schönen Gottesdienst errichten, und so mein Herz wieder reinigen. Ich will auf das Rauschen der Bäume und Gesträuche sehen, und mir einbilden, daß sie zu mir sprechen: ich will dort wieder zum Kinde werden! Ich hoffe, daß es möglich ist. – Lebe recht wohl, sehr bald seh' ich Dich selbst. –

O ich muß eilen, zu Ihnen zu kommen, sonst ist alles vergebens. Karl Wilmont ist hier in Rom; ich glaube, er hat mich gesehn. – Ich komme so schnell als möglich.

32

Karl Wilmont an Mortimer

Neapel.

Es ist geschehn: wir sind beide zur Ruhe, er und ich. Von Lovell ist die Rede. Ich fand ihn in Rom; er erschrak, als er mich erblickte, und suchte sich seit der Zeit vor mir zu verbergen. – Ich gab immer acht auf ihn, und traf ihn am folgenden Morgen ganz früh auf der Straße. Er konnte mir nun nicht entrinnen; er mußte mir folgen.

Ich hatte zwei Pistolen bei mir; er war ganz still und in sich verschlossen. Wir gingen durch die Porta Capena und von da durch die Ruinen. Er schien fast ganz außer sich zu sein, denn er sprach für sich mehr verwirrte Reden aus. Wir kamen vor einem kleinen Hause vorbei, er stand lange still und sah in das Fenster hinein, bis ich ungeduldig wurde und ihn weitertrieb. Er sah auf, brach aus einem kleinen nebenliegenden Garten eine Malve ab, und rief mit Verwundrung aus: die Malven blühen schon wieder! – Dann heftete er die Blume auf seine Brust und sagte, daß ich nun sein Herz nicht verfehlen könne. –

Wir waren jetzt von der Landstraße entfernt genug. Wir maßen unsre Plätze; er nahm eine Pistole. Nachdem er sich noch einigemal umgesehn hatte, drückte er los und verfehlte mich: ich schoß, und die Blume und seine Brust waren zerschmettert. Er war schon tot, als ich hinzukam. – Ich eilte nach Neapel.

Und jetzt bin ich mit mir unzufrieden. Es ist mir unbegreiflich, wie das rohe Gefühl der Rache mich so bezaubern konnte, daß er mich nicht rührte. Konnt' ich ihm nicht dies ärmliche Leben lassen, da er außer diesem vielleicht so nicht viel besessen hat? – Was ist mir und Emilien nun damit geholfen, daß er die Luft nicht mehr einatmet? – Jetzt ist es mir undenklich, wie ich so handeln konnte. – Ach, welch ein armseliges Geschöpf ist der Mensch! Was ist all sein Tun und Denken?

Adieu! – Ich fahre von hier nach Amerika. Der Krieg lockt mich dahin; es wird in der englischen Armee wohl eine Stelle für einen Lebenssatten übrig sein, der sich dann wenigstens noch einbilden kann, zum Besten seines Vaterlandes zu sterben. – Grüße meine Schwester und Eduard.

Ende.

Anhang

Zu dieser Ausgabe

Dem hier vorgestellten Text liegt die 1795/96 in Berlin und Leipzig bei Nicolai anonym erschienene Erstausgabe in 3 Bänden und 9 Büchern zugrunde. Von Tieck selbst existieren zwei weitere Fassungen, nämlich eine Neuauflage von 1813/14 im Verlag der Realschulbuchhandlung Berlin (7 Bücher in 2 Bänden) sowie die seither praktisch einzige in Neudrucken zugängliche Endfassung in 2 Bänden und 10 Büchern, die 1828 für die Gesamtausgabe von Tiecks *Schriften* (Berlin: Reimer, 1828, Bd. 6 und 7) besorgt wurde.

Die Auflage von 1813/14 basiert auf Eingriffen des Autors in sein Jugendwerk, die aus teils kommerziellen, teils moralischen Erwägungen herrühren dürften. Die Endfassung gliedert einen beträchtlichen Teil der ursprünglichen Textsubstanz wieder ein, wird aber ebenfalls dem Strukturprinzip des Romans nicht mehr gerecht.

Wie groß die Schwierigkeiten eines durchgängigen Fassungsvergleiches wären, zeigt ansatzweise der Variantenapparat in der Dissertation von Karl Hassler, der im übrigen den bis zu einem französischen Raubdruck sich erstreckenden Curiosa der Textgeschichte nicht Rechnung trägt. Inwieweit eine derartige Arbeit heute noch sinnvoll wäre, steht dahin, zumal der Vergleich der Fassungen zum Zweck von Plausibilitätskontrollen bei offenkundigen und vermutbaren Versehen erweist, daß eine wirklich sorgfältige Überarbeitung des Textes durch Tieck nicht vorliegt.

Die Anmerkungen begnügen sich daher mit Hinweisen in Fällen, wo der Vergleich mit der dritten Fassung sich als hilfreich herausstellt.

Der Herausgeber hat versucht, bis in Einzelheiten den Intentionen des Autors in der Originalausgabe von 1795/96 gerecht zu werden. Sie lassen sich freilich nicht mehr durchweg mit letzter Sicherheit erschließen. Zwischen auktorialen Eigenarten Tiecks und willkürlichen Gepflogenheiten der Setzer zu unterscheiden wird mitunter unmöglich. Daß wohl mehrere Setzer tätig waren, legt das Erscheinungsbild des Textes nahe. So zeigt die Erstausgabe im 2. Band häufiger Getrenntschreibungen als in Band 1 und 3 u. a. m. Eine behutsame Normierung aufgrund analoger Beispiele aus der vorhandenen Textsubstanz selbst war demgemäß einer buchstäblichen Treue zum Original in manchen Fällen vorzuziehen. Im einzelnen wurden folgende Prinzipien befolgt:

Bei Eigennamen wird die Schreibung des Originals gewahrt, soweit sie als zur Entstehungszeit des Romans gebräuchlich gelten kann, so in *Titian*, *Raphael*, *Mayland* etc. Bei divergierenden Schreibweisen, so im Falle *Ossians* und des vielmißhandelten *Shakespeare*, auch bei Vornamen wie *Francesco*, wird die jeweils modernste im Text nachweisbare Variante zur Vereinheitlichung herangezogen. Eine Ausnahme bildet die Schreibung des Namens *Anthonio/Antonio*. Die letztgenannte korrekte Variante findet sich im Original nur einmal; wir glaubten daher dem vermutlich beabsichtigten Anklang an das Englische Rechnung tragen zu sollen.

Was den Lautstand betrifft, so fiel in allen Grenzfällen, die eine noch so geringe lautliche Nuance bedeuten konnten, die Entscheidung zugunsten des Originals: Das Nebeneinander von *Silbe* und *Sylbe*, von *mannich-* und dem selteneren *mannig-*, *abergläubig* und *abergläubisch*, *Statüe* und *Statue* wird gewahrt, ebenso das gleichberechtigte Vorkommen von *jetzt*, *itzt* und *itzo*. Wörter wie *Italiäner, Klocke, Dinte, Syrene, Krystall, würklich, Satyre, Fittige, Zwergfell, allmählig, mögte, törigt* usw. werden originalgetreu beibehalten.

Apostrophe werden nicht getilgt, wenn für heutiges Sprachempfinden im Gegensatz zu jenem des Autors der Ausfall des e als die gebräuchlichere Version anzusehen ist (*ras't, drinn', zum kühlen Bad'* u. ä.). Unterschiedliche Handhabungen bei ausfallendem *i* und *e*, namentlich in der 1. Person Präsens, werden nach heutigem Gebrauch vereinheitlicht.

Großschreibung, die von den heutigen Regeln abweicht, wird in den wenigen Fällen beibehalten, wo möglicherweise eine Emphatisierung (z. B. *Nichts*) beabsichtigt war. Zusammen- und Getrenntschreibung werden im Sinne gleicher Schreibung in gleichen Fällen vereinheitlicht. Dies gilt namentlich für die Einheitlichkeit der Verbkomposita. In der Version des Originals überwiegt bereits die Zusammenschreibung deutlich bei Komposita mit *heraus-*, *hinaus-*, *hinüber-*, *hinauf-*, *hinunter-*, ebenso *zurück-*, *wieder-*, *auseinander-*, *entgegen-*, *zusammen-* usw. Bei der Modernisierung wurden möglicherweise beabsichtigte Nuancen wie *bald wieder sehen* neben dem häufigeren *bald wiedersehen* beachtet. Vereinheitlicht wurde, je nach konjunktionalem oder adverbialem Gebrauch, die im Original ganz inkonsequent gehandhabte Schreibung von *so bald / sobald, so oft / sooft, so lange / solange, so viel / soviel* etc. Konsequente Getrennt- oder Zusammenschreibung wurde dagegen in den meisten Fällen nicht angetastet, z. B. *kennen lernen*, *irgend eine, wieder gut machen, übrig bleiben, mit einemmale*. Grundsätzlich zusammengeschrieben wurden dagegen *soeben, ebenso, miteinander, durcheinander, ineinander, zumute, zustande* u. ä.

Anführungszeichen in wörtlicher Rede sind in wenigen Fällen eingefügt, wo es zum Verständnis des Textes unbedingt erforderlich schien.

Die Interpunktion wurde, mit geringfügigen Ausnahmen, wenn ein Setzfehler oder Flüchtigkeit des Autors anzunehmen war, belassen. Allen Eigenheiten, die den Satzrhythmus eines Textes beeinflussen, wurde Rechnung getragen, so der im *William Lovell* verbreiteten Gepflogenheit, mit *und* verbundene Hauptsätze nicht durch Komma voneinander abzuheben, ebenso dem Usus, Relativsätze ohne Komma anzuschließen und so die Satzzusammenhänge gewissermaßen ad sensum zu konstruieren.

Offenkundige Druckfehler wurden stillschweigend gebessert, wobei in vielen Fällen die durch Tieck selbst für die Endfassung vorgenommenen Berichtigungen herangezogen werden konnten. Auf alle Zweifelsfälle wird in den Anmerkungen verwiesen. Unstimmigkeiten, die auf der noch nicht gefestigten Konzeption der Intrige beruhen wie etwa die noch als lebendig erwähnte Mutter im 1. Buch, bleiben im Text unverändert und werden ebenfalls in den Anmerkungen behandelt.

Anmerkungen

Abkürzungen

Gedichte	Ludwig Tieck: Gedichte. 3 Bde. Dresden: Hilscher, 1821–23. Nachdr. Heidelberg: Schneider, 1967.
Schriften	Ludwig Tieck's Schriften. 20 Bde. Berlin: Reimer, 1828–54. Bd. 6. 7: William Lovell. 1828. Nachdr. Berlin: de Gruyter, 1966.

Erster Band

Motto: Der korrekte Text in Shakespeares *Timon of Athens* I,2 lautet: »We make ourselves fools to disport ourselves, / And spend our flatteries to drink those men / Upon whose age we void it up again, / With poisonous spite and envy. / Who lives that's not depraved or depraves? / Who dies that bears not one spurn to their graves / Of their friends' gift?« In der Übersetzung von Dorothea Tieck: »Selbst machen wir zu Narrn uns, uns zu freun; / Vergeuden Schmeicheln, aufzutrinken Menschen, / Auf deren Alter wir es wieder speien, / Mit Haß und Hohn vergiftet. Wer lebt, der nicht / Gekränkt ist oder kränkt? Wer stirbt und nimmt / Nicht eine Wund' ins Grab von Freundeshand?« Vgl. Motto des 3. Bandes (415).
Vorrede: Das Konzept des Romans enthält bereits die programmatische Distanzierung von der nur äußerlichen Spannung der zeitgenössischen Schauerliteratur; ähnlich die Ironisierung in Tiecks ebenfalls 1795/96 erschienenem *Peter Lebrecht*.

Erstes Buch: Das 1. Buch zeigt mehrfach unklare Vorstellungen seines Autors über den geplanten Handlungsverlauf, steckt jedoch die seelischen Bereiche, in denen sich das Geschick des Helden erfüllen wird, schon mit bemerkenswerter Präzision ab. Die amoralische Entartung der Empfindsamkeit wird ebenso als Bedrohung erfahren wie das Bild des Schicksals als eines zügellos dem Abgrund entgegenstürzenden Wagens, das in späteren Phasen des Geschehens zum dominanten Leitmotiv aufsteigt.

9,8 *am 17. Mai ...:* Die Datierung, die im Briefroman dazu dient, der Handlung einen fiktiv dokumentarischen Charakter zu verleihen, wird im *William Lovell* mit Ausnahme des 2. und 12. Briefes des 1. Buches (s. 15,3 und 38,3) nicht mehr aufrechterhalten.

10,11 *das langweilige Leben:* Das hier anklingende Langeweile-Motiv bildet sich bereits in der Epoche der Empfindsamkeit aus; später wird es zur ästhetischen Konstante im Werk Büchners, aber auch bei Autoren wie Byron, Musset, Lermontow und vielen kleineren Vertretern der Weltschmerz-Dichtung. Vgl. 10,29 f. »Wenn nur das ewige Einerlei nicht wäre!« und noch öfter.

10,23 f. *auch veranstaltet ... Sonnenuntergang:* Mit dem meteorologischen Phänomen als Inszenierung wird die empfindsame Naturbegeisterung ironisiert.

10,31 *William Lovell:* Wie in vielen Namen und Motiven des Romans überlagern sich bereits im Namen des Helden mehrere literarische Reminiszenzen. Der unmittelbarste Einfluß auf den in England und Frankreich spielenden Teil der Handlung dürfte von Clara Reeves Schauerroman *The Old English Baron* (1777) herrühren, dessen Held Lovel heißt. Der Name enthält ferner eine mögliche Assoziation an den melancholischen Gast namens Louel in Ben Jonsons Lustspiel *The New Inn* (1631) und an die Gestalt des Lovelace aus Samuel Richardsons (1689–1761) Roman *Clarissa* (1748), der, als Inbegriff des Libertins im Roman des 18. Jh.s, auch Tiecks Briefroman mehrere Handlungselemente lieferte.

11,4–9 *Ikarus ... kriechen:* Das Ikarus-Motiv erfährt gegenüber der antiken Überlieferung eine Abwandlung durch den Gegensatz Aufschwung/Kriechen. Zu der in der deutschen Literatur des 18. Jh.s beliebten Metapher vgl. Wielands *Peregrinus Proteus* (1791; s. die Ausgabe Leipzig 1857, S. 116), vor allem auch das Drama des Sturm und Drang, z. B. Klinger, *Die Zwillinge* I,1 (1776).

11,15 *Hippokrene:* (griech., ›Pferdequelle‹) Brunnen unterhalb des Helikon-Gipfels, durch Hufschlag des geflügelten Dichterrosses Pegasos entstanden; metaphorisch für ›Quelle poetischer Inspiration‹.

12,7 f. *Sonne ... William, –:* Die Sonnenstrahlen, deren Schmelzwirkung durch den Gedankenstrich ausgespart wird, sind möglicherweise ein Rückverweis auf das Ikarus-Motiv (vgl. 11,4–9 mit Anm.).

14,2–4 *daß ich Dir ... finden wirst:* möglicherweise mißverständliche Deutung von *Hamlet* IV,4,55; vgl. auch *Titus Andronicus* II,3,123.

16,3–20,30 f. *Bis itzt ... Weinenden weint:* Der Brief enthält in seinem Solipsismus (16,9 »Mittelpunkt der Schöpfung«) und der rasch einsetzenden Verdüsterung der Metaphorik bereits wesentliche Elemente der dem psychologischen Roman des späten 18. Jh.s sehr bewußten psychischen Labilität des Empfindsamen.

16,16 *Amalie:* Tieck hatte etwa seit Beginn der 90er Jahre als Gast im Hause des Kapellmeisters Johann Friedrich Reichardt eine Neigung zu dessen Schwägerin Amalie Alberti, Tochter des Hamburger Pastors und Lessing-Freundes Julius Gustav Alberti, gefaßt, die 1798 zur Heirat führen sollte. Der Mädchenname Amalie taucht in den Werken dieser Jahre mehrfach auf. Als wichtigster Anklang an die Namensgebung Amalie Wilmont in *William Lovell* findet sich die Gestalt der Amalie Wilmann in der 1796 publizierten Wiedergängergeschichte *Der Fremde*, die mehrere Motivparallelen zur Handlung des Briefromans aufweist.

16,29–31 *das Morgenrot ... Fahne:* Hier beginnt die lange Reihe der Morgenrot-Motive, die in Tiecks Briefroman die Funktion von Seelenlandschaften haben.

17,4–18,7 *Schwarz ... Glück. –:* Dieses Gedicht, in *Gedichte* II, S. 227–229 unter dem Titel »Melankolie« veröffentlicht und von seinem Verfasser auf 1793 datiert, gilt zusammen mit den zeitlich benachbarten lyrischen Entwürfen »Der Ungetreue« (ebd., S. 232 f.; vgl. 92,25–93,10) und »Der Egoist« (ebd., S. 230 f.; vgl. 168,15–169,12) als Keimzelle des Romans.

17,4 *dunkle Sterne:* Der Topos ist vermutlich kein bloßes Oxymoron, sondern streift das der Schauerliteratur geläufige Luzifer/Phosphorus-Motiv. Die bedrohlich belebte Landschaft und Natur enthält auch Requisiten des Schauerromans, wie sie im fast gleichzeitig niedergeschriebenen *Peter Lebrecht* ironisiert werden.

18,16 *Ich ahnde:* Die zentrale Bedeutung des Begriffes »ahnden« in Tiecks Frühwerk geht noch aus einem 1844 an den Verleger Reimer geschriebenen Brief hervor, in dem die Beibehaltung der alten Wortform gefordert wird, weil »das Wort Strafe, Rache und Vorgefühl *zugleich* begleitet« (*Letters of Ludwig Tieck hitherto unpublished 1792–1853*, coll. and ed. by Edwin H. Zeydel, Percy Matenko and Robert Herndon Fife, New York / London 1937, S. 489 f.). Vgl. auch Tieck an Solger (6. Januar 1815): »Warum wollen Sie aber mit Voss und andern *ahnden* und *ahnen* unterscheiden? Mir scheint der Reichtum und die poetische Schönheit und philosophische Richtigkeit einer Sprache nicht bloß darin zu liegen, daß wir recht viel sondern und unterscheiden, sondern auch gegenüber recht viele mannigfaltige Nuancen, ja Widersprüche (die doch nur scheinbar sind) in demselben Wort dulden, wie in dem schönen *Ahnden* (das Ahnen kann ich gar nicht leiden), Vorempfindung, und Rache sind doch gewiß ein und dasselbe, in der Erfüllung, in der Furcht: Rache, Strafe bleibt doch immer etwas anders als Ahndung. Die Unterschiede, die man bei den Alten zeigen will, genügen nicht, es ist nur provinziell, daß wir es bald so, bald anders finden, auch hatten ja unsre guten Vorfahren gar keine Orthographie« (Karl Wilhelm Ferdinand Solger, *Nachgelassene Schriften und Briefwechsel*, hrsg. von Ludwig Tieck und Friedrich von Raumer, Leipzig 1826, Bd. 1, S. 334 f.).

20,12–14 *einer Uhr gleich ... beschreibt:* Die Kreisbewegung der Uhr, zumal in Verbindung mit dem kurz vorhergegangenen klaustrophoben Gefängnis-Vergleich, leitet die Ixion-Metaphorik des Romans (vgl. 124,23) ein, die in Tiecks Jugendwerk insgesamt hervortritt; vgl. den vermutlich von Tieck stammenden Text »Ein wunderbares morgenländisches Märchen von einem nackten Heiligen« in Wackenroders *Phantasien über die Kunst* (1799; in der Ausgabe von Wolfgang Nehring, Stuttgart 1973 [u. ö.], S. 59–63).

21,2–22,29 *Der alte Willy ... bis ewig:* Im zeitgenössischen Briefroman werden mit Vorliebe einfältig-drollige Briefe von Dienerfiguren eingeschoben, die mit der Haupthandlung kurzweilig kontrastieren sollen.

22,15 f. *Schottischen Kriege:* Gemeint ist der letzte große Jakobitenaufstand 1745/46, der durch den blutigen Sieg des Herzogs von Cumberland über den schottischen Prätendenten Charles Stuart in der Schlacht bei Culloden beendet wurde.

23,6–10 *Sei mein Freund ... könnte:* thematischer Einsatz der Kritik an den Auswüchsen der Empfindsamkeit.

23,19 *Deine Mutter:* Der Autor weiß offenbar noch nicht, daß die Mutter des Helden bei dessen Geburt gestorben ist.

26,10–21 *es gibt in der Natur ... zu mir heran:* Der Passus zeigt, im bewußten Gegensatz zum 2. Brief, die freundliche und harmonische Seite der empfindsamen Natursympathie.

26,15 *mütterlich nah:* vom Herausgeber korrigiert aus »mütterlich nach« (in den *Schriften* keine Korrektur).

28,21 *Grabmal Virgils:* Der Hinweis auf das antike Grabmal Vergils in Neapel deutet zunächst auf die Absicht einer vielen Stätten des Altertums geltenden Bildungsreise. Vgl. auch 35,4–23 mit Anm.

29,30 *Ossian:* Die angeblichen Gedichte des Barden Ossian erlangten ihre Berühmtheit durch den schottischen Lehrer James Macpherson (1736–96), der 1762 mit der Publikation sehr stark überarbeiteten gälischen Liedgutes begann. Sein Werk sollte sich als eine der genialsten und folgenreichsten Literaturfälschungen überhaupt erweisen. Die Ossian-Mode beeinflußte nicht nur das Bardengebaren des Göttinger Hains, sondern auch Klopstock, Herder und Goethe, letzteren namentlich im *Werther* (1774). Tieck unterlag der literarischen Wirkung des Genres am stärksten zu Anfang der 90er Jahre, als er für den Schauerroman *Die eiserne Maske* (1792) seines Lehrers Friedrich Eberhard Rambach Einlagen im Ossianischen Stil verfaßte (vgl. die kritische Stellungnahme Wackenroders im Brief vom 5. Mai 1792 über die von Rambach entliehene Ossian-Ausgabe von Michael Denis). Das Ossian-Fieber reichte bis tief ins 19. Jh. hinein und überdauerte nahezu die literarische deutsche Romantik (vgl. Balzacs Bekenntnis in *Les Illusions perdues*). In der Erstausgabe des *William Lovell* signalisiert der Hinweis auf Ossian ähnliche Anzeichen irrationaler melancholischer Tendenzen wie entsprechende Stellen im *Werther*.

31,7 *Langeweile des Tantalus:* Für die als Zeitgefühl charakteristische Langeweile ist der Begriff der Tantalusqual (Nähe und gleichzeitige Unerreichbarkeit von Wasser und Früchten als Strafe in der Unterwelt) ein ungenauer Vergleich. Vgl. Anm. zu 10,11.

31,27 f. *Youngs Nachtgedanken: The Complaint, or Night Thoughts* (1742–44) des englischen Dichters Edward Young (1683–1765), entstanden unter dem Eindruck des Verlustes mehrerer geliebter Menschen, behandelt in etwa 10 000 Blankversen das Thema Tod und Unsterblichkeit. Der pessimistisch-melancholische Grundton trug wesentlich zum Eindringen der Empfindsamkeit in die Aufklärung bei.

32,11 *Kothurn:* Der Kothurn war der (mit den Jahrhunderten immer höher werdende) Theaterschuh der antiken Tragödie (im Gegensatz zu dem der Komödie zugehörenden Soccus).

32,27–30 *Merkutio ... halten:* Das Zitat ist weder in *Romeo and Juliet* noch in einem anderen Shakespeare-Stück in dieser Form nachzuweisen. Vgl. *King Henry IV*, T. 1, IV,2, und *The Merry Wives of Windsor* IV,2. Anklänge bestehen möglicherweise eher an Homers *Odyssee* 10,239 ff.

33,6 *Antiplatoniker:* Der Begriff bezeichnet die Oppositionshaltung gegenüber der empfindsamen Verherrlichung tugendhafter Liebe in Richardsons Romanen. Literarische Gegentendenzen finden sich in England namentlich bei Smollett und Fielding, in Deutschland bei Wieland.

34,11 *Charaktere:* hier: Buchstaben.

34,11–16 *zu der Allee ... Bekanntschaft:* Vgl. 29,28–30.

35,4–23 *Schon ist die Natur ... erwärmen mein Herz:* Die in späteren

Fassungen fehlenden Überlegungen über die Antike verraten vermutlich noch den ursprünglichen Einfluß von Heinses Roman *Ardinghello* (1787). Vgl. 28,21 mit Anm.

37,17 *Eltern:* Vgl. 23,19 mit Anm. Im Gegensatz zu der dort später vorgenommenen Berichtigung blieb die hier vorliegende Version bis zur Endfassung stehen.

38,20/22 *Gouverneur / Hofmeister:* Die Begriffe werden halb ironisch auf die Gepflogenheit der ›Kavalierstour‹ angewendet. Sie führte seit der Renaissance junge Adelige in Begleitung einer meist hierfür bezahlten Vertrauensperson nach Frankreich und Italien, seit dessen politischem und kulturellem Niedergang eher in die Niederlande, selbst nach Norddeutschland. Insofern liegt der Typ der Kavalierstour auch im *William Lovell* vor, wenngleich als schon deutlich veraltende Reiseform. Im 18. Jh. ist diese Gattung des Reiseromans mehrfach Einkleidung einer auf magische Traditionen (Johann Valentin Andreae, *Chymische Hochzeit Christiani Rosenkreutz anno 1459*; Shakespeare, *Two Gentlemen of Verona*) zurückgehenden Initiationsreise, die ihrerseits oft von Geheimbund-Thematik überlagert wird.

39,13 *Fait:* Das Wort ist eine beliebte zeitgenössische Entlehnung aus dem Französischen für handfeste oder nachdrücklich vertretene Tatbestände. Vgl. die irrtümliche volksetymologische Beziehung zu der Redensart »jmd. sein Fett geben«.

41,22–25 *erhabenen Klippen ... bewundert haben:* Vgl. *King Lear* IV,6.

Zweites Buch: Im 2. Buch des 1. Bandes werden für den Leser die Umrisse einer Geheimbund-Intrige erahnbar, die Motivanregungen überdies von Rétif de la Bretonnes (1734–1806) *Paysan perverti* (1776) und wohl auch der Frankreich-Episode des *Old English Baron* von Clara Reeve (s. Anm. zu 10,31) erfahren hat. Hier jedoch wird das eigentliche endogene Gepräge der Handlung bereits spürbar, die auf einen Charakterwandel der Figuren abzielt. Die durchkonstruierte Intrige, mit der der herkömmliche Schauerroman seine Leser zu fesseln pflegt, ist durch ein eher lockeres Handlungsgefüge ersetzt; selbst Bundesemissäre wie die Comtesse Blainville ersetzen im Rollenspiel die bloße Täuschung ihres Opfers durch Autosuggestion (vgl. 15. und 18. Brief, 76,5 ff.; 82,22 ff.): die Anverwandlung der Mitspieler durch den scheinbar noch ganz passiven Helden beginnt.

44,7 f. *Mit Enthusiasmus ... Shakespeares:* Vgl. 41,22–25.

44,8 f. *Alexanderstolz ... Lovell sein:* Von der Begegnung Alexanders des Großen mit Diogenes wird der Ausspruch überliefert: »Wenn ich nicht Alexander wäre, möchte ich wohl Diogenes sein« (Diogenes Laertius, *De vitiis* VI,2, n. 6,32).

44,21–27 *Es ist eins . . . lassen:* Vielleicht wird hier die populäre Rousseau-Rezeption ironisiert. Eine Würdigung der Stelle sollte nicht außer acht lassen, daß während der Entstehung der ersten Bücher des Romans, der noch die Zeit des Ancien Régime beschreibt, in Paris die reine Lehre Rousseaus in Form der jakobinischen Schreckensherrschaft verwirklicht wird.

45,7 f. *weil er den Corneille für keinen erhabenen Dichter hielt:* Vgl. die seit Lessing in Deutschland sich mindernde Wertschätzung der französischen Klassik; ähnlich in Goethes etwa gleichzeitig mit dem *William Lovell* erscheinendem, zunächst als Theaterroman konzipiertem *Wilhelm Meister*.

45,24–46,8 *Grafen Melun . . . Mann halten:* Die hier eingeführten Akteure gleichen sichtlich dem aristokratischen Personenbestand des Romans aus der Welt des Ancien Régime, aus dem auch der Bundesroman vielfach schöpfte. Die Affinität zu den *Liaisons dangereuses* (1782) von Choderlos de Laclos (1741–1803) ist gutenteils größer als die zu dem von Tieck selbst als Quelle benannten *Paysan perverti* von Rétif de la Bretonne.

48,5 f. *Miltonschen Schatten . . . Unterwelt Dantes:* Die Erwähnung Miltons zielt wahrscheinlich auf sein im 18. Jh. wieder geschätztes Jugendgedicht *Il Penseroso* (ersch. 1645), das stimmungsvolles Naturerleben mit melancholischer Innenschau verbindet. Die Neuentdeckung Dantes durch die Romantik wird 1798 durch Tiecks Aufsatz *Das jüngste Gericht von Michel Angelo* mit eingeleitet, in dem das Unendlichkeitsprinzip der Terzine als Bestandteil einer magisch-sakralen Suggestion gepriesen wird.

49,6 f. *daß er . . . vermehren:* kritische Auseinandersetzung mit der im Aufklärungsroman gern angewandten Triebfedernpsychologie. Möglicherweise Reminiszenz an Aussagen des Gaudet d'Arras im *Paysan perverti*.

49,27–50,7 *Ach, die goldenen . . . Familie:* Hier liegt eine Beeinflussung durch Schillers Gedicht »Die Götter Griechenlands« nahe, dessen Erstfassung (1788) Tieck zweifellos bekannt war.

50,21–24 *ich liebe den Regenbogen . . . wirklich?:* wahrscheinlich ironischer Seitenhieb auf Kants Beweisführung zum Regenbogen in der *Kritik der reinen Vernunft* (1781; s. die Ausgabe von R. Schmidt, erg. Nachdr. der 2. Aufl. Hamburg 1971, S. 86).

51,20 *O Sophokles! und göttlicher Shakespeare!:* Seit Lessing werden

Shakespeare und die griechischen Tragödiendichter gegen die französische Klassik ausgespielt (vgl. 45,7 f.). Durch Lessings von Johann Joachim Eschenburg 1790 veröffentlichte fragmentarische Abhandlung über Sophokles hatte dieser erneute Aktualität erlangt (vgl. Lessing, *Sämtliche Schriften*, hrsg. von Karl Lachmann, neu durchges. und verm. Aufl., bes. von Franz Muncker, Bd. 22,2, Leipzig 1919, S. 497 f.).

51,22 *Marionettenschauspiele:* Die Marionetten-Symbolik ist Teil der vor allem seit La Mettrie lebhaften Beschäftigung des 18. Jh.s mit dem Phänomen des künstlichen Menschen. Ihre intensive Gestaltung im *William Lovell* hat vor allem auf das dramatische Werk Büchners gewirkt.

53,2–55,31 *Willy ... Bruder. Willy:* Der Brief zeigt deutliche Affinitäten zu Louis Sébastien Merciers Zukunftsroman, der 1772 in der Übersetzung von Christian Felix Weiße unter dem Titel *Das Jahr Zweitausend Vierhundert und Vierzig, ein Traum aller Träume* bei Schwickert in Leipzig erschien (Neuaufl. ebd. 1782). Vgl. darin vor allem das 1. Kapitel: »Paris unter den Händen eines alten Engelländers«.

54,31 f. *eine Schlacht, die der berühmte Alexander machte:* Das Alexander-Thema wurde vor allem im französischen 17. Jh. vielfach dramatisiert; im 18. Jh. verlagerten sich die Bearbeitungen vorwiegend in den Bereich der italienischen Oper, die hier, wie auch der Kontext nahelegt, karikiert wird.

54,33 f. *der König ... regiert:* Die vordergründig harmlose Ironie ist eine Anspielung auf die *Reisen eines Deutschen in England im Jahre 1782* von Karl Philipp Moritz. In dem Bericht »Eine Parlamentswahl« (Brief vom 13. Juni) heißt es: »Die Verachtung des Volks gegen den König geht erstaunlich weit. ›Our King is a Blockhead!‹ hab' ich wer weiß wie oft sagen hören; indem man zu gleicher Zeit den König von Preußen mit Lobsprüchen bis an den Himmel erhob. Dieser habe einen kleinen Kopf, hieß es, aber hundertmal so viel Verstand darin, als der König von England in seinem ziemlich dicken Kopfe« (*Werke*, hrsg. von Horst Günther, Frankfurt a. M. 1981, Bd. 2, S. 36).

55,16–24 *Es werden ... starb:* möglicherweise Beeinflussung durch das gewaltsame Ende des Rétifschen Romanhelden.

58,9–24 *Und glaubst Du ... ungerecht:* Die Metaphorik, insbesondere die aus Blumen Gift saugende Schlange, belegt die in den ersten Büchern des Romans noch spürbare Beeinflussung von Eduards Mahnerrolle durch Wackenroders Briefe (hier vom

11. Mai und 4. Juni 1792). Die Gift-Metapher entstammt mystischem Gedankengut (vgl. Angelus Silesius, *Der Cherubinische Wandersmann*, 4. Buch, Nr. 82; ähnlich auch mehrfach bei dem von Tieck schon in seiner Frühzeit mit großer Anteilnahme gelesenen Jakob Böhme).

59,2 *Alciden:* Hercules (vgl. Vergil, *Aeneis* 6,123 u. a.).

64,19 *Pythias und Euryalus:* Die mehreren überlieferten Träger des Namens Pytheas kommen für die Stelle kaum in Betracht. Wahrscheinlich liegt eine Verwechslung mit Pylades, dem Freund des Orest, oder Phintias, dem Freund des Damon, vor (vgl. 130,13 mit Anm.). Euryalus bildete mit Nisus, mit dessen Hilfe er im Wettlauf siegte, eines der sprichwörtlichen Freundespaare der antiken Dichtung (s. Vergil, *Aeneis* 5,294 ff.).

65,23 *Duegna:* (span. *Dueña*) Anstandsdame, Gouvernante; namentlich seit Quevedos Satiren (1621/27) in der europäischen Literatur der Lächerlichkeit preisgegeben.

67,8–19 *Es ängstigt mich ... hinabsinken:* Vgl. 62,18–24. Das Motiv der väterlichen Heiratsverweigerung, das den Besitz der Geliebten mit dem Tod des Vaters in Beziehung setzt, erscheint noch unverblümter in Tiecks kurz vor dem *William Lovell* erschienener Erzählung *Abdallah*, die in wesentlichen Handlungselementen eine Vorstufenfunktion zu jenem einnimmt.

67,20 *Ein böser Dämon verfolgt mich:* Das Motiv des Teuflischen, das der sexuellen Verführung seit Richardsons *Clarissa* anhaftet, findet in der Gestalt der Blainville noch mehrfach seine Personifizierung.

68,32–34 *Welche Freude ... verdorrt?:* Die Baum-Metaphorik, hier, wie auch sonst öfters in Tiecks Werk, durch einen fragwürdigen Vergleich strapaziert, zielt meist auf die Attribute des als unschuldig-vegetativ empfundenen Landlebens. Vgl. Tiecks Brief an Wackenroder vom 29. Mai 1792.

70,23 f. *Linsen durch ein Nadelöhr zu werfen:* möglicherweise nochmals Anspielung auf die Jugend Alexanders des Großen, der einem auf diese Tätigkeit spezialisierten Artisten einen Scheffel Erbsen (sic!) geschenkt haben soll.

70,27–32 *ungerieben ... herausspringt:* »Konduktor« ist die im 18. Jh. vorwiegend gebräuchliche Bezeichnung für elektrische Kondensatoren, meist, wie auch hier, in der frühen Form der Leydener »Flasche« (seit 1745) geläufig.

71,17–20 *jenen kleinen Jungen ... zusammenschießt:* Anspielung auf emblematische Darstellungen des Liebesgottes Amor.

72,9 f. *ineluctabile fatum:* (lat.) das unentrinnbare Schicksal. Vgl. Vergil, *Aeneis* 8,334.

72,24 f. *Arria / Ninon / Clementine:* Arria: Ehefrau des Caecina Paetus, der in die Verschwörung gegen Kaiser Claudius verwickelt war und deshalb zum Tode verurteilt wurde. Da sie ihren Gatten nicht überleben wollte, erstach sie sich zuerst und reichte ihm den Dolch mit den überlieferten Worten »Paete, non dolet« (»es schmerzt nicht«; s. Plinius, *Epistulae* 3,16,3–13). Der Stoff erhielt gegen Ende des 18. Jh.s mehrere Aktualisierungen, unter anderem durch Klingers *Die neue Arria* (1776). – Ninon: Ninon de Lenclos (1620–1705), eine der zugleich schönsten und geistvollsten Frauengestalten der klassischen französischen Periode, die enge persönliche Bindungen zu zahlreichen Männern der Aristokratie und des Kulturlebens hatte. Sie war ausübende Musikerin, Inhaberin eines bedeutenden philosophischen Salons und Vorkämpferin der Frauenemanzipation; förderte noch den jungen Voltaire. – Clementine: vielleicht eine der beiden prototypischen Frauengestalten in Richardsons Roman *The History of Sir Charles Grandison* (1753–54), deren Wirkungsgeschichte in der deutschen Literatur schon in Wielands Trauerspiel *Clementina von Poretta* (1760) sichtbar wird. Freilich bleibt die Nennung einer Romanfigur neben zwei historischen Gestalten unstimmig. Sinngemäß wäre auch an Clémence Isaure zu denken, die mutmaßliche legendäre Gründerin des Consistoire de la Gaie Science (später: Académie des Jeux floraux) im Toulouse des 14. Jh.s. Ihre Gestalt beschäftigt, vermutlich in der poetischen Adaptation von Jean-Pierre Claris de Florians (1755–94) Novelle »Clémence« (1796), noch die Tagträume von Flauberts Emma Bovary.

76,21 *pikiert:* hier etwa in der Bedeutung ›sich kapriziert‹.

76,30 *attachieren:* fesseln.

77,6 *Rousseaus Julie:* Heldin des von Tieck, im Gegensatz zu anderen Romantikern, wenig geschätzten Romans *Julie ou la Nouvelle Héloïse* (1761) von Rousseau.

77,7 *Teinture:* (franz.) Farbstoff, Tinktur, oberflächlicher Anflug. *Young:* Vgl. Anm. zu 31,27 f.

77,8–13 *Vernunft und Moralschwätzerin ... Geschöpf:* Anspielung namentlich auf Richardsons *Pamela, or Virtue Rewarded* (1740).

80,1–9 *die Blumen ... Lebens:* Die Intention der Comtesse, die Rolle der Empfindsamen zu spielen, entspricht Lovells Metapher der pantheistischen All-Einheit, die ihre meisten zeitgenössischen Parallelen in pietistischer Zerfließungsmystik findet.

82,16 *Wachs:* Siegelwachs (aufgrund des vorangegangenen Vergleichs).

82,25–87,29 *Seit meinem ... leben Sie wohl:* Der Brief der Comtesse ist merklich den galanten, teils in Dialogform verfaßten Romanen von Crébillon fils (1707–77) angenähert und enthält eine Reihe vermutlich absichtsvoller Gallizismen.

83,32 *auf einem hohen Tone:* hier: in gereiztem Ton.

87,29 *ennuyieren:* (franz.) langweilen, zur Last fallen.

88,18–25 *Andrea Cosimo ... Schritt ist. –:* erster manifester Hinweis auf eine Geheimbund-Intrige.

89,21 *Rose:* wohl kein Druckfehler, sondern Anglisierung des Namens durch den biederen Willy. Vgl. 117,27; 119,22.

92,24–93,10 *Ich hatt' ihr ... ewig mein! –:* entstanden 1792; in *Gedichte* II, S. 232 f. unter dem Titel »Der Ungetreue« veröffentlicht (vgl. Anm. zu 17,4–18,7). Das Thema der Untreue beschäftigt Tieck in seinen Jugenddichtungen mehrfach, unter anderem in dem frühen Gedicht »Elise, ja er ist gebrochen« (*Letters of Ludwig Tieck* [s. Anm. zu 18,16], S. 10), dessen Motive eine Vorstufe zum »Ungetreuen« bilden.

93,22–24 *ich bin ein Nichtswürdiger ... Götterempfindungen:* Hier beginnt die noch mehrfach anklingende Faszination durch die eigene Nichtswürdigkeit. Der Gedanke des größerer Göttergeschenke unwürdigen kleinen Herzens geht möglicherweise auf Kallimachos von Kyrene, Fragment 475 zurück und findet sich auch in der Mystik des Barock (vgl. Angelus Silesius, *Cherubinischer Wandersmann*, 3. Buch, Nr. 201).

94,15–18 *seh' ich nichts ... Rettung rufen:* Charakteristisch ist die – psychologisch realistische – ungenaue Beschaffenheit der hier als episches Signal gesetzten Präkognition, deren Inhalte in modifizierter Form eintreffen.

96,3 *mit der trüben fröhlichen Melancholie:* Das Oxymoron, zur Bezeichnung widersprüchlicher Liebesempfindungen schon seit der Antike und im Mittelalter bei Gottfried von Straßburg gern gebraucht, erfährt in der empfindsamen Literatur, vor allem unter pietistischem Einfluß, starke Verbreitung.

97,30 *Rezidive:* Rückfälle.

Drittes Buch: Im 3. Buch des 1. Bandes beginnt sich der, von Karl Wilmont schon im 2. Brief scherzhaft zitierte, »Geist Lovells« (110,18) zu verselbständigen und die eindeutige Welt der englischen »Landheimat« (457,9) zu suspendieren. Dabei fächern sich die Äußerungen Lovells und Balders zur manischen und depressiven Version derselben solipsistischen Befindlichkeit auf. Während mit der Einleitung der Erbschaftsintrige, dem väterlichen Heiratsverbot und dem ersten Zugriff der Geheimen Gesellschaft der Plot des Bundesromans Gestalt annehmen zu wollen scheint, wird die Grenze zwischen Wahn und Wirklichkeit in Frage gestellt, die Entscheidung der höheren Gültigkeit äußeren oder inneren Erlebens immer dringlicher, um in der Totenkopf-Erzählung zu ihrer Aporie zu gelangen. Balders Frage, ob er »beim Wahnsinne gewinnen oder verlieren würde« (141,5 f.), wird letztlich bis zum Ende der Handlung in der Schwebe verharren.

116,6–10 *Ich mache es ... verfahren:* Hier kündigt sich die weitgehende Suspendierung der Briefroman-Fiktion an. Deren dokumentarischer Charakter widerspricht dem in anderen Romangattungen legitimen Innensicht-Standort des Autors. Da jedoch der alte Burton, wie später bezeugt wird (380,19 f.), die Papiere, deren Rückgabe er fordert, vor seinem Tode verbrennt, setzt ihre Veröffentlichung einen im Briefroman illegitimen, allwissenden Erzähler voraus. Die Erbschaftsintrige ist somit ein narrativer Fremdkörper, der auch später nicht folgerichtig ins Handlungsgefüge integriert wird.

116,19 *Sawogen:* Savoyen.

116,21 *Sawegarden: Savoyarden.*

117,31 *Ferdinand:* Vgl. 91,17–19. Das Motiv der rätselhaften Bundestochter aus dem Bundesroman wird, ohne eigentlich handlungstragendes Element zu sein, in das Geschehen einbezogen. Als unmittelbares Vorbild kommt neben der Rosalie des Karl Grosseschen *Genius* (1791–94) noch die Tienette aus Rétifs *Paysan perverti* in Betracht. Das Element der Zwitterhaftigkeit wird sich noch in späteren Romanen der Romantik nach dem Vorbild von Goethes Mignon in *Wilhelm Meister* fortsetzen, etwa in Eichendorffs *Ahnung und Gegenwart* (1815).

119,17–120,4 *Von den Gemälden ... brotlose Künste:* Die Abkehr Lovells von der Naturnachahmung nimmt bedeutsame Erörterungen im *Sternbald* (1798) und in den gemeinsam mit Wackenroder verfaßten kunsttheoretischen Schriften vorweg. Das Motiv des eßbar anmutenden Obstes, als Bestandteil der Realismus-Diskussion zur bildenden Kunst schon in der Antike gebräuchlich (vgl. Plinius maior, *Naturalis historia* 35,65), bleibt vor allem der Goethezeit präsent (vgl. Goethe, »Über Wahrheit und Wahrscheinlichkeit der

Kunstwerke«, in: *Goethes Werke. Weimarer Ausgabe*, Abt. 1, Bd. 47, S. 263 ff.).

119,26 f. *Maler aus der römischen Schule:* Der Begriff »römische Schule« ist hier nicht ganz klar. Aus dem Kontext, der allerdings bewußt die unfreiwillig komische Argumentation eines schlichten Gemütes vergegenwärtigen soll, ist zu schließen, daß jene Kunstrichtung in Betracht kommt, die sich von der idealisierenden, auf die Hochrenaissance zurückgreifenden Thematik und Darstellungsweise Annibale und Ludovico Carraccis ableitet (Albani, Domenichino, Reni, Guercino u. a. m.). Spätere Belege wie Lovells Bemerkung über Domenichino (200,25–27) lassen eine eher impulsive als reflektierte Wertung kunsthistorischer Tendenzen vermuten. Eine gründlichere kategoriale Klärung der in der Tat höchst komplexen Materie sollte für Tieck erst die Zusammenarbeit mit Wackenroder bringen.

121,22–34 *Schon als Kind ... zu Boden:* Das romantische Fernweh mit den typischen Motiven blauer Horizont, Posthorn usf. enthält bereits reale Erlebnisse aus Tiecks Franken-Reise von 1793 und wird, von seinen psychotischen Elementen abstrahiert, wenige Jahre später zum Vehikel des *Sternbald.*

122,24–36 *Oben auf dem Berge ... sinkenden Nebel:* Das drohende Gebirge, im 18. Jh. in bildnerischen Darstellungen namentlich Salvator Rosas (1615–73) geschätzt, wird bei Autoren wie Horace Walpole (1717–97) und Anne Radcliffe (1764–1823) zur bevorzugten Szenerie des Schauerromans.

124,22 f. *Tantalus ... Ixion:* Der Tantalus-Vergleich wird in das Ixion-Bild transponiert. Neben der Ähnlichkeit der in der antiken Mythologie überlieferten Vergehen (Verwandtenmord und Frevel gegen die Götter) steht die Akzentverschiebung durch die Implikation, daß Ixion ein Wolkenphantom umarmte; vgl. 20,12–14 mit Anm. Die Ixion-Metaphorik kann von Karl Philipp Moritz, *Fragmente aus dem Tagebuche eines Geistersehers* (1787; hier in dem Kapitel: »Aus Miltons verlornem Paradiese«) beeinflußt sein. Vgl. auch Moritz' »Götterlehre« (*Werke*, Frankfurt a. M. 1981, Bd. 2, S. 837 f.); außerdem C. G. Jung, *Wandlungen und Symbole der Libido*, Leipzig/Wien ^{2}1925, S. 292.

124,26–125,9 *Man fühlt ... hinauszuheben:* Manische und depressive Symptome werden hier, lange vor der Entdeckung des zyklothymen Syndroms, mit bemerkenswerter Folgerichtigkeit aufeinander bezogen. Damit wird, unbeschadet der psychologischen Erkenntnisse bedeutender Vorgänger, der im 18. Jh. gültige Melancholie-

Begriff gesprengt. Dieser beruhte im medizinischen Verständnis primär noch auf der hauptsächlich von Galenos formulierten Viertemperamentenlehre, in der geistesgeschichtlichen Tradition auf Platon, der in *Phaidros* 265 A den Begriff der Exallage als göttlichen Wahnsinn, als gottbewirktes Heraustreten aus dem gewohnten, herkömmlichen Zustand einführt. Folgenreicher noch war die durch Ficino neubelebte Tradition der pseudoaristotelischen »Problemata«, die in fast allen großen Männern der Politik, Kunst und Dichtung Melancholiker erblickten. Eine Problematisierung erfuhr die Melancholie-Konzeption bereits durch den differenzierten Acedia-Begriff Petrarcas, dessen Werk unter neuen Vorzeichen von Johann Georg Zimmermann in das Blickfeld der literarischen Öffentlichkeit gerückt wurde (vgl. Anm. zu 164,22). Der qualitative Sprung, der in Tiecks Werk häufig von pathologischen Seelenzuständen zu schöpferischer Ekstase vollzogen wird, gibt der Interpretation bis heute Rätsel auf.

126,13 *Hypochondrie:* hier in der vom Wortsinn und der antiken Temperamentenlehre ausgehenden Bedeutung ›Milzsucht, Melancholie‹ (vgl. auch 144,5–8). In dieser Bedeutung verbreitete Kennzeichnung der Empfindsamkeit; vgl. Goethe im Gespräch mit Riemer vom 3. Mai 1814 oder im auch selbstironisch getönten Gedicht »Nicolai auf Werthers Grabe« (1775).

126,20–29 *Es war mir ... herausgerissen:* Die Déjà-vu-Erlebnisse des Romans verdichten sich, intuitiv folgerichtig, jeweils in Krisensituationen.

127,5 f. *die Melancholie ist ein ansteckendes Übel:* Der Glaube an die ansteckende Wirkung seelischer Erkrankungen war Gemeingut der Epoche. Vgl. 177,14 f. und Tiecks Brief an Wackenroder vom 12. Juni 1792 (vgl. 696); ebenso *Gnothi sauton oder Magazin zur Erfahrungsseelenkunde* [...], hrsg. von Carl Philipp Moritz, 10 Bde., Berlin 1783–93, Bd. 1, Erstes Stück, S. 37.

130,13 *Damon und Pylades:* Vgl. 64,19 mit Anm. Damon ist als Freund des Phintias sprichwörtlich für Freundestreue (vgl. Schillers Ballade »Die Bürgschaft«, 1798) ebenso wie Orest und Pylades.

132,8 *Resignation:* hier im ursprünglichen Sinne von ›Ergebung, Ergebenheit‹.

135,12 *Verlobung:* Vgl. Abwandlung im späteren Verlauf des Romans (623,15: »verheiratet«).

139,30–34 *Und alles ... Verwesung ist?:* Das Motiv wurde vor allem durch Goethes *Werther* zum zeitgenössischen Gemeinplatz; vgl.

Schillers Abhandlung *Der Spaziergang unter den Linden* (1782) oder Wackenroders Brief an Tieck vom 11. Mai 1792.

144,5–8 *Viele Hypochondristen ... unterrichtet hat:* in der Seelenheilkunde des 18. Jh.s vielfach geübte Methode. Ihre bekannteste literarische Darstellung ist Goethes *Lila* (1777). Vgl. Anm. zu 126,13.

144,26 *Heiliger Gott ... mir?:* Vgl. das Auftreten des Armeniers während der Beschwörungsszene des Sizilianers in Schillers *Geisterseher* (1789).

145,5–17 *Um sich zu retten ... Raserei!:* Umwertung des Ikarus-Motivs; vgl. 11,4–9 mit Anm.

146,21–36 *Es war ein Kopf ... Malers:* Das Motiv des unheimlichen Porträts überdauert, namentlich im Schicksalsdrama, bis weit ins 19. Jh. Der penetranten Nötigung des Lesers, das Motiv mit dem vorhergegangenen Brief des alten Lovell zu verknüpfen, steht die Zweideutigkeit von Realität und Phantasie gegenüber, die sich durch die Erläuterung des Vaters (»nur die Idee eines sehr geschickten Malers«) an Balders Folgerungen anschließt.

147,4 *Pyramide:* vermutlich die Cestius-Pyramide.

148,7 *Fingal:* Vgl. *Fingal, an Ancient Epic Poem* (1762), Macphersons erste Sammelausgabe Ossianischer Gedichte (s. Anm. zu 29,30).

150,30–151,8 *daß man erst als Hausvater ... verachtet:* kaum Anspielung auf Diderots mehrfach ins Deutsche übertragene Prosakomödie *Le Père de famille* (1757–58); vielmehr Wahrung des vor allem der Lutherbibel folgenden Sprachgebrauchs, demgemäß der Hausvater als Oberhaupt der Familie und dem Gesinde vorsteht. Der Begriff des Hausvaters ist in einem sozialgeschichtlichen Kontext zu sehen, der, im Gegensatz zur anakreontischen oder empfindsamen Sicht des Landlebens, eine realistische Erdverbundenheit propagiert. Aus Vorstufen wie Antonio de Guevaras *Contemptus vitae aulicae et laus ruris* (1539), das vor allem in Kreisen des Landadels viel gelesen wurde, entstand im 17. und 18. Jh. als selbständiger Schrifttumszweig die heute so genannte »Hausväterliteratur«, von der fast nur Johann Heinrich Mercks *Geschichte des Herrn Oheims* (1777) im Bewußtsein des Leserpublikums überlebt hat. Die Entwicklungen der englischen »Landheimat« (457,9) im 3. Band des *William Lovell* sind jedoch aus diesen Traditionen zu verstehen.

153,25 *Fanfaron:* (span./franz.) Prahler, Aufschneider mit erdichteten (meist militärischen) Heldentaten.

157,6–29 *Er wird ... zurückbringen?:* Vgl. 144,32–145,17.

158,4–6 *und so rasch ... aussteigen müssen:* Die Stelle ist charakteristisch für den zeitgenössischen Amor Fati, der sein bekanntestes Zeugnis in Goethes »An Schwager Kronos« (1777) gefunden hat. Die hieran vielfach wörtlich anklingenden Metaphern erhalten vor allem im *William Lovell* leitmotivischen Charakter. In Tiecks Jugendwerk findet sich eine thematisch ähnliche Paramythie über die Ehe von Verstand und Phantasie (1790), die die Verbindung zum Phaeton/Ikarus-Stoff herstellt (»Der Verstand und die Phantasie«, in: *Nachgelassene Schriften*, Bd. 1, Leipzig 1855, S. 190–192).

162,19–25 *Ber. Last ... again!:* Vgl. *Hamlet* I,1; in der Übersetzung August Wilhelm Schlegels:
Bernardo: Die allerletzte Nacht, / Als eben jener Stern vom Pol gen Westen / In seinem Lauf den Teil des Himmels hellte, / Wo jetzt er glüht: da sahn Marcell und ich, / Indem die Glocke eins schlug –
Marcellus: O still! halt ein! Sieh, wie's da wieder kommt!

163,6–164,5 *Plötzlich ... unbegreiflich ist. –:* Tieck verweist schon in seiner vor allem auf Hamlets Psyche bezogenen Abhandlung *Shakespeares Behandlung des Wunderbaren* (1793) besonders darauf, daß bei Shakespeare die Gespenster meist nur von einer Person gesehen werden. Die solchermaßen fehlende Kontrolle über die Unterscheidung von Wahn und Wirklichkeit, oder, in Balders Terminologie, »Wunder und Alltäglichkeit« (163,32 f.), führt folgerichtig zu dessen Zweifel an der eigenen Identität.

164,22 *den jugendlichen Petrarcha, oder den mutwilligen Boccaz:* Die Stelle zeugt nicht eben von einer gründlichen Kenntnis Petrarcas, an dem sich immerhin seit Rousseau und Johann Georg Zimmermann der Melancholie-Begriff des 18. Jh.s entscheidend orientierte. Noch im *Sternbald* wird auf Petrarca als Inbegriff poetischer Flüchtigkeit verwiesen. Der in der europäischen Literatur nie ganz vergessene Boccaccio wurde im 18. Jh. verschiedentlich wiederentdeckt und von Schwankautoren ausgebeutet, lieferte aber auch ernste Stoffvorlagen wie die von Lessings Ringparabel. Kurze Zeit nach dem Erscheinen des *William Lovell* bemächtigt sich die ästhetische Theorie der Frühromantik in den Schriften der Brüder Schlegel der italienischen Renaissance und Vorrenaissance. In Tiecks 1799 erschienener Märchenkomödie *Prinz Zerbino* bevölkern Petrarca und Boccaccio zusammen mit Dante, Ariost, Tasso und anderen, teils zeitgenössischen literarischen Größen den »Garten der Poesie«.

164,28–165,11 *Freilich ... verloren geben:* Der Brief galt der herkömmlichen Interpretation des *William Lovell* lange als Beweis für die Abhängigkeit von der Philosophie Fichtes; er erwächst jedoch psychologisch folgerichtig aus Balders Identitätskrise. Vgl. auch 50,21–24 mit Anm.

166,12 f. *in die Zügel des fliehenden Rosses:* Vgl. 158,4–6 mit Anm.

167,26–29 *Dieser innere Sinn ... zusammenzieht:* Die auf Plotin zurückgehende Vorstellung vom schaffenden Spiegel findet sich andeutungsweise schon in der Jugenderzählung des Vaters (vgl. 130,6 f.). Beziehungen zu der seit Shaftesbury (1671–1713) im 18. Jh. beliebten Prometheus-Symbolik bieten sich ebenso an wie solche zu zeitgenössischen psychologischen Erkenntnissen. Vgl. *Gnothi sauton* (s. Anm. zu 127,5 f.), Bd. 8, 2. Stück, S. 48 f. in: »Die Wirkung der äußern Sinne in psychologischer Rücksicht«.

168,15–169,12 *Willkommen ... gedacht:* in *Gedichte* II, S. 230 f. unter dem Titel »Der Egoist«; vgl. Anm. zu 17,4–18,7.

172,30–173,4 *entweder ich komme ... folgt:* Vgl. den Schluß des Briefs (175,6).

174,19–24 *ich fahre ... zugehört:* Die Desintegration der eigenen Individualität ist die Entsprechung zu Lovells manisch übersteigertem Ichbewußtsein, das in der depressiven Phase in ähnliche Phobien abstürzt (vgl. 324,3–8). Das Entsetzen vor der eigenen Hand hat als literarisches Motiv im *Werther* (Brief vom 20. Januar) zweifellos die Zeitgenossen beeinflußt (vgl. dazu Moritz' *Anton Reiser*, 1785–90, in der Ausgabe von Wolfgang Martens, Stuttgart 1972 [u. ö.], S. 293). Tieck, der es in *Ryno* (1792) bereits verwertet hatte, war mit einem ähnlich gearteten individuellen Erlebnis nach der Lektüre von Grosses *Genius* (s. Anm. zu 117,31) konfrontiert (vgl. den Brief an Wackenroder vom 12. Juni 1792). Vgl. auch Shakespeare, *King Lear* IV,7.

176,28 f. *zusammenhängenden Unsinn:* eine für den damaligen Erkenntnisstand erstaunlich treffende Periphrase paranoiden Wahns.

177,14 f. *Ich fühlte ... könnte:* Vgl. 127,5 f. mit Anm.

177,25 f. *sich der Fäden ... lenkt:* Im Marionetten-Motiv (vgl. 51,22 mit Anm.) gipfelt der Glaube an die unentrinnbare Fremdbestimmung (vgl. 174,19–24). Die latente Präsenz des depressiven Gegenpols zur manischen Ichüberhöhung nähert den Helden der Erkrankung Balders.

178,33–36 *Kennst ... läuft?:* Eine genaue Bestimmung des angedeuteten Märchens dürfte schwierig sein. Der szenische Kontext deutet jedoch auf das Motiv des Ogers, eines urspünglichen Jagddämons, der sich vornehmlich von Kinderfleisch nährt und vor allem in französischen Feenmärchen des 18. Jh.s auftritt.

182,13–184,18 *und Leichtsinn ... verstehen lernen:* Hier wird endgültig das Motiv des väterlichen Heiratsverbots aufgegriffen, das seine Gestaltung vergleichsweise skizzenhaft bereits in der Erzählung *Abdallah* erfahren hatte.

185,32–35 *Schon seh' ich ... Fuhrwerk da:* Vgl. 158,4–6 mit Anm.

190,18 f. *Mädchen ... mitgenommen habe:* Vgl. 91,17–19; 117,31.

Zweiter Band

Erstes Buch: Im 1. Buch des 2. Bandes steigern sich die Spannungen der bisherigen Handlung. Englische Landheimat und Empfindsamkeit werden aus der Sicht des Titelhelden ebenso in eins gesetzt wie andererseits das manische Ichbewußtsein und die Terminologie, die durch Begriffe wie »Feenland« (233,3; 251,1 f.) und »Feenpalast« (247,3) abgesteckt ist. Die Verführung eines jungen Mädchens, vordergründig Kern der Handlung, mutet weithin nur wie der Vollzug eines blasphemischen Willens an, der erklärtermaßen gegen die religiös motivierte, schon in der Exposition durch Willys Brief beschworene Tugend der eigenen Vergangenheit gerichtet ist. Die Qualität des Satanischen, die der verselbständigten Sexualität im bürgerlichen Roman seit Richardsons Lovelace eignet, offenbart sich schon in der Unterwelt-Symbolik zu Beginn der Rosalinen-Handlung und hält die Verbindung zu dem noch im Hintergrund verharrenden Meister der Geheimen Gesellschaft aufrecht.

194,2 f. *Lachen hat seine Zeit und Weinen hat seine Zeit:* Vgl. Pred. 3,4.

194,17 *walisische Mundart:* Das Walisische ist sprichwörtlich für seine schwere Verständlichkeit und Erlernbarkeit.

194,17 f. *der nicht sitzet ... Gottlosen:* Vgl. Ps. 1,1.

194,29 *richtet ... gerichtet:* Vgl. Mt. 7,1.

195,19 *die in der Finsternis wandeln:* Vgl. Joh. 8,12.

196,22–197,17 *Wir alle ... hinunter. –:* Der Traum ist vielleicht vom Pudel-Kapitel aus Moritz, *Andreas Hartknopf. Eine Allegorie* (1786) beeinflußt.

198,4 *Dein Brief:* Der erwähnte Brief ist nicht abgedruckt.

200,5–27 *Daß wir Sinnlichkeit ... Raphael:* Zum Begriff der feineren Sinnlichkeit vgl. 81,14; 125,27. Vgl. die Erwähnung des Textabschnitts bei Jung, *Wandlungen und Symbole der Libido*, Leipzig/Wien [2]1925, S. 217, Anm. 1.

200,25 *Boccaz und Ariost:* Vgl. Anm. zu 164,22; 367,11–13.

200,25–27 *Titian ... Raphael:* Hier bahnt sich bereits die Diskussion über Klassizismus und Manierismus an, wie sie wenige Jahre später vor allem in Tiecks Malerroman *Franz Sternbalds Wanderungen* (1798) ihren Niederschlag finden wird.

206,17 *Lord, what fools these mortals be!:* »Herr, welche Narren diese Sterblichen sind« (*A Midsummer Night's Dream* III,2).

209,15 f. *ob das ... schrieb:* Vgl. *Hamlet* V,1. Die Stanze ist eine italienische Strophenform aus acht jambischen Elfsilbern. Sie erreichte ihre Blütezeit im Epos der Renaissance und wurde seit Dietrich von dem Werders Tasso-Übersetzung (1626) auch in Deutschland beliebt, zumal bei Dichtern, die von romanischer Formkunst beeinflußt sind wie Heinse, Goethe (vgl. »Zueignung« zum *Faust*, »Marienbader Elegie«), August Wilhelm Schlegel, Rückert, Platen. Die oft vorwaltende subjektive Gebrochenheit der Aussage erzeugt Spannung zu der Objektivität der epischen Form, die schon durch den Strophenbau in Frage gestellt ist.

212,20–32 *Ich durchstrich ... Töne:* Die Schilderung beruht vermutlich auf persönlichen Erlebnissen Tiecks (vgl. Rudolf Köpke, *Ludwig Tieck* [...], Leipzig 1855, Bd. 1, S. 102 f.).

220,4 f. *die Nachrichten ... lassen:* Vgl. 216,36–217,4.

222,4–7 *Ew. Wohledlen ... sollen:* Vgl. 116,6–10.

225,19–21 *Wenn nun ... zurückschießt?:* Vgl. 202,5–7. Die verbale Übereinstimmung zwischen Lovells Metaphorik und Andreas Aussage ist eines der zahlreichen Beispiele dafür, wie sehr die Akteure des Romans unbeschadet ihrer vordergründigen Handlungsfunktion auf die Befindlichkeit Lovells bezogen sind.

232,15–233,31 *Ha! ... Mensch zu sein:* entstanden 1795; unter dem Titel »Rausch und Wahn« in *Gedichte* II, S. 239–242.

233,27–31 *Ihm ist's vergönnt ... Mensch zu sein:* erneute Variante der vor allem im Sturm und Drang sehr gebräuchlichen Prometheus-Symbolik.

234,35, *Lazaronis:* lazzaroni (ital.): ›Lumpenvolk‹; eigentlich Bezeichnung für die untersten neapolitanischen Volksschichten.

235,1 *Pulicinello:* aus dem neapolitanischen Volkstheater stammende Figur der Commedia dell'arte. Zentrale lustige Figur des Puppenspiels in weitem, weißem Kittel und weißer Hose. Seit Ende des 17. Jh.s ist ihr besonderes Merkmal der kegelförmige hohe Hut.

238,18 *Dithyrambe:* (griech.) hier abweichend von der antiken Bedeutung ›Preislied, ekstatisches Gedicht‹.

239,19–21 *Syrenengesang ... zurückgehalten wird:* Vgl. *Odyssee* 12,39 ff.

241,13 *das traurige Fest:* Das Oxymoron paraphrasiert den während der Empfindsamkeit gebräuchlichen und beliebten Begriff des »joy of grief«.

246,25–248,29 *Sie kennen ... entrücken:* Die Schilderung der Gegend um die Porta Capena ist nicht aus eigener Anschauung gewonnen. Erst nach Tiecks Italien-Reise ersetzt ab der 2. Fassung eine scheinbar realistischere Neufassung die atmosphärische Beschwörung der Erstausgabe.

247,27 f. *Sünder ... werden:* »Orkus« ist die lateinische Bezeichnung des Hades, der Unterwelt, in der Minos, der Sagenkönig von Kreta, als oberster Totenrichter amtet.

248,18 *Staket:* (ital.) Lattenzaun.

254,16 f. *Ich wollte ... beruhigen:* später gebessert in »[...] Pandarus sein, um meinen armen Troclus [sic] zu beruhigen«. Vermutlich Anspielung auf Shakespeares *Troilus and Cressida* III,2.

258,6–19 *Deine sparsamen ... benachrichtigt hätten:* Auch hier, wie noch öfter, wird der Dokumentationscharakter des Briefromans durch Erwähnung nicht veröffentlichter Briefe suspendiert.

264,8–13 *Mein Leben ... schwindlicht:* Die Rad-Metaphorik verbindet, ähnlich wie die bereits erwähnte Belegstelle bei Moritz (s. Anm. zu 124,22 f.), das Ixion-Bild mit der ebenfalls im *William Lovell* bedeutsamen Vorstellung vom Rad der Glücksgöttin.

267,32 *daß ich keine andre platonische Liebe brauche:* Vgl. 33,6 mit Anm.

274,20 *wegen eines:* vom Herausgeber korrigiert aus »wegen einer« (in der Ausgabe der *Schriften* keine Korrektur).

278,22–280,12 *Der Arme ... reich!:* entstanden 1794; in *Gedichte* I, S. 57–60.

Zweites Buch: Das 2. Buch des 2. Bandes bildet als fünfter von neun Teilen nicht nur die arithmetische Mitte des Romans, sondern auch die Achse einer, ähnlich wie im *Abdallah*, symmetrisch angelegten Handlung. Der beschriebene Zeitraum umfaßt in der Konzeption des Autors kaum mehr als einen Monat, der von dem im 5. und 40. Brief (311,5 und 380,7) gemeldeten Tod des alten Lovell bzw. des alten Burton markiert wird (vgl. die Zeitangabe 411,9 f.). Die Intensität des geschilderten Erlebens bewirkt jedoch eine Suspendierung der empirischen Zeit, wie sie kontrapunktisch im durativen Landschaftserlebnis des 6. und 7. Briefs (315 ff. und 317 ff.) angelegt ist. Lovells lyrische Beschwörung, »daß der Wahnsinn immer rascher mich beflügle« (373,29), zielt auf ein manisches Zeiterleben, ausgelöst durch die

Nachricht vom Tode des Vaters und dem Verlust der Geliebten, und gerichtet auf das »Feenland«, dessen Vorhof in der Verführergeschichte des vorigen Buches betreten war. Die Verdichtung der zugehörigen Aussagen erfolgt am nachhaltigsten im 11. Brief (327 ff.), wo in einer Kindheitserinnerung Synästhesie, zwanghafte Gotteslästerung, Glaube an Präexistenz und unbegreifliche Morgenröte das künstliche Paradies des Parnaß und Symbolismus in der Ästhetik des Bösen vorwegnehmen. Reduktionstendenzen des 18. Jh.s, wie die Mineral-Symbolik Rousseaus als Rückkehr des Menschen zu ursprünglicher Klarheit sie ausdrückt, werden zu eigenständiger dichterischer Objektivation: das Fascinosum des *Runenbergs* (1802) kündigt sich an. Das gewagte Bild vom Spiegeln der Morgenröte im Abgrund (373,27) wird im Glauben an die »Wirklichkeit einer wunderbaren Welt« (378,8 f.) eingelöst, nachdem noch in der ersten Begegnung mit Andrea die magische Allbelebung an die Verstrickung in widersprechende innere Lügen assoziiert war (340 f.). Freilich folgt der Überdruß am Wunderbaren bald, schon vor dessen eigentlicher Entlarvung (vgl. 355 f.). Das Wunderbare führt hier noch zur Suspendierung einer auf ihrer auch moralischen Superiorität beharrenden Wirklichkeit, die sich folgerichtig durch das »explained supernatural« des Aufklärungsromans, durch die Aufdeckung betrügerischer Manipulationen, rächend wieder in ihre Rechte einsetzen wird. Anders als in der frühromantischen *Sternbald*-Periode, die eine ästhetische Aufhebung des Gegensatzes von Realität und Imagination anstrebt, sind hier Grenzüberschreitung und Übertretung noch ein und dasselbe.

299,23 f. *Warum schlagen ... Stillstand?:* intuitiv präzise Beschreibung des manisch-depressiven Zyklus.

302,26–31 *Glaube wenigstens ... Ganze mehr:* Der Glaube, daß das Ganze mehr sei als die Summe seiner Teile, kehrt bei Tieck bis ins Spätwerk wieder; vgl. das Bild der zerquetschten Blume in der Novelle *Des Lebens Überfluß* (entstanden 1837; vgl. die Ausgabe Stuttgart 1981 [u. ö.], S. 41).

305,17 f. *Blumen ... Stoff:* Vgl. *Hamlet* V,1.

308,14 f. *Wünschhütchen ... versetzt:* Anspielung auf den zuerst in einem deutschen Volksbuch (1509) erscheinenden Fortunatus-Stoff, dessen vielfachen Dramatisierungen sich auch Tieck 1816 in einem zweiteiligen Märchenstück zum *Phantasus* anschloß. Die Stelle belegt das auch im *Peter Lebrecht* bezeugte erwachende Interesse des jungen Autors an den deutschen Volksbüchern.

309,7 f. *wie dem Moloch ... gelegt werden:* Die hier gebrauchte Metapher entspricht der umstrittenen Deutung des Begriffs »Moloch« als Name eines Gottes, dem Menschen-, vor allem Kinderopfer dargebracht werden. Gleichnishaft für: verschlingende Macht. Vgl. das Bild vom Stier des Phalaris 359,6–9.

312,10 f. *sie haben ... zerrissen:* Vgl. 212,31 f.

313,19 f. *mit allen ähnlich klingendem Galimathias:* Die grammatikalische Unstimmigkeit ist für das 18./19. Jh. nicht ungewöhnlich.

314,18–315,6 *Du klettertest ... für Ungeheuer halten:* Tieck kannte vermutlich die »Geschichte eines im frühesten Jünglingsalter intendirten Brudermords« (*Gnothi sauton* [s. Anm. zu 127,5 f.], Bd. 3, 2. Stück, S. 58) sowie die Fortsetzung »Ueber meinen unwillkührlichen Mordentschluß« (ebd., 3. Stück, S. 61). Das Motiv des projizierten Tiefenschwindels scheint im übrigen oft spontan ödipalen Charakter zu haben.

316,17–27 *Daß die meisten ... erhaben:* Vgl. 33,1–7.

316,33 *Weihnachtspyramide:* Die Weihnachtspyramide, auch »Klausenbaum«, war ein pyramidenförmiges, baumartiges Kunstgebilde, das mit Kerzen, Schmuck und Geschenken behängt wurde. Dieses Äquivalent zu den süddeutschen Paradeisbäumen dürfte Tieck aus seinen Berliner Jugendjahren vertraut gewesen sein. Zur Verbreitung in Berlin vgl. E. Kossak, »Der Weihnachtsabend«, in: *Berliner Silhouetten*, Berlin 1859, S. 1–9; ähnlich Robert Springer, *Berliner Prospecte und Physiognomien*, Berlin 1870, S. 10.

317,1–3 *Candaules ... wollte:* Die literarischen Traditionen über den Lyderkönig Kandaules beginnen vermutlich mit Platons *Politeia*. Die Ausformung des Stoffes, die hier gemeint ist und in der modernen Terminologie zur Benennung einer Perversion nach dem Eigennamen Kandaules führte, findet sich bei Herodot 1,7 ff.: König Kandaules, den der Drang, die Schönheit seiner Gemahlin einem Vertrauten offenbar werden zu lassen, nicht ruhen läßt, zwingt seinen Diener Gyges, die Königin beim Entkleiden im Schlafgemach zu belauschen. Der Stoff, der zu Tiecks Zeit fast nur durch La Fontaines Verserzählung »Le Roi Candaule et le Maître en droit« (1674) aktualisiert war, ist heute vor allem durch Hebbels Drama *Gyges und sein Ring* (1856) lebendig geblieben.

320,7 *häßlich und dabei einäugig:* Das Motiv der häßlichen und einäugigen Französin mit der Entstellung durch Pocken kann sowohl auf der Gestalt der Kammerfrau in Rétifs Roman als auch auf jener der Marquise de Merteuil aus den *Liaisons dangereuses* beruhen; für letzteres spricht der Umstand der Signalwirkung der Entstellung als Merkmal des Teuflischen (vgl. 379,20). Wie problematisch unmittelbare Motivherleitungen sein können, zeigt die völlig marginale und harmlose Figur der häßlichen, einäugigen Hausfranzösin in Johann Gottwerth Müllers 1779 (also vor den *Liaisons dangereuses*) erschienenem Roman *Siegfried von Lindenberg*, den Tieck zweifellos gekannt hat.

320,31–321,7 *Ich bemerke … herauslesen:* Die retrospektive Erkenntnis der eigenen Einsamkeit infolge von Selbsttäuschung und Narzißmus wird in Tiecks frühromantischen Märchen (vor allem in *Der blonde Eckbert*, 1797), aber auch noch in den späten Novellen (z. B. *Hexensabbat*, 1831) bedeutsam.

321,25 *William:* im Erstdruck »Eduard«, später in »William« gebessert. Angesichts ähnlicher Stellen (vgl. 349,28 und 521,10 mit Anm.) vermutlich kein Druckfehler, sondern Fehlleistung des Autors, der die Alter-Ego-Thematik behandelt.

322,8 *den Brief Balders:* Für die ungenaue Angabe kommen sowohl Brief I,3,29 (172 ff.) als auch II,1,5 (206 ff.) in Betracht.

324,3–8 *O und wer … fühlte:* Vgl. 174,19–24 mit Anm. Die Identitätskrise steigert sich im vorliegenden Buch bis zu Balders Zweifeln an der eigenen Existenz.

325,27–29 *O, wenn wir … schauen:* Das Bild des Fernrohrs für das menschliche Innere klingt bei Tieck mehrfach an, in der deutlichsten verbalen Übereinstimmung in dem Aufsatz *Über das Erhabene* (1792). Vgl. auch Brief an Philipp Otto Runge vom 24. Februar 1804 (Runge, *Hinterlassene Schriften*, Hamburg 1841, T. 2, S. 262 ff.).

327,31–328,2 *Sollten diese Zustände … hervorbrächte:* Auch diese Stelle läßt die Theorie einer positiven Beeinflussung des *William Lovell* durch die Fichtesche Philosophie als fragwürdig erscheinen. Vgl. Jean Pauls in der bildlichen Vorstellung eng benachbartes Urteil über die Fichtesche Philosophie in der *Vorschule der Ästhetik* (1804; vgl. *Werke*, hrsg. von Norbert Miller, Bd. 5, München 1963, S. 418).

328,10–18 *wo es mich … Wollust:* Vgl. 314,18–315,6.

330,10 *einer*: später gebessert in »einem«.

331,9–19 *Neulich säeten … größer werden:* Die Samen der schnellwüchsigen Kapuzinerkresse wurden gern zu leserlichen Botschaften angeordnet (vgl. Wilhelm Müllers Gedicht »Ungeduld«, 1821, von Franz Schubert 1823 vertont).

332,7 *mutwillig:* hier: freiwillig.

336,10 f. *Die Vorstellung … kann:* Vgl. 324,3–8.

339,3–8 *Ich ging … Ruinen:* Der Eintritt ins Feenreich wird durch den Ort und die Stunde des Zwielichts (die in Tiecks Märchen ähnliche Signalwirkung erhält) erneut angedeutet (vgl. 246,25 ff.).

340,24 *diesen wundervollen Andrea:* Für die Gestalt des Andrea Cosimo werden in der Forschungsliteratur viele Vorbilder benannt, die vom Hippias des Wielandschen *Agathon* (1766) über Gaudet im *Paysan perverti* bis zu den Geniusgestalten verschiedener Schauerromane seit Schillers *Geisterseher* reichen. In der Tat war die Verführergestalt, bei Tieck bereits im Omar des *Abdallah* vorgezeichnet, fester Bestandteil des zeitgenössischen Romanpersonals. Der räsonierende Libertin, der eine Philosophie der Sinnlichkeit und das Mißgeschick der Tugend predigt, ist heute durch die Wiederentdeckung de Sades allgemein geläufig. Der hier repräsentierte Menschentyp greift jedoch nicht nur auf romaneske Vorbilder zurück, sondern findet Modelle in dem realen Personenbestand des Revolutionszeitalters. Den nachhaltigsten Anstoß für Tiecks Romanfigur dürfte sein Hallenser Kommilitone Friedrich Ferdinand Wiesel (um 1770–1826) gegeben haben, welcher nach Köpkes Bericht (s. Anm. zu 212,20–32) »eine Art von dämonischer Philosophie der Sinnlichkeit entwickelte, die von beschränkten Genossen als Tiefsinn angestaunt wurde« (Bd. 1, S. 138). Wiesel brachte es später zum Kriegsrat in Berlin und verkehrte im Kreise Rahel Levins sowie mit Adam Müller und Friedrich Gentz, der, ihm in Wesen und Gesinnung ähnelnd, der Nachwelt als Modell für die historische Anthropologie des Revolutions- und Restaurationszeitalters im Gedächtnis haften geblieben ist. Das Interesse der Chronisten an Wiesel wurde im wesentlichen dadurch wachgehalten, daß seiner Ehefrau Pauline die letzte große Liebe des Prinzen Louis Ferdinand von Preußen galt. Varnhagens Nachlaß (*Aus dem Nachlaß Varnhagen's von Ense. Briefe*, Leipzig 1867, Bd. 1. S. 257) enthält einen als Akrostichon gehaltenen Nachruf auf Wiesel, der zumal angesichts des weiten zeitlichen Abstandes die Präzision des in Tiecks Roman gezeichneten Charakterporträts um so bemerkenswerter erscheinen läßt:

Weltkluger, armer, unglücksel'ger Teufel
In ew'gem Zweifel, ob du dich vergnügest,
Ersinnst und lügest du dir schlechte Lüste,
Schaffst ein Gerüste dir von falschen Schlüssen,
Erbärmlich müssen Laster darin passen,
Lebst elend so von Gott und Welt verlassen.

Vgl. auch Varnhagen von Ense, *Denkwürdigkeiten und Schriften*, Leipzig ²1843, Bd. 4, S. 477–493.

341,27–29 *Und ich kannte ... eingeprägt!:* Vgl. 163 f., 176 ff.

341,32 f. *Waldlabyrinthe:* Das Labyrinth als Topos der verinnerlichten Tartarus-Landschaft kontrastiert zu den Locus-amoenus-Klischees, die Lovell auf die englische »Landheimat« anwendet.

349,28 *Wenn ich ihn:* vom Herausgeber korrigiert aus »Wenn ich mich«; vermutlich ähnliche Fehlleistung wie 321,25.

350,26 *Türhüter:* Der Türhüter-Vergleich knüpft an den »Minos« der Rosalinenhandlung an (vgl. 247,27 f.).

352,12–14 *daß ich ... Georgs:* Die Stelle bleibt unklar, zumal sie von Tieck auch in der Endfassung, die mehrere Eingriffe aufgrund mittlerweile erworbener römischer Ortskenntnisse brachte, nicht verändert wurde. Der Gedanke an San Giorgio in Velabro ist aufgrund der Situierung auf einem Hügel nicht sehr plausibel.
befand ich mich: vom Herausgeber korrigiert aus »befand mich«.

352,17–353,15 *zwei unbekannte Männer ... denke! –:* Die Fähigkeit der Bilokation, die als Motiv in mehreren Schauerromanen auftaucht, wurde auch Personen der Zeitgeschichte wie Cagliostro (1743–95), dem Grafen von Saint-Germain (1707?–84) und später selbst noch Lord Byron (1788–1824) zugeschrieben.

354,15–17 *die Höhle ... wollen:* Aeolus, ursprünglich ein Winddämon, ist in der klassischen griechisch-römischen Überlieferung der von Zeus eingesetzte Verwalter der Winde, dessen Sitz meist auf den Liparischen Inseln östlich von Sizilien (»Isole Eolie«) angenommen wird. Vgl. *Odyssee* 10,1–75. Die Tiecksche Anspielung dürfte auf Vergil, *Aeneis* 1,52 ff. beruhen.

355,14–23 *Schauder stehn ... entgegen:* Fortführung des Türhüter-Vergleichs: Anspielung auf Charon, den Fährmann des Hades.

355,32–36 *Ich streckte ... übrigen:* Das physische Desintegrationserlebnis durch die eigene Hand (vgl. 174,19–24) setzt sich unverändert solipsistisch in der Séance des Geheimbundes fort.

357,24–28 *es ist möglich ... benenne:* Die Gefährdung der geistigen Gesundheit durch den 356,13 f. beschworenen Verlust der Unterscheidung von Außen- und Innenwelt, die als Ansteckung von seiten Balders befürchtet wurde, wird hier akut.

359,6–9 *wie ein armer ... Menge:* Phalaris, der Tyrann von Akragas (570–554 v. Chr.), soll seine Opfer in dem glühenden Bauch eines ehernen Stieres zu Tode geschmort haben, wobei die Schmerzensschreie durch eine kunstreiche Vorrichtung nur als täuschend ähnliches Brüllen des Stieres vernehmbar waren. Die Phalaris-Metapher wurde wahrscheinlich von Büchner aus dem *William Lovell* übernommen (vgl. Büchners Brief an Minna Jaegle vom März 1834 und *Dantons Tod* IV,5). Vgl. auch 309,7 f.

359,31 *Pantalons und Pierrots:* Pantalone (ital.; franz. *Pantalon*): liebesverblendeter alter Geizhals, der in der Commedia dell'arte und davon abgeleiteten Kunstformen in Halbmaske mit langer Hakennase, Spitzbart, Brille und langen, nach ihm benannten Hosen auftritt. – Pierrot: Französische (!) Komödienfigur; dumm durchtriebener Diener, aus der Commedia-dell'arte-Gestalt des Piero/Pedrolino weiterentwickelt.

361,21 *warf es sich:* Die auch in der Endfassung nicht gebesserte Stelle bleibt unklar.

366,1–17 *Wechselnd ... Haus. –:* unter dem Titel »Tod« in *Gedichte* II, S. 243. Die mit der Endfassung des *William Lovell* übereinstimmenden Änderungen dürften aus metrischen Gründen vorgenommen sein. Die Erstfassung entstand 1794.

367,5 *Circes Weberstühle sausen:* Vgl. *Odyssee* 10,222.

367,6 *Charybdis:* zusammen mit der Skylla in Gestalt eines doppelten Meeresschlundes meist bei Messina unter dem Vorgebirge Peloron lokalisiert; im antiken Schiffermärchen schiffeverschlingendes Ungeheuer. Vgl. vor allem *Odyssee* 12,73 ff.

367,7 f. *Pan ... Wild:* Pan, urspr. wohl ein arkadischer Hirtengott mit stark ausgeprägten tierischen Attributen (Bocksfüße etc.), wurde zu einer der vieldeutigsten Gottheiten der antiken Mythologie. Die Verse, die auf den in der Mittagsstille von Pan erzeugten »panischen Schrecken« anspielen, klingen an Tiecks Naturkonzeption des gleichzeitigen »tremendum« und »fascinosum« an.

367,11–13 *Ariost ... Rodomont:* Ariosts zuerst 1516 erschienenes Hauptwerk *Orlando furioso* ist zunächst eine Fortsetzung von Boiardos Ritterepos *Orlando innamorato* (1495), von dem es auch die Hauptfiguren (neben dem Titelhelden den erwähnten Rodomont) übernimmt. Vgl. o., Anm. zu 164,22.

368,11–28 *Blumen ... hingen:* entstanden 1794; unter dem Titel »Blumen« in *Gedichte* II, S. 244.

370,10–21 *Den Namen ... Grab!«:* entstanden 1794; unter dem Titel »Spruch« in *Gedichte* II, S. 245.

370,28 *Pappel:* Die Pappel wurde, nicht zuletzt aufgrund ihrer Formähnlichkeit zur Zypresse, vor allem nördlich der Alpen zu einem der Lieblingsbäume der empfindsamen Epoche.

371,17–373,29 *Es funkelt ... frei!:* entstanden 1794; unter dem Titel »Schrecken des Zweifels« in *Gedichte* II, S. 234–238.

373,29 *Erynnen:* Erinnyen: griechische Rachegöttinnen, entsprechend den römischen Furien.
379,20 *über ein häßliches Weib:* Vgl. 320,7.

Drittes Buch: Das 3. Buch des 2. Bandes bleibt im Romangefüge ein Fremdkörper, ebenso wie der alte Burton, um dessen Bekenntnisse die Korrespondenz gruppiert ist. Burton, dessen briefliche Kommunikation sich auch zuvor ausschließlich auf den Advokaten seines Gegners erstreckte, hat keinen Anteil am »Geist Lovells« (110,18); hält er sich doch vom Kontakt mit jedem Empfindsamen zurück, da er um die Kräfte weiß, die diesem die Autosuggestion verleiht. Die Vermögensintrige des alten Burton wird es letztlich sein, die den Figuren der englischen Landheimat das Verharren in ihrer hausväterlichen Geborgenheit ermöglicht; und so wirkt der seelische Konsolidierungsprozeß, den Mortimer bereits im 3. Brief (384) in der Abkehr vom Prinzip des Mitleidens erblickt, als Reverenz an eine jenseits aller Moral gesunde, weil unsensible Welt.

383,5 *ungewiß:* im Erstdruck »ungeist«: offenkundiger Druckfehler; in der Endfassung in »ungewiß« gebessert.
387,7 *Zaubercharakter:* Vgl. Anm. zu 34,11.
388,9 *Linse:* Lünse: Achsnagel.
390,26 *Praß:* Lärm, Gepränge, Leben in Saus und Braus.
391,25–393,23 *Mit trübem Auge ... Heimat?« – –:* entstanden 1795; unter dem Titel »Leben« in *Gedichte* II, S. 194–197.
395,4–396,28 *Ja ja ... hintergangen werden:* Die Ausführungen fußen auf der Triebfedernpsychologie der Aufklärung, gehen aber in ihren Schlußfolgerungen teils über diese hinaus.
395,10 *captatio benevolentiae:* (lat., ›Werben um Wohlwollen‹) im rhetorischen Gebrauch schmeichelhafte Wendung, mit der beiläufig das Wohlwollen der Adressaten oder Zuhörer erstrebt wird. Vgl. Cicero, *De inventione* 1,16,22.
402,12–405,28 *Immer ... zu haben:* Diese Bemerkungen stützen sich wahrscheinlich auf Voltaires Abhandlung über Cromwell, die Tieck am leichtesten in Lessings Übersetzung (*Des Herrn von Voltaire Kleinere Historische Schriften*, 1752) zugänglich gewesen sein dürfte. Durch die Französische Revolution war das Interesse an Karl I. von England und Cromwell sowie dem Problem des Königsmordes neu erwacht, was zumal im 19. Jh. zu einer Fülle von literarischen Bearbeitungen führen sollte.
403,13–16 *der Lügner ... überzeugt sein:* Anklang an das Motiv des

autosuggestiven Betrügers in Tiecks fast gleichzeitig mit dem *William Lovell* erschienenem Roman *Peter Lebrecht*.

406,32–407,2 *Die Mutter ... irreligiöse Mutter:* eine für die 2. Hälfte des 18. Jh.s typische Konfliktkonstellation der Generationen, die Gegenstand zeitgenössischer Romane wie Friedrich Heinrich Jacobis *Woldemar* (1779) wurde.

411,10 *ich bin nicht viel älter, als er:* Die logisch nicht ganz stimmige Aussage ist auch in der Endfassung nicht korrigiert.

412,14–16 *Die Blainville ... hat:* Vgl. 237,5 f.

Dritter Band

Motto: Vgl. Motto zum 1. Band.

Erstes Buch: Das 1. Buch des 3. Bandes bringt, äußerlich am handlungsreichsten, den Höhepunkt der Geheimbundintrige, gleichzeitig aber auch deren In-Frage-Stellung durch Entgrenzung der Individualität zwischen verschiedenen Akteuren. Wie ein verspäteter Tribut an den Briefroman wird zur Schilderung der Ereignisse ein Mehrfachstandort eingesetzt, was jedoch nicht die Tendenz der Figuren verhindert, Interaktion durch pantheistisch anmutende Sympathieprinzipien zu ersetzen. Gegenseitige Durchdringung der Seelen gilt nicht nur für die Brandepisode, sondern für das gesamte Rollenspiel, das wie eine Nutzanwendung der Cromwell-Passagen im vorhergegangenen Buch anmutet. Selbst Eduard, das eigentliche Opfer der Intrige, vergißt über solcher Selbstinszenierung seinen Kummer (vgl. 482,30 ff.). Die Krisis des Geschehens, für den Titelhelden vorwiegend im 2. Buch des 2. Bandes wirksam, betrifft hier die englische »Landheimat« (457,9), deren Realismus durch die Theatralik des empfindsamen Täuschers in Frage gestellt wird.

422,5–7 *Alle Ideen ... vergaß:* Vgl. 356,13 f.

424,18–20 *Die hohen Bäume ... vorlas:* Vgl. 29,28–30.

425,18–20 *Bunt ... verdunkelt:* Vgl. Aristoteles, *Nikomachische Ethik* 1100 b 6.

430,22–32 *Wie unermeßlich ... gekostet:* Das Kanzlei-Motiv hat sein Vorbild vermutlich im 2. Buch des *Werther*.

430,30 *Alehouse:* (engl.) Bierhaus, Schenke.

431,11 *Perioden:* Periodus (griech.-lat., Femininum): kunstvoll aufgebautes Satzgefüge; im 18. Jh. wohl aufgrund des von der Endung bedingten Systemzwangs weithin maskulin gebraucht (vgl. *Zedlers Universallexikon* von 1741).

431,20 *Grandison:* Samuel Richardsons zuerst 1754 erschienener Roman *The History of Sir Charles Grandison* zeigt, im Gegensatz zu den skrupellosen Verführern der vorhergegangenen Werke *Pamela* und *Clarissa*, den positiven, durch die Exzesse seines Edelmuts freilich unglaubwürdigen, Helden, der, wie der ursprünglich geplante Titel »The Good Man« andeutet, den vollendeten Christen und Gentleman verkörpert. Das hier in bürgerliche Wertvorstellungen transponierte Gentleman-Ideal wurde vor allem in der deutschen didaktischen Romanliteratur, deren Autoren die moralische und ästhetische Erziehung des Adels anhand eines bürgerlichen Tugendkanons betrieben, begeistert aufgenommen (vgl. auch Anm. zu 72,24 f.).

432,6 *Tristram Shandy:* Laurence Sternes Roman *The Life and Opinions of Tristram Shandy, Gentleman* (1760–67) wurde von den Zeitgenossen wegen seines ironischen Manierismus als Gegenpol zu den romanesken Tugendbotschaften Richardsons empfunden.

437,26 f. *O gewiß ... gestorben:* Vgl. 421,13 f.

442,22 *Begeisterung:* im 18. Jh. noch bisweilen im Sinne von ›Trunkenheit, Delirium‹.

453,5–10 *Und wenn ... retten:* Die Selbstpreisgabe der unschuldigen Frau, um dem Verführer Glück und Trost zu gewähren, wirkt seit Richardsons *Clarissa*, wo Lovelace unter anderem sein Ziel zu erreichen sucht, indem er Krankheit simuliert, in die Motivgeschichte der Romanliteratur; vgl. die Rolle Mme. de Tourvels in den *Liaisons dangereuses*.

455,29 f. *meine Aufträge:* Die hier nicht näher definierten »Aufträge« werden erst später in Andreas Enthüllungen erläutert.

463,7 *Ein altes gotisches Gebäude:* Diese einzige Nennung des Wortes »gotisch« im *William Lovell* evoziert den feindseligen Naturbegriff des Schauerromans.

469,27 *Lustrum:* uspr. römisches Sühneopfer; hier, dem Sprachgebrauch folgend, der vom zeitlichen Abstand zwischen zwei Lustra ausgeht: Jahrfünft.

471,36–472,9 *Ich habe ... Blainville:* Vgl. 67,20–24; 379,20.

475,31–478,34 *sie wolle ... vergessen:* Das um der Nähe der Geliebten willen absichtlich erregte Feuer gehört in den Kontext einer verbreiteten Rettungsphantasie und hat ein unmittelbares Vorbild wahrscheinlich in der Handlungsweise Lovelaces in *Clarissa*.

477,16 f. *Ich sehe ... rufen:* Vgl. 94,15–18.

484,10 *Proteus:* eine in ihrer Bedeutung schwer einzuordnende antike Meeresgottheit. Von der Renaissance ab wird er vor allem in der manieristischen Kunst und Literatur zum Symbol der Wandelbarkeit.
Chamäleon: Der Begriff zeitigte in der Literaturfehde um die Frühromantik seine Wirkung in Gestalt eines Lustspiels von Heinrich Beck (*Das Chamäleon*, 1800), in dem Tieck als schmarotzender Gelegenheitsdichter und Verfasser »eines schmutzigen Romans, betitelt ›Lorraine‹« karikiert wird. Vgl. Köpke (s. Anm. zu 212,20–32), Bd. 1, S. 280; *Dichter über ihre Dichtungen*, Bd. 9,1: *Ludwig Tieck*, hrsg. von Uwe Schweikert, München 1971, S. 220–224.

Zweites Buch: Das vorletzte Buch des Romans zeigt den Verfall des Titelhelden in seinem Gegensatz zur Konsolidierung der englischen »Landheimat« (457,9) durch die Antithese zwischen realer und erlebter Zeit. Während der Lebensrhythmus der heimischen Gutsbesitzer durch vegetatives Wachstum, Geburten und das Gedeihen der Kinder sich durativ über betont lange Zeiträume erstreckt, beschleunigt sich gleichermaßen der Verfall Lovells und des Geheimbundes, welch letzterer schon in den ersten Briefen Zeichen der Krise zeigt. Die Briefe des als Rächer Emiliens ausgezogenen Karl Wilmont finden bezeichnenderweise auf seiten der englischen Empfänger keine Resonanz mehr. Schließlich zeugt Amaliens Aussage, sie liebe ihre Fesselung ans Irdische mehr als ihre vorige Freiheit (561,13–15), vom Scheitern des schwebenden und schweifenden Lovellschen Geistes noch vor dem Ende des Helden. Dieser versucht nochmals unter der Beschwörung von Amaliens Namen sein Ikarus-Schicksal zu suspendieren und die »unendlichen Gefilde des Himmels« mit der bergenden Erde zu vertauschen (526,25–27); doch der Gravitationsverlust durch Beliebigkeit der Begriffe (vgl. 507,13–36), der die Marion-Szene in Büchners *Dantons Tod* (I,5) beeinflussen sollte, ist nicht mehr umkehrbar.

493,7 *Adriano an Francesco:* Die beiden eher komischen Chargen Adriano und Francesco sind weitgehend den Figuren Jakob und Pedro in Grosses *Genius* (s. Anm. zu 117,31) nachgebildet.

499,5 f. *den Menschen von den Tieren und Engeln unterscheiden:* Wahrscheinlich liegt keine direkte Beeinflussung durch die uns heute geläufigere Stelle in Pascals *Pensées sur la religion* VI,358 (1670), sondern eher die Zitation eines Gemeinplatzes vor, der im 18. Jh. namentlich bei Haller und Brockes auführlich begegnet.

512,25–27 *»Ich bin ... geboren«:* Vgl. Shakespeare, *Hamlet* III,1.

513,4 f. *Brüder einer Mutter:* in dieser Formulierung bis zur Endfassung beibehalten.

513,22 *ist es:* nach den *Schriften* korrigiert aus »es ist«.

516,5–15 *Jedesmal ... näher kommen:* Der Gedanke der Präexistenz wurde seit der Spätaufklärung, insbesondere bei Lessing, Herder und Jacobi, mehr oder weniger intensiv erwogen. Der unmittelbarste Einfluß auf die Textstelle rührt wahrscheinlich aus Moritz, *Andreas Hartknopf. Eine Allegorie* (1786), in dem Kapitel »Hartknopfs erstes Erwachen in seinem Geburtsorte« her. (Ähnlich, mit teils wörtlichen Übereinstimmungen, schon in *Gnothi sauton* [s. Anm. zu 127,5 f.], Bd. 4, 3. Stück, S. 1 ff. und Bd. 5, 3. Stück, S. 90 f.). Einschlägige Textparallelen auch in Heinses *Ardinghello* (1787), wo wörtlich auf Platons *Phaidros* zurückgegriffen wird (vgl. die Ausgabe von Max L. Baeumer, Stuttgart 1975 [u. ö.], S. 178).

521,10 *Adriano:* vom Herausgeber korrigiert aus »Andrea«; vermutlich ähnliche Fehlleistung wie 321,25 und 349,28. Vgl. Lovells Tendenz zur Selbstaufgabe angesichts des Sternenhimmels (525 f.).

525,2 *B. Geschenk:* lies: »Burtons Geschenk«.

525,34–526,9 *wenn ich dann ... fordert:* Die Stelle ist nicht nur durch den verbalen Anklang an den vorausgegangenen 21. Brief bemerkenswert, sondern auch durch die Vorwegnahme eines zentralen Motivs im *Sternbald* (vgl. dort das 1. Kapitel des 2. Buches).

530,11 f. *Rund ... blind:* Kombination zweier emblematischer Vorstellungen vom Rad der Glücksgöttin (vgl. Boethius, *De consolatione philosophiae* II,5) und ihrer Blindheit (vgl. Cicero, *Laelius* 54). In der evozierten Situation wohl auch Anspielung auf das seit 1700 allgemein verbreitete Roulette und die gegen Ende des 18. Jh.s schon beliebten Lotterietrommeln. Die Spielleidenschaft, im 18. Jh. und später in der Romantik mehrfach behandelt, hat hier ihr unmittelbares Vorbild möglicherweise in Schillers *Geisterseher*.

542,34 *nur ich selbst nicht:* vom Herausgeber korrigiert aus »nur ich selbst«. Da der Satz später gestrichen wurde, ist er nicht anhand der Endfassung überprüfbar.

546,20–22 *Otway ... kümmerte:* Thomas Otway (1652–85), englischer Dramatiker; als Vorläufer der Empfindsamkeit Anreger für Romane des 18. Jh.s. Sein angeblicher Tod aus Unterernährung in einem Gasthaus war ein beliebtes Rührmotiv.

547,4 *Narr des Schicksals:* Vgl. Shakespeare, *King Lear* IV,6.
548,30–549,34 *An einem Morgen ... sterben:* Das Déjà-vu-Erlebnis inmitten der schreckenerregenden Naturkulisse findet in der Tradition des Schauerromans eine rationale Auflösung.
560,14–17 *was mich ... Trost:* Der große Frevler mit der tragischen Selbstinszenierung zählte namentlich seit dem Sturm und Drang zu den Lieblingsgestalten des 18. Jh.s. In realistischen Romanen wie Moritz' *Anton Reiser* (vgl. dessen Reuebrief an den Pastor Marquard) hält diese Theatralik der Wirklichkeit nicht stand. Im *William Lovell* vgl. ähnlich 581,28–30; 599,8–10.
562,12–14 *Die alten Linden ... ausgegraben:* Das Fällen der Linden (vgl. 29,29; 34,7–10) ist als episches Signal bedeutsam, zumal das Linden-Motiv in der zeitlich benachbarten Erzählung *Der Fremde* mit dem Motiv des verschmähten Bräutigams als Wiedergänger gekoppelt ist.

Drittes Buch: Das letzte Buch des Romans steht unter dem Zeichen der Rückkehr zu den »kindlichen Gefühlen«, wie Lovell sie in seinem letzten Brief beschwört (647,8 f.). Das Gattungsgesetz des Schauerromans, der in aller Regel die Kindheit des oder der Helden erst in der Rückblende aufführt, trifft sich mit einer dem jungen Tieck eigentümlichen, die Erlebensformen der Natursympathie evozierenden Regressionstendenz. In der Aufteilung der Lovellschen Güter durch die Hausväter Eduard und Mortimer ist signalisiert, daß das Reich des Vorbesitzers nicht mehr von dieser Welt ist; die retrospektiven Lebensläufe verdichten den zum Gemeinplatz der Empfindsamkeit gewordenen Glauben Rousseaus an das menschliche Dasein als Exil der Seele nach dem Verlust des Kindheitsparadieses. So greift auch Lovells Resignation, verabsolutiert zum Pantheismus des Melancholikers, nach dem Ende der schauerromanhaften Geheimbund-Handlung auf eine von Tiecks frühestüberlieferten lyrischen Aussageformen zurück.

573,23–31 *Ich glaube ... erschreckten:* Vgl. 190,10 ff.; 230,4–7.
574,34 *umschließen:* nach den *Schriften* korrigiert aus »umschießen«.
584,7–10 *Es war ... Natur:* Vgl. 368,30–369,4.
584,10–12 *Die Posthörner ... mit sich:* Das Posthorn wird bei Tieck und seinen Nachfolgern bis Eichendorff zum Vehikel des romantischen Fernwehs (vgl. 121,22–34 mit Anm.).
594,10–12 *nun fing ... aufrichteten:* Das unheimliche Gelächter ist gattungseigenes Kennzeichen der Geniusgestalt im Schauerroman.

598,6–25 *Nie habe ... tot:* Das schreckliche und unwürdige Ende des Bösewichts trifft im empfindsamen Prüfungsroman des 18. Jh.s vor allem den ruchlosen Freigeist.

608,6–8 *wenn Du glaubst ... schmachtet:* Vgl. 374,9–15; 377,20–378,12.

609,10 f. *in den bürgerlichen Kriegen:* Die Formulierung ist unklar, da der englische Bürgerkrieg (1642–49/50) die chronologische Ordnung der Vorgeschichte übermäßig zerdehnt.

609,13 f. *In einem einsamen Tale wuchs ich auf:* Die Jugend im einsamen Tal ist ein von Rousseau inspirierter Gemeinplatz, der in der empfindsamen Literatur oft mit anakreontischen Motiven verschmilzt.

614,8 f. *damit ich ... nachstürbe:* Für das Motiv kommen mehrere Vorbilder aus empfindsamen Romanen in Betracht, am deutlichsten Theodor Gottlieb von Hippels *Lebensläufe nach aufsteigender Linie* (1778).

623,15 *verheiratet:* Vgl. abweichende Version 135,12.

627,6 f. *ein schönes goldenes Bette:* Vgl. die eng verwandte Metaphorik beim Freitod Rosalines (298,8–11).

637,13–26 *ich schickte Dich ... vorgenommen hattest:* Die Widersprüche der Darstellung zeigen hier besonders deutlich die Brüchigkeit der Geheimbundintrige (vgl. 637,2 f. und 637,15–20).

640,2–4 *ich weiß ... besuchte:* Vgl. 386 (Brief 5); 389 (Brief 7); 390,16 f.; 592,16–18.

641,10–642,35 *Andreas Papiere ... hintergehn:* Die überraschende Reaktion Rosas weist ihn als gattungseigene Gestalt des Schauerromans aus, für die sich aufgrund ihrer die Mitwisserschaft des Lesers suspendierenden Kehrtwendung die Bezeichnung »Springfigur« eingebürgert hat.

642,17 *in jener Nacht:* Vgl. 352,4–353,15; auch 163,6–164,5.

645,21–646,35 *indianisches Frühlingslied ... sterbend:* Die Bezeichnung »indianisches Frühlingslied« verweist auf die unmittelbare Übernahme des Gedichts aus Tiecks der Thematik des edlen Wilden gewidmetem Jugendschauspiel *Alla-Moddin*. Unter dem Titel »Gruß dem Frühling« in *Gedichte* III, S. 36–38; entstanden 1790.

648,4–25 *Es ist geschehn ... hinzukam:* Der posthume Bericht über den Duelltod des Helden ist im Briefroman mehrfach nachweisbar. Das prägende Modell ist wahrscheinlich auch hier Richardsons Lovelace; allerdings kann das Zweikampf-Motiv im Kontext des *William Lovell* auch direkten Einflüssen durch *The Old English Baron* oder das Rächerthema des *Paysan perverti* unterliegen.

649,3–7 *Ich fahre … sterben:* Das Motiv des Gescheiterten, der den Krieg oder andere Gefahren, vornehmlich in der Neuen Welt, sucht, ist namentlich seit Rousseaus *Julie ou La nouvelle Héloïse* (1761) geläufig.

Dokumente

1. Äußerungen Tiecks

Tieck an Wilhelm Heinrich Wackenroder (12. Juni 1792):

Lieber Wackenroder!

Endlich habe ich einmal wieder einen Brief von Dir erhalten, willst Du mich denn für meine Nachlässigkeit wirklich jedesmal dadurch bestrafen, daß Du mir nicht antwortest? Das tu doch ja nicht. Auch dieser Brief kömmt einen Posttag später als er sollte, allein ohne meine Schuld, denn ich mußte am vorigen Sonnabend notwendig Bernhardis Vetter besuchen, weil ich es ihm als ganz gewiß versprochen hatte. Du glaubst gar nicht, welcher Kontrast es ist, dieser Vetter und sein Vater, denn dieser ist ein so vernünftiger Mann, als es vielleicht nur wenige gibt, ich bin einen ganzen Nachmittag bei ihm gewesen und [habe] mich sehr unterhalten, er hat mehrere recht artige Gemälde und Kupferstiche, und spricht darüber sehr vernünftig, daß er ein Schwärmer von einer andern Seite ist (wie Du vielleicht schon von Bernhardi erfahren hast) sieht man ihm vorzüglich an den Augen an. Der Vetter ist wie immer ennuyant, und dieser Prophet gilt so wenig in seinem Vaterlande als irgendwo. – Doch genug von diesem Menschen, mein Brief möchte sonst ebenso langweilig werden, als er selbst ist.

Was ich mache? Wir haben ausgemacht, daß ich gegen Dir recht aufrichtig sein soll und so muß ich Dir denn freilich wohl sagen, daß ich einige Tage krank, recht krank gewesen bin, und selbst nahe daran war, etwas schlimmer als krank zu werden. Erschrick nicht, ich will es Dir umständlicher erzählen. Lieber W., wenn Du recht glücklich sein willst auf mehrere Stunden, so lies den zweiten Teil vom Genius*, der diese Ostermesse herausgekommen ist, er hat mich äußerst glücklich gemacht, es ist fast gar nichts Wunderbares darin, aber ich habe mich so ganz und gar darin wiedergefunden, alle meine Lieblingsideen so schön ausgeführt, daß ich dem Verfasser außerordentlich gut geworden bin; lies ihn nächstens und besonders aufmerksam die Szenen bei dem Einsiedler, dies ist nach meiner Meinung das

* Karl Große, Der Genius. Aus den Papieren des Marquis C. v. G. Halle 1791–94.

Schönste, der Triumph des Verfassers, so dachte ich mir meinen Almansur (wenn Du Dich noch dieses flüchtigen Aufsatzes erinnerst) dies war mein Ideal, so hatt' ich schreiben, so alles sagen wollen. –

Ich bekam beide Teile vom Genius und weil Schwinger oft bei mir ist, und sich fast ebensooft ennuyiert, und weil mit Schmohl nicht so recht etwas anzufangen ist, und am meisten weil ich mir vom zweiten Teil sehr viel Schönes versprach, so machten wir aus, daß ich ihnen beide Teile hintereinander vorlesen sollte, wir fingen um vier an. Es interessierte sie außerordentlich, wie der erste Teil denn wohl jeden anziehn muß, und wir machten nun aus, daß Schwinger dort bleiben sollte bei uns, weil vorauszusehen war, daß wir schwerlich vor zwei Uhr in der Nacht zu Ende kommen würden, unsre Rechnung traf sehr zu, denn nach neun hatten wir den ersten Teil beendigt. Der zweite ward angefangen, ach! und ich bin lange nicht so glücklich gewesen, besonders bei jenen Szenen, von denen ich Dir schon gesagt habe, und grade bei diesen (es war schon nach 12 Uhr) fingen meine beiden Zuhörer alle Augenblick an einzuschlafen, weil hier eigentlich keine Handlung, kein Fortgang der Geschichte war, doch ich war in einer zu schönen Stimmung, alle Menschen waren mir so lieb, die Welt so teuer geworden, daß ich mich darüber gar nicht ärgern konnte, sondern ich las stets weiter mit eben dem Enthusiasmus, mit eben dem ununterbrochenen Eifer, nach 2 Uhr war das Buch geendigt. Eine kleine Pause, worin ich nichts sprechen, nichts denken konnte, alle Szenen wiederholten sich vor meinen Augen, mir war so zumut wie Dir nach einem ergreifenden Akt einer Tragödie während der schalen Musik, ich hörte das Geschwätz um mich her, ohne es zu vernehmen, ich lag in den lieblichsten Träumen eingewiegt, ich empfand, wie ich nur selten, nur in den schönsten Stunden der glücklichsten Begeisterung empfinde, ich stand so viele Stufen höher als gewöhnlich, tausend Ideen, tausend große Vorsätze schwebten auf goldenen Wolken um mich her und winkten mir lächelnd entgegen – doch wozu will ich Dir beschreiben, was keiner als gerade Du besser empfindet. – Schmohl und Schwinger gingen in die Kammer um sich schlafen zu legen, ich wollte die Nacht auf einem Stuhl zubringen, wie ausgemacht war. – Das Licht ward entfernt, ich war allein, Nacht um mich her, nur eine sommerliche Dämmerung brach sich durch die Fenster, und kuckte schläfrig hinter den weißen Gardinen hervor, die Nacht schien mit trüben, verdrießlichen Augen nach dem Tage hinzublicken. Ich stand gedankenvoll mit dem Arm auf einen Stuhl gelehnt, in jener schönen erhabnen Schwärmerei verloren, nur für Schönheit empfänglich, süße Töne wie abgebrochene Gesänge schwärmten um mein träumendes Ohr, rosenfarbene Bilder umgaukelten mich mit blauen Schmetterlingsflügeln, – als plötzlich – noch schaudre ich, wenn ich daran denke, noch kann ich die Möglichkeit nicht begreifen – als wie in einem Erdbeben alle diese Empfindungen in mir versanken, alle schöne grünenden Hügel, alle blumenvollen Täler gingen plötzlich unter, und schwarze Nacht und grause Totenstille, gräßliche Felsen stiegen ernst und furchtbar auf, jeder liebliche Ton wie verweht, Schrecken umflog mich, Schauder die gräßlichsten bliesen mich an, alles ward um mich lebendig, Schatten jagten sich schrecklich um mich herum, mein Zimmer war als flöge es mit mir in eine fürchterliche schwarze Unendlichkeit hin, alle meine Ideen stießen gegeneinander, die große Schranke fiel donnernd ein, vor mir eine große, wüste Ebne, die Zügel entfielen meiner Hand, die Rosse rissen den Wagen unaufhaltsam mit sich, ich fühlte es wie mein Haar sich aufrichtete, brüllend stürzte ich in die Kammer. – Jene, in der Meinung, ich will sie erschrecken, schreien ebenfalls, als plötzlich sich die kleine Kammer wie zu einem weiten Saal ausdehnt, in ihnen zwei riesenmäßige Wesen, groß und ungeheuer, mir fremd, deren Gesicht wie der Vollmond ist (o jetzt versteh' ich erst ganz diese vortreffliche Schilderung im König Lear) mir war, als sollt' ich niederstürzen, die Angst und Wut schüttelte alle meine Glieder, ich hätte beide niedergestochen, hätt' ich einen Degen in meiner Gewalt gehabt. Ich war auf einige Sekunden wirklich wahnsinnig. Jetzt kam eine verlorne Idee zurück, ich stürzte vorüber, den Zügel wieder zu fassen, der Wagen stand, um Gottes willen! ich werde rasend! rief ich, und sank halb ohnmächtig nieder, alles gewann nach einem kleinen Kampfe seine natürlichen Umrisse wieder, ich fand mich selbst wieder. Ich war äußerst ermattet. Alle meine Pulse klopften hörbar. Meine Phantasie arbeitet aber immer noch, wie ich mich nur von wenigen Stunden erinnern kann, der Anblick des Weißen war mir besonders schrecklich, Schmohl mußte sich daher seinen Überrock anziehn, er war mir noch immer etwas fremd, ich entsetzte mich noch jedesmal, so oft ich ihn ansahe. Höchst ermattet legte ich mich endlich aufs Bett, aber alles erschreckte mich, die Tür der Kammer stand auf, und unser Zimmer war mir wie das Reich des Todes, man mußte die Tür zumachen; über eine Stunde brachte ich in einem Zustande zu, der einer Ohnmacht des Körpers nahe war, indes alle Kräfte der Phantasie krampfhaft arbeiteten. Das Licht ward endlich ausgelöscht. Sobald ich die Augen zumachte, war mir als schwämme ich auf einem Strom, als löste sich mein Kopf ab und schwämme rückwärts, der Körper vorwärts, eine Empfindung die ich sonst noch nie gehabt habe, wenn ich die Augen aufmachte, war mir's, als läg' ich in einem weiten Totengewölbe, drei Särge nebeneinander, ich sehe deutlich die weißen, schimmernden Gebeine, alles dehnte sich in eine fürchterliche Länge, alle meine Glieder waren mir selbst fremd geworden, und ich erschrak, wenn ich mit der Hand nach meinem Gesichte faßte. Schmohl war mir immer ein fürchterliches Ungeheuer, das die einbrechende Dämmerung des Morgens zu fürchterlichen Gestalten umwandelte. So brachte ich noch eine entsetzliche Stunde zu, alle Schrecken des Todes und der Verwesung umgaben mich, alles Schöne war in mir erstorben, ich konnte keinen angenehmen Gedanken denken. Einigemal schlief ich ein, Du weißt, daß das Einschlafen mit einer krampfhaften Zuckung anfängt, diese war aber so gewaltsam, daß ich davon fürchterlich in die Höhe geworfen wurde. Endlich schlief ich ein und erwachte äußerst ermattet. Ich konnte den ganzen Tag nicht ausgehn, und mich kaum von einem Stuhl zum andern bewegen.

– Dieser Vorfall hat die Besorgnis, die ich Dir schon ehedem mitgeteilt habe und die mir so fürchterlich ist, daß ich nämlich wahnsinnig werden möchte, um vieles vermehrt, um vieles wahrscheinlicher gemacht.

Wer weiß
Was in der Zeiten Hintergrunde schlummert

sagt Karlos, und auch ich fürchte das Erwachen mancher noch jetzt verborgenen Furchtbarkeit, denn Unglück und Traurigkeit war ja mein Schicksal von meinen frühesten Jahren, es wird sich jetzt nicht ändern, ach, wüßtest Du, welche bange Ahndungen mich jetzt manchmal umschweben, ich sollte mich doch schon daran gewöhnt haben alles zu verlieren, was mir in der Welt teuer ist, aber noch habe ich es nicht so weit bringen können, vielleicht kann ich es nie, und habe ich denn gewonnen, wenn ich es kann? – Beklage mich, lieber Freund, Du wolltest mir nicht glauben, daß ich nie glücklich werden könne, nimm jetzt immer meine Überzeugung an.

O verzeih mir meine Schwärmereien , die Dich nur ängstigen müssen, aber Aufrichtigkeit sollte ja das erste Gesetz unsres Briefwechsels sein, ich will dies Gesetz nicht zuerst brechen, dies mag meine Weitläuftigkeit entschuldigen, nur unter solchen Freunden, wie wir sind und bleiben wollen, ist es verzeihlich, viel von sich selbst zu sprechen, und meine Empfindung sagt es mir nur zu oft, daß meine Eltern und Geschwister und Deine Freundschaft das einzige sind, was mich noch an diese Welt fesseln können, ich wünschte oft, von diesen weniger geliebt zu werden, um ohne einen einzigen wehmütigen Rückblick in das Leben – sterben zu können, der einzige Augenblick, in welchem ich gewiß glücklich sein werde. – Ich falle wieder in den schwermütigen Ton, ich muß weinen, o habe Geduld mit meiner Schwäche, bester, liebster Freund, lege den Brief auf einige Zeit weg, und laß Dir Deine Zärtlichkeit sagen, daß ich mich jetzt besser befinde, und glaube ihr diesmal immer. –

Daß ich Dir schreibe, hat mich äußerst schwermütig gemacht. Ich bin jetzt überhaupt schwächer geworden, als ich vordem war. Am Sonntag vor acht Tagen war ein kleiner Ball bei Reichardts, ein Gartensaal ward sehr poetisch mit Tannenzweigen und Blumenkränzen ausgeschmückt, ich half mit daran arbeiten, am Sonntag früh aber ward ich von Jasmin und von Zugluft so schwach, daß ich kaum aufrecht stehen konnte, alle meine Glieder zitterten, ich sah wie ein Toter aus, nur eine gewaltsame Kur, wie gewöhnlich, konnte mir helfen, ich lief in der größten Sonnenhitze, so stark ich nur konnte, nach der Stadt, trank hier schnell recht starken Kaffee, und lief dann in der brennenden Hitze des Mittags ebenso schnell zurück. Dadurch war mir um vieles besser. Doch bin ich beim Tanzen mitten in der größten Freude nicht im mindesten vergnügt gewesen, die Vergangenheit verfolgt mich allenthalben, gleich einem zu zärtlichen Freunde. Alles Tanzen kam mir, ich weiß nicht warum, so unnütz vor, das Vergnügtsein so unzweckmäßig. Ich überzeuge mich täglich mehr davon, daß ich nicht für die Welt gehöre, in der Einsamkeit ist mir besser.

Der Ball endigte sich um 11 Uhr, ich hatte ziemlich viel, aber ohne alle Teilnahme getanzt, fast alle Gesichter waren mir zuwider, ich bemerkte allenthalben Affektation und elende Eitelkeit, wo es vielleicht auch nicht der Fall war. Ich ging mit Bothe, Schmohl und Sack nach der Stadt, unter dem unerträglichsten Geschwätz, das mir in meiner wehmütigen Stimmung höchst zuwider war, ich sprach kein Wort, mögen sie es meinethalben immer für Ziererei gehalten haben! Es war am 3. Juni (der Geburtstag der Reichardtin), vielleicht bist du ausgegangen gewesen und erinnerst Dich, daß es ein göttlicher Abend war, der Mond schien so hell, die Luft war so heiter und war der Himmel so blau. Ich begleitete mechanisch meine Gefährten bis zum Tor und kehrte dann um ohne von ihnen eben bemerkt zu werden und ohne ein Wort zu sprechen. Ich forderte von der Natur Ersatz für die verlorenen Stunden und erhielt ihn, ich war wirklich einmal glücklich. Ich ging neben Gärten hin, wo mich der balsamische Duft von tausend Blumen umfing, die Lichter erloschen nach und nach in den

Häusern, die Hunde bellten mir allenthalben nach, ich ging vor einer Wassermühle vorbei, deren schäumender Wasserfall wie Flammen in dem Strahl des Mondes flutete, alles war so schön, so abenteuerlich. Ich setzte mich oft nieder, die schönen Gegenden zu übersehen. Die Saale glänzte vor mir wie ein großer See, tausend kleine Sterne zitterten auf der ungewissen Oberfläche, ein leichter goldener Nebel ruhte über die ganze Gegend, die Wogen der Saale tönten in der einsamen Nacht wie die Schritte eines Wanderers, bald wie Harfentöne, bald wie das Rudern eines Schiffes. O wie oft dacht' ich an Dich, wie oft wünscht' ich Dich an meine Seite. Endlich stieg ich auf die Felsen, die schönste Gegend bei Giebichenstein, wie alles romantisch vor mir lag, mir war, als lebt' ich in der fernsten Vergangenheit, die Ruinen des Ritterschlosses blickten so ernsthaft nach mir hin, die Felsen gegenüber, die Felsen über mir, die wankenden Bäume, das Hundebellen, alles war so schauerlich, alles stimmte die Phantasie so rein, so hoch. Oft saß ich halb im Traum, halb wachend, mit einem Auge süße Träume sehend, mit dem andern in die schöne Gegend blickend. – Rührend ist mir immer der Untergang des Mondes, er senkt sich so still, so bescheiden, einem Größern Platz zu machen, voll so ruhiger Scham, und doch ist es, als könnte man ihm die tiefe Kränkung ansehn, daß er weichen muß, daß er nicht mehr nicht heller glänzen kann – ach, verzeih! Du siehst, wie ich heut zum Schwärmen aufgelegt bin. – Das Heraufkommen des Tages ist mir immer so bang, so erwartungsvoll, die ganze Natur scheint aufmerksam. Jetzt steig' ich auf den höchsten Felsen. – Das Morgenrot glänzte um den ganzen Horizont, – kurz, diese Nacht gehört zu den schönsten Stunden meines Lebens, sie wird mir unvergeßlich sein, ich habe hier manches gelernt, manches empfunden, was ich vorher nicht wußte, nicht empfand.

Erinnerst Du Dich vielleicht noch, daß ich Dir einst in Berlin versprach, die Geschichte meiner Empfindungen und Ideen von meiner Kindheit an niederzuschreiben, ich bin jetzt sehr oft in einer Stimmung, die mich an dies Versprechen erinnert. Ich will Dir nächstens den Anfang davon schicken, wenn es Dich noch so interessiert wie vordem.

[...]

Ich übersehe wieder Deinen Brief und freue mich, daß Du so vergnügt gewesen bist, sei es oft, und auch ich bin es dadurch etwas mehr. Hüte Dich doch ja vor zuviel Arbeiten, Du kannst noch glücklich sein, aber bist Du einmal auf dem Punkt, auf dem ich stehe, dann ist jeder

Wunsch vergebens, die wahre Melancholie läßt ihren Gefangenen so wenig wieder frei wie der Acheron.

Die Erscheinung des anmaßlichen Gespenstes hat auf Dich einen andern Eindruck gemacht, als sie auf mich gemacht haben würde, ich sehe, daß Du darin stärker bist als ich. So etwas versetzt mich jedesmal in ein wehmütiges Entsetzen (wie es der Verfasser des Genius sehr schön nennt), ich würde wirklich sehr geschaudert haben, ja ich hätte können krank davon werden, denn für mich sind oft Wirklichkeit und Nachbildung in Ansehung der Folgen einerlei. – Spillner hat eine sehr enge Kammer, worin gerade ein Bett und ein Stuhl Platz haben, die Tür hat ein Glasfenster, ich war neulich gerade da, als ihn Carow und Köhler besucht hatten. Spillner und Köhler setzten sich mit dem Lichte in diese enge Kammer, und ich schauderte so heftig, daß ich dadurch in eine Art von Wut versetzt ward, denn sie waren mir beide mit einem Male ganz fremd (eine Empfindung, die sich bei mir sehr leicht einstellt), und sahen wie wahnsinnig aus. Daß Wahnsinn anstecke, wird mir immer deutlicher, und so glaube ich, muß man auch die Worte Hamlets verstehn: »Die Kerls werden mich noch wirklich verrückt machen!« Denn ich glaube, daß auch der Mensch (wenn er schwache Nerven hat) wirklich wahnsinnig wird, wenn er sich einige Zeit wahnsinnig stellt, und Shakespeare macht also wieder zwei schöne Kontraste zwischen dem starken heldenmütigen Edgar und dem schwachen Hamlet. – Ob noch kein Schauspieler nach einer wahnsinnigen Rolle wirklich wahnsinnig geworden ist? Man hat von so etwas nur wenig Nachrichten. Von mir würde ich etwas Änliches befürchten. – Daß der Dichter, der einen Wahnsinnigen schildert, wirklich es indes sein müsse, davon bin ich überzeugt.

Wilhelm Heinrich Wackenroder: Werke und Briefe. Heidelberg: Schneider, 1967. S. 314 bis 324.

Tieck an seine Schwester Sophie Tieck (zwischen November 1793 und Februar 1794):

Bernhardi hat von mir den Anfang eines neuen Romans erhalten, vielleicht zeigt er dir etwas davon. – Ich sehe aber selber ein, daß es nicht viel werth ist, doch, ich hoffe auf bessere Zeiten, das heißt, daß das folgende besser werden soll.

Dichter über ihre Dichtungen. Bd. 9,1: Ludwig Tieck. Hrsg. von Uwe Schweikert. München: Heimeran, 1971. [Zit. als: Dichter über ihre Dichtungen.] S. 56.

Tieck an Sophie Tieck (6. März 1794):

Je mehr sich Ostern nähert, je mehr werde ich die Tage und Stunden zählen, bis ich dich wiedersehe; – ich werde dir auch manches von meinen neuen Arbeiten zum Vorlesen mitbringen. [...]

Von meinem Roman hast du schwerlich etwas gesehn, aber ich hoffe, daß du bald ein gedruckt Exemplar davon haben sollst, er kömmt auf Ostern heraus.

Dichter über ihre Dichtungen. S. 56.

Tieck an August Wilhelm Schlegel (23. Dezember 1797):

Ueber die Recension des *Lovell* habe ich mich nicht geärgert, ja ich habe sie noch nicht einmahl gelesen: ich bin überhaupt beinahe zu gleichgültig gegen diesen *quasi* öffentlichen Ruf, Ihre Recensionen haben mir Freude gemacht, aus allen Ursachen; wenn man aber durchaus mißverstanden wird, muß man doch gegen einen mißverstandenen Tadel sehr kalt bleiben. *Wenn sie wegen der Uebersetzung des Lovell eine kleine Anzeige in die Literatur-Zeitung wollten rücken lassen, würden Sie mich sehr verbinden.*

Dichter über ihre Dichtungen. S. 57.

Tieck an seinen Verleger Georg Andreas Reimer (30. September 1811):

Mir geht es ziemlich, und ich kann nicht ausdrücken, welch Gefühl von Freude mich oft in dem Bewußtsein überrascht, daß ich doch jetzt wieder arbeiten kann, daß ich dem Leben und mir selbst nicht mehr so abgestorben bin. – Nun eine Frage: Sie erinnern sich, daß wir in *Schmiedeberg* von einem Druck d[es] *Lovell* sprachen; wären Sie vielleicht geneigt ihn zu Ostern mit Abkürzungen und einigen Veränderungen und Zusätzen zu drucken? Ich verlange, was d[as] *Honorar* betrifft, nur 60 *Frdor.* dafür.

Dichter über ihre Dichtungen. S. 57.

Tiecks Vorrede zur 2. Auflage des *William Lovell* (1813):

Es fragen vielleicht einige Leser, was den Verfasser veranlaßt habe, einen seiner frühesten Versuche dem Publikum in einer neuen Gestalt zu übergeben.

Ein jeder Autor setzt voraus, daß er für Freunde schreibt, die sich wohlwollend für seine Werke interessieren. Verdient er überall gelesen zu werden, so ist es auch nicht ganz unwichtig, seine Schriften in ihrem Zusammenhange zu kennen, und die frühesten Bemühungen des Schriftstellers werden jenen Freunden nicht unwillkommen sein, wenn sich in ihnen nicht bloße Nachahmung, sondern Streben nach Charakter und Eigentümlichkeit offenbart. Sie werden ein gewisses historisches Interesse erhalten, wenn der Geist und die Stimmungen der Zeit, so wie der Kampf dagegen, in ihnen zur Sprache kommt.

Die erste Jugend des Verfassers fällt in jene Jahre, als nicht nur in Deutschland, sondern im größten Teil der kultivierten Welt der Sinn für das Schöne, Hohe und Geheimnisvolle entschlummert, oder erstorben schien. Eine seichte Aufklärungssucht hatte sich der Herrschaft bemächtigt, und das Heilige als einen leeren Traum darzustellen versucht; Gleichgültigkeit gegen Religion nannte man Denkfreiheit, gegen das Vaterland, (welches freilich zu verschwinden drohte) Kosmopolitismus. Ein seichtes populäres Gespräch sollte die Stelle der Philosophie vertreten, und ein krankhaftes Beobachten kränklicher Zustände, welches allen Zusammenhalt im Menschen vernichten wollte, pries man unter dem vornehmen Titel der Psychologie. Selbst die Poesie, in welche das Gemüt sich hätte retten mögen, lag erstorben, und seelenloser Mißverstand entspann nur aus den Werken des Altertums ein unnützes Gewebe von Worten und schiefen Regeln, die endlich die Welt in den Tempel des Götzen, der angebeteten Korrektheit, führen sollte.

Nicht, daß nicht längst große Gemüter edle Werke und tiefen Sinn ausgesprochen hätten, aber sie waren unbeachtet, oder führten nur neue Verwirrung herbei. Winkelmann, Hamann, das Edelste im Lessing, Jacobi, ja selbst Goethes frischer Morgen (nach kurzer, lärmender Begeisterung) waren wie in einem betäubenden Taumel von Zerstreuung vernachlässigt. Nicht, daß es nicht hie und da Gesellschaften gegeben, die sich wach zu erhalten gesucht und dem Bessern im Stillen angehangen, aber auch nur im Stillen, weil sie den Stimmführern gegenüber sich verbergen und zurück ziehen mußten. Auch schildert der Verfasser hauptsächlich seine Umgebung und Erziehung in der großen Stadt des nördlichen Deutschlandes, die so lange den Ton in Philosophie, Theologie und Kritik angab und alles, was nicht in ihr gestempelt wurde, als kleinstädtisch verachtete.

Im Kampf gegen diese herrschenden Ansichten suchte der Verfasser früh einen Ruheplatz zu gewinnen, wo Natur, Kunst und Glaube wieder einheimisch sein möchten; ohne Unterstützung von Lehrern und Freunden mußte er selbst Schritt vor Schritt erobern, was er für das Seinige anerkennen wollte, und in diesem Kriege mit sich selbst und andern suchte er der Gegenpartei ein Gemälde ihrer eignen Verwirrung und ihres Seelenübermutes hinzustellen, der seine Abweichung von ihr gleichsam rechtfertigen sollte. So entstand dieses Buch, dessen erster Teil schon im Winter 1793 und 94 geschrieben war, als der Verf. noch nicht sein ein und zwanzigstes Jahr vollendet hatte. Dies möge ihn entschuldigen, wenn der Leser finden sollte, daß der Dichter seinem Vorwurf nicht gewachsen war, und besonders jene Gegend, die der Verwirrung, dem Geistesluxus, dem Zweifel, der philosophierenden Sinnlichkeit und Leidenschaft als ein helles Elysium gegen über liegen sollte, nur als dunkle Schattenmasse hingestellt hat.

Die jetzige Jugend überkommt das Schönste der Kunst und Poesie, das Tiefsinnigste der Philosophie in Frieden und ohne Kampf, mag sie sich nun hüten, daß diese Bequemlichkeit nicht Nachbeterei und Phrasenspiel veranlasse: mögen sich jüngere Autoren davor wahren, daß man ihren Schriften nicht etwa Mangel an Selbsttätigkeit anmerke: alles Errungene, Selbsterlebte hat Leben; was wir als Erbteil empfangen, besitzen wir oft nur zum Schein.

Die Verbesserungen dieser Auflage bestehen weniger in Zusätzen als in Weglassungen, und ich füge nur noch hinzu, daß das Buch ganz so wie es ist, von mir herrührt, und nicht etwa, wie einige Rezensenten früher geglaubt haben, eine Übersetzung, oder Nachahmung aus dem Englischen ist.

Dichter über ihre Dichtungen. S. 58 f.

Tieck an Karl Wilhelm Ferdinand Solger (16. Oktober 1814):

Ich werde der Reimerschen Buchhandlung in diesen Tagen schreiben, Ihnen in meinem Nahmen den Lovell zu senden; nehmen Sie die Kleinigkeit dann gütig auf, als ein Freund das Andenken eines Freundes.

Dichter über ihre Dichtungen. S. 60.

Tieck an Karl Wilhelm Ferdinand Solger (31. März 1815):

Auch für Ihre Nachsicht mit dem guten Lovell danke ich Ihnen, denn er ist wirklich in dem Sinne gut (d. h. Er selbst) als es selbst bis in unsre neusten Tage hinein die Welt ist. Er ist das Denkmal, das Mausoleum vieler gehegten und geliebten Leiden und Irrthümer, aber als es gebaut ward, war der Zeichner und Arbeiter schon von diesen Leiden frei, ich war fast immer sehr heiter, als ich dies Buch schrieb, nur gefiel ich mir noch in der Verwirrung. Etwas von dieser Sucht wird mir gewiß immer anhängen bleiben, auch hängt es wohl mit meinem Besten wieder zusammen. Wie Alles. Alles was ist, ist, sagt Gorboduc, und mit Recht. (Eigentlich der Klausner von Prag, ein gelesener Schriftsteller)

Dichter über ihre Dichtungen. S. 60.

Tiecks Vorwort zum 3. Teil seiner *Gedichte* (Juni 1823):

Als ich dem Ansuchen vieler Freunde nachgab, mit meinen Gedichten zugleich solche in einer besondern Sammlung bekannt zu machen, welche Teile in Romanen oder Schauspielen bilden, so wußte ich selbst recht gut, daß die meisten der letzteren, außer dem Zusammenhange der Erzählung oder der Dramen, immer etwas einbüßen müssen, sei es nun an Verständlichkeit, oder Bedeutung, wenn einige, wie die aus dem Lovell, wieder zu sehr nur Verzweiflung oder Melancholie aussprechen, und ohne Schluß den Leser unbefriedigt lassen. Ich habe aber dennoch diejenigen Lieder und Gesänge aufgenommen, die sich der musikalischen Komposition vielleicht eignen, viele davon sind schon in Musik gesetzt, und ich habe durch diese Sammlung wenigstens es den Freunden meiner Muse leichter machen wollen, diese Lieder, die bisher an vielen Orten zerstreut waren, nahe beisammen zu finden.

Dichter über ihre Dichtungen. S. 298.

Tiecks Vorbericht zur 2. Lieferung der *Schriften* (November 1828):

Das Leben und die Laune des aufstrebenden Jünglings werden oft verkümmert, wenn sein ernster Wille nicht verstanden, wenn seine Entwickelung und sein Forschen nach Wahrheit nicht von älteren Freunden unterstützt wird. Die Mehrzahl der Menschen empfängt alles vom Hörensagen und begnügt sich damit in einer Bescheidenheit, die unbegreiflich sein würde, wenn sich in der Regel mit ihr nicht Eitelkeit und Hochmut am leichtesten verbänden. Das so wohlfeil Empfangene ist nur ein Scheinbesitz, der aber auf dieselbe Art, ohne Anstrengung und Erfahrung, ins Unendliche hin vermehrt werden kann. Da dergleichen Gemüter niemals verlangen, daß Gedanke, Wissenschaft, Kunst und sogenannte Bildung ein Erlebtes, Errungenes sein soll, so lächeln viele von ihnen vornehm genug auf jene ernsteren Naturen hinab, denen das Leben ein Kampf wird, weil sie alles, was sich ihnen als echt und groß ankündigt, in ihrem Innern wahrhaft erfahren, es mit ihrem eigensten Selbst verbinden, und so für alle Zeiten besitzen wollen. Wenn jene halb Träumenden nirgend Widerstand in den Dingen finden, so können sie sich bald in einer Vielseitigkeit und Universalität leicht und wohlhablich bewegen, die nur zu oft dem wahrhaft Strebenden imponiert und ihn in der Jugend irre an sich selber macht. Durch wie viele Bestrebungen mußte ich mich kämpfend winden, weil Freunde und Lehrer so weit von mir getrennt waren, daß sie nicht einmal die Möglichkeit meiner Zweifel begriffen, die Einwendungen und Fragen, die aus meinem Innern hervor wuchsen, mit den trivialsten Antworten abwiesen, und mich auf Bücher und Überzeugungen vertrösteten, die ich schon kannte, und eben von ihnen den Ungrund und die Nichtigkeit der Weisheit und Sicherheit einzusehn gelernt hatte, auf welchen jene Wissenden so sorglos, wie auch unerschütterlichen Fundamenten, wohnten und lebten.

Ist das Bedürfnis erwacht und zur Natur geworden, Wahrheit zu suchen und sich anzueignen, so folgt von selbst, daß das Verständnis der Kunst und Poesie anfangs nur mangelhaft und einseitig sein kann, weil die ganze Energie der Seele sich eben am Verstehn einiger Lieblinge erschöpfen wird. Die allerwenigsten Menschen geraten nur auf den Wunsch, ganz in einem Werke der Kunst aufzugehn, oder es vollständig in sich aufzunehmen. Diese Beobachtung betrübte, irrte und verdroß mich in vielen Stunden. Wenn ich den Homer beinah, ohne Übertreibung, auswendig wußte, und mich am Erscheinen dieser Gestalten und dem Ton dieser Worte nicht ersättigen konnte, so waren mir, die griechischen Idylls und großen Geschichtschreiber etwa ausgenommen, die meisten klassischen Werke des Altertums lange ein versiegeltes Geheimnis; mein Sinn, der völlig im Homer, Shakespeare und einigen neueren Poeten einheimisch war, konnte sich auf keine Weise jene Dichterwelt aneignen, oder ihr nur nahe kommen. Ich las freilich so wie die übrigen, ich kannte Inhalt und Worte, aber ohne daß es mir ersprießlich geworden wäre. Jene Bewunderer begnügten sich eben mit einer äußern Schale, und konnten mir mit ihrem Lobpreisen jene Welt nicht eröffnen. Denselben Kampf hatte ich mit der Geschichte. Die der Griechen und Römer hatte ich kennen gelernt und glaubte sie auch zu verstehn. An eine neuere der spätern europäischen Völker glaubte ich nicht, weil ich sie in den Geschichtsbüchern nicht finden konnte. Erst auf einem Umwege, nachdem ich Dante und Ariost studiert, neben Shakespeare mich mit Spenser, Chaucer, und den englischen Schauspieldichtern aus der Zeit der Elisabeth und Karls II. genau bekannt gemacht und befreundet hatte, schloß sich mir, aus diesem Gegensatze, von selbst das Verständnis der griechischen Tragödie auf: und noch mehr, als mir das spanische Theater mit seinen wunderbaren Erscheinungen näher getreten war. Auf ähnliche Weise hat sich mir später der Sinn der Geschichte offenbart. Immer war mein Streben, jenen leeren Schein, jene nichtige Unwahrheit, in der ich, nach meiner Erfahrung, die meisten versunken sah, von mir entfernt zu halten, oder mit einseitiger Vorliebe für das, was mir lebendig geworden war, zu bekämpfen.

Konnte mir ein Schein, Übereinkunft und das Nachsprechen des zweiten und dritten von Einsichten, Kunsturteilen und leerer Bewunderung nicht genügen, oder mich antreiben, auf ähnliche Art zu leben und zu denken, so ward mein Unwille noch stärker erregt, wenn ich zu bemerken glaubte, daß man mit Wahrheiten, die man die heiligen nannte, mit Moral, Tugend, Religion und den Geheimnissen des Gemütes eben nicht anders verfuhr. Mein Zweifel verschmähte es, weil ich ihn für die Kraft der Seele hielt, den Glauben und die Gegend der Religiosität wieder aufzusuchen, die sich mir völlig entfernt und verdunkelt hatten, aber ich meinte den leeren Enthusiasmus oder die sophistisierende Leidenschaftlichkeit so vieler Gemüter zu verstehn, die für die kräftigen und erleuchteten galten. Denn allerdings hatte sich, abgesehen von der Schule der Philosophen, der Aufgeklärten und Erzieher, von dem neueren Umschwung der deutschen Literatur angeregt, eine Art Sekte gebildet, die meist die besseren Köpfe unter den jungen Leuten zu den ihrigen zählte. Diese, auf die rasche Erhitzung ihres Gemütes eitel, stolz auf den Wert des Herzens, im Aufschwung der Leidenschaft das Höchste suchend, führten das Wort Genie, Kraft, Originalität immer im Munde, und konnten sophistisch mit scheinbaren Tugenden ihren Egoismus verkleiden. Diese hatte ich oft in verschiedenen Gestalten zu beobachten Gelegenheit gehabt. Zog mich ihre höhere Genialität, das Spiel mit der Poesie, die Bewunderung unserer deutschen Genien an, so stieß mich doch, wie gern ich hier meine Freunde gesucht hätte, wieder die Sicherheit ab, der es sogar gelang, die Pedanterie und das Phantastische zu vereinigen. So blieb mir nichts als eine gewisse trübe und nüchterne Resignation übrig, die mir nicht genügte, mich aber noch weniger zu jenen führen konnte, die gegenüber als die Besseren standen, zu jenen ruhigen, kälteren, einfacheren und wahreren Menschen, die allen jenen Truggestalten Lebewohl gesagt hatten, aber dafür in einer engen, traurigen Umgrenzung lebten, die man ihnen nicht beneiden konnte. Das Kühne, Geniale, sich Erhebende schien sich immerdar mit Schein und

Trug, das Wahre, Gute, mit dem Engherzigen verbinden zu müssen: wer die glänzenden Schatten verschmähte, mußte sich bei jenen schwachen, unwissenden, trübselig Wohlwollenden einbürgern. – Wie ging es aber dem, der sich zu keiner von beiden Parteien entschließen konnte und wollte?

Und in dieser Lage befand sich der Autor, als er den *Lovell* entwarf und ausführte. Der Plan zu diesem Buche schreibt sich schon vom Jahre 1792 her, und im folgenden wurde es angefangen. Das Bestreben, in die Tiefe des menschlichen Gemütes hinab zu steigen, die Enthüllung der Heuchelei, Weichlichkeit und Lüge, welche Gestalt sie auch annehmen, die Verachtung des Lebens, die Anklage der menschlichen Natur: diese Aufgaben und finstern Stimmungen, die nicht oberflächlich hingemalt sind, sondern mit Ernst aufgefaßt, waren wohl die Ursache, warum das Buch bei seinem Erscheinen nur wenige, späterhin aber viele Freunde und Leser fand. Wer sich bloß unterhalten will, wird es auch jetzt noch mit Unmut aus der Hand legen. Menschenkenntnis, Leidenschaft, seltsame Situationen, große, ergreifende Momente, dies war das, dem der Verfasser fast unbedingt nachstrebte. Nur das große Tragische, nur die Wahrheit der Charaktere verstand und bewunderte er damals im Shakespeare. Ein Buch, was jetzt wohl vergessen, oder wenigstens nicht mehr beachtet ist, hatte in jener Zeit meine Zuneigung sehr gewonnen: der *paysan perverti* von *Retif de la Bretonne.* Dieser seltsame Mann hatte damals die höchste Stärke seiner Darstellung erreicht, sein Talent hatte sich entwickelt, und er wäre ein merkwürdiger Autor geworden, wenn er nicht Vielschreiber, ja Sudler geblieben wäre, dem verdorbne Phantasie für Begeisterung, und Schmutz und Niedrigkeit für menschliche Natur gelten mußten. – Lehrreiche Anzeigen oder Rezensionen meines Romans erinnere ich mich nicht gesehn zu haben. Auszüge, oberflächliches Lob, seichter Tadel, die nirgend die Sache trafen, waren auch damals an der Tagesordnung. Nur ein Rezensent, (irre ich nicht, in der Jenaer Lit. Z.) bewies mir, das Buch sei aus dem Englischen übertragen; er konnte zwar das Original nicht nachweisen, wohl aber mir einige Übersetzungsfehler, wo ich nach seiner Einbildung hergebrachte englische Metaphern oder Redensarten nicht verstanden hatte. Ein Beweis wenigstens, daß durch Beobachtung des Kostüms, der Art und Weise der Engländer, was ich durch meine Studien ziemlich hatte kennen lernen, jener anmaßliche Kenner so war getäuscht worden, daß er den deutschen Ursprung des Buches nicht witterte.

Dichter über ihre Dichtungen. S. 61–65.

Tiecks Widmung an Carl Schede in den *Schriften*, Bd. 7 (1828):

Sie, mein geliebter Freund, einer der frühesten, die mir mit Wohlwollen, Liebe und Treue entgegen traten, haben mich den Schluß dieses Buches, welches ich Ihnen in Erinnerung jener frohen Jugendtage widme, ausarbeiten sehn, und damals an dessen Fortschreitung und Vollendung innigen Anteil genommen. Fast täglich sahen wir uns, Sie erfuhren im vertrauten Gespräch alle meine Pläne und Wünsche, Sie teilten den Kampf mit Meinungen, den Widerstreit gegen Irrtümer der Zeit und Mode. Als wir uns getrennt hatten, besuchte ich Sie in ferner Gegend, von wo das Schicksal Sie zehn oder elf Jahre später, nach dem Erscheinen dieses Lovell, wieder zu mir führte, so daß wir in ländlicher Einsamkeit jenes alte Vertrauen geprüfter Freundschaft erneuen konnten.

Dichter über ihre Dichtungen. S. 65.

Tieck an Dorothea Schlegel (23. Februar 1829):

Antworten Sie mir bei Gelegenheit einige Zeilen, lassen Sie uns nicht getrennt sein, die wir uns so früh, und in wahrlich schönen Zeiten, kennen lernten. Erinnern Sie sich noch, wie ich Ihnen und Ihrer Schwester den eben geendigten *Lovell* vorlas? Und wie erschüttert Sie waren? – Ich behalte mir Alles, was mir im Leben lieb war, und wo ich etwas gelernt habe.

Dichter über ihre Dichtungen. S. 65 f.

2. Rezensionen, Urteile, Erinnerungen

Rezension in der Jenaischen *Allgemeinen Literatur-Zeitung* (3. November 1795):

Der erste Band von N. 6, welchem laut der Vorrede noch zwey nachfolgen sollen, scheint nur die Einleitung und Vorbereitung zu den künftigen zu seyn. Künftig werden vermuthlich erst die interessanten Begebenheiten und Situationen kommen, die jetzt nur erst angekündigt sind, künftig werden vermuthlich viele der untergeordneten Charaktere, die nur erst durch einige flüchtige Züge angedeutet sind, sich mehr entwickeln. Selbst den Helden des Romans wird dann wohl der Leser noch genauer kennen lernen; jetzt erscheint er als ein sonderbares Gemisch von Schwärmerey und Raisonnement, als ein Mensch, der sich selbst mit Empfindungen täuscht, die er nicht hat, als ein Leichtsinniger, der schnell von einer Verbindung zu der andern übergehen kann, weil er keine aus Grundsätzen und Ueberzeugung eingeht, der sich durch andre leiten läßt, ob er gleichwohl einsieht, daß sie ihn ins Verderben führen, der daher auch auf dem Sprunge steht, sich zum Jünger einer egoistischen und sinnlichen Philosophie machen zu lassen. Da alles in Briefen vorgetragen ist, so entsteht daraus eine große Weitläuftigkeit der Erzählung; auch sind zu viele leere und unbedeutende Briefe eingemischt. Am meisten unterhält dieser erste Band durch die Schreibart, welche die Manier der Britten im humoristischen sowohl als im ernsthaften Vortrag gut copirt, und demnach viele originelle Bilder und Wendungen hat.

Allgemeine Literatur-Zeitung. Nr. 295 (3. November 1795) Sp. 244 f.

Rezension in der *Neuen Allgemeinen Deutschen Bibliothek* (1795):

Dem Verfasser dieses in Briefe eingekleideten Romans fehlt es, der oft zu bunten und bilderreichen Sprache ohnerachtet, nicht an Talenten der Darstellung und Menschenbeobachtung. Sein Ernst und seine Laune tragen oft ein einladendes Gewand, seine Moralen sind nicht selten treffend, und ohne Zwang angebracht; aber es fehlt ihm wohl gerade das, worauf er doch – laut seiner Vorrede – großen Anspruch zu machen scheint, – die Kunst einer bestimmten Charakterzeichnung. Seine Briefsteller und Briefstellerinnen reden fast alle einerley empfindelnde Sprache, die, wegen ihres öftern Schwulstes, mit den eingestreueten feinen Reflexionen einen seltsamen Contrast macht, und da, wo diese fehlen, den Leser leicht auf den Gedanken bringen dürfte, daß der Verf. selbst noch ein junger Schwärmer seyn müsse. – Ein reiferer Schriftsteller würde sich solcher Ausdrücke, wie diese: wilde Rosse der Verzweiflung, nüchterne Einsamkeit, steinharte Ernsthaftigkeit, welche die Hunde auf der Straße anbellen, eßigherbes Gesicht, zum Regenbogen hinanfliegender Schwärmer, der erinnernde Anhauch einer frühern Bekanntschaft, und hundert anderer buntschäckiger Metaphern nicht bedient haben. Die Aufmerksamkeit auf den Held des ganzen Werks, welches aus drey Theilen bestehen soll, wird auch dadurch nicht sehr erweckt, daß dieser bald melancholische, bald jovialische Liebhaber der Amalie den Drang seiner Gefühle nur immer in einer schwülstigen poetischen Prosa ausdrückt. Unvortheilhafter kann nicht leicht ein Autor seinen Herrn und Meister auftreten lassen, obgleich diese hochtrabende, nichtssagende Kraftsprache die Erbsünde fast aller Romane zu werden anfängt.

Nichts in der Welt ist leichter, als diese Sünde zu begehen; und hieraus mag man sich denn auch wohl die immer mehr zunehmende Menge jener zum Theil ganz seelenlosen Schriften mit erklären können. Uebrigens enthalten wir uns eines umständlichern Urtheils über gegenwärtiges Buch, weil der Verf. uns deutlich genug in der Vorrede zu erkennen giebt, daß man, in Hinsicht auf die folgenden bessern Theile des Werks, kein Verdammungsurtheil über diesen erstern fällen möge, welches wir denn auch würklich nicht gethan haben.

Za.

Neue Allgemeine Deutsche Bibliothek. Bd. 20 (1795) Sp. 389 f.

Rezension in der Jenaischen *Allgemeinen Literatur-Zeitung* (23. Oktober 1797):

Diese beiden Bände, die das Werk beschliessen, machen den *Lovell* um nichts interessanter, als er im ersten erschien; vielmehr ist das Resultat von ihnen, daß er dem Leser als der verächtlichste, als der eckelhafteste Mensch erscheint. Seine wiederholten Plane auf weibliche Tugend, seine Buhlerkünste, seine niedrigen Intriguen und Verkleidungen, wodurch so viele Mädchen Unschuld, Ehre und Leben, so viele Väter und Liebhaber alles, was ihnen auf Erden theuer ist, verlieren, seine Treulosigkeiten, die Meuchelmorde, die Feuersbrünste, und die Vergiftungen, die er sich erlaubt, um zu seinem Endzweck zu gelangen, die Spielsucht, die ihm erst sein ganzes Vermögen kostet, ihn dann zum Betrüger, und endlich gar zum Räuber erniedrigt – stellen ihn zwar nicht als einen determinirten Bösewicht, aber dagegen als einen Wüstling dar, der anfänglich durch Sophisten und Beyspiele anderer verführt ward, dem aber endlich Wollust zur Gewohnheit wird, als einen leichtsinnigen Flattergeist, der sich von jeder auflodernden Leidenschaft hinreissen läßt, als einen schwachen Menschen, der durch einen sterbenden Vater und durch warnende Freunde, auf einige Augenblicke zur Reue gestimmt wird, aber zu ohnmächtig ist, sich von den Fesseln des Lasters loszureissen, als einen Thoren, der aus Eitelkeit und Nachahmungssucht mit seinen Ausschweifungen großprahlen, und sie gar noch mit Vernünfteleyen entschuldigen will – kurz, als einen Menschen, der die rächende Pistole nicht werth ist, die ihn zuletzt tödtet. Manche sehr anstößige Gemälde von den Unthaten seines Helden (z. B. B II,187[287 f.]) wollte der Vf. vermuthlich dadurch wieder gut machen, daß er die letzten Tage desselben im höchsten Grade tragisch schildert. *Lovell* sieht sich von seinen vermeynten Freunden ganz verlassen, ja, verhöhnt, und ehe er noch selbst von der Welt scheidet, nehmen die meisten seiner Bekannten beiderley Geschlechts ein fürchterliches Ende. Das entsetzlichste ist dieß, daß er zuletzt noch erfährt, er sey ganz die Maschine eines andern gewesen, ohne es zu wissen. So wenig dieß seine Frevelthaten entschuldigt, so schauderhaft ist es für den Leser, sich die Möglichkeit zu denken, daß es so schwarze Menschen geben könne, als der war, der den *Lovell* unvermerkt leitete. Es war dies ein Betrüger, der durch anscheinende Wunder, durch Geistererscheinungen und philosophische Charlatanerie *Lovelln* und viele andre zu Werkzeugen so schändlicher Absichten machte, ein Vorsteher einer mystischen Gesellschaft, dergleichen jetzt in so vielen Romanen paradiren. Noch in keinem aber ist diese Rolle so matt und kraftlos ausgeführt worden, als in diesem. Außer *Lovelln* und seinen Freunden kommt noch eine große Menge andrer Personen vor, die aber, nur flach gezeichnet, bloß zur unnöthigen Ausdehnung des Ganzen dienen. In den Briefen *Lovell's* und seiner Freunde sind auch in diesen Bänden manche originelle Bilder, und stark gesagte Maximen, allein in den Raisonnemens, die größtentheils das Verächtliche von der Lebens- und Handlungsweise der Sterblichen betreffen, ist zu viel Einförmigkeit und Wiederholung, und die Bilder oft entweder zu gesucht, oder zu gehäuft. – Das ganze Werk sieht übrigens einer Uebersetzung eines mittelmäßigen englischen Originals gleich, obschon der Titel nichts davon sagt. Diese Muthmaßung wird durch einige Stellen bestätigt, die einer nur zu buchstäblichen Uebersetzung ähnlich sehen. Wenn es B. II. S. 10 [196,2–4] heißt: »Ich würde gegen einen Hund, der aus meiner Hand lieber, als aus einer andern, sein Stückchen Brod ässe, mehr *Andächtigkeit* haben« so sieht man wohl, daß die *Andächtigkeit* hier am unrechten Ort steht; vielleicht hatte das Original das Wort *devotion*, allein dieß bedeutet bekanntlich auch *Ergebenheit* und *Diensteifer*. Was ein *breiter* Scherz seyn solle, wird mancher Leser bey B. II. S. 15 [199,1] fragen, aber vielleicht ist das Wort *flat* nur unrichtig übersetzt. Der Regenbogen B. III. S. 43 [435,12 f.] *umarmt* nicht den Horizont, sondern *(embrace) umspannt* ihn.

Allgemeine Literatur-Zeitung. Nr. 337
(23. Oktober 1797) Sp. 196 f.

Rezension in der *Neuen Allgemeinen Deutschen Bibliothek* (1797):

Diese beyden Bände sind, wie der erste, voll langer Sentenzen, Gemeinsprüche und Raisonnements über die Armseligkeit des menschlichen Lebens, und verlangen durchaus wegen der Einförmigkeit des Tons und der Ideen einen höchst geduldigen Leser. Andere Stellen hingegen sind darin würklich schön, die Sprache ist größtentheils edel und rein, und die verschiedenen Grade des Spleens und einer bloß durch den Humor bestimmten Denkweise sind hier und da nicht unglücklich dargestellt. Das Ganze besteht wiederum in einer Reihe, bald längerer bald kürzerer Briefe, die fast alle eine Beziehung auf den Held des Romans haben. Dieser Held ist selbst bald Atheist, bald Schwärmer und Fantast, bald spielt er den Seneca in seinen gekünstelten Ausdrücken, bald ist er ein niederträchtiger Bösewicht, ermordet seinen unschuldigen Nebenbuhler, und verführt ein biedres Mädchen zur Unzucht. Das Gemälde dieser Verführung hat der Verf. in seiner ganzen Nacktheit dargestellt, ohne zu bedenken, daß er dadurch den guten Geschmack und die guten Sitten zu gleicher Zeit beleidigen würde, und daß man unverdorbenen Menschen eine solche Lectüre durchaus nicht erlauben dürfte. Das Beste an den untergemischten Gedichten ist der schöne neumodige deutsche Druck. Alles, auch diese Gedichte sollen sentimental seyn, und eben dadurch ist der Autor oft da so langweilig geworden, wo er sich in seinen Tiraden am meisten zu gefallen scheint. Auch – philosophiren läßt er bisweilen seine Briefsteller! – Die interessantesten Stücke dieses zu drey dicken Bänden ausgedehnten Werks sind gewiß für viele Leser die eingerückten edlern weiblichen Briefe, welche sich vor den andern durch einen hohen Grad warmer Herzlichkeit und Naivetät und durch eine ungekünstelte Zeichnung weiblicher Charaktere vortheilhaft auszeichnen.

Vz.

Neue Allgemeine Deutsche Bibliothek. Bd. 30 (1797) Sp. 154 f.

August Wilhelm Schlegel zur Rezension der *Allgemeinen Literatur-Zeitung* (24. Januar 1798):

Berichtigungen

Der Rec. des *William Lovell*, A. L. Z. 1797. Nr. 337. sagt, dieser Roman sehe einer Übersetzung eines mittelmäßigen englischen Originals gleich, obschon der Titel nichts davon sage. Diese Muthmaßungen stützt er auf folgende triftige Gründe: 1. auf den Gebrauch des Wortes *Andächtigkeit*, wo im Englischen *devotion* gestanden haben soll. Die Stelle ist in dem Briefe eines andächtigen alten Mannes, der gewöhnlich seine Bilder von der Religion hernimmt. 2. auf den Ausdruck *breiter Scherz*. »Was dies sey,« sagt der Rec., »wird mancher Leser fragen.« Nicht doch! für Leser die etwas so bekanntes nicht wissen, schreibt man gar nicht, und Beurtheiler von gleicher Unwissenheit sind billig das Ziel von Scherzen, und nicht blos von breiten Scherzen. 3. auf den Ausdruck: der Regenbogen *umarmt* den Horizont, nach dem Engl. *embrace*. – Man muß übrigens gar nicht einmal die Physiognomie eines englischen Romans kennen, um den Lovell, der nicht eine englische Ader in sich hat, dafür zu halten. Schon die eingestreuten, geistvollen und durchaus originellen Gedichte hätten den Rec. eines bessern belehren sollen. Auf den übrigen Tadel dieses Kunstrichters verlohnt es nicht die Mühe sich einzulassen. Da er aber dem Verf. Schuld giebt, 1. er habe sich fremdes Eigenthum zugeeignet und es verheimlicht, 2. verstehe nicht einmal das Englische recht; so versichre ich ihm hiemit aus näherer Bekanntschaft: 1. daß der Verf. ein großer Kenner der englischen Sprache, 2. daß der Lovell ein deutsches Original ist. Ich fodre den Rec. auf, seine ehrenrührige Behauptung entweder durch Auffindung des englischen Originals zu beweisen, oder nach Schuldigkeit zu *widerrufen*.

August Wilhelm Schlegel.

Allgemeine Literatur-Zeitung. Intelligenzblatt. Nr. 14 (24. Januar 1798) Sp. 112.

Fragment Friedrich Schlegels aus seiner Zeitschrift *Athenäum* (Bd. 1,2, 1798):

Auch nach den gewöhnlichsten Ansichten ist es Verdienst genug, um einen Roman berühmt zu machen, wenn ein durchaus neuer Charakter darin auf eine interessante Art dargestellt und ausgeführt wird. Dies Verdienst hat *William Lovell* unleugbar, und daß alles Nebenwerk und Gerüste darin gemein oder mißglückt ist, wie der große Machinist im Hintergrunde des Ganzen, daß das Ungewöhnliche darin oft nur ein umgekehrtes Gewöhnliches ist, hätte ihm wohl nicht geschadet: aber der Charakter war unglücklicherweise poetisch. Lovell ist wie seine nur etwas zu wenig unterschiedene Variation Balder ein vollkommner Fantast in jedem guten und in jedem schlechten, in jedem schönen und in jedem häßlichen Sinne des Worts. Das ganze Buch ist ein Kampf der Prosa und der Poesie, wo die Prosa mit Füßen getreten wird und die Poesie über sich selbst den Hals bricht.

Übrigens hat es den Fehler mancher ersten Produkte: es schwankt zwischen Instinkt und Absicht, weil es von beiden nicht genug hat. Daher die Wiederholungen, wodurch die Darstellung der erhabenen Langenweile zuweilen in Mitteilung übergehn kann. Hier liegt der Grund, warum die absolute Fantasie in diesem Roman auch von Eingeweihten der Poesie verkannt und als bloß sentimental verachtet werden mag, während dem vernünftigen Leser, der für sein Geld mäßig gerührt zu werden verlangt, das Sentimentale darin keineswegs zusagt und sehr furios dünkt. So tief und ausführlich hat Tieck vieleicht noch keinen Charakter wieder dargestellt. Aber der *Sternbald* vereinigt den Ernst und Schwung des *Lovell* mit der künstlerischen Religiosität des *Klosterbruders* und mit allem was in den poetischen Arabesken, die er aus alten Märchen gebildet, im ganzen genommen das Schönste ist: die fantastische Fülle und Leichtigkeit, der Sinn für Ironie, und besonders die absichtliche Verschiedenheit und Einheit des Kolorits. Auch hier ist alles klar und transparent, und der romantische Geist scheint angenehm über sich selbst zu fantasieren.

Kritische Friedrich-Schlegel-Ausgabe. Hrsg. von Ernst Behler [...]. Abt. 1. Bd. 2. München [u. a.]: Schöningh / Zürich: Thomas, 1967. S. 244 f.

Dazu der Kommentar der *Kritischen Friedrich-Schlegel-Ausgabe* (LN: *Literary Notebooks 1797–1801*, hrsg. von Hans Eichner, London 1957):

LN 524: In manchem Roman (wie im Lovell) ein Mann im Hintergrunde der mit allen andern Schach spielt, und so groß an Geist ist, daß er nicht zur Türe hereingeht. – LN 917: *Tieck* glaubt ungewöhnlich dadurch zu werden, wenn er die Gewöhnlichkeit umkehrt. – LN 525: Der einzige Charakter im Lovell ist er selbst, ein Mensch ohne Charakter. – Herrschende Empfindung im *Lovell* – Ekel am Leben und Furcht vor dem Tode; herrschender Gedanke – alles verächtlich und alles einerlei. – *Sein* Charakter ist doch π^2. – Geist des Buchs unbedingte Verachtung der Prosa und Selbstvernichtung der Poesie ... – LN 529: ... Die Poesie bringt sich selbst um, die Prosa wird mit Füßen getreten.

Ebd. S. 244.

Achim von Arnim an Clemens Brentano (vermutlich 1802):

Ich habe zwei merkwürdige Bücher hier zuerst gelesen: Jacobis Woldemar und Tiecks William Lovell. Friedrich Schlegels Kritik gegen jenen, soviel ich mich davon erinnere, ist grundfalsch, aber die Geschwätzigkeit, die Gelehrsamkeit und die einförmige Armuth des Buchs ist mir unangenehm geworden. Der Lovell überragt ihn unendlich, wenn man gleich das Honorar überall durchblicken sieht: aber welche Fülle an Neuheit und Poesie, welch eine himmlische Saat auf dem dürren alten Richardsonschen Felde! Dagegen gestehe ich Dir, daß ich Novalis' Heinrich von Ofterdingen nach seinem ganzen Wesen recht mittelmäßig, ja elend finde, wenn gleich manches Einzelne schön ist. Ist wohl eine Novelle darin, die so schön wäre wie die Dutzende im Lovell? Das dummgelehrte Bauerngeschwätz allenthalben, das Märchen endlich mit seiner Langweiligkeit, wenn man es nicht errathen kann, und mit seiner Unbedeutendheit, wenn man es nicht weiß!

Achim von Arnim und die ihm nahe standen. Hrsg. von Reinhold Steig und Herman Grimm. Bd. 1: Achim von Arnim und Clemens Brentano. Stuttgart: Cotta, 1894. S. 41.

Friedrich Schlegel in seinen literarischen Notizen (aufgezeichnet zwischen 1797 und 1803):

Lovell (und Werther) tragische Gesch[ichten] vom Untergang der Poesie in der jetzigen Zeit (aus Mangel an Religion).

[...]

Lovell im Grunde nur der Form nach vom Meister verschieden – beide beschreiben den Untergang der Poesie.

Friedrich Schlegel: Literary Notebooks 1797–1801. Ed. with introd. and comm. by Hans Eichner. University of London: The Athlone Press, 1957. S. 158, 245.

Heinrich Laube in seinen *Modernen Charakteristiken* (1835):

Welchen Einfluß auf sein Volk hat Ludwig Tieck gesucht, welchen hat er gefunden?

Er hat sich von Haus aus mit seinem William Lovell als einen Künstler angekündigt, der Glaube und Schönheit und Form sucht. Er hat den Prinz Zerbino und Aehnliches geschaffen, um in feiner Ironie anzudeuten, daß Alles nicht recht wäre, wie es sein sollte, er hat die Genofeva geschrieben, als das religiöse Element Mode ward. Man erzählt, daß er sie dem Goethe vorgelesen, und daß Goethe gesagt habe, nur der Anfang und das Ende hätten ihn interessirt. Deshalb sind Einige der Meinung, Goethe sey drüber eingeschlafen, Andre, er habe sehr aufmerksam zugehört. Es muß hierbei auch bemerkt werden, daß Tieck sehr gut vorlies't und Goethe nicht gern vorlesen hörte.

Heinrich Laube: Moderne Charakteristiken. Bd. 2. Mannheim: Löwenthal, 1835. S. 147 f.

Georg Gottfried Gervinus in seiner erstmals 1835–42 erschienenen *Geschichte der deutschen Dichtung*:

Der Held ist von jenen Genies, die Leben und Seele verschwenden, aus Verderbniß in Verderbniß rennen, um dem Außerordentlichen nachzugehen, die Menschenverachtung, Haß, Egoismus zum Principe der Welt machen, Gut und Bös in der Natur und im Menschen in Eins werfen, und sich an einem blinden Fatalismus trösten; doch ist die Geniezeit hier gleichsam ausgeläutet, denn diesem Helden gegenüber steht das Glück der mittleren Bescheidung in das beste Licht gerückt.

Georg Gottfried Gervinus: Geschichte der deutschen Dichtung. 5. Aufl. Hrsg. von Karl Bartsch. Leipzig: Engelmann, 1874. S. 728.

Heinrich Heine in *Die romantische Schule* (1836):

Die Werke, die Herr Tieck in seiner ersten Manier schrieb, meistens Erzählungen und große, lange Romane, worunter *William Lovell* der beste, sind sehr unbedeutend, ja sogar ohne Poesie. Es ist, als ob diese poetisch reiche Natur in der Jugend geizig gewesen sei und alle ihre geistigen Reichtümer für eine spätere Zeit aufbewahrt habe.

Heinrich Heine: Die romantische Schule. Kritische Ausgabe. Hrsg. von Helga Weidmann. Stuttgart: Reclam, 1976 [u. ö.]. (Reclams Universal-Bibliothek. 9831.) S. 79 f.

Karl Rosenkranz in seinen *Studien* (1839):

Eine so zum Dichter organisirte Natur wie die Tieck'sche mußte aber von den Widersprüchen des Lebens tiefer erfaßt und auf eine Krisis der Selbstbesinnung bedrängt werden, worin sie sich von allen Vorurtheilen zu reinigen, mit allen Zweifeln zu kämpfen und eine Summe für das Wahre und Gewisse zu ziehen unternahm. Diese Krisis erzeugte in ihm zu Anfange der neunziger Jahre den in Briefen geschriebenen Roman *William Lovell.* Von Seiten der Kritik ist derselbe viel zu wenig beachtet, und doch ist er das Tiefste und Eigenthümlichste, was Tieck hervorgebracht hat. Die künstlerische Oekonomie hat manche große Fehler, aber doch nur solche, wie sie in genialen Jugendwerken überhaupt vorkommen, ein Sichgehenlassen in der Schilderung untergeordneter Momente, ein zu starkes Accentuiren von Nebenpersonen. Die psychologische Tiefe, mit welcher die Charakterentwickelung Burton's und Waterloo's, des Andrea, geschildert ist, muß die größte Bewunderung erregen. Der alte am Christenthum festhaltende Diener Lovell's ist unübertrefflich und Lovell selbst erscheint in der Folie des verständigen Mortimer, des formell geschmeidigen, eudämonistischen Rosa, des nordisch zerrissenen, phantastischen, dämonischen Balder als der vielseitigste Anempfinder ohne allen Charakter. Lovell ist mit Werther verglichen. In Bezug auf die Dichter will ich diesem Vergleiche nicht entgegentreten. Göthe rettete sich in seinem Werke so gut, als Tieck in dem seinigen.

Karl Rosenkranz: Studien. T. 1. Berlin: Jonas, 1839. S. 282 f.

Rudolf Köpke in seiner 1855 erschienenen Biographie *Ludwig Tieck. Erinnerungen aus dem Leben des Dichters nach dessen mündlichen und schriftlichen Mittheilungen* (gesammelt von Mai 1849 bis 1853):

Seit dem Sommer 1792 hatten ihn diese Charaktere und die psychologischen Räthsel, deren Träger sie sein sollten, beschäftigt. Gleich nach dem Abschlusse des *Abdallah* war er an die Ausarbeitung gegangen, jetzt war sie beendet, und noch 1795 erschien der erste Theil des neuen Romans. Er war minder phantastisch als der frühere. Weder die übliche Maschinerie der Feenmärchen war angewendet, noch sollte der Leser durch die sinnlichen Farben des Orients bestochen werden. Aber eben darum wirkte das Nachtgemälde, welches der Dichter aufrollte, um so erschütternder. Unmittelbar aus der Gegenwart, aus seiner eigenen Erfahrung, aus den Stimmungen höchster Verzweiflung, die ihn früher so oft ergriffen hatte, waren diese scharfen und düstern Züge hergenommen. Ein Seelenleben und Leiden war geschildert, wie es Jeder, der die Gegensätze der Geisteswelt nicht ganz oberflächlich ansah, an sich selbst erfahren konnte; Verhältnisse und Charaktere gehörten unmittelbar der Zeitgeschichte an. Die Folgen der prahlerischen Starkgeisterei und des falschen Tugendprunks verfolgte er durch die ganze Reihe ihrer unheilvollen Wirkungen, bis zum letzten Punkte hin. Das unaufhörliche Betrachten und Studiren der Seele, das einem geistigen Selbstverzehren gleichkam, das Großthun mit Kraft, Tiefe, Genie und Enthusiasmus stellte er dar, diese moralische Gedunsenheit, welche nur die geistige Armuth und Selbstsucht verbirgt und mit dem Verbrechen endet. Er wollte die Nothwendigkeit einer nüchternen Selbstbeschränkung anschaulich machen, einer Resignation, ohne welche der Mensch nicht leben kann.

Niemals vielleicht hatte ein jugendlicher, kaum zwanzigjähriger Dichter, der selbst von Enthusiasmus erfüllt war, an seinem Helden ein furchtbareres Gericht vollzogen. Schonungslos riß er ihm ein Stück nach dem andern von jener moralischen Garderobe ab, mit welcher Anfänger so gern ihre idealen Tugendhelden prunken lassen. Unbewußt übte er hier jene vielbesprochene Ironie aus, welche er in späteren Jahren als erste Bedingung jeder darstellenden Dichtung forderte. Es war zugleich eine Selbstwarnung, die er seinen eigenen Abirrungen entgegenstellte, eine scharfe Kritik, welcher er sich und seine jüngern Genossen unterwarf, die sich so gern genial, groß und kühn dünkten. Es war eine Auseinandersetzung der wahren sittlichdichterischen Begeisterung, und der falschen, welche die Züge jener heuchlerisch nachbildet. Dieser Roman war ein Zeugniß staunenswerther Reife, aber sie war auch mit schmerzlichen Erfahrungen erkauft.

Stellung und Gruppirung der Charaktere erinnerten an den *Abdallah*. Lovell und Abdallah, Andrea und Omar entsprachen einander. War der *Lovell* in manchen Partien noch dunkel und schwerfällig, so war er doch das viel gereiftere Product. In einzelnen Zügen und Schilderungen hatte sich auch der Einfluß des *Geistersehers* von Schiller geltend gemacht, dessen Werth Tieck bei weitem höher anschlug als der Dichter selbst. [...]

Auch das Grab der Cäcilia Metella suchte er auf, jene Gegend, die er zum Schauplatz einer furchtbaren Episode im *Lovell* gemacht, und die er als Jüngling zu beschreiben gewagt hatte. Hier mußte er staunen, wie nahe er der Wirklichkeit gekommen war, er glaubte nicht zum ersten Male unter diesen Ruinen zu stehen.

Rudolf Köpke: Ludwig Tieck. Erinnerungen aus dem Leben des Dichters [...]. T. 1. Leipzig: Brockhaus, 1855. S. 205 f., 321.

Joseph von Eichendorff in *Der deutsche Roman des achtzehnten Jahrhunderts in seinem Verhältnis zum Christentum* (1851):

Bei alledem begreifen wir zwar recht wohl, wie eine junge starke Seele in so anarchischen Zeiten zu einer erhabenen Trostlosigkeit kommen und an dem Ausmalen dieser trostlosen Abgründe ein poetisches Gefallen finden kann. Aber eben dieses ausschließliche Gefallen daran ist auch jederzeit nur das sicherste Kennzeichen von dem Juvenilen und Schülerhaften einer literarischen Epoche. So grübelte und raste einst in ähnlichen hypochondrischen Gelüsten die Sturm- und Starkgeisterei der Kraftgenies einem Goethe voran. Ja dasselbe tun fast alle begabteren Jünglinge in ihren Flegeljahren, wo Phantasie und Verstand noch unmittelbar miteinander ringen, wie z. B. Tieck im *William Lovell*, Clemens Brentano in seinem *Godwi*. Allein bei beiden, und gewissermaßen selbst bei Goethe im *Faust*, war es nur ein vielleicht notwendiger, rascher Durchgang ihres Bildungsprozesses, den sie gar bald als solchen erkannt und entschlossen hinter sich warfen.

Joseph von Eichendorff: Werke. Bd. 3: Schriften zur Literatur. München: Winkler, 1976. S. 369 f.

Joseph von Eichendorff in seiner *Geschichte der poetischen Literatur Deutschlands* (1857):

Und diese skeptische Natur erscheint auch wirklich mit aller jugendlichen Herbigkeit in seinem *William Lovell* und im *Abdallah*, wo Weltverachtung, Haß und Egoismus sich als Genialität brüsten, so wie denn überhaupt seine frühesten Schriften noch keineswegs über das Gewöhnliche hinausgehen.

Ebd. S. 799.

Rudolf Haym in seiner *Romantischen Schule* (1870):

Was, noch einmal, kann die Seelengeschichte eines solchen Lump für ein tieferes Interesse haben? Wollte Gott, daß derselbe zum wenigsten eine starke, respectable Sinnlichkeit hätte! Man wird es nicht anders als löblich finden können – und es ist dies ein beachtenswerther Zug an unserm jungen Schriftsteller – daß er sich weder hier noch in einer anderen seiner Jugendarbeiten auf sinnliche Schilderungen in der Weise Wieland's eingelassen hat, so sehr ihn die Hetären und Coquetten seines Romans dazu auffordern konnten. In der That: er ist im Vergleich mit Rétif, dem er doch das Schema so vieler Abenteuer abgeborgt hat, unschuldig wie ein Kind, offenbar aus dem Grunde, weil er nicht, wie dieser, wirklich in den Débauchen der Sinnlichkeit, sondern nur in denen einer verwirrenden Lectüre und Bildung gelebt hat. Allein wenn doch dieser Lovell sinnliche Ausschweifungen in Menge begeht, womit, fragen wir, begeht er sie denn, wenn nicht mit Fleisch und Blut? Die Antwort ist: er begeht sie und begeht alle seine sonstigen Niederträchtigkeiten mit einem phantastisch exaltirten Kopf, während sein Blut im Grunde so kalt ist wie Fischblut. Er könnte die Verbrechen, die er verübt, eben so gut nur träumen oder sich mit ihnen wie mit Problemen des höheren Epikuräismus in Gedanken beschäftigen. Um es anders zu sagen: wir glauben gar nicht an den Verbrecher, sondern wir glauben nur an den Briefsteller Lovell. Dieser erhitzte Kopf, der sich fortwährend an den Puls fühlt, der alle seine Empfindungen zerfasert und sich mit einer ganzen Hölle von Sophismen herumstreitet – wenn wir nur genauer zusehn: das ist gar kein handelnder Mensch, sondern das ist lediglich ein Phantom, an dem der Schriftsteller Tieck seine Reflexionsübungen macht. Was Lovell uns von seinen Seelenängsten, seinen Zweifeln und Verzweiflungen berichtet, das ist echter, aus des Dichters eigener Erfahrung geschöpfter Inhalt, wenn auch keinesweges ein erfreulicher Inhalt. Was er dagegen thut und erlebt, das ist eine äußerlich hinzuphantasirte und zwar – Fr. Schlegel hat Recht – eine ziemlich gemeine und mißglückte Maschinerie.

Rudolf Haym: Die romantische Schule. Ein Beitrag zur Geschichte des deutschen Geistes. Berlin: Gaertner, 1870. S. 45.

Der Shakespeare-Forscher Hermann von Friesen, einer der engsten Freunde Tiecks aus seiner Dresdener Zeit, in *Ludwig Tieck. Erinnerungen eines alten Freundes aus den Jahren 1825–1842* (1871):

Diese Objektivität der Darstellung würde an sich selbst keinen Tadel verdienen, und hat auch, wie ich aus mündlichen Äußerungen des Verfassers weiß, einen wesentlichen Gegenstand seines Strebens gebildet.

[...] wenn man sich davon überzeugt, daß diese Dichtung, ungeachtet der jahrelangen Arbeit an ihrer Ausführung, aus einem von Anbeginn festgestellten Plane hervorgegangen ist. Man kann genau verfolgen, wie kommende, und zuweilen erst spät eintretende Situationen und Begebenheiten mit Bedachtsamkeit vorbereitet sind, und daher im Ganzen ein organischer Zusammenhang herrscht. Ich kann nicht verschweigen, daß ich zwar schon beim ersten Lesen den Eindruck davon empfand, aber dennoch zweifelhaft war, ob ich richtig urteilte. Bei wiederholten Gesprächen mit Tieck und nach manchen späteren Beobachtungen seiner Art zu konzipieren, mußte ich mich indessen von der Begründung dieser Annahme überzeugen, so wie denn, auch in späteren Jahren, ihm die Gewohnheit blieb, seine poetischen Erzeugnisse im Kopfe erst bis zur Vollendung zu bringen, ehe er die Feder ansetzte.

[...] Sie haben vollkommen Recht, wenn Sie in der Rolle, welche Andrea Cosimo und Rosa zugeteilt ist, etwas bemerken, was sich dem Ganzen nicht organisch anschließt. Was dagegen zu sagen ist, haben Sie schon angeführt und ich brauche kaum noch etwas hinzuzufügen, um die Schwäche von diesem Teile der Konzeption nachzuweisen. Daß sie bei dem jugendlichen Alter des Dichters, besonders in Betracht anderer bewunderungswürdiger Vorzüge, sehr verzeihlich ist, wird kaum der Erwähnung bedürfen. Vielleicht aber gereicht es Ihnen zur Genugtuung, wenn ich Ihnen mitteile, daß Tieck selbst diese Schwäche anerkannte, und mich, in einem Gespräche über diesen Gegenstand, an das gegen Ende des vorigen Jahrhunderts betriebsame Wesen geheimer Gesellschaften und Orden, wie Illuminaten und Rosenkreuzer, erinnerte. Das war es, was ihn zu diesem Nebenwerke verführt hatte, ohne daß es ihm doch gelungen wäre, dasselbe auf eine prägnantere Weise dem Ganzen einzuverleiben.

Dichter über ihre Dichtungen. S. 60 f.

Ricarda Huch in ihrem erstmals 1908 erschienenen Werk *Die Romantik*:

Älter als Wilhelm Meister ist William Lovell. Die Sonne Goethescher Gesundheit hat auf den unheilbar wunden Jüngling nicht geschienen: blaß, mit wehevollem Blick aus tiefen, flackernden Augen, schwanken Schrittes tritt er uns entgegen. Viel schärfer und einseitiger als bei Goethe treten hier die neuen Tendenzen ins Leben: die Fabel und ihr Zusammenhang ist dem Dichter so gleichgültig, wie es dem Helden ist, ob er einen zerfetzten Mantel und einen abgegriffenen Hut trägt. Nichts als ein Mensch ist das ganze Buch oder besser gesagt: als eine Seele, die rastlos, krampfhaft, immer und immer wieder versucht sich darzustellen, um sich selbst zu erkennnen und erkannt zu werden.

Ricarda Huch: Die Romantik. Ausbreitung, Blütezeit und Verfall. Tübingen/Stuttgart: Wunderlich, 1951. S. 273.

Hermann August Korff in seinem erstmals 1923 erschienenen Werk *Geist der Goethezeit*:

Es ist ein tief bedeutsames Zeichen für die menschlichen »Gründe« der romantischen Bewegung, daß die lange Reihe von Tiecks dichterischen Hervorbringungen mit einem solchen Bilde seelischer Zerstörung beginnt. Denn das romantische »Werk« ist aus einem Abgrund emporgestiegen. In diesen Abgrund aber stiert der zwanzigjährige Tieck hinunter, und der Schreck vor dem Gespenste seiner eigenen Möglichkeiten, das er in diesem Abgrunde erblickt, steht hinter seinem ganzen weiteren dichterischen Schaffen. Wie wenig indessen dies Seelengemälde als pathologischer Einzelfall aufzufassen ist, hat die Betrachtung von Jean Pauls Erstlingswerken gelehrt. Denn der Dichter des Hesperus und des Siebenkäs stand durchaus im gleichen inneren Kampfe mit der Gefahr der Selbstzersetzung, der die ständige Gefahr des Subjektivismus war. Und Tiecks Lovell ist nur die Fortsetzung jener Reihe von selbstzerstörerischen »Humoristen« und Ironisten, die Jean Paul begonnen hatte und mit ihrer großartigsten und am meisten diabolischen Gestalt, dem Roquairol, auch krönen sollte.

Zu dieser Bedeutung aber kommt eine zweite. In der Geschichte des William Lovell erleben wir zum ersten Male und vor unseren Augen den dialektischen Umschlag des an seine Grenzen stoßenden Subjektivismus in den Objektivismus, der das Grundthema der ganzen romantischen Bewegung wird. Die menschliche Unmöglichkeit des einen fordert notgedrungen die »Bekehrung« zum anderen. Das angeblich souveräne Ich fühlt sich mit einem Male als Marionette höherer Gewalten, der freie Geist flüchtet in den Glauben um jeden Preis, der zur Fratze entartete Titanismus wirft sich erschrocken zur Erde nieder. Was hier geschildert wird, der Schwindel vor dem bodenlosen Abgrund des Subjektivismus, das hat jetzt zwar noch die Form einer Karikatur, allein hinter dieser Karikatur steckt eine tiefe Wahrheit, die immer sichtbarer fortan zutage tritt. Vom Schwindelturm dieser Freiheit kann der Mensch nur noch in den Wahnsinn oder in den Glauben springen. Der Teufel aber fügt es, daß der Glaube, in den sich Lovell hier zu retten meint, erst recht als abgefeimtester Schwindel sich erweist.

Hermann August Korff: Geist der Goethezeit. Versuch einer ideellen Entwicklung der klassisch-romantischen Literaturgeschichte. Bd. 3: Romantik: Frühromantik. Leipzig: Hirzel, 1949. S. 54.

Egon Friedell in seiner *Kulturgeschichte der Neuzeit* (1928):

Die ganze Romantik Tiecks und fast aller seiner Genossen ist eben bloßer Atelierscherz, ein Maskenball, auf dem sich extreme Rationalisten als Irrationalisten verkleiden, und Heine umschrieb den Sachverhalt ebenso boshaft wie treffend, als er sagte: »Tieck wohnte im Hause Nicolais, eine Etage höher als dieser Mann.« Es ist bei ihm alles bewußt und mechanisch, gewollt und konstruiert. Besonders charakteristisch hierfür ist sein berühmter Romanheld William Lovell, in dem er die Figur des Immoralisten zu gestalten versuchte. Dieser nimmt sich vor, ein Wüstling und Bösewicht zu werden, indem er dekretiert: »ich selbst bin das einzige Gesetz in der ganzen Natur«, und absolviert gewissenhaft das Pensum, das er sich gestellt hat; aber wir glauben diesem Privatdozenten der Unmoral kein einziges seiner Laster und Verbrechen.

Egon Friedell: Kulturgeschichte der Neuzeit. Die Krise der europäischen Seele von der schwarzen Pest bis zum Weltkrieg. Bd. 2: Barock und Rokoko. Aufklärung und Revolution. München: Beck, 1928. S. 899.

Friedrich Gundolf in dem Band *Romantiker* (1931):

Betrachten wir Tiecks *Geschichte des William Lovell* in diesem Zusammenhang, als ein Glied in der Reihe der Wüstlings-romane des endenden Rokoko, als den ersten wesentlichen Beitrag der deutschen Literatur zur Bekundung dieses europäischen Siechtums, so erkennen wir auch das unterscheidend Deutsche daran. Zunächst: William Lovell konnte von seinem Verfasser nicht als eine deutsche Erscheinung geschildert werden, wie der Verführer bei Richardson selbstverständlich Engländer und der Wüstling bei Rétif de la Bretonne selbstverständlich Franzose ist. Tieck versetzt seinen Helden nach England, weil eine derartige Gestalt mit den zugehörigen Abenteuern außerhalb seines Lebenskreises schien. Dann ist Lovell nicht als Typus, sondern als ausgesuchtes Individuum mit ganz eigenen Anlagen und Problemen gemeint. Der deutsche Wüstling ist also ein Ergebnis der Einfuhr, der Lektüre, nicht der Erfahrung und er ist nicht gezeichnet als das Kind einer Gesellschaft, sondern als einmalige Persönlichkeit. Obwohl der Roman in England spielt, feiert die deutsche Ich-seligkeit darin ihre Feste derart, daß kaum ein Engländer das Werk auch nur verstehen, geschweige als englische Sittenschilderung anerkennen könnte. Und schließlich ist es, im Gegensatz zu Richardson und zu Rétif, keine Sittenschilderung, sondern ein Seelengemälde. Der Held stellt nicht eine Verderbnis des Willens dar, wie Lovelace, nicht eine Ausschweifung der Sinne, wie Le Paysan perverti, sondern eine Entartung des Gemüts, des Geistes und der Phantasie. Was der englische und der französische Wüstling nirgends sind, das ist der deutsche überall: ein Problematiker. Weder die Verführungskünste wie Richardson noch die Genüsse und Lüste wie Rétif will Tieck zeigen, sondern die Erschütterungen und Gesinnungen, die skeptische, zynische oder dämonische Philosophie, die Fieber und Schrecken, welche das wüste Leben bereiten, begleiten oder bestrafen. Während die Gesellschaft dem Briten wie dem Franzosen Hintergrund und Maßstab bleibt, ist Lovell allein mit sich, mit seinen Opfern und einem unbestimmten, bald göttlich, bald teuflisch gefärbten Absoluten, deutsch und romantisch zugleich – trotz gerecktem Zynismus und gebleckter Brutalität – ein philosophisch-gemütvoller Wüstling. Noch in den Armen seiner Opfer grübelt er über den dunklen Urgrund ihres Schicksals, über Herkunft und Untergang der Liebe und den Endzweck des Lebens. Dieser Roman gehört mehr der deutschen Seelenbildung als der europäischen Sinnen- und Sittenzersetzung an. Die Entartung des Individualismus, welche in England und Frankreich zur Verherrlichung des Wüstlings geführt hatte, fand in Deutschland keinen so leichten Boden. Hier hatte die für Franzosen und Engländer wichtige Außenwelt – Kirche, Staat oder Gesellschaft – niemals so straff die Kräfte eingespannt, bei ihrer Entwertung konnte also nicht der Genußbereich solchen Gewinn haben. Vielmehr hatte die deutsche Innerlichkeit – Musik, Philosophie und Dichtung – sich ein eignes und von weltlichen Ordnungen und Zuständen wie nirgends sonst unabhängiges Reich gegründet, das sogar in den schäbigsten Umständen eine selbstgenügsame Zukunfts- und Wirkungsstätte der Seelenkräfte verhieß. Niemals war der begabte Deutsche, so wie der begabte Engländer oder Franzose, versucht, sich aus Mangel an fruchtbarer äußerer Betätigung in den Sinnentaumel und die Gesellschaftsränke zu stürzen: sein Geister-reich hatte für ihn Würde und Wirklichkeit. Die französische Enttäuschung und Privatisierung brachte Lebemänner hervor, die deutsche eher Musiker, Forscher, Grübler oder Literaten.

Friedrich Gundolf: Romantiker. Neue Folge.
Berlin: Keller, 1931. S. 33–35.

Walther Rehm in *Kierkegaard und der Verführer* (1949):

Das romantische Bewußtsein erscheint in Hegels Analyse als Ausdruck eines Welt- und Wirklichkeitsverlustes und damit als zerstörende Substanzeinbuße, als »Schwindsucht des Geistes« und »selbstbewußte Vereitelung des Objektiven«, als Flucht vor der Realität um der Reinheit des Herzens, um der Schönheit der Seele willen. All das zusammen zeitigt das Ergebnis, daß die schönen Seelen in sich verglimmen, in sehnsüchtiger Schwindsucht zerfließen und als gestaltloser, sich in der Luft auflösender Dunst verschwinden. Bei solcher, in die Leere und ins »Nichts« mündender Selbstzersetzung, bei der Verhärtung der zur Wirklichkeitshingabe unfähigen »schönen Seele« hat Hegel wahrscheinlich an Novalis und Hölderlin gedacht; dort aber, wo er den Übergang des Gewissens ins Böse und seine heuchlerische Selbstentlarvung bespricht, zielt er wohl auf Tiecks *William Lovell.* Jedenfalls hat er in einer Gesamtanalyse Ansätze geboten, die später für Kierkegaards Kritik des romantischen Bewußtseins und der romantischen Phantasie und für die Funktion des Bösen im *Tagebuch des Verführers* wichtig wurden.

[...]

Denn gerade die Bewegung, der Kierkegaards leidenschaftlicher Kampf galt, obwohl er ihr selbst mit allen Fasern seines inneren Lebens verhaftet war, gerade die Romantik hatte am Ausgang des 18. Jahrhunderts und seiner spielerischen Kraft und Eleganz die Figur des zynischen Verführers als bezeichnende Erscheinungsform des ästhetischen, interessanten Menschen samt seinem Ende, seinem Untergang beschrieben. Tieck hatte in dem schurkigen »Helden« seines ersten Romans, im *William Lovell,* das Bild eines solchen Menschen entworfen, der sich in der Rolle des interessanten Verführers gefällt, zynisch und bedenkenlos und zugleich in vollkommener Phantasterei mit fremden Leben spielt, ohne zu merken, daß auch er nur Spielball ist, mit dem ein anderer bis zur systematisch angelegten Auflösung und Zerrüttung seines Selbstgefühls spielt.

Walther Rehm: Kierkegaard und der Verführer. München: Rinn, 1949. S. 11, 110.

Literaturhinweise

1. Ausgaben, Briefe und Erinnerungen

[Anonym:] William Lovell. 3 Bde. Berlin/Leipzig: Nicolai, 1795–96.

Ludwig Tieck: William Lovell. Neue, verb. Aufl. 2 Bde. Berlin: Verlag der Realschulbuchhandlung, 1813–14.

Ludwig Tieck's Schriften. 20 Bde. Berlin: Reimer, 1828–54. Bd. 6. 7: William Lovell. 1828. Nachdr. Berlin: de Gruyter, 1966.

Ludwig Tieck: Werke. 4 Bde. Nach dem Text der Schriften von 1828–54 unter Berücksichtigung der Erstdrucke. Hrsg. mit Nachw. und Anm. von Marianne Thalmann. München: Winkler, 1963–66. [William Lovell in:] Bd. 1: Frühe Erzählungen und Romane. 1963 [u. ö.].

Ludwig Tieck: Gedichte. 3 Bde. Dresden: Hilscher, 1821–23. Nachdr. Heidelberg: Schneider, 1967.

Letters of Ludwig Tieck hitherto unpublished 1792–1853. Coll. and ed. by Edwin H. Zeydel, Percy Matenko and Robert Herndon Fife. New York / London 1937.

Letters to and from Ludwig Tieck and his circle. Unpublished letters from the period of German Romanticism including the unpublished correspondence of Sophie and Ludwig Tieck. Coll. and ed. by Percy Matenko, Edwin H. Zeydel and Bertha M. Mache. Chapel Hill 1967.

Tieck and Solger. The Complete Correspondence. Ed. by Percy Matenko. New York / Berlin 1933.

Wilhelm Heinrich Wackenroder: Werke und Briefe. Heidelberg 1967.

Dichter über ihre Dichtungen. Bd. 9,1–3: Ludwig Tieck. Hrsg. von Uwe Schweikert. München 1971.

Rudolf Köpke: Ludwig Tieck. Erinnerungen aus dem Leben des Dichters nach dessen mündlichen und schriftlichen Mittheilungen. 2 Tle. Leipzig 1855. Nachdr. Darmstadt 1970.

Hermann Freiherr von Friesen: Ludwig Tieck. Erinnerungen eines alten Freundes aus den Jahren 1825–1842. 2 Bde. Wien 1871.

2. Forschungsliteratur

Beckers, Gustav: Die Darstellung der proteischen Seelen-Existenz Ludwig Tiecks im »William Lovell«. In: G. B.: Versuche zur dichterischen Schaffensweise deutscher Romantiker. København 1961. S. 7–17.

Brüggemann, Fritz: Die Ironie als entwicklungsgeschichtliches Moment. Ein Beitrag zur Vorgeschichte der deutschen Romantik. Jena 1909.

Castello, Maria L.: Schwärmertum und Gewalt in Goethes »Werther«, Tiecks »William Lovell« und Büchners »Lenz«. Würzburg 1993.

Corkhill, Alan: Tiecks »William Lovell« und Wildes »The Picture of Dorian Gray«. Eine kontinuierliche Tradition. In: Archiv für das Studium der neueren Sprachen und Literaturen 224 (1987) S. 346–352.

Ewald, Werner: Der Lovelltyp bei Tieck von den Anfängen bis zum »Oktavian«. Diss. Halle a. d. S. 1924.

Garmann, Gerburg: Die Traumlandschaften Ludwig Tiecks. Traumreise und Individuationsprozeß aus romantischer Perspektive. Opladen 1989.

Gröf, Siegfried: »Fremd bin ich eingezogen ...« Fremdheitserfahrungen in der erzählenden Literatur der Frühromantik. Gießen 1996.

Guretzky-Cornitz, Ulrike von: Versuch einer sozialpsychologischen Interpretation des psychologischen Romans von Ludwig Tieck: »William Lovell«. Diss. Berlin (Freie Universität) 1977.

Hassler, Karl: Ludwig Tiecks Jugendroman William Lovell und der Paysan perverti des Restif de la Bretonne. Diss. Greifswald 1902.

Heilmann, Markus: Die Krise der Aufklärung als Krise des Erzählens: Tiecks »William Lovell« und der europäische Briefroman. Stuttgart 1992.

Kreuzer, Ingrid: Märchenform und individuelle Geschichte. Zu Text- und Handlungsstrukturen in Werken Ludwig Tiecks zwischen 1790 und 1811. Göttingen 1983.

Minder, Robert: Un Poète Romantique Allemand: Ludwig Tieck (1773–1853). Paris 1936.

Münz, Walter: Individuum und Symbol in Tiecks »William Lovell«. Materialien zum frühromantischen Subjektivismus. Bern / Frankfurt a. M. 1975.

Oswald, Ellen: Figuren der Melancholie: Ludwig Tiecks »William

Lovell« im Kontext von Erfahrungsseelenkunde und Pädagogik. Bern / Frankfurt a. M. / New York / Paris 1992.

Pikulik, Lothar: Die Frühromantik in Deutschland als Ende und Anfang. Über Tiecks »William Lovell« und Friedrich Schlegels Fragmente. In: Silvio Vietta: Die literarische Frühromantik. Göttingen 1983. S. 112–128.

Scheck, Ulrich: The Hermetic Self and the Creative Reader. Metanarrative Discourse in Tieck's »William Lovell«. In: Seminar 25 (1989) H. 2. S. 95–103.

Schmidt, Arno: ›Funfzehn‹. Vom Wunderkind der Sinnlosigkeit. In: A. Sch.: Die Ritter vom Geist. Von vergessenen Kollegen. Karlsruhe 1965. S. 208–281.

Schneider, Ferdinand Josef: Tiecks »William Lovell« und Jean Pauls »Titan«. In: Zeitschrift für deutsche Philologie 61 (1936) S. 58–75.

Stumpp, Gabriele: Müßige Helden: Studium zum Müßiggang in Tiecks »William Lovell«, Goethes »Wilhelm Meisters Lehrjahre«, Kellers »Grünem Heinrich« und Stifters »Nachsommer«. Stuttgart 1992.

Thalmann, Marianne: Probleme der Dämonie in Ludwig Tiecks Schriften. Weimar 1919.

– Die Romantik des Trivialen. Von Grosses »Genius« bis Tiecks »William Lovell«. München 1970.

Trainer, James: Ludwig Tieck, From Gothic to Romantic. London / The Hague / Paris 1964.

– William Lovell: Tieck's World of Chaos. In: Etudes Germaniques 23 (1968) S. 191–201.

Weigand, Karlheinz: Tiecks »William Lovell«. Studie zur frühromantischen Antithetik. Heidelberg 1975.

Wüstling, Fritz: Tiecks William Lovell. Ein Beitrag zur Geistesgeschichte des 18. Jahrhunderts. Halle a. d. S. 1912.

Zeydel, Edwin H.: Ludwig Tieck, the German Romanticist. A Critical Study. Princeton 1935.

Zinkernagel, Franz: Die Entwicklungsgeschichte von Hölderlins Hyperion. Straßburg 1907.

Nachwort

Ludwig Tiecks Roman *Geschichte des Herrn William Lovell* zählt zu den am zwiespältigsten beurteilten – und in ihrer hier vorgelegten Originalfassung am wenigsten gekannten – Erzählwerken der deutschen Literatur. In den ersten Entwürfen auf das Jahr 1792 zurückgehend, gleichwohl schon frühere Keimzellen in sich bergend, sollte er das umfangreichste selbständige Opus seines nachmals noch sehr fruchtbaren Verfassers bleiben. Die schon im Titel sich offenbarende, an veraltenden Vorbildern orientierte Thematik mag einen der ersten Rezensenten 1797 in der Jenaischen *Allgemeinen Literatur-Zeitung* mit verleitet haben, in dem Roman eine Übersetzung aus dem Englischen zu vermuten (s. S. 707); und auch in den Urteilen der Bewunderer fehlt nicht der insgeheim apologetische Zug: »aber welche Fülle an Neuheit und Poesie, welch eine himmlische Saat auf dem dürren alten Richardsonschen Felde«, schreibt Arnim, vermutlich 1802, an Brentano (s. S. 711).

Wechselhaft bleibt auch das Urteil der Schlegels, unbeschadet der Verteidigung, die August Wilhelm dem ihm noch unbekannten Tieck 1798 gegen den Jenaer Kritiker angedeihen ließ (s. S. 708 f.). Die mehrfach auf Tiecks Briefroman zurückkommenden, in der Bewertung fühlbar schwankenden Notizen Friedrich Schlegels (s. S. 709–711) sprechen eine beredte Sprache. Wohl wird dem Charakter des Helden die erlauchte Hieroglyphe π^2 zuerkannt, die Poesie der Poesie im Schlegelschen Sinne also – und dennoch: »Das ganze Buch ist ein Kampf der Prosa und der Poesie, wo die Prosa mit Füßen getreten wird und die Poesie über sich selbst den Hals bricht.« In der Nachbarschaft zur Cervantes-Rezeption der älteren Romantik gibt solches zu denken. Vier Jahrzehnte später wirkt Karl Rosenkranz, dem der *William Lovell* als »das Tiefste und Eigenthümlichste« galt, »was Tieck hervorgebracht hat« (s. S. 713), hoffnungslos vereinzelt; denn die

Abrechnung der Jungdeutschen mit Tieck (s. S. 711 f.) hat schon begonnen. Die Germanistik der Gründerjahre (s. S. 715 f.) vollends bedurfte nicht viel zu ihren Verdikten und konnte, ihre Grundsätze literarischer Wertung immer vorausgesetzt, die spürbaren Einflüsse des Werks auf Hölderlins *Hyperion* und Jean Pauls *Titan* getrost übergehen.

Unsere Begriffe vom Ende des 18. Jahrhunderts haben sich seither verändert und, wie zu hoffen ist, geklärt, welche wirklichen oder vermuteten Äquivalenzen zur Situation der Gegenwart auch immer der zumal in den zurückliegenden beiden Jahrzehnten ungemein vermehrten Forscheremsigkeit ihre Anstöße erteilt haben mögen. Wird doch das beliebte Thema »Mensch in der Gesellschaft« durch Tiecks Jugendwerk um eine irritierende Variante bereichert. Das Gesellschaftsbild richtet sich an der Faszination durch das Ancien régime aus; der mondäne Rahmen der *Liaisons dangereuses* von Choderlos de Laclos birgt demgemäß wohl mehr Richtungweisendes als die, einige unmittelbare Impulse liefernde, plebejische Lebensbeichte des Rétif de la Bretonne im *Paysan perverti.* Im Blick auf sein Erscheinungsjahr ist der *William Lovell* somit im vorhinein ungleich veralteter als Schillers dem Publikum immerhin 1789 vorgelegter *Geisterseher.* Daß jedoch der beiden gemeinsame Einbruch des Unheimlichen in das Lebensgefühl des einzelnen die emanzipatorischen Parolen der Französischen Revolution gründlich überdauerte, daß der düstere Schatten, den das »siècle des lumières« warf, in seiner Reichweite bis heute unabsehbar bleibt, dies harrt noch immer der zulänglich differenzierenden Erklärung.

Es wandeln sich die Formen seelischer Bedrängnis. Die Daseinsangst der Epoche, vierzig Jahre später noch als gesunkenes Kulturgut in der Panik des gequälten Proletariers Woyzeck vor den unterirdisch wühlenden Freimaurern auszumachen, gipfelt zeitweise im Glauben an die Allmacht der geheimen Gesellschaften als ihrem nicht einzigen, aber beredtesten Ausdruck. Maurerischer Humanismus wie 1791 in der *Zauberflöte* oder 1795 in *Wilhelm Meisters Lehrjahre* bleibt als

Einzelfall und vergeistigte Spätform den meist obskurantistischen Praktiken des damaligen Hochgradordenswesens so fern wie der vorherrschenden, jene um zusätzliche makabre Züge noch bereichernden literarischen Konzeption. Die Gattung »Schauerroman« und die Variante des Bundesromans haben in Werken von Wieland, Schiller, Jean Paul bemerkenswerte Kunstformen hervorgebracht. Repräsentativ und dem Publikumsgeschmack nahe bleibt jedoch nicht Schillers durchkonstruierte Intrige, sondern Karl Grosses 1791 erschienener *Genius*, dessen Lektüre, wiederum im ominösen Jahr 1792, den jungen Tieck ins Delirium und die wahrscheinlich schwerste Nervenkrise seines Lebens trieb.[1]

Die zünftige Selbstsicherheit der Epoche liefert lehrreiche Beispiele kollektiver Verdrängung. Verdrängt wird der wirkliche und vermeintliche Aberglaube in den Aberwitz eines meist zum Chthonisch-Makabren verbildeten, fast stets jedoch aufklärerisch mißverstandenen Mittelalters. Die wirkliche Kontinuität des Magischen, gipfelnd in der Pansophie der Renaissance, endet um die Jahrhundertmitte, zur selben Zeit also, da die Restauration des Gothic Style ihren Anfang nimmt. Die gemeinsame Herkunft von neugotischer Architektur und Schauerroman (»Gothic Novel«) läßt sich an den Gründervätern, namentlich Horace Walpole, nachweisen; genährt von den Mystifikationen des Hochgradwesens, artet der bis zu Ficino zurückreichende Glaube an die Unsichtbare Loge zum umfassenden Verfolgungswahn aus. Ererbte saturnische Zeichen haben die angestammte Totalität verloren; und so wird die Magie zur Blasphemie und die ehedem als kreativ verehrte Melancholie zum Nihilismus. Die schwarzen Messen des Marquis de Sade, den das Bewußtsein seiner unmittelbaren Abstammung von Petrarcas Laura bis an sein Lebensende begleitete, spielen oft auf ähnlichen neugotischen Szenen wie die Tartaruswanderungen des neuen Romanhelden – auch diese letzteren noch Nachklang der Initiations-

1 Vgl. Tieck an Wackenroder, 12. Juni 1792 (vgl. vorl. Ausg. S. 690).

reise, die den magischen Adepten an die Seite des Melancholikers rückte: das Meer auf Dürers »Melencolia« verhieß schon solches Erfahren der Welt.

Erproben ließe sich Entsprechendes an vielen Zeichen überkommenen Geheimwissens, so der zum Luziferischen abgesunkenen Morgenröte der Mystik. Zur Entstehungszeit des *William Lovell* veröffentlicht Vulpius seinen Schauerroman *Aurora* und Soden sein von Cazotte beeinflußtes Drama *Aurore oder das Kind der Hölle.* Auch das Proteussymbol, einst Wegweiser zur geistigen Welt des rudolphinischen Prag, ist im 18. Jahrhundert zum Sinnbild der Scharlatanerie und Wirrköpfigkeit abgesunken, als solches zudem gekennzeichnet durch den unglücklich zutreffenden Titel von Wielands *Peregrinus Proteus.* Noch im *Palais de l'aurore divine* (1602) preist Laurent Benard den Menschen als »großen Proteus und adeliges Chamäleon, das alle Dinge machen kann und selbst bekleidet ist mit allen geschaffenen und ungeschaffenen Formen«. In Tiecks Roman bedeutet das Hendiadyoin »Proteus oder Chamäleon« jene Inkohärenz des Denkens und Handelns, jene Selbstpreisgabe an die Welt der »Chimären«, die schon seine Belegstellen im Werk Rousseaus kennzeichnen. Die resignierende Bilanz, die Karl Philipp Moritz 1787 in den *Fragmenten aus dem Tagebuche eines Geistersehers* zieht, stimmt zu solchem Absinken einst glaubensmächtiger Symbole: »Da wir nicht Schöpfer werden konnten, um Gott gleich zu sein, wurden wir *Zernichter*, wir schufen *rückwärts*, da wir nicht vorwärts schaffen konnten. Wir schufen uns eine Welt der Zerstörung, und betrachteten nun in der Geschichte, im Trauerspiel, und in Gedichten unser Werk mit Wohlgefallen.«[2]

Vom Verfasser des *Anton Reiser*, den Wackenroder als Tiecks geistigen Zwillingsbruder bezeichnete, hat sich dieser in der Zeit des ersten Entwurfs zum *William Lovell* mit bemerkenswerter Schärfe losgesagt, einräumend, seine »Emp-

2 Karl Philipp Moritz, *Werke*, Bd. 3, Frankfurt a. M. 1981, S. 302.

findungsart« grenze nahe an die Moritzens, nicht aber seine »Art zu denken, d. h. Empfindungen anzuwenden«.[3] Gleichwohl mag schon die negative Prägung durch das von Nicolaischer Aufklärung beherrschte Berlin manch unentrinnbare Gemeinsamkeit hinterlassen haben. Der Umbruch und die Umkehr der *Lovell*-Periode gewähren einen Ausblick ins Gelobte Land, weiter und verheißungsvoller vielleicht als Moritzens Schau am Ende des Weges vom *Reiser* zum *Hartknopf*. Ob und inwieweit ein tatsächliches Ziel erreicht wurde, wäre von der Wirkungsgeschichte her zu klären. Tiecks eigener Versuch, in der Vorrede zur 2. Auflage Bilanz zu ziehen, appelliert an das Verständnis des Lesers, »daß der Dichter seinem Vorwurf nicht gewachsen war, und besonders jene Gegend, die der Verwirrung, dem Geistesluxus, dem Zweifel, der philosophierenden Sinnlichkeit und Leidenschaft als ein helles Elysium gegen über liegen sollte, nur als dunkle Schattenmasse hingestellt hat«.[4] War das Gotteserlebnis Tiecks 1792, anläßlich eines Sonnenaufgangs im Harz,[5] Gewähr dieses hellen Elysiums? Verdankte er dem Geborgenheitsgefühl dieser Stunde, das auf sein gesamtes späteres Leben einwirken sollte, die Heiterkeit, die, wie er Solger gegenüber beteuerte, der Niederschrift seines Briefromans zugrunde lag? Und was ist von dem Geständnis zu halten: »nur gefiel ich mir noch in der Verwirrung«?[6] Das Gefallen an der Verwirrung müßte demnach den *Lovell* noch lange überdauert haben; denn nihilistische Zeitangst verdüstert oft das Weltbild der in Zusammenarbeit mit Wackenroder entstan-

3 Tieck an Wackenroder, in: Wilhelm Heinrich Wackenroder, *Werke und Briefe*, Heidelberg 1967, S. 407, 418; vgl. auch S. 396 f.

4 *William Lovell*, neue, verb. Aufl., Bd. 1, Berlin 1813, S. III ff. (vgl. vorl. Ausg. S. 699).

5 Vgl. Rudolf Köpke, *Ludwig Tieck. Erinnerungen aus dem Leben des Dichters nach dessen mündlichen und schriftlichen Mittheilungen*, Leipzig 1855, Bd. 1, S. 142 ff.; ausführlicher in: Hermann von Friesen, *Ludwig Tieck. Erinnerungen eines alten Freundes aus den Jahren 1825–1842*, Wien 1871, Bd. 2, S. 136 ff.

6 Tieck an Solger, 31. März 1815 (vgl. vorl. Ausg. S. 699 f.).

denen Parerga zum *Sternbald.* So umlagern diese kontrastierend die weithin allzu traumhafte Apotheose der Kunst, die im Fortsetzungsfragment des Malerromans als Ewigkeit in die Zeit getreten ist.[7] Und selbst dem inneren Werdegang des jungen Dürer-Schülers scheint halluzinatorisches und hypnagoges Erleben, wie wir es im Verfallsstadium Lovells finden, unerläßlich: der synästhetische Kindheitstraum und die Visionen auf der Mondscheibe eröffnen und offenbaren bislang Unerkanntes hier wie dort.

Um solch spannungsreichen Zusammenhängen der Frühromantik nachzugehen, lohnt es, gleichsam als Gegenprobe, vom *Heinrich von Ofterdingen* aus, der ja wenigstens in den Anfangskapiteln ein Gegenstück zum *Sternbald* war, Hardenbergs Frühzeit aufzusuchen. Dessen erstes Tagebuchblatt, einsam und wie versprengt in den sonst noch unberedten oder der Aussage nach belanglosen Jahren um 1790, liest sich wie ein Extrakt aus *William Lovell.* Menschenhaß, die Welt als Labyrinth und Gefängnis, das lähmende Gebot der Wirklichkeit über die Phantasie, dies alles endet in dem Ausruf: »Höhere Jugend, höhere Freuden – ›Himmlische Luft, Freyheit, Freyheit – die Welt hienieden ist ein Gefängnis.‹.«[8] Das Weggefährtentum beider Dichter, das so noch vor der persönlichen Bekanntschaft anhob, findet in Tiecks Nachruf auf den Freund den abschließenden Ausdruck, da Leben und Roman des Novalis mit der Erkenntnis aus Heinrichs von Ofterdingen Gespräch mit dem Arzt Sylvester resümiert werden: »Daß Schicksal und Gemüth Nahmen Eines Begriffes sind.«[9] Im *William Lovell* hieß dies: »Die Vorstellung unserer Individualität ist die seltsamste, die uns überraschen kann« (S. 336); und noch der alte Tieck äußert zu Köpke: »Schicksal und Individualität sind nah miteinander verbunden. Jenes ergibt sich aus dieser.«[10]

7 Vgl. Ludwig Tieck, *Franz Sternbalds Wanderungen*, Studienausg., hrsg. von Alfred Anger, Stuttgart 1966, S. 496.

8 Novalis, *Schriften*, Stuttgart/Berlin/Köln 1975, Bd. 4, S. 3.

9 Ebd., S. 560.

10 Köpke (Anm. 5) Bd. 2, S. 241.

Es mag dies das eigentliche Vermächtnis des romantischen Romans sein, der in seinem Beitrag zur Psychologie des Folgerichtigen so ungleich Geringeres geleistet hat als das Erzählwerk der Aufklärung. Freilich war auch dieses in Grosses *Genius*, dem fernen Vorbild des *Lovell*, zu der aporetischen Formel gelangt: »Wir sind von Phantomen umringt. Unsere Existenz ist selbst ein Phantom.«[11] Was an Erdenschwere im *William Lovell* zu tragen so peinlich bleibt, ist die schon halb in Trümmern liegende Triebfedernpsychologie des 18. Jahrhunderts, die sich ihrerseits der Demontage des intakten Menschenbildes durch die französischen Moralisten verdankt. Sternbalds vordergründig ins Ästhetische geläuterte Problematik wiederum konnte nur auf sich beruhen bleiben, da der Held ins Idyll des Fragments entlassen wurde.

Heinz Otto Burgers Terminus einer »Geschichte der unvergnügten Seele« [12] ist heute noch ein zu neuartiger Ordnungsbegriff in unseren Vorstellungen vom 18. Jahrhundert, als daß wir Petriconis Erkenntnis, Richardson, nicht Baudelaire, habe den »frisson nouveau« ins ästhetische Bewußtsein eingebracht,[13] ohne den erklärten Willen folgen könnten, Literaturgeschichte, wo nötig, à rebours zu lesen. Doch schon die Beispiele in den Gebrauchsromanen des 18. Jahrhunderts, wo Empfindsamkeit und feinfühliges Selbstbehorchen mit amoralischer Entartung einhergehen, sind zahlreich; in diese Richtung übrigens zielen die Hauptvorwürfe Tiecks gegen den, seinem eigenen Jugendopus schließlich so weitgehend verpflichteten, *Titan.*[14]

11 Karl Grosse, *Der Genius*, Bd. 4, Halle a. d. S. 1791, S. 12.

12 Heinz Otto Burger, »Die Geschichte der unvergnügten Seele. Ein Entwurf«, in: *Deutsche Vierteljahrsschrift für Literaturwissenschaft und Geistesgeschichte* 34 (1960) S. 1–20.

13 Hellmuth Petriconi, *Die verführte Unschuld. Bemerkungen über ein literarisches Thema*, Hamburg 1953, S. 54.

14 Vgl. Tieck an Wilhelmine Hallwachs, 5. August 1838, in: *Archiv für hessische Geschichte und Alterthumskunde*, N. F. 11 (1916) S. 291 ff.

Die Linien ließen sich weiter ausziehen, über Byron, Puschkin, Lermontow, das Taedium Vitae des oft so unromantischen Romantikers Musset, über Kierkegaards Verführer Johannes, der noch unmittelbar vom *William Lovell* beeinflußt ist, zu Jacobsens Niels Lyhne (und dessen Folgen). Rilke, der sich durch Beisteuerung geistesverwandter dänischer Romanelemente für dergleichen zuständig zeigte, wies das Einhergehen von Selbstdestruktion mit Selbstbeobachtung in seiner Rezension zu den *Buddenbrooks* nach. Wieviel folgenloser der romantische Roman im Vergleich zu seinem Gegenprinzip blieb, lassen die genannten Stationen vermuten – wobei Beylisme und Education sentimentale weitgehend in der Zwitterhaftigkeit verharren, die bereits die von Tieck wenig geschätzten französischen Naturphilosophen zwischen Aufklärung und Romantik ansiedelte. Der qualitative Sprung von der Hybris der verquälten Selbstanalyse zum Befreiungsakt des – goethesch zu begreifenden, von Hamann schon verkündeten – Erstaunens war von Moritz zwischen *Reiser* und *Hartknopf* deutlich versucht, von Tieck zwischen *Lovell* und *Sternbald* mit weitreichenden Folgen für die angrenzende Literatur unternommen worden; Heinrich von Ofterdingen indessen hatte keinen wirklichen Nachfahren mehr, es sei denn Hofmannsthals jungen Herrn Andreas von Ferschengelder. Auch hier blieb nur das Fragment bestehen. Tieck und Hofmannsthal, von Alfred Kerr schon vor der Jahrhundertwende mit grämlicher Süffisanz einander gesellt,[15] reizten in der jüngeren Forschung mehrfach zum Vergleich – mit meist unzulänglichem oder zwiespältigem Ergebnis; erstarrt doch die Schwebe, die bei den Jungwienern, anders als in Tiecks frühromantischem Aufbruch, den biographischen Konflikt überdauert, schließlich in der Aporie des Chandosbriefs. Manches, was im *William Lovell* zu sehr der Sphäre des Dunklen, Ungeordneten angehört, um in den *Sternbald* überführt zu werden, findet sich,

15 Alfred Kerr, Kritik zu »Der Tor und der Tod«, 1899, in: A. K., *Die Welt im Drama*, Köln/Berlin 1954, S. 107.

fast wörtlich anklingend, bei diesen Nachgeborenen. So mutet es, scheint ein unmittelbarer Einfluß auch nahezu ausgeschlossen, wie ein Widerschein von Balders Falter-Traum (S. 367) an, wenn im *Tod Georgs* hinter zerreißenden Nebeln »ein schmales Hochtal« als Vision ersteht: »Große Falter mit feierlich sich breitenden Flügeln schwebten regungslos über hoch und schlankgestielten Blumen, die farblos wuchsen; und er wußte, daß die dunkelten, wenn man ihrer vergaß, und licht und duftend wurden, wenn man lange voll Liebe sich über sie neigte.« Das Bewußtsein des Irrealen, Unerfüllbaren, bei Balder entschwindend, hier besteht es noch, da den Wachtraum das Entsagen einleitet: »So hätte es sein müssen – das Glück.«[16]

Es ist lehrreich, in unserem Roman Balders Brief aus dem Gebirge mit Lovells (vielleicht plotinisches Gedankengut aufgreifenden) Vermutungen über die Innenschau des Menschen als einen schaffenden Spiegel zu vergleichen. Denn es ergibt sich, daß, hier wie noch öfters, die Erlebensform die Grenzen der Individualität überschreitet; es ist zuweilen, als hätte Lovell den ihm auferlegten seelischen und epischen Prozeß schwerlich durchgestanden, erlitte und erlebte nicht Balder vieles stellvertretend für ihn. Ihm wiederum mutet die Ökonomie des – nach eigenen Angaben bei der Niederschrift sehr heiteren – Frühromantikers Tieck vieles zu, was in den Folgewerken nur als Ahnung vorhanden bleiben darf. Der Schatten, der bei Hofmannsthal »von jenen Leben« in »die anderen Leben hinüber« fällt, mag hier als Grundtönung dienen für das Emblem der Pansophie, die in der Romantik, halbverstanden, letzte Geltung erlangte: die widersprechenden, stets aber bedrohten und bedrohlichen Extreme des saturnischen Gemütes werden durch Beimengung des Jupiter-Elements ins Erhabene, Divinatorische gesteigert.

Zur Betrachtung nötigt hier die Wandlung des Traumhaften. »Nicht geboren sein ist kein Verlust; aber wieder aus dem

16 Richard Beer-Hofmann, *Der Tod Georgs*, Stuttgart 1980, S. 9.

Leben in das Gebiet der Träume wandeln, ist schrecklich«, heißt es in Tiecks Jugendwerk *Ryno*. Panik vor einer eigenen Anlage ist spürbar, die auf eine kollektive Erfahrung der Epoche trifft. Schon im frühen Drama *Gotthold* waltet, teils unter dem Einfluß von Karl Moors Monolog in den *Räubern* (IV,5), der Wunsch, das eigene innere Chaos mit den Geschöpfen der Phantasie zu bevölkern; er klingt noch spät im *Phantasus* auf und ist jenes Element des *Lovell*, das mehrfach den Vergleich mit Sénancours *Oberman* herausgefordert hat. Die Tradition des Narzißmus, in Frankreich in dieser Form bis zur Blendung des Gideschen Ödipus und ihrer Deutung im *Thésée* reichend, hat den Einsatz ihrer Série noire beim späten Rousseau, Sénancours geistigem Vater.

Krisenhaft wird der Einsatz solcher Verinnerlichung in Tiecks Text beschworen; wohl nicht zufällig ist es der Esprit fort Rosa, der Teleskope wünscht, »um in das tiefe Firmament unsrer Seele zu schauen, die Milchstraße *der* Ahndungen zu beobachten, die nie unserm eigentlichen Geiste näher rücken, sondern wie Nebelflor die Sonne in uns verdunkeln«. »Die Träume sind vielleicht unsere höchste Philosophie« (S. 325) – diese Folgerung Rosas entbindet in Lovell Frühkindliches, Langverschüttetes, das sich unverblümt in Mordlust, Blasphemie und dunklen Trieben äußert. Der sie bekennt, erhebt trotzdem die Forderung, man solle zu den »Kinderjahren in die Schule gehn«; und ein früher, synästhetischer Traum drängt sich in seine Erinnerung (S. 328 f.), mit aller Ambivalenz zwischen Offenbarung und Taumel, Exaltation und Tiefenschwindel. Rosas Stichwort hat nur freigelegt, was an die Oberfläche drängte, da der doppelte Verlust von Vater und Braut die sonst selbstauferlegte Verwahrung geheimster Wünsche und Ängste durchbricht; Kindheit wird, so abgründig wie nur je im *Anton Reiser*, zur höchsteigenen Bühne von Ahnung und Phantasie.

Das Zwielichtige solcher Luzidität wird von der romanesken Gegenposition her erkannt, die dem Autor sicher nicht völlig fremd ist: die Neigung, sich mit der, keineswegs geleugneten, Präexistenz einzulassen, bedeutet Beginn von Verwirrung und Verhängnis. »Jedesmal«, schreibt Mortimer an Eduard Burton, »wenn wir ernsthaft werden, ohne zu wissen warum, erinnern wir uns vielleicht dunkel eines besseren ehemaligen Zustandes. Dem Schwärmer ist es vielleicht gegönnt, diese flüchtigen Erinnerungen festzuhalten, und er entfernt sich daher mit jedem Tage mehr vom gewöhnlichen Leben. Auf diesem Wege könnte man aber auf eine recht vernünftige Art verrückt werden, und dieser Zustand mag nun in sich selbst so vortrefflich sein, als er will, so sieht er doch in der Entfernung zu abschreckend aus, als daß ich ihm sollte näher kommen« (S. 516). Noch erstaunlicher ist sein Schreiben an Wilmont, der von der Empfindsamkeit und dem »Geist Lovells« (S. 110) Abschied zu nehmen gedenkt: »Deine Seele hat ihre Unschuld behalten und Du wirst nie schlecht empfinden, und wenn auch bei der Betrübnis andrer Dein Mund sich zum frohsten Lachen zieht« (S. 384).

Unschuld der Seele und Abkehr vom Prinzip der Sympathie werden ebenso wie geistige Gesundheit und Befangensein im Diesseitigen gleichgesetzt – und die Verlarvung des hellen Elysiums in der dunklen Schattenmasse bezeugt in der Tat das noch Unfertige alles Geahnten; die Selbstsuche des Melancholikers versperrt den Zugang zur Selbstfindung der Frühromantik. Henrik Steffens hat in diesem von Selbst-Bewußtsein durchsetzten Dämmerzustand eine Karikatur des echten und wahren Schlafs und Traums gesehen, die diesen letzteren ebenso trübt wie den wachen Zustand.[17] Vermutlich unbeabsichtigt begegnet die Romantik auch hier nochmals der Renaissance-Philosophie. Wenn Montaigne die »rêveries«, wie sie beim späten Rousseau und bei Sénancour zum dominierenden Lebensgefühl werden sollten, als »songes des veillants, et pires que songes« brandmarkt, so mag im Sprachgebrauch noch das ferne Bewußtsein der Herkunft des »rêver« von »reexvagare«, dem ›Schweifen‹ und ›Ausschwei-

17 Henrich Steffens, »Das verborgene Geheimniß und der Versuch, es zu enthüllen«, in: H. St., *Caricaturen des Heiligsten*, T. 2, Leipzig 1821, S. 694 ff.

fen‹, mitwirken. Die Virulenz solcher Zustände war Tieck vertraut; denn Lovells Angst vor der Ansteckungsgefahr des (Balderschen) Wahnsinns entspricht nicht nur dem Kenntnisstand der zeitgenössischen Psychiatrie, sondern auch jahrelang gehegten Besorgnissen seines Erfinders. In diesem Zustand des Halbtraums auch beginnt der leidende Titelheld sich nicht nur seine Mitspieler anzuverwandeln, sondern im zweiten, daraus folgenden Schritt selbst zur zentralen Intelligenz des Romans aufzusteigen und seinem Autor diesen Rang, ähnlich wie die Protagonisten in Tiecks romantischen Komödien, streitig zu machen.

Friedrich Schlegels Notizen bestätigen den hier wirkmächtigen Sog des Vakuums: »Der einzige Charakter im Lovell ist er selbst, ein Mensch ohne Charakter« (s. S. 710). Und: »In manchem Roman (wie im Lovell) ein Mann im Hintergrunde der mit allen andern Schach spielt, und so groß an Geist ist, daß er nicht zur Türe hereingeht« (s. S. 710). Nur oberflächliche Deutung konnte diesen Schachspieler zeitweise mit dem Lenker der Geheimbundintrige gleichsetzen. Denn die Offenlegung des Plot bedeutet gleichzeitig den Offenbarungseid des Bundesromans und seiner Marionettensymbolik. Seltsam belanglos spielt sich dessen funktionaler Verlauf auf einer Ebene ab, der die Dimension des Traumhaften ermangelt – oder von der Gestimmtheit des zu verführenden Jünglings erst geliehen wird. Die vielfältigen und in der Fachliteratur viel erörterten Typen sind vertreten: der unheimliche Alte Andrea ist Reproduktion der überkommenen Geniusgestalt, Ferdinand jene der tradtitionellen Bundestochter. Die Blainville als böse Fee und Kurtisane hat Züge aus manchem heute vergessenen Roman aufgesammelt und ihre Entstellung wahrscheinlich aus den *Liaisons dangereuses* geerbt. Bleibt noch die »Springfigur« Rosa mit dem gattungseigenen, ihre Funktion im Romanverlauf zuletzt überraschend umkehrenden Gesinnungswandel. So wenig dieser letztere das Schicksal des Helden noch beeinflussen kann, so blaß erscheint im Rückblick das gesamte Pandämonium des

Romans, so planvoll wirkt schon fast die Planlosigkeit der Intrige. Das »explained supernatural«, das als integrierendes Element des Schauerromans dessen rationalistische Herkunft am nachhaltigsten erweist, hätte kaum gründlicher Lügen gestraft werden können. Nur weil er zuvor in die Lektüre der Hamletschen Geistererscheinung vertieft war, kann auf Balder Andreas Auftreten als Gespenst seine Wirkung ausüben. Ein opportuner Zufall also begünstigt hier wie sonst noch öfters die durchweg eher stümperhaften Illusionskünste der geheimen Gesellschaft, die meist nur die inneren Ängste des Helden mit der passenden Staffage versorgen – bekennt doch sein Autor in einem Brief an Bernhardi von sich selbst, mit seiner »Einbildungskraft an weit schrecklichern Orten einheimisch« zu sein, als sie ihm je in einer realen Landschaft begegnen könnten.[18] Hinlänglich verrät sich die auktoriale Absicht in der Reihenfolge, die den Mitteilungen des 3. Buches eingeräumt wird. Im 10. Brief klärt der alte Lovell seinen Sohn über das Verhängnis seiner Familie und dessen ruchlosen Urheber auf; im 11. Brief gibt Lovell Balders Totenkopf-Erzählung wieder; die Art des in der Literatur des 18. Jahrhunderts mehrfach beschriebenen Heilungsversuchs durch Angleichung der Wirklichkeit an den Wahn scheitert an der schon nicht mehr trennbaren Verschwisterung beider. Demselben Brief gleichsam als Nachschrift ist die Erzählung von dem Mann mit den »eisernen Zügen« angefügt, den der Leser um so eindeutiger als den Bösewicht aus des alten Lovell Eröffnungen bestimmen kann, als der Held – da der Roman denn doch noch sechs Bücher weiterzulaufen hat – ahnungslos bleibt. Im 30. Brief erreicht Lovells Panik den Höhepunkt, nicht weil die naheliegende Identifikation nun gelungen wäre, sondern weil das »Ungeheuer«, das er mittlerweile an Rosas Arm erblickt hat, der physiognomischen Beschreibung von Balders Gespenst entspricht; im Fall des Totenkopfs wie des Genius also ist das Reale nicht in seiner

18 Aus dem Nachlaß Varnhagen's von Ense. *Briefe*, Leipzig 1867, Bd. 1, S. 217.

angestammten Eigenschaft bedrohlich, sondern als Doppelung des Gespenstischen.

Die Zweideutigkeit allen Seins äußert sich jedoch nicht nur im Schwinden der Trennschärfe zwischen Außen- und Innenwelt. Der Faden, der aus dem Labyrinth führe, so lehrt Moritz im *Hartknopf*, liege im Überwinden der Individuation, die durch den Lethetrank der Kindheit zu ihrer Verdichtung gefunden habe, liege im Überführen des persönlichen Erinnerns zur Existenz der Vorfahren.[19] Hofmannsthal hat das Unheimliche dieses Vorgangs in das erste Stück der »Terzinen über Vergänglichkeit« gebannt.

Die drei hier vorgestellten Akteure – Lovell, sein Vater und Andrea – ähneln sich nicht nur in der Gleichartigkeit einer empfindsamen und träumerischen Jugend. In seltsamen, mit wechselnden Rollen durchgespielten Variationen von Handeln, Erleiden, Versagung gruppieren sie sich rings um die zweideutige Gestalt der toten Mutter, die – versehentlich – im 5. Brief des Romans für den Verfasser noch lebte. Die von der Psychoanalyse schon früh als ödipal erkannte Trias zwischen Hamlet, Vater und Oheim ersteht auf einer Schattenbühne, die nur ungewiß zeigt, wer wessen Leben spielt. Lovell, auf der Suche nach der verlorenen Geliebten nach England getrieben, wird zum Giftmischer und auf der Flucht vom Ruin ereilt wie Waterloo, der Gleiches um der toten Mutter willen verübte und erfuhr. Zweideutig noch die – vergebliche – Befreiung der Geliebten aus den Flammen: der Traum erfüllt sich, dem gemäß nicht Amalie, sondern ihr Retter im brennenden Hause eingeschlossen war; die Durchdringung der Seelen macht vor den Grenzen der Individualität nicht halt.

Dies ist der Stoff, aus dem in unserem Roman die Träume sind; und der Geist Lovells bleibt mächtig, solange er in ihnen befangen verharrt. Nicht nur glaubt der alte Burton – der vielleicht als einzige Gestalt unangekränkelt bleibt, weil er, ein Fremdkörper im Erzählgefüge, die Existenz des Helden

19 Vgl. Anm. zu 516,5–15.

in all seinen Äußerungen ignoriert – den empfindsamen Träumer als Gegenspieler am ärgsten fürchten zu müssen; die Mit-Leidenschaft, in die Lovell das englische Gutsbesitzermilieu durch die von Mortimer verworfene Faszination der Präexistenz und des Sympathetischen zieht, scheint solchen Argwohn zu bestätigen. Tiecks Bemerkung in seiner späteren Novelle *Die Gesellschaft auf dem Lande*, der Landadel sei »für den Psychologen [...] eine Erscheinung, an der noch vieles zu lernen« sei, entspricht seiner vom *William Lovell* und *Peter Lebrecht* an durchgeführten Versuchsanordnung, die bis zu der genannten Novelle und auch anderen Werken der Reifezeit wie dem *Geheimnisvollen* und dem *Jahrmarkt* reicht. Stets wird die Konfrontation eines empfindsamen und phantasievollen Betrügers mit dem Personal eines ländlichen Gutshofs durchgespielt. Am ausgiebigsten jedoch huldigt der Autor dem Reiz, den ihm der Aufbau dieses Spannungsfeldes zu bedeuten scheint, in seinem frühen Briefroman.

Hebbel kann solche Verformung einer scheinbar stabilen Gesellschaft im Auge gehabt haben, wenn er schreibt, die Spannung in Tiecks Novellen wurzle in dem Gefühl, »die Menschen können nicht so bleiben, wie sie sind«; und er vermutet: »Tieck theilt dem Roman die gewordenen, der Novelle die werdenden Charaktere zu«.[20] Was immer an dergleichen Deutungen als anfechtbar bedünken mag, die Veränderbarkeit wird in der Tat zum Kontinuum des Tieckschen Erzählmilieus von Bonstreet bis zur junkerlichen Welt der späten Prosa. Die Polarisierung der hier vorgeblich herrschenden Statik mit dem auf sie einwirkenden labilen Träumer wird zum durchgängigen Modell. Dabei dient, um auf Hebbel zurückzugreifen, der gewordene, romaneske Charakter als katalysierendes Ferment, da er, trotz letztlicher Entlarvung, mehr Veränderung bewirkt als erleidet.

Der ursächliche Zusammenhang dieser Konstellation mit dem halbträumerischen Zustand des Störenfrieds führt uns in

20 Friedrich Hebbel, *Sämtliche Werke*, Abt. 2: *Tagebücher*, Berlin 1903, Bd. 1, S. 212 (Eintragung vom 10. Februar 1838).

die Welt Kafkas. Im *Schloß* gewinnt K. nur in jenem Augenblick Übermacht über die Beamten, da die »Übermüdung« zwischen Schlafen und Wachen die Paßgerechtigkeit der kollektiven Denkinhalte suspendiert. Mit Kafkas Don-Quijote-Deutung, die den Schlüssel der hier aufbrechenden Antinomien zu liefern scheint, rundet sich der Kreis am Ausgangspunkt von Friedrich Schlegels zitiertem Versuch, Poesie und Prosa des *William Lovell* einander entgegenzusetzen. Nicht seine Phantasie, sondern Sancho Pansa sei das Unglück Don Quijotes, notiert Kafka in seinem dritten Oktavheft. Wenige Seiten weiter jedoch führt er, unter der Überschrift »Die Wahrheit über Sancho Pansa«, plötzlich aus, Sancho habe »durch Beistellung einer Menge Ritter- und Räuberromane in den Abend- und Nachtstunden seinen Teufel, dem er später den Namen Don Quixote gab«, von sich abgelenkt und so zu den verrücktesten Taten verleitet, bei denen er ihm vielleicht aus einem gewissen Verantwortungsgefühl heraus gefolgt sei.[21]

Wie groß das Interesse der Frühromantiker an den ästhetischen Implikationen des *Don Quijote* war, ist bekannt. In unserem Zusammenhang am lehrreichsten dürfte Tiecks Kennzeichnung seines wenig jüngeren Zeitgenossen Fouqué als Don Quijote ohne Sancho Pansa sein. Im Kontext zielt dies offenkundig auf die Unzulänglichkeit des auktorialen Korrektivs innerhalb der autonom gewordenen Phantastik der Handlung ab, die stilgeschichtlich den Schauerroman, also die Ritter- und Räuberliteratur der Aufklärung, weithin unreflektiert fortführte. Die seltsam entpersönlichten Konstellationen und Verstrebungen des *William Lovell* grenzen an diese Form literarischer Produktion; die ständig drohende Verselbständigung des zur zentralen Intelligenz aufgerückten Titelhelden kann nur in den extremen Gegenpositionen aufgefangen werden. So leisten die bodenständigen englischen Gutsbesitzer stellvertretend für den Autor ihr Teil, um seine

21 Franz Kafka, *Gesammelte Werke*, hrsg. von Max Brod, Frankfurt a. M. 1976, Bd. 6, S. 54, 57.

Befreiung für die Abend- und Nachtstunden zu vollbringen. Im Seitenstück zum *William Lovell*, dem gleichzeitig entstandenen *Peter Lebrecht*, ist dieser Akt auktorialer Selbstbefreiung explizit durchgeführt: der Gutsherr Lebrecht erwehrt sich quasi als schreibender Sancho Pansa der Heimsuchung durch den schwärmerischen Betrüger, indem er ihn zum – gattungspoetisch treffsicher eingestuften – Helden eines Schauerromans macht.

Man weiß, wie sehr die Schlegels, nachdem ihnen die Verfasserschaft des *William Lovell* bekannt geworden war, auf die Vollendung der Tieckschen Don-Quijote-Übersetzung drängten. Daß die Verwirklichung des Romantischen, um die es ihnen ging, dann im *Sternbald* nahegerückt schien, zeigen Friedrich Schlegels Äußerungen, der ihn als »romantischen Roman daher eben absolute Poesie«, ja den »ersten Roman seit Cervantes der romantisch ist«[22] bezeichnet. An dieser Cervantes-Tradition hätte der schärfere Blick weniger den donquijotesken Zug als die tatsächliche Herkunft der Romantik aus der Romanze zu ergründen. Die zumal in der 2. Auflage des *Sternbald* zudringlich an Cervantes' *Persiles und Sigismunda* assoziierenden Namensgebungen weisen auf eine Romantisierung des fahrenden Rittertums, die, mit Kleists Marionettenaufsatz zu sprechen, zum zweitenmal vom Baum der Erkenntnis genossen hat. Hier wird Epochenreihung an der Oberfläche greifbar. *William Lovell* noch war bis in Einzelheiten dem *Old English Baron*, Clara Reeves bekanntestem Erzählwerk, verpflichtet, das schon die Überwindung des Walpoleschen Schauerromans anstrebte. Poetologisch wird derselbe Umschwung von der Verfasserin in *The Progress of Romance* kommentiert; und das Cervantessche Spätwerk hat dort keinen geringen Anteil an der Ehrenrettung eines umkämpften Literaturgenres, das wenig später der Romantik seinen Namen leiht.

22 Friedrich Schlegel an August Wilhelm Schlegel, März 1799 (Ludwig Tieck, *Franz Sternbalds Wanderungen*, hrsg. von Alfred Anger, Stuttgart 1966 [u. ö.], S. 510).

Es wäre einer eigenen Betrachtung wert, daß, im Gegensatz zu den gotischen Chiffren eines meist frei erfundenen oder doch atmosphärisch suggerierten Mittelalters, wie die Trivialliteratur der Spätaufklärung es zu zeigen liebt, die zukunftsträchtigen Literaturzeugnisse der Epoche gern den Anschein des Renaissance-Schauplatzes aufweisen, vom *Titan* und *Geisterseher* bis zur *Kartause von Parma* und Tiecks Spätwerk *Vittoria Accorombona*, das die Novellistik Conrad Ferdinand Meyers vorwegnimmt. Die am Ende des Mittelalters voll Faszination, am Ende der Aufklärung voll Unruhe empfundene Vereinzelung des Menschen inmitten ehedem kollektiven Glaubens oder Wahns könnte das Tertium comparationis bilden und den Bezug auf Cervantes beglaubigen.

Auch unter diesem Blickwinkel ist der *William Lovell*, der in der ursprünglichen Konzeption bekanntlich Heinses *Ardinghello* noch mehr Impulse verdanken sollte, eine Vorwegnahme des *Sternbald*. Die – in Cervantes' Terminologie »septentrionale« – Geschichte mündet allemal in die Sehnsucht nach der äußeren und inneren Festigung durch mediterrane Formenwelt. So steuert auch Lovell den einzigen Beleg des Romans für das Wort »gotisch« voll Widerwillen in jenem Brief bei, der Italien endgültig zu seinem wahren Vaterland erklärt (S. 463).

Was als Bindeglied zwischen *Lovell* und *Sternbald* unter kunsttheoretischen Vorwänden folgte, war, in seiner von uns bereits angedeuteten vielfältigen Gebrochenheit, von Winckelmann und der ästhetischen Rezeptionsweise der Weimarer Klassik um Welten getrennt. So wohnten romantischer Rückbesinnung bereits in ihren Ansätzen Faszination und Fragwürdigkeit inne. Denken wir daran, wie das Wirken des schöpferischen Individuums schon im *William Lovell* zu energetischen Funktionen depersonalisiert wird: »kein Verstand, kein Gefühl am Menschen ohne Tätigkeit, Mitteilung und Freunde. Diese sind der Konduktor, welche einen Funken nach dem andern in die Flasche leiten, bis dann endlich ein großer leuchtender Funken schreiend herausspringt, – dann kommt eine Ilias oder ein verlornes Paradies zum Vorschein, u. s. w. ad libitum« (S. 70).

Tieck setzt in der Endfassung, vom hier ausnahmsweise heilsamen Standpunkt des historisch versierten Korrektors seiner selbst, »Don Quixote« statt »eine Ilias«. Der Einsamkeit des Phantasten gegenüber dem weltläufigeren Schaffen des älteren Epikers ist hierin ein Zeichen gesetzt.

Inhalt